ID0909249

Mehr noch sterben an gebrochnem Herzen

SAUL BELLOW

MEHR NOCH STERBEN AN GEBROCHNEM HERZEN

ROMAN

AUS DEM AMERIKANISCHEN
VON
HELGA PFETSCH

KIEPENHEUER & WITSCH

Titel der Originalausgabe:
More Die of Heartbreak
Copyright © 1987 by Saul Bellow Limited
Aus dem Amerikanischen von Helga Pfetsch
© 1989 by Verlag Kiepenheuer & Witsch, Köln
Alle Rechte vorbehalten. Kein Teil des Werkes darf in irgendeiner Form
(durch Fotografie, Mikrofilm oder ein anderes Verfahren) ohne schriftliche
Genehmigung des Verlages reproduziert oder unter Verwendung elektroni-
scher Systeme verarbeitet, vervielfältigt oder verbreitet werden.
Umschlaggestaltung: Kalle Giese, Overath
Satz: Froitzheim, Bonn
Druck und Bindearbeiten: May & Co., Darmstadt
ISBN 3-462-01968-6

Letztes Jahr, als er eine Lebenskrise durchmachte, zeigte mir mein Onkel Benn (B. Crader, der bekannte Botaniker) eine Karikatur von Charles Addams. Es war eine ganz gewöhnliche Karikatur, gerade recht für ein Schmunzeln, mehr nicht, aber Onkel Benn war ganz besessen davon und wollte unbedingt ausführlich darüber diskutieren. Ich hatte keine Lust, eine Karikatur zu analysieren. Er insistierte. Er kam so häufig darauf zu sprechen, daß ich ärgerlich wurde und erwog, ihm das verdammte Ding zum Geburtstag rahmen zu lassen. Aufhängen, und damit basta, dachte ich. Benn konnte mir gelegentlich auf die Nerven gehen, wie das nur jemand kann, der in unserem Leben einen besonderen Platz einnimmt. Er nahm einen besonderen Platz in meinem Leben ein, ganz entschieden. Ich hatte meinen Onkel sehr gern.

Kurios und erwähnenswert dabei ist, daß ihm das übrige Werk von Addams nicht sonderlich gefiel. Wenn er die große Sammlung *Monster Rallye* durchblätterte, wurde er eher deprimiert. Das ewig Gleiche, schwarzer Humor um der Schwärze willen, war langweilig. Nur diese eine Karikatur beeindruckte ihn. Das Sujet war ein Liebespaar – das übliche trostlos lasterhafte Paar in einer typischen Umgebung von Grabsteinen und Lebensbäumen. Der Mann sieht brutal aus, und die langhaarige Frau (ich glaube, die Fans nennen sie Morticia) trägt ein Hexengewand. Die beiden sitzen auf einer Friedhofsbank und halten sich bei den Händen. Der Text ist schlicht:

»Bist du unglücklich, Liebling?«

»O ja, *ja!* Völlig!«

»Warum geht mir das so nahe?« sagte mein Onkel.

»Ja, das frage ich mich auch.«

Er entschuldigte sich. »Du bist es leid, daß ich das fünfmal am Tag ins Gespräch bringe. Entschuldige, Kenneth.«

»Wenn ich deine Situation berücksichtige, kann ich es dir nachempfinden. Aber die Obsessionen anderer Leute stimu-

lieren mich nicht. Diese hier halte ich eine Weile aus – aber
wenn du schon Satire oder Karikatur willst, warum nicht
Daumier oder Goya, einen der großen Meister?«

»Man hat nicht immer die Wahl. Und ich bin schließlich
nicht so gebildet wie du. Im Mittelwesten denkt man langsamer. Ich sehe wohl, daß Addams nicht an die Großen heran-
kommt, aber seine Aussage ist zeitgemäß, und mir gefällt,
wie er die Liebe sieht – meschugge. Er manipuliert niemanden. Nicht wie Alfred Hitchcock.« Mein Onkel hatte einen
heftigen Widerwillen gegen Hitchcock entwickelt. »Von
Hitchcock bekommt man ein fertiges Produkt. Addams arbeitet aus seiner geplagten Seele heraus.«

»Die Liebe macht uns schon seit Jahrhunderten zu Trotteln,
also ist es nicht nur *seine* geplagte Seele.«

Mein Onkel ließ stumm die schweren Schultern sinken. Er
akzeptierte meine Bemerkung nicht, und dies war seine Art,
die Annahme zu verweigern. Er sagte: »Mit Hitchcock hätte
ich keine zwei Minuten reden mögen; mit Addams dagegen
könnte ich, glaube ich, eine bedeutsame Unterhaltung führen.«

»Das möchte ich bezweifeln. Er würde nicht reagieren.«

»Obwohl du Jahrzehnte jünger bist als ich, hast du mehr
vom Leben gesehen als ich«, sagte mein Onkel. »Ich halte dir
das zugute.« Er spielte darauf an, daß ich in Frankreich geboren und aufgewachsen war. Er pflegte mich als seinen Pariser Neffen vorzustellen. Er seinerseits dementierte gern
jede Weltläufigkeit. Natürlich hatte er viel gesehen, aber
vielleicht hatte er nicht genau genug hingeschaut. Oder nicht
mit praktischen Absichten.

Ich sagte: »Du würdest Addams aber gestehen müssen, daß
du nur diese eine Karikatur von ihm bewunderst.«

»Diese eine, ja. Aber sie trifft das Wesentliche.«

Und dann begann Benn, wie Menschen, die in einer Krise
sind, das gern tun, mich über das Wesentliche, wie er es sah,

zu belehren. Durch eigene Sorgen (seinen unglückseligen Heiratsversuch) verwirrt, drückte er sich nicht allzu klar aus. »Jedes Leben hat sein charakteristisches Grundproblem«, sagte er. »Ein Thema, das sich in Tausenden von Variationen entfaltet. Variationen und Variationen, bis man sich wünscht, man wäre tot. Ich glaube nicht, daß Obsession ganz das richtige Wort ist. Mir gefällt auch Wiederholungszwang nicht, bei allem Respekt für Freud. Auch *idée fixe* ist nicht richtig. Etwas vertuschen zu wollen oder ein Täuschungsmanöver wegen etwas, das zu schändlich ist, um es einzugestehen, kann auch eine fixe Idee sein. Manchmal frage ich mich, ob mein Thema vielleicht eine Verbindung zur Pflanzenmorphologie hat. Aber der Beruf, den man ausübt, ist dabei vermutlich irrelevant. Wäre ich Blumenzüchter geworden oder, wie meine Mutter hoffte, Apotheker, so würde ich trotzdem dasselbe tödliche *bum bum bum!* hören... Gegen Ende seines Lebens man hat so etwas wie einen Schmerzenskatalog auszufüllen, einen langen Katalog, wie ein offizielles Dokument, nur ist es eben der Schmerzenskatalog. Endlose Kategorien. Erstens körperliche Ursachen – wie Arthritis, Gallensteine, Menstruationsbeschwerden. Nächste Kategorie: verletzte Eitelkeit, Treuebruch, Betrug, Ungerechtigkeit. Aber die schlimmsten Punkte haben alle etwas mit der Liebe zu tun. Da stellt sich doch die Frage: Warum halten alle so beharrlich an ihr fest? Wenn man von der Liebe so dezimiert wird und überall ihre Verheerungen sieht, warum nicht vernünftig sein und frühzeitig aussteigen?«

»Wegen des unsterblichen Verlangens«, sagte ich. »Oder weil man auf ein wenig Glück hofft.«

Mein Onkel war stets darauf aus, tiefsinnige Gespräche zu führen, und man mußte vorsichtig bei ihm sein. Er vermehrte sein Unglück nur noch durch wirre Spekulationen. Ich mußte auch vor mir selbst auf der Hut sein, denn ich

habe eine ähnliche Schwäche dafür, Dinge wieder zurecht-
zubiegen, und ich weiß, wie aussichtslos es ist, sich unaufhörlich damit zu beschäftigen. Doch während seiner letzten
Krise mußte ich die Bemühungen meines Onkels, sich selbst
zu erforschen, einfach tolerieren. Meine Aufgabe – platter-
dings meine Pflicht – war, ihm den Kopf zu halten. Es war
so offensichtlich, wo er fehlgegangen war, daß ich es ihm
genau darlegen konnte. Dies zu tun vermehrte meinen Dünkel. Indem ich seine augenfälligen Fehler offenlegte, merkte
ich, wie sehr ich meinem Vater ähnelte – in Gesten, Tonfall,
liebenswürdiger Überlegenheit, der Anmaßung, alle Lücken
schließen zu können, gewissermaßen den gesamten globalen
Raum zu füllen. Die Entdeckung, daß ich mich anhörte wie
er, schreckte mich auf. Mein Vater ist ein vortrefflicher
Mann, auf seine Weise, aber ich war entschlossen, ihn zu
übertreffen. Aus feinerem Holz geschnitzt, wie man zu sagen pflegte; gescheiter; von anderem Niveau. Wo er mir
überlegen war, da war er es wirklich – im Tennis, in seiner
Kriegsvergangenheit (ich hatte nichts dergleichen aufzuwei-
sen), in sexueller Hinsicht, in der Unterhaltung, im Aussehen. Doch es gab Sphären (und hiermit meine ich höhere
Sphären), wo er nichts zu verkaufen hatte und ich ihm weit
überlegen war. Und nun im Umgang mit meinem Onkel den
Akzent meines Vaters an mir zu hören, bis hin zu den französischen Wörtern, die er benützte, wenn er einem auf die
Sprünge half (dort, wo das Englische nicht subtil genug
war), das war ein tödlicher Dämpfer für meinen Lebensplan.
Vielleicht mußte ich mir diese Sphären doch noch einmal
anschauen, um sicherzugehen, daß es tatsächlich Sphären
waren und keine Luftblasen. Wie auch immer, als mein Onkel fiel, fiel ich mit ihm. Es war unvermeidlich, daß auch ich
den Bach hinunterging. Ich glaubte, ich müßte unaufhörlich
verfügbar sein. Und das war ich dann auch, allerdings auf
unvorhergesehene Weise.

Benn hatte sich auf die Anatomie und Morphologie von Pflanzen spezialisiert. Der übliche Standpunkt des Spezialisten ist ja der, daß er alles weiß, was es auf seinem Gebiet zu wissen gibt, aber alle weitergehende Verantwortung ablehnt. Wie: »Ich repariere die Ölanzeige, aber kommen Sie mir nicht mit Kilometerzählern.« Oder wie früher gewitzelt wurde: »Ich rasiere nicht, ich seife nur ein. Rasiert wird auf der anderen Straßenseite.« Verständlicherweise sind einige Spezialgebiete anspruchsvoller und können einen der Welt entfremden; sie implizieren das Recht, sich fernzuhalten. Durch Benn wurde ich mit einigen Typen der »Exakten Wissenschaft« bekannt, deren Verschrobenheit schon fast den Anstrich des Prärogativs hatte. Benn nahm das Privileg, der Menschheit entrückt zu sein, niemals für sich in Anspruch. Hätte er seine »außerakademischen Verbindungen« gelöst, so hätte er nicht so viel Kummer mit den Damen gehabt.

Ich kann ein Beispiel für das Phänomen solch einer Lösung liefern: Wir speisen mit einem Spitzenwissenschaftler im Faculty Club zu Mittag. Der Kellner, ein Student, kommt, um unsere Bestellungen aufzunehmen. Benns Kollege sagt zu dem jungen Mann: »Bringen Sie mir das Hähnchen à la King.« Der Junge sagt: »Du hast schon drei Tage hintereinander Hähnchen à la King gegessen, Dad. Warum versuchst du nicht mal das Chili con Carne?«

Da er es ein Leben lang nicht anders gekannt hatte, nahm der Sohn dies gelassen hin. Die anderen Speisenden lächelten. Ich lachte ein wenig. Es war einer jener Augenblicke plötzlicher Glorie. Und während ich lachte, sah ich mich selbst im Profil, als Schraubenschlüssel in Lebensgröße, mit geöffnetem Unterkiefer. Ich neige gelegentlich zu solchen unfreiwilligen Bildern. Dieses wenig schmeichelhafte mag von der metallenen Gesellschaft, die mich umgab, suggeriert worden sein.

Seine extreme Geistesabwesenheit tat dem befreundeten Wissenschaftler bei seinen Kollegen keinen Abbruch. Sie bedeutete, daß er weit fort weilte, an der Front seiner Disziplin seine Pflicht tat, und somit ade, ihr Bekannten und Verwandten. Topwissenschaftler sind von prinzlichem Geblüt. Schließlich sind sie die tiefsinnigsten und hervorragendsten Geister der beiden Supermächte. Die Russen haben ihre, so wie wir unsere haben. Im Grunde ist das ein ziemlich großes Privileg.

So schrecklich schlimm ist die Geistesabwesenheit nun ja auch gar nicht. Jeder Mensch versteht, daß einer, während er die Natur meistert, ein eindeutiges Recht darauf hat, die stumpfsinnige Menschheit hinter sich zu lassen, die ohnehin aus eigener Kraft nirgends hinkommt. Wir haben es hier mit einer posthistorischen Elite zu tun, und so weiter. Doch in dieser Hinsicht, wie auch in anderen, war mein Onkel anders. Er entzog sich nicht den Strapazen kreatürlicher Existenz. Es war auffallend, daß er es nicht tat. In dieser Hinsicht hätten ihn seine hoch spezialisierten Kollegen für retardiert halten können. Sogar ich hielt ihn gelegentlich für retardiert, für menschlich konfuser als viele Personen normaler Begabung. Keiner bezichtigte ihn jemals der Blödheit. Auf seinem Spezialgebiet wurde ihm Genialität bestätigt. Darüber hinaus war er ein guter Beobachter und las viel – wobei er, wie Caesar über Cassius sagte, »die Machenschaften der Männer durchschaute«. Wenn ich den Caesar zu spielen hätte, würde ich diese Zeilen ironisch sprechen. Für Caesar in seiner Größe sind die Leistungen, deren normale Menschen sich brüsten, absolut lächerlich. Caesar war bei weitem der klügere von beiden. Doch eines ist sicher – die Machenschaften der Frauen durchschaute mein Onkel nicht. Abgesehen davon war sein Urteil, wenn er sich auf eine Sache einließ, nicht so schlecht.

Wenn er also über die Komplexität des Seins zu reden be-

gann, war es (um seiner selbst willen) besser, ihn nicht noch darin zu bestärken. Wie genial er auch im Reich der Pflanzen sein mochte, seine hochgestochene Ernsthaftigkeit konnte peinvoll sein. Manchmal wirkte er auf mich wie ein schlechter Autofahrer, dem es nicht gelingt, rückwärts einzuparken – zehn Versuche und kein Glück; man hätte ihm am liebsten das Steuer aus der Hand gerissen. Wenn er jedoch aufhörte, »analytisch« zu sein, und der Gedankenquatsch aufhörte, konnte er einen überraschen. Er hatte eine ungewöhnliche Gabe direkter Selbstbeschreibung. Auf der simpelsten Ebene konnte er einem im Detail erzählen, was er spürte – welche Wirkung bei ihm ein Aspirin hatte, was es mit seinem Nacken oder im Innern seines Mundes anstellte. Ich war hieran sehr interessiert, denn die meisten Menschen können partout nicht beschreiben, was in ihnen vorgeht. Alkoholiker oder Drogis sind zu kaputt, Hypochonder sind ihre eigenen Terroristen, die meisten von uns sind sich nur des Stoffwechselaufruhrs in ihrem Inneren bewußt. Innendrin wird eben Materie zersetzt, im Teilchenbeschleuniger des Organismus. Aber wenn mein Onkel für seinen Blutdruck einen Betablocker einnahm, konnte er einen minutiösen Bericht über die Körperreaktionen abgeben und ebenso über die emotionalen – seinen Abstieg in die Verzweiflung. Und wenn man diskret den rechten Augenblick abwartete, erzählte er einem schließlich seine geheimsten Sinneseindrücke. Es stimmt schon, daß ich ihm oft helfen mußte, sie zu lokalisieren, aber wenn er ihnen erst einmal auf der Spur war, war er nur zu froh zu reden.
Körperlich war er eher groß. Über die Arbeit, die die Natur an ihm geleistet hatte, ließ sich leicht witzeln. Mein Vater, der nicht mit dem Humor begabt war, den er zu besitzen glaubte, sagte gern, sein Schwager sei wie eine russische Kirche gebaut – zwiebelförmig. Mein Onkel war (von seiner Abstammung her) einer jener russischen Juden, die das klas-

sische russische Gesicht haben, mit kurzer Nase, blauen Augen und leicht schütterem Haar. Wären seine Hände größer gewesen, so hätte er ein Zwilling des Pianisten Swjatoslaw Richter sein können. Das Gewicht dieser Hände zieht, wenn Richter auf das Klavier losgeht, die Arme so weit aus den Ärmeln seines Fracks, daß sie ein gutes Stück über seine Knie hinunterhängen. Im Falle meines Onkels waren es nicht die Hände, sondern die Augen, die so auffällig waren. Ihre Farbe war schwer zu bestimmen; sie waren blau – marineblau, ultramarin (diese Farbe wird aus zermahlenem Lapislazuli hergestellt). Noch auffallender als die Farbe war sein Blick, wenn er einen ernsthaft ansah. Es gab Zeiten, da spürte man die Macht des *Sehens* auf sich gerichtet. Die Augenhöhlen glichen einer liegenden Acht, und gelegentlich bewirkte das Schwindelgefühle und brachte einen auf komische Ideen – wie etwa: Dies ist das Sehvermögen; das Sehvermögen schlechthin; das, wozu Augen eigentlich dienen. Oder: Das Licht meißelt diese Organe zu seinen Zwecken aus uns heraus. Man erwartet von einer Macht wie der Macht des Lichts sicher nicht, daß sie einen in Ruhe läßt. Wenn Benn also über die Komplexität des Seins loslegte und über »soziale Determinanten« sprach, nahm man ihn nicht ernst, denn was man sah, wenn er auf einen herabstieß, war durchaus nicht der Blick eines Menschen, der von »sozialen Determinanten« geprägt ist. Er stieß allerdings nicht oft herab. Er zog es vor, unschuldig daherzukommen – unschuldig und verdutzt und sogar ein wenig dümmlich. Das war besser für alle Beteiligten. Die Sache mit der absichtlichen oder selbstgewählten »Unschuld« ist verdammt kurios, und ich habe nicht die Absicht, mich hier damit zu befassen. Es ist klar, daß ich ihn genauestens beobachtete. Ich beschützte und überwachte ihn, studierte seine Bedürfnisse; ich wehrte Bedrohungen ab. Als Wunder der Gelehrsamkeit bedurfte er besonderer Fürsorge. Seltsame Käuze haben ihre seltsamen Zwänge, und mein Auftrag war es, ihn in seiner wertvollen Seltsamkeit zu erhalten. Ich war den ganzen weiten Weg von Europa herübergekommen, um dies zu tun, um in seiner Nähe zu sein. Wir waren einander zwiefach, vielfach verbunden. Beide hatten wir keine anderen Freunde mehr, und ich konnte es mir nicht leisten, ihn zu verlieren. Er kehrte das Genie nicht heraus, ihm mißfiel das hohe Gehabe, und er vermied es, da er so einzigartig unabhängig war. Er ließ sich nicht einmal von den »Gesetzen« der Physik oder der Biologie einschränken. Der Bursche sprach niemals von der »wissenschaftlichen Weltsicht«. Ich habe ihn nicht ein einziges Mal etwas in dieser Richtung äußern hören. Er vermied jegliches Herzeigen der »wertvollen Seltsamkeit«, die ich ihm unterstellte, und legte auch keinen Wert darauf, überwacht und beaufsichtigt zu werden.

Er sagte immer: »Ich bin doch keine Mißgeburt, die aus dem Raritätenkabinett entlaufen ist.« Bemerkungen wie diese datierten ihn. Raritätenkabinetts mit ihren Schwertschluckern, Damen ohne Unterleib und Ubangis mit Tellerlippen gibt es schon lange nicht mehr. Manchmal habe ich den Verdacht, daß sie nur in den Untergrund gegangen sind und alle irgendwann privat als Psychopathen wieder auftauchen.

Einem seiner Kollegen zufolge, und Kollegen sind im allgemeinen die letzten, die so etwas sagen, war Benn ein »Botaniker von hohem Rang«. Vermutlich wird das den meisten Menschen nicht viel Eindruck machen. Warum sollte sie die Histogenese des Blatts oder der Nebenwurzeln interessieren? Mir selbst würde das auch nichts bedeuten, wenn es meinen Onkel nicht gegeben hätte. Wissenschaftler? Was ist schon an denen dran? Es sei denn, sie betreiben Krebsforschung oder begleiten einen auf dem Fernseher durch den Weltraum wie Carl Sagan. Die Öffentlichkeit will Herztransplantationen, sie will Medikamente gegen AIDS, Wundermittel gegen das Altern. Sie gibt nicht einen Pfifferling für Pflanzenstrukturen, und warum sollte sie auch? Gewiß, sie toleriert die Menschen, die diese Dinge erforschen. Eine mächtige Gesellschaft kann sich immer ein paar solcher Typen leisten. Sie sind ja auch relativ billig. Es kostet mehr, zwei Sträflinge in Stateville zu unterhalten, als einen Botaniker auf seinem Lehrstuhl. Dabei bieten die Sträflinge viel mehr an spannender Unterhaltung – Aufruhr und Brandstiftung im Gefängnis, erdrosselte Wärter, gepfählte Gefängnisdirektoren.

Ein amerikanischer Akademiker zu sein ist so eine Sache. Mir können Sie das glauben, denn ich bin ja selbst Akademiker. Ich behaupte nicht, daß ich mit Haut und Haaren Akademiker wäre, nur daß ich einer bin – jedenfalls zur Zeit, am Rande–, Assistenzprofessor für russische Literatur. Für mich ist das spannend, wen lockt so ein Fach schon hinterm Ofen vor – im Vergleich zu, sagen wir mal, Bruce Springsteen oder Oberst Gaddafi oder dem Mehrheitsführer des amerikanischen Senats? Ich lehre an derselben Universität wie Onkel Benn. Ja, er hat seinen Einfluß geltend gemacht, um mich dort unterzubringen. Aber ich bin kein echter Universitätstyp. Im Sinne des konventionellen, traditionellen Elfenbeinturms gibt es das heutzutage nicht mehr. Doch, ja, es gibt echte Gelehrte, aber sie fallen nicht sehr auf. Ein Teil der Universität ist ja ins Geschäft mit der Bewußtseinsentwicklung eingestiegen. »Bewußtseinsentwicklung« setzt eine gewisse Tatenlosigkeit voraus, deren Beseitigung notwendig ist. In dem Maße, in dem die alte Tatenlosigkeit aufhört, qualifizieren sich die Menschen für ein Leben mit mehr Bewußtsein. Beispielsweise fand die lange Tatenlosigkeit der Neger ihr Ende in der Bürgerrechtsbewegung, und damit wurden sie in die Bewußtseins-Gemeinde hineingezogen, wo es notwendig war, eine »Ideensprache« zu entwickeln. Ohne Konzept ist es unmöglich, die eigenen Interessen zu verfolgen oder öffentlich zu machen, und die Universitäten

sind eine Hauptquelle für die unentbehrlichen Jargons geworden, die durch Kanäle wie Gerichtssäle, Kanzel, Fami-
lienberatung, Kriminologie, Fernsehanstalten etc. ins öffentliche Leben einfließen. Das ist allerdings nur ein Teil des
Gesamtbildes. Mächtige Kräfte strömen von den Universitäten auch in die Regierung – ins Verteidigungsministerium,
Außenministerium, Finanzministerium, in den Zentralbank-
rat, den Geheimdienst, ins Weiße Haus. Die moderne Universität ist ebenso die Machtbasis der Biotechnologie, Ener-
giewirtschaft, Elektronik. Akademiker polarisieren das
Licht für Kopiermaschinen, sie bekommen Risikokapital
von Honeywell, General Mills, GT&E, sie sind korporative
Großunternehmen – sie liefern Berater, erstklassige Experten, Sachverständige, die vor Kongreßkommissionen über
Abrüstung oder Außenpolitik sprechen. Sogar ich als Rus-
sischexperte komme gelegentlich ins Spiel.
Mein Onkel dagegen war weit entfernt von alledem, einer
der echten Gelehrten, fast ohne Kenntnis über die Aktivitäten der Machtspieler und Hasardeure, der Ingenieure und
der Business-School-Typen. Er repräsentierte (oder *schien*
doch zu repräsentieren) die alte Unschuld jener Tage, bevor
all die Tatenlosigkeit überwunden wurde. Ich brauche an
dieser Stelle nichts anderes zu sagen, als daß er sich mit Hin-
gabe dem Pflanzenstudium widmete. Dieser auf Pflanzen ge-
gründeten Erfülltheit wollte er jedoch gewisse menschliche
Befriedigungen hinzufügen – ganz normale, gewöhnliche
Befriedigungen. Also tat er es. Und damit tauchten die
Punkte für den Schmerzenskatalog auf. Ein paar einfache
Fakten werden dies verdeutlichen: Nach fünfzehn Jahren
des Witwer- und Junggesellendaseins heiratete er erneut.
Seine zweite Frau war völlig anders; sie war schöner als die
erste, schwieriger, anstrengender. Naturgemäß sah sie sich
selbst nicht in solchem Lichte, aber es war nun einmal so. Sie
war eine Schönheit. Die Schönheit und der Charme waren

die Fassade. Keiner war aufgerufen, dahinter zu schauen, um eine andere Perspektive zu bekommen. Mein Onkel war nur allzu willig, sie so zu sehen, wie sie gesehen werden wollte. Er wollte ja nur in Frieden leben. Zwei Menschen, einander in Liebe und Zuneigung verbunden, ein universelles menschliches Ziel, das so schwer doch nicht zu erreichen sein dürfte. Im Westen versuchen die Menschen es jedenfalls noch immer, zur Abrundung der Vielzahl von Annehmlichkeiten, die sie ohnehin schon genießen. Ich kann hier nicht für den Rest der Menschheit sprechen, der sich auf einer niedrigeren Entwicklungsebene im Kampf ums Dasein krümmt.

Von »nichtrationaler Leidenschaft hingerissen«, wie das Wörterbuch »Verliebtheit« an zweiter Stelle definiert – nach Schwärmerei, das an erster steht –, sprach Benn von seiner Braut, als sei sie eine »Inniggeliebte« aus einem Gedicht von Edgar Allan Poe. »Dein hyazinthnes Haar, dein klassisches Gesicht.« Als ich dies zum ersten Mal aus seinem Mund hörte, geriet ich in höchste Verlegenheit. Meine Antwort war tödliches Schweigen. Ich war fortgewesen, hatte meine Eltern in Übersee besucht, und er hatte meine Abwesenheit dazu ausgenutzt, ohne vorherige Befragung diese Dame zu heiraten. Er wußte ganz genau, daß er das, verdammt noch mal, mit mir hätte besprechen müssen. Wir hatten diese Art von Beziehung. Ich hätte mir nie träumen lassen, daß er so verantwortungslos, geradezu hirnverbrannt sein konnte. Als er mir vorsichtig die Neuigkeit beibrachte, die für mich wie ein Schlag ins Gesicht war, ging er sofort daran, mich zu entwaffnen, indem er seine Liebe in hochtrabenden Worten erläuterte – »hyazinthnes Haar« und »klassisches Gesicht«! Herrgott, was sollte ich darauf wohl erwidern! Ich ertrage es nicht, wenn man mir mit solchem Zeug kommt, und ich war stocksauer. Ich hindere Leute niemals daran, ihre Gefühle zum Ausdruck zu bringen. Sollen sie doch. Er verstand, daß ich aus Prinzip Gefühle akzeptiere und den Menschen die Unbeholfenheit oder Gewöhnlichkeit zugute halte, denen sie, bei aller Kultiviertheit, anheimfallen können, wenn eine der mächtigeren Empfindungen sie überkommt. Auch ein Vier-Sterne-General, ein Mann, der bei seinen NATO-Kollegen hohes Ansehen genießt, singt schon einmal in einem Augenblick des Weichwerdens oder der Schwäche angesichts der Liebe einen »dudududu«-Refrain aus einem Bing Crosby Song. Die beste Bezeichnung für dieses Auseinanderklaffen von hoher Leistungsfähigkeit und privater Unbeholfenheit ist »Barbarei«! Mein Onkel bot mir Poes Helena an: »Die Schönheit dein ist mir/ wie ehedem die Barken von Nicäa...« Ein Versuch, mich zu beschwichtigen. Da wäre mir Bing Crosby doch noch lieber gewesen. Wütender und niedergeschlagener hätte ich gar nicht mehr sein können. Zufällig kannte ich die Braut. Es war Matilda Layamon. Das klassische Gesicht hätte man ihr vermutlich zugestehen müssen, und als Pflanzenforscher mußte er naturgemäß etwas für hyazinthnes Haar übrig haben. Hier fiel mir Wordsworths kaltherziger Naturwissenschaftler ein, der auf dem Grab seiner Mutter botanisieren ging, und ich dachte: Das passiert also, wenn diese Burschen aufhören, auf Gräbern zu botanisieren, und ihr Herz wieder normal schlägt! Genaugenommen war es nicht fair, meinen Onkel in diese Kategorie zu stecken. Er war wirklich ein Mann von Gefühl. Heutzutage und in unserem Zeitalter die ursprünglichen Gefühle im Auge zu behalten, die Gefühle, die von einem chinesischen Weisen als »das erste Herz« bezeichnet worden sind, ist nicht einfach, wie jeder Erwachsene mit Lebenserfahrung bestätigen kann. Falls das »erste Herz« nicht schon zur Unkenntlichkeit entstellt ist, hat man es in den Heizkessel des Ego geworfen, um pragmatische Notwendigkeiten warm zu halten. Doch mein Onkel war wirklich ein Mann von Gefühlen, vor allem mit Familiensinn, und seinen Eltern ehrfürchtig zugetan. Einmal entführte er mich unter einem Vorwand zum Friedhof, und dort weinte er ein wenig an ihrem Grab. Er hatte die Pflanze, die die beiden Gräber trennte, persönlich ausgesucht: daumenförmige, dunkelgrüne Sukkulenten – wissenschaftlich nicht von besonderem Interesse, sagte er. Dies war eine Nebenbemerkung, aber es war auch eine Aussage. Jede Pflanze veranlaßte ihn zu einem Kommentar. Mir kam sogar der Gedanke, daß diese Sukkulenten vielleicht die Rolle der Vermittler für ihn spielten und ihm dies oder jenes von den Toten mitteilen mochten.

Ich sah mich gezwungen, mir selbst die Frage zu stellen, ob *ich* wohl jemals an den Gräbern meiner Eltern eine Träne vergießen würde, angenommen, ich überlebte sie. Ich bin nicht von robuster Konstitution, wohingegen mein Vater biologisch höchst erfolgreich ist, ein Mann von schmiedeeisern gutem Aussehen, der auch in den hohen Sechzigern noch auf Frauen wirkt. Vor ein paar Jahren hat er einmal voller Stolz auf sich selbst bemerkt, das sentimentale alte Lied: »Wirst du mich lieben im Dezember, wie du es tatest im Mai« müsse bei ihm heißen: »Wirst du mich lieben im Dezember, wie du es tatest im November?« Er hat nicht viel ironische Distanz zu sich selbst, aber gelegentlich gelingt ihm eine witzige Bemerkung. Meine Mutter dagegen sieht so alt aus, wie sie ist, vielleicht sogar älter. Körperlich ist sie auf dem absteigenden Ast. Keine Widerstandsfähigkeit. Sie ist etwa zehn Jahre älter als ihr Bruder und hat keinerlei Ähnlichkeit mit ihm.

Ich muß Ihnen jetzt allerdings ganz offen sagen, daß ich an meinen Onkel mit dem Gedanken herangehe, daß heutzutage eben jeder eine ganz neue Form von Erfahrung braucht. Dies wird wie ein Recht gefordert, im Grunde genommen wie ein Menschenrecht. »Gib mir eine neue Erfahrungsweise, oder ich bin verloren.« Dies ist kein Nebenproblemchen in der Psychologie des einzelnen... Und verstehen Sie mich bitte nicht falsch. Ich habe keine Freude am Theoretisieren, und ich werde Ihnen keine großartigen Ideen unterjubeln. Früher einmal war ich ihnen verfallen, aber dann habe ich entdeckt, daß sie nur Probleme brachten, wenn man sich unterschiedslos auf sie einließ. Wir betrachten hier Dinge, bei denen das Theoretisieren keine Heilung bringt. Trotzdem mag man das, was direkt unter den eigenen Augen passiert, schließlich nicht verpassen, nur weil man vielleicht nicht erkennt, wie enttäuschend die vertrauten Erfahrungsformen geworden sind.

All dies bezieht sich, um nicht wie die Katze um den heißen Brei zu schleichen, auf den Zustand des Gefallenseins, in dem unsere Spezies sich befindet. Eine Fülle erfundener Ereignisse soll uns davon ablenken oder es kompensieren. Diese Erfindungsfülle, die oft als »Information« durchgeht, ist in Wirklichkeit verkappte Leichte Muse. Auch der Tod ist, solange man die Immunität des Betrachters genießt, unterhaltsam, genau wie im alten Rom oder 1793. So wie heute, wo Sadat ermordet wird, Indira Ghandi einem Attentat zum Opfer fällt, sogar der Papst auf dem Petersplatz niedergeschossen wird, während man, selbst unversehrt, weiterlebt, um mehr und mehr dieser Art zu sehen, bis der Tod schließlich, nach vielen Verzögerungen, auch an einen selbst herantritt. Der Absetzer beim Fallschirmspringen sagt: »Du steigst als nächster aus.«

Neugierig geworden, sagte ich zu meinem Onkel: »Onkel, wie stellst du dir den Tod vor – was ist dein Katastrophen-Szenario für den Tod?«

»Nun, bei mir waren von Anfang an immer Bilder da – innen und außen«, sagte er. »Und für mich ist das Schlimmste, was passieren kann, daß diese Bilder aufhören.«

Mein Onkel machte sich keine Sorgen um eine neue Fom der Erfahrung, weil er sich die Erfahrung immer selbst interpretiert hatte. Er hatte sich seine eigenen Bilder gemacht.

Um dieses kleine Aparte auszuspinnen: Es gibt eine Fülle von Ereignissen, aber (und das ist die Bedeutung des »Zustands des Gefallenseins«) beim einzelnen ist der Raum für ihre Unterbringung sehr beschränkt. Ein Beobachter, der General Eisenhower gut kannte, behauptet, daß die Invasion Europas, die von Ike organisiert und geleitet wurde, für ihn persönlich eine rein äußerliche Angelegenheit gewesen sei. Er habe kein inneres Theater erlebt, das dem europäischen Kriegstheater entsprochen habe. Vielleicht hat der Kampf um Europa auch Churchill persönlich nicht allzuviel bedeutet, und De Gaulle mag geglaubt haben, daß er dem Kampf gewachsen sei – er konnte schließlich die ganze Geschichte der Zivilisation fassen, und vielleicht war er ihr Lieblingsgefäß. Stalin wiederum war an solchen Übungen überhaupt nicht interessiert. Für ihn reichte es, daß er befehlen konnte, jeden beliebigen Menschen zu töten.

Aber lassen wir jetzt das Theoretisieren (das wie ein leichter Fall von Lepra ist – man verliert hier und da einen Zeh; es braucht aber keines der wichtigeren Glieder befallen zu werden).

Als Einführung in dieses grundlegende Thema der Moderne möchte ich jedem die Erinnerungen von Admiral Byrd empfehlen. *Alone* heißt das Buch, das ich meine, ein unheimliches Werk. Ich habe es gelesen, weil Onkel Benn, der in der Antarktis gewesen war, darauf bestand. Wenn Byrd über die Menschen spricht, die während der langen Polarnacht isoliert in kleinen Gruppen zusammen sind, sagt er, daß es unter diesen Bedingungen nicht lange dauerte, bis sie einander durchschauen. Und was durchschauen sie so rasch bei einander? »Es kommt der Zeitpunkt, an dem es nichts mehr gibt, was man dem anderen mitteilen kann, an dem man sogar dessen noch ungeformte Gedanken vorausahnt und seine Lieblingsideen ein sinnloses Salbadern werden.« Man erinnere sich nur an Charlie Chaplin in *Goldrausch*. Als er und sein bärtiger Kamerad vom Schnee eingeschlossen sind und fast verhungern, verwandelt sich Charlie in der Vorstellung seines halluzinierenden Partners zu einem Huhn. Hier kommt die Komik des Hirngespinsts herein. Die reine Wahrheit ist jedoch unbarmherzig, und Byrd sagt es offen heraus: »Nirgends gibt es ein Entkommen. An allen Seiten ist man von seiner eigenen Unzulänglichkeit und dem wachsenden Druck von Seiten der Gefährten eingeengt.« So werden hier, in der eisigsten Kälte, die es auf der Erdoberfläche gibt, Röntgenstrahlen ausgesandt, die grau auf weiß die Verkrüppelungen und Krankheiten zivilisierter Persönlichkeiten aufzeigen, und die eigenen sitzen mitten drin. Wenn man ein halbes Jahr in Einsamkeit auf der dunklen Seite des Mondes verbringen müßte und dort im eigenen Busen wühlte, welch reiches Material würde da wohl an die Oberfläche kommen?

Eine Spur anders liegt die Betonung bei der russischen Version hiervon, die ich als Fan der russischen Literatur in Büchern wie Schalamows *Kolyma* fand. Kolyma ist eines der nördlichsten Arbeitslager. Dort spielte die Verwaltung ein sonderbares Spiel mit den Gefangenen und hielt sie immer am Rande des Todes. Zwei von ihnen kriechen zum Permafrost-Grab eines vor kurzem begrabenen Beamten hinaus und stehlen dem Steifgewordenen die Socken und Unterhosen. Schon jenseits der Totenstarre ist er durch und durch reines Eis. Durch diese Kleidungsstücke, für Brot eingetauscht, könnte das Leben um ein paar Tage verlängert werden. Die Taktik der Lagerverwaltung war es, die Leute immer nur knapp über dem Überlebensniveau zu halten. So wurde man dazu herausgefordert, metaphysische Gründe dafür anzugeben, warum man überhaupt zu existieren wünschte. Wofür? Und manchmal war es einem gar nicht klar, daß man wirklich existierte. Wäre eine vereidigte Aussage verlangt worden, hätte man vielleicht nicht einmal mit voller Überzeugung sagen können, daß man wirklich lebte. Doch handelte es sich dabei ja um eine raffinierte Taktik des Sowjetsystems, und da alles Schlimme von oben angeordnet war, brauchte der individuelle Sklavenarbeiter sich selbst nichts vorzuwerfen. Nur sein Körper im äußeren Ablauf der Geschichte war im Exil und versklavt. Im Westen, wo man auf Daunenkissen und Perkallaken schlief, sah man sich einem ganz anderen Martyrium ausgesetzt.

Ich kann nicht einmal sagen, ob es sich wirklich lohnt, das ganze russische Zeug zu lesen, das ich berufsmäßig lesen muß. Es ist nicht an mir, das zu beurteilen. Ich kann nur dazu sagen, daß es gelegentlich kuriose Perspektiven anbietet. Ich denke dabei an informelle Aussagen, die einer von Stalins Spezis, Panteleimon Ponomarenko, von sich gegeben hat – noch immer ein Apologet. Er will einem weismachen, daß die Regierungsaufgaben den Erben der Revolution aufgehalst wurden wie ein Haufen Dreck und daß die dazu notwendigen Grausamkeiten so ungeheuer sind, so schändlich, und die Verbrechen so schwindelerregend, daß die Unschuld der Massen durch ihre Führer geschützt werden muß. Und deshalb müßten auch so viele Operationen geheim ablaufen. Die »offenen« Fakten, die der Bevölkerung vorgesetzt werden, halten sie in einer Welt der freundlichen Illusionen, wie Rebecca von der Sunnybrook Farm. Das Opfer der Bürokratie besteht darin, die ganze Bürde der Geheimnisse priesterlich zu tragen. So können die Massen in ihrer Unschuld bewahrt werden und auf naive Weise glücklich sein. Alle Regierungen verhalten sich mehr oder weniger so – wie Großinquisitoren, die die schwache Menge schützen. (Nicht alle Regierungen allerdings haben ihre eigenen unschuldigen niedergemetzelt.) So gilt also: »Haltet sie im ungewissen – zu ihrem eigenen Besten«, und das erklärt auch, warum die Russen so hermetisch vom Rest der Welt abgeriegelt werden. Solche brutalen Rührseligkeiten über die Unschuld von

Völkern sind allerdings überall auf der Welt bei Politikern eine gängige Fiktion. Es ist mehr als wahrscheinlich, daß überhaupt keiner unschuldig ist und in Wirklichkeit die Massen den Zynismus ihrer Herrscher teilen. Gerissene Denkgewohnheiten sind weit verbreitet. Äußere Zwänge injizieren sich, dringen direkt in unser Nervensystem. Wenn das Individuum sie in seinem Kopf entdeckt, erscheint ihm ihr Auftauchen völlig natürlich, und was diese Zwänge sagen, das versteht es vollkommen, genauso wie Hitler und die Bevölkerung von Deutschland dieselbe Sprache sprachen. Stimmen, live oder vom Band, nähern sich aus dem Äther und sprechen zu einem oder für einen. Wenn man sie in extremer Isolation hört, können sie eine besondere Bedeutung haben. Ist man deprimiert, wählt man die Nummer einer Stimme, die einem den Selbstmord ausredet, ein Gebet spricht oder einen zum sexuellen Höhepunkt bringt. Viele Zeitungen listen die Telefonnummern auf. Ganz dem besonderen sexuellen Bedürfnis entsprechend heizt dir eine Stimme ein, umgarnt dich süß, redet unflätig und bringt dich hoch, bis du dir einen abfiedelst. Gib deine Visa- oder Amex-Nummer, und es wird auf deine monatliche Rechnung gesetzt wie jede andere Dienstleistung. Du liegst im Bett mit deinem Instrument, deinem drahtlosen Telefon, und es ist wie ein Retake des Naturzustands, eine zweite Rückkehr zu den Anfängen. Es erinnert dich irgendwie an Hobbes und Locke, nur daß es Hobbes nie eingefallen wäre, welche Telefonnummern man in seiner neuen Einsamkeit wählen könnte.

Fast erleichtert nehme ich eines der Bücher meines Onkels herunter und öffne es, und ich lese über die Ähnlichkeiten und Unterschiede zwischen Selaginella und Lycopodium, die Ligulae oder den polystelischen Stengel oder darüber, wie der weibliche Gametophyt sich von den in der Megaspore gespeicherten Nährstoffen ernährt. Jetzt befinde ich mich in einer völlig anderen Welt. Rein, so rein, so rein! Aber ich will hierüber an dieser Stelle nichts mehr sagen. Ich habe schließlich ein dringendes Vorhaben, mit dem ich vorankommen muß.

Mein Onkel verbrachte ein halbes Jahr in der Antarktis und empfand tiefen Respekt für Admiral Byrd. Byrds Buch veränderte die Vorstellung meines Onkels über die Marine, die er zuvor für High-Tech auf dem Wasser gehalten hatte. Auf jeden Fall hatte die Antarktis eine wohltuend beruhigende Wirkung auf meinen Onkel, da die Umgebung dort alles andere als pflanzenlos war. Eine reiche Vegetation konnte seine Vorstellungskraft so heftig in Wallung bringen, daß seine Urteilsfähigkeit beeinträchtigt wurde. Doch in der Antarktis mußte man all seine Sinne beisammen haben. Wenn man nicht achtgab, konnte man die Finger verlieren oder ein Stückchen Nase; während also die grandiose Umgebung wie ein Traum erscheinen mochte, trieb einem die mörderische Kälte alle Phantasie aus. Wie nirgends sonst sah man dort die Grundzüge des Planeten in reinen Formen und Farben. Benn unternahm eine Hubschrauberexpedition, um auf den Abhängen des Mount Erebus Flechten zu sammeln – er sagte, sie bildeten vor dem Schnee leuchtende Flecke. Ich habe ein Foto von der Landung. Darauf ist er zu sehen, in Isolierkleidung gehüllt wie eine Science-Fiction-Gestalt oder einer der Astronauten auf dem Mond. Nur leider sieht man die Farbschattierungen der Flechten nicht.

Mein Onkel war für mich als Kind eine magische Figur, und irgendwie ist er das geblieben. Für meinen Vater war er der vertrottelte Wissenschaftler. Mein Dad brachte uns, wenn er zufällig einmal zum Essen zu Hause war, mit lächerlichen Nachahmungen der Gesten meines Onkels zum Lachen; er zeigte etwa, wie Benn einen Einwand mit dem Daumen beiseite wischte oder sich mit der Hand unter die Jacke fuhr, um sich zu vergewissern, daß sein Hemd nicht herausgerutscht war. Mein Dad war ein plumper Pantomime; es war nur im Kreis der Familie komisch. Ich lachte natürlich, und dann ging ich in mein Zimmer und malte mit Tusche einen Balken für Verrat in das Tagebuch, das ich als Gymnasiast führte. Manchmal wandte meine Mutter ein: »Das ist unfair. Du machst ihn zu schrullig. So weit stehen seine Zehen nicht nach außen.« Aber auch sie genoß den Spaß, und ihre Proteste waren nicht sehr stark. Daddys Parodien verstärkten nur meine Loyalität dem Onkel gegenüber. Mein Onkel hatte für mich – na, wie sagt man gleich – Charisma. Ich traue diesem Wort nicht recht. Es klingt wie eine Krankheit. »Woran ist der Kerl denn gestorben?« »Ich glaube, das Charisma hat ihn erledigt.« So unheimlich wie AIDS – übrigens, machte mein Onkel es sich zur Aufgabe, sich auf seine gründliche wissenschaftliche Art über Herpes, AIDS und andere Geschlechtskrankheiten zu informieren. In einem rein klinischen Ton führte er gräßliche Unterhaltungen über die rektale und die Rachengonorrhoe, den Cytomegalovirus, durch den Darm übertragene Protozooninfektionen, das Eindringen einer Faust in den Anus des Partners beim homosexuellen Geschlechtsverkehr. Manchmal fügte er hinzu, daß man ein Zeitalter nach der Natur seiner Krankheiten einschätzen könne – daß ein Tod durch AIDS dem von Byrd berichteten Strafgericht menschlicher Unzulänglichkeit entspreche, ein vollendetes, erschreckendes organisches Symbol für genau dasselbe. Ich erwähne dieses klinische Interesse, da es die spätere Beschäftigung meines Onkels mit dem Dämon der Sexualität schon andeutet. Er versuchte, sich durch die Ehe davor zu retten.

Wenn ich die mir bekannten Menschen taxierte, um zu sehen, wer von ihnen zur Liebe in ihrer klassischen Form fähig sei, entschied ich, daß Onkel Benn ein Spitzenreiter war. Er war schon mit dieser zunehmend seltener werdenden Fähigkeit geboren. Er konnte sich doch tatsächlich verlieben, dachte ich. Für mich hatte er »den Zauber«. Das ist der Begriff, den ich an Stelle von »Charisma« gesetzt habe. Henry James mochte »den Zauber« gern. Ebenso wie das Wort »Numerosität«, das von keinem anderen Schriftsteller, den ich kenne, benutzt wird. Für mich hatte mein Onkel den Zauber, und sein Glanz verstärkte sich nur noch, wenn mein Papa ihn schlechtmachte.

Papa war ja so ein Dandy und ist es noch. Und ich bin ihm unvermeidlicherweise natürlich ähnlich. Söhne sind dazu prädestiniert, sich Lebensart und Gestik ihrer Väter anzueignen. Ich wandte seine Tricks in der Unterhaltung und seine Manierismen schon an, bevor ich überhaupt denken konnte. Im Folgenden mag es so aussehen, als ob ich mich über ihn lustig mache. Ableugnen ist nutzlos. Man findet eben immer wieder Beutel voller Gift neben seinen allerbesten Gefühlen, also greifen wir doch nicht nach den Sternen. Mein Vater war ein frankophiler Amerikaner, ursprünglich stammte er aus Valparaiso, Indiana, und war fest entschlossen, Franzose zu werden. Der Zweite Weltkrieg verzögerte seine Ankunft, aber er traf unmittelbar danach dort ein, sobald es möglich war. Als die Marine ihn entließ und die Deutschen vertrieben waren, stand er da – ein waschechter Pariser. Auch meine Mutter war glücklich in Paris, solange man dort noch Bedienstete kriegen konnte. Ich meinerseits kann daran nichts Schlimmes finden. Den Parisern steht es ebenso frei, New Yorker oder Bostonianer zu werden wie Koreaner oder Kambodschaner; für Frankreich zu optieren erscheint mir für einen Amerikaner ein vernünftiger Gegenkurs. Allein achtzigtausend US-Staatsbürger sollen sich angeblich in Rom niedergelassen haben. Manche Pariser werden einem erzählen, daß Paris zu verlassen Exil bedeutet, wenn nicht gar den Tod, doch vielen von ihnen geht es auch in New York prächtig. Die Motive meines Vaters waren romantisch oder impulsiv. Als Student der französischen Literatur und

Politik hätte er sich zum Beispiel ja den psychotischen Antisemitismus der Franzosen zu Herzen nehmen können, oder er hätte sich an die Unruhen erinnern können, die zur Zeit der Dreyfus-Affäre von Drumont von *La Libre Parole* gegen die »Juden, die Frankreich vergiften« angezettelt wurden. Um fair zu sein, nicht Drumont zog ihn an, sondern Stendhal und Proust. Auch die Seine, die Restaurants und die Frauen.

Während mein Onkel einen bestimmten Zauber hatte, der noch genauer zu beschreiben wäre, hatte mein Dad seinen eigenen Zauber, und wenn ich mich dafür entschied, Benns Weg zu folgen, war das nicht nur eine Wahl der Stärke. Körperlich gleiche ich meinem Vater. Ich bin einer der schlanken Trachtenbergs, mein Gesicht ist schmal, mein Haar schwarz, und ich bin dolichozephal. Benn hat ein rundes Gesicht, eine breitere Figur. Papa war in seiner Jugend ein Poseur. Er entfaltete sexuellen Pomp, wie man ihn in Tierfilmen sieht, das Balzverhalten von einem Truthahn oder einem der langbeinigen Vögel. (Störche klappern mit den Schnäbeln, um die Weibchen anzuziehen.) Dad war wild auf Frauen. Ich, der es nicht war, tat trotzdem so als ob. Ich teilte seinen dezidierten Geschmack für klassische Hemden und kostbare Halstücher, vor allem die rötlichen Rohseiden. Ich kann wegen meiner Größe gut elegante Krawatten tragen. Bei kleineren Männern ist entweder der Knoten zu dick, oder die halbe Krawatte hängt über den Gürtel. Die Durchschnittsfigur ist größer geworden als früher. Aber ich bin eine Spur zu groß für meinen Charakter; ich habe nicht den Charakter, der so viel Körpergröße erfordert, und diese Diskrepanz hat mich zu einer schüchternen Person gemacht. An früherer Stelle habe ich mich mit einem Schraubenschlüssel in Lebensgröße verglichen – ich setze meiner Phantasie wenig Widerstand entgegen. Aber man hat mir oft gesagt, daß ich dem Schauspieler John Carradine recht ähnlich sehe. In seinen Western pflegte er einen schwindsüchtigen Mann vornehmer Herkunft zu spielen. Man glaubte in der guten alten Zeit, wenn man aus dem Osten stammte, daß die Luft in Wyoming oder Arizona das Asthma oder die TB heilen und einen fit machen würde, Präsident zu werden. Aber der klapperdürre Carradine war nicht zum Leben bestimmt, er war eh schon ein halbes Skelett und starb immer in einer Schießerei. Er war ein ausgesprochener Astheniker. Ein genauerer Vergleich würde allerdings nicht allzu viele Ähnlichkeiten aufdecken. Ich habe zwar das eher lange, in der Mitte gescheitelte Haar, das wie bei ihm schwer zu beiden Seiten herunterfällt, und dieselbe ausgezehrte Gebeugtheit. Doch kommt noch ein Unterschied hinzu: Französisch, meine erste Sprache, entwickelt wegen der erforderlichen Labiallaute die Mundmuskulatur besonders stark. Stellen Sie sich also einfach John Carradine in einer französischen Version vor. Ich hätte wohl eine passendere äußere Erscheinung für einen Mann mit meinen Neigungen haben können, die eher wie die Neigungen von Onkel Benn sind. Außerdem bin ich kein Schauspieler. Benns Wuchs paßt besser zu seinem Temperament.

Ich habe schon erwähnt, daß mein Onkel einen russischen Einschlag hatte, wie ihn viele russische Juden haben. Jemand sollte einmal eine Monographie über die Reaktionen der Juden auf die verschiedenen Länder ihres Exils schreiben, jene Länder, in denen ihr Herz weit wurde, und jene, die für sie am bedrohlichsten waren. Je abweisender Deutschland war, um so begieriger waren die Juden, sich einzudeutschen. Rußland war besonders widerlich, aber die Juden fühlten sich nichtsdestotrotz zu den Russen hingezogen. Die Idee des Slawischen paßte irgendwie zu Onkel Benn. Er hatte sogar den breiten runden Rücken, den man besonders oft bei Russen antrifft, und es war nicht die Lebensweise des Gelehrten, die ihm diese interessante Rundung gab. Ich habe sie schon an Slawen beobachtet, die niemals ein Buch von innen gesehen haben. Sie sehen aus, als trügen sie unter ihrer Kleidung Flügel. Dazu kommt die schüchterne Art, die oft eine äußere Maske bei Menschen ist, die eine mächtige Tiefenstruktur haben und nicht wollen, daß man darum weiß. Als Junge in Paris fühlte ich mich zu den Russen hingezogen und suchte ihre Nähe. Die Beziehungen meines Vaters nutzend, pflegte ich Boris Souvarine zu besuchen, den großen Biographen Stalins. Der schnellste Weg, etwas über einen Gegenstand zu erfahren, ist, Privatkontakte mit jenen anzuknüpfen, die am besten darüber Bescheid wissen, und sie zum Sprechen zu bringen. Auch Alexandre Kojève, der russische Hegelkenner, kam in unser Haus. Die Unterhaltung mit großen Menschen vermittelte mir die Bildung, die ich besitze, und dabei merkte ich gar nicht, daß ich etwas lernte, ich folgte nur einfach meinem Interesse für das Russische. Ich lernte früh die Sprache und wurde im Laufe der Zeit ein Fachmann. Meine Eltern waren böse, als ich eine Stelle an der Universität meines Onkels annahm und in den Mittelwesten zog, den sie doch so bereitwillig verlassen hatten. Es kam ihnen pervers vor, so, als ob ihr einziges Kind ihre Anbetung Europas verwerfe. Meine Mutter und mein Onkel waren in dieser Stadt geboren, meine eingewanderten Großeltern sind hier begraben, mein Großonkel Vilitzer war hier ein wichtiger Drahtzieher in der demokratischen Maschinerie. Eine durch und durch amerikanische Stadt. Bei meiner Ankunft fühlte ich mich auffällig fremd. Doch schließlich fahren hier Iraner Taxis, Koreaner und Syrer beherrschen den Gemüsemarkt, Mexikaner bedienen einen im Restaurant, ein Ägypter wartet meinen Fernsehapparat, japanische Studenten besuchen meine russischen Lehrveranstaltungen. Und die Italiener? Die sind schon fünf Generationen lang hier. Henry James, der in Ekstase geriet, wenn er in Italien Italiener sah, wurde depressiv, wenn er ihnen in Connecticut begegnete. Amerika hat alles umgekehrt und der Fremdheit eine neue Bedeutung gegeben. Deren endgültige Form vielleicht der Tod ist.

Mein Onkel Benn jedenfalls war mein engster Freund geworden, ich hatte keinen engeren, und er war im Grunde der einzige. In meiner Generation ist solche Intimität innerhalb der Familie ungewöhnlich. Onkel, Tanten – und Eltern erst recht – verstauben auf dem Kaminsims wie alte Weihnachtskarten. Wenn im Juli der Blick darauf fällt, sagt man sich, es ist Zeit, sie wegzuschmeißen, aber man kommt nie dazu. Schließlich erschlaffen sie und vergilben, sterben ab und enden im Ofen. Bei meinem Onkel und mir lag die Sache aus Gründen, die noch festzustellen wären, anders. Die Freundschaft zwischen uns war echt, ich möchte fast sagen verzehrend.

»Professor Chlorophyll« nannte ich ihn als Kind, und sein Beruf war eine Selbstverständlichkeit für mich. Jetzt rätsele ich darüber, jetzt, wo mir klar wird, daß er ein echter Botaniker war, und wo mir ebenfalls klar wird, daß Pflanzen sehr merkwürdige Wesen sind (auch diese Erkenntnis verdanke ich ihm). Mehr als eine Million Kinder von Neueinwanderern müssen in dieser Stadt zur Zeit seiner Geburt das Licht der Welt erblickt haben, und unter allen diesen wurde nur er Professor für Pflanzenmorphologie. Andere stiegen ins Spirituosengeschäft ein oder in den Gebrauchtwagenhandel oder verkauften Haushaltswaren oder gingen zum Amt für Stadtreinigung und Müllabfuhr. Im besseren Sinne des Wortes war er ein Abweichler, und seine Abweichung hatte ihre Wirkung auf mich. Alles, was er hatte, steckte er in die Pflanzen. Sprechen wir im Augenblick einmal nicht von Onkeln – sagen wir doch einfach, daß mein intimster Gefährte, der Mitbewohner meines Busens, mein Freund, ein jüdischer Botaniker war. Die »angewandte Wissenschaft« war nicht sein Bereich – keine Agronomie, keine Genetik. Draußen in der Negev machen Forscher Versuche mit hochproteinhaltigen Algen. Was aussieht wie Schlick aus einer Pfütze kann vielleicht die hungerleidende Bevölkerung des Tschad oder des ländlichen Indien retten. Mein Onkel hatte keine solche nützliche Orientierung. Man kann die Stellung, die er unter den Pflanzen einnahm, nicht richtig einschätzen, wenn man seine lebhafte Vorstellungskraft außer acht läßt. Was man sehen muß, ist ein Jude, der sich ins Reich der Pflanzen begibt und dort Blätter, Rinde, Kernholz, Splintholz und Blüten um ihrer selbst willen studiert. Das hatte etwas Druidisches an sich. Natürlich betete er die Pflanzen nicht an, er betrachtete sie lediglich. Doch auch die Betrachtung muß qualifiziert sein – er nahm Einblick in die Pflanzen oder durchschaute sie. Er nahm sie als Arkana. Ein Arkanum ist mehr als ein bloßes Geheimnis; es ist das, was man wissen muß, um bei einer kreativen Suche erfolgreich zu sein, um Entdeckungen zu machen, um sich auf die Kommunikation mit einem spirituellen Mysterium vorzubereiten. (Sie entschuldigen meine Sprache, ich bin in Eile und kann mich nicht lange aufhalten, um unter den zur Verfügung stehenden Begriffen lange auszuwählen.) Wäre ich ein Maler – ich hätte ein Primitivist nach der Art des Zöllners Rousseau sein müssen –, würde ich meinen Onkel zusammen mit einem Baum portraitieren, sie beide als Paar, als Komplizen oder Kumpel. Ein stummes grünes Rund, eine Lichtung im Wald, und vor dem Hintergrund von hüfthohen Farnen präsentiert sich ein stämmiger Mann (der Inbegriff der Stabilität, wenn auch in Wirklichkeit äußerst schreckhaft), in Vereinigung mit einem riesenhaften Baum, sagen wir einem Ahorn – alt, arthritisch, beleibt, zur Krone hin anschwellend wie eine Baßtuba, ein uraltes und edles Wesen, im Begriff, unter seinem eigenen Gewicht zusammenzubrechen, aber noch immer fähig, Millionen von Blättern auszutreiben. Dieses Eden im modernen Gewand meines Gemäldes würde Frieden,

Dauerhaftigkeit oder Vollendung mit der Instabilität des zwanzigsten Jahrhunderts verbinden – Impulse aus der gefallenen Welt, die diese grüne Abgeschiedenheit umgibt.

In weltlicher Sicht ist dieses »Gefallensein« das blecherne religiöse Gewäsch, dem gegenüber starke Persönlichkeiten sich hin und wieder tolerant erweisen. Ein Vollblutmann ist mit der Regierung beschäftigt, mit Märkten, mit Computern, mit dem Gesetz, mit dem Krieg, mit männlichen Aktivitäten – vor allem mit dem öffentlichen Leben und der Politik: den bewaffneten Kräften der Supermächte, dem Ehrgeiz von Stalins Erben, dem Nahen Osten, dem CIA, dem Supreme Court. Oder deren finanziellen Entsprechungen. Oder sexuellen, einem Erotizismus, der der Politik von Supermächten gleichkommt. Ein reifer Geist würde auch feststellen, daß das paradiesische Bild, das ich eben entworfen habe, keine Frau enthält, nur meinen nachdenklichen Onkel, während Rousseaus berühmtes Bild von der Waldlichtung in der Mitte eine nackte Frau zeigt, die auf einem Sofa liegt, während die Tiger des Begehrens sie anstarren. Dies ist eine arkanische Vision, kommt aber der Wahrheit näher.

Und das ist genau der Punkt. Dies ist mein Thema.

Kehren wir zu meinem Onkel zurück: Vor einer Weile sprach ich von einer maßgeblichen Besonderheit, und die werde ich jetzt erklären. Fangen wir bei der Kindheit an. Ein Kind in einer armen Gegend, die Eltern sind Immigranten, auf dem Hinterhof wird mit Milchflaschen gespielt, die Ästhetik von Sonnenstäubchen wird erforscht, man sitzt auf dem Trottoir. Und ganz allmählich trifft man seine Entscheidung, dies oder jenes zu werden, wenn man groß ist. Ich spreche nicht von Medizin oder Elektrotechnik, nicht einmal von Straßenreinigung und Müllabfuhr, sondern von einmaligeren Wahlen. Man entscheidet sich für etwas Einzigartiges, und dann wird man es. Einfach so? Woher weiß man, daß darin eine Zukunft liegt? Man weiß es nicht. Aber wir leben in einer, wie Professor Popper es bezeichnet, offenen Gesellschaft, und was könnte einen in einer offenen Gesellschaft daran hindern? Nichts außer der Vorstellung, daß alles seine Ordnung haben muß, und die gewinnt an Gewicht, je vorsichtiger man wird. Wie kann man einem kleinen Kind mit einer ausgefallenen Neigung trauen? Nicht einmal der kleine Samuel im Tempel erkannte, daß Gott ihn rief; er dachte, es sei der Hohepriester, der in der Nacht einen Schluck Wasser brauchte. Nun, die Propheten haben Gott als Sicherheit. Unsere Zeiten sind da unsicherer. Das unternehmungslustige Kind ist wie ein Wanderer im Weltraum, dessen Seile zum Mutterschiff sich losreißen könnten. Wenn das geschieht, wird er ins Weltall hineingesogen. Doch drei Jahrzehnte vergehen. Der ernste Student hat sich in die Psilophyten, die Arthrophyten, die Pteridophyten vertieft, und anstatt weit hinter den Mond gesogen worden zu sein, hat er einen Lehrstuhl an der Universität. Er hat es vielleicht gar nicht verdient zu überleben. Vielleicht hat ihn blindes Glück gerettet.

Es gibt hirnrissige Ideologen, die behaupten werden, dies sei eine Leistung des Kapitalismus gewesen. Aber das ist so, als wolle man sagen, Athen hat Alkibiades gemacht. Athen war für Alkibiades wichtig, gewiß. Um aber das zu bekommen, was er wollte, hätte er, ohne zu zögern, Athen gegen Sparta oder Persien eingetauscht.

Doch um nicht wieder auf eine Nebenfährte abzugleiten: Mein Umzug in den Mittelwesten wurde von meinem Vater als Zurückweisung interpretiert (ich bitte das Wort zu verzeihen, es ist so irreführend). Es wurde eine doppelte Zurückweisung, da auch meine Mutter ihn verließ, nach Jahren des Drohens. »Sitzenließ«, wie Vater sich ausdrückte. Und er war nie einer gewesen, der sich beklagte. So saß er also allein in der Rue Bonaparte, welch beneidenswerte Situation. Meine Mutter zog aus, als Protest gegen das Leben, das er ihr zugemutet hatte. Aber zu behaupten, daß er nun allein gewesen sei, würde ein falsches Bild ergeben. Er hatte eine hübsche UNESCO-Pension plus Aktienkapital in der Pittsburgher Firma, die ihn vor vielen Jahren eingestellt hatte, um sie in den französischsprachigen Teilen der Dritten Welt zu repräsentieren, wo die in Frankreich ausgebildeten Regierungsbeamten nur darauf warteten, ausführlich über das letzte Stück von Camus oder Queneaus *Zazie* zu plauschen. Gott, waren sie scharf auf kultivierten Klatsch, und er machte seine Sache gut, geistreich und gewandt wie er war, und niemals zynisch. In ganz Afrika und Südostasien war er mit Prinzen und Militärdiktatoren auf du und du. Diese exotischen Verbindungen machten ihn glücklich. Weil er sich freute, erfreute er auch die meisten Menschen, denen er begegnete. Ich kann nicht behaupten, daß er keine Kritiker hatte, und er wurde oft als Schürzenjäger und leichtfertiger Charakter verunglimpft. Er war jedoch kein oberflächlicher Mensch. Alte Kategorien wie »Bonvivant« oder »Lebemann« passen einfach nicht auf ihn. Viele hervorragende Männer haben es mit einer Vielzahl von Frauen getrieben. Auf jeden Fall hat er seine Pension und lebt gut. Man kann Rudi Trachtenberg nicht von Paris und seinen geselligen Straßen abbringen. Er hat einen Kreis von Freunden, und dann gibt es ja auch noch die Frauen, vier Jahrzehnte von Frauen – eine wohlgesonnene Gesellschaft, einen Fanclub, eine Veteranenorganisation.

Meine Mutter war einer Gruppe von medizinisch ausgebildeten Freiwilligen beigetreten, die in der Nähe von Dschibuti stationiert war, wo die Opfer der Hungerkatastrophe täglich zu Tausenden starben. Sie trug Röcke aus Chino, einem billigen Baumwollstoff, das Sackleinenähnlichste, was sie auftreiben konnte. Keine hochmodischen Kaschmirgewebe und Seiden, keine Couturierschöpfungen mehr, Schluß mit den Tee-Einladungen bei, wie es die Pariser Konvention will, Papas Freundinnen. In ihren Briefen aus Somalia ließ sie ihren Bruder grüßen, vermied es aber, sich nach Einzelheiten aus seinem Leben zu erkundigen, das er ganz in die Botanik vertieft verbrachte oder eingefangen in blumige Beziehungen zu irgendwelchen Damen, die ihn zappeln ließen wie einen Fisch, wenn ihnen danach war. Auch Papa schrieb mir und versuchte, mich nach Frankreich zurückzulocken, mit neuesten Nachrichten über die russischen Dissidenten in Paris und Häufungen von Namen alter Ortsansässiger, die wahre Bergwerke von Forschungsmaterial boten, falls ich immer noch vorhatte, Blok, Bely und Zwetajewa zu studieren. Er könne mich mit dem Agenten bekannt machen, der Zwetajewas Ehemann gezwungen hatte, für die GPU zu arbeiten. Der Mann sei drauf und dran, in einer Straße hinter dem Boulevard de Sebastopol an Altersschwäche zu sterben. Beeil dich, falls du noch mit ihm sprechen möchtest. (Ich sah mich, wie ich diesen todgeweihten alten Spion in die Mangel nehme, meinen Kopf auf seine Brust lege, um seine ersterbenden Worte zu verstehen.) Mein Vater selbst hatte mit diesen Russkis nichts am Hut, aber er würde Termine für mich arrangieren. Man könnte vielleicht ein Stipendium irgendeiner Stiftung organisieren, um mir ein Jahr in Europa zu ermöglichen. Warum ich eigentlich im amerikanischen Mittelwesten leben wolle? Solch ein kultureller Atavismus, der sich der eigenen Spießbürgerlichkeit nicht einmal bewußt sei. »Da hinten können sie ja nicht einmal den Namen Mammon buchstabieren, und genau so hat es der Mammon ja gern.« Ich antwortete ihm, daß ich von einem Tag auf den anderen nach Paris zurückkehren könne, wenn mir das Spießbürgertum zu erdrückkend würde. Die Reise selbst sei ja kein Problem, wenn man nicht gerade durch Materialermüdung der Pratt Whitney Motoren ins Jenseits befördert oder von arabischen Terroristen auf der Startbahn umgelegt wurde oder wegen einer Sikh-Bombe in die Irische See abstürzte.

Beschäftigt sein, voll ausgebucht, Tag und Nacht die geistige Schaltzentrale überbelegt zu haben scheint in bestimmten Kreisen für die eigene Selbstachtung notwendig. Ich habe so viele Eisen im Feuer, daß ich mir, selbst wenn ich hundert Finger hätte, alle verbrennen würde. Wie schon mein Vater vor mir reise ich viel. Weniger als Onkel Benn, der seinerseits ein besessener Reisender ist, aber trotzdem noch zu viel. Die Kenntnis des Russischen führt einen in die Politik (auf die dunkle Seite), wenn man Geschmack an dem Gedanken findet, hinter den Kulissen zu wirken. So viele Institute, Geheimdienstagenturen, Missionen. Ich könte jede Woche an einer Tagung teilnehmen, wenn ich das wollte. Es ist kein Fehler, in seiner Jugend den großen Souvarine und andere kennengelernt zu haben, oder auch Manes Sperber. Ohne ein Kremlspezialist oder ähnliches zu sein, habe ich natürlich die Politik der Stalin-Nachfolger etc. verfolgt. Mit Dissidentengruppen wohlvertraut, werde ich von Zeit zu Zeit aufgefordert, mit Vorträgen Hintergründe aufzuhellen. Ich lese regelmäßig *Kontinent* und die *Syntax* und halte mich über die Aktivitäten von Soltschenizyn, Maximow, Sinjawski und Lew Nawrozow auf dem laufenden – imponierende Gestalten, Männer von Genie, jedenfalls einige davon. Ich behalte auch die russische Rechte im Auge – Fanatiker, Faschisten, gelegentlich einen Doppelagenten (wem treu ergeben? wem gegenüber unaufrichtig?). Nichts von alledem ist mir ein wichtiges Anliegen, lediglich eine zweitrangige »berufliche Aktivität«, die mich beweglich hält. In der Zwischenzeit geht auch Onkel Benn auf Reisen, aber auf viel längere. Er fliegt herum, aber er hinkt gedanklich derart nach – ich beziehe mich hier auf die Lücke, die zwischen seinen persönlichen Interessen und den Passionen unseres heutigen Lebens klafft –, daß er ebensogut auf einem Esel um das Tote Meer reiten könnte. Wäre er nicht so viel unterwegs gewesen, hätte auch ich mehr Zeit zu Hause verbracht. (Bei den vielen

Dingen ernsthafter Natur, die es mit ihm zu besprechen gab!) Meine Reisen waren meist Zweitagesunternehmungen nach Washington oder New York, während er sich auf ausgedehnte Expeditionen begab. Dabei war ich doch ausgewandert, war aus Europa abgezogen, hatte ich das Herzland der Vereinigten Staaten auserwählt (den weiten Kontinent zwischen Pennsylvania und dem Pazifik), um in seiner Nähe zu sein! Gelegentlich war ich verletzt. Mein Opfer wurde auf die leichte Schulter genommen. Die Zeit zerrann uns zwischen den Fingern. Warum wollte er nur nicht zu Hause bleiben?

Nun, er hatte seine Gründe. Als Lena, seine erste Frau, vor fünfzehn Jahren starb, begann er, die Welt zu umkreisen (als sei sie ein elektrostatisches Feld, ein Zyklotron, in dem er seine Partikel mit Energie würde aufladen können).

So sah man etwa beim Mittagessen, wenn er über den Tisch nach einem Brötchen griff, ein Flugscheinheftchen der Air India aus seiner Tasche ragen.

»Wieder einmal eine Vergnügungsreise, Onkel? Wo in aller Welt willst du denn diesmal hin?«

Über seinen ungewöhnlich blauen Augen begannen erklärende Falten aufzusteigen. Er war im Begriff, mich mit einer gutklingenden Antwort abzuspeisen. »Ach... Ich habe im letzten Herbst, ganz ohne zu überlegen, aus Versehen eine Einladung angenommen und hatte sie vergessen, bis das Tikket hier ankam.«

Er war begehrt, er fühlte sich geschmeichelt. Es gab eigentlich keine wissenschaftliche Rechtfertigung für diese Pseudo-Dienstreisen. Andere Spezialisten waren für den besonderen Zweck viel besser geeignet, und er gab das auch zu. Kollegen aus der Dritten Welt mußten ihn wohl als Gedächtniswunder nach dem Motto »Kaum glaublich – aber wahr!« eingeladen haben. Auf Anfrage konnte er, wenn er die Augen schloß, alle Teile des Speicherorgans einer bestimmten Pflanze bis hin zu den winzigsten Härchen nennen. Das tat er beim Lunch, auf der ganzen Welt, in Celebes oder Bogota, während ein Lehrbuch um den Tisch herumgereicht wurde. Er kannte mehr Details als der Text! Seine eigene Abteilung betrachtete seine Reisen mit Stirnrunzeln. So was tut man nicht. Er hätte besser daran getan, sich an sein Klassenzimmer und das Labor zu halten. Aber er hatte viele Bücher und Artikel geschrieben, einige recht solide, andere ziemlich mysteriös, deshalb genoß er einen vorzüglichen Ruf. Er korrespondierte mit wunderlichen Käuzen auf der ganzen Welt, die glaubten, er sympathisiere mit ihren Theorien. Diese ewige Jetterei nach Australien oder in die Antarktis waren (obwohl er wirklich sehr viel über die Flechten wußte – das war echt bei ihm: Flechten, Algen, Pilze) Teil seines Lebensplans geworden.

Mein einziges Ziel war es, verdammt noch mal, sein Leben zu beschützen. Er bewegte sich auf gefährlichem Kurs. Immer wenn eine Boing 747 abstürzte, überprüfte ich die Passagierliste. Meine Erwartungen, meine Hoffnungen auf eine merkliche Annäherung waren bedroht. Er und ich hatten ein schwieriges Projekt laufen. Seine Abwesenheiten bedeuteten doppelten Entzug für mich: Erstens wurde unser Vorhaben und zweitens wurde ich persönlich vernachlässigt. Auch er vermißte mich. Er rief von Celebes aus an, sogar aus Patagonien. Ja, einmal telefonierte er tatsächlich aus Patagonien, und ich sagte: »Wann kommst du zurück? Du wirst hier gebraucht. Ich warte auf dich!«

Nicht gut, als Mann in den Dreißigern solche Abhängigkeit zu offenbaren. Vielleicht zog mein Onkel kreuz und quer über die interkontinentalen Himmel und durchmaß die großen Flughäfen der Welt, um das zu durchdenken, was er beim Stillsitzen nicht durchdenken konnte. Vielleicht lief er ja auch vor mir davon. Auch das hätte ich ertragen können müssen. Ich hätte mich auf eine größere Selbstgenügsamkeit konzentrieren sollen. Ich sagte mir: »Warum ist Coleridges Albatroß auch diesem verdammten Schiff gefolgt? Er hätte sich mit der stürmischen Einsamkeit zufriedengeben sollen. Warum blieb er nicht bei seiner Nahrung aus dem Meer? Diese Seeleute mit ihren fürchterlichen englischen Keksen waren sein Tod. Auch die Sehnsucht nach menschlicher Gesellschaft kann ein verhängnisvoller Fehler sein.« Hieraus wird ersichtlich, daß ich mir nicht nur um die Gefahren des Reisens Sorgen machte, sondern auch um das grundlegende Urteilsvermögen meines Onkels. Ich hatte Angst, daß er einen falschen Zug machen würde, etwas »Unbedachtes«, »Unkluges« tun. Um es konkreter zu sagen: daß er sich zugrunde richten würde, wenn ich nicht dabei wäre, um ihn daran zu hindern.

Er brüllte aus Patagonien zurück – und man hörte das Wüten der dazwischenliegenden Ozeane, oder so schien es jedenfalls –: »Halt die Ohren steif, Kenneth. Rückflug am Samstag!«

Es gab jedesmal eine große Wiedersehensfeier. Wir gingen in sein italienisches Lieblingsrestaurant, tranken bis spät in die Nacht und nahmen gleich morgens die Unterhaltung am Telefon wieder auf und speisten dann ausführlich zu Mittag. Es gab so viel zu besprechen! Diese Gespräche waren meine Erholung und auch der Mittelpunkt meines geistigen Lebens. Benn war, da kinderlos, an den Wochenenden immer frei. Ich habe eine kleine Tochter, mit der ich die Samstagnachmittage zu verbringen pflegte, bis ihre Mutter es sich in den Kopf setzte, nach Seattle zu ziehen. Wonach ich die Kosten eines Kindes trug, ohne die Pflichten und Freuden zu genießen – gemischte Freuden, wie ich zugeben muß. Jetzt hatte ich kein kleines Mädchen mehr, mit dem ich in den Zoo gehen konnte, um die Bären und Tiger anzusehen. Die Zootiere werden das zwar niemals erfahren, wie sollten sie auch, aber sie sind ein Teil der Welt der Scheidung.

Nicht daß eine Scheidung stattgefunden hätte. Treckie und ich waren überhaupt niemals verheiratet. Sie redete immer davon loszugehen, um die nötigen Papiere zu besorgen, konnte sich dann aber doch nie dazu überwinden, es zu tun. Und allmählich begann sie, an dieser Stadt herumzunörgeln, und bereitete ihren Umzug vor, indem sie die Stadt schlechtmachte. Es werde immer schlimmer hier, immer gewalttätiger. Man könne schon keine Zeitung mehr aufschlagen, ohne zu lesen, daß eine junge Frau entführt, vergewaltigt, mit einer Pistole niedergeknüppelt, mit Benzin übergossen und angezündet worden sei. In Seattle ließ es sich bestimmt angenehmer leben.

So waren Benn und ich im Mittelwesten, abgesehen von Onkel Vilitzer und seiner Familie, die sich aber abseits hielten, die engsten Verwandten.

Wir waren mehr als das. Das »schwierige Projekt«, in dem Benn eine Rolle spielte, war so sonderbar speziell und einzigartig, daß eine einfache Erklärung nicht ausreicht, um es verständlich zu machen. Ich dachte: Wäre es wohl möglich, der menschlichen Welt das zu geben, was mein Onkel dem Leben der Pflanzen gegeben hatte? Er selbst war auf diesen Gedanken gekommen. Er pflegte zu sagen: »Angenommen, ich hätte dieselbe Begabung für Menschen, wie ich sie auf dem Gebiet der Botanik habe?« Nun, er hatte sie nicht. »Ich wäre völlig verwirrt«, sagte er. Eine gewisse Verwirrung war bereits offensichtlich, und wenn er sich so benahm, als sei er gerade noch einmal davongekommen, so war seine Erleichterung verständlich. Welche Rolle spielte er also? Nun, *er* hatte eine Begabung für das eine Reich, also könnte jemand anderes ja eine Begabung für ein anderes Gebiet haben. Läßt man die Klaustrophobie des Bewußtseins beiseite (das, worunter Admiral Byrds Kameraden litten): die klassische moderne Herausforderung. Wenn man sich so etwas ausdachte, lag man schon im Rennen. Allein die Vorstellung davon machte einen zu einem möglichen Kandidaten für diese Leistung. Sie würde mit Hilfe einer Fülle von Lebenskraft vollbracht werden müssen. Kalkulation, bewußte Maßnahmen konnten nichts bewirken. Diese Lebenskraft sah ich jeden Tag an meinem Onkel, und ich hoffte, mich unter seinem Einfluß auf sie hin zu arbeiten. Dazu war ich hier.

In gewisser Hinsicht war er mein Vater geworden. Meine Mutter hatte sozusagen das Gelübde der Armut abgelegt. Mein Vater pflegte sie wunderschön einzukleiden, als Kompensation dafür, daß er sie vernachlässigte. Sie hatte zwar keinen Busen, doch trug sie schöne Kleidung mit Stil – und freute sich über den Besitz von teuren Seiden und Wollsachen. Als sie dafür zu alt wurde, verwandelte sie sich in eine Mutter Theresa. Ich habe nicht das Herz, sie zu kritisieren. Ich erinnere mich daran, wie ich als kleiner Junge zu der Schneiderin in der Rue Marbeuf mitgenommen wurde. An jenem Tag hatte mein Vater die Nachricht vom Tode seines Vaters erhalten. Großvater Trachtenbergs Beerdigung fand um elf Uhr mitteleuropäischer Zeit statt, und meine Mutter sagte: »Wir müssen Rudi aufheitern. Wir gehen mit ihm in ein gutes Restaurant.« Sie lud ihn zu einem großen Lunch ein – seinen Lieblingsaustern, *fines Bélons*, mit einem guten Wein. Dann gingen wir zur Couturière zur Anprobe. Und hier übernahm er die Führung, indem er sich wie eine Autorität in Damenmoden *à la* Proust benahm. Er sprach über das Problem von Mamas *poitrine* wie ein echter Franzose und schäkerte mit den Nähmädchen. Er war ein *homme à femmes*, ein Schürzenjäger. Als Mann von überwältigendem Charme gelang es ihm, mit seinen *là ci darem*-Versprechungen Erfolge zu erzielen. Die Dame, die ihm die Hand reichte, würde es nicht bereuen. Sie würde nicht einmal bedauern, zu ihrem Ehemann zurückzukehren, denn jeder vernünftige Mensch würde begreifen, daß mein Vater ein einmaliges Ereignis war. Wie der Sündenfall oder die Arche

Noah. Seine Konversationskünste hielten sich in Grenzen, doch für seine Zwecke war sein Repertoire hervorragend geeignet. Er hatte sensationelle neunzig Tage lang auf einem Zerstörer gedient und hatte F.D. Roosevelt, Harry Hopkins, Churchill und Montgomery aus nächster Nähe gesehen. Im Roten Meer war Ibn Saud mit seinem Hofstaat an Bord gekommen, und sie hatten auf dem Achterdeck unter einer Markise kampiert, dort ihre Schafe am Feuer geröstet und ihre Tassen ausgekippt, um den Kaffeesatz auf ihre schönen Teppiche zu leeren. Dad hatte auch einmal mit dem Großen Mufti geplaudert, der sogar etwas von einem Besuch in Auschwitz hatte verlauten lassen – verkleidet –, wo er die Gaskammern besichtigt habe. In Paris war mein Dad vielfach mit Malraux zusammengetroffen. Sartre hatte meinen Vater verdächtigt, ein amerikanischer Spion zu sein, da er *viel zu gut* Französisch spreche. Ich will gar nicht erst mit meinem Vater anfangen, aber er ist unerläßlich zum Verständnis meiner Anhänglichkeit an den Bruder meiner Mutter. Manchmal sprach sogar Benn in neidischem Ton von Dad wegen dessen Erfolg bei den Frauen. Benn beschrieb oder imitierte gern, wie mein Vater ein Restaurant betrat (sie imitierten einander beide gleich schlecht), oder wie er den *sommelier* ins Kreuzverhör nahm oder was er dem Koch ausrichten ließ. Hätte mein Vater je einmal Proust zum Essen eingeladen, so wäre diesem eine denkwürdige Unterhaltung geboten worden.

Mein Vater war, bei Gott, ein vollendeter Tänzer, er beherrschte alle Schritte bis zurück zu Foxtrott und Charleston. Walzer, Rumba, Conga, Tango – wenn er für eine Frau die Arme ausbreitete, konnte sie das Gefühl haben, heimgekehrt zu sein. Er präsentierte sich mit einer Gelassenheit, die einem weiblichen Körper, der jahrelang in der erotischen Wüste nach einem Zeichen gesucht hatte, endlose Seufzer entrang, und schließlich den Atem raubte. Männern erschien

Papas Verhalten, der Stil seiner Annäherungsversuche geschmacklos. Doch Frauen ließen sich von der Frage nach dem Wie weniger stören. Offenbar war er eine Klasse für sich. Ich kam nicht einmal annähernd an ihn heran. Konnte mich einfach nicht nach seinem Beispiel formen. War einfach nicht zum Casanova geschaffen. Lange bevor ich dreißig war, hatte ich mich redlich bemüht. Es war mir nicht gelungen, die Mädchen davon zu überzeugen, meine sexuellen Halbtonschritte (so nannte mein Vater das) zu akzeptieren. Übrigens war seine Sprache keusch, sauber, ohne Anstößigkeiten, enthielt keine detaillierten Beschreibungen des Akts. Gewiß, gelegentlich entschlüpften ihm Fickplatitüden: »*Elle s'exclamait à mon sujet*« oder »Es war wie eine religiöse Offenbarung.« Hämmer dieser Art. Seine Genialität lag nicht im Bereich des Ausdrucks. Und doch waren die Damen niemals dieselben, nachdem sie Rudi Trachtenberg begegnet waren, wohingegen sie, wenn sie von mir schieden, völlig sie selbst waren, genau wie zuvor... Warum wollte die Mutter meiner Tochter mich nicht heiraten? Hätte sie meinen Vater abgewiesen?

Ich habe schon erwähnt, daß ich viele seiner Gesten übernommen hatte, kunstvolle Gesten. Es gelang mir, dazu anzusetzen, aber ich konnte sie nicht richtig vollenden. Bei mir gewannen sie eine andere Bedeutung. Als gäbe nicht ich den Mädchen ein Zeichen, mit mir zu kommen, sondern als bäte ich sie, mich mitzunehmen.

Papa endete nicht als ruinierter *débauché* – wie Casanova beschrieben wird, aufgedunsen und entstellt, mit schlechtem Mundgeruch und bleibenden Schäden von Geschlechtskrankheiten. Meinem Vater geht es ausgezeichnet. Ich bin derjenige, der die Schäden davonträgt.

Meinem Alten kam nie zu Bewußtsein, daß er in erster Linie für die Frauen gelebt hatte. Er sah sich als einen, der sich in normalem Maße für das weibliche Geschlecht interessierte.

Er sprach nicht über Frauen. Er war sehr belesen und diskutierte alle wichtigen Fragen der Zeit. Prominente Persönlichkeiten nahmen ihn ernst. Vor Jahren pflegte Queneau in unser Haus zu kommen. Wir hatten Bourbon Whiskey aus dem PX, zu einer Zeit, als er noch schwer zu bekommen war. Queneau mochte Bourbon gern, aber er wäre nicht nur gekommen, um sich zu betrinken. Dann war da noch unser häufiger Gast Alexandre Kojève, und der hätte gewiß nicht mit Dummköpfen diniert. Ich erwähne Kojève wegen seiner Beschreibung davon, wie Hegel seine *Phänomenologie* vollendete, genau im richtigen historischen Moment, in Hörweite der Kanonen in der Schlacht von Jena – in einer Epoche, die ihren Höhepunkt im Sieg Napoleons fand und ein Gebäude universaler Geschichte vollendete, von dem aus das absolute Wissen, *das erst jetzt möglich war*, alles Sein betrachten konnte.

Folgendes ist nur eine Auswahl der Themen, die in unserem Speisezimmer diskutiert wurden: ob der Mensch am Ende der Geschichte einfach als Tier weiterlebt; ob es Zeit für ihn ist, wieder »rein kreatürlich« zu werden. Dies zog sich zusammen mit anderen gewundenen Gedankengängen durch das Labyrinth der Ereignisse. Während ich heranwuchs, hörte ich von der Aufteilung Europas durch Hitler und Stalin, dann durch Stalin und die Westmächte; vom Warschauer Ghetto und dem Umschlagplatz; von den Völkermorden, »den Zigeunern Europas, die von den Nazis geröstet wurden wie Kaffeebohnen«; von Treblinka und dem Gulag und anderen schrecklichen Ortsnamen. Die Frage, ob das Ende der Menschheitsgeschichte und die Erschaffung des freien Historischen Individuums bevorstünde, war ein häufiges Thema. Nichts als tiefernste Angelegenheiten. Kein Porno, keine sadomasochistischen oder päderastischen Unanständigkeiten als Tischgespräch. Denn Denken verwirrt ja nur – es treibt einen zum Wahnsinn, es sei denn, es leite sich von einer richtigen Geschichtsauffassung ab, es sei denn, man lebt in seiner Zeit. Das schreckliche Ergebnis von hyperaktiver, aber ungezielter Bewußtheit ist eine der Ursachen unseres Niedergangs.

Sie müssen das so sehen: Der erleuchtete Mensch ist ein Mikrokosmos, der das universale Sein unter der Bedingung in sich verkörpert, daß er sich oben auf dem Gebäude des universalen Wissens befindet. Es versteht sich von selbst, daß ich mich nicht selbst dort hinsetzen kann. Man wird jedoch niemals auch nur im geringsten fähig sein, diese abnormalen Zeiten zu beurteilen, wenn man nicht weiß, daß es so etwas gibt wie einen großen Hegelschen Geschichtsentwurf.

Und jetzt denken Sie sich anstelle von napoleonischen Armeen einmal Frauen, anstelle von Jena Schlafzimmer, anstelle von Kanonen Sie-wissen-schon-was – dann beginnen Sie, Papas Leben in einem wahreren Lichte zu sehen. Die große historische Tat, die Millionen von Männern im Sex-Rausch zu vollbringen versuchten und verpfuschten, schaffte er mit der Leichtigkeit des natürlichen Gewinners. Man ist verloren, wenn man den Kompaß der Geschichte nicht genau abliest. Und Eros ist dabei der feste Pol. Papa hatte das Talent, Eros zu repräsentieren. Meine Mutter war entsetzlich unglücklich darüber, aber sie verstand, daß Ehe und Familienleben mit einem Mann wie Papa nicht geregelt und ordentlich sein konnten. Er war niemals grob und ausfallend, er war vielmehr in persönlichen Dingen großzügig und einfühlsam, er besaß Wärme, er war ein liebevoller Vater. Aber ich denke, Sie können verstehen, warum ich von Paris fort mußte. Weil er ungewöhnlich war, ein besonderer Fall. Er brauchte nicht, wie andere Menschen, »seine Seele zu bilden«. Besondere Mächte hatten sie schon für ihn gebildet. Ich mit meiner noch auf der Suche befindlichen Seele mußte zu diesem Zweck nach Amerika gehen. Dies muß im Augenblick noch sehr unklar erscheinen, aber es wird klarer werden, das verspreche ich.

Mittlerweile hatten wir also in unserem Speisezimmer M. Kojève, der seine Theorie erläuterte, daß die Sowjetunion, China
und die angegliederten kommunistischen Staaten ein reiner
Abklatsch der USA seien, wo die materialistischen Bestrebun-
gen des modernen Menschen über die wildesten Träume von
Marx oder der Philosophen der Aufklärung hinaus erfüllt
wurden. Die Gewinner der Oktoberrevolution hatten ihre
Chancen verspielt. Ich glaube, daß Kojève spürte, daß die
wahren Interessen meines Vaters, wie intelligent und belesen
er auch war, in eine andere Richtung gingen. Außerdem wußte
meine Mutter Hervorragendes aufzutischen. Es war eine Art
kulinarisches Hochamt mit *rognon de veau* auf dem Altar. Ich
konnte den Uringeruch nicht ertragen, und ich habe auch keine
sonderlich gute Zunge für Wein. Mr. Kojèves Gaumen war
ebenso fein wie alles andere an ihm. Er speiste gut bei den
Trachtenbergs. Natürlich wäre er überall willkommen gewesen. Die Rede ist schließlich von Paris, wo ein Mann von Genie
immer noch etwas zählt. Paris ist, obwohl sich dort eigentlich
nichts Wichtiges mehr tut, dazu ausersehen zu bewerten, was
überall sonst geschieht. Paris hat die Sprache dafür. Ebenso wie
London und Rom befindet es sich im Zeitalter Tintagels, wartet darauf, daß König Artus zurückkehrt. Wartet darauf, daß
das Goldene Zeitalter zum dritten Mal Aufwind bekommt.
Ich war letzte Weihnachten in Frankreich – wieder einmal in
der Rue Bonaparte, die seit einigen Jahrhunderten unverändert
geblieben ist –, und Dad lief redend auf und ab, benützte beide
Arme, um seinen Worten Nachdruck zu geben. Er ist nicht
dick, aber gewichtig, und als Redner ist er Spitze. Man zögert,
ihn zu unterbrechen. Er sagte: »Ich stelle deine Zuneigung zu
deinem Onkel ja gar nicht in Abrede. Vermutlich ist er auf
seinem Gebiet tatsächlich eine hervorragende Persönlichkeit,
aber auf anderen Gebieten ist er provinziell. Ich habe allerdings
immer versucht, mich nicht in dein Leben einzumischen.«
Das stimmt schon in gewisser Weise. Nur daß Dad, als eine Art

Naturgewalt oder was auch immer, einfach nicht umhin konnte, alles zu übertönen, was andere Sender ausstrahlten. Hier hielt er inne und sah mich lange prüfend an. Ich mag ihm für einen Sohn unerklärlich verschwommen erschienen sein. Wie der von einem Touristen aufgenommene Schnappschuß von einem langhaarigen Einwohner Zentralchinas. In welcher Hinsicht war so eine Person sein »Sohn«? Und sehen Sie nur, welche Fortschritte ich mache – zuerst bin ich ein Schraubenschlüssel in Lebensgröße; dann bin ich einer aus der mehr als eine Milliarde zählenden Bevölkerung Chinas. Dad hatte die ganze Bildschärfe, den ganzen Schliff der Persönlichkeit; ich war noch in der Metamorphose begriffen. »Ich verstehe einfach nicht, warum du dich im Mittelwesten vergraben willst. Paris bleibt doch, auch wenn es in der Flaute steckt, Paris. Hin und wieder haben wir eine Bombenexplosion, und es gibt Probleme mit den Arabern. Aber wo du bist, da ist es barbarisch. Anarchie. Eine meiner Cousinen – unserer Cousinen – ist von einem Straßenräuber mir nichts, dir nichts angeschossen worden. Ein sehr junges hübsches Mädchen dazu noch. Glücklicherweise war es nur ein Streifschuß an der Wange, allerdings hatte sie auch noch Pulververbrennungen. Dieser Scheißkerl von einem Jugendlichen, der sie überfiel, scherte sich einen Dreck darum, was mit ihrem Gesicht war. Sie suchen sich die Mädchen aus, die allein auf der Straße sind. Das passiert täglich.«
»Ja, Dad, das stimmt.«
Ganz egal, wie verschwommen das hagere Bild seines Sohnes ist, das er vor sich sieht, eine schlechte Kopie seiner selbst: Er möchte mich trotzdem an seiner Seite haben. Von meiner Mutter verlassen, der er auf seine Weise zugetan war. Er gibt sich da nicht unbedingt einer Selbsttäuschung hin: Ihr Wohlergehen war immer eines seiner Anliegen. Es geht nicht darum, daß er im Alter keinen haben würde, der nach einem Schlaganfall für ihn sorgte. Er ist nicht der Mann, der

Schlaganfälle bekommt. Und er hat ja immer noch seine Damen, scharenweise. Sie würden ihn pflegen, wenn er Pflege brauchte. Sie würden nie zulassen, daß er in ein Heim ziehen müßte, selbst nicht mit Alzheimerscher Krankheit. Doch sie waren eben nicht Familie. Ich sehe vor mir, wie Papa sich das überlegte, ich kann mir in liebevollen Bildern ausmalen, wie er ausgesehen haben muß, als er darüber nachgrübelte. Während seines Lebensabends (nicht daß er ihn sehr wie einen Abend empfand), sollten seine Frau und sein Sohn den goldenen Mittelpunkt seines Daseins bilden; statt dessen verkörperten sie nun die paranoiden Randzonen. Aber so ist es eben mit den Menschen, Vater. Je größer deine Leistungen, desto unbefriedigender wird dein persönliches und dein häusliches Leben sein. Die Ehefrauen, Kinder, Brüder und anderen Verwandten und Helfer sogar unserer Präsidenten sind Säufer, Junkies, Homos, Lügner und Psychopathen. Ich will gar nicht erst von heimlichen Beziehungen anfangen, die manchmal auf tragische Weise ans Licht kommen, und darüber, was im Unkraut hinter den Reklametafeln passiert... Senatoren und andere hohe Beamte, die ihr Chappaquiddick nie wieder gutmachen können. Die persönlichen Umstände sind oft erbärmlich. Der Wissenschaftler, der seinen eigenen Sohn nicht erkannte, jenen Studenten, der bei Tisch bediente, ist mit einem seiner männlichen Examenskandidaten zusammengezogen. Ganz abgesehen von seinen sexuellen Vorlieben (eine der Segnungen der Neuen Gleichgültigkeit), ist das Privatleben fast immer ein Strauß von offenen Wunden, garniert mit Trivialitäten und regelrechtem Müll. So gesehen ist Papa mit seinen alten Freundinnen, seinem Sohn im Herzen Amerikas und seiner in Ostafrika in der Katastrophenhilfe engagierten Frau gar nicht so schlecht dran. Somalia rangierte bei meinem Dad höher als der Mittelwesten, weil es zumindest »weltpolitisch« interessant war – das heißt, Hunderttausende von äthiopischen Stammesangehörigen wurden auf einen Marsch mit tödlichem Ausgang getrieben oder in Lastwagen, die vom Westen für die Verteilung von Lebensmitteln gespendet worden waren, zur »Neuansiedlung« weggekarrt. Dies war jedenfalls dem vorzuziehen, was immer mein Onkel und ich auf heimatlichem Boden trieben.

In den Augen meines Dads war Benn ein *Schlump*, ein Unfähiger. Seine Liste von Mißerfolgen, seine verworrenen Beziehungen zu Frauen machten ihn, mit Nachsicht betrachtet, zu einer Witzfigur. Was hatte er vor? Angeblich umrunde er in Geschäften der Botanik den Erdball, sagte Dad, und in der Luft lerne er Damen kennen, die gar nicht recht erklären könnten, was sie ihrerseits in einer Höhe von 35 000 Fuß und bei einer Geschwindigkeit von 650 Meilen pro Stunde taten. Es hatte seine komischen Aspekte, so wie Dad es beschrieb; und Benn war in der Tat komisch. Aber er war auch bemerkenswert, und das vermochte mein Vater nicht zu sehen. Er verstand Benns Geistesgröße nicht. Geistesgröße und Körperkräfte waren ja die große Masche im antiken Griechenland. Als Maßstäbe für die geistige Fähigkeit haben wir heutzutage den IQ und den Universitäts-Eignungstest. Der bewundernswerte Körper spielt in den Fitness-Studios, bei den Aerobic-Übungen, beim Joggen, bei Schlankheitsdiäten von Dr. Pritikin eine größere Rolle denn je. Der Katalog von *Sharper Image*, der mit der Post kommt, ist voll von raffinierten Tausend-Dollar-Apparaten, mit denen man Oberschenkel, Bauch, Bizeps und Brustmuskulatur trimmen und sich damit einen hinreißenden Body schaffen kann. Wenn der große Schwarzenegger unterwegs ist, hat er eineinhalb Tonnen Stahlausrüstung bei sich, mit der er in seiner Hotelsuite sein Konditionstraining absolviert. Mit einem Wort: die Schönheit übernatürlicher Wesen, doch nun ohne Flügel, in materialistischer Interpretation.

Es wurmt meinen Vater, daß mein perfektes Französisch in

den USA brachliegt. Wen gab es dort schon, mit dem man überhaupt in irgendeiner Sprache reden konnte, und mit wem kam ich dort zusammen – mit meiner Familie? Onkel Vilitzer? Über Großonkel Harold las ich nur in der Zeitung, ich sah ihn oder seine Familie selten. Dieser Uralt-Boß über Polizei und Wahlbezirke, dieser Parteibaron und Stadtrat, war ein Gauner ersten Ranges. Untersuchungskommissionen konnten ihn aber auf nichts festnageln, obwohl sie es oft versuchten. Ich übertreibe nicht, wenn ich behaupte, daß er mit den von ihm gekauften Beamten die unüberdachten Zuschauerplätze eines mittleren Baseball-Stadions hätte füllen können, und da ich glaubte, es würde Dad amüsieren, versuchte ich, ihm einige von Vilitzers Aktionen zu erklären. Er nahm meine Gabe kühl auf. Verglichen mit einem Jacques Chirac, was war da ein Vilitzer? Ein grobschlächtiger amerikanischer *Youpin*.

Aber schließlich hatte sich die Familie auch mit Vilitzer entzweit. Meine Mutter hatte ein Gerichtsverfahren gegen ihn angestrengt, und Onkel Benn war Mitkläger gewesen, hatte sich zu jener Zeit allerdings in Assam aufgehalten, war nie vor Gericht anwesend und hatte sich auch gar nicht für den Prozeß interessiert. Vilitzer, dieser wilde Stier, war der jüngere Bruder von Grandma Crader. In ihrem Testament hatte sie ihn zum Testamentsvollstrecker bestimmt, und er hatte sich mit einem Teil des Vermögens, das sich als sehr wertvoll herausstellte, aus dem Staub gemacht. Zu fragen, ob ich Vilitzer gelegentlich sähe, war also eine schwere Ironie. Dort hinten im Rostgürtel, wollte Dad damit sagen, könne ich zwischen den intellektuellen Spinnereien von Onkel Benn und dem Analphabetentum jener Bestie wählen, die dem eigenen Fleisch und Blut derart übel mitgespielt hatte.

Es besteht durchaus Zuneigung zwischen Vater und mir, auch wenn ich ihn betrübe. Naturgemäß wünscht sich jeder Mensch einen Sohn, der dort weitermacht, wo er selbst aufgehört hat, und der an derselben Front weiterkämpft. Er ließ natürlich kein Wort darüber verlauten, aber ich habe den Verdacht, daß er mich sexuell für eine Art Mumie hielt. Angenommen, wir würden beide unsere Kleider ablegen (ich versuche es im Geiste), – der Vergleich wäre niederschmetternd. Um das Gleichgewicht wieder herzustellen, versuche ich, mir selbst mehr geistiges Gewicht zu geben und Gefühle zu entwickeln, die ihm fehlen. Das zeigt, wie weit wir unter den klassischen griechischen Standard gesunken sind. Wir haben alles zweigeteilt, den Körper vom Geist getrennt. In Paris einen Vater mit einem welthistorischen Schwanz, in Amerika einen Onkel mit großartigen geistigen Gaben. Mein Dad fragt jedesmal nach der kleinen Tochter, die ich von Treckie habe. Er ist sentimental, wenn es um sein einziges Enkelkind geht. Vielleicht möchte er gerne herausfinden, wie ich an sie geraten bin. Er fragt, warum Treckie und ich nicht heiraten. »Sie will das nicht«, erkläre ich ihm. Er schüttelt den Kopf, nicht bereit, die direkte Frage zu stellen, wie gut ich im Bett bin. Für einen Mann von Welt ist ein uneheliches Kind keine große Sache. Ich wäre überrascht, wenn er selbst nicht ein oder zwei von der Sorte hätte, wenn man bedenkt, was das aristokratische Frankreich (das *ancien régime*) ihm schon immer bedeutet hat. Er bittet mich, ihm Treckies Briefe zu zeigen. In dieser Hinsicht vernachlässigt sie mich nicht. Sie schreibt oft. »Wenn ich ihre Briefe läse, könnte ich dir vielleicht eine ganze Menge über sie sagen«, sagte er. Papas Motiv dabei war, möchte ich behaupten, mich von meinem Onkel wegzubringen. Ein Dasein als Ehemann und Vater hätte mein Bedürfnis nach einem Onkel verringert.

Meine Mutter hatte keine Lust, meine Bindung zu Benn zu diskutieren, während mein Vater beständig meine Beweggründe aufdecken wollte. Er sagte: »Kenneth, du bist einer von diesen der-Mensch-lernt-nie-aus-Typen, und du glaubst,

Benn hätte dir immer noch etwas beizubringen. Und als Gegengabe müßtest du dich um ihn kümmern, weil er, wie Aristophanes sagen würde, den Kopf ewig in den eigenen Arsch steckt.« (Dad mochte keine vulgären Ausdrücke und fand immer einen achtbaren Bürgen dafür.) »Was du für ihn tust, solltest du für eine Ehefrau und deine kleine Tochter tun.«

Es war für die Katz. Hätte mein Vater so viel Familiensinn gehabt, wäre er doch nicht ein so unermüdlicher Ficker von Frauen anderer Männer gewesen. Und machten sich die Ehefrauen nicht eine ganz ähnliche Auffassung zu eigen? Ihnen allen diente die Weltkrise als Vorwand für Lüsternheit und Zügellosigkeit (zwei Wörtchen, denen man selten begegnet).

Familiensinn ist schon ziemlich dünn gesät, wenn es um die Verwandten der Nebenlinien geht. Auch für Vilitzer hatte er nicht mehr viel Gewicht. Er hielt sich oft auf unserem Campus auf, war eingeladen, um in kommunalpolitischen Seminaren über Korruption zu sprechen. Er erzählte den Studenten, Korruption sei eine Sache der Vergangenheit. So viele Steuerzahler, die in die Vororte flohen. So viel Geld von der Bundesregierung, das streng überwacht würde, so daß Stehlen schwieriger und gefährlicher geworden sei. Der Apparat habe seinen Einfluß bei der Ämterbesetzung verloren. Ich ging zu einem seiner Vorträge und versteckte mich in einer Ecke. Der Enkel seiner eigenen Schwester, und er würde nie erfahren, daß ich dort war, und es wäre ihm auch ziemlich egal gewesen. Ich war versucht zu fragen, wie es komme, daß der FBI dann so viele Lockvogeleinsätze laufen habe und dann Stadträte und anderen Beamten dabei filme, wie sie Bestechungen annähmen. Heutzutage jagt das Justizministerium die Vilitzers mit Harpunen. Das entbehrt nicht eines gewissen Charmes. In einer republikanischen Verwaltung sind die demokratischen Säugetiere (aller Größen) das rechte

Schußwild. Was die Studenten anging, so waren die begeistert von Vilitzers Quatsch, er war so ein herrlich knallharter Typ. Sonnengebräunt, schlaue Wülste im Gesicht, das weiße Haar schnurgerade bis zum Stirnansatz nach vorn gekämmt, wo es sich im Stil des Alten Roms nach innen kräuselte. In seiner Jugend wie ein Kohlenträger gebaut, blieb er auch später noch stämmig. Was er an Körpergröße verlor, ging bei ihm in die Breite, und obwohl es hieß, er sei durch Herzbeschwerden geschwächt, hatten seine blauen Augen immer noch Kraft genug, sein Gegenüber bedrohlich zu fixieren. Bevor er im Zweiten Weltkrieg eingezogen wurde, hatte er unbedeutende Verbindungen zur Verbrecherhalbwelt gehabt und war ein Schlägertyp gewesen. In der Familie hatte er den Spitznamen »Heißsporn«. Eine Legende wollte wissen, daß er einmal einen Typ in eine Kellerwerkstatt geführt und seinen Kopf in einen Schraubstock gespannt hatte und daß der Typ, als er hörte, wie sein Schädel knackte, dem Hitzkopf dann doch lieber die Informationen gegeben hatte, die er forderte.

Als er auf den Campus kam, schaute er weder bei seinem Neffen noch seinem Großneffen vorbei. Mutters Prozeß hatte ihn zutiefst gekränkt. Benn lief ihm einmal über den Weg, als Vilitzer im Begriff war, seine riesige Limousine mit den lilabraunen Scheiben zu besteigen. Benn begrüßte ihn, und der Hitzkopf sagte: »Ich wasche meine Hände in Unschuld.« Vilitzers Oberlippe war genau so nach innen gekräuselt wie seine Stirnfransen.

»Und was hast du geantwortet?«

»Nichts. Du bist doch der Schlagfertige – was hättest du gesagt?«

»Ich hätte ihm eine Packung Lady Macbeth Handseife geschickt.«

Mein Onkel erzählte seinen Bekannten meine Witze weiter. Er bewunderte meine Witzeleien zu sehr. Im übrigen hatte

Vilitzer vermutlich nie im Leben etwas von Lady Macbeth gehört.

»Wollte er dir damit zu verstehen geben, daß du niemals auch nur einen einzigen Penny von ihm erben würdest?«

»Ach komm. Wie sollte ich? Er hat doch selbst Familie.«

»Der älteste Sohn fällt schon mal weg.«

»Das stimmt. Fishl wurde enterbt. Fishl ist zu gescheit, und sein Dad bringt ihn geistig gesehen mit mir in Verbindung. Aber es gibt ja noch mehr Kinder. Sie sind im Automaten- und Kommunalversicherungswesen tätig. Das gute alte Beutesystem. Kinder sind die beste Entschuldigung dafür, daß man stiehlt. Jeder Politiker würde – wenn es nötig wäre – erklären: »Warum ich stehle? Blöde Frage. Für meine Kinder natürlich.«

»Dich und Mutter hat er übers Ohr gehauen«, sagte ich.

»Nichten und Neffen sind etwas anderes. Wenn ein Neffe darum bittet, Wahlkreisleiter zu werden oder um eine Sinekure im Bereich Grün- und Erholungsflächen, dann ist das legitim. Aber harte Dollars sind dem eigenen Fleisch und Blut vorbehalten. Er wurde sauer auf uns, weil wir über den Verkauf des Vermögens, das wir von deiner Großmutter geerbt haben, unsere Zweifel hatten. Hilda und ich trugen einen schönen Reinerlös davon und hätten dankbar sein sollen. Der Prozeß, den wir anstrengten, löste bei ihm einen Tobsuchtsanfall aus. Er rief mich an und sagte: ›Wartet nur, euch mach ich puterrote Pisse!‹«

Ich sagte: »Nach solchen Erfahrungen mit der Familie kann ich es dir nicht verübeln, daß du Pflanzen vorziehst.«

»Warte mal. Ich habe nie gesagt, daß ich das tue. Ich kann immer noch Saft von Blut unterscheiden«, sagte mein Onkel. Der arme Bursche, er hatte es wirklich mit der Blutsverwandtschaft. Zeitweise nahm sich das wie eine närrische Schwäche aus. Ich bin sicher, daß er Matilda Layamon unter anderem geheiratet hat, um damit eine Familie zu bekommen. Und er plante, daß auch ich mit einbezogen werden sollte, was allerdings undenkbar war. Abgesehen davon hätten die Layamons mich nicht einmal geschenkt genommen. Matilda erzählte meinem Onkel, ich sei ein verschlagener Mensch. Im Grunde falsch. Ich sehe mich als einen freimütigen Menschen. Doch um ganz gerecht zu sein: Etwas an der Schmalheit meines Gesichts und an meinem Blick könnte auf Verschlagenheit hindeuten. Manche Leute fühlen sich in meiner Gegenwart nicht wohl und spüren, daß ich sie beobachte. Sie haben den Verdacht, daß ich sie verdächtige. Um die Sache zu bereinigen, um Benns willen, sagte ich: »Sie ist nicht die erste, die mir das vorwirft, und ich habe mir selbst oft Gedanken darüber gemacht. Ich bin eben freimütig-verschlagen oder habe jedenfalls so einen widersprüchlichen Ausdruck im Gesicht.«

Benn war emotional aufrichtig *au fond*. Eine Menge Leute werden das als ein Symptom einer fehlgelaufenen Persönlichkeitsentwicklung ablehnen (»Was sich der Bursche wieder für eine Zeit aussucht, um so emotional aufrichtig zu sein!«), und ich selbst empfinde auch Widerstände dagegen, aber endlich muß ich doch zugeben, daß mir solche Aufrichtigkeit gefällt. Bei den phantastischen Beziehungen meiner Eltern hätte ich in Paris die freie Wahl gehabt, und Paris wird im Augenblick immer besser – eine Rückkehr der Vernunft zeichnet sich ab, man hat den gesamten Nachkriegsmarxismus zum alten Eisen geworfen, und die barbarischen USA sind von ihrem Fluch befreit. Aber ich habe das alles aufgegeben, um in der Nähe von Onkel Benn zu leben. Er wurde meine Familie. Aus denselben Beweggründen fliege ich immer noch einmal im Monat nach Seattle, um meine kleine Tochter Nancy zu sehen.

Ich gebe allerdings zu, daß es schwer ist, sich für die Aufrechterhaltung zwischenmenschlicher Bindungen stark zu machen. Jeder hat doch Angst davor, sich durch Gefühle zum Narren machen zu lassen, wenn auch Zyniker immer noch ihre Lippenbekenntnisse für die Affekte kultivieren, so wie Stalins kriecherischer Ponomarenko, der sich in die Richtung der »unschuldigen Massen« verneigte. In dieser Hinsicht versucht jedenfalls die Literatur noch die alte Stellung zu halten. Philip Larkin, ein vielbewunderter Dichter, schreibt: »In jedem schläft ein Lebenssinn entsprechend seiner Liebe.« Der Lebenssinn schläft in der Tat. Er sagt auch, daß Menschen träumen, und zwar »von alledem, was sie getan hätten, wären sie geliebt worden. Nichts heilt diesen Traum.« Und auch dies scheint wahr zu sein, wenn auch hier eine Analogie zu Ike zu liegen scheint – sie haben kein inneres Theater, das dem europäischen Theater des Krieges entspricht. Wo ist der Raum, in dem die Liebe agieren kann? Es ist auch nicht allzu ermutigend, diese Larkinschen Aussagen den widersprechenden Behauptungen entgegenzusetzen, die von vielen Menschen hochgehalten werden. Diese Menschen schwören der Liebe ab und machen ihren Weg alleine – starke, gesunde, rationale, aus Berechnung böse oder doch zumindest »unsentimentale« Menschen, die im allgemeinen wesentlich wacher sind als andere. Außer in einem melancholischen Zusammenhang hört man kaum mehr etwas von der Liebe. Sagte doch ein Redner kürzlich in einer Lobrede auf die Bluessängerin Billie Holiday: »Sie war aus Liebe geboren, und sie litt an Liebesmangel. Alles, was sie sang, drehte sich um die Liebe.« Billie, die an Drogenmißbrauch und Alkoholismus starb, befand sich auf dem Totenbett in Haft. In ihrem Zimmer im Krankenhaus standen Polizisten. Vilitzer, um zu ihm zurückzukehren, war also der Erbschaftsverwalter von Grandma Craders Nachlaß. Er kaufte Benn und meiner Mutter über einen Strohmann den Grundbesitz ab und verkaufte ihn später an Ecliptic Circle Electronics, die dann auf dem Gelände den höchsten Wolkenkratzer der Stadt bauten, fast so hoch wie der Sears Tower in Chicago. An diesem Handel verdiente er eine unglaubliche Masse Geld. Mutter und Onkel Benn bekamen beide zusammen 300 000 $ dafür. »Harold hat uns gewaltig geprellt!« sagte meine Mutter. Sie hatte gehofft, mit ihrem Anteil ein Haus auf der Ile Saint-Louis kaufen zu können. Als Onkel Vilitzer sie vor Jahren in Paris besucht hatte, noch vor dem Konflikt, zeigte sie ihm das Haus. Er sagte: »Wozu willst du denn so eine alte Bruchbude kaufen? Du kriegst etwas Modernes und Sauberes für die halbe Pinke. Ich würde in so einem Schauerschuppen nicht wohnen wollen. Kauf doch wenigstens ein Haus, wo die Scheiße nicht wieder hochkommt, wenn du gespült hast, oder wo es in der Küche ein Fenster gibt.«

Es war also Wahnsinn, Harold zu verklagen. Keiner weiß, wie viele Richter er gekauft hatte. Er spielte Golf mit den Schmiergeldverteilern an die, die er nicht selbst gekauft hatte.

Ich sagte zu meinem Onkel: »Sich mit ihm einzulassen war der reine Wahnsinn.«

»Du hast ein feines Gespür für so etwas«, sagte mein Onkel.

»Ich glaube auch, daß es reichlich dumm war.«

»Ich sage dir, was komisch daran ist: Nur weil er zur Familie gehört, bist du ihm gegenüber sogar noch gefühlsduselig.«

»Ich habe ihn früher sehr gemocht.«

Als ich ihn das sagen hörte, fiel ein Schatten auf mich. Einer jener blöden unbeständigen Schatten, die sich einschleichen und sofort wieder verschwunden sind. Wenn er Harold Vilitzer immer noch lieben konnte, dann sank der Wert seiner Liebe für mich (oder auch jeden anderen) beträchtlich.

Benn fuhr fort: »1946 kam Harold aus dem Krieg zurück. Er war älter als der Durchschnitt und hatte sich freiwillig gemeldet, weil er sich so über Hitler aufregte. Als Hitler sich in seinem Bunker in die Luft jagte, war Harold unten in Italien und schaffte es doch tatsächlich, noch vor Kriegsende dort in

Neapel ordentlich Kies zu machen. In Neapel, wo die Leute selbst ganz groß in solchen Spielchen sind! Er verkaufte Reste aus Armeebeständen. Sie wurden zu Resten, sobald er sie in die Finger bekam. Na, jedenfalls kam er zurück und saß in seiner Uniform in der Küche. Er war ein fideles Haus. Nach gar nicht langer Zeit ging er dann raus auf die Straße, hier in dieser Stadt, und nahm Wetten entgegen und schmierte die Polizei. Er war da draußen im Freien so ein toller Erfolg als Buchmacher, daß einmal, als er einen großen Verlust machte, die Bullen untereinander fuffzig Mille sammelten, um ihn im Geschäft zu halten. Das war es ihnen wert. Im Handumdrehen mischte er dann in der Politik mit.«

»All die Zuneigung, von der du mir erzählst, scheint mir nur von deiner Seite gekommen zu sein. Wie stand es umgekehrt?«

»Ich würde nicht sagen, daß Harold damals ein gleichgültiger Onkel gewesen ist. Er hat mir beigebracht, daß man Maulbeeren essen kann. Das war damals, als wir zwei Bäume hinten im Garten hatten. Ich glaube, ich habe dir das schon erzählt...«

»Mehr als einmal.«

»Wo jetzt der Ecliptic Circle Electronic Tower steht.«

»Ja, klar«, sagte ich. Der Teil in mir, der philosophisch war, konnte mit Onkels Einzelheiten nicht viel anfangen. Ich wurde gelegentlich ungeduldig wegen des Nachdrucks, den er auf Kleinigkeiten legte. Doch schon damals hatte ich den Verdacht, daß meine Abstrakta trügerischer waren als seine Präzisierungen.

»Diese Maulbeeren waren köstlich. Mein Onkel und ich verbrachten ganze Nachmittage beim Pflücken. Wir verscheuchten die Stare. Er lud mich auch in die Stadt ein. Wir hatten noch ein Varieté – Jimmy Savo, Sophie Tucker, Jongleure, Zauberer, dressierte Hunde. Von Zeit zu Zeit Burlesken. Auch Billard und Boxen. Er mochte beides gern. Ich glaube, er wollte einen richtigen Kerl aus mir machen, mich ins Leben einführen. Wir gingen auch in Buchmacherspelunken, zu Würfelspielen. Ins Kino. Natürlich besaß ich keinen Penny. Es ging alles auf meines Onkels Rechnung. Einmal sahen wir einen wunderschönen, ganz neuen Film – einen surrealistischen Bluff über einen verrückten Burbank-Typen, der tatsächlich hartgekochte Eier von Eierpflanzen pflückte. Während des Kriegs war Harolds Frau mit den Kindern hinüber nach Kalifornien gezogen, um näher bei ihren eigenen Eltern zu sein. Während er darauf wartete, daß sie nach Hause kam, spielte er bei mir den Vater.«

»Und so hast du ein paar Wochen lang eine affektive Bindung aufgebaut?«

»Natürlich. Das hatte ich ja früher auch schon getan – ich liebte meine Eltern, liebte meine Schwester, suchte immer das Gespräch mit ihnen. Mit acht Jahren stieg ich eines Morgens zu Hilda ins Bett, weil ich sie liebte. Deine Mutter wurde damals schon eine junge Frau. Sie verpaßte mir so um die zwanzig Ohrfeigen, um mir beizubringen, was Inzest ist, obwohl ich davon noch nie in meinem Leben überhaupt etwas gehört hatte.«

Er lächelte bei dieser Erinnerung.

»Es war alles so wunderbar«, sagte ich. »Sogar wenn meine Mutter gemein zu dir war. Du hast mir erzählt, Onkel, daß du als kleiner Junge Märchen gelesen hast – alle Sammlungen von Andrew Lang: die grüne, die gelbe und die blaue. Und jetzt sage ich dir, was meines Erachtens bei dir passiert ist – was diese Märchen dir in deiner Kindheit bedeuteten, das bedeutet dir jetzt deine Familie von anno dazumal. All die Prinzen, Aschenputtel, Dornröschen und bösen Stiefmütter. Solltest du das nicht vielleicht alles einmal überdenken, bevor du ins Pensionsalter kommst?«

Das war kein Spott; mein Blick war voller Mitgefühl, und ich erhob auch kaum die Stimme, denn meiner Ansicht nach war es ihm irgendwie gelungen, sich nicht von der Welt, wie die meisten von uns sie erfahren, beherrschen zu lassen. Mein Onkel unterließ (oder verschmähte) in einem Maße, sich selbst zu schützen, wie es kaum mit den tatsächlichen Umständen (oder Ungeheuerlichkeiten) des modernen Lebens vereinbar war. Als seine Schwester ihn ohrfeigte, hatte er nicht versucht, sich zu verteidigen. Ich erwähne das, weil dieser Mann später der Gegenstand von so viel Aufmerksamkeit bei Frauen war und er an dem Punkt, wo ihr Interesse nüchterne handgreifliche Formen annahm, nicht immer wußte, was er damit anfangen sollte. Manchmal dachte ich, daß sie seine Neugier auf einer gefährlich naiven Ebene fesselten. Seine Reaktionen auf Frauen ließen mich an den alten Reim denken:

> Nimmt ein Mann eine Frau, dann weiß er bald, ob Arme und Beine so fest sitzen wie ihr Kopp.

Aber er war natürlich nicht unschuldig in dem Sinne, der weltläufigen Menschen so verhaßt ist. Als sei »Weltläufigkeit« nicht eine Abfolge von Täuschungen, die man im Prozeß des »Wachsens« wie Kostüme wechselt.

Ganz falsch lag ich allerdings nicht mit meinem Märchen von den Familienbanden. Er beschäftigte sich oft – zu oft, wenn Sie mich fragen – mit seinen frühesten Lebensjahren. »Als ich sieben oder acht war, kam ich von der Straße herauf und konnte es kaum erwarten zu erzählen, welche Wunder ich gesehen hatte. Ich hatte so wahnsinnige Dinge zu berichten, und ich war wie Quecksilber. Aber in unserem Haus waren alle beschäftigt. Fleisch und Kartoffeln mußten auf den Tisch gebracht werden, und so stopften sie mir den Mund. Meistens waren sie eigentlich nett zu mir; sie hatten nur eben keine Zeit. Schließlich reimte ich mir zusammen, daß das, was ich draußen sah, wohl ein alter Hut für sie sei, und versuchte es gar nicht mehr. Meine Mutter meinte, als Kind hätte ich fürchterlich gelogen. Das hat sie mir später erzählt.«

»Und deshalb hast du dich dann den Pflanzen zugewandt?«

»So würde ich es nicht ausdrücken. Wir sprachen innerhalb der Familie nicht dieselbe Sprache. Wir tauschten Koseworte, Küsse, liebe Blicke aus. Sogar meine reizbare Schwester war normalerweise nett. Was fehlte, waren die Worte.« Benn glaubte fest daran, daß ich das einzige Familienmitglied sei, mit dem er auf einer höheren Ebene kommunizieren könne. Vielleicht schien das so durch meine partielle Taubheit. Ich trage mein Haar lang, um das Hörgerät zu verstecken. Schwerhörige müssen doppelt aufmerksam sein; viele lesen beim Zuhören gleichzeitig vom Mund ab, und solch ungewöhnliche Konzentration mag für Zustimmung genommen werden. Im großen und ganzen bekam ich mit, was er meinte. Wir hatten dieselben grundlegenden Bücher gelesen. Solange die Dampfschiffahrtslinien noch in Betrieb waren, überquerten Onkel Benn und Tante Lena jährlich den Atlantik und brachten jedesmal in einem Überseekoffer Bücher für mich mit – zuerst Märchen, Lederstrumpf, Mark Twain und Dickens. Dann begannen sie, sobald ich alt genug dafür war, mit Balzac. Tante Lena, die so rundlich und naiv aussah, eine unbestimmbar parfümierte Dunkelheit über bleicher Haut, war Balzac-Fan. Sie mochte Balzac am liebsten, wenn er besonders düster war, wenn er gegen die Gitterstäbe von Tugend und Laster schlug, vor einem Hintergrund aus weltumfassenden Schnarrtrommeln und Tomtoms; die Beerdigung von Père Goriot; die tigerartige Concierge, die den sterbenden Musiker Pons beraubt, während ihr Ehemann unten in der Loge von dem schrecklichen Auvergnaten Remonencq vergiftet wird, der scharf auf sie ist. Wer hätte gedacht, daß ein Klößchen wie Lena nach solch hartem Tobak lechzte? Aber sie pflegte zu sagen: »Man versteht das Leben und die menschlichen Beziehungen einfach nicht, man versteht die Gesellschaft nicht, wenn man nicht Balzac gelesen hat.« Gegen Ende fügte sie hinzu: »Um Balzac zu verstehen, muß man auf Swedenborg zurückgehen.

Fang mit Balzacs *Séraphita* an. Dann lies *Die eheliche Liebe.*«

Benn hatte offenbar nicht bei Swedenborg über die Liebe nachgelesen. Er schenkte mir das Buch zur Erinnerung. (Ich las es.) Doch war er mit Lena einer Meinung, was Balzac betraf, und er sagte: »Wenn sie mich nicht auf diese Bücher gestoßen hätte, hätte ich nie Bescheid gewußt. Und was die Leute angeht, die *Cousin Pons* und *Tante Bette* nicht gelesen haben, weiß ich wirklich nicht, nach welchen Leitlinien sie sich richten sollen. Wenn die jemand fertigmacht, dann können sie gar nicht ermessen, wie sehr sie beschissen worden sind. Ohne *Tante Bette* wäre ich verloren gewesen.«

Auch mit ihr war er oft verloren. Hätte er den *Pons* genauer gelesen, so hätte er niemals Matilda Layamon geheiratet. Sie war das einzige Kind reicher Eltern, und Balzac sagt uns mehr als deutlich, daß in den Reichtum hineingeborene Einzelkinder gefährliche Ehefrauen abgeben. Bücher können da wirklich irreführend sein. Nur weil man etwas über Spießbürger *gelesen* hat, schließt man vielleicht aus, selbst ein Spießbürger zu sein. Das ist nun ganz und gar schief. Man kann ja auch, ohne sich dessen bewußt zu sein, während man ein Buch liest, von einem heimlichen Fieber befallen, von Giftgasen verseucht oder auch sich des Sturms der Gefühle im eigenen Innern gar nicht bewußt sein, weil das Buch einen abschirmt. Daß mein Onkel ein empfänglicher und manchmal halluzinierender Leser war, beweist seine Begeisterung für die Bücher, die er mir so dringlich empfahl. Im Falle von Admiral Byrds *Alone* lag er hundertprozentig richtig; aber er brachte mich auch dazu, *Die Autobiographie eines Yogi* zu lesen. Letzteres entbehrte nicht eines gewissen Charmes, nur mußte man zuvor die eigene Ungläubigkeit hinsichtlich der Levitationen und außerkörperlichen Erfahrungen überwinden. So etwa, wenn die Frau des Yogi ihn beim Betreten des Raums nicht auf der Matratze liegen findet, wo sie ihn verlassen hat, sondern in der Luft, dicht unter der Decke schwebend. Solcher Lektüre brachte mein Onkel eine agnostische, will sagen dilettantische Haltung entgegen, die mir nicht sehr gefiel.

Doch als ich sah, wo die Vorlieben meines Onkels lagen, gelang es mir, ihn für mystische, gnostische, okkultistische Autoren zu interessieren oder für Leute wie Solowjow und Fjodorow, die ich als Hintergrund für meine Studien des russischen Symbolismus gelesen hatte. Mein Onkel wirkte so stabil, daß ich ihm zutraute, einige meiner eher brüchigen Meinungen auf Herz und Nieren zu prüfen. Als ich sehr jung war, verglich ich ihn mit dem Eckturm einer Festung alten Stils. Wie mein Vater, der sagte, Benn sei wie eine russische Kirche gebaut, griff auch ich nach einem Vergleich aus der Architektur. Solch alte Steinmetzarbeit ist allerdings gegen moderne Sprengstoffe oder Raketensysteme wenig nütze. So war sie auch keine große Herausforderung für die Familie Layamon, in die mein Onkel einheiratete. Jedenfalls entdeckte er eine Neigung für Fjodorow, der der Ansicht war, daß hinter allen menschlichen Problemen der Tod stehe. Die Erde sei ein Friedhof, und es sei die eine und einzige Aufgabe der Menschheit, sie für das Leben zurückzuerobern. Daß Menschen, die uns teuer sind, in die Ewigkeit entschwinden, sei unerträglich, und wir könnten das nicht einfach akzeptieren, wenn wir nicht als feige gelten wollten. Der Anfang müsse bei den nächsten Familienangehörigen gemacht werden. Söhne und Töchter müßten denen das Leben wiedergeben, die es ihnen geschenkt haben. Selbst wenn das bedeute, zum Mond zu fliegen, müßten wir jedes Partikelchen der Toten wieder herbeiholen. Die Toten und die Lebenden bildeten eine einzige Gemeinschaft. Ich mochte dieses wörtliche Bemühen um physische Restauration nicht. Trotzdem warb ich dafür bei meinem Onkel, um zu sehen, was er daraus machen würde. Er las es mit höchstem Vergnügen, er verschlang es regelrecht. Es gab Zeiten, zu denen er, bildlich gesprochen, dicht unter der Decke schwebte. Ich hätte ihm das nicht zumuten dürfen. Ich tat es, weil ich bei jedem Thema, das mich interessierte, darauf zählen konnte, daß er kuriose Kommentare dazu abgab.

Ein lieber Onkel ist ein Geschenk des Himmels. Beachten Sie bitte, daß ich nicht sage, ein lieber *alter* Onkel. Unglücklicherweise war er nicht zu alt für Liaisons mit der Weiblichkeit. Tante Lena war er vollkommen treu gewesen – wirklich. Solange sie lebte, schaute er nicht einmal nach anderen Frauen – nun ja, er schaute hin, aber er ging nie auf Suche. Nach Jahren der Treue entstanden bei ihm zwar gewisse Zweifel an seinen Fähigkeiten. Er verwies mich auf Darwins Autobiographie (er schreckte nie davor zurück, mit den Besten ihres Faches geistigen Umgang zu pflegen), auf jene Passagen, in denen Darwin beichtet, daß er in seiner Jugend von der Dichtkunst und Musik bewegt worden sei, während ihn diese Dinge in späteren Jahren mit Ekel erfüllten, und er erklärte sich dies damit, daß er seine Fähigkeiten zu reagieren vernachlässigt habe und sie nun ungebraucht dahinrosteten. Die wissenschaftliche Arbeit, das Eintauchen in unbedeutende Details, das Achten auf winzigste Unterschiede an Organismen, hatten ihn für die größeren Gemütsbewegungen untauglich gemacht. (Meine Vermutung ist, daß Darwins Zerfall schon vorher begonnen hatte und er sich der Forschung zuwandte, weil er es spürte.) Tante Lena war sanft, eine Spur übergewichtig in den Hüften und der Oberschenkelgegend, dunkel, von einem schwer einzuordnenden Duft umgeben, schwarze Augen hingen sozusagen in ihrem Gesicht, und in mir regten sich neugierige Gedanken darüber (eine weitverbreitete männliche Eigenart), wie Benn es wohl mit ihr getrieben hatte. Er war extrem fürsorglich, das stand fest. Und dann gab es ja noch den Einfluß Swedenborgs. Sie konnte Benn zwar nicht dazu überreden, den großen Visionär zu lesen; nichtsdestotrotz waren dessen Ansichten über die Liebe zwischen den Geschlechtern meinem Onkel vertraut. Die Frau ist mit größerem Wollen begabt, womit Swedenborg die Affektion meint. Der Mann ist tendenziell abstrakter. Zwischen Mann und Frau findet ein Austausch statt. Liebe und Denken ergänzen einander in jedem menschlichen Paar, und entsprechend dem göttlichen Plan findet etwas wie ein Austausch der Seelen statt. Trotzdem machte Benn sich Sorgen wegen des Darwinschen Dahinrostens und was es wohl seiner Fähigkeit, erotisch Feuer zu fangen, anhaben würde. Es beunruhigte ihn immerhin so stark, daß er versteckte Diskussionen mit Lena darüber führte. Ihr machte es nichts aus, darüber zu sprechen.

Benn, der Witwer und Junggeselle, sah nicht so aus, als gäbe er bei Frauen eine sehr romantische Figur ab, klobig von Gestalt wie er war. Doch in den Jahren vor seiner zweiten Heirat hatte er alle Hände voll zu tun, mit den Damen fertig zu werden: Flirts, Hofmachen, Sehnsüchte, Obsessionen, Im-Stich-lassen, Beleidigungen, Verletzungen, sexuelles Verfallensein – die ganze Skala von der Wonne bis zum Zusammenbruch. Die Heirat sollte diesen Qualen ein Ende setzen.

»Zumindest kann ich jetzt damit aufhören, mich kreuz und quer auf dem Erdball herumzutreiben«, sagte er als Rechtfertigung für seinen Verrat – ich nahm seine Heirat nicht gut auf; er hätte mich vorher warnen sollen.

Aber warum hetzte er so herum? Indische Wälder, chinesische Berge, brasilianische Dschungel, die Antarktis. Er gab zu, daß seine Unruhe eine erotische Ursache hatte, aber er konnte sich nie entscheiden, wie sie zu interpretieren war. Widersprüchliche Wünsche waren im Spiel. In einem Zeitalter, wo Eros auf der einen Seite und Thanatos auf der anderen in einem Kompetenzstreit liegen, kann man genausogut seine Sachen packen und sich auf den Weg zum Flughafen machen, anstatt dazustehen und das Ergebnis abzuwarten. Lieber in Bewegung bleiben? Davonlaufen, um die Libido in Gang zu halten? Einem wahren Kater würde das nie in den Sinn kommen. Man denke nur an Balzacs Baron Hulot, achtzig Jahre alt, der einem Dienstmädchen einen unsittlichen Antrag macht, während sein frommes Eheweib auf dem Sterbebett ihn noch hören kann. Gleichermaßen kurios war der Fall von Strawinskys Großvater: Im Alter von einhundertzehn Jahren brach er sich den Hals, als er auf dem Weg zu einer mitternächtlichen Verabredung über einen Zaun kletterte. Mein Onkel versuchte nicht einmal, es Männern diesen Schlags gleichzutun – den rasenden alten Männern wie etwa Yeats, Burschen, die in den zwanziger Jahren zur Transplantation von Affendrüsen in die Schweiz reisten. Nein, fünfzehn Jahre lang ein treuer Ehemann, das war seinesgleichen. Und er konnte nicht mit Frauen umgehen, die in ihren Forderungen aufwendig und tyrannisch waren.

Ja, er hatte echte sexuelle Probleme, keine, die ihn zum Geschlechtsverkehr unfähig gemacht hätten, – aber Ablagerungen von unentdeckter Libido, die, sexuell gesprochen, das Glück einer klugen Frau hätten sein können, wenn sie die Einsicht und das Mitgefühl gehabt hätte, diesen vermischten Veranlagungen eine Ordnung (und auch Vergnügen) abzugewinnen. Und ich kann Ihnen nicht sagen, warum er sich dazu getrieben sah, in das Glücksspiel der Heirat mit Matilda Layamon einzusteigen. Es ist mir immer noch rätselhaft. Wenn, laut Macauly und Winston Churchill, das Britische Imperium in einem Anfall von Geistesabwesenheit erworben wurde, so trifft dasselbe für Onkel Benns zweite Frau zu. Nur nahm in dem bedeutenderen der beiden Fälle allmählich ein Wille zur Macht Gestalt an, während sich in dem geringeren die Meinung, das Urteil eines Mannes über sich selbst ausdrückt. Aber ich werde nicht über seine Motive tiefgründeln. Ich vertraue der Psychologie weniger und

weniger. Ich sehe sie als eines der untergeordneten Nebenprodukte der Rastlosigkeit oder der Schwankungen des modernen Bewußtseins, einer entsetzlichen Unruhe, die wir als
»Einsicht« würdigen. Sagen wir doch einfach, mein Onkel
habe selbst begriffen, wie irrational es war, Matilda einen
Ring an den Finger zu stecken und zu sagen: »Ja, ich will.«
Gab es denn nicht genügend gescheiterte Ehen um ihn
herum, Wracks von Liebesbeziehungen, wie Boeings, die
nicht hoch genug über den Berggipfel geflogen sind? Als für
uns beide die Zeit reif war, uns darüber auszusprechen, war
er mir gegenüber, was den sexuellen Hintergrund anging,
offen genug. Alle diese Verrückten, Männer und Frauen, die
ein Bett teilen. Zwei Psychopathen unter einer Steppdecke.
Weiß man denn je, wer neben einem liegt, kennt man die
Gedanken hinter dem Schirm von »Rücksichtnahme«? Ein
Ruck des Thermostats, und die Liebesglut explodiert, eine
brennende Bombe, die dich einäschert. Und während du aus
deiner Asche in die ätherische Welt hinauftreibst, sei nicht
überrascht, Schluchzer des Grams von deinem Zerstörer zu
hören.
Aber ich sollte mich lieber etwas mäßigen, meiner einen großen Schwäche nicht nachgeben.
Um etwas nüchterner fortzufahren: Ich vermag wohl zu sehen, warum die Ehe für Benn ein einladendes Vorhaben war.
Der größte Teil seiner Person wurde von Pflanzen in Anspruch genommen – von der Histogenese der Blätter oder
wovon auch immer; ich stellte ihn mir in der Tat als eine Art
Pflanzenmystiker vor – aber der Rest war liebevoll und zärtlich. Menschen seines Metiers sind, wie ich schon feststellte,
häufig gefühlsmäßig verödet, und keiner findet etwas dabei.
Er jedoch war nicht bereit, dem Beispiel Darwins zu folgen
und die totale Verkümmerung zu akzeptieren. Er pflegte zu
sagen: »Ich werde zu selbstgenügsam.« Ich hätte mir ja noch
einreden lassen, daß er es satt habe, für sich selbst zu sorgen,

obwohl der Haushalt für ihn keine Last war. Er mochte Hausarbeit sogar recht gern. Er schüttete WC-00 in seine Toilette. Er zog Meister Proper allen anderen Putzmitteln vor. Er wusch seine Socken mit Woolite. Arbeiten, die andere Männer zum Wahnsinn treiben, wie Kartoffelschälen, die Käsereibe säubern, angebrannte Essensreste aus Töpfen kratzen, auf den Knien den Boden schrubben, machten ihm überhaupt nichts aus. Ihm kam überhaupt nicht in den Sinn, daß das unter seiner Würde sei, unpassend für einen Mann, der einige der grundlegenden Konzepte der Pflanzenmorphologie revidiert hatte. Für meinen Vater war diese Bereitschaft, Mädchen für alles zu sein, ein Zeichen einer grundlegenden angeborenen Stumpfheit – mein Dad war eine Spur verwöhnt, weil er es als Amerikaner in Europa verdammt gut gehabt hatte. Kein Europäer selbst hätte sein Leben in Europa zu so einem Erfolg machen können. Das Europa nach Hitler war bei sich selbst in Ungnade gefallen. Das, was von den traditionellen Privilegien noch übrig war, verflüchtigte sich. Zur Zeit, als man noch ein Hausmädchen hatte, waren die Küchen gräßlich. Als die Dame des Hauses dann selbst die Hausarbeit machen mußte, wurden moderne Einrichtungen amerikanischen oder westdeutschen Stils installiert. Die Trachtenbergs allerdings hatten immer ein Mädchen. Intellektuelle schrubbten keine Böden. Nur meinem Onkel machte es nichts aus zu waschen, zu bügeln, Knöpfe anzunähen, zu schrubben. Er hielt auch sein Labor sauber. Dad sagte: »Hinter all seinen Allüren ist er eine alte Dame.« Falsch. Es war die Art meines Onkels zu sagen: »Ich bin nichts Besseres als ihr.« Er nahm große Mühen auf sich, um die Gleichheit zu proklamieren. Meiner Meinung nach übertrieb er es. Diese Haltung ist irgendwo, wie ein Pariser Freund meinte, ein Exzeß der Höflichkeit. Er erzählte mir, daß Marcel Proust, mit dem er sich befaßte, Purzelbäume schlug, um die Frage einer Dame, die beim Essen Konversation machte, zu beantworten. Er pflegte ausgiebig und mit lähmender Vollständigkeit zu antworten, wenn solch eine Antwort weder erforderlich war noch erwartet wurde. Die Menschen wurden von diesem gutaussehenden, ermüdenden, joghurtgesichtigen Tischgenossen förmlich mit ungewünschten Informationen überflutet. Zum Sterben öde. Und alledem lag die Galanterie der Gleichberechtigung oder einer angenommenen Gleichberechtigung zugrunde.

Aus gleichmacherischen Motiven schenkt man Glauben, wo man gar keinen Glauben schuldet (z. B. auf Gesellschaften, deren geistige Prozesse völlig anders sind als die eigenen), respektiert eine andere Seele wegen Stärken, die sie vielleicht hat, vielleicht aber auch nicht – als wolle man den Gott eines schon hundert Jahre lang verloschenen Vulkans beschwichtigen. Er ist nicht einmal zu Hause. Er betreibt eine Vulkankette (wie die Hyatt Houses), und mit denen ist er vollauf beschäftigt, mit den noch tätigen Vulkanen.

Es ist auch gut, im Sinn zu behalten, daß mein Onkel sehr hoch gestimmt war und auf sich spielte wie auf einem Instrument; auf solch strammgezogenen Saiten war die Selbstdarstellung unvermeidlich. Übertriebene Höflichkeit milderte die Art, wie er sich anderen, seinen Zuhörern aufdrängte. Solche Genialität und so hohe Energie wie seine waren unwiderstehlich. Er öffnet beispielsweise eine Packung Vitamintabletten, und eine ebenfalls eingeladene Dame am Tisch fragt, was das sei. Er fängt an, die Forschung über fortgeschrittene Krebsstadien zu beschreiben, die in Valhalla im Staat New York betrieben wird, sowie die Theorie über die »freien Radikalen« – gefährliche Neutronen, die sich im Stoffwechselprozeß absondern und möglicherweise bösartige Tumoren auslösen. Diese wunderwirkenden Vitamine erweitern die Blutgefäße der Prostata und bewahren sie vor Schwellungen. Sie hatten schon einen Fingernagel geheilt, der jahrelang gespalten gewesen war. (Er versucht, ihn ihr zu zeigen; das Kerzenlicht ist zu schwach.) Ein kurioser Nebeneffekt, fährt er fort, sei, daß die Vitamine das Wachstum der Bakterien im Verdauungstrakt stimulieren und ein gewisses Maß an Blähungen verursachen. Das Mittel gegen letztere ist, dem Beispiel der höheren Primate zu folgen, deren Verdauungstrakt wunderbarerweise dem unseren so ähnlich ist und deren ballastreiche Nahrung die Därme sauberhält... Voller Bedauern darüber, gefragt zu haben, wartet die Dame, daß dieser begeisterungsfähige Langeweiler endlich seinen Vortrag beendet. Wieder einmal ein unwillkommenes Opfer.

Meinem Onkel, um darauf zurückzukommen, machte es also nichts aus, für sich allein zu leben. Abwechslungshalber wäre es allerdings nett gewesen, wenn einmal jemand anderes aus reiner Freundlichkeit die Teller abgewaschen hätte. Warum aber heiratete er dann Matilda Layamon? Das klassische Gesicht, das hyazinthne Haar – sie würde keine Teller spülen. Dahinter steckt die Beziehung Herr und Sklave. Der Herr ist der Herr, weil er bereit wäre zu sterben, nur um die Privilegien des Herrn zu behalten. Der Sklave ist nicht willens, sein Leben aufs Spiel zu setzen... Wir brauchen uns an dieser Stelle nicht eingehender damit zu befassen und auch nicht zu erklären, warum Onkel Benn sich nicht schämte, den Abwasch zu machen. Doch fällt mir dabei unwillkürlich ein, daß in Moskau in den frühen zwanziger Jahren der Dichter Andrej Bely bei einer öffentlichen Veranstaltung in Wut geriet, weil er sich anstellen mußte, um ein Stück Fisch zu bekommen. Einem Dichter sollte der Hering gefälligst serviert werden, und zwar auf einem sauberen Teller! Er sagte auch gegen Ende seines Lebens über die Frauen, die er gekannt hatte: »Nicht eine einzige von denen hat mich verdient.« Ich kann mir nicht vorstellen, daß Benn so etwas sagen würde. Diese Worte wären aus seinem Munde schlechthin unmöglich. Und doch hätte er vielleicht Grund gehabt, sie zu sagen. Sehr viele moderne Denker sind einhellig der Meinung, daß »Überschätzung« das Geheimnis der Liebe ist. Auch für Rousseau war sie eine Illusion, auf die die freie Gesellschaften nicht verzichten konnten. Hinter alledem wiederum steckt die Entdeckung, die Admiral Byrd am Südpol machte. Dort sind die Leute sich gegenseitig auf die Schliche gekommen. Es reicht hin, dies jetzt zu erwähnen, ohne es überzubetonen.

Falls eine Selbsttäuschung mit im Spiel gewesen sein sollte, wäre mein Onkel sich deren bewußt gewesen. Er war schließlich kein Waschlappen. Er war ein Mann, der um seines Wissens, seiner Genauigkeit, des Speichervermögens und der Fassungskraft seines Gedächtnisses willen weit bewundert wurde. Wenn Sie mich fragen: Eine Naturgewalt dieser Art wird von oben gestiftet, von weit oben. Vertreter der »wissenschaftlichen Weltsicht« werden hierüber die Nase rümpfen. Das hilft eben nichts. Und dies ist auch kein Argument, sondern eine Beichte aus einem offengelegten Herzen. Gewöhnliche Erklärungen aus der vernunftorientierten Welt hier unten werden für mich nie befriedigend sein. Für mich war der Mann ein Wunder, er hatte den »Zauber«. Solche unverhofften Talente schreien nach menschlicher Vollendung. Aber wieviel Vollendung brauchen sie? Und muß diese kompliziert sein – tut es eine oberflächliche Vollendung nicht auch? Ja, für diejenigen, die gefühlsmäßig verödet sind. Emotionale Typen, liebende Herzen wie mein Onkel, überquellende, hochspannungsgeladene Charaktere, leicht aufgewühlt, bedürftig, gierig – sie vermögen nicht einzusehen, warum einem großartigen Geschenk nicht noch ein anderes folgen sollte, eine ganze Reihe von Geschenken. Es bestand also Bedarf an jemandem, der teilte, an einer charmanten Frau, solch einer Frau, wie Swedenborg sie beschreibt – von Gott geschaffen, um den Mann zu belehren, ihn zum Austausch der Seelen zu führen. Vielleicht um ihn alles über die Liebe zu lehren, so wie Diotima Sokrates über die Liebe belehrte.

Per Saldo, wenn man alle Fakten Revue passieren läßt, hatte das Leben meinen Onkel tüchtig gebeutelt. Zu jener Zeit fühlte er sich, um auf das verdammte Poe-Gedicht zurückzukommen, wie ein erschöpfter, reisemüder Wanderer. Meiner Meinung nach war er ein sexuell mißbrauchter Mann. In der Presse ist dieser Begriff kleinen Kindern vorbehalten, und es mag unpassend klingen, einen Mann in den Fünfzigern in eine solche Kategorie zu stecken. Ein berühmter Botaniker mittleren Alters im Kindergarten – was soll das denn? Aber schließlich gibt es ja auch geschlagene Männer. Auch Männer werden durchgewalkt. Und meiner Ansicht nach war Onkel Benn ein von Frauen geschlagener Mann. Sie werden sagen: »Ein Mann seiner Statur?« Da muß ich Ihnen beipflichten. Das ist genau der Punkt. Er suchte Schutz, und in jedem Wort-Assoziationstest reagiert der Normalamerikaner auf das Wort »Schutz« mit »Erpressung«: Schutzgeld-Erpressung.

Nicht ganz klar ist, warum Onkel Benn, wo er so dumm ja auch nicht war, den Mißbrauch so passiv geschehen ließ. Da liegt das ganze Rätsel. Und wenn ich dieses Rätsel betrachte, so wie man ein abstraktes Gemälde auf Hinweise auf die reale Welt absucht (ist das eine Vase? oder ein altes Artilleriegeschütz? eine Teigspritze?), dann sehe ich im Hintergrund Benn selbst vor mir, den Mann, wie er ist, einen großen Burschen, übergewichtig, blaß, mit einer russischen Rundung des Rückens. Sein Schritt ist gemessen. Oberhalb des Zwerchfells bleibt alles in Ruhe. Dann der runde Kopf, ein volles Gesicht, ein Augenpaar in einer Linie, die einer auf die Seite gelegten Acht ähnelt. Einer meiner russischen Philosophen sagt, daß menschliche Augen in eine von zwei möglichen Kategorien fallen, die rezeptiven und die Willen ausstrahlenden. Einige sind weit offen, um das Licht zu reflektieren, andere mustern alles prüfend, auf Beute lauernd: Augen, für die die Erde ein Garten Eden ist, ein ewiges Jetzt, oder andererseits Augen, aus denen eine elektrisierende Willensflut fließt. Natürlich war die erstere die Kategorie meines Onkels. Der Mensch ist, was er sieht. (Nicht, was er ißt, wie Feuerbach, jener buchstabengläubige deutsche Verrückte, beharrlich beteuerte.) Nein; wie du siehst, so bist du. Was anders könnten diese seine Augen bedeuten? Sein Kopf, für seinen Beruf geformt, war ein Pflanzenobservatorium. Man hätte ihn deshalb menschlich für einen Tölpel, ein leichtes Opfer halten können, jedenfalls nach Meinung der Typen mit dem elektrisierenden Willen, den Gaunern und Draufgängern, welchen die Licht-Reflektierenden zu dienen prädestiniert sind. (Ihre Diener, ihre Beute, ihr Mittagessen.) Aber irgendwo unten in den Windungen seines Charakters war mein Onkel auch schlau. Nach begangener Tat war er immer schlau, fähig einzusehen, wo er fehlgegangen, wo er übers Ohr gehauen worden war, wie er den Schläulingen und Beutemachern in die Hände gearbeitet hatte. Aber immer erst danach. Er sah stabil aus, aber der Schein trog. Dabei war er jedoch wahr und rein, eine echte Ausnahme. Aus lauter Angst vor einem Elitedenken – was für ein trostloser Aberglaube! – appellieren wir an uns selbst, die Ausnahmen zu ignorieren.

Man stelle sich vor! Unsere einzige Hoffnung auf Befreiung, und wir sollen nicht einmal hinschauen dürfen!

Ich pflegte meinen Onkel zu fragen, wie ein Kind von den Trottoirs der Jefferson Street so verrückt auf Botanik werden konnte. Abgesehen von Kletten und Kreuzkraut, Zwergakazien und dem anderen Unkraut, das in den Lagerhöfen wächst, gab es in diesem Slum keine Pflanzen. Grandpa Crader aß nicht einmal Salat. Er war beleidigt, wenn Grandma welchen servierte. Dann hob er sein intelligentes, von Vorurteilen und peinigenden Ironien verzerrtes

Gesicht und sagte: »Das kannst du den *behemah* vorsetzen!«
Der alte Herr lehrte zwar Hebräisch, war aber kein prakti-
zierender Jude. Dagegen pflegte er durchaus ein Interesse an
der mystischen Tradition und liebte es, vom Baum des Lebens und dem Baum der Erkenntnis zu sprechen. Kurioser-
weise waren es die Nichtjuden, die den Baum der Erkenntnis
besaßen (in Form der Wissenschaft), während der Baum des
Lebens hundertprozentig jüdisches Eigentum war. Irgendwann einmal würden sich Erkenntnis und Leben verbinden.
Ich wollte wissen, ob jene Bäume die Berufswahl meines
Onkels beeinflußt hatten. Nicht daß er wüßte, sagte er.
Mein Onkel umgab sich eben nicht gern mit dem Schleier
des Geheimnisses. Er mochte seine Begabungen weder diskutieren noch über sie nachdenken. Er nahm sie dankbar
hin, und abgesehen davon zog er es vor, den Mund zu halten. Ich wiederum mußte über das Rätselhafte an ihm nachdenken, da es mich so sehr berührte. Als ich ihn über den
Baum des Lebens ausfragte, war alles, was er mir sagen
konnte, daß sein Vater zu diesem Thema ein Buch eines Mystikers des sechzehnten Jahrhunderts, Haym Vital, besessen
habe. Ich hatte damals keine Zeit, tiefer zu bohren – zu viele
Eisen im Feuer –, aber ich mußte es mit einrechnen, denn
letzten Endes beeinflußte es meinen Entschluß, in den Mittelwesten zu kommen. Ich wollte mein Leben nicht wegwer-
fen. Ich hätte es vielleicht verschenkt, aber einfach auf den
Müll werfen würde ich es nicht. Ich habe mich auch oft gefragt, warum ich nicht in die Fußstapfen von M. Kojève getreten bin. Während ich im Speisezimmer in Paris der Unterhaltung zuhörte, bildete ich mir manchmal ein, ich sähe direkt aus Kojèves Kopf Lichtstrahlen kommen. Er vermittelte
mir das Gefühl, ein geistiger Backfisch zu sein. Er warf mit
Geist und Natur herum, er mischte die Geschichte wie ein
Kartenspiel. Ich war verzückt. Was für ein Bursche! Doch
merkte ich ebenfalls, daß sich in mir knurrendes Mißtrauen

regte. Noch in sehr jugendlichem Alter, als ich gerade auf mein *bachot* hinarbeitete, wurde meine Bewunderung für seine Beherrschung des Gedanklichen mehr und mehr von Mißtrauen verdunkelt, ich verglich ihn geistig mit meinem Lehrer für russische Konversation in der Rue de Dragon – mit dessen eiskaltem Zimmer voller Ikonen und Stückchen von Bokhara-Teppichen, der rohen Kahlheit seines Kopfes, dem dünnen Klang seiner Stimme. Er warnte mich in umwerfendem Russisch vor dem Schein des Gedankens, dem kalkulierenden Intellekt und seinen Konstruktionen, seinen Erfindungen, die den Kräften des Lebens so fern sind. Es gebe zwei Spielarten der Wahrheit, die eine symbolisiert durch den Baum der Erkenntnis, die andere durch den Baum des Lebens, eine die Wahrheit des Strebens und die andere die Wahrheit der Empfänglichkeit. Vom Leben abgelöste Erkenntnis sei Krankheit. Mein Onkel wußte eine Menge über Pflanzen, aber seine Erkenntnis war irgendwie zufällig.

»Also, Onkel. Wo ist das Buch?«

»Über den Baum des Lebens? Frag mich nicht. Es muß wohl unter den Trümmern begraben worden sein, als sie das Haus abrissen. Der alte Mann las mir immer daraus vor, mit Kommentaren. Ich habe es nie selbst studiert.«

»Was hast du denn selbst gelesen?«

»Ich kaufte mir beim Trödler ein Buch für fünf Cent. Es hieß *Große Mutter Wald* von Attilio Gatti. Jemand mußte es aus einer Badewanne geangelt und in der Sonne getrocknet haben, denn es war aufgequollen und fleckig. Ich fand es umwerfend. Und dann gefiel mir auch Bartrams Buch sehr gut – wie er vor zweihundert Jahren im noch unverdorbenen Georgia und Florida herumwanderte, ganz allein, und seltene Pflanzen sammelte und in der Wildnis schlief.«

In Paris hörte ich, wie die schlaue Meinung vertreten wurde, das Ghetto sei eine Kopie der Judäischen Wüste und die Juden entgingen der Dekadenz, weil ihnen die pflanzlichen

Elemente fehlten. Sie seien nicht abhängig von den Lebenssäften, und deshalb verblühten sie auch nicht. Das Ghetto ist nicht so steril wie die Hirne der französischen Intellektuellen, die, so scheinbar einfühlsam, solche Formulierungen ausbrüten. Das gehört zu den Dingen, die mich aus Paris vertrieben. Seit Jahrhunderten beten Juden in zerfallenden Slum-Synagogen um Tau *(tal)*. Doch dies ist nur in Verbindung mit der Berufung meines Onkels von Interesse.

»Haben denn diese exotischen Bücher dich zum Globetrotter gemacht?«

»Das würde ich nicht sagen. Eher die vielen Boeings 747, die nur darauf warten, jedermann fortzutragen. Urlaub für kurze Zeit bekommt man immer. Und Geldmittel für besondere Zwecke und einen günstigen Umtauschkurs auch. Das Wetter wird schlecht – zehn Tag hintereinander Schneeregen –, du bist verstimmt, deprimiert, es ist blöde, still zu sitzen, deiner Gemütsstruktur sogar unzuträglich. Also fängst du an, deinen Schreibtisch zu durchkramen, und findest ein Bündel unbeantworteter Einladungen. Dann denkst du: Warum eigentlich nicht Indien? Dies wäre die beste Jahreszeit. Da ist doch diese große dunkle gefällige Dame in Madras, die sich immer so freut, dich zu sehen. Sie ist so eine nette Gesellschafterin.«

Er meinte Rajashwari. Sie war Bibliothekarin und spielte bemerkenswert gut auf der tief gestimmten großbauchigen indischen Gitarre. In der Nähe war die Universität von Annamalai mit ihrer berühmten Abteilung für Botanik, wo Dr. Singh im Experiment die Mimosen mit Musik berieselte und die Anzahl ihrer Spaltöffnungen erhöhte – mein Onkel war weit davon entfernt, von Singhs Daten überzeugt zu sein.

»Doch um auf den kleinen Jungen von der Jefferson Street zurückzukommen«, sagte er. »Es war nicht *Große Mutter Wald*, und es war auch nicht der Reiz von Bartram und diesen duftenden subtropischen Nächten. Anscheinend gab es in mir ein zweites Ich, das einsprang und für mich handelte. Es sagte mir, daß ich dem Trödler meine fünf Cent geben sollte. Dieses Ich, glaube ich, wartete einfach, und als die Botanik vorbeikam, stürzte es sich auf sie und verschlang sie. Mein normales Selbst hätte überlegt und geschwankt wie ein Gras im Wind. Bestimmte Entscheidungen bringen mich fast um...«

»Die Frage ist nur, welche von den zwei oder mehr Ichs deine Entscheidungen trifft. Oder wäre es nicht besser zu sagen, ein Dämon oder Daimon – ein innerer Geist?«

Ich erwartete gar nicht, daß er darauf antwortete.

Eine lange Reise machten mein Onkel und ich zusammen. Im letzten Frühjahr nahm er mich mit nach Japan.

Es traf sich, daß ich wieder einmal nach Seattle gefahren war, um mein Töchterchen zu sehen und zu versuchen, ihre Mutter dazu zu überreden, mich zu heiraten. Mein Onkel war darüber ungewöhnlich beunruhigt. Er rief mich im Hotel an, einem dieser ultramodernen Kästen. Die Zimmer waren dort sehr gläsern. Ich verbrachte Stunden damit, die *Times* zu lesen, während der Regen von Seattle unaufhörlich über die Scheiben lief. Er wollte einfach nicht aufhören.

Er rief nicht nur wegen mir an. Er sagte: »Ich fliege morgen nach Tokio, und wenn du mitkommen willst, zahle ich dir den Flug.«

»Warum denn – wegen dem Wetter? Habt ihr Schneeregen?«

»Und ob, und es kommt noch mehr.«

»Das ist das erste, was ich von Japan höre.«

»Also ich werde in zwei Tagen in Kioto erwartet.«

»Wir haben doch zusammen zu Abend gegessen, bevor ich fuhr, und du hast nicht ein Wort davon gesagt.«

»Es hat sich so ergeben. Wenn du mir sagst, wo dein Paß ist, kann ich ihn mitbringen, Kenneth.«

»Er ist in meiner Aktenmappe, hier neben mir. Ich kann mitkommen.«

»Wie sieht's in Seattle aus? Ich habe mir Gedanken gemacht.«

»Es tut sich nichts. Wie sollte es auch anders sein?«

»Dachte ich mir. Steckst wie üblich von dem netten Frauchen Prügel ein. Nimmt dir dein Kind weg und nimmt's dir dann auch noch übel. Du brauchst kein so super gewissenhafter Vater zu sein. Du hast dich schließlich nie geweigert zu zahlen...« Wenn es schlimm kommt, sagen einem immer genau die Freunde, bei denen selbst der Hosenladen offensteht, daß du deinen zumachen sollst. Irgendwie schaffen sie es, sich selbst ganz rauszuhalten und einen Augenblick lang auf dem hohen Roß zu sitzen.

Ich sagte: »Schon gut, Onkel Benn. Wir haben beide unsere Probleme mit den Ladies – und sind beide reichlich blöd. Ich komme gerne mit, und wir werden es nicht als Flucht bezeichnen. In Ordnung? Es werden Ferien sein.«

Er antwortete verlegen. Er gab bei mir keine falsche Würde vor. Das nie. Aber es war etwas Schmuddeliges daran – vor einer Frau wegzulaufen, und dann noch vor *so* einer Frau. Stimmt schon, sie hatte sich *ihn* ausgesucht. Aber hatte er sich nicht aussuchen lassen?

»Ich gebe dir die Flugnummer von JAL. Ich habe für dich gebucht, du kannst das Ticket am Schalter abholen. Seattle– Tokio–Seattle!«

Ich sagte: »Demnach ist Caroline auf der Schnellspur und im Begriff, dich einzuholen?«

»Sie soll morgen hier ankommen.«

»Und du hast nicht nein gesagt. Sie hat dir schon von Anfang an jeden Schachzug diktiert.«

»Darüber können wir im Flugzeug sprechen. Das antike Kioto wird dir gefallen, und dort wird erstklassige Botanik betrieben. Ich habe am Telefon mit dem alten Professor Komatsu gesprochen. Er ist jetzt emeritiert, aber alle in der Abteilung hören immer noch auf ihn.« Er begann, die Abteilung und die Vorträge, die er halten würde, auszumalen, aber ich sagte, ich müßte rasch weg, um mit Nancy ins Kino zu gehen (wofür sie noch viel zu klein war).

Caroline Bunge war eine Kaufhauserbin aus Cleveland, und mein Onkel hatte sie am Strand in Puerto Rico kennengelernt – eine der Promiskuität sehr zuträgliche Umgebung. Sie war etwas näher an seinem Alter als die meisten Frauen, mit denen er sich befaßte, war eine große, gutaussehende Dame, im ganzen liebenswürdig und überdies geschmackvoll gekleidet, wenn auch etwas stark parfümiert. Eine senkrechte Falte zwischen den Augen gab ihr ein nachdenkliches Aussehen, aber in Wirklichkeit schraubte sich ihr Geist in zu große Höhen, um noch denken zu können, und wenn sie den Mund aufmachte, merkte man, daß sie, hitzig und skrupellos, Dinge verfolgt hatte, die man lieber nicht nennt. Dabei hatte sie den Anschein der Würde, die Haltung und den Akzent einer Frau, die im Ausland in Pensionaten erzogen worden ist, in französischen und englischen. Ihre Themen waren irische Pferde, Springreiten, Fuchsjagden, Whisky. Als sie hörte, daß ich in Paris aufgewachsen war, beschrieb sie ihre Freundschaft mit Jean Genet und mit Marguerite Duras. Sie hatte nicht Schlimmeres über die beiden zu erzählen, als was sie selbst schon geschrieben hatten. Und gibt es in Carolines Kreisen irgend etwas, das man nicht sagen kann? Was Carolines Gefaßtheit anging, so nehme ich an, daß sie durch das Lithium oder Valium unterstützt wurde, das sie sich verabreichte. Außerdem soff sie wie ein Loch. Sie war sehr redegewandt, schwieg selten. Doch war sie nicht zu blau, um Onkel Benn als bemerkenswerten Mann auszumachen, und da sie schon sehr lange bereit zu einer dauerhaften Verbindung war, sagte sie ihm auf der Stelle, daß er einen phantastischen Ehemann abgeben würde. Sie sagte: »Frauen in meiner Altersklasse haben eine Todesangst vor Ehen vom Typ von Bülow.«

Er war nicht nur ein Mann, der Sicherheit versprach, sondern auch aus anderen Gründen erstrebenswert.

Unter den gegenwärtigen Bedingungen sind solche Entscheidungen zunehmend problematisch. Die persönliche Freiheit ist mit den Qualen der Wahl verbunden. Auf einer niedrigeren Ebene läßt sich das einfacher erkennen: Schon ein Versandhauskatalog bedeutet für bestimmte Temperamente Höllenqualen. Dampfbügeleisen, Spannbettücher, feuerfestes Geschirr, Lampen, Küchenschränke, Polstermaterialien. Eine verunsicherte Frau braucht unter Umständen ein ganzes Jahr dazu, eine Tapete für das Gästebad auszusuchen. In einem guten Geschäft wird sie drei Regalmeter voller Musterbücher finden. Was nun die Entscheidung für einen Mann angeht, so denke man nur, welche Mühe es bedeutet, die zur Wahl stehenden Individuen durchzugehen und einen Ehemann auszuwählen. Welche Qual! Und dann, den Burschen, den man sich ausgesucht hat, zu überzeugen! Geld müßte die Angelegenheit eigentlich erleichtern. Tut es jedoch nicht, denn wo Geld ist, da ist Geschäft, und Geschäft bedeutet vertragliche Abmachungen. Kaum beginnt man einen Vertrag zu lesen, da denkt man auch schon daran, wie man durch ein Hintertürchen entwischen kann. Noch bevor man überhaupt unterschrieben hat, hat man den Fluchtweg schon vorbereitet. Das sind alles höchst individuelle Überlegungen, jeder Mann nach seinem persönlichen System. In Frankreich nennt man es *le petit système à part*. Dies spricht gegen die Dauerhaftigkeit menschlicher Verbindungen. Es ist eine Herkulesarbeit, bei der Auswahl ein Gefühl der Notwendigkeit oder Unvermeidlichkeit mit hineinzubringen. Die Liebe (»stark wie der Tod«) kann nicht auf eine vertragliche Basis gestellt werden, da die Herausforderung ja darin besteht, den Vertrag zu brechen. Das *système à part* schreit ja nach dem Bruch. Vertragsbedingungen sind nur menschlich, während die Liebe zu sich selbst göttliche Züge trägt.

Mein Onkel hatte es gar nicht nötig, sich auf all das einzulassen. Er hatte ja seine Wissenschaft. Das Problem war nur, daß er ehrgeizig war. Zuviel forderte. Das Glück eines Einsiedlers war ihm nicht genug, und auch seine telepathischen Fähigkeiten in bezug auf Pflanzen reichten ihm nicht. Vielleicht war es sogar meine Schuld, weil ich unaufhörlich sein Gefühlsleben anrührte.

Wie dem auch sei: Aus der aufgewühlten Landschaft taucht die schlafwandlerische Gestalt der Caroline Bunge auf, nimmt Form an, materialisiert sich. Sie begegnet meinem Onkel und beginnt sofort, Pläne zu schmieden, ihn zu heiraten. Was könnte natürlicher sein? Sie ist hübsch und reich; er ist ein gelehrter Witwer und ein Gentleman, wenn auch ein jüdischer. Sie spricht von Juden als Ehemännern. Sie erzählt *mir* einmal (in einer Bar, während wir auf Benns Kommen warten), daß man mit einem Juden tatsächlich eine gute Verbindung eingehen könne. Sie sagt, daß Mary Logan Smith sehr gut mit Bernard Berenson zurechtgekommen sei, obwohl Berenson ein kleiner Schwindler und ein Kunstschieber war. Natürlich war das zur Zeit König Edwards und in einer Epoche wilder Exzentrizität gewesen. In jenen Kreisen verkehrte eine englische Dame, die eine riesige Handtasche mit sich herumtrug, in der sich Frösche befanden, und diese Frösche waren darauf dressiert, ihr in den geöffneten Mund und zurück in ihre Tasche zu springen. Vielleicht köderte sie sie mit toten Fliegen. Die Engländer und die Juden seien immer gut miteinander zurechtgekommen – ob ich das nicht fände? –, weil beide Wucherer seien, sagt Caroline. Und was die Situation hier bei uns angehe, dies sei eines der Gastländer, denen die Juden keinen Schaden zugefügt hätten, und das komme daher, daß die »Unsichtbare Hand« des Kapitalismus sich über Amerika ausbreite. Amerika sei der Liebling der »Unsichtbaren Hand«. Mir wird klar, daß Caroline nur wiederholt, was sie auf Cocktailparties oder in den Anprobekabinen bei Bergdorf Goodman's gehört hat.

Jedenfalls hatte sie die harten Typen satt. Ihr Wunsch war, seßhaft zu werden. Sie erklärte Benn, er tue ihr gut, und sie werde ihm guttun. Aus Höflichkeit stimmte er zu. Er hätte eine abweichende Meinung nicht in Worte fassen können. Sie kündigte ihr Kommen an und bat ihn, sie am Flughafen abzuholen. Sie bringe einen von ihrem Anwalt entworfenen Ehevorvertrag mit. Eine Limousine werde sie zur City Hall bringen. Ein Marinegeistlicher werde die Zeremonie vornehmen.

Sobald sie auflegte, rief mein Onkel in Kioto an.

Innerhalb einer halben Stunde hatte er den Laden dichtgemacht, eine Notiz für seinen Abteilungsvorsitzenden hinterlassen, seine Tasche gepackt, die Tickets reserviert. Er schloß seine Wohnung ab und verbrachte die Nacht in meinen Räumlichkeiten im Wohnheim. Im selben Augenblick, in dem Caroline auf der Seite für Inlandflüge landete, betrat mein Onkel also die Flughalle für Auslandsflüge und eilte zum Schalter der Japan Air Lines.

Ich möchte Sie nun bitten, Ihre Aufmerksamkeit ganz kurz meinen eigenen Problemen mit Treckie in Seattle zuzuwenden.

Wenn ein Mann, der es ernst meint, einer attraktiven Frau begegnet, wird er sich doch die Frage stellen: Wie könnten wir beide etwas zustandebringen, was von dauerhafter Natur ist?

Jedermann würde sagen, er verdient ethisch gesehen sehr gute Noten für solch eine Frage. Neunhundertneunundneunzigmal von tausend ist sie nur ein Vorspiel dafür, daß man sich ins eigene Fleisch schneidet.

Ich habe den Fall Treckie schon gelegentlich in subatomaren Begriffen dargestellt, Teilchen A trägt genau die Ladung, die von Teilchen B gebraucht wird. Wahre Affinität. Damit wäre auch die Gefahr der Verträge umgangen. Auch wenn eine Ehe mit einem Vertrag beginnt, muß sie sich in eine höhere Sphäre hinaufschwingen. Ich habe jedenfalls bis zum heutigen Tag noch nicht die Überzeugung abgelegt, daß Treckie und ich aus passenden Teilchen bestanden. Wie geschaffen für eine lebenslängliche Vertrautheit.

Diese Treckie, eine runde junge Frau, ist so einladend, so durch und durch erfreulich. Ihr dunkles Haar umgibt normalerweise in Locken ihren Kopf, aber manchmal hängt es auch an einer Seite herunter. Ich war besonders von ihrer Figur eingenommen, die klein und fest war. Ich kann für langbeinige Mädchen Bewunderung empfinden, aber sie sind nicht meine wahre Vorliebe. Das Modewort *petite*, das sich nur auf die Größe bezieht, ist unangemessen, da es nichts darüber aussagt, ob die Figur flach oder voll ist. Treckie hat genau den Busen – erstklassig –, den ich mag. Schon von Anfang an reagierte ich besonders auf die Fülle ihrer Figur, wegen ihrer, wie mir schien, Verbindung mit dem Physikalischen ... und mit physikalisch meine ich planetarische, oder noch weiter gehend, Gravitationskräfte – Anziehung zu Anziehung. Da ich mich selbst als mager und willkürlich empfinde, reagiere ich auf kompakte Kräfte. Treckie ist eine kleine Frau, eigentlich sogar winzig, und ich habe diese Vorliebe für Bündigkeit in Kombination mit weiblicher Reife. Dieses sexuell ansprechende Kind, ich flog auf sie, ihr kleines Gesicht und ihr Miniaturlächeln in Verbindung mit der vollen Figur, ihrem gut entwickelten Busen. Sie war wie ein weißhäutiges Eingeborenenmädchen. Vielleicht bin ich auf Kind-Frauen fixiert – genau wie Edgar Allan Poe mit dem geistig zurückgebliebenen Mädchen, das er heiratete. Mit Zustimmung der Mutter, Mrs. Clemm, die ihm diese der geistigen Entwicklung nach Achtjährige zur Frau gab. Mir war solches Glück jedoch nicht beschieden. Treckie ist ein kluges Mädchen mit einem abgeschlossenen Biologiestudium. Als ich sie kennenlernte, war sie am Veterans Administration Hospital angestellt und wohnte in unserer Nachbarschaft.

Poes Frau muß wahrhaft naiv gewesen sein, während Treckie clever war – entweder sehr clever oder sie spielte nach cleveren Regeln, jenen ganz anderen Regeln, die auf den mir fremden Voraussetzungen einer neuen Generation von jungen Frauen basierten. Ich werde mich präziser ausdrücken. Wenn sich zwei Liebende zum ersten Mal entkleiden, so ist dies ein höchst besonderer Augenblick. Die *prise de possession*. An diesem Punkt habe ich immer noch sehr bezeichnende Vorstellungen davon, was ein Mann ist und was eine

Frau. Nun, Treckie war keine Enttäuschung für mich (was auch immer ich für sie war – mager, knochig, der von einem sich frei im Landesinnern bewegenden Touristen fotografierte langhaarige Chinese). Sie war in jeder Hinsicht, was ich erwartet hatte, nur daß ihre Beine von blauen Flecken entstellt waren. Ihre Schienbeine waren schwarz und blau. Nein, voller blauer und grüner Kreise, wie die Zeichnungen auf Pfauenfedern – das wäre genauer. Ich konnte die naheliegende Frage: »Mein Gott, woher hast du die denn – wer hat dir das angetan?« nicht stellen. Unter den Umständen konnte ich nicht sagen: »Wer hat das getan!« Es gibt Verhaltensregeln, heutzutage sogar zwischen im gegenseitigen Einvernehmen etcetera Handelnden. Als sie sah, wie ich sie anstarrte, zuckte sie mit ihren nackten Schultern, legte den Kopf auf die Seite, und ihre Unterlippe schwoll mir sanft entgegen. Eine Herausforderung schien darin zu liegen, ein: »Und, was willst du jetzt tun?« Sie schien stolz auf diese Verletzungen zu sein. Nun ja, sie waren ja eigentlich nicht schlimm, nicht schlimmer als Liebesbisse, nur daß es eben die Bisse eines anderen Mannes gewesen wären. Und wer könnte solch eine winzige Frau derartig grob behandeln – ein Telefonkabelverleger oder irgendein anderer Bauarbeiter? Ein Ekstatiker oder Fetischist, der mit Stiefeln über Treckie hinwegmarschiert war? Sie schien jedenfalls die Frage zu stellen, wie ich nun verfahren wolle. Würde ich den Mund halten? Durch Stillschweigen der Art, wie sie »es eben« tat, zustimmen? Vielleicht würde sie es gar nicht mögen, wenn ich sie freundlich behandelte. Alles, was mir unter diesen Umständen übrigblieb, war, das zu tun, was ich konnte, und ich weiß nicht, wie befriedigend das war. Es gibt Frauen, die lassen einen gern im Dunkeln tappen.

Als ich das letzte Mal in Paris war, erzählte ich meinem Vater davon, und er sprach sehr darauf an und war erfreut darüber, als Experte zu Rat gezogen zu werden. Auf seine lebenslange Erfahrung zurückgreifend und väterlich besorgt, beschäftigte er sich eingehend mit dem Thema. Was liegt hier vor: erwachsene Frau der Kleinmädchen-Kategorie? Er verstand sofort. Mädchen diesen Typs, winzige Geschöpfe, hätten ganz besonderen Spaß daran zu zeigen, daß sie sexuell vollwertige Frauen seien. Daß sie Verursacher von blauen Flecken und Rissen um den Finger wickeln könnten. Vor keinem Mann Angst hätten, heißblütig wären und es könnten wie jeder Zweimeter-Schwede oder Afrikaner. »Die dominierende Winzigkeit«, nannte Dad das. »Wollen doch mal sehen, wer hier der Chef ist.« Er fragte, ob ich grob mit ihr umgesprungen sei. Und gab auf der Stelle selbst die Antwort: »Du bist nicht der Typ dazu... Es gibt ja Leute, denen Sex nur Spaß macht, wenn er Spuren an ihnen hinterläßt. Ich kannte mal ein kleines Persönchen aus einer kleinen Stadt in Ohio, eine kuriose kleine Madame. Einer ihrer Freunde hatte ihr ein Auge blau geschlagen. Und das erzählte sie mir mit besonderem Stolz. Was für ein herziges kleines Ding sie war! Na ja, sie ging also mit diesem blauen Auge zum Frühstück in eine Fernfahrerkneipe, und wenn man ihr Glauben schenken darf, hörten alle Fernfahrer auf zu essen und starrten sie an. Sie sagte, sie sei reingekommen und hätte ein ganz einfaches beiges Leinenkostüm angehabt und das Haar aufgesteckt, Lehrerinnen-Look. Aber dieses sensationelle blaue Auge! Diese Typen kamen fast um vor Neid und Bewunderung! Sie törnte ein ganzes Lokal voller starker Männer an! Schön und gut, Ken, aber wie interpretieren wir das? Ein Liebesabenteuer wird zu einer Proklamation. Andere Männer vernehmen dutzendweise die Botschaft und werden erotisch in Bann geschlagen... Wir kennen die Frauen nicht, mein Sohn. Nicht einmal nach einem Leben des Beobachtens, ja praktischen Forschens. Selbst die Wissenschaft weiß nichts über dieses Gebiet.«

Jetzt spielte er sich vor mir als der weise Mann *à la française* auf. Besitzer eines außerordentlichen Schwanzes zu sein reichte nicht; er mußte sich auch noch auf die theoretische Ebene versteigen. Dieser hegelianische – wie soll ich ihn nennen – Meisterdenker? – der von den napoleonischen Angriffstruppen zu den Regimentern von sexuell ansprechenden Frauen übergesprungen war, war nichtsdestotrotz in seinem Fach instruktiv. Ich möchte auch betonen, daß er mir immer ein guter Vater gewesen ist. So warmherzig. Kein monogames Elternteil hätte aufmerksamer sein können. Ich liebe meinen Vater. Er war da und war gleichzeitig nicht da – kein Unterschied also zu anderen Eltern, wenn man es recht besieht. Ich erzählte ihm nicht, daß ich Treckie innigst liebte; er hätte versucht, es mir auszureden. Er hätte mich als Masochisten bezeichnet und hätte mir theoretische Vorträge gehalten – von *l'amour propre* bis zu *l'amour passion. Amour* dies und *amour* das. Er war von der Liebe, wie ich sie verstand, so weit entfernt wie ich vom Bienenzüchten. Und die Wahrheit ist, daß ich ein viel härterer Bursche bin als mein Vater und mit viel höherem Einsatz spiele. Ich bin in die USA ausgewandert, weil dort nämlich heutzutage *action* läuft – wahre, moderne *action.* Das, was ich begreifen mußte, das konnte er mir auf seinem feinen Pariser Pflaster nicht beibringen.

Es stimmt schon, daß ich auf dem Gebiet der sexuellen Liebe eine Menge nachzuholen hatte, und auf diesem Gebiet wäre mein Onkel weder auf dieser noch auf jener Seite des Atlantiks eine große Hilfe gewesen. Er war nicht gerade ein Vorbild mit Matilda Layamon oder ihren Vorgängerinnen.

Eines Tages würde Treckie vielleicht bereit sein zuzuhören, und dann würde sie den wahren Kenneth Trachtenberg kennenlernen.

In der Zwischenzeit blieb mir nichts anderes übrig, als gute Miene zum bösen Spiel zu machen. Sie hatte nichts gegen mich, sie mochte mich sogar richtig gern, sie hatte ein Kind von mir. Sie hatte mein Heiratsangebot nicht akzeptiert, und vielleicht war das auch ganz gut so, weil sie gar nicht verstand, worum es bei mir eigentlich ging. Die Liebe, die einen verzaubert, *el amor brujo*, würde eines Tages auch ihr aufgehen, wenn ihr klar wurde, wie dumm und eitel es war, ein »neuer Typ« sein zu wollen, also verlegte ich mich aufs Warten. Die ganze Schwangerschaft über arbeitete sie weiter im VA Hospital. Im siebten Monat zog ich zu ihr. Sie war froh darüber, daß ich bei ihr wohnte, unter der Bedingung, daß es nur vorübergehend war (nicht als Ehemann, sondern als privilegierter Mieter). Es heiterte sie auf, und wenn sie heiter war, unterhielt sie mich mit den täglichen Anekdoten aus dem Krankenhaus, das sie als amüsanten Arbeitsplatz empfand. Die armen Veteranen waren überwiegend geschäftsunfähig und vertrottelt. Das Krankenhaus war finanziell großzügigst ausgestattet, lag inmitten wunderschöner Ländereien und hatte einen eigenen Golfplatz. Die dusseligen Patienten konnten aus den Fenstern hinunterschauen, wie die Ärzte in Golfwägelchen vorbeifuhren und sich von ihren fetten Staatsgehältern ein flottes Leben machten. Vor dem beklemmenden Hintergrund dieser armen Irren führten die Ärzte ein traumhaftes Leben, das zu neun Zehnteln der Freizeitbeschäftigung gewidmet war.

Die Geburt des Babys, eines kleinen Mädchens, erhöhte noch Treckies gute Laune, doch ergaben sich kaum bedeutende Veränderungen daraus. Sie blieb in derselben Wohnung wohnen, einem Studentenslum im Souterrain (d.h. die Fenster auf einer Höhe mit der Straße), hinter einer Wand von immergrünem Gestrüpp. Die Wohnung enthielt einen Tiefkühlschrank, Mikrowellenherd und einen Toilettenspültank, bei dem der Porzellandeckel fehlte, so daß man beim Spülen die Hand ins Wasser tauchen konnte. Die Bordküche war nicht größer als ein Wandschrank. Dabei bekam Treckie mit der Post Dividendenschecks; sie besaß AT&T und andere erstklassige Aktien. Auch Geschäftsberichte von Merrill Lynch kamen. Taktvoll und hintenherum erfuhr ich auf meine schlau-offene Art, daß sie eine reiche Mutter hatte, mit der sie sich nicht gut verstand und die nicht über Nancys Geburt informiert war. Aktien und Maklergeschäftsberichte waren ein Geschenk ihres verstorbenen Großvaters. »Reicht gerade als kleines Polster.« Kindlich, mit einem Gesicht, als seien ihre zweiten Zähne gerade durchgebrochen, war sie dennoch Besitzerin und alleinige Betreiberin eines erstaunlichen Willensmotors. Um ihr Abendessen einzunehmen, mußte sie sich Telefonbücher unterlegen, aber sie brachte zotige Geschichten aus der Klinik mit. Ein Techniker im Hämatologielabor arbeitete immer mitten in der Nacht, und während seine Kulturen kochten oder sich drehten, entkleidete er sich und zog Rollschuhe an. Die leeren Korridore waren ideal zum Rollschuhlaufen. Ein anderer brachte von zu Hause Teppiche mit und reinigte sie über Dampf. Bei einem Gehalt von achtzigtausend Dollar hatte der Gynäkologe drei Patientinnen, kranke alte weibliche Armeebedienstete, und ein paar Soldaten aus dem Koreakrieg stopften sich Kissen unters Hemd und kamen schreiend zu ihm, sie seien schwanger. Alle machten auf exzentrisch und dachten sich Possen und Gags aus, wie ein so großer Teil unserer Bevölkerung – Neuheiten, Gaunereien, Finten. »Und weißt du, was vorgestern passiert ist!« Die Angestellten treiben es überall. Die Tür zum Aufzug ging auf, und es war stockdunkel drinnen, deshalb streckte Treckie die Hand nach dem Lichtschalter aus. Die beiden, die da auf dem Boden lagen, fingen an zu fluchen. »Du weißes Miststück, rühr bloß das Licht nicht an!« Sie tat es trotzdem und sah, daß sich mehrere verschreckte alte Veteranen in eine Ecke des Aufzugs drängten.

»Glaub ja nicht, die Leute hätten sich nicht bei meinem Chef beschwert!«

»Bei dem Iraner?«

»Der hat mich vielleicht angeschrien. ›Wieso zum Teufel müssen Sie die auch stören? Wie soll ich denn für Ihre Sicherheit sorgen, wenn Sie rumlaufen und solche Sachen machen?‹«

»So viel Einfluß haben die?«

»Sei doch nicht albern, Kenneth. Die sind alle beamtet. Mit einer starken Gewerkschaft. Bei so einer riesigen Bürokratie.«

»Eher ein orientalischer Markt«, sagte ich.

Treckie sagte: »Die gehen davon aus, daß ganz oben im Machtgefüge in Washington die Leute sich Morde leisten können und sich selbst Regierungsgeschenke im Wert von Millionen machen, warum sollen wir anderen dann nicht auch ein bißchen rumalbern und aus der Arbeit ein Spielchen machen.« Erwachsene im Kindergarten. Treckie sagte viele kluge Dinge. Sie hatte die Instinkte eines Titelverteidigers und lag immer eine Nasenlänge vorn. Sie konnte das Rennen gewinnen, ohne das Zielband zu reißen, weil sie klein genug war, darunter durchzulaufen. Aber sie war noch nicht bereit für die Ehe, noch nicht ganz, obwohl sie sich über das Kind freute. Wie die Teenager in dieser Stadt, bei denen der Anteil von unehelichen Kindern bei 30 % liegt, sah sie keine Notwendigkeit für einen Trauschein.

Wenn sie ihre Krankenhausgeschichten erzählte, brüllte Treckie mit der ganzen Macht ihres kleinen Körpers vor Lachen, wobei sie ihre Kehle schwellen und die Fülle ihrer Brüste zur Geltung kommen ließ und mich von ihren Telefonbüchern herunter ganz offen sexuell anmachte. Sie versagte mir nicht viel. Allerdings ging es nur bis dahin und nicht weiter. »Noch nicht bereit für eine feste Bindung«, sagte sie. Und ließ sich nach Seattle versetzen.

Ich wies darauf hin, daß sie sich damit in das Gebiet begab, das die Neo-Nazis für ihre separatistische Nur-Weißen-Republik ausgewählt hatten. Während sie mit ihren provozierenden Fingern ihre Locken in Ordnung brachte, sagte sie darauf nur: »Typisch, solche Informationen hast du immer.«

»Ich sage ja nur –«

»Ich verstehe schon; du willst damit sagen, daß unser Kind Halbjüdin ist. Also, du bist jederzeit in Seattle willkommen, um Nancys willen. Das Kind braucht eine männliche Bezugsperson, und du bist so freundlich. Wo du dich so gut mit deinem Onkel Benn verstehst, wirst du uns ohnehin nicht sehr vermissen.«

»O doch, das werde ich.«

»Du bist ein sehr selbständiger Mensch und hast deinen eigenen Lebensplan.«

Damit hatte sie den Nagel auf den Kopf getroffen. Besonders heutzutage und in unserem Zeitalter hat man kein Recht darauf zu existieren, wenn man nicht davon überzeugt ist, sein Leben zu einem Wendepunkt machen zu können. Zu einem Wendepunkt für alle – für die gesamte Menschheit. Das setzt ein gewisses Maß an Unverfrorenheit voraus. Der eine würde es Ehrgeiz nennen, der andere Unverschämtheit. Erklär das öffentlich vor den Angestellten des Veteranen-Hospitals, und sie stecken dich in die Zwangsjacke. Trotzdem, wenn man der Meinung ist, daß der Gang der Weltgeschichte ohnehin jeden geradewegs zur Hölle schickt, dann kann man sich entweder resigniert in die Prozession einreihen oder Widerstand leisten, und zwar nicht aus Stolz oder anderen persönlichen Motiven, sondern aus Bewunderung und Liebe für jene menschlichen Fähigkeiten und Kräfte, auf die man ohne Übertreibung die Wörter »Wunder« und »Erhabenheit« anwenden kann. Unbewußt hatten meine Interessen sich in eine Richtung entwickelt, die bei meinem Eintritt ins Erwachsenenleben ein Muster enthüllten, dessen Elemente folgendermaßen zusammengefaßt werden können: a) was sind die Amerikaner; b) was sind die

Russen; c) was sind die Juden – da ich einer bin –; d) was bedeutet es zu sagen, daß man ein Bürger der Ewigkeit ist (oder nicht ist!). Zählt man willkürlich eine Anzahl solcher Bürger auf, so zeigt das, was das Wort »Ewigkeit« bedeutet: Moses, Achilles, Odysseus, die Propheten, Sokrates, Edgar in *König Lear*, Prospero, Pascal, Mozart, Puschkin, William Blake. Über sie denken wir nach und bilden, sofern möglich, unsere Seelen nach ihnen. Mit dieser Absicht studierte ich in Frankreich Russisch, wanderte ich in die USA aus und baute eine Beziehung zu meinem Onkel Benn auf. Falls Benn noch kein Bürger der Ewigkeit war, falls die Ewigkeit noch nicht bereit war, ihm die Einbürgerungspapiere auszuhändigen, war er doch mindestens so dicht daran, wie ich bisher hatte herankommen können. Was meinen Dad anbetrifft, so war er trotz seiner wundervollen sexuellen Gaben gar nicht richtig im Rennen. Er war auf eine besondere Weise begnadet. In diesem Zeitalter der sinnlichen Begierde genoß er die erotische Befriedigung, der alle – aber wirklich alle! – nachjagen. Das war beneidenswert, es war ermutigend; (fast) jeder liebte ihn deshalb. Ich wäre vielleicht glücklich gewesen, dieses Glück von ihm zu erben. Aber das war mir nicht beschieden. So mußte ich meinen eigenen Weg machen, und der würde mich weit über meinen Vater hinausführen. Die Prämisse seines Erotizismus war die Sterblichkeit. Die sexuelle Umarmung war todgeweiht. Er übersetzte Ewigkeit mit Tod. Ich befragte wiederholt meine Seele, die immer antwortete: »Dein Vater ist nicht das Wahre, und wenn du ihm ganz genau gleichen würdest, würdest auch du nicht weiter kommen, als er gekommen ist.«

Inzwischen ging es mit meinem Dad, um ihn präzise zu zitieren, abwärts. Vor ein paar Monaten erzählte er mir, habe er sich, nachdem er mit einer dänischen Dame im Meurice gewesen sei, hinter das Steuer seines Autos gesetzt und festgestellt, daß er seine Umgebung nicht mehr erkannte. Die

Place de la Concorde war wunderschön, es war ein himmlischer Anblick, aber er hatte keine Ahnung, wie er von dort wegkommen oder warum er überhaupt nach links oder rechts abbiegen sollte. Er kannte sich mitten in Paris nicht mehr aus und hatte keine Ahnung mehr, wo er zu Hause war. »Während ich mit diesem entzückenden Mädchen zusammen war, wußte ich genau, was ich tat, aber kaum hatte ich sie verlassen, starb jede andere Zielvorstellung in mir ab. Ich konnte auch nicht zurück ins Meurice. Ich hatte auch ihren Namen vergessen und die Zimmernummer.«

»Das muß beängstigend gewesen sein. Armer Dad.«

»Ich bin sicher, daß ich sehr blaß wurde. Aber gegen Abend fiel mir wieder ein, wo ich wohnte. Ich hatte keine Angst. Ich dachte nur, es sei wohl an der Zeit, meine Gewohnheiten zu ändern. Aber Paris ist ein edler Anblick, auch wenn einem ein Teil des eigenen Bewußtseins abhanden gekommen ist.«

Für mich war dies etwas Neues. Mein Vater hatte noch nie mit mir über die Nachmittage, die er mit Damen verbrachte, gesprochen. Jetzt wollte er mir zu verstehen geben, daß sein Abstieg begonnen hatte. Ebenfalls bedeutsam ist, daß er dann das Thema wechselte und sich nach seiner Enkeltochter erkundigte.

In Gedanken sehe ich die Kleine oft vor mir. Sie ist eine dolichozephale Trachtenberg mit dem schmalen Gesicht und dem Jesusblick ihres Vaters. Ich habe eine gewisse Vorstellung von ihrer Zukunft, aber sie ist ja noch nicht einmal drei, und es ist noch zu früh, Prophezeiungen zu wagen.

Mit dieser Klarstellung werden die Motive für meine Reise nach Seattle wohl etwas vollständiger. Ich fuhr hin, um zu erfahren, ob Treckie mich vermißt hatte. Vielleicht hatten sich während der Trennung meine Chancen verbessert. Nein, das hatten sie nicht. Wieder einmal waren ihre Schienbeine ganz blau, und das war nicht leicht hinzunehmen.

Selbstzufrieden saß sie da, ihre hübschen Beine ins Blickfeld gerückt, so daß ich selbst sehen konnte (ich, der Mann, der sie liebte), was ein anderer ihr angetan hatte. Sie wollte sichergehen, daß ich diese schillernden Pfauenmale nicht übersah. Mein Herz sank. Um selbiges zu verbergen, setzte ich eine gefaßte Miene auf, die von meinem Vater stammte. Wahrscheinlich den Blick, den er zur Schau trug, wenn er sich auf der Place de la Concorde nicht mehr auskannte. Vielleicht redete sie sich ein, daß sie dies zu meinem eigenen Besten tue – die Wahrheit ist so ein wundervolles Stimulans. Sie war noch nicht bereit für mich. Bisher erregte ich noch nicht ihr ausschließliches Interesse. Ich war noch nicht gemein zu ihr gewesen und würde es auch jetzt nicht werden. Es gibt einfach nicht genügend erstklassige Sadisten. Vielleicht versuchte sie, mich zu respektieren, zu mir aufzuschauen und konnte es einfach nicht schaffen. Offenbar hatte ich eine heimliche Eingabe gemacht, geachtet zu werden, aufgrund meiner stillschweigenden Ambition ein Leben zu führen, das einen Wendepunkt darstellen sollte. Ich glaube, das schreckte sie ab. Ich verstehe auch, warum. Und sie vergalt es mir stillschweigend, indem sie sich in sexuelle Keilereien mit Frauenschändern (von reichlich primitiver Lebenseinstellung) einließ. Telefonkabelverleger, Holzfäller vielleicht. Ich stellte mir sogar den Fassadenkletterer vor, der zu Hause den Ecliptic Circle Electronic Tower bestiegen hatte, ein tollkühner Draufgänger, der Saugglocken oder Plastikkleber an Händen und Füßen getragen hatte. Bullen und Fernsehteams warteten oben auf dem Wolkenkratzer auf ihn. So ein Mann hätte der sein können, den sie mir vorzog. Ich war ein Mann, der von sexuellen Schwärmereien und schwer interpretierbaren Lebenszielen (wie meinem Wendepunkt) niedergedrückt wurde. Was sollte sie sich denn um die Phantasievorstellungen und die sexuellen Bilder kümmern – und warum auch? –, die ich von ihrem fraulichen

Reichtum im Kopf herumtrug, Eileiter wie die Zwillings-
schlangen des Äskulapstabs; oder wie die verschnörkelten
Notenblatthalter, die von den Posaunen und Kornetten mar-
schierender Blaskapellen aufragen. Ich fürchte, solche Ge-
dankenspiele entlarven das wahrhaft moderne Individuum.
(Kann man Schlimmeres von jemandem sagen?) Und je
harmloser solch ein Individuum ist, um so ausgefallener die
Frauen, die ihn anziehen. Er läuft hinter lüsternen Mädchen
her, die das Heilmittel für seine kompliziert dekorative Naivität haben könnten. Ich nehme an, sie wußte, daß ich mich
um so mehr nach ihr sehnen würde, je schwieriger sie war.
Und vielleicht war ich für sie ebenso wie für meinen Vater
sexuell ein blutleeres Gespenst.
Als ich mit meinem Vater in Paris, in der alten Wohnung in
der Rue Bonaparte über Treckie sprach, sagte ich: »Es heißt
doch, daß Frauen von dem Mann, den sie lieben, ein Kind
wollen. Sie hat das Kind gekriegt, also nehme ich an, daß sie
mich irgendwie, irgendwo liebt.«
»Wie kannst du dir nur solche Ideen in den Kopf setzen!«
»Ich bin bereit zu wetten oder sogar zu schwören, daß man
immer noch Frauen findet, die solche Empfindungen haben.«
Dad antwortete ungeduldig: »Dann such dir doch eine.«
Und dann überraschte er mich. Sein sensationeller Durch-
marsch durch die Marine in 90 Tagen (Leutnant der Reserve)
hatte einen Gentleman aus ihm gemacht, aber jetzt drückte
er sich aus wie ein Landser: »Ich habe dir doch schon einmal
gesagt, du steckst den Kopf zu tief in den eigenen Arsch, wie
Aristophanes sagen würde.«
Ich lachte darüber und er auch, aber wir lachten aneinander
vorbei. Damals war nicht der rechte Augenblick zu erklären,
worüber ich lachte. Aber hier kann ich es ja *en passant* erwähnen: Vor einem halben Jahr aß ich mit dem Chefarzt für
Urologie der Universität im Faculty Club zu Mittag, und er

fragte mich, ob ich mich für eine Untersuchung, die er mit Hilfe neuester Technologien machte, zur Verfügung stellen wolle. Er brauche in der Kontrollgruppe einen Mann meines Alters und ob ich mich dazu bereit erklären würde, und so tat ich es. Dann hatte ich in seinem Labor das Erlebnis, auf einer endoskopischen Vorrichtung (elektromagnetischer Schall oder irgend so ein *truc*) zu sitzen. In mir wurde ein Ballon mit Wasser gefüllt, ein Bildschirm wurde zu mir gedreht, und darauf sah ich meine eigene Prostata, meine eigenen Spermabläschen, meine eigene Blase, und die Flüssigkeit darin glich einem kleinen Teich mit einer stillen Oberfläche. Die Prostata trat wie die obere Hälfte eines Hühnereis ins Bild. All das in grauen und weißlichen Tönen. Man kann sich auf eine Expedition in die Kalahariwüste oder ins Death Valley begeben, aber die Landschaft seines eigenen Inneren sieht so schnell kein Reisender.

Als also mein Vater sagte, ich würde den Kopf zu tief in den eigenen Arsch stecken, war es diese Vorstellung, die mich zum Lachen brachte. Was würde man dort sehen? Sah so vielleicht Atlantis aus? – wie diese ruhige, stille Landschaft (mit freundlicher Genehmigung der elektromagnetischen Resonanz)? Hierhin führte die magische Technologie. Drängte man direkt bis an die Grenzen der Wörtlichkeit, gelangte man in visionäre Gebiete, mit denen die Wissenschaft nichts zu tun haben wollte.

Ich hätte gern mit M. Jermelow darüber gesprochen. In den alten Tagen wäre ich hinüber zur Rue du Dragon gegangen und hätte an seine Tür geklopft, aber jetzt war er schon ein Jahrzehnt lang tot. Dieser Jermelow war mein erster Russischlehrer. Als älterer Exilant (seit den Zwanzigerjahren) war er mit der mystischen Tradition vertraut. Mein Großvater Crader mütterlicherseits hatte sich in dilettantischer Weise damit beschäftigt (der Baum des Lebens und der Erkenntnis). Aber Jermelow hatte Trismegistus, den Zohar,

Eliphas Levi, Giordano Bruno, Paracelsus studiert. Am Boulevard Saint-Germain gab es Läden, die sich auf solche Literatur spezialisierten. Jermelow versuchte, mich ein wenig zu unterrichten. Ich war willig und aufnahmebereit, aber viel zu jung. Offenbar hat mich der alte Mann für mein ganzes Leben geprägt, denn ich habe immer noch in Erinnerung, was er sagte. Er erzählte mir, daß jeder von uns seinen Engel habe, ein Wesen, das mit der Aufgabe betraut sei, uns auf eine höhere Evolution des Geistes vorzubereiten. Im Augenblick seien wir allerdings in hohem Maße allein, erstens deshalb, weil die Anerkennung von Engeln uns von der vorherrschenden Weltanschauung verboten würde, und zum anderen aufgrund unserer schattenhaften Wahrnehmung der Existenz von anderen und infolgedessen unserer eigenen Existenz. In der Einsamkeit, die uns dadurch aufgezwungen werde, seien wir uns, sei sich jeder von uns, eines kleinen Eisbergs in seiner Brust bewußt. (So wie Matthew Arnold, als er schrieb, er sei dreißig Jahre alt und sein Herz sei zu zwei Dritteln vereist.) Dieser Gletscher müsse aufgetaut werden, und die notwendige Wärme dafür müsse erst einmal willentlich hergestellt werden. Das Denken beginne mit dem Wollen, und das Denken müsse mit Gefühl angewärmt und gefärbt werden. Die Aufgabe der Engel sei es, Wärme in unsere Seelen zu flößen. Nun, das Zimmer in der Rue du Dragon war eiskalt; der alte Mann trug während der Unterrichtsstunden Schichten von Pullovern und hüllte sich noch zusätzlich in Decken ein. Man konnte verstehen, daß die Wärme ein wichtiges Anliegen für ihn war. Wir müßten den Engeln assistieren und die notwendigen Vorbereitungen treffen. Hierbei bestehe die Schwierigkeit darin, daß das Wachbewußtsein heutzutage sehr mager sei. Der Lärm der Welt sei so schrecklich, daß wir ihn nur ertragen könnten, indem wir uns mit Schlaf umgäben. Wir könnten den Engeln nur wenig Hilfe von innen geben, wenn sie versuchten, uns

Wärme einzuflößen – die Wärme der Liebe. Und auch Engel seien fehlbar. Sie seien selbst einmal Menschen gewesen; deshalb seien auch sie der Verwirrung unterworfen. Und, sagte Jermelow, sie machten Dummheiten. Unser Wachbewußtsein vermurkse ihre Bemühungen, und da sie Order hätten, ihren Impuls um jeden Preis weiterzugeben, schickten sie ihn, wenn wir schliefen. Was dann passiere, sei schrecklich. (Jermelow hebt entsetzt behandschuhte Hände zur Decke.) Wenn ihnen der Zugang zur Seele verwehrt werde, arbeiteten die Engel direkt am schlafenden Körper. Im physischen Körper werde diese englische Liebe zu menschlicher Fleischeslust korrumpiert. Das sei die Quelle all der gestörten Sexualität des gegenwärtigen Zeitalters. »Animalisiert!« sagte Jermelow. Die *prise de courant* führe unmittelbar ins Fleisch und zu den Instinkten, während der Strom doch in die empfindsame Seele hätte fließen sollen. Statt dessen drängten von unten die planetarischen Dämonen der Elektrizität in uns ein, die aus dem Innern der Erde kämen. Sie füllten die Rückenmarksflüssigkeit mit ihren Strömen der Lust. Während das Jahrtausend sich seinem Ende nähere, sei dies das wahre Bild der menschlichen Sexualität. Eros selbst werde von der Elektrizität befallen und gleichzeitig von der Verkalkung. Die reine Liebe werde von der Perversität überwältigt. Wir würden auf die Geschlechtsteile fixiert. Nachdem die Engel versagt hatten, übernähmen die Ärzte das Ruder, wie Platon schon im Symposion vorausgesagt habe. Die Liebe werde durch die Gesundheit ersetzt, und Gesundheit werde mit anatomischen Mitteln erreicht. Freud selbst schreibe das Rezept: *penis normalis, dosim.* Dann spritzten wir uns im selben Maße, wie die Pharmakologie der Medizin folge, mit Drogen, Hormonen und Narkotika voll, unsere Seelen würden brutalisiert, die menschlichen Wesen würden allen höheren Impulsen unzugänglich. Erotische Obsessionen, sinnliche Begierde,

Geilheit – die sexuellen Furien – jagten hinter uns her. Man müsse auch die Engel bedauern. Weil sie es nicht schafften, unseren trägen Schlaf zu durchdringen, degenerierten auch sie. M. Jermelow bestand wiederholt hierauf.

Und so lernte ich meine frühen Russischlektionen. Es gab natürlich auch noch andere Themen als den Sex. Der alte Jermelow war der Großonkel von Ilja, meinem Freund im *lycée*. Ich besuchte Ilja oft zu Hause, um an seiner Familie mein Russisch auszuprobieren, und das war der Bonus, den ich bekam.

All dies wirkt vielleicht so, als gehe es hier um *mich*. Das tut es eigentlich gar nicht; es geht um Onkel Benn, die Umstände seiner Heirat mit Matilda Layamon und den Kampf mit Harold Vilitzer, der daraus folgte. Ich trage dies nur so weit vor, wie es Onkel Benn betrifft. Aber natürlich berührten mich diese Gedanken über das Problem des Sexuellen, und ich nahm an alledem teil. Benn vertraute mir, und er war mit meiner Art zu denken vertraut.

Mein Onkel holte mich in Seattle ab, und dann machten wir uns nach Tokio und Kioto auf.

Obwohl er normalerweise auf den Pfennig achtet, zahlte er die Reise für mich. Ich war pleite, da ich die Vaterschaft natürlich anerkannt hatte und jetzt für den Unterhalt blechen mußte. Ich konnte mir eine solche Vergnügungsreise nicht leisten. Mein Onkel nahm mich mit, weil das Leben ihm gerade besonders hart mitspielte. Er fühlte sich durch seine unwürdige Flucht vor Caroline gedemütigt (in seinem Alter und ein Mann seines Ranges). Und nur mit mir konnte er darüber reden. Ich kam so schlecht mit Treckie zurecht, daß er sich nicht zu genieren brauchte zu reden. Wir waren beide Flaschen. Außerdem war ich ein mehr als freudiger Zuhörer und ein inbrünstiger Berater. Ich glaube, ich wäre ein guter Priester geworden. Zu mir kann man mit seinen Sorgen kommen. Viele haben es schon getan. Ich weigere mich selten zuzuhören und habe mich noch niemals geweigert, Rat zu geben. Ich muß wohl entweder sehr neugierig oder zur Seelenmassage geboren sein.

Ich hatte meinen Onkel vor Caroline Bunge gewarnt. Wer hätte das nicht? Sie war sehr hübsch, aber sie roch förmlich nach Problemen. Sie war eine ausladende, charmante Dame (alten Stils), Typ Vamp, überladen, bewegte sich langsam und war eine Hauptrollen-Persönlichkeit. Obwohl schon mittleren Alters, fiel sie noch auf wie eine Göttin aus einem Ausstattungsfilm von Ziegfeld, der Typ der Venus von Oro, eine jener Gestalten, die durch eine Falltür im Bühnenboden heraufschweben, während das Orchester im Crescendo fiedelt. Sie pflegt Reiherfedern zu tragen, Perlen um den Hals, Diamanten am Busen und steht in einer Muschel. Der Hauch von Vergangenheit, der zwanziger und dreißiger Jahren war einer der hübschen und erstaunlichen Züge an Caroline. Sie sprach auf eine Weise durch die Nase, die einmal elegant gewesen war – im Stil von Jean-Arthur. Aber ich war gern in Carolines Gesellschaft, das muß ich zugeben. Wenn man es genau besah, war ihre Aura von Vergangenheit überwiegend durch ihre Entrücktheit von der Gegenwart bedingt. Es mag das Lithium gewesen sein, das sie so entrückt wirken ließ. Von stimmungsbeeinflussenden Tabletten abhängig zu sein war hundertprozentig zeitgemäß. Wenn man nicht up to date ist, ist man nicht ganz echt. Aber Spinner sind immer zeitgemäß, so wie Strandläufer am Strand immer vor der Schaumlinie herlaufen.

Warum aber hatte Benn nicht erkannt, daß die arme Dame *détraquée* war?

Er hatte sie in Puerto Rico in einem am Strand gelegenen Hotelhochhaus mit Spielbank kennengelernt. Kollegen von Río Piedras, wo er Gastdozent war, waren mit ihm hergefahren, um ihm alles Sehenswerte zu zeigen. Da er weder an den Würfeltischen noch an Siebzehnundvier interessiert war, hatten sie ihn am Swimmingpool abgesetzt und sich dann getrollt, um selbst ihr Glück im Casino zu versuchen.

Mein Onkel sagte, der Hotel-Swimmingpool sei eine 007-Szenerie gewesen, wie geschaffen für eine Krimi- und Sex-Intrige... Er wanderte herum, auf der Suche nach einem Schattenplätzchen, an dem er einen Hauch von Seeluft inhalieren konnte. Einer seiner stärksten Eindrücke war, daß der Chlorgeruch des Bassins in Kombination mit dem Geruch feuchter Zeitungen, die auf Stuhlsitzen trockneten, jene Art von Dunst erzeugte, den man in der Nähe von Schnapsbrennereien riecht. Ein Stückchen abseits des verrückten Klamauks, der dröhnenden Rockmusik, schreienden Kinder, Flugzeuge, die oben am Himmel Werbebanner hinter sich herzogen, entfernt von den hohen Brechern und Sonnenanbetern, gab es stille Palmenhaine. Die Schönheit der Karibik hatte sich ein paar hundert Meter vom Strand zurückgezogen.

Caroline Bunge lag zufällig in der Nähe des Schattenplätzchens, das Benn schließlich fand, in der Sonne. Waren es der kühle Ort, der freie Sitzplatz, die seine Wahl bestimmten? Und nicht die Ziegfeld-Gestalt? Sie hatte eine hinreißende Figur, und mein Onkel war nicht der Mann, dem so etwas entgangen wäre. Unter den Kindern im Schwimmbecken waren mehrere von ihr. Sie wurden nie identifiziert. Zu keiner Zeit kamen sie zu ihrer Mutter. Benn saß in dem weißen geflochtenen Plastikstuhl, und es entspann sich eine Unterhaltung. Er erinnerte sich daran, daß das Gras unter seinen Füßen papiern aussah, in höchstem Maße künstlich. Er pflückte einen Halm ab und untersuchte ihn. Das Geäder war gerieft, nicht fabrikmäßig hergestellt. »Die bringen einfach Rollen von Grassoden her und legen sie aus wie Teppiche. Ich mag dieses unbehagliche Gefühl der Ungewißheit an der Grenze zwischen Natur und Manufaktur nicht«, sagte er zu mir. Als nächstes kommentierte er Carolines dickes Make-up. Für Rouge, Lidschatten und Lippenstift ziehe ich das französische Wort *fard* vor, mit seinen Konnotationen – eine Verschönerung, aber auch eine Last.

Sie eröffnete die Unterhaltung mit der Frage, was mein Onkel in nördlicher Stadtkleidung an einem tropischen Strand suche. Er erzählte ihr, daß er nur einen Abstecher mache. »Die Botanik interessierte sie«, sagte er. »Sie hatte sogar ungefähr eine Ahnung, worum es dabei ging. Sie war entrückt, aber nicht dumm.« Ihre Art zu sprechen war gezielt. Ihre Sätze waren im voraus überlegt. Man sah, wie sie vor jeder Äußerung die Vorbereitungen dazu traf. Während sie ihre Gedanken in Ordnung brachte, glitten ihre Augen zur Seite, und darin lag ein gewisser Charme. Sie sagte, Benns winterliche Wollstoffe seien in diesem Klima »eine Aussage«. Jemand hatte ihr erzählt, daß der expressionistische Maler Beckmann immer voll bekleidet an den Strand gegangen sei. Starke Persönlichkeiten drückten sich vielleicht auf diese Art und Weise aus. Benn sagte, er habe einfach nicht daran gedacht, andere Kleidung mitzubringen. Sie interessierte sich für die Motive von Menschen höherer Denkungsart. Sie habe sich immer zur Philosophie hingezogen gefühlt, sagte sie, und sie nähme an, daß er als Universitätsprofessor es mit der Metaphysik ernst meine. Sie rätsle schon eine geraume Weile an einer bedeutenden Bemerkung herum, die Buckminster Fuller einmal gemacht hatte. Sie war unter den Zuhörern gewesen und hatte sie selbst gehört. Fuller hatte gesagt: »Gott ist ein Verb.« Sie hatte den Satz als Mantra zum Meditieren benützt. Das Wort war bei Gott. Das Wort *war* Gott. Fuller habe darauf bestanden, daß *logos* kein Substantiv sein könne. Er erwähnte, daß es im *Faust* heiße: »Am Anfang war die Tat.«

Mein Onkel sagte: »Sehr gut, vorausgesetzt, man weiß, was man tut.«

In seiner Erzählung klang das vielleicht vernünftiger, als es aus ihrem Munde geklungen hatte. Dieses scheinbar stimulierende Gespräch muß in Wirklichkeit betäubend auf den Verstand gewirkt haben. Benns ungewöhnliche Gabe der Selbstbeschreibung wurzelte möglicherweise auch hier in seiner gewohnheitsmäßigen Ehrlichkeit: »Allmählich wurde ich sexuell motiviert«, sagte er. »Während mich bei ihrem Gerede gleichzeitig eine lähmende Müdigkeit überkam. Es war nicht unangenehm. Es war wie die griechische Droge Nepenthe. Sie redete immer weiter.« Aus irgendeinem Grund sah er in den Menschen immer mehr, als andere in ihnen zu sehen willens waren. Ich selbst war einer dieser unwilligen anderen, deshalb war ich von diesem speziellen Talent fasziniert.

Caroline erzählte Benn, daß sie seit mehreren Jahren geschieden sei. Sie erwähnte, daß sie in London eine Wohnung besaß und außerdem ein Haus in East Hampton. Sie sprach von den verschiedenen Ebenen des gesellschaftlichen Lebens auf Long Island – den Malern, die gleichzeitig Multimillionäre waren, den Multimillionären, die es vorzogen, sich unter Malern zu bewegen. Sonntags spielten die Maler und Millionäre zusammen Softball. Menschenmassen kamen von Manhattan herausgefahren, um diese berühmten Persönlichkeiten beim Ballspiel zu sehen. Die Besucher aus der Stadt verzehrten eilig ein Stück Pizza oder Quiche aus der Hand und fuhren dann wieder nach Hause. Fünf Stunden auf der Straße, nur um eines kurzen Blickes willen. Dann redete sie über Intrigen zwischen Kunsthändlern, Kritikern und Steuerberatern, beschrieb den Skandal um den Rothko-Nachlaß, von dem mein Onkel niemals gehört hatte. Die Kunsthändler waren zwielichtige Gestalten gewesen. Keiner wußte, wie viele Fälschungen von den Duveens, den Berensons und anderen Trickbetrügern an den Mann gebracht worden waren. Die Mellons, die Morgans, die Altmans, die Fricks, die Gardners und viele andere waren übers Ohr gehauen worden und ebenso die Museumsexperten. Yerkes, der Transit-Magnat, und Thompson, der Restaurator aus Chicago, hatten Fälschungen gekauft. Ausführlichst ging sie dann auf aggressive Firmenübernahmen ein und auf das Geld, das ihre Freunde mit Greenmail und Arbitrage verdienten. Sie listete die hohen Tiere bei den Vereinten Nationen auf, die Gurus, Jesuiten, Filmschauspieler und Rockmusiker, die in die Hamptons kamen, beschrieb deren Parties, Drogengewohnheiten, Sexpraktiken und Krankheiten (AIDS, Herpes und den ganzen Rest). Einige ihrer Freunde von der Börse waren politische Aktivisten und unterstützten die Revolutionäre in Mittelamerika. Sie »interessierten sich für Politik«, sagte sie. Caroline war eine Busenfreundin von Libby Holman Reynolds gewesen, der verstorbenen Schnulzensängerin, die einst vom Mord an ihrem Ehemann, dem Erben des Camel-Zigaretten-Vermögens, freigesprochen worden war. Diese hübsche Dame war eine impulsive Heldin des Jazz Age gewesen. Caroline hatte ihr Vertrauen genossen und war auch eine gute Freundin von Shanker, ihrem Ehemann, gewesen. Er war berühmt für seine wandgroßen Holzschnitte. Man sah ihn fast immer mit einem Messer in der Hand. Er war jedoch sehr freundlich und tolerierte Libbys Schwäche für gutaussehende junge Männer. Sie brauchte diese, um sich bis ins hohe Alter ihre dramatische Schönheit zu erhalten. Caroline bewunderte Libby, nicht daß sie sie als Vorbild sah, sagte sie, sondern was ihre tapfere Einstellung zum Leben anging und das fürstliche Hauswesen, das sie führte – phantastische Gebäude, Rolls Royces, Charterflugzeuge, einen ganzen Stab von Dienern; und immer wieder kam Caroline voll tiefen Gefühls auf Libbys erotische Extravaganzen zu sprechen, ihre Tragödien, den Tod eines Kindes, oder wie sie von einem Liebhaber, der ihr ans Herz gewachsen war, verlassen wurde.

Ich bemerkte, daß Caroline sich für meinen Onkel offenbar zur Schau gestellt und teilweise sich selbst porträtiert habe, indem sie Libby beschrieb. »Sie hat gesungen wie eine Sirene. Und es hat funktioniert: Du warst bezaubert«, sagte ich. Ich sagte nicht, daß es eine reichlich merkwürdige Sirene sei, die Lithium oder Elavil nahm.

Mein Onkel sagte, sie habe wohl in der Tat Libbys Gehabe kopiert, das Gehabe eines Nachtclub-Stars, dem man den Mordverdacht glaubt. Auf dramatische Weise rehabilitiert, aber lebenslänglich vom Skandal gezeichnet. Nur daß Caroline, wie mein Onkel sie beschrieb, mit einer Art entspannter Schlaffheit in ihrem Strandstuhl ruhte und dabei Obskures und häufig Unverständliches redete. Was sah mein Onkel wohl in ihr? Nun, nicht jede menschliche Angelegenheit läßt sich, wie James Joyce einmal sagte, schwarz auf weiß beschreiben, und ihm gefiel sie eben wegen ihrer herausfordernden Entrücktheit.

Er selbst kam häufig von sehr entrückten Orten – von seinen botanischen Grübeleien – in die Gegenwart zurück. Das

Thema Sex holte ihn zurück. Da er mit mir eigentlich keine wissenschaftlichen Diskussionen führen konnte, wollte er oft über Frauen sprechen.

»Sie riet mir, tropentaugliche Hosen zu kaufen. Der Schweiß lief mir nur so herunter. Sie sagte, wie schön es für mich sein müsse, im Ozean zu schwimmen. Ich könnte beim Bademeister eine Badehose leihen. Und ob ich schon so schnell wieder in den Winter zurückmüsse?«

Ich mußte ihm auf unserem Flug nach Japan die Möglichkeit geben, über seine Gefühle zu ihr mit sich ins reine zu kommen.

»Dich einfach so aufzureißen!« sagte ich. »Die hat keine Zeit verloren.«

»Das ist nicht ganz richtig... Was tat ich denn, als ich über das Hotelgrundstück wanderte? Ich suchte doch nach einer solchen Caroline, nach einer passenden Frau – hübsch, ansprechend, reif.«

»Erzähl mir von ihrer Reife.«

»Sie war alt genug, einen Mann wie mich schätzen zu können. Sie konnte mir meine Unzulänglichkeiten vergeben und mich alles in allem akzeptieren.«

»Die Liebe ist ein schwierigeres Thema als arktische Flechten. Aber was hatte denn das Alter damit zu tun?«

»Verstand wird dem Menschen durch Unglück eingebleut, und das dauert seine Zeit, und die Zeit entstellt einen. Sie hatte einmal sehr schöne Beine gehabt. Caroline ist kein junges Mädchen mehr. Wenn ein Mann eine Frau anschaut, neigt er dazu zu vergessen, daß er selbst auch kein junger Spund mehr ist. Ich kann nichts dafür, ich nehme einfach den Standpunkt eines Achtzehnjährigen oder so ähnlich ein.«

Er hatte eine besondere Schwäche für schöne Frauen, und in Caroline hatte er eine gefunden, die einmal schön gewesen war. Er dachte, damit könne er sich wohl zufrieden geben.

Jedenfalls besorgte sie den größten Teil der Unterhaltung, und sie sagte viele kuriose Dinge. Gelegentlich, erzählte mein Onkel mir, war das, was sie sagte, wie das Flattern von einem jener Zeichentrickheftchen, die Kinder früher mit dem Daumen durchblätterten, so daß die Bilder sich bewegten und sich komische Handlungen abspielten. Dennoch fühlte er sich zu Caroline hingezogen, obwohl er die Anziehung nicht recht definieren konnte. Das kann man natürlich selten. In diesem Fall nahm mein Onkel vielleicht an, daß eine Frau, die nicht wußte was sie tat, einem unsicheren Mann gegenüber weniger kritisch sein würde. Eine Frau, die eine geistige Deserteurin war, wäre vielleicht genau das richtige. Nun, ich fand, daß er sich degradierte und zu billig verkaufte. Aber dann kam mir statt dessen ein anderer Gedanke: Idiotische Frauen erregen manche Männer zu höchster Leidenschaft. Es gibt in der russischen Literatur ein paar Beispiele dafür. Tolstois Möchtegern-Heiliger Pater Sergius, der den Verführungskünsten einer Dame der Gesellschaft widerstand und später einem schwachsinnigen Mädchen verfiel. Der alte Karamasow übervorteilte eine schwachsinnige Frau und schwängerte sie. Kam das, weil er betrunken war oder weil dieses verstandeslose Wesen die merkwürdige Macht hatte, ihn zu erregen?
Ich ging, wie gewöhnlich, zu weit in meinen Spekulationen. Caroline war keine Idiotin. Oft benahm sie sich allerdings wie ausgeklinkt. Sie erzählte mir, daß sie in den sechziger Jahren auf LSD gewesen sei. Es mag wohl wilde Experimente gegeben haben – sie wollte, daß man diesen Eindruck hatte, wenn sie vom Manson-Kult und den Morden und Selbstmorden von Jonestown plauderte. Aber bis zu einem gewissen Punkt war ihre Gesellschaft angenehm. Zu jeder Tageszeit war sie kunstvoll hergerichtet, und sie sah aus und duftete wie eine Sammlung von Attraktionen aus den feinsten Geschäften wie Bonwit, Gucci oder Tiffany (weltge-

wandte Menschen werden noch weitere elegante Namen kennen und über meine Unkenntnis lächeln).

Ich sagte: »Onkel, inzwischen hast du ihr Haus in den Hamptons gesehen und ihre Dinnerparties in den East Seventies. Willst du wirklich in die Caroline-Szene einsteigen?«

»Sie wollte mir doch nur zeigen, wovor sie gerettet werden will, wie wenig Ernstzunehmendes an einer solchen Existenz ist. Sie hat es satt. Sie plant, den Besitz in East Hampton zu verkaufen und in eine neue Umgebung auf der anderen Seite des Long Island Sound zu ziehen. Nach Mystic, Connecticut vielleicht. Sie wird zwei Mercedes kaufen.«

»Einen für jeden von euch? Und was ist mit deinen Universitätsverpflichtungen?«

»Die könnte ich auf die Hälfte reduzieren.«

»Du bist doch nicht bereit, dich von der Botanik zurückzuziehen und dich in Mystic oder Old Lyme zur Ruhe zu setzen!«

»Ihre Anwälte würden eine kleine private Forschungsstiftung gründen, so daß ich meine Studien arktischer Flechten weiterverfolgen könnte. Ich bin bestimmten zytologischen Einzelheiten auf der Spur... ich will dich damit aber nicht belasten.« (Er sprach mit mir nicht gern über Fachliches.)

»Dann könnte das Institut sich nicht darüber beklagen, daß ich so viel fort wäre. Sie würden ja Geld sparen.«

Inzwischen waren Caroline und er intim geworden. Sie war zu ihm ins Hotel Westbury gekommen, wo er abstieg, wenn er in New York war. Er erzählte mir, als er sich dem Bett näherte, auf dem sie lag, habe sie die Lampe angeknipst, um ihn zu betrachten, und gesagt: »Den nehm' ich.« Das hatte ihn amüsiert. Er empfand sogar eine kindliche Freude darüber, die er nicht verbergen konnte. Sie, die eine solche Vielzahl von Männern gekannt hatte, fand *ihn* annehmbar. »Dann bin ich doch gar nicht so schlecht.«

»Die bengalische Dame hat dir das doch auch schon bestätigt«, sagte ich.

»Rajashwari, ja. Aber Asiatinnen urteilen nicht nach westlichem Standard.«

»Wer sagt denn, daß du den westlichen Standard erfüllen mußt? Ich würde lieber mit der Inderin ins Geschäft kommen als mit Caroline.«

»Nein, für mich ist westlicher Humor wichtig.«

»Du mußt aber bedenken, was das ist, was du für Humor hältst – ob es Xanax, Elavil, Lithium plus Alkohol und möglicherweise Kokain ist. In Dosen, die groß genug sind, um den Indischen Ozean ruhigzustellen.«

Lassen wir doch den Humor beiseite. Als sie die Nachttischlampe anknipste, hat sie vielleicht nicht nur einen, sondern drei nackte Männer gesehen. Erfreut, sie alle mitnehmen zu können.

»Du hast nur Angst, daß sie uns einander entfremden könnte, daß sie mich in Old Lyme begraben wird und ich nie wieder gesehen werde. Das würde niemals passieren, Kenneth.«

»Es klingt, als dächtest du an eine Heirat. Ich kann es dir nicht verübeln. Ich erwarte auch nicht, daß du weiter hierbleibst, nur wegen mir. Dir fehlt etwas Wesentliches. Sogar Adam, der Gottvater persönlich zur Unterhaltung hatte, bat um eine menschliche Gefährtin. Ich würde ja auch Treckie heiraten, wenn ich könnte. Und du in deinem Alter sehnst dich natürlich nach häuslicher Gemütlichkeit. Wir haben dieses Thema ja schon viele Male beackert, pro und contra: Daß Tschechow sagt: ›Wenn du Angst vor der Einsamkeit hast, heirate nicht‹, und wie Akim Tamirow in *Der große McGinty* argumentiert: ›Ein Mann ohne Frau ist wie ein Mantel ohne Hose, wie eine Katze ohne Sack.‹ Dann sagst du: ›Ich werde zu unabhängig. Brauche niemanden. Mir läuft es eiskalt den Rücken hinunter, wenn ich merke, wie wenig mir dieses oder jenes Individuum bedeutet.‹ Aber warum suchst du dir ausgerechnet Caroline als das Individuum heraus, das dir etwas bedeuten soll? Wenn du sie heiratest, mußt du doppelt so unabhängig sein. Also, was willst du? Zwei menschliche Wesen, einander in Liebe und Zuneigung verbunden, oder doppelt so große Unabhängigkeit mit einer ausgeflippten Ehefrau?«

Er hörte zu, ja, und er verstand recht gut, was ich sagte. Und trotzdem ließ er Caroline weiter ihre Pläne schmieden. Sie lieferte ihm in Raten eine ausführliche Beschreibung des Lebens, das sie zusammen führen würden. Er sollte sein eigenes Labor haben. Sie würde ihn auf seinen Expeditionen begleiten – in meinem unzurechnungsfähigen Visualisierungsdrang sah ich Caroline mit vier Sänftenträgern über weite Schneefelder reisen. Benn hatte mir einmal erzählt, er habe, als er mit dem Hubschrauber auf den Hängen des Mount Erebus gelandet war um dort Proben zu sammeln, das Gefühl gehabt, dem Ende der Erde, der Grenze aller Grenzen sehr nahe zu sein. »Natürlich gibt es so etwas gar nicht«, sagte er, »aber es gibt so ein Gefühl.« Nun, von Caroline selbst ging dieses Gefühl der Grenze aller Grenzen aus.

Aus der Perspektive göttlichen Mitleids war hier viel Mitleid involviert, das kann ich Ihnen sagen. Und wie lange vermögen wir schwachen schwankenden Wesen diese Perspektive zu halten? Die Phantasie hilft – wir geben uns ja der Phantasie gerade deshalb hin, weil das, was wir als die vernunftgesteuerte, eintönige Welt bezeichnen, uns auf den absurden Strömungen, die in sie eingedrungen sind, in jene Richtung treibt. Freie und liberale Sexualkontakte sind bereits Konvention, und dadurch, daß ich mich in ein Mädchen wie Treckie verliebt habe, sehe auch ich mich in die sadomasochistische Fragestellung verwickelt. Verhaltensformen, die früher einmal ausschweifend gewesen wären, sind heutzutage nicht ungewöhnlicher, als den Abendbrottisch für die Familie zu decken. Mein Onkel erzählte mir beispielsweise (und er erzählte nicht oft von seinen privaten Kontakten, weil er mich noch als kleinen Jungen in Erinnerung hat und sich deshalb selbst zensiert), mein Onkel erzählte mir, daß Caroline zur Empfängnisverhütung nicht die Pille nähme. Sie fülle sich statt dessen mit Papierstückchen an – Gesichtstüchern oder kleingerissenen Stückchen von Papierservietten. Dies beginne jeweils gegen Ende des Abendessens. Während sie am gegenüberliegenden Tischende sitze, fange sie fast geistesabwesend an, die Servietten zu zerzupfen. Mir zu erzählen, daß das für ihn hart gewesen sei!

»Gibt sie dir irgendeinen Hinweis darauf, daß sie da etwas Ungewöhnliches tut?«

»Nein«, sagte Benn.

»Nicht das, was die Sexualkunde-Experten Vorspiel nennen?«

»Ebensogut könnte sie sich die Zähne putzen«, sagte er. Ich sagte etwas von westlichem Humor. Mein Onkel zuckte nur die Achseln.

Ich will nicht so tun, als sei mein Onkel naiv, das fiele mir nicht im Traume ein. Allerdings bin ich fest davon überzeugt, daß er sich, wie in einem inneren Schrein, seine Vision der immerwährenden Vertrautheit bewahrte. Das alte Versprechen von Liebe und Zuneigung. Nur suchte er es an den merkwürdigsten Orten. Nicht nur, daß er große, hübsche Üppige gerne mochte (im Gegensatz zu der Kompaktheit und Kürze, die ich vorzog); zu dieser Schönheit im äußerlichen Sinne mußte stets noch irgendeine Schwierigkeit hinzukommen. Dies ist eins der vertracktesten Probleme, die es auf der Welt gibt, und seine Knoten und Schlingen widersetzen sich den beharrlichsten Bemühungen auch der geschicktesten Finger.

Jedenfalls arbeitete sich Caroline trotz allem Anschein nicht ganz präsent zu sein *(dans la lune)*, an den Mann ihrer Wahl heran. Sie hatte sich die Garderobe gekauft, in der sie heiraten wollte. Ihre »Leute« hatten alles für die standesamtliche Trauung vorbereitet. Sie fragte ihn, was er mit Lenas Ehering gemacht habe. Er lag im Safe in der Bank, zusammen mit seinen goldenen Manschettenknöpfen, dem Medaillon seiner Mutter, dem Füllfederhalter seines Vaters. »Wenn ich es recht bedenke, wäre vielleicht ein neuer Ring doch besser«, sagte sie. Sie teilte ihm ihre Flugnummer und ihre Ankunftszeit mit. Sie arbeitete das gesamte Programm aus – sie hatte einen Programmtick. Im Hilton war eine Suite reserviert. Von Liebe war nicht die Rede, nicht ein einziges zärtliches Wort fiel. Als er aufgelegt hatte, schien es ihm eine Ewigkeit zu dauern, bis er das Freizeichen hörte und die Durchwahlnummer für einen Direktruf nach Kioto bekam.

Auf dem Flughafen von Seattle sagte er: »Glaubst du, daß ich richtig gehandelt habe?«

»Ich glaube nicht, daß du eine Alternative hattest.«

Er sah mich prüfend an. Die liegende Acht drückte dieses Mal einen Gedanken aus, den ich interpretieren zu können glaubte: Jetzt, da er Caroline Bunge aufgegeben hatte, war ich, Kenneth Trachtenberg, wieder seine einzige menschliche Ressource. Das war nicht so gut, und ich beeilte mich, ihm unterstützend unter die Arme zu greifen. »Vielleicht war es dieses zweite Ich in dir«, sagte ich, »das Ich, das damals beschloß, daß du Botaniker werden solltest.«

»Möglicherweise. Ich bin mir gar nicht so sicher, ob dieses Ich mir wohl will. Ich hätte ihr ja am Telefon sagen können, daß sie nicht kommen soll.«

»Absurde Flucht vor Verfolgerin. Das kommt schließlich gar nicht so selten vor.«

»Dieses zweite Ich in mir führt sich manchmal auf wie ein Dämon.«

»Es gibt ein kleines Theaterstück von Gogol, *Die Hochzeit*, in dem der Bräutigam aus dem Fenster steigt, nachdem er gerade beschlossen hat zu heiraten. Er arbeitet den Plan verstandesmäßig aus, und dann flieht er. Na schön, und wenn wirklich ein Dämon in dir wäre? Hättest du lieber einen Babysitter? Für mehr als einen Babysitter würdest du nicht angesehen, wenn du der unschuldige Botaniker wärest, für den diese Damen dich halten. Sie wenden sich Professor Chlorophyll zu. Er tut keinem ein Leid an. Ihm könnte man sogar ein Baby anvertrauen. Er ist nicht wie all die schlimmen Männer, die ihnen so übel mitgespielt haben.«

»Doch, ich bin wie sie. Denk doch nur an den Fall Della Bedell!«

»Das wirst du doch jetzt nicht wieder aufwärmen! Onkel! Das war eine unglückselige Angelegenheit, aber es war nicht deine Schuld. Außerdem hat sie die Initiative ergriffen.«

»Aber ich habe mitgemacht. Es gibt keine Entschuldigung für mich.«

Mrs. Bedell, die Dame von oben, aus der Wohnung direkt über Benns, kam herunter und klingelte an seiner Küchentür. Sie war nicht an die Wohnungstür gekommen; sie wollte nicht, daß die Nachbarn auf seinem Stockwerk sie sahen. Sie kam über die Hintertreppe. Della Bedell konnte einem leid tun. Sie war die geschiedene Frau eines Alkoholikers und trank selbst auch nicht wenig. Eine anständige und unglückliche Dame, trotzdem war sie aber tüchtig, und sie hatte in der Innenstadt einen verantwortungsvollen Posten inne – Personalchefin bei einer großen Firma. Während sie sich bei der Arbeit immer zusammenriß, ließ sie sich am Wochenende gehen, manchmal auch abends. In mancher Hinsicht war sie eine attraktive Frau, hatte aber zu ihrem eigenen Nachteil zugelassen, daß sie zu dick wurde, und sie trug ihr Haar sehr kurz – gestylt, aber unvorteilhaft, in modifiziertem Punkerstil.

Sie klingelte meinen Onkel aus seinem Sessel. Es war zehn

Uhr abends. Sie mußte eine Zeitlang mit sich selbst gekämpft haben. Doch es war ja nach Meinung von Frauenzeitschriften und Fernsehen nicht mehr unschicklich, die Initiative zu ergreifen.

Und was ist Mrs. Bedells Vorwand? Das Licht in ihrer Küche ist ausgegangen, und sie kann die Fassung der Deckenlampe nicht aufbekommen. Sie braucht die Hilfe eines Mannes, um die Birne auszuwechseln. Ob sie nicht den Hausmeister rufen könne, fragt mein Onkel. Sein Hemd hängt aus der Hose, er ist dabei, sein Forschungsmaterial auf den neuesten Stand zu bringen. Sie möchte den Hausmeister nicht um diese nächtliche Stunde belästigen. Er wird ihr ohnehin sagen, sie solle bis morgen warten. Und es gibt ja ein Stockwerk tiefer einen Mann. Alleinstehend wie sie selbst. Keine Familie, die man stören würde. Mein Onkel schlägt ihr nicht vor, eine Lampe aus dem Zimmer nebenan in die Küche zu stellen, wenn sie Wasser für ihren Tee kochen will. Tee ist es auch gar nicht, was sie getrunken hat. So zieht er (vielleicht) in seiner Naivität seine Schuhe an und folgt ihr nach oben. Sie hat keine Klappleiter. Er muß sich auf einen gepolsterten Eßzimmerstuhl stellen. Sie bittet ihn, die Schuhe auszuziehen. Am Ende wird alles ausgezogen.

Es stellt sich heraus, daß sie ein fettes kleines Persönchen ist. Physisch unpassend für solches Begehren. Es ist ihm peinlich, mit ihr zu schlafen. Von wegen Sklaverei und Freiheit – er muß! Er hat sich keinen Standpunkt erarbeitet, der es ihm ermöglichen würde, sich aufgrund strenger Prinzipien höflich zurückzuziehen. Mag sein, daß er ein *Bürger der Ewigkeit* ist. Und mein persönlicher Tip ist, daß sich eines Tages herausstellen wird, daß er einer ist. Er hat Vorstellungskräfte, die ihn Dinge sehen lassen, die andere nicht sehen, und der Maßstab für einen Menschen ist die Qualität dessen, was er sich vorstellen kann. Wenn er seine Truppen aufmarschieren lassen kann, dann wird die Erde sein Paradies.

Doch nicht einmal das schützt ihn davor, ein Narr zu sein. Das stabile Äußere, das Benn der Welt präsentiert, ist in alle Richtungen zerfurcht, von Begierden, Sehnsüchten, dringenden Bedürfnissen, Hungergefühlen. In dieser Hinsicht unterscheidet er sich nicht sehr von Della Bedell. Auch sie ist in gefährlichem Maße innerlich zerfurcht. Jedenfalls ist er unfähig, zu ihr zu sagen: »Sie sind eine sehr attraktive Frau, aber ich fühle mich im Bett einer mehr oder weniger Unbekannten einfach nicht wohl« oder: »Nur weil ich ein aufgeschlossener Mann bin und Sie eine aufgeschlossene Frau...« Oder: »Der Zufall, Nachbarn zu sein, ist doch kein ausreichender Grund. Wenn wir nicht mehr gemeinsam haben als diesen Augenblick der Fleischeslust, wird dies wieder in einer Sackgasse enden.« Aber er ist wie eine jener altmodischen Banken in Kansas, die jeder kleine Bankräuber knakken konnte. Ihn überfallen bedürftige Frauen. Sie fällt ihm um den Hals wie ein sechzehnjähriges Mädel, gibt sich betrunkener, als sie ist, und besteht kampflustig auf ihren biologischen Rechten. Es gibt technische Schwierigkeiten. Den richtigen Ort zu finden ist ein Problem. Schließlich wird der Akt selbst vollzogen. Mein Onkel kann gehen – in sein eigenes Bett zurückkehren und die ganze Sache vergessen, falls er das schafft. Aber natürlich schafft er es nicht. An Schlaf ist in dieser Nacht nicht zu denken.

Sie erwartet jetzt, daß er bei *ihr* klingelt. Das tut er nicht. Er schreibt ihr kein charmantes Briefchen, was ungeschickt von ihm ist und auch beleidigend. Ein paar Abende später kommt sie herunter und klingelt wieder an seiner Küchentür, fordernd und ärgerlich. Sie steckt ihm Zettel in den Briefkasten: »Du tust, als seist du nicht zu Hause! Wann bekomme ich meine Chance zu leben?« und: »Wo soll ich denn mit meiner Sexualität hin?«

Jetzt ist Benn zutiefst deprimiert. »Warum habe ich das nur getan!« sagt er.

Della Bedell hatte die Entschuldigung, alkoholisiert und verzweifelt gewesen zu sein. Er hatte keinerlei Entschuldigung. Er sagt wieder und wieder: »Es war für beide Teile unpassend!«

Ich versuche, ihm die zeitgenössischen Motive, die mitgespielt haben könnten, nahezubringen und ihn mit Erkenntnissen zu trösten, die Angehörigen meiner Generation eher verfügbar sind. Ich sage: »Egal unter welchen Schwierigkeiten Menschen leiden, immer suchen sie ihr Heil im Sex. Ob es nun das Geschäft ist, ein Karriereproblem, charakterliche Schwierigkeiten, Zweifel am eigenen Körper, sogar metaphysische Probleme, immer muß Sex als Schmerzstiller her.«

»Nein, nein, Kenneth, kein Aspirin, nein. Das macht es zu trivial.«

»Na schön; sie vollziehen also jenen Akt, in dem die Ströme der Liebe fließen würden, wenn welche im Spiel wären.«

»Das klingt schon besser.«

»Außerdem wird den Frauen heutzutage zugestanden, aktiver zu sein. Wenn man sie dann aber abblitzen läßt, ist es schrecklich für sie. Früher lief es umgekehrt: Die Frauen sagten nein zu den Männern. Und die Männer gewöhnten sich daran.«

»Ich hätte sie gleich von vornherein abblitzen lassen sollen, ohne Stichprobe. Was sie verletzt hat, war, daß ich die Stichprobe gemacht habe.«

»Sie fordert es geradezu heraus, daß man sie zum Narren hält – die Art, wie sie sich kleidet, die Haare trägt, wie sie spricht. Nicht wie eine Frau, die sich selbst ernst nimmt. Wie könnte man sie auch ernst nehmen?«

Theoretische Überlegungen fruchten bei meinem Onkel in diesem Fall nicht viel. Ich sage zu ihm: »Wir kommen in Teufels Küche, wenn wir diese unbedeutenden Absurditäten nicht unbedeutend sein lassen.«

»*Ich* habe mich absurd verhalten«, sagt mein Onkel.

Er ist niedergeschlagen, macht sich Vorwürfe, bedauert Della Bedell. Sie kommt jetzt an seine Wohnungstür und betätigt den Klopfer. Das Haus, in dem mein Onkel wohnt, ist ein anständiges Haus, nicht eine jener lockeren Bleiben, wo Frauen mit zwei Männern zusammenleben und die Mieter mit Drogen handeln und mit Pistolen auf einander schießen – wie in der *downtown*-Szene. Also tut mein Onkel, was ihm zur Gewohnheit geworden ist. Er flieht nach Brasilien und hält dort Vorträge über Pflanzenmorphologie.

Dann passiert das Schlimmste. Während er fort ist, stirbt Mrs. Bedell an Herzstillstand. Er kommt nicht darüber weg. »Ihre Lebensflamme flackerte schon«, sagt er, »als ich die Tür aufmachte und sie mit der Glühbirne in der Hand dort stehen sah. Danach klang es natürlich grotesk, als sie sagte: ›Und wo soll ich mit meiner Sexualität hin?‹ Aber war das nicht die Stimme einer Vereinsamten, die etwas Schreckliches sagte? Ein allein lebendes Wesen, das von seinem Schicksal sprach?«

»Paß auf, Onkel. Übertreib nicht.«

»*Ich* habe schließlich mit ihr geschlafen. Ich weiß, was ich weiß.«

»Es war eher Hysterie als Beischlaf. Und als du mir anfangs davon erzähltest, warst *du* derjenige, bei dem es grotesk klang.«

»Nun ja. Vielleicht klang es so. Wenn ich es nicht wie einen Witz behandelt hätte, wäre die Erinnerung daran gar zu gräßlich gewesen … Aber jetzt ist sie tot. Das geht mir nahe, Kenneth. Ich sehe sie vor mir, an aufgequollenen Bedürfnissen erstickt. Armes Ding, ihr Herz hat versagt.«

»Es war nicht deine Schuld.«

»Ich hätte es vielleicht verhindern können, aber wahrscheinlich hilft es auch nichts, sich das immer wieder vorzusagen. Ein Zeitungsreporter hat mich vor ein paar Tagen an der Strippe gehabt. Vulliam, unser Präsident, hatte ihn abgewimmelt, indem er ihn an mich verwies; er wollte ein Statement über die Auswirkungen der zunehmenden Radioaktivität auf das Pflanzenleben. Und auch von Dioxin und anderen giftigen Abfallstoffen. Er hat mich richtig herausgefordert. Nun ja, ich habe zugestimmt, daß es schlimm ist. Aber am Schluß habe ich gesagt: ›Die Lage ist natürlich sehr ernst, aber ich glaube, es sterben mehr Menschen an gebrochenem Herzen als an radioaktiver Strahlung.‹«

»Der muß gedacht haben, du bist nicht ganz dicht. Du hast dabei wohl an Della Bedell gedacht.«

»Nicht nur... Nein, nein.«

Ich war weiterhin hilfreich. Es ist gräßlich, wie wir einander mit dieser Absicht auf die Nerven gehen, indem wir all die richtigen Dinge sagen. Ich sagte zu ihm: »Du mußt eben prinzipiell die Proportionen sehen. Du kannst doch nicht für jeden, der dir über den Weg läuft, so heftige Gefühle entwickeln. Sie war eine fette kleine Frau, die soff. Warum siehst du es nicht so? Warum machst du es zu einem Akt der Finsternis; warum siehst du es nicht einfach als eine unerwartete Wendung in einer Komödie? Du warst der Laufbursche, der die Glühbirne auswechselte. Im Schlafzimmer löschte sie das Licht. Wollte nicht gesehen werden!«

Trotzdem konnte er nicht aufhören, um ihretwillen zu leiden.

Wir diskutierten nicht weiter über Della Bedell, nachdem das Flugzeug gestartet war. Wir stiegen über die ungeheure Regenwolke von Seattle und kamen in strahlendes Sonnenlicht. Die Sonne schien mir direkt ins Gesicht, während wir Höhe gewannen, und das veranlaßte mich, mir vorzustellen, wie ich wohl aussah, ich, der Kenneth, den mein Onkel mit seinen dunkelblauen Augen jetzt vor sich sehen mochte. Aufgrund seiner Länge neigt mein Haar dazu, über den Schläfen in zwei Wellen nach vorn zu fallen. Meine Augen sitzen weit oben im Gesicht.

»Ich frage mich, was der Grund für diese Probleme ist«, sagte ich. »Ein anderer Zeitrahmen vielleicht, Annahmen, die einer anderen Epoche angehören, von denen man aber immer noch ausgeht? Als würde man in der Landwirtschaft immer noch Ochsen verwenden. Stell dir das in einem Staat wie Nebraska vor, du und dein Ochsenpflug, während deine Nachbarn auf ihren Maschinen mit hundert Pflugscharen sitzen und sich über deine veralteten Anstrengungen totlachen.«

»Für das, was ich brauche, ist ihre fortgeschrittene Technologie keine größere Hilfe als mein Ochse.«

Wenn mein Onkel unbedeutend gewesen wäre, hätte es solche Probleme gar nicht gegeben. Wenn Della Bedell eine Schönheit gewesen wäre, wenn Caroline mit einem kompletten Kartenspiel gespielt hätte, dann wäre mein Onkel nicht wie Gogols Podkoljossin aus dem Fenster geflüchtet. Es gibt Frauen, die werden zu einem gewagten Einfallsreichtum getrieben und lassen sich verblüffende Initiativen einfallen. Andere, die fürchten, verlassen zu werden und dann zu versinken und zu ertrinken, tun verzweifelte, aber sinnlose Schritte. Manchmal schauen Menschen, die einfach nicht klarkommen, durch ihr Fenster hinaus in die Natur. Dort sehen sie Wachstum, Gleichgewicht, Schönheit, all die Ergebnisse einer Jahrmilliarden langen allmählichen Entwicklung, und sie schämen sich, das alles läßt sie so schäbig erscheinen. Sie sitzen da und starren vor sich hin wie ungelenke, hohle Attrappen. Aber dann fällt ihnen plötzlich ein: »Es ist ja *mein* Geist, der diese Ordnung, Schönheit et cetera wahrnimmt. Vielleicht ist es dann sogar mein Geist, der das alles geschaffen hat. Es ist möglich, daß es die Natur gar nicht gibt. Ich habe sie erfunden, einfach nur, um Raum auszufüllen. Ja, wenn ich mit solch einem Geist begabt bin, warum liege ich dann hier mit zitterndem Herzen wie ein junges Stachelschwein, das von Hunden gepiesackt wird?«

Der Pilot gab durch, daß wir unsere endgültige Flughöhe erreicht hätten. Ich glaube, er sagte, wir seien auf einer Höhe von 38000 Fuß. Man hätte sich vorstellen können, daß wir die Erde hinter uns gelassen hatten. Doch befanden wir uns immer noch mitten in diesem irdischen Ei, in dem alle Wesen, alle Kreaturen vom Tode leben und sogar vom Tod infiziert werden, wenn sie nach der Liebe lechzen, dieser einzigen Kraft, die eine Hoffnung gegen das völlige Verschlungenwerden bietet. »Reine Natur« ist die Hölle, wie Swedenborg schrieb (und ich bitte Sie, sich daran zu erinnern, daß Tante Lena mir ihre Sammlung von Swedenborgs Büchern hinterlassen hatte). Soweit das Geschlechtsleben mit der Natur gleichgesetzt wird, ist die Euklidsche Logik einfach. Im sexuellen Vergnügen (oder in dem, womit die Menschen sich auf diesem Gebiet zufriedengeben) steckt auch viel Schmerz. Und je größer das Aktienpaket ist, das der »reinen Natur« zugeschoben wird, um so mehr Hölle liegt darin. Kurzum, wie Sie aus diesen Überlegungen ersehen, empfand ich großes Mitleid für meinen Onkel und, da ich ihn mir als Vorläufer erkoren hatte, als meine persönliche *avant garde*, auch ein gewisses Bedauern für mich selbst. Ich weiß, daß das Eigeninteresse das Herz der kapitalistischen Ethik ist, aber die einfache Erfahrung zeigt, daß die Menschen oft mit sich selbst strenger als mit anderen umspringen.

Da ich versuchen wollte, meinem Onkel die Demütigung dieser Flucht nach Ostasien zu erleichtern, erzählte ich ihm von Treckie, wies ihn, wobei ich mich zur Erweiterung des Horizonts knapper französischer Gesten (im Stile meines Vaters) bediente, darauf hin, wie verfahren die ganze Geschichte war und stellte die Frage in den Raum, ob Eros es wohl mit den Mächten der Finsternis aufnehmen könne; immerhin hätten viele Menschen, die sehr ausgeglichen und praktisch seien, all dieses Bemühen um Liebe schon vor langer Zeit aufgegeben. Es lohnt sich nicht, sich gegen etwas weltweit Unmögliches aufzulehnen. Warum sagte Swedenborg, daß die reine Natur die Hölle sei? Er meinte die Natur in einer nüchternen Sicht, einer mechanistischen Interpretation. Ich wolle ja nicht an seine, Benns, empfindlichsten Gefühle rühren, aber Della löschte doch das Licht, weil sie sich davor fürchtete, mit nüchternen Augen betrachtet zu werden. Wenn man nüchtern betrachtet wird, trocknet die Menschlichkeit aus. Doch sollte man, wenn eine Frau das Licht löscht, sich wirklich die Aufgabe stellen, die Welt als Ganzheit zu interpretieren? Dies impliziert doch, daß man ein Mikrokosmos ist, der auf ewige Zeiten einem Makrokosmos verantwortlich ist. Das käme einer Herausforderung gleich. Durch den Makrokosmos wird man zu Brei geschlagen. Es ist viel sinnvoller, sich darauf zu konzentrieren, in welche gemeinsame Vermögensmasse man seine Ersparnisse einbringt. Versuch nicht, allein gegen den Markt zu kämpfen. Die riesigen Investoren haben Scharen von Computern. Diese elektronischen Sibyllen sind unfehlbar. Dort, weiter unten auf der Skala, gibt es noch einen anderen Makrokosmos (die New Yorker Börse). Laß die Finger von alldem... Ich fühlte mich selbst eine Spur verwirrt. In erster Linie wollte ich sagen, daß das Interesse menschlicher Wesen durch Nüchternheit schnell erschöpft ist. Tödlich an Admiral Byrds Beobachtung seiner Kameraden in der Antarktis war ihre Nüchternheit. Solche Nüchternheit ist, sexuell gesehen, letal. Wenn es eine Angelegenheit von Gliedern, Gliedmaßen und Organen wird, sieht Eros der Zerstörung entgegen.

»He, Kenneth, schau – verbannen wir doch alles Bedrükkende. Wir fliegen schließlich zur Erholung nach Kioto!«

»Tut mir leid. Laß uns auf Treckie zurückkommen.«

»Sie hat dich immerhin so gerne gemocht, daß sie ein Kind von dir bekam.«

»Das beweist gar nichts. Sie wollte ein Kind. So hat eben

eine kleine Frau dieses großgewachsene gemeinsame Kind von uns beiden geboren. Du wirst sagen, daß sie mich dafür erwählt hat. Nun ja, eine kurze Zeitlang war ich willkommen. Ich vergleiche das mit der Situation eines Landstreichers am Thanksgiving Day. Wohltäter laden dich in die warme Stube ein und setzen dir ein herrliches Truthahnessen vor. Aber das ist eine Abmachung, die nur für den Thanksgiving-Donnerstag gilt. Komm ja nicht am Freitag wieder.«

Andere hätten darüber vielleicht gelächelt. Mein Onkel nickte ernst. »Vielleicht möchte sie gern, daß du etwas initiierst.«

»Was sollte ich denn initiieren?«

»Ach ... etwas, was sie für bedeutend hält.«

»Ich habe keine Ahnung, worauf Treckie wartet. Wir reden nicht über mich. In den vergangenen paar Tagen haben wir meistens über sie geredet. Sie wollte mir von ihren Fortschritten in der Selbsterkenntnis erzählen, von den Fehlern, die sie ausmerzt, über ihre neuen Einsichten in ihre früheren Einsichten und die Entschlüsse, die sie als Konsequenz davon gefaßt hat. Wie viel besser es ihr jetzt geht ...«

»Schwierig, sich solches Zeug anzuhören.«

»Wenn man sich bessern will, ist es gut, das allen Menschen zu erzählen. Man gibt etwas bekannt. Man wiederholt seine Absichten, bis andere anfangen, sie dir selbst gegenüber zu wiederholen. Wenn man sie von den anderen hört, kann man sagen: ›Ja, genau das meine ich auch.‹ Je öfter deine Absicht wiederholt wird, desto wahrer wird sie. Der Schlüssel zum Erfolg ist die Redegewandtheit. Die Formulierungs- und Redegewandtheit spielt die größte Rolle. Aber trotzdem, sie ist so ein reizendes Geschöpf, so ein lieber Mensch, so ein Schatz.«

»Und was ist mit den blauen Flecken?«

»Vielleicht ist das nur eine Phase. Menschen haben ihre Phasen. Oft werden sie dann wieder normal.«

»Vielleicht tritt sie in eine Mutter-Phase ein.«

Ich sagte ohne Überzeugung: »Vielleicht.« Dann fügte ich hinzu: »Ich mache mir Sorgen um die Kleine. Was wird aus ihr werden? Sie tut mir besonders leid, weil sie mir charakterlich so ähnlich ist. Ich glaube, sie hat gewisse grundlegende Voraussetzungen von meiner Seite geerbt.«

»Und deshalb tut sie dir leid?«

»Ja, ich fürchte. Und ich glaube auch, daß ich einen angeborenen Vaterinstinkt habe.«

»Vielleicht könntest du Treckie überzeugen, wenn du noch mehr daran arbeiten würdest. Wenn sie dich so sehen könnte, wie du wirklich bist, hätte sie vielleicht andere Gefühle für dich.«

»Es ist ihr modisches Seelenleben, das zwischen uns steht. Es ist, als sprächen wir gar nicht dieselbe Sprache.«

»Die Menschen sind einfach nicht willens, dich zu einem Abschluß kommen, deine Ziele erreichen zu lassen. Es scheint ein Gesetz zu sein, daß sie dir unbedingt vorenthalten müssen, was du möchtest. Und letztendlich ist es vielleicht sogar zu unserem eigenen Besten – das Vorenthalten –, weil wir nicht das wollen, was wir sollten. Jedenfalls bist du körperlich ganz verrückt nach ihr. Wie schön das ist! Stell dir vor, Caroline hätte mir gegenüber so empfunden.«

»Darüber solltest du doch eigentlich informiert sein. Erst vor sechs Wochen, wie du dich erinnerst, bist du an den Flughafen gekommen, um sie abzuholen, und hast an der Sperre gewartet, und sie ist an dir vorbeigelaufen.«

»Man kann ja mal in Gedanken sein. Das passiert oft.«

»In Gedanken, ja. Sie war hackezu. Ich kenne eine Braut, deren Mitgifttruhe wäre, wenn sie eine hätte, voller Kokain. Sag Onkel, erinnerst du dich an *Rappaccinis Tocher* von Hawthorne? An das schöne Mädchen, das immun gegen die giftigen Pflanzen war, weil sie unter ihnen aufgewachsen war? Aber für ihren Geliebten war sie der Tod. Sie brauchte ihn nur anzuhauchen, und er war ein Todeskandidat. Ich weiß nicht mehr – hat sie ihn geküßt? Jedenfalls ist er daran gestorben.«

»Tödliche Pflanzen, was? Ziemlich extremer Fall.«

Es spielte gar keine Rolle, über welches Thema wir uns unterhielten. Er kam sich gemein vor, weil er Caroline an dem Tag, der ihr Hochzeitstag hätte sein sollen, gelinkt hatte, und er reagierte nur langsam auf meine Versuche, seine Laune zu heben. Ich war nach Amerika gekommen, um meine Bildung zu vervollständigen, um bestimmte lebensnotwendige Kräfte von meinem Onkel zu absorbieren, aber ich merkte sehr bald, daß er bei mir Hilfe suchte. In jenen Bereichen, in denen er Meister war, brauchte er natürlich niemanden. Er war einer jener besonderen Typen, bei denen alles in Ordnung ist, solange es nicht um das ganz gewöhnliche Leben geht. Wenn sie allerdings einmal mit dem Strom schwimmen müssen, schaffen sie es nicht ohne Schutz.

Nun, ich liebte ja meinen Onkel und erwartete keine Perfektion. Er hatte den Zauber, aber als Mit-dem-Strom-Schwimmer war er eine Niete. Das mag ganz allgemein taktische Absicht gewesen sein, ein absichtlicher Verzicht auf Schläue. Ich habe den Verdacht, daß er von Natur aus genauso schlau war wie jeder andere. Davon lassen sich allerdings gerade die schlauen Menschen nie überzeugen. Sie würden das einfach nicht glauben. Sie würden sagen, der Mann tue nur so als ob, und würden ihm diabolische Motive unterstellen. Sie würden sagen, er agiere hinter eine Mauer von Arglosigkeit und sei ein Erzheuchler. Wie kann man von solchen Menschen erwarten, daß sie den Zauber anerkennen und ihn in ihre Berechnungen einbeziehen? Andererseits hätte mein Onkel nicht so einseitig die Waffen strecken und Schläulingen die Initiative überlassen sollen. Seine Taktik war falsch. Er brauchte mehr politische Substanz in seiner Konstitution.

Dies wird in angemessener Zeit noch klarer werden. Inzwischen befand ich mich in einer beratenden Position, und dort entdeckte ich, daß ich vom Temperament her ein geradezu fanatischer Berater war, von festen Vorstellungen bis hin zur Kleinlichkeit beherrscht: Es gab nur eine Art, einen Tisch zu decken, Metallhefter von Päckchen zu entfernen, Kaffee aufzuwärmen. Vielleicht habe ich eine Leidenschaft für das Sicheinmischen von meinen Ahnen geerbt, die über Tausende von Jahren immer für alles eine Vorschrift hatten – Dankgebete für das Brechen von Brot, für den Gang zur Toilette, für die Rückkehr von einer Beerdigung. Ein unbedeutendes Laster, das ist richtig, aber bei Treckie mag es mir geschadet haben. Sie riß das Papier wieder heraus, mit dem ich ihre Küchenregale ausgelegt hatte. »Immer weißt du ganz genau, wie es gemacht werden muß.« Sie lehnte meine Ästhetik ab. In Somalia sagte meine Mutter zu mir, diese Affäre hätte sich von selbst ausgebrannt, wenn Treckie sich nicht hätte schwängern lassen. »Immer muß alles nach *ihrem* Kopf gehen.«

»Lehrreiche Aufklärung« war noch eine Schwäche von mir. Oft hätte ich die Predigt genausogut mir selber halten können. Im Flugzeug beispielsweise ließ ich mich über die Eigenschaften der Frauen aus, die uns solche Schwierigkeiten machten. »Wenn eine Frau einen Typ wie dich ansieht«, sagte ich, »so spürt sie, daß du ein wertvoller Mensch bist. Wahrscheinlich sagt sie sich: ›Hier ist ein Mensch, der etwas Besonderes an sich hat.‹ Das gehört zum ›Bilden der eigenen Seele‹, einem Lebenskurs, den nur sehr wenige verfolgen. Er produziert Ausstrahlungen, und gebildete Frauen werden von diesen Ausstrahlungen ganz besonders angesprochen. Deshalb haben so viele Romantiker bäuerliche Frauen und Prostituierte den kultivierten Damen vorgezogen. Nun ja, die Landbevölkerung ist im Schwinden begriffen, und es gibt nur noch sehr wenige Huren, die nicht mindestens ein paar Jahre auf dem College waren. Eine weitere Tatenlosigkeit, die aufgebrochen wurde und deren Bruchstücke in den Hexenkessel des modernen Bewußtseins wanderten. So sieht man sich denn modernen Frauen gegenüber, die stolz auf ihre Bildung und auf ihren hochentwickelten Geist sind, die aber insgeheim fürchten, daß sie nicht das haben, was nötig ist, um das Interesse eines Mannes zu wecken, der aus einer bedeutenden Aufgabe gewaltige Energien bezieht... Sie brauchten sich gar nicht solche Sorgen zu machen – es gibt nicht so viele Menschen, die wichtige, auf ein höheres Leben gerichtete Dinge tun. Sie machen sich dennoch Sorgen. Und ihre Angst ist, daß sie solch einen Mann langweilen könnten. Daß er ihnen auf die Schliche kommt. Also ziehen sie sich an, reden und diktieren einem die Spielzüge. Sie tun leichthin, aber fühlen sich schwer. Zu Tode deprimiert und trübsinnig. Von ihren Eltern, besonders ihren Müttern, ist ihnen so viel verheißen worden: Diese Mädchen waren einmal so phantastisch, anmutig, begabt, auf hohe Erwartungen getrimmt, und wo sind sie jetzt? In der Finsternis des Weltraums, wo ihre armen Herzen brechen. Und diese weibliche Enttäuschung und dieser Kummer strapazieren die Männer. Männer fühlen sich oft berufen, die Selbstachtung, die verlorenging, wieder aufzubauen.«

Mein Onkel konnte wohl nicht sehr aufmerksam zugehört haben, denn er antwortet völlig zusammenhangslos: »Hast du zu Treckie irgend etwas wegen der blauen Flecken an ihren Beinen gesagt?«

»Ich habe zu ihr gesagt, daß sie mich immer an Kindesmißhandlung erinnern und daß ich der Meinung bin, daß sie besonders talentiert sei, sich Kinderschänder auszusuchen.«

»Das hast du nicht gesagt! Ich glaube nicht, daß sie für solche Späße Verständnis hätte.«

Ich war etwas enttäuscht von Benn. Ich hatte versucht, ihm etwas höchst Fundamentales mitzuteilen, und er hatte mir nicht folgen können. Aber Menschen müssen eben bereit sein zu hören, und man muß die richtige Zeit wählen. Egal, allein schon der Klang meiner Stimme hatte ihn ein wenig fröhlicher gemacht, auch wenn er meinen Äußerungen keine Aufmerksamkeit geschenkt hatte.

Als wir uns Japan näherten, hatte ich meinerseits kein Verständnis für seinen Witz, daß das Flugzeug sich über koreanischen Gewässern verirren und abgeschossen werden konnte. »Von deinen russischen Freunden«, wie er sich ausdrückte.

Bei der Landung in Tokio verbeugte er sich vor den sich verbeugenden Leuten, die geschickt worden waren, um uns abzuholen. Wir fuhren sofort mit dem Blitzzug nach Kioto und stiegen im Tawaraja Inn ab. Sehr eindrucksvoll. Man trug dort Kimono und schlief auf dem Boden; man nahm kochendheiße Bäder in einem hölzernen Badezuber. Die Umgebung erfreute durch ihre Kargheit – weder Stühle noch Tische, noch Papiere oder Bücher: Schon das war erholsam. Das Frühstück wurde von einer älteren Dame gebracht. Morgens raschelte es an der Papiertür. Über das Tablett gebeugt wartete ein Zimmermädchen auf den Knien auf die Erlaubnis einzutreten. Ihr Haar war auf eine Weise straff nach hinten gezogen, die an Buße oder Strafe denken ließ. Ihre Schritte waren rasch und klein. Mein Zimmer ging auf einen winzigen Garten hinaus. In einem anderen Land wäre dies ein ungenutzter Platz gewesen, ein Luftschacht, in den Gäste ihre Whiskyflaschen und Milchbehälter werfen. Er enthielt eine bemooste Urne und einen Zwergbaum. Weiße Kieselsteine bedeckten den Boden. Die Wirkung war die einer merkwürdigen Kontinuität – der Garten war nicht richtig draußen und mein Zimmer nicht richtig drinnen. Man konnte nirgends sitzen außer auf dem Fußboden. Wenn man einen Blick in die *Times* werfen wollte, nahm man sie mit auf die Toilette.

Für meinen Onkel war das alles Ausdruck einer uralten Kultur und versetzte ihn in gute Laune. Er als Morphologe zog beständige Strukturen vor, und die gab es hier im Überfluß. Auch sein Gewissen quälte ihn nicht mehr. Es gelang mir, ihn um einen Teil seiner Schuld Caroline gegenüber zu erleichtern. Er war vor Caroline und ihren Bucky-Fuller-Mantras geflohen wie David vor Saul. In meiner Vorstellung war Caroline wie das Wabern über einem brennenden Gebäude – Flammen von Sex, die durch das Dach züngelten und eine träge darüberliegende Rauchwolke, die einer Frauengestalt glich. Ich war bereit, ihm zu sagen, daß er sie letztendlich in eine Anstalt hätte stecken müssen und dann vielleicht ihre Familie auf dem Hals gehabt hätte, denn man konnte ja nicht ahnen, wie groß ihr Landbesitz war, noch in wie viele Prozesse und Rechtsstreite Benn vielleicht geraten wäre – um schließlich vielleicht noch des versuchten Mordes an ihr angeklagt zu werden wie im Falle von Bülow. Dafür fand sich allerdings keine Gelegenheit mehr, denn nachdem wir in Japan angekommen waren, sprach mein Onkel fast nicht mehr über Caroline.

Er behauptete, es tue einem gut, auf einer Matte zu schlafen. Der Perspektivenwechsel bringe einen in eine andere geistige Welt, und auf dem Boden träume man interessanter.

Das private Tagebuch, das Swedenborg während seiner Krisenjahre geführt hatte, zeichnet Träume auf, die von »engelsgleicher Sexualität« bis zu erotischer Erdhaftigkeit reichen. Ich fragte mich, ob mein Onkel das wohl meinte, wenn er von interessanten Träumen sprach. Ich hatte den Verdacht, daß er ein sinnlicher Mensch sei oder zumindest einmal gewesen war. Blöde, zu sagen »einmal gewesen war«. Wenn man so etwas ist, dann bleibt man es sein Leben lang in gewissem Maße – nein, in übertriebenem Maße, so wie Balzacs Baron Hulot oder Strawinskys hundertjähriger Großvater. Benn wäre nicht von Frauen sexuell mißbraucht worden, wenn er nicht die Sinnlichkeit gehabt hätte, mißbrauchende

Typen anzuziehen oder den Mißbrauch zu dulden (oder vielleicht sogar herauszufordern?).

Später im Jahr, als ich meine Mutter in Ostafrika besuchte, wollte ich sie dazu bringen, mir zu erzählen, was sie über ihren Bruder wußte. Sie stritt ab, ihn vor vielen Jahren geohrfeigt zu haben, gab jedoch zu, daß er ein »kleiner Poussierstengel« gewesen sei und daß die Mütter der Jefferson Street ihre kleinen Mädchen nicht mit ihm spielen lassen wollten. In der Adoleszenz kam allerdings ein Wandel über ihn, sagte sie. Sie war nicht willens, mit mir hierüber zu diskutieren. Sie fand es abwegig, in dieser Umgebung von Hungersnot und Tod über die Sexualgeschichte meines Onkels zu sprechen. War dies der Ort dafür? Angesichts ihrer eigenen Erfahrungen mit meinem Vater, die sie ja in dieses Flüchtlingslager gebracht hatten, konnte ich ihr das eigentlich nicht verdenken. Ich erwähnte jedoch, in der Absicht, mich damit als sachlich ausgewogen und objektiv zu erweisen, daß diese notleidenden Massen sogar unter diesen Umständen noch Kinder zeugten und gebaren. »Aber nicht aus Lust«, sagte sie. »Das ist der Fortpflanzungstrieb oder der Widerstand gegen das Aussterben. Nicht wie im Westen, wo sie es machen, weil sie so maßlos verwöhnt sind.«

Sie war nicht mehr ganz jung, war ein zerbrechliches Wesen und setzte in diesem Aufnahmelager ihr Leben aufs Spiel – da fand sie es »unseriös« von mir, in ihrem kleinen Zimmer über meinen Onkel zu reden. Immerhin erzählte sie mir aber, als ich die bei Fauchon gekauften Mitbringsel auspackte und sie ein paar Gläschen Eau-de-Vie oder Calvados trank, daß mein Onkel im Alter von siebzehn einen Nervenzusammenbruch gehabt hatte, vielleicht sogar einen schizophrenen Schub. Es war unmöglich gewesen, ihn dazu zu bewegen, im Bett zu bleiben. Er stand immer wieder auf und legte sich auf den Boden. Der Hausarzt konnte sich das nicht erklären. »Vielleicht war es Schizophrenie«, sagte meine

Mutter. »Dr. Clurman nannte diesen Begriff, aber was wußte man zu jener Zeit in der Jefferson Street schon? Der Arzt hätte genausogut von der Großen Mauer in China reden können.« Liebe war offenbar der Grund. Benn war in die Tochter von Cohen, dem Schneider, verschossen. Sie war zierlich, blaß, hübsch, sagte Mutter. »Nur durch Unterernährung bekommt man dieses wunderschöne Aussehen. Nach ein paar Monaten hier kann ich dir das versichern. Das Mädchen der Cohens litt unter einer Schilddrüsenüberfunktion und Eisenmangel. Man muß im hinteren Teil einer Schneiderwerkstatt wohnen und in einem Zimmer ohne Fenster schlafen, um diese Art von Liebreiz zu besitzen.«

»Soso!« sagte ich. »Er hat sie geliebt. Hat sie ihn denn nicht geliebt?«

»Sie war eine heiße Nummer«, sagte Mutter. »Und ich glaube, er zögerte, das zu tun, was sie getan haben wollte. Ein weniger idealistisch gesonnener junger Mann war entgegenkommender. Sie fing an, mit dem anderen Burschen auszugehen. Dein Onkel war halb wahnsinnig vor Kummer – vor sexuellen Nöten. Benn war, was Mädchen anging, ein Spätentwickler, er wußte nicht, wie er sich verhalten sollte.« Mutter sagte dies mit mehr Ungeduld als Mitgefühl. Sie ist eine dieser drahtigen, herausfordernden, scharfen Frauen. Erfüllst du ihre Bedingungen, dann liebt sie dich. Allerdings unterzieht sie dich einem harten Test. Man muß ein paar schwere Prüfungen bestehen, so wie sie welche bestanden hat und es auch jetzt noch tut. Als Gastgeberin von zwei oder drei Generationen französischer Hochleistungs-Intellektueller hatte sie beobachtet, wie sie speisten und tranken, hatte ihre Geschmacksrichtungen beim Wein und beim Sex beobachtet, ihre kühnen Ideen, ihre feige Taktik im Umgang mit Liebesobjekten, ob männlich oder weiblich, und hatte dabei ihre im Mittelwesten erworbene weibchenhafte Schüchternheit »Ideen« gegenüber abgelegt. Sie war daran gewöhnt, daß ganze Nationen und Epochen diskutiert wurden. Weltgeschichte, existentielle Kategorien – so etwas ließ sie kalt. Sie war darüber hinaus, sich von den Gedanken von irgendwem beeindrucken zu lassen.

Ich fürchte, ich habe oft versucht, genau das zu tun. Als ob sie ausgerechnet ihren Sohn über die Köpfe so vieler Experten, Akademiker, Autoren von Büchern über Existenz und Geopolitik hinweg einen Treffer landen lassen würde. Die eigene Mutter ist der einzige Torwart, bei dem du keine Torchancen hast.

Mutter und ich saßen in dem kleinen Barackenzimmer. Draußen starben jede Minute Menschen. Die Lebensmittel, die sie hätten retten können, wurden von Beamten gestohlen und an weit entfernt liegenden Orten (Aspremont, Montalban, Bizerte, Cathay und wer weiß, wo sonst) verkloppt. Ein großer Teil davon wurde von Ratten und Vögeln gefressen oder von Insekten weggetragen oder verfaulte einfach.

Ich empfand viele dieser Äthiopier als Menschen von einzigartiger Schönheit. Ich konnte mich über die elegante Form ihrer Köpfe, die ausdrucksvollen schwarzen Augen gar nicht beruhigen. Mir war inzwischen die Swedenborgsche Idee der Korrespondenzen geläufig, daß die Schöpfung eine der Sprachen sei, in der Gott mit dem Menschen kommuniziere. Einige meiner russischen Symbolisten hatten sich dies von ihren französischen Vorläufern wie Baudelaire und Rimbaud angeeignet oder es direkt von Axakow, Swedenborgs Übersetzer ins Russische, übernommen. So war das Lager zum Teil wie ein Traum und ebenso die Gegenwart meiner Mutter, die wie Mutter Teresa aussah und ihr Bestes tat, die Kranken und die Verhungernden zu betreuen.

Trotz alledem redete ich weiter von Onkel Benn und quetschte Mutter nach Informationen über ihn aus. Sehr bald wurde sie richtig böse auf mich (zu Recht!). Sie sagte: »Herzchen, du mußt von Sinnen sein. Mein Bruder und

Freundinnen! Dein Vater – okay. Aber der hatte wenigstens Geschmack. Dein Onkel weiß doch nicht mal, wo oben und unten ist. Er hat mit Lena schon Glück genug gehabt, jedenfalls so viel, wie er verdiente. Sie war eine anständige Frau, aber nach jedem realistischen Maßstab war sie eine Vogelscheuche. Als sie starb, hat er so ein Theater gemacht; man hätte denken können, sie wäre eine Art Heilige gewesen. Er sollte lieber bei seinen Blättern bleiben. Oder seinen Pflanzensäften oder was immer sein Fach ist.«

Natürlich war ich anderer Meinung. Wenn sie ärgerlich ist, läßt sie jeden abblitzen. Man kann es einem Mann doch nicht verübeln, wenn er hofft, von seiner eigenen Mutter etwas Instruktives zumindest über das weibliche Geschlecht zu hören. Irgendein leuchtendes Juwel der Weisheit, das einzige Vermächtnis, das mich möglicherweise interessieren könnte. Aber sie hatte nicht vor, mir auch nur das Geringste zu geben. Sie war enttäuscht über mich, sogar ärgerlich. Sie hätte gern gehabt, daß ich ein hohes Tier würde. Ich hätte der erste Mann der *Times* in Paris werden sollen oder Chef de bureau für *Le Monde* in Washington oder der NBC-Direktor für Westeuropa, mit dreißig Leuten unter mir, oder *porte-parole* an der Moskauer Botschaft. Hätte ich mehr Mitgefühl für die Flüchtlinge gehabt, wenn ich ein Spitzenjournalist gewesen wäre? Da hätte ich doch vollends nur an Fotos und Telexe gedacht und daran, die Konkurrenz zu schlagen.

Sie hatte nicht den geringsten Schimmer von der wahren Bedeutung ihres Bruders, davon, daß er ein Bürger der Ewigkeit war – nicht in der Hierarchie der Großen, die ich an früherer Stelle aufgeführt habe, aber trotzdem doch ein Mensch erster Bedeutung.

Sie beschuldigte meinen Onkel, mich in die Irre zu führen. Warum er mich nicht in Frieden lassen könne? Sie wollte allerdings auch nicht, daß ich wie mein Vater war – obwohl sie das besser verstand: Umwerben, Balztänze wie in der Naturkunde, ein Paar, stolzgeschwellt und nackt, das es auf einem Bett in Paris treibt. Rudi Trachtenberg agierte doch wenigstens ein Talent aus, und ein Talent zu unterdrücken kann tödlich ausgehen. Deshalb machte meine Mutter mit, sie fügte sich, sie unterstützte ihn sogar und kollaborierte mit ihm – möglicherweise mit einem gewissen Stolz auf seine Begabung. Was hätte sie angesichts solch einer Naturgewalt auch tun können? Ihr Bruder dagegen gehörte, so, wie sie ihn sah, nicht zur selben Klasse. Sein botanisches Talent bedeutete ihr gar nichts. Sie beschuldigte meinen Onkel, mich vom rechten Weg abzubringen. Was sollte dieses akademische Zeug? Warum mußte ich denn so ein erbärmlicher Professor werden? Ich teilte mir im Wohnheim die Dusche mit Studienanfängern, deren Rockmusik mich zum Wahnsinn trieb. Meine Duckmäuserei Treckie gegenüber erfüllte sie mit Abscheu. Ein Mann wie mein Vater hätte sich niemals mit so einem Mädchen eingelassen. Sie wollte nicht, daß ich ein *homme à femmes* war wie mein Vater, aber mußte ich denn unbedingt genau das Gegenteil sein? Meine Vernarrtheit in meinen Onkel würde mich ein ganzes Jahrzehnt oder gar zwei zurückwerfen. Zum bitteren Verdruß meiner energischen Mutter, die so viel um meinetwillen erlitten hatte, war aus mir noch immer nichts geworden.

Ich machte in Somaliland den Fehler, mit ihr diskutieren zu wollen. Ich gab meiner unausrottbaren Schwäche nach, ihr stets mitteilen zu wollen, was ihr Kind dachte. Ich gab nicht vor, ein Kojève oder auch nur ein Georges Bataille zu sein, aber meine Absicht war es, sie hinter die Fassade des Herumalbernden und von einem dummen Mädchen Genasführten blicken zu lassen und ihr eine flüchtige Skizze oder einen ungefähren Überblick über mein Projekt zu geben: Daß es keine Daseinsberechtigung gibt, es sei denn, dein Leben ist ein Wendepunkt. Daß es nichts hilft, sich dem gemeinsamen

Marsch einer dem Niedergang geweihten Menschheit anzuschließen. Ich hatte ihr einen Sonderdruck meines Artikels »Der Morgen des Akmeismus, von Gumiljow und Gorodetzki bis Mandelstam« (aus dem *Russian Review*) geschickt, in dem ich folgendes Zitat unterstrichen hatte: »Zu sein – das ist der größte Stolz des Künstlers. Er ersehnt kein anderes Paradies als das der Existenz...« und so weiter. Ich diskutiere in meinem Essay die Ähnlichkeiten zwischen dieser und den fast identischen Betrachtungsweisen von Paracelsus, Swedenborg und Blake. Da sie eine kluge Frau ist, gab ich ihr die Gelegenheit, selbständig den Hinweis herauszuarbeiten, daß ich meinem Onkel deshalb so zugetan war, weil er (und das sah jeder, der ihn jemals bei seinen Pflanzen beobachtet hatte) ganz offenbar kein anderes Paradies ersehnte. Und daß es doch möglich sein müßte, auch an anderer Stelle das zu tun, was er mit dem narbenartig längsgefalteten Fruchtblatt getan hatte – ich beziehe mich hier auf eine Forschungsarbeit, die vor Jahrzehnten seinen Ruf begründet hat. Er vermittelte mir berechtigte Erwartungen auf ein eigenes Leben voller Hochspannung. Natürlich wollte ich nur ich selbst sein. Aber es war töricht von mir, zu erwarten, daß sie sich mit einer in einem wissenschaftlichen Artikel enthaltenen Andeutung beschäftigen würde. Viel eher kann ich sie mir, diese zerbrechliche Frau um die 60, an einem Dorfbahnhof vorstellen, wo sie einen mit 130 km/h vorbeirasenden D-Zug anhält.

Wie dem auch sei, wenn man eine intelligente Mutter hat, gibt man die Hoffnung auf eine fundamentale Kommunikation nicht so schnell auf.

Es war Nacht, und die Flüchtlinge hatten sich unter ihren Dornbüschen niedergelassen, ihr Leiden war nicht mehr erkennbar. Die Voraussetzungen für ein Gespräch über größere Themen waren günstig. Wir brauchten an diesem Abend nicht im Lagerkasino zu essen. Ich öffnete ein paar

Dosen *charcuterie* von Fauchon, und wir beschlossen die Mahlzeit mit einem erstklassigen Calvados. Ich muß mich wohl vergessen und einige meiner Ost-West-Ideen an ihr ausprobiert haben. Die Kombination von Hungersnot und *pâté* brachte mich in Schwung. Aber schließlich ließ auch Boccaccio junge Damen und Herren einander mit amourösen Geschichtchen und Späßen unterhalten, während die Pest wütete, und so begann ich, nachdem wir die Delikatessen weggeputzt hatten und ich von dem guten *calva* halb besäuselt war, ihr von der Literatur über die russischen Konzentrationslager zu erzählen – den Arbeiten von Solschenizyn, Schalamow und anderen. Ich sagte, daß die Menschheit im Osten dem Martyrium der Entbehrungen unterworfen gewesen sei. Viele der höheren menschlichen Funktionen seien eliminiert worden. In den USA finde man statt dessen eine Bevölkerung, die sich auf die niedrigsten menschlichen Interessen beschränke – so daß also in Rußland der Nachdruck darauf liege, alles Höhere abzuschaffen, in Amerika darauf, allem Niedrigen nachzugeben. Oberflächlich gesehen mag es so wirken. Gebildete Menschen in den USA beneiden den Osten um seine Chancen zu mehr Kultiviertheit und Entwicklung, weil man *dort* mehr leidet. Bei uns ist das Leiden trivial. Keiner wird für seine Meinung in Stücke gehackt. Das bedeutet, daß man genausogut Backgammon spielen kann. Nun ja, vielleicht ist das so. Doch der *homo sovieticus* ist ein langweiliges Wesen. Nicht durch seine eigene Schuld, möchte ich mich zu versichern beeilen. Es ist vor allem eine Frage dessen, wie der menschliche Geist von der sogenannten Revolution unterdrückt worden ist. Es gibt jedoch einen spezifisch russischen Faktor, und das ist der Glaube, daß Rußland das Heimatland der tieferen und echteren Gefühle sei. Dostojewski leistete, unter anderem, diesem Ruf der unbegrenzten Leidenschaften Vorschub. Der Westen war nichts anderes als ein Krankenhaus für die von emotionalen Frostbeulen Amputierten und andere Krüppel. Natürlich gibt es auch Russen, die behaupten, wir hätten uns einen Bären aufbinden lassen. Lew Nawrosow, der sich nicht so leicht etwas vormachen läßt, sagt, Amerika sei, was irrationales und rein emotionales Verhalten angehe, im zwanzigsten Jahrhundert das, was Rußland im neunzehnten war. Hier bei uns werde viel mehr Gefühl gezeigt als in der Sowjetunion. Es sei nicht immer erfreulich, dafür aber reichlich vorhanden. Er wirft sogar Dostojewski vor, ein Ideologe gewesen zu sein, der im Privatleben ein kalter und berechnender Rationalist war, zu neunzig Prozent mies gelaunt. Aber das können wir beiseite lassen, wenn du möchtest, Mom.

Sie stimmte nicht in einem einzigen Wort mit dem überein, was ich sagte. Sie fand, ich sei sehr überspannt.

Deshalb machte ich, anstatt es sein zu lassen, noch einen Versuch. Der Osten leide unter der Entbehrung, der Westen leide unter dem Begehren.

Auch das schockierte sie. Wahrscheinlich in Gedanken an Dads Liebeskarriere sagte sie, ich sei verrückt. Das Begehren soll ein Leiden sein? Nicht er litt, sondern sie! Jahrelang hatte sie sich mit seinen Techtelmechteln abgefunden, und jetzt kam ich und erzählte ihr, daß er der *Leidende* sei. Es war schon schlimm genug, daß ich mit einer leichten Taubheit geboren war; ich brauchte nicht auch noch ein Idiot zu sein! »Willst du etwa London, Paris und New York mit Magadan und Kolyma vergleichen? Oder mit dem Lager hier, in dem wir sitzen? Ich hätte dieses teure Zeugs, das du mitgebracht hast, gar nicht essen sollen.« Plötzlich ließ sie Dad vor uns aufmarschieren, mit allen seinen Puppen in unterschiedlichen Stadien der Entblößung. *Das* war Leiden!

Es gibt eben solche und solche Qualen. Sie hatte jenes Gedicht von D. H. Lawrence über die schreiende, »in den Geschlechtsverkehr gekreuzigte« Schildkröte nicht gelesen.

Auch ihren Proust hatte sie nicht gelesen, obwohl die Bücherregale zu Hause mit Proust vollstanden! Sie fand es herzlos von mir, in einer Umgebung wie dieser an Theorien zu weben und in Paradoxen zu schwelgen.

Ich hätte ihr (im Sinne einer sanften Berichtigung) erzählen können, daß das russische Leiden aus historischer Sicht Leiden in seiner klassischen Form war, ein Leiden, wie es die Menschheit im Krieg, zu Zeiten der Pest, in Hungersnöten und in der Sklaverei am besten gekannt hat. Diese Formen des Leidens, nämlich die monumentalen und universell bekannten Formen, mußten die Überlebenden doch zweifellos zu besseren Menschen machen. Es reizte mich, den Versuch zu wagen, bei Mom Verständnis dafür zu wecken, daß man auch die Leiden der Freiheit in Betracht ziehen müsse. Sonst würden wir ja dem Totalitarismus ein höheres Niveau zugestehen, indem wir behaupteten, daß nur die Unterdrückung Ehrlichkeit zulasse. Freie Persönlichkeiten, denen weder vom tauben Himmel noch von der teilnahmslosen Erde Hilfe kommt, sähen sich höchst gefährlichen Entscheidungen gegenüber, die die Zukunft der zivilisierten Welt bestimmen könnten. Hier erwähnte ich, als Nebenbemerkung, den Schmerzenskatalog meines Onkels.

Meine Mutter betrachtete mich mit echter Sorge, so, als hätte ich nicht alle Tassen im Schrank. Sie war noch nicht so alt, wie sie aussah. Sie hatte ein ältliches Aussehen angenommen, als sie nicht mehr versuchte, die modebewußte Dame zu sein. Sie hätte viel lieber darüber gesprochen, wie man vierzigtausend Flüchtlinge in einem Lager zusammenpferchen konnte, das für zweitausend angelegt war; daß das Wasser aus dreißig Meilen Entfernung geholt werden mußte; über die Knappheit an Zelten; über die Familien, die versuchten, unter einem Dach aus Zweigen Schutz zu finden; über die äthiopischen Milizen auf der anderen Seite der Grenze, die die Kinder der Oromos schnappten und die Mädchen vergewaltigten; über die somalischen Beamten, die versuchten, Flüchtlinge dazu zu zwingen, wieder umzukehren, damit Mengistus Streitkräfte, die für noch schlimmere Greueltaten organisiert worden waren, volle Arbeit leisten konnten. Statt dessen war ihr einziger Sohn hierhergekommen, um ihr Vorträge zu halten. In dieser Hinsicht war er wie sein Vater, in dessen Liste möglicher Vergnügungen das Halten von Vorträgen gleich nach dem Sex kam. Ihr zu Besuch weilender Sohn überschüttete sie mit einem Redeschwall über das Jahr 1905, über die russische Angst vor dem Mongolismus in den späten Jahren des alten Regimes; über das mittelalterliche Rußland, das die Goldene Horde der Tartaren in der Schlacht auf dem Kulikowski-Feld in die Flucht schlug. Blok schrieb ein großartiges Gedicht darüber. Bely war zutiefst gefesselt von dieser prophetischen Bedeutung, der Gefahr, in primordiale Tiefen des Chaos zu versinken, wenn nicht eine geistige Sonne schien, wenn nicht der Eherne Reiter erfolgreich über die Geschichte hinweggesprungen wäre. Der Sinn der Revolution war, daß Rußland versucht hatte, sich dem Martyrium des modernen Bewußtseins fernzuhalten. Es war eine Abkapselung. Innerhalb des sich abkapselnden Landes verbreitete Stalin weiterhin den *alten* Tod. Im Westen ist das Martyrium der *neue* Tod. Es gibt keine Worte für das, was der Seele in der freien Welt passiert. Trotz aller »steigenden Leistungsansprüche«, trotz allem luxuriösen »Lebensstil«. Unser verschüttetes Urteilsvermögen weiß es besser. All dies wird von entlegenen Bewußtseinszentren erkannt, die gegen die volle Wachheit kämpfen. Volle Wachheit würde dazu führen, daß wir uns dem neuen Tod stellen müssen, dem eigenartigen Martyrium auf unserer Seite der Welt. Wahres Bewußtsein dem gegenüber zu öffnen, was tatsächlich passiert, wäre die Hölle.

»Ich hätte dich niemals bei dem alten Mann in der Rue du Dragon Russisch lernen lassen sollen«, sagte meine Mutter. »Er hat dich für dein Leben geprägt.«

Ich hätte das, was mich beschäftigte, wahrscheinlich nicht mit in dieses Land der Hungersnot und des Völkermordes bringen sollen. Meine Mutter war über mein Theoretisieren entsetzt. Wenn ich redete, hörte sie dahinter immer noch das halbtaube Kind. Ich konnte es auch von ihrem Standpunkt aus sehen. Sie hätte es bei weitem vorgezogen, wenn ich zum Zeichen, daß ich endlich erwachsen geworden war, gesagt hätte: »Ich habe mir ausgedacht, wie ich Flora Lewis bei der *New York Times* rausekeln und ihr Nachfolger werden kann.« Ich war zu schwächlich und blöde, das zu tun. Vielleicht hatten der alte Jermelow (und mein Onkel) mich für ein produktives Leben untauglich gemacht.

Aber ich werde nicht weiter beim Thema Somaliland verweilen.

Mein Onkel und ich befanden uns ja in Kioto (es zieht mich von einem Ort der Erde zum anderen), und der Gastgeber meines Onkels, Professor Komatsu, ebenfalls eine Koryphäe in Botanik, kam ins Tawaraja Inn, um uns zu einer Fahrt zu den berühmten Heiligtümern und Tempelgärten abzuholen. Er war ein Gentleman in den Achtzigern, hager und braun, und er trug einen alles andere als neuen Kimono und Sandalen. Seine Kopfhaut war mit Melaninflecken bedeckt. Seine Drahtbrille entstammte einem früheren Zeitalter. Er hatte um 1925 in Oxford studiert. Auch die Mietlimousine, in der er ankam, gehörte dieser Epoche an. Ich glaube, es war ein Vauxhall, und außer in Stummfilmen habe ich nie etwas dergleichen gesehen. Onkel Benns Laune hatte sich gewandelt. Er warf leichte Bemerkungen hin und konnte sich nicht genug damit tun, seiner Fröhlichkeit Ausdruck zu geben. Er schien mit den Händen den Dingen weiterhelfen zu wollen, dabei aber die Gegenstände, die ihm Vergnügen machten, niemals richtig zu berühren. Hier war Frühling, es war feucht, aber mild, ganz anders als der strömende Regen in Seattle. Ein periodisches Nieseln kam aus einem hellen, nicht aus einem düsteren Himmel. Wenn man unter den Bäumen stand, hörte man es durch die transparenten jungen Blätter tröpfeln. Professor Komatsu hatte einen großen rotbraunen Regenschirm mitgebracht.

Es gab keine weiten Horizonte, nur bewaldete Hügel, kleine Felder. Vom Industriestaat Japan war nichts zu sehen. Er wußte, wo sein Platz war, und der war natürlich nicht gerade klein, aber uns blinkte nicht ein einziges Fabrikfenster entgegen. Der Professor hatte einen besonderen Genuß vorbereitet. Er hatte einige seiner eigenen Gedichte übersetzt, und als wir in den alten Vauxhall eingeschlossen waren, bat er um Erlaubnis, sie uns vorlesen zu dürfen. Seine Verse hatten ein einziges Thema: die Amme des alten Mannes – seine Nanny, die er vor fünfundsiebzig Jahren innigst geliebt hatte und die 1912 gestorben war, als er sechs oder sieben Jahre zählte.

»Ihre große Liebe?« sagte mein Onkel.

Der alte Komatsu konnte diese westliche Formulierung nicht akzeptieren.

Der Chauffeur fuhr während der Lesung langsamer. Ich zog auf den Klappsitz hinüber, um Platz zu machen. Das Gesicht meines Onkels war von höflicher Aufmerksamkeit entstellt. Beide beobachteten wir das Spiel der Zähne im Unterkiefer des alten Mannes, Zahnstückchen wie Granatapfelkerne, wenn sie austrocknen und braun werden. Als ich dem Professor vorgestellt worden war, hatte mein Onkel mir versichert, mit der gesenkten Stimme, mit der er ernstgemeinte Aussagen machte, daß Komatsu ein Biophysiker sei, der der Welt Arbeiten von großer wissenschaftlicher Stärke geschenkt habe. Daß solch ein Mensch Gedichte schreiben und sie einer Frau widmen konnte, die schon so lange tot war, bewies, daß die Liebe bei einigen Wissenschaftlern in hohem Ansehen stand – Menschen, die darin geübt waren, im Buch der unendlichen Rätsel der Natur zu lesen. So, wie Gott Schützenhilfe bekam, als Einstein ihn erwähnte, so stieg der

Stellenwert der Liebe, der im Augenblick ständig im Keller ist, als der Professor sich für sie stark machte.

Das auf dem Prinzip der senkrechten Linie konstruierte antike Auto (lange vor der Zeit, als die Stromlinienform ein Verkaufsargument wurde) fuhr in eine Waldlichtung, wo eine Gruppe von dunkelbraun gekleideten Frauen arbeitete. Wem amerikanische Fließbänder vertraut sind, wo die Leute manchmal unter einem Nebel von Haschischrauch ihre Handgriffe verrichten, wird in Japan eine ganz andere Vorstellung von Arbeit bekommen, denn dort werfen sich die Leute auf die Arbeit, ohne anscheinend noch irgendwelche Reserven für sich selbst zurückzubehalten. Diese kleinen Frauen beugten sich über Baumstämme, die auf Holzböcken aufgebockt lagen; sie hatten bereits die Rinde abgeschält und schrubbten, wuschen, rubbelten und polierten jetzt das Holz. Der alte Komatsu erklärte: »Dies sind Türpfosten; sie sind von spezieller Bedeutung bei der Konstruktion der traditionellen Behausungen.«

»Ah ja. Speziell dafür gezüchtet, nehme ich an«, sagte mein Onkel.

»Und kontrolliert und präpariert. Dann von diesen Frauen mit dem vorgeschriebenen Material behandelt, vermutlich mit geriebenem Bimsstein und Ölen. Alles von Hand. Es kommt einem Kult gleich.«

Der Kommentar meines Onkels war spontan: »Frauen, die diese Arbeit tun, wären gewiß wunderbare Ehefrauen.«

Man konnte den allmählichen Wandel in Komatsus Gesicht beobachten, wie es sich nach und nach mit großen Falten der Genugtuung überzog. Er hob sein Gesicht zur Decke der Limousine und lachte. Ich dachte, er sei im Begriff, den Sprachtrichter aufzunehmen und den Witz für den Chauffeur zu übersetzen. Statt dessen kreuzte er aber nur die Arme (sein Schoß lag voller Gedichte) und sagte: »Dies ist eine der humorvollen Bemerkungen, für die Sie berühmt sind, Dr. Crader. Die Behandlung von Türpfosten auf Ehemänner zu übertragen! Falls der Ehemann willens sein sollte, den Platz mit einem Baumstamm zu tauschen.«

»Oh, Professor, es gibt Zeiten, wo ich das bereitwilligst tun würde. Gerade heute erscheint es wie das Paradies.«

Dinge, die Caroline bestimmt nicht für ihn getan hätte. Und die arme Della Bedell auch nicht.

»Diese Damen hätten schwielige Hände«, sagte Komatsu. »Es würde eine Zeitlang dauern, bis diese geschmeidig würden. Ich glaube, Sie haben sich da eine märchenhafte Vorstellung gemacht, wie in der Zauberflöte, wo ein häßliches altes Wesen in eine schöne junge Frau verwandelt wird.«

»Und doch scheint auch die geplante, vernünftige Wahl nicht zu funktionieren«, sagte mein Onkel. Ich kannte seine Stimmungen sehr gut. *Mein Onkel* und vernünftige Wahl? Er mußte richtig *high* sein, er genoß die Sache.

Der alte Professor Komatsu wurde schelmisch und sagte zu ihm: »Unser Feudalismus ist für euch sehr verführerisch, aber Amerikaner, die hier fügsame Ehefrauen einkaufen wollen, werden oft enttäuscht. Nach einem Jahr oder so in den Vereinigten Staaten sind die Damen amerikanisiert. Die Rollen werden getauscht, und schon nach kurzer Zeit, Professor Crader, sind Sie vielleicht der Dienende und massieren Ihre hingeräkelte Ehefrau an Stellen, die sie Ihnen vorschreibt.«

Je nun, selbst das wäre noch besser gewesen als Benns späteres Geschick. Angenommen, ich hätte Komatsu gebeten, eine zuverlässige japanische Heiratsvermittlung zu empfehlen. Dann hätte es keine Matilda gegeben – keine Familie Layamon.

Ein komisches Völkchen – das unsere, meine ich, nicht die Japaner. O ja, auch die sind komisch genug. Tokio und Osaka sind *villes fourmillantes*, sie wimmeln von Menschen. Jede Tür, die man aufmacht, spuckt Hunderte von Menschen aus. Man kann keinen Wandschrank öffnen, ohne daß jemand darin säße. Heb einen Kanaldeckel hoch, und sie kommen herausgeströmt. Aber wir, in unserem Land, sind noch komischer mit unserer Sucht, so viele Begierden zu befriedigen, losgelassen auf die Welt, um auf den Putz zu hauen. Oder um das Geld zu kriegen, um damit auf den Putz zu hauen. Oder um zu beweisen, daß man mit dem Geld von anderen auf den Putz hauen kann. Um einen *meiner* blauen Flecken zu treffen, hatte Treckie in Seattle zu mir gesagt: »Ich habe mich an *multiple choice* gewöhnt.« Was meinte sie damit?

Sie erinnerte mich an jenen Freund, den Stendahl in seinen Memoiren erwähnt, für den der Geschlechtsakt mit jeder Frau nur einmal ein voller Genuß war. Zweimal allerhöchstens.

Aber wir befinden uns in Kioto auf einer Besichtigungstour durch das Land.

Die Limousine war unterhalb eines antiken Tempels geparkt, und wir stiegen zu den Gärten hinauf, wobei wir häufig zum Rasten anhielten. Ich litt noch unter der Zeitverschiebung; mein Onkel, der erfahrenere Globetrotter, fühlte sich nicht strapaziert.

Danach war in Japan nichts mehr auch nur annähernd so angenehm wie dieser Augenblick. Die beiden älteren Herren, die Botaniker, tauschten Informationen über Blätter und Blüten aus, während von den Bäumen schwere Tropfen schnell wie Morsezeichen auf den Regenschirm des Professors fielen. Bald darauf kam die Sonne heraus. Als die Wolken sich verzogen, fühlte ich mich einen Augenblick lang daran erinnert, wie Treckie manchmal ihr Haar an einer Seite über die Schläfe herunterstrich. Wenn dich Bilder eines Mädchens so überkommen, dann ist das ein Zeichen des Himmels, daß du für Probleme ausersehen bist. Oder daß du dich selbst für Probleme ausersehen hast, als ob andere dir nicht schon genügend Schmackes gäben.

Der alte japanische Professor sagte zu mir, während Benn

vorausging, daß mein Onkel eine besondere Beobachtungs-
gabe habe. Sie sei vielleicht nicht »wissenschaftlich« in der
allgemein anerkannten Bedeutung des Begriffs. Es sei etwas
Visionäres an der Klarheit, mit der »ihm die Pflanzen kämen«. Man könne einen Einfall haben, der ultraklar sei, aber
es gebe noch eine weitere Stufe, in der der Einfall nicht nur
ultraklar sei, sondern sichtbar werde, als ob er vor dem inneren Auge gezeichnet oder gemalt würde.

Ich war nicht sicher, ob ich dies verstand. Der Professor war
auch nicht völlig sicher, ob er es verstand. Konnte ein Gedanke denn auch ein Gegenstand sein? Nun, Euklid zeich-
nete Diagramme von Gedanken. Die Franzosen hätten Blumen, die sie *pensées* – Gedanken – nannten, sagte er. Das
zähle nicht; das sei ein sentimentaler Gebrauch. Die Sprache
der Liebe in Blumen? In Ophelias Wahnsinnsszene sei das
bewegend, aber abgesehen von Liebesleid und töchterlichem
Gram, sei das nichts als Jungmädchenaberglaube. Ich war
bemüht, Komatsu, der vielleicht Blumenmetaphern in seinen
Gedichten verwendet hatte, nicht zu beleidigen. Immerhin
aber bekam ich von dem alten Mann die Bestätigung meiner
Ahnung, daß mein Onkel Dinge nicht so wie wir anderen
sah. Kein Wunder, daß er mir so oft erzählt hatte, daß für
seine Begriffe Pflanzen merkwürdige Wesen seien, ein Zweig
des Lebens, für den man besondere, fast seherische Kräfte
brauche. Obschon kompliziert strukturiert, ließen sie keine
Anzeichen von Bewußtsein erkennen, so wie wir es verstehen. Auf einer Welt aus Felsen standen sie voller Saft, atmeten sie, streckten sich nach allen Seiten. Wir dagegen seien
innerlich gefaltet – man denke nur an die Eingeweide oder
das gewundene Gehirn.

Mein Onkel war in der Nähe des Tempels beschäftigt und
glücklich. Ich beobachtete ihn, wie er sich bückte, um Blätter oder Blüten zu studieren. Sein russischer Rücken sah
mehr und mehr so aus, als bedecke seine Jacke ein Paar Flü-

gel und als könne er, wenn es ihm gefalle, dieses oder jenes Kleidungsstück ablegen und dann im Garten dieses Heiligtums umherfliegen. Doch würde es natürlich nicht angehen, seine Menschenfreunde zurückzulassen. Er war ein sehr höflicher Mensch.

Wieder stieg in mir die Frage auf: Was, wenn es ähnliche Fähigkeiten gäbe, das Wesen der Menschen zu verstehen? Was, wenn er selbst solche besäße? Vielleicht gab es ja einen Einfluß, sozusagen eine grüne Überlappung, wenn sich menschliche Gesichter in sein Gesichtsfeld schoben. Nur konnte er den psychischen Transfer zu den zwischenmenschlichen Beziehungen nicht herstellen. Dies wurde durch seine zweite Heirat sehr bald offensichtlich.

Ich werde diesen Strang in Bälde aufnehmen – und Matilda Layamon vorstellen.

Zunächst muß ich aber noch einen sehr anders gearteten Ausflug in Kioto beschreiben.

Einige der jüngeren Kollegen des alten Professors nahmen uns mit, um uns das Nachtleben der Stadt zu zeigen. Sie sagten lachend, sie wollten uns für Komatsus Ammengedichte entschädigen, mit denen er aller Welt auf die Nerven gehe, und sie fragten, ob Dr. Crader etwas gegen eine Nakkedei-Show hätte. Man stelle sich nun dieses vor: ein Seher im Reiche der Pflanzen, der zu einem Striptease eingeladen wird. »Echt heiße Sache«, sagte einer von ihnen. Mein Onkel bemerkte: »Ich dachte, dies sei eine der heiligen Städte Asiens.« Sie schienen das sehr komisch zu finden. Ich sah, daß der Ruf meines Onkel als Humorist möglicherweise auf interkulturellen Mißverständnissen beruhte. Die jüngeren Kollegen lachten viel, vielleicht aus Höflichkeit. (Noch einmal Höflichkeit: Höflichkeit wird um so komischer, je mehr die Ordnungsregeln auseinanderbrechen.)

Die Erfahrungen meines Onkels mit geilen Shows waren sehr begrenzt. Vorstellungen dieser Art waren nicht seine

Sache. In Wirklichkeit wollten diese jungen Gelehrten ihn testen. Sie wollten sehen, wie der berühmte amerikanische Botaniker auf die Mädchen reagieren würde. Ich selbst war auch neugierig darauf. Auch heute kann ich noch nicht mit Bestimmtheit sagen, wie sinnlich mein Onkel eigentlich von Natur aus war. Ich wußte, daß ihm Frauen im Kopf herumspukten, aber ich wußte nicht, warum. Er hatte nicht die Interessen meines Vaters, das könnte ich vor einem Notar beschwören. Hatte er heidnische Gelüste? War er im altgriechischen Sinne erotisch motiviert, war er ein Dionysier? Nun, erstens einmal war er Jude, ein russisch aussehender Jude. Ich nehme an, es hat schon immer Juden wie ihn gegeben. Und solche wie Dad. Und auch solche wie mich: dünne Dunkle, die erpicht darauf sind, an den Grund der Dinge zu gelangen, Offenheit mit Schläue zu verbinden. Aber sexuell gesehen hat es noch nie einen historischen Augenblick wie der jetzigen gegeben; so anders als Babylon und Rom, so anders als das antike Indien. Dies wäre wirklich einmal ein lohnender Forschungsgegenstand. So wenige Menschen haben die Intelligenz, einen derart lohnenden zu finden.

Das Theater, in das die jüngeren Kollegen uns nach dem Abendessen führten, hatte keine Sitzplätze. Nur Platz zum Stehen. Genau in der Mitte war eine Bühne, um die Massen von Männern herumstanden. Die übliche japanische Massenhaftigkeit, Menschendichte. Die meisten Zuschauer waren junge dynamische Typen, gekleidet wie ihre amerikanischen Entsprechungen, Anzug und Krawatte, *lounge suits*, »Lümmelanzüge«, wie die Briten das nennen, als ob man sich bei IBM, Mitsubishi oder Sony herumlümmelte. Eine Menge von, wie es aussah, gutgekleideten Japanern der höheren Einkommensklassen, schwarzhaarig, höchst intensiv, doch höchst gebremst, starrten zur Bühne hinauf. Die auftretenden Damen wurden auf Plakaten als Miss Osaka, Miss Tokio, Miss Nara, Miss Yokohama, Miss Nagasaki vorgestellt. Sie trugen bestickte Kimonos und zeremonielle Obis, sie hatten Holzschühchen an und trugen Sonnenschirme aus Papier, ihr Haar türmte sich hoch auf, die Gesichter waren kalkweiß und stark geschminkt. Jedes dieser kleinen Schulmädchen sang etwas in einem süßen Tremolo. Nach diesem einleitenden Getue kamen sie dann zur Sache, so wie Stripperinnen überall auf der Welt. Diese hier waren ganz besonders hübsche, zierliche Mädchen. Dann bestiegen diese jungen Mädchen, je zwei zusammen, einen Käfig aus Plexiglas. Der Käfig wurde zur Decke hochgezogen, wo er an einer Schiene befestigt wurde. Während der Käfig kreuz und quer und in Kreisen durch das Theater schwebte, folgten Scheinwerfer den Darstellerinnen, die darin herumtollten, sich balgten, sich umarmten, sich küßten, die Zungen herausstreckten, in Ekstase erstarben. Für sie war es eine Tollerei. Die Männer, so und so viele hochgeschorene, nach oben gerichtete Köpfe, waren melancholischer. Dort unten war es eher eine Schinderei, besonders als die plexigläserne Liebeszelle zur Bühne zurückkehrte. Dann beugte sich jedes der Mädchen der Reihe nach vor, machte die Knie breit und entfaltete sich mit ihren Fingern. Todesstille. Eine Art statischen Wahnsinns fiel auf das Haus hernieder. Man hätte die Kraftlinien von den Augen der Männer geradewegs zum Zentrum des Begehrens zeichnen können, dem voll geöffneten keuschen Juwel. Jeder mußte das Ding der Dinge, das kleine Organ, rot wie ein Nadelkissen aus Satin, sehen, sehen, sehen. Die Männer standen dichtgedrängt, zu diszipliniert, um zu drängeln. All diese Tausendsassas aus Business und Forschung, Rivalen der Deutschen, Briten und Amerikaner, diese Hightech- und Manager-Typen, nicht einer von ihnen betrunken, nicht einer, der den Mund aufmachte, sie alle waren gekommen, um zu sehen, was diese Mädchen feilboten. Miss Osaka und Miss Nara setzten es einem vor, so vordergründig es nur ging, und je vordergründiger es war, um so mehr Geheimnis schien darin zu liegen. Die jüngeren Kollegen, die meinen Onkel hierhergebracht hatten, um seine Reaktion zu beobachten, sahen ihn gar nicht an. All diese Botaniker, Ingenieure, Erfinder von erstaunlichen optischen Instrumenten, vom Elektronenmikroskop bis zu Geräten, die Bilder von den Monden des Saturns zur Erde funken, nichts war ihnen jetzt wichtig als diese langsamen Eröffnungen. Sie konnten nicht genug hinsehen. Die Mädchen spürten das Gewicht der Aufmerksamkeit, die sie bekamen, und schienen zu wissen, wie viel Leiden sie verursachten und wie erschüttert ihre Zuschauer waren. Auch ich war erschüttert. Es gab kein Entrinnen. Und mein Onkel, der bullig in seinem hübschen hellgrauen Anzug dastand – er war halb wahnsinnig.

Es war mehr, als er ertragen konnte. Er verlor viel Boden in Kioto. Er machte kein Hehl daraus. Am Morgen sagte er, er sei bereit, abzufahren.

»Du hast nicht gut geschlafen?«

»Ich habe eine Dalmane-Tablette genommen. Ich bin jetzt bereit abzureisen. Sieh uns doch nur einmal an, wie wir auf dem Boden frühstücken. Eine Woche hiervon reicht mir.«

»Du hast doch schon früher Nackedei-Shows gesehen. Du als Mann über fünfzig – das waren doch nicht deine ersten Stripperinnen.«

»Natürlich nicht. Aber ich mag das nicht, wie ich mich gestern gefühlt habe.«

»Wie viele Male bist du schon um die Welt gereist?«

»Öfter als Jules Verne.«

»Und wie hast du dich gestern gefühlt?«

»Aufgereizt und dann wieder fallengelassen, rauf und runter, bis hin zu einem Punkt der inneren Zerrüttung.«

»Kompliziert, diese japanische Auffassung von Sex. Ihre Voraussetzungen sind ganz anders.«

»Das ist sicherlich richtig. Ich habe aber eigentlich nichts damit zu schaffen.«

»Japanische Geschäftsleute arrangieren internationale Sex-Reisen für sich. Die Ehefrauen bleiben zu Hause, die Männer fliegen zu Sonderbehandlungen nach Lateinamerika.«

»Das müßte für einen Anthropologen sehr interessant sein, aber das ist nicht mein Spezialgebiet. Laß sie damit machen, was sie wollen. Für mich ist das zu anstrengend.«

»Unsere Freunde von gestern abend wollen uns in einen Club einladen. Es gibt da einen Künstler, der sich einen Knoten in den Schwanz macht.«

»Also, ich will ihn nicht sehen«, sagte mein Onkel. »Wenn die Leute beschließen, ihre Genialität nur noch auf einem Spezialgebiet einzusetzen, gehen sie immer zu weit. Das kann eine Art Inferno werden.«

Er war ziemlich durcheinander, sonst hätte er sich nicht so stark ausgedrückt. Ich hätte es spüren müssen, daß er Schutz suchte. Vielleicht rief er sich gerade (wie ich selbst) diese japanischen Mädchen ins Gedächtnis zurück, deren Schamhaarkranz gerade nach vorne wuchs, ein dichtes, seidiges Schwarz um die kleinen Satinspalten. Mein Onkel hatte keine ironische Distanz; ihm fehlte die weltliche Abgebrühtheit. Jedermann bekommt heutzutage die gesamte Welt zur Begutachtung vorgesetzt, wobei bedeutet wird: »Dein Pech, wenn du es in den falschen Hals bekommst.« Dann muß es wohl ein allgemeines Pech sein, da keiner es in den richtigen Hals bekommt. Was Sex angeht, gehörte mein Onkel nicht zu den wirklich qualifizierten Spielern. Er würde nie ein ernstzunehmender Konkurrent sein. Es hatte nichts damit zu tun, daß er so unschuldig war. So etwas gibt es nicht. Man denke doch nur an all die Tagesstättenknirpse, die in Notzuchtprozessen gegen ältere Matronen vor Gericht aussagen und vielleicht achtbare Menschen ins Gefängnis bringen. Was ist der Ursprung dieser Kinderklagen? Und die dekadenten Praktiken der Remy de Gourmonts, die »englischen« Laster des Swinburne Sets, die *Jardins des Supplices* des vergangenen Jahrhunderts. All das ist ebenso gewöhnlich und köstlich wie trockene Cornflakes zum Frühstück. Und was die »Unschuld« angeht: Ich rede schon gar nicht mehr in solchen Begriffen, seit ich erfuhr, was Ponomarenko, der Stalins Stellvertreter und oberster Boss von Weißrußland war, darüber zu sagen wußte, wie man die Unschuld der Massen bewahren müsse. »Reinheit« ist die Lieblingstarnung der tiefergehenden Spielarten von Kriminalität. (Und bestimmter Formen des Wahnsinns.) Um aber zurück auf meinen Onkel zu kommen, er war nicht unschuldig. Er war merkwürdig pedantisch, in einem gewissen Maße heikel, schwer zu interpretieren, er entzog sich den Kategorien, die mir zugänglich waren. Natürlich hatte er Klassiker wie Forel und Havelock Ellis gelesen, Kinsey und den anderen Sex-Ellis – Albert Ellis, den Thomas Paine der Sexualrevolution – dazu Masters und Johnson, und wer weiß, was noch. Ich bin sicher, daß ich schon sein Bemühen erwähnt habe, sich über Herpes, AIDS und andere Geschlechtskrankheiten auf dem laufenden zu halten. Und kann ich behaupten, ohne mich unglaubwürdig zu machen, daß er an den Dellas, Carolines et al. keinen Geschmack fand? Er hat mir einmal erzählt, daß Caroline in intimer Umarmung auszurufen pflegte: »Oh, du bist ein Engel! Du Engel, du!« Warum erzählte er mir das, es sei denn, er wollte damit sich selbst charakterisieren? *Sie* war die Chaotin. Er war der Wissenschaftler und Kind-Mann (der Unschuldige, der Engel), der sich ihren Bedürfnissen zur Verfügung stellte... Dem konnte ich unmöglich zustimmen.

Er war Tante Lena von Herzen und wahrhaftig zugetan und ein treuer Ehemann gewesen. Doch erlaube ich mir, an dieser Stelle eine seiner vertraulichen Mitteilungen wiederzugeben – sie kann jetzt keinen Schaden mehr anrichten. Einmal, als er etwa Mitte Dreißig war, machte er doch ein kleines Experiment, nicht mit einer anderen Frau, sondern mit einer

Droge. Einer seiner Kollegen von der medizinischen Fakultät hatte ihm mehrere Testosteron-Spritzen verabreicht. Zu experimentellen Zwecken. Eine Zeitlang war keine Wirkung festzustellen. Aber eines Tages – Lena war ausgegangen, zum Einkaufen – überkamen ihn rasende sexuelle Empfindungen. »Ich lag da und wußte nicht, was ich tun sollte. Ganz plötzlich war ich völlig infantil. Ein Paar winzige Fäuste, winzige Kinderfüßchen, und alles andere an mir war eine einzige Schwellung, nichts als Schwellung. Das reichte, um mich in ein schreiendes Baby zu verwandeln – schreiend, weil ich nichts dagegen tun konnte.«

»Und was hast du getan?«

»Ich habe gewartet, bis es vorbeiging. Was hätte ich sonst tun sollen? Ich habe das Zeug nie wieder genommen.«

Meiner Meinung nach brauchte er es auch gar nicht. Und jetzt war er über fünfzig und immer noch geplagt, ausgewachsenes Beispiel eines von der Begierde Gemarterten. Ich hatte das im Sinn gehabt, als ich mich mit Mom unterhielt. Noch spät im mittleren Lebensalter geraten bei uns die Menschen in Verzückung über das flammende sexuelle Feuerwerk, von dem man sich in anderen Kulturen abwandte, wenn die Zeit dafür reif war. Man bewältigte sein Leben Stufe für Stufe, mit Würde – so habe ich es jedenfalls gehört – und heulte nicht vor Kummer wie einige unserer Dichter, auch die größten, es in dieser Zeit der sexuellen Anarchie tun. Doch schließlich hat jedes Zeitalter seine eigenen Gefahren: Die Chance ist ziemlich groß, daß man von ihnen erfaßt wird, wenn sie an Stoßkraft gewinnen. Man denke nur an den Schwarzen Tod oder die Weltkriege oder die Arbeitslager. Wenn sie erst einmal ins Rollen kommen, können nur wenige hoffen zu entkommen. Es mag merkwürdig erscheinen, *unsere* Gefahren, die erotischen zum Beispiel, in einem Atemzug mit Kriegen oder Zwangsarbeit zu nennen; aber man muß alles mitrechnen, was die Seelen zu Hunderten oder Millionen dahinmäht. Zu einer Zeit, da »intelligente Beobachter« Amerika mahnen, sich auf schlechte Zeiten gefaßt zu machen, wenn es aufhören will, ein oberflächliches Monstrum zu sein, muß dies einfach einmal gesagt werden. Amerika braucht eine Prüfung größeren Ausmaßes – eine Prüfung alten Stils. Wenn Mr. Jermelows Engel, die kommen, um uns die höhere Liebe einzuflößen, und sie, da sie uns unvorbereitet finden, diese Liebe direkt in den Körper einspritzen, so daß wir auf der Stelle in die brillantesten, aber schrecklichen Formen der Korruption verfallen (die wir in unserer Blindheit für Vergnügen halten!), dann weigert man sich vielleicht nur deshalb, dies als Martyrium zu betrachten, weil man sich der Tatsache nicht bewußt ist. Hieraus können Sie ersehen, warum ich »intelligenten Beobachtern«, Intellektuellen so wenig vertraue. Ein armseliges Häufchen Menschen. Clever, aber in den grundlegenden Dingen ignorant. Doch ich will dies hier nicht weiter verfolgen. Hier führe ich nur die einfache Tatsache auf, daß mein Onkel durch eine Abfolge unglückseliger sexueller Zufälle zutiefst erschüttert war. Es gab eigentlich gar keine Erklärung dafür, warum Miss Yokohama und Miss Nagasaki ihn so beutelten und ihm so viel Schmerz zufügten, daß er beschloß, ein für alle Mal Ordnung in sein Leben zu bringen. Hierüber redete er nicht mit mir. Ich nehme an, er wollte sich nicht von mir beeinflussen lassen. Dies sind Entschlüsse, die ein Mann alleine treffen muß. Das sehe ich ein. Ich sehe auch ein, warum es ihn wahnsinnig machen mußte, mit Kenneth Trachtenberg über die Ehe zu diskutieren. Nicht verstehe ich aber, warum er sich ausgerechnet eine Frau wie Matilda Layamon aussuchte, wenn doch alles, was er wollte, *calme* oder *ordre* war, von der *volupté* ganz zu schweigen.

Jedenfalls heiratete er Weihnachten, als ich im Ausland war, diese Dame in einer privaten Zeremonie im Heim ihrer Eltern, Dr. und Mrs. William Layamon.

Ich hatte meine Mutter in Ostafrika und meinen Vater in der Rue Bonaparte besucht. Als ich nach Neujahr wieder nach Hause kam, fand ich die Heiratsanzeige vor. Sie war mit »Bitte nicht nachsenden« beschriftet. Nun müssen Anzeigen dieser Art ja Monate vorher bestellt werden. Man schüttelt solche im Tiffanystil gedruckten Einladungen nicht aus dem Ärmel. Es war deutlich, daß sie lange vor meiner Abreise bestellt worden waren. Als mein Onkel mich zum Flughafen fuhr, waren schon Pläne gemacht worden. Und trotzdem verlor er kein Wort über Matilda Layamon. Ich wußte nicht einmal, daß er mit ihr befreundet war. Und dabei hatte er die Frau durch mich kennengelernt. Mich hatte meine Mutter mit Matilda bekannt gemacht. Mutter gab amerikanischen Mädchen in Paris gern gute Ratschläge, und Matilda war eine von Mutters Protégées. Da sie so viele Jahrzehnte in Europa gelebt hatte, war Mom eine unschätzbare Quelle für Ratschläge und Informationen – und auch für nützliche Kontakte. Wenn man sie für sich einzunehmen verstand, machte sie einen mit allen möglichen Leuten bekannt und veranstaltete sogar einmal eine Party für ihre Lieblinge. Indem sie hübschen Frauen ihre Tür öffnete, zeigte meine Mutter vielleicht auch meinem Dad, wie furchtlos sie war. Wer weiß? Ich glaube allerdings nicht, daß es in ihrer Absicht lag, seine Komplizin zu sein. Bestimmt jedoch war sie sich darüber im klaren, daß sie mit einem Genie verheiratet war (einem Genie in amourösen Dingen, und das ist er bis zum heutigen Tag geblieben). Wie vielen wahrhaft bedeutenden Menschen begegnet man schon während eines Menschenlebens? Onkel Benns Fall bietet da eine Parallele. Er war ebenfalls außergewöhnlich, wenn ich auch in diesem Augenblick meines Berichts über ihn keine große Lust habe, ihm das zuzugestehen. Irgendwo bin ich immer noch verstimmt, weil er mich beschummelt – die Regeln unserer Beziehung gebrochen hat.

Matilda ließ sich übrigens nie mit Dad ein. Sie stand auf der Seite meiner Mutter – ohne allerdings je um Solidarität gebeten worden zu sein. Was zwischen meiner Mutter und Dad lief, war offizielles Dienstgeheimnis. Matilda schrieb meiner Mutter nach Ostafrika, doch in keinem ihrer Briefe wurde Onkel Benn je erwähnt, und die Einladung zur Hochzeit kam erst im Februar an, ein Zeichen dafür, daß Matilda sichergehen wollte, daß aus dieser Richtung keine Einmischung erfolgen konnte. Mom hatte sich oft über Benns Schwierigkeiten mit Frauen lustig gemacht. Als eine geborene Crader hatte sie ihren Anteil am Familienwitz geerbt, und einmal hatte sie gesagt: »In Liebesdingen ist mein Bruder wie ein Bluter, der sich in der Dunkelheit mit dem Messer rasiert.« Als Matilda meiner Mutter schließlich mitteilte, daß sie und Benn sich ineinander verliebt hatten und daß die weihnachtliche Vermählung wunderschön gewesen sei, schrieb sie auch noch, es sei ein ganz besonderer Segen, die Schwägerin einer so guten Freundin geworden zu sein. Selbst Mutter mit ihrer Schwäche für Schmeicheleien spürte, daß das übertrieben war, und lehnte, als sie mir davon schrieb, alle Verantwortung für diesen Schritt ab; sie schloß mit den Worten: »Es wäre mir nie in den Sinn gekommen, daß ein Mädchen wie Matilda einen Menschen wie Benn als Heiratskandidaten in Betracht ziehen könnte.«

In einem langen Postscriptum kommentierte meine Mutter diese Heirat und äußerte sich zugleich kritisch über meine Beziehungen zu meinem Onkel und meine Neigung, diesem Mann nachzueifern. Sie glaubte, daß mein Onkel abhängig von mir sei. »Er hat dich über die Gefühle (und durch Irreführung) an sich gebunden und dich daran gehindert, deinen Ehrgeiz zu entwickeln. Jetzt werdet ihr einander nicht mehr so häufig sehen, und auch du wirst in Versuchung geraten zu heiraten. Treckie wäre *keine* passende Ehefrau. Sie gehört zur Ken-Kesey-LSD-Kultur und all dem verrückten Kram, der längst *passé* ist, und sie merkt es noch nicht einmal. Diese Kultur hat keine *avant garde* geschaffen, was ihre einzige Entschuldigung gewesen wäre. Als du hier warst, hast du von einer jungen Frau namens Dita Schwartz gesprochen. Dir ist wahrscheinlich nicht klar, wie oft du sie erwähnt hast. Offensichtlich ist sie glücklich, dir um ihrer eigenen Bildung willen zuzuhören. Du hattest in Paris alle kulturellen Vorteile, während sie nur ein amerikanisches Mädchen ist, dazu noch aus dem Mittelwesten, also kann sie dabei nur gewinnen. Dies könnte, logisch gesehen, bedeuten, daß du dabei nur verlieren kannst. Wenn man seinem einzigen Kind rät, vorsichtig zu sein, so provoziert das in der Regel noch größere Unbekümmertheit. Aber dein Onkel wird dich jetzt viel weniger brauchen als früher...«

Diese letzte Bemerkung bewies, daß sie sich nicht nur geographisch in Somalia befand, sondern auch geistig. Mein Onkel hatte mich noch nie so sehr gebraucht wie jetzt.

Um in aller Kürze, nur zum Zwecke der Orientierung, zurückzublenden: Matilda war nach Paris gekommen, um Material über das kulturelle Leben während der Nazibesetzung zu sammeln. Sie interessierte sich besonders für die großen Gestalten wie Ernst Jünger auf deutscher Seite und Céline auf französischer sowie Drieu La Rochelle, Brasillach und Ramon Fernandez (zu schade, daß Fernandez, ein begabter Mann, sich den literarischen Faschisten angeschlossen hatte). Mutter konnte Matilda mit Marguerite Duras bekanntmachen (lange bevor die Duras eine Berühmtheit wurde), und Matilda verbrachte Wochen damit, Aufzeichnungen für eine Doktorarbeit zu machen. Für eine Studentin sprach sie ungewöhnlich gut Französisch, und für eine Amerikanerin hatte sie erstklassige Referenzen; sie war eine schöne Frau und dazu eine jener aufmerksam gespannten Zuhörerinnen, genau das richtige Gegenüber für einen redseligen Informanten. Sie war eine unermüdliche Sammlerin von Informationsmaterial, und selbst hoch erregbar, gewann sie das Vertrauen der hysterischen Personen, die sie interviewte, Schwindler zumeist, die die merkwürdige Vorstellung hatten, die Ungeheuerlichkeiten der Kriegsperiode mit den höchsten Zielen Frankreichs als Kulturnation in Einklang bringen zu müssen. Um beispielsweise Informationen für die Resistance zu bekommen, schlief man einfach mit einem Kollaborateur, oder wenn ein Doppelagent erschossen worden war, entdeckte man vielleicht, daß man ihn in Wirklichkeit von Herzen geliebt hatte – auf diese Weise konnte man alles gleichzeitig haben: Pornographie, zu Herzen gehende *douleur*, korrupte Liebe, Patriotismus sowie einen gepflegten literarischen Stil – und die Reinheit der französischen Kultur war gerettet. Durch und durch verkommen. Kein vernünftiger Mensch würde sich solch einem Thema verschreiben.

Als Matilda zum heimatlichen Stützpunkt zurückkehrte (ihr Vater war ein hohes Tier in der Medizin und sehr reich), besuchte sie mich, und durch mich lernte Benn sie überhaupt kennen. Er und ich führten sie gemeinsam zum Essen aus. Er bemerkte, sie sei schön – eine objektive Aussage ohne besonderes Gefühl dahinter. Er konnte nicht die Absicht gehabt haben, mich irrezuführen. Damals war ihm der Gedanke an Heirat noch gar nicht in den Sinn gekommen. Es war Frühsommer, und er war mit seinen arktischen Flechten beschäftigt, erleichtert, den herben sexuellen Erfahrungen des vergangenen Jahres zu entrinnen. Gelegentlich erzählte er mir, unter Auslassung komplizierterer Einzelheiten, wie Flechten ihre Nahrung aus der Atmosphäre aufnehmen können, während die Luftmassen sich von Zone zu Zone bewegen und eine Mischung aus Nährstoffen und toxischen Substanzen mit sich führen. Ich freute mich, daß er sich wieder seiner Arbeit zuwandte, und schöpfte keinerlei Verdacht. Im Grünen war er gut aufgehoben. Es gab nicht viel, was Benn, den Botaniker, verletzen konnte. Matilda erzählte mir beim Essen, zu dem wir sie eingeladen hatten, daß sie noch immer mit La Duras korrespondiere, ohne jedoch ihre Forschungen weiter zu betreiben. Sie hatte eingesehen, daß es ihre Möglichkeiten überstieg, es sei denn, sie wäre bereit gewesen, sich fünf oder sechs Jahre in das Thema zu vertiefen. Ich gewann den Eindruck, daß sie schon eine ganze Anzahl solcher Projekte aufgegeben hatte. Meine Mutmaßung war, daß für Matilda gar keine Notwendigkeit bestand, diese Unternehmungen zu Ende zu bringen. Ihr eigentliches Ziel war gesellschaftliche Feldforschung. Sie war jetzt über dreißig, noch nie verheiratet gewesen, war noch nicht zu alt, um Kinder zu bekommen, und was sie wirklich suchte, war ein Ehemann. Mir wäre niemals in den Sinn gekommen, daß Onkel Benn von dieser glitzernden, nervösen französisierten Frau aus dem Mittleren Westen als Heiratskandidat in Betracht gezogen wurde. Inzwischen sehe ich, daß sein Gewicht als Gelehrter und sein wissenschaflicher Ruhm ihr eine stabile Operationsbasis boten. Sie hatte schon einige Lebenserfahrung, zu viel, um impulsiv wie ein verliebtes Mädchen zu heiraten. Jedenfalls hatte sie meinen Onkel gebeten, ihre Romanze mir gegenüber nicht zu erwähnen. Es sei ihr peinlich, von uns diskutiert zu werden. Es sei ihr ein gräßlicher Gedanke, sich vorzustellen, daß der Mann, den sie liebte, über sie redete. Ich möge ja ein lieber Kerl sein, und mein Onkel sei ja offenbar ganz vernarrt in mich, aber keiner könne abstreiten, daß ich ein wenig komisch sei und berüchtigt für die Überspanntheit meiner Theorien. Sogar meine Mutter habe angedeutet (mehr als angedeutet), daß ich leicht instabil sei. »Und wenn es ums Heiraten geht, sollte ein Mann unbeeinflußt seine eigene Wahl treffen«, erklärte Matilda meinem Onkel, »und seinen tiefsten Instinkten folgen.« »Also hast du es vor mir geheimgehalten«, sagte ich, als bewundere ich seine Genialität. Ich würde ihm nicht sagen, daß er mich betrogen, daß er mich hinsichtlich einer Übereinkunft verschaukelt hatte, die die eigentliche Basis unserer Beziehung war. Daß ich innerlich kochte.

Was aber hat es mit dieser »Beziehung« und ihrer Basis auf sich?

Um es aus meiner Sicht darzustellen und so gedrängt wie möglich: Es geht um die Trostlosigkeit dessen, was Swedenborg die »reine Natur« nannte, die Langeweile des auf ewige Zeiten in einem festgelegten Kreis Eingeschlossenseins, ob nun kosmisch oder persönlich, die uns zu Gefangenen macht. Eine festgelegte Welt aus Materie und Energie, verstehen Sie. Die salomonische Weisheit des »nichts Neues unter der Sonne« oder der »ewigen Wiederkehr« – ein geschlossener Kreis, und ein geschlossener Kreis ist ein Gefängnis.

Meine Eltern waren (mit Verlaub und dem einem Sohn gebührenden Respekt) Typen des geschlossenen Kreises. Daher auch die Anziehungskraft meines Onkels. Wie man sah, verharrte er nicht im gewohnten Kreis, sondern unternahm Ausflüge ins Pflanzenreich und manchmal auch darüber hinaus. Zwischen uns bestand also ein inniges Einverständnis. Auf einer grundlegenden Ebene ließ keiner von uns den anderen ins offene Messer laufen. Und wir hatten es uns über die Jahre zur Gewohnheit gemacht, einander (mit befreiender Unbefangenheit) alles zu erzählen, was sich auf verschiedensten Ebenen abspielte. Um mit einem elementaren Beispiel anzufangen, sagte mein Onkel etwa: »Ich werde einfach diese *pruritis ani* nicht los.« »Versuch's doch mal mit Sitzbädern.« Man stelle sich nur einmal einen Othello vor, der davon erzählt, wo ihn der Arsch juckt. Aber wir befinden uns ja nicht mehr im ruhmreichen Zeitalter der großen Kriege. Wir fangen am anderen Ende an. Und doch ist es immer dieselbe menschliche Fähigkeit, etwas zu durchdringen, ob man nun von oben oder von unten beginnt. Die Einmischung eines Jago zerrt dich auf eine Ebene der ›brünst'-gen Wölfe, wie Geiß und Affen geil‹, darauf kannst du dich verlassen. Wie dem auch sei, mein Onkel und ich versuchten jedenfalls, gemeinsam das ganze Ausmaß menschlicher Belange abzudecken.

Wir menschlichen Wesen sollten ja eigentlich vor dem Herrn spielen – je erhabener das Spiel, desto gottgefälliger. Ich möchte sehr bezweifeln, daß es Ihn sehr interessieren kann, den Arschlöchern bei ihrem Spiel zuzusehen. Ich beziehe mich hier nicht auf den Typ Jago, sondern auf Menschen mit ganz gewöhnlichen verkrüppelten Vorstellungskräften. Die Aufgabe der Psychologie ist es, diese Arschlöcher zu erklären und zu entschuldigen, aber der göttliche Geist weiß, daß die prinzipiellen Voraussetzungen epistemologisch und metaphysisch sind und mit dem Gefängnis, der Hölle des geschlossenen Kreises, zu tun haben. »Ehe denn die Erde gemacht ward«, heißt es in den Sprüchen Salomonis, »war ich in dem Herrn und war der Werkmeister bei ihm und hatte meine Lust täglich und spielte vor ihm allezeit; und spielte auf seinem Erdboden, und meine Lust ist bei den Menschenkindern…«

»Ich mußte einige Dienststunden ausfallen lassen«, sagte mein Onkel und setzte damit seine gut einstudierten rationalen Erklärungen fort. »Ich holte sie vom Jazztanz ab oder nach ihrer Analyse, und dann verbrachten wir ein Stündchen im Gewächshaus im Park oder in Frankenthalers Genlabor.«

»An Orten, wo ihr mir niemals begegnen würdet.«

»Daran habe ich eigentlich gar nicht gedacht.«

»Irgend jemand hat aber daran gedacht.«

»Du brauchst dich nicht so hintergangen zu fühlen, Kenneth. Das klingt ja, als ob ich drei Jahre alt wäre und du mich beim Zündeln erwischt hättest.«

Wie klar erkannt. Ich änderte meinen Ton. Ich war selbst von meinem Ärger, meinem Verdruß, von der Explosivität meiner Reaktionen überrascht. Ich kam mir wie ein Vater vor, der die Hand seines Kindes losgelassen hat, worauf sich das Kind auf der Stelle ins Verkehrsgewühl stürzt und von einem LKW überfahren wird. Kummer, Zorn, die in keinem Verhältnis zu dem Ereignis standen, waren keine Art, mit meinem Onkel umzugehen. Aber als ich heimgekommen war, hatte mich die Heiratsanzeige schon mächtig umgehauen. Ich reagierte wie ein hoher Würdenträger in alten Zeiten. Ich schickte nach Benn. Ich ließ mir von der Sekretärin seiner Abteilung seine neue Telefonnummer geben und hinterließ eine arrogante Nachricht auf dem Anrufbeantworter. Er wohnte bei seinen Schwiegereltern in ihrem Maisonette-Penthouse, ganz oben in einem neu errichteten Gebäude einer Gegend, die in dieser Stadt als »vornehme alte Villengegend« verkauft wird – eine Ansammlung von Häusern mit Eigentumswohnungen. Viele der Häuser waren ockerrosa gestrichen, so daß sie einen im vollen Sonnenlicht an Blakes »Söhne des Morgens« erinnerten, die vor Freude jauchzten (Freude über all die Knete, die sie zusammengerafft hatten). Väterlicherseits habe ich mehrere Onkel, die hierhergepaßt hätten. Dieser Onkel jedoch hatte in solch einer Umgebung nichts zu suchen. Er erwiderte meinen Anruf sehr bald. Naturgemäß habe er viel darüber nachgedacht, wie ich reagieren würde; er habe viele schlaflose Stunden damit verbracht, zu überlegen, wie er mit mir ins reine kommen könne.

Ich wollte mich nicht in seiner alten Wohnung mit ihm treffen, direkt unter den Räumen, in denen Della Bedell gestorben war. So kam er in meine kahlen, komfortlosen Räumlichkeiten ins Studentenheim. Ich saß in meinem ramponierten verstellbaren Lehnstuhl und wartete auf ihn, nicht nur beleidigt, sondern richtiggehend aggressiv; ich bereitete Anklagen vor und verwarf sie wieder und trieb meinen Onkel im Geiste von einer Ecke des Schuldbewußtseins in die andere. Was hast du dir denn bloß dabei gedacht? Du hättest mir das doch nicht verheimlicht, wenn du tatsächlich auch nur für fünf Pfennige darüber nachgedacht hättest!... Ganz plötzlich ertappte ich mich dabei, wie ich diese Gelegenheit, so richtig auf meinem Onkel herumzuhacken, schamlos ausnutzte, und dabei hatte er doch schon Sorgen genug.

Müde von der Reise, in einem Zimmer ohne Vorhänge und Teppiche, ließ ich mich möglicherweise von den russischen Publikationen, die den ganzen Fußboden bedeckten, in eine russische Stimmung des Leben-und-Lebenlassens hineinziehen. In der Sowjetunion wäre dies eine luxuriöse Unterkunft gewesen... die übliche Ablenkung durch Elend und Not, mit denen ich herumspielte, nur weil ich gedrückter Stimmung war. Ich kam mir vor wie eine Gestalt in einer Zeichnung irgendwo zwischen Cruikshank und Rembrandt – mager, schmalgesichtig, grünlich bleich (der Widerschein eines holländischen Kanals). Das moderne Leben verschleißt einen, wenn man es ernst nimmt, und ich übersetzte lediglich wegen bestimmter Erwartungen, die enttäuscht worden waren, innere Armut in äußere. Wäre ich eine junge Frau gewesen, so hätte ich ein paar herzerfrischende Tränen darüber vergossen. An diesem Vormittag schien sich überdies alles gegen mich verschworen zu haben. Sogar mein Hörgerät spielte verrückt, und als ich mit dem Finger unter mein langes Haar fuhr und darauf klopfte, explodierte in meinem Kopf etwas wie der Knall eines Überschallflugzeugs. Das erinnerte mich – warum, kann ich gar nicht sagen – an einen blöden Witz über eine Ed-Sullivan-Show im Fernsehen. Wahrscheinlich ist das ganze sowieso nur erfunden. Es war die Geschichte von dem armen spastischen Mädchen, für das Sullivan bei der großherzigen amerikanischen Öffentlichkeit Spenden gesammelt hatte, um ihr eine Therapie zu bezahlen. Das Mädchen wurde behandelt, und nachdem ihr Zustand sich gebessert hatte, sollte sie im Fernsehen vorgeführt werden. Um zu zeigen, welche Fortschritte sie gemacht hatte und wie gut sie jetzt koordiniert war, reichte Sullivan ihr ein Eis am Stiel. Sie sagte: »Danke, Ed« und nahm das Eis. Aber anstatt es in den Mund zu stecken, steckte sie es sich ins Auge. Ein unfairer kleiner Scherz, der nicht auf die bemitleidenswerten Spastiker gemünzt ist, sondern auf mich selbst und mein beeinträchtigtes Hörvermögen – ein Pfeil erzürnten Witzes.

Im Hereinkommen bestätigte mein Onkel mir, daß ich grünlich aussah, als Folge der Umstellungsschwierigkeiten (oder vielleicht der Melancholie). Er wolle nur ein paar Minuten bleiben und mich dann den versäumten Schlaf aufholen lassen. Er blieb ziemlich lange. »Du warst doch in Äthiopien nicht krank, oder?«

»Das Flüchtlingslager ist nicht in Äthiopien, es ist in Somalia, in Tug Wajale. Ich sehe, du hast meine Postkarte nicht bekommen.«

»O doch, natürlich.«

Mein Onkel kam normalerweise nicht mit der Weltpolitik in Berührung und wußte ganz bestimmt nicht, was Mengistu in Äthiopien tat. Mengistu war von Anfang an ein Terrorist. Er ließ die heranwachsenden Kinder seiner politischen Gegner ermorden und die Leichen den Eltern vor die Tür legen. Danach beging er noch allerhand andere Fürchterlichkeiten. Und währenddessen heiratet daheim im Mittelwesten Dr. Benn Crader Miss Matilda Layamon, die Tochter eines prominenten Mediziners. (Es gibt solche und solche Martyrien.) Ich habe ja nun die Absicht, meinen Onkel vollkommen wahrheitsgetreu darzustellen. Ich hatte ihn oft um sein Leben mit der Wissenschaft beneidet. Er war in die Natur eingehüllt. Das gesamte Pflanzenreich war seine Kleidung – sein Gewand, sein Umhang –, und das hieß soviel, wie grundlegend von niedriger menschlicher Gemeinheit befreit zu sein, es bedeutete Universalität. Und doch war die Kleidung meines Onkels unvollständig. Sie ließ sich nicht zuknöpfen. In Paris hatte ich einmal in einem Konzert moderner russischer Musik ein Quartett von Schostakowitsch gehört, das 14., das mich die Unvollständigkeit des Kunstgewands spüren ließ. Diese Unvollständigkeit entblößt dich auf tragische Weise. Der Mensch kann eben die von ihm selbst gewählte Kleidung nicht um sich schließen. Vielleicht wird der Künstler durch gewisse Verpflichtungen den Mitmenschen gegenüber am vollständigen Zuknöpfen gehindert. So interpretiere ich jedenfalls den Aufschrei der Streicher im 14. Quartett, die gebrochenen Passagen, die Unfähigkeit, zum Schluß zu kommen, ein Ende zu machen. Wie viele Menschen können in ihrer Arbeit oder in ihren Äußerungen überhaupt so weit gehen?

Um diese eher fernliegenden Reflexionen aber abzuschließen: Heute war mein Onkel nicht von der Natur umhüllt, sondern er trug einen maßgeschneiderten Anzug – achthundert Dollar allermindestens. Und als er anfing, über Matilda zu reden, war er mitnichten einer, der in der großen Hierarchie einen anständigen Platz für sich beanspruchen konnte; er war einfach nur ein *schnook*. Der Dämon, der ihn dazu getrieben hatte, dem Trödler seinen Groschen zu geben und *Große Mutter Wald* zu kaufen, hatte Urlaub oder sonstwas. Was Benn über Matilda sagte, hätte man in der Spalte *Frau Irene antwortet* lesen können. Ich sah, wie er kämpfte, aber im ersten Augenblick empfand ich keinerlei Mitleid.

»Du liebst also diese Dame?«

»O ja, ich liebe Matilda wirklich. Sie ist einmalig.«

Nicht daß ich die Liebe mit Zynismus betrachten würde; ganz im Gegenteil. Ich ging all dieses um der Liebe willen so gründlich durch, um sicher zu sein, daß es sich hier um einen Fall wahrer Liebe handelte. Dieser Mann hier hätte sich um ein Haar mit einer Dame (Caroline) verlobt, die mit einer

Tasche voller jugendgefährdender Videos angereist kam, welche er leidenschafts- und kommentarlos betrachtete. Zwar war er schlau genug gewesen zu entwischen, als sie ihn festnageln wollte, so passiv war er denn wieder auch nicht, aber ich hätte ein Idiot sein müssen, um ihm das abzunehmen, was er über Matilda sagte. Nicht daß er unfähig gewesen wäre, eine Frau zu lieben, oder daß dieses eigennützige, erbärmliche Zeitalter, in dem wir leben, ihn verkrüppelt hätte; nur, er war eben so unerfahren. Diese Leute, die Layamons, waren schließlich alles andere als die netten Mitwirkenden aus einem alten Bing-Crosby-Film – *The Bells of St. Mary* oder einer ähnlich sentimentalen Schnulze.

»Aber wir hatten doch ein gemeinsames Vorhaben, Onkel.«

»Habe ich das denn je vergessen? Das stand bei mir an der Spitze aller Überlegungen. Aber es gibt eben Dinge, die kann man mit keinem besprechen. Verschiedenerlei Notwendigkeiten – das verstehst du doch. Hätte ich mir denn diese Gelegenheit durch die Lappen gehen lassen sollen, nur weil du gerade in Äthiopien warst?«

Für den Augenblick war es einfach besser, anzunehmen, daß er das ehrlich meinte, sonst wäre ich gezwungen gewesen zu vermuten, daß Matilda ihm solche Entschuldigungen eingeflüstert hatte. Entweder meinte er es wirklich ernst, oder er wünschte von ganzem Herzen, selbst zu glauben, was er da sagte. Dies muß betont werden, da mein Onkel im Innersten seines Herzens die Gabe besaß, genau zu wissen, was er fühlte. Deshalb durfte ich ihn nicht zu unerträglichen Heucheleien treiben.

»Nun gut, wenn es solch eine Notwendigkeit war – schön, eine Notwendigkeit ist eine Notwendigkeit. Aber sag mir, hast du deine alte Wohnung aufgegeben?«

»Noch nicht.«

»Bist also in der Penthouse-Maisonette der Layamons nur zu Besuch?«

»Um miteinander bekannt zu werden. Einziges Kind und so weiter.«

»Sie wollen dich aus der Nähe inspizieren.«

»Um herauszufinden, was Matilda an mir findet? Vielleicht. Aber auch ich beobachte sie.«

»Angeblich bist du ein Genie auf dem Gebiet der Morphologie, aber das betrifft nur Pflanzen.«

»Ich habe auch Verständnis für Menschen. Nimm beispielsweise dich...«

Einer Behauptung wie dieser widerspricht man nicht; das wäre zu unfreundlich.

Doch sollte er wirklich bei Matilda und den Layamons sein Glück gefunden haben, so fehlten einige äußere Anzeichen dafür. Der maßgeschneiderte Anzug saß nicht recht. Benn war bleich, seine Wangen waren von Sorgen und Zweifeln aufgeblasen. Wenn man ihm auf den Zahn fühlte, verfiel er in Clichés. Und während einer Pause des Schweigens las ich im Licht und Schatten seines Gesichts (grob übersetzt) dies: Man kann nicht einfach still dasitzen. Man muß etwas unternehmen. Wir alle müssen sterben, einige früher als andere, und für uns zum Sterben verurteilte Menschen ist es nur natürlich, nach Frieden zu streben – zwei Menschenkinder, einander in Liebe und Zuneigung verbunden und so fort. Er hörte es nicht gerne, wenn ich sagte, er sei ein Opfer von Sexualverbrechen geworden, das Opfer einer Unzahl von Dellas und Carolines, ganz zu schweigen von den Rajashwaris und anderen Damen der Dritten Welt. Ich hätte ihm das auch niemals ins Gesicht gesagt. Viele Gründe hatten ihn dazu getrieben, Zuflucht bei einer Ehefrau zu suchen. Wie man in einem stickigen sizilianischen Sommer voller Sex in die kühle Kirche der Ehe eilt.

»Findest du denn nicht, daß Matilda eine gute Partie ist?« fragte er.

»Ich? Ich habe doch nichts gegen sie gesagt.«

»Du würdest doch nicht bestreiten, daß sie schön ist... Obwohl schlanke Frauen ja nicht dein Typ sind. Da ist einmal Treckie, die vom Körperbau her genau das Gegenteil ist. Und deine Freundin Dita Schwartz.«

»Wer behauptet denn, daß das Leben ein Schönheitswettbewerb ist?«

Doch, ich gab ihm recht, Matilda war eine schöne Frau. Ihre Schönheit stellte ich nicht in Frage, sondern das Edgar-Allan-Poe-Geseiche, mit dem er mir kam – die Nizäische Barke in den duftenden Seen. Zuviel der Marmorstatue in der Buntglasnische. Ein- oder zweimal ließ ich mir das gefallen, aber dann sagte ich: »Das führt nicht zum gewünschten Ziel, Benn. In seiner Prosa war Poe förmlich süchtig nach Frauen. Übrigens, dieses Clemm-Mädchen, das er heiratete, kam nicht einmal bis in die Pubertät. Du zitierst mir den falschen Autor.«

»Wen würdest du mir statt dessen empfehlen?«

»Oh, zum Beispiel William Blake. ›Ersticke mit Pest mir den Katafalk der Ehe.‹«

»Würdest du das als angemessener bezeichnen?«

»Nein. Ich nehme es zurück. *Je rétracte.* Aber du hast noch gar nichts über das Leben mit den Schwiegereltern in dem schicken Penthouse erzählt. Wie viele Diener haben sie?«

»Auch nicht mehr als deine Mutter in Paris hatte.«

»Die hier kosten aber eine Masse mehr als unsere, da kannst du Gift drauf nehmen.«

»Sie haben eine Köchin und ein Mädchen für alles, die eine ist Polin, die andere Mexikanerin. Bedient zu werden ist sehr ungemütlich für mich. Aber wir fahren ja in wenigen Wochen weg.«

»Und wohin?«

»Nach Brasilien, für kurze Zeit.«

»Schon wieder auf dem Sprung? Ich dachte, die Ehe bedeutet, daß du seßhaft wirst. Und beim ersten Mal hat dir Brasilien gar nicht gefallen.«

»Das *ganze Land* nicht? Da müßte man aber reichlich verwöhnt sein, um so ein großes Stück Kontinent einfach abzulehnen. Mein Benehmen dort muß jedenfalls gut gewesen sein, denn ich bin eingeladen, jederzeit wiederzukommen.«

»Matilda möchte gerne hin«, sagte ich.

»Um dem Winter zu entgehen. Um in einem warmen Klima zu flittern.«

»Und auch, um dich zwei oder drei Monate für sich zu haben.« Ich fügte nicht hinzu: »Um mich los zu sein.«

»Und außerdem muß die neue Wohnung renoviert werden«, sagte er, »wir würden dort nur inmitten des Durcheinanders sitzen.«

»Nach zwanzig Jahren mußt du deine alte Wohnung aufgeben?«

»Die Zeit ist gekommen.«

»Ein Wechsel in deiner gesellschaftlichen Stellung. Auch um den Geistern der Damen zu entkommen, die du dorthin eingeladen hast.«

Mein Onkel sagte: »Dies sind Dinge, die ich außer mit dir nie mit irgend jemandem diskutiert habe.«

»Du brauchst dir keine Sorgen zu machen; deine vertraulichen Mitteilungen werden hier respektiert. Wo zieht ihr hin?«

»Ins Roanoke, dieses riesige Gebäude mit den Eigentumswohnungen. Matildas alte Tante hat ihr die Wohnung testamentarisch vermacht.«

»Das Roanoke! Sechzehn venezianische Paläste zu einem ungeheuren Turm aufeinandergestapelt. Das ist ja wahnsinnig – Börsenmaklerbarock von 1910. Wie der Himmel der Bourgeoisie. Etwa 20 Zimmer pro Wohnung?«

»Habe ich nicht gezählt. Ich bin noch gar nicht dort gewesen. Jedenfalls fahren wir nach Brasilien. Du könntest in meine Wohnung ziehen und diesen kahlen Studentenheimwänden eine Weile entfliehen.«

»Ich könnte deine Blumen gießen.«

»Das ist unfair, Kenneth. Das tut mein Assistent.«

»Ja natürlich. Ich habe mich an diese Trostlosigkeit gewöhnt. Die Bude hier ist mein Zuhause, trotz der Rockmusik von unten.«

»Wie schön wäre es, wenn du meine Wohnung übernehmen würdest. Dann bliebe sie in der Familie. Du wirst mir zwar gleich erzählen, daß du die Miete nicht zahlen kannst. Aber ich werde meine alte Bleibe vermissen.«

Ich behielt Onkel Benn scharf im Auge. Ich kannte sein Gesicht in- und auswendig. Es war wie der Mond, bevor wir auf ihm landeten, wenn es ihm gutging; wenn es ihm nicht gutging, war sein Blick von einer Art Sprühen oder Sprudeln gestört und von einer Hyperaktivität seiner achtenähnlichen oder diabolisch geschnittenen Augen, die dann zuckten und blinzelten. Dies betrachtete ich als Teil eines Versuchs, seine Verwirrung als stabile Verfassung darzustellen. Hieran erkannte ich die eigentliche Bedeutung der Antworten, die er mir auf meine Fragen gab. An mir war es nun zu entscheiden, ob seine Verwirrung – oder nennen wir es doch lieber seine unwirkliche Wirklichkeit – angenehm oder unangenehm war oder eine bisher noch nicht analysierte Mischung. Er hätte beispielsweise gerne gehabt, daß ich seine Wohnung übernahm – als Schlupfloch für ihn? »Ich kann jetzt nicht umziehen«, sagte ich. »Vor allem nicht in deine alte Umgebung.«

»Wegen ihrer Geschichtsträchtigkeit? Wegen all der Fehler, die ich dort gemacht habe? Aber für dich könnte doch auch eine glückliche Heirat die Folge sein.«

»So ähnlich sind wir uns nun auch wieder nicht. Du hattest so eine Art, allen Damen, die sich darum bewarben, gleichviel Zeit zu schenken. Ich tue das nicht.«

Nach einem Augenblick des Nachdenkens sagte er: »Nicht *alles* waren Fehler. Vieles waren wichtige menschliche Kontakte... Ich mochte Caroline wirklich gern.«

»Eine Frau, die sich mit Papier vollstopft und dann ein volles Make-up auflegt, bevor sie mit dir ins Bett geht?«

»Das ist eine Übertreibung.«

»Ich benütze kein einziges Wort, das nicht von dir stammt. Darüber hinaus sah sie beim Akt selbst so aus und benahm sich auch so, als säße sie in einer Opernloge und du wärst der Heldentenor.«

»Aber sie sagte doch auch oft: ›Du Engel, du‹. Was ist damit?« wagte mein Onkel zu fragen.

»Das wirst du dir selbst erklären müssen. Es gibt genügend Männer, denen es egal ist, wie eine Frau sich benimmt – nichts könnte ihnen gleichgültiger sein. Aber du gehörst nicht zu ihnen. Egal, Caroline ist ohnehin keine reale Option mehr. Du bist jetzt ein verheirateter Mann. Glücklich verheiratet; wie durch ein Wunder, wenn man bedenkt, wie wählerisch du bist.« Als ich »glücklich verheiratet« sagte, hörte er ganz genau hin, um in Erfahrung zu bringen, wie weit ich das wirklich meinte, ob ich seine Propaganda akzeptiert hatte. Da ich ein sprunghafter Redner bin, hätte ich mich, von meinem Onkel vorsichtig gelenkt, am Ende selbst dazu überredet, ihm das abzunehmen. Er versuchte, meine Zerstreutheit zu seinen Gunsten auszunutzen.

So weit war ich allerdings noch nicht. Ich sagte: »Du wohnst jetzt also am Parrish Place. Das ist eine stinkvornehme Gegend. Wie fühlst du dich dabei?«

»Wo fühlt sich ein Weltreisender besonders fehl am Platz?«

»In seinem eigenen Land?«

»In seiner Heimatstadt«, sagte mein Onkel. »Für uns Kinder aus der Jefferson Street war Parrish Place verbotenes Terrain. Wir mußten dreimal mit der Straßenbahn umsteigen, wenn wir sehen wollten, wie die Reichen wohnten.«

»Das war noch, bevor die Apartementhochhäuser mit den getönten Fensterscheiben gebaut wurden.«

»Die alten Häuser sind immer noch intakt – Markisen, Türsteher. Sie haben jetzt Fernsehmonitoren zur Überwachung eingebaut. Früher, wenn wir aus der Straßenbahn sprangen, hatten die Polizisten ein Auge auf uns, damit wir uns nicht an Privateigentum vergingen oder die Wege verschmutzten. Am Morgen nach der Hochzeit, als ich in Matildas Zimmer aufwachte, sagte ich zu ihr: ›Für jemanden von der anderen Seite der Eisenbahnlinie ist das schon ein Erlebnis.‹«

»Und was hat sie gesagt?«

»Sie hat mich mit ihren großen Augen angeschaut.«

Matilda, deren Gesicht schmal war, hatte riesige Augen, genauso bemerkenswert wie die blauen Augen meines Onkels – ungeheuer groß oder, wie man sagen könnte, superriesig. Benn lag nicht so falsch mit dem klassischen Gesicht. Das mochte einem gefallen oder nicht, aber die Schönheit ließ sich nicht abstreiten.

»Welche Farbe haben diese Augen?« sagte ich. »Der verrückte Poe sagt ›hyazinthnes Haar‹. Der Hyazinth ist eine Art Amethyst oder Saphir.«

Mein Onkel freute sich über dieses Zeichen von Interesse, als mögliches Vorspiel des Akzeptierens oder vielleicht sogar einer freundlichen Einstellung. »Sie sind fliederfarben.«

»Ein mattes Flieder. Blaß fliederfarben. Sie ist eine bemerkenswert aussehende Frau«, sagte ich.

»Das mit der Eisenbahnlinie ... wahrscheinlich habe ich das öfter gesagt, als ich sollte, und sie hat es nicht gern, wenn ich merkwürdige Dinge sage. Das heißt, sie hört es nicht gern, daß Dinge mich merkwürdig berühren.«

»Sie schätzt deine phantasievolle Hintergrundmusik nicht?«

»So besonders phantasievoll ist die Sicht des Kindes aus armen Verhältnissen gar nicht. Sie rief mir in Erinnerung: ›Die Eisenbahnschienen sind verschwunden; es gibt keine falsche Seite der Schienen mehr.‹«

»Sie hat nichts für das weit Entfernte, lang Vergangene übrig.«

»So ist es«, sagte mein Onkel.

Die Stadt ist der Ausdruck der menschlichen Erfahrung, die sie verkörpert, und das schließt jegliche persönliche Geschichte mit ein. Aber Matilda mochte nicht, wenn mein Onkel zurückschaute, an der Vergangenheit klebte. Es wäre nicht ganz zutreffend gewesen, sie als Futuristin zu bezeichnen (Maschinenzeitalter, Hochleistung, früher Mussolini), doch schien sie eindeutig progressiv orientiert zu sein.

Mein Onkel saß auf meinem ungemütlichen Plastikstuhl, die kräftigen Knie weit auseinander. »Sie sagte, sie kenne von ihrem Vater dieses Gefasel über die verschwundenen Straßenbahnen. Der Doktor war in der Nähe des alten Gemüsemarkts aufgewachsen. ›Glaub mir, Kumpel‹, sagte sie, ›dies ist nicht mehr die Stadt, in der du aufgewachsen bist.‹ Gewiß, mit dem alten urbanen Mittelwesten ist es aus und vorbei. Ich habe zu ihr gesagt: ›Die Modellstadt unserer Tage ist vermutlich Beirut, falls du wirklich nach dem suchst, was auf authentische Weise zeitgemäß ist.‹«

Ich machte mir die Mühe, Benns Gespräche aus seinem anderen Leben (dem Layamon-Leben) aufzuzeichnen, so, wie er sie mir berichtete, und ich habe die Notizen aufgehoben. Zu Anfang war er reserviert, darauf bedacht, Eindruck zu machen. Mit der Zeit ging er jedoch, seinen geistigen Gewohnheiten entsprechend, mehr und mehr ins Detail.

Matilda begann sehr schnell, ihm den Kopf zurechtzusetzen. Sie sagte: »Du liebst es, dich als Außenstehender darzustellen, als frisch angekommenen Grünling. Dabei bist gar nicht du eingewandert; es waren deine Eltern. Aber du hast diese Zwischendecksmentalität – du hast die gesamte russisch-hebräische-aramäische Masche drauf, einschließlich ägyptischer und babylonischer Gefangenschaft. Versuchen wir doch, ein wenig realistischer zu sein. Sicher, meine Leute haben hier eine höchst luxuriöse Bude. Die Maisonettewohnung gehört ihnen, und alle zwei Jahre wird sie von einem

Innenausstatter für ein Affengeld komplett renoviert. Na und? Als du in Zürich an der Eidgenössischen Hochschule Vorlesungen hieltst und wir im Grandhotel Dolder wohnten, habe ich dich beobachtet. All die seidenen Daunendekken und der Plüsch und das Gold und der ganze Protz? Mit Privatbergbahn für die Gäste? Das hat dich kein bißchen beeindruckt! Du bist weiter von den Slums entfernt als sonst jemand, den ich kenne. Du glaubst nur, daß du dich selbst daran erinnern mußt, daß du immer noch ein armer Junge bist...«

Matilda lag nicht ganz falsch. Sie wollte nicht zulassen, daß er sich distanzierte oder aber den Dummling spielte. (»Uiuiuiuiui, wie diese reichen Leute leben!«) Sie sagte: »Hör auf, immer die gleiche Nummer abzuziehen, Benno.«

Und es stimmte ja auch wirklich, daß Benn sich vom Penthouse der Layamons nicht im geringsten einschüchtern ließ. Er durchwanderte zwar endlose Möbelfelder, eine unbekannte Umgebung, aber er war längst nicht so beeindruckt, wie er nach Mrs. Layamons Dafürhalten vermutlich hätte sein müssen. Es war nicht der Standesunterschied, der ihm Unbehagen verursachte; nicht die Klassenvorstellung: »Sie sind großbürgerlich;« das entsprach nicht seiner Art zu denken. Nicht die Gegenstände beunruhigten ihn, sondern das andauernde Gefühl, sich am falschen Ort zu befinden. Das war es, was diese Möbelstücke für ihn symbolisierten. Er vermerkte all dieses in der Absicht, es mir zu berichten; er schrieb es auf, aber er war auch durch die Neuartigkeit seiner Umgebung erregt. Er gestand, daß er dort »gewissen Erwartungen entsprechen« müsse – das heißt, er verließ sein Schlafzimmer nicht im Morgenrock oder unrasiert. Heute trug er einen der Anzüge, die der Schneider des Doktors für ihn gearbeitet hatte, irischer Tweed – tief soßenfarben mit seetanggrünen Effekten. Ausnahmsweise paßte das Tuch sich seinen Schultern an, so daß sein Flügelbuckel nicht herausstand, wenn das Jackett zugeknöpft war. »Die Schwiegereltern betrachten mich sozusagen durch die Lupe«, gestand er. Ich selbst kann keinen rauhen Tweed tragen, der kratzt. In überheizten Wohnungen kann das die Hölle sein.

»Ich hatte Matilda ja nur erklären wollen, daß ich als Kind draußen stand und hineinschaute. Und jetzt plötzlich starre ich vom Gipfel des Parrish Place aus dem fünfzigsten Stock auf die Stadt hinunter. Und es ist weitaus angenehmer, die Stadt von oben zu betrachten, als sich dort aufzuhalten. Überall stinken die Straßen so fürchterlich. In den Abwasserkanälen steht zu wenig Wasser, deshalb riechen sie so. Ich habe den Versuch aufgegeben, die Jefferson Street zu lokalisieren. Das einzige, was ich sehe, ist der Ecliptic Circle Electronic Tower, der diese Meilen von Mauerwerk überragt. Und alle sind so stolz darauf...«

»Gebaut auf Grund und Boden, der einmal uns gehört hat. Mit dem Vilitzer einen Haufen Pinke gemacht hat«, sagte ich.

»Das sagen die Layamons auch immer. Es ist ein ständiges Thema bei Tisch. Einmal habe ich in Erinnerungen über das Haus damals geschwelgt, wie wir von der Jefferson Street dorthin gezogen sind und wie es war, als Dad starb und meine Mutter das Haus in ein Heim für alte Invaliden umwandelte. Dadurch konnte ich zu Ende studieren. Und jetzt steht auf demselben Platz dieses Wahrzeichen, dieser Wolkenkratzer, der den Japanern gehört. Diese Zwillingsfernsehmasten, die Sendungen über die ganze Region ausstrahlen. Nachts Säulen von Feuer, wie jene, die die Kinder Israel sahen...«

»Das ist nicht die Sprache, die die Layamons bei Tisch pflegen«, sagte ich.

»Nein, aber ich kann doch nicht dasitzen und all das verdrängen. Dann könnte ich ja überhaupt nichts mehr sagen. Und das würde doch blöde aussehen.«

»Wie konntest du nur hoffen, sie dafür zu interessieren, Onkel, bei ihrer Lebensanschauung?«

»Nun sag nur nicht, wir hätten nichts gemeinsam. Gar nichts? Das kann doch nicht wahr sein.«

»Gemeinsamkeiten? Du und Matilda, ihr habt doch aus Liebe geheiratet. Das schon mal vorweg.«

Mcin Onkel mochte hier nicht einhaken. Er sah sehr kribbelig aus. Er hatte bis jetzt noch nicht begriffen, daß er mich durch seine Einheirat in die Familie Layamon mit hineingezogen hatte. Ich hatte mir von meiner Bindung an Benn eine Bereicherung meiner Persönlichkeit erhofft. Statt dessen bewegten wir uns jetzt in die entgegengesetzte Richtung. Ich war nicht bereit, diesen Aspekt der Dinge mit ihm durchzugehen: Ich durfte seine Schwierigkeiten nicht noch vermehren; das war meine Strategie in jenen ersten Tagen, und sogar auch noch später.

Er sagte: »Der Electronic Tower starrt das ganze Abendessen über auf dich herunter, es sei denn, du ziehst die Vorhänge zu. Also ist er ein Gesprächsthema. Ich habe meine eigene Verbindung zu ihm. Ich erzähle ihnen, daß ich damals in den fünfziger Jahren bei meiner Mutter das ›Mädchen für alles‹ war. Ich versorgte in diesem gemütlichen schmuddeligen Haus den Heizkessel. Manchmal schlief ich sogar im Keller.«

»Und jetzt steht dieser mächtige Bau an derselben Stelle, und du sprichst von der Merkwürdigkeit der menschlichen Erfahrung.«

»Davon habe ich in der Tat gesprochen. Ich hatte in vielen Zimmern Pflanzen stehen. Einige unserer Invaliden konnten den Anblick nicht ausstehen, andere freuten sich darüber, eine Gloxinie oder ein paar eingetopfte Lilien zu bekommen.«

Der irische Tweed würde meinem Onkel niemals so angegossen passen wie die »Merkwürdigkeit des Lebens«. Matilda protestierte, indem sie beide Hände hob und gen Himmel blickte. »Nicht schon wieder die Merkwürdigkeit!« Ihre riesigen Augen lösten bei ihm wiederholt einen Schauder ob eben dieser Merkwürdigkeit »unbekannten Ursprungs« aus. Und diese wiederholte Reaktion hatte eindeutig mit seiner Botanik zu tun. Von Pflanzen, die seine volle Aufmerksamkeit in Anspruch nahmen, sagte er oft: »Das ist nun einmal eine kuriose Existenz. Versuch nur mal, sie dir nicht als ein Ergebnis der Evolution vorzustellen, sondern als Erfindung von jemand. Was für ein Kopf hätte sich *so was* ausdenken können?«

Als er mir die Hochzeitszeremonie beschrieb, erwähnte er, daß sie neben dem Weihnachtsbaum der Layamons stattgefunden hatte. Obschon mit Plastikschnee bestäubt, war der Baum selbst echt gewesen. Meinem Onkel konnte man über Bäume nichts erzählen. Es war eine Balsamfichte, und irgendwie stellte er zu diesem borstigen Bäumchen eine Verbindung her. Es war wie eine Schwester des Bräutigams, kam einem bei seiner Hochzeit anwesenden menschlichen Verwandten am nächsten. Es war ein bedeutsamer Transfer, wenn man es recht bedachte, diese Zuwendung des Bluts in seinen Adern zum Saft einer Konifere. Wenn Benn, während der Richter ihn und Matilda einander vermählte, die Augen schloß und leicht schwankte, so war es, weil sich in seiner Vorstellung die von der Kutikula überzogene Epidermis der Nadeln vergrößerte – die Spaltöffnungen unterhalb der Oberfläche, das Mesophyll, die vernetzten Fortsätze, die Harzkanäle, das Prokambium. Wenn man ihn nicht besser kannte, mochte man sich fragen, warum ein Mann mit solch extensiver Leidenschaft für ein anderes Reich der Natur sich überhaupt zur Ehe bereit fand oder Bräutigam war. Eine berechtigte Frage, und ich muß sie beantworten. Menschliche Bindungen hatten bei ihm klaren Vorrang. Ein Tannenbaum, den man mit ins Bett nahm und umarmte, würde diese Umarmung nicht erwidern. Da machte es gar nichts, daß Beziehungen zwischen Menschen, auch unter dem Begriff *liaisons* bekannt, in der Regel launisch, wankelmütig, kapriziös, dämonisch, intrigierend, herzlos waren – all das machte die leidenschaftslose Affinität (zu Pflanzen) nur attraktiver, als sie eigentlich sein sollte. Mein Onkel war sicher, er glaubte fest daran, daß die Natur ein *Innenleben* habe, eine Trompetenwinde genauso wie ein Hund. Man denke nur an den Ekel, den Musik bei Darwin hervorrief; oder an den zu zwei Dritteln vereisten Matthew Arnold; oder an Mr. Jermelow, der mir gegenüber darauf bestand, daß sich in jedem von uns ein kleiner Gletscher befinde, der darauf harre, geschmolzen zu werden. Wenn man solch einen Gletscher im Busen trug, mochte man sehr wohl von den Säften der Flora angezogen werden. Mein Onkel sagte das oft. Saft ist eine Versuchung, da der Saft leidenschaftslos ist. Welche Forderungen kann er an dich stellen? Begrenzte. Blut ist mit Sehnsüchten behaftet. Das rote Blut ist egoistisch, hat entsetzliche Kräfte, steckt voller Begierden und perverser Impulse und führt merkwürdige Ausscheidungsprodukte mit sich, die nach Reinigung verlangen. Blut ist der Stoff, in dem das Selbst lebt. Die verschiedenen Reiche der Natur in Balance zu halten war ein Faktor bei der »Seltsamkeit« meines Onkels. Angenommen, lebensnotwendige Inhalte ergießen sich in die Persönlichkeit und müssen assimiliert werden. Dann muß es drinnen doch etwas geben, das diese Arbeit verrichtet. Das war der Grund, warum mein Onkel besonderen Nachdruck auf das »Merkwürdige« legte. Er unterließ es aber augenblicklich, dies zu wiederholen, als er sah, wie gereizt es Matilda machte.

»Dann hat das kleine Bäumchen dir also die Kraft gegeben, es durchzustehen.«

»Eine wahre Volksmenge war beim Empfang zugegen – Ärzte, Anwälte, Makler, Bauunternehmer, Zeitungsleute, Politiker.«

»Hast du Onkel Vilitzer eingeladen?«

»Er stand natürlich auf der Gästeliste, und er war so eine Art abwesender Star. Es war die Hochzeit von Matilda L. mit Boß Vilitzers Neffen, für all die Leute jedenfalls. Der verdammte Electronic-Wolkenkratzer auf der anderen Seite der Innenstadt schob sich immer näher an uns heran, bis es aussah, als stünde er direkt auf der anderen Straßenseite. Nach Einbruch der Dunkelheit, wenn sie ihn beleuchten, reißt er sich los und treibt auf Parrish Place zu.«

»Matildas Papa, der Doktor, scheint sich auch mit Politik zu befassen«, sagte ich.

»Er ist ein mächtiger Mann.« Mein Onkel hatte alle Hochachtung vor seinen Schwiegereltern. Er war beeindruckt, war aufgeregt. Sie führten ihn in die Gesellschaft ein – als sei er eine Debütantin. Dr. Layamon gehöre zum großen Netzwerk der Stadt. Die politischen Drahtzieher seien seine Bekannte. Einige seien sogar gute Freunde. »Die Beziehungen des Doktors sind phantastisch. Schau doch nicht so skeptisch, Kenneth.«

»Wer, ich? Ich bin kein bißchen skeptisch. Ich lese Zeitung. Ich bin vermutlich besser auf dem laufenden als du, Onkel. Wenn ich nicht die Vorgänge an der Wall Street, den Sport, das Fernsehen, Washington und die politische Szene hier an Ort und Stelle verfolgen würde, wäre ich nicht in der Lage, mein eigenes Fach zu verstehen.« Womit ich das St. Petersburg von Blok und Bely im Jahre 1913 meinte – und das, womit sie sich beschäftigten: die satanische Dunkelheit, den Abgrund des Antichristen, die schauerlichen Inseln aus Düsternis, Granit und Eis, das nahende Jüngste Gericht, die Verbrechen des Immanuel Kant wider das ganzheitliche Bewußtsein und all das. Ich habe ein großes Interesse daran, mich über das triumphierende Amerika auf dem laufenden zu halten. Die komplizierten Geld- und Machtverknüpfungen des Doktors überraschten mich überhaupt nicht.

»Okay, Onkel«, sagte ich. »Du möchtest mich über dein

neues Leben ins Bild setzen. Ich bin im Bilde. Du hast eine wunderschöne Frau mit einflußreichen Eltern geheiratet. Sie haben für dich einen irrsinnigen Empfang gegeben. Aber du hast dich bei ihrem Rummel nicht so ganz wohl gefühlt, deshalb hast du dich am Weihnachtsbaum festgehalten.«

»Wenn ich dir etwas Vertrauliches erzähle, dann gehe ich davon aus, daß du es nicht gegen mich verwendest. Was die Sache mit dem Reichsein angeht, dann täusch dich nicht: Die Layamons verschenken nichts, Zaster schon gar nicht. Sie hatten das Hochzeitsbudget bis zum letzten Penny durchkalkuliert.«

»Aber du brauchst doch nur ein bißchen länger zu leben als die Alten, das ist alles. Du trägst jetzt schon den besten Tweed in der Stadt und eine richtige Krawatte, nicht mehr diese Lumpen aus dem Heizungskeller.«

Ein schweigendes Zwischenspiel folgte, während beide Parteien überlegten, wie man besser zueinander finden könne. Eine Weile waren unsere Augen vom Schauspiel des fallenden Schnees gebannt, das der Winter inszenierte – Pünktchen um Pünktchen, weiße Partikel, die alles nur erdenklich Akrobatische taten, wobei die größeren Flocken an das astrale Stürmen auf einem der Nachthimmel Van Goghs erinnerten.

»Hast du wirklich erwartet, daß der alte Vilitzer kommen würde?«

»Ich dachte, ich wollte ihm zur Abwechslung mal Ehre machen. Nicht daß ich ihn vermißt hätte.«

»Er hat dich als duseligen Wissenschaftler abgeschrieben. Deine größte Sorge ist, warum das Gras grün aussieht – so tut ein Typ wie er dich vermutlich ab.«

»Ich glaube nicht, daß er mich schon ganz abgeschrieben hat. Er hat uns noch nicht verziehen, daß wir gegen ihn prozessiert haben. Aber jetzt muß ich dir noch etwas erzählen.«

»Ja?«

»Der Richter, der uns getraut hat, weißt du? Es war der Richter aus dem Prozeß – der gleiche Richter!«
Bei diesen Worten fielen mir die Beine vom Lehnstuhl, und ich setzte mich bolzengerade auf und drehte den Kopf, um besser hören zu können. »Das kann nicht stimmen, Onkel Benn; du mußt etwas falsch verstanden haben.«
»Nein. Glaub mir nur. Der gleiche Kerl. Richter Chetnik.«
»Und du bist da ganz sicher? Einer von den Richtern aus Vilitzers Stall? Hast du ihn erkannt?«
»Du vergißt, daß ich damals in Assam und beim Prozeß gar nicht dabei war. Aber der Name war Amador Chetnik. Den hätte ich niemals vergessen.«
»Hast du das vor oder nach dem Ringetausch herausgefunden? War er freundlich?«
»Diese Leute sind immer superfreundlich, egal, was sie getan haben oder gleich tun werden«, sagte Benn. »Er war bombastisch. Ein ordinäres Gesicht, besonders die Nase, entstellend, aber egal, wie ruppig sie aussehen, sie haben alle diese glatte Art.«
»Haben deine Schwiegereltern das gewußt?«
»Da bin ich nicht ganz sicher. Ich kann nur annehmen – um allen Beteiligten Gerechtigkeit widerfahren zu lassen –, daß sie die Verbindung nicht hergestellt haben. Ich wünschte, ich wäre in der Lage, mit dieser Vermutung sicherzugehen.«
»Also, wenn ich einmal raten dürfte, Onkel, dann würde ich vermuten, daß zumindest dein Schwiegervater Bescheid wußte.«
»Macht man so was, um eine Ära der freundschaftlichen Gefühle einzuläuten?«
»Er mag das zu deinem eigenen Besten beabsichtigt haben – auf lange Sicht. Wir können nicht erwarten, daß wir die Einzelheiten alle verstehen. Aber ich wüßte nicht, wie ich mir das Ganze sonst erklären sollte. Der Mann hat gegen euch entschieden, und du und Mutter, ihr seid um eine Menge

Geld betrogen worden. Es war ein abgekartetes Spiel. Mutter hat das aus zuverlässigen Quellen. In der Rechtssprache heißt das ›sittenwidrige Ausnutzung einer Rechtslage‹. Wenn das so war, wie erklärst du dir dann die Tatsache, daß er bereit war, die Zeremonie zu vollziehen? Aber wer wird denn nachtragend sein? Aber wer wird das denn persönlich nehmen? So läuft das eben in dieser Stadt?«

»Ich bin genaugenommen nicht in der Lage, das zu interpretieren. Mir ist klar, daß ich es im Laufe der Zeit einmal mit Matilda werde aufrollen müssen.«

»Wenn ihr Vater es wußte, muß sie es dann nicht auch gewußt haben?«

Obschon dies gesagt und wohl auch erwartet werden mußte, schaute mein Onkel hektisch und verstört drein; er zupfte am abstehenden Ende seines Uhrarmbands, dann zog er den Ärmel darüber. Mit verhaltener Stimme sagte er: »Bürokratisch.« Auf die Uhr zu sehen, war das bürokratisch? Aber dies war typisch Onkel Benn, sich selbst mit einem einzigen Wort aufzuspießen. Dies zeigte doch, daß er sich unterschwellig der wahren Tatsachen bewußt war. Er sagte: »Bevor ich unerfreuliche Themen anschneiden kann, müssen Matilda und ich die angenehme Seite der Ehe hinkriegen. Zuerst einmal muß der gute Wille aufgebaut werden.«

»Ich nehme an, du verstehst, auf dich selbst aufzupassen«, sagte ich, ohne es zu glauben. »Hoffen wir, daß dieser Chetnik nicht vom Doktor als kleiner Witz gedacht war.«

»Der Doktor ist in der Tat eine Art Witzbold. Alles andere als ein aalglatter Typ. Es könnte allerdings eine taktische Bedeutung haben, die wir noch nicht erkennen. Positionen festigen, den Zaun ausbessern, gewissermaßen.«

»Hoffentlich ist das nicht so ein Zaun wie der, über den Strawinskis Großvater kletterte und sich dann das Genick brach.«

Mein Onkel war nicht ganz er selbst. Er stand unter fremden

Einflüssen. Das Weiße in seinen Augen hatte einen Stich ins Medikamentöse. Der Ehemann dieser schicken, außerordentlich begehrenswerten Frau (begehrenswert wie ein Foto in *Vogue*) zu sein erregte ihn, war eine Herausforderung für ihn. Er war ehrgeizig, er maßte sich Stärken an, die niemals zuvor gefragt gewesen waren, und er wollte mir zu verstehen geben, daß er sich jenen Einflüssen gegenüber behaupten konnte. Ich unterstützte ihn, indem ich ihn bat, mir den Hochzeitsempfang zu beschreiben.

»Ich würde sagen, es waren mindestens hundert Leute. Ein erstklassiger Partydienst sorgte für ein fürstliches Mahl...«

»Ziemlich zahlreiches Erscheinen also. In der Stadt muß seit langem gerätselt worden sein, wen Matilda letzten Endes heiraten würde, und die Leute kamen nur, um sich den Burschen einmal anzusehen. So eine wählerische Puppe...«

»Mit ziemlich viel Erfahrung, kannst du gleich dazu sagen. Eine moderne Frau über dreißig, was würdest du anderes erwarten?«

»Du hast immerhin das ganze Feld geschlagen, also muß doch etwas an dir dran sein.«

Mein Onkel hatte das Gesicht gesenkt, um sein Lächeln mit dem Anflug eines Schattens von Düsternis zu verbergen.

»Ehemalige Freunde von ihr müssen auf der Party gewesen sein. Darüber war ich mir im klaren.«

»Und die Braut selbst?«

»Trug ein langes goldgrünes Ding, und ihr Gesicht war goldweiß. Sie stand unter Hochspannung. Wenn auch...«

»Wenn auch was?«

»Wenn auch vielleicht vor einem Hintergrund von Nachdenklichkeit. Die man einer Frau in einem Fall wie dem meinen wohl zugestehen muß.«

»Ich wüßte nicht, warum. Sie ist klug. Kluge Frauen sind immer nervös; das ist so üblich bei Klassefrauen. Äußerlich beben sie vielleicht, aber sie sind resolut. Ich darf annehmen, daß die Eltern glücklich sind?«

Mein Onkel erwiderte:»Ich glaube nicht, daß sie irgend etwas gegen mich haben! Ihr Dad redet zwar von Partien, die sie hätte machen können, und ich darf mich wohl nicht in der Annahme wiegen, daß ich wirklich der erhoffte Schwiegersohn bin.«

»Also Onkel, mit deinen Partien hörst du dich jetzt wie Jane Austin an. Du hast dich verwählt: falsche historische Zeit. Warum hängst du nicht ein und probierst es noch einmal?«

»Das ist die Haltung der Eltern. Du hattest mich gebeten, sie zu beschreiben.«

Die Hochzeit lag nun also hinter ihm, aber die Herrlichkeit dauerte an, und nun befand sich mein Onkel in diesem Potpourri von Überfluß, wanderte jeden Morgen in den langen Zimmern auf und ab, zwischen Perserteppichen und innenarchitektonisch gestalteten Vorhängen, beleuchteten Schränkchen mit Baccaratgläsern und Wedgewoodgeschirr, ramschigen Ölgemälden aus dem 18. Jahrhundert – Portraits unidentifizierter (und ich würde sagen unbeschnittener) Persönlichkeiten aus Österreich oder Italien. Gott, waren die fehl am Platz! Und mein Onkel war vielleicht ein noch größerer Außenseiter als die käuflich erworbenen Porträtierten. Gefühlsmäßig jedenfalls, wenn man aus seinen Berichten über den Lebensstil der Layamons Schlüsse ziehen darf. »Du kannst dir einfach nicht vorstellen, wie dick und flauschig die Badetücher sind«, sagte er mit einer Intensität, die einer vertraulichen Mitteilung Ehre gemacht hätte. »Oder wie mächtig das Wasser heraussprudelt, wenn man einen Wasserhahn aufdreht. Alle Toilettensitze sind gepolstert – Plastiksitze mit Füllung. Die Küchenschränke sind zimtfarben mit roten Rändern, und über dem Fleischbrett ist ein Flutlicht angebracht ...«

»Die Köchin ist Polin, sagst du?«

»Eine nette, bodenständige Person. Spricht nicht viel Englisch. Und der Mann der Mexikanerin hat bei dem Empfang die Bar gemacht.«

Benn fühlte sich in der Gegenwart von Dienern unbehaglich. Müßig dazusitzen oder auch zu lesen, während sie arbeiteten, war für ihn eine Belastung. Jeder gut informierte Mensch, den man drängt, »bourgeois« und »postbourgeois« zu definieren, wird einem erzählen, daß »bourgeois« das Vorhandensein von Dienern impliziert. Den Layamons war es allerdings ziemlich gleichgültig, welches von beiden sie waren. Sie hatten genug Geld, und sie hatten nicht vor, sich einzuschränken, sie waren verschwenderisch – zumindest was Baccaratgläser und Innenausstattung anging. Sie dachten in der Tat über die richtige Partie für ihr einziges Kind nach – ungeachtet meines Scherzes über Jane Austin oder der Bemerkungen meines Onkels über Leute, die Balzac nicht kannten und deshalb nicht dieselbe Sprache wie kultivierte Leser sprachen. Im Grunde wollte er nicht einmal, was sie wollten – das große Geld. Alle Dollarscheine, die nötig wären, um den Grand Canyon zu füllen, wären ihnen noch nicht genug gewesen. Ihn befriedigte die Pflanzenmorphologie. Wie sollten sie einander da verstehen? So, wie ich die Sache sah, war er einfach nur das jüngste Problem, das ihre Tochter mit ins Haus gebracht hatte.

Sie würden versuchen, ihn in ihr Leben einzubauen, wenn er nur den Mund halten wollte.

Ich sagte: »Wie verhalten sie sich dir gegenüber?«

»Oh, eindeutig freundlich. Mrs. Layamon ist reserviert, aber korrekt. Ja, eigentlich ist sie aufmerksam. Aber du darfst nicht vergessen, daß sie nur acht Jahre älter ist als ich, etwa so alt wie deine Mutter. Statt ihr Schwiegersohn könnte ich ihr Bruder sein. Ich erwarte gar nicht, daß sie Zuneigung zeigt, bevor sie sicher ist, daß alles klappt.«

»Und Dr. Layamon?«

»Der Doktor gibt sich herzlich, aber bei ihm ist das mehr Sache des persönlichen Stils.«

»Sie müssen dich erst einmal ausloten. Das ist nur natürlich. Allerdings auch alles andere als angenehm.«

»Ich würde nicht sagen *un*angenehm. Ihre Gespräche sind nicht eben das, was ich gewöhnt bin. Ich muß mich darauf vorbereiten, und wenn ich nicht die *Times* und das *Wallstreet Journal* durchackern würde, bliebe mir nichts anderes übrig, als nur dazusitzen und schweigend vor mich hinzuessen. Glücklicherweise brauche ich nicht viel zu reden, weil der Doktor so ein großer Unterhalter ist. Der redet! Gott sei Dank redet er so viel! Über die Privatklinik, deren Seniorpartner er ist, über das Krankenhaus und die Patienten, die lauter große Drahtzieher sind: Stadtplaner, Banker, Junk-Bond-Experten, Greenmail Raiders – was sind das übrigens? Matilda paßt auf und springt für mich ein. Sie hat ihren Eltern gegenüber das, was man ironische Distanz nennt, und sie bringt mir bei, wie man sich darüber amüsiert, statt sich einschüchtern zu lassen. Aber ich bilde mich. Was ist das für ein Land! Ich hätte all das schon lange wissen müssen.«

»An deiner Stelle, Onkel, würde ich zuallererst einmal versuchen herauszufinden, warum dieser Gauner von Richter geholt wurde, um euch zu trauen. Ich würde eigentlich gern mit Fishl Vilitzer darüber sprechen.«

»Ich bezweifle, daß sein Vater ausgerechnet *ihm* etwas über Richter erzählen würde. Er weigert sich doch sogar, ihn zu sehen.«

»Andrerseits gibt es kaum etwas Wissenswertes über den alten Mann, was Fishl nicht wüßte. Du hast deinen Cousin nicht zur Hochzeit eingeladen, weil Onkel Vilitzer eingeladen war? Das paßt zusammen.«

Sich auf einem ganz neuen Wissenszweig zu bilden war jetzt die Allzweckrechtfertigung meines Onkels, und dieses Sich-bilden söhnte ihn praktisch mit jeder Form von Beleidigung aus. Ich glaube, daß Dr. Layamon das intuitiv begriff und sofort eine spezielle Show all seiner Neigungen und seiner Macht abzog, da er Benns höfliche »Lernerfahrungs«-Aufmerksamkeit mißverstand und für Trägheit oder Unterwürfigkeit hielt. Auf seine Art war Layamon ein schlauer, dynamischer Mann. Er hatte eine Menge zu seinen Gunsten vorzuweisen. Man sehe sich das Bild nur an: ein Maisonette-Penthouse mit zwölf Zimmern; eine Winterresidenz in Palm Springs. Zu seinen Bekannten und Golf-Freunden gehörten Bob Hope und Präsident Ford. Norman Lear lud die Layamons zum Dinner ein. Matilda, die dies mit leichter Ironie sah, meinte, der Doktor habe wohl das Gefühl gehabt, er müsse auch seinen Beitrag für die Civil Liberties Union leisten: »Kleines Schmiergeld.« Trotzdem, es war eine eins a Bekanntschaft. Tilda hätte also einen Ehemann aus jedem dieser Kreise erwählen können. Dem Doktor zufolge hatte sie einem Fernsehmoderator einen Korb gegeben, dann einem Burschen, der inzwischen ins Bundesgericht aufgestiegen war, und einem genialen Steuerberater, der auch von Richard Nixon konsultiert wurde. Die Liste war ziemlich lang.

Mrs. Layamon, die Benn zur Probe akzeptiert hatte, ließ es an keiner formellen Höflichkeit fehlen. Der Doktor war seinem Schwiegersohn gegenüber entgegenkommender, und ich hielt ihn für das größere Problem. Von der Erscheinung her war der Doktor mager, schmächtig, eher mechanisch als organisch in der Bewegung, flach gebaut, fast zweidimensional, breit in den Schultern, eine Spur hektisch in den Farben, fast hypertonisch, beweglich und aufdringlich schlau von Gesichtsausdruck und mit einem Hang, einem in der Unterhaltung zu Leibe zu rücken – fast so, als nehme er einen ins Kreuzverhör. Er hatte einen schmalen geschwätzigen Mund, und wenn er gerade nicht redete, trug er manchmal einen Ausdruck gewalttätiger Korrektheit zur Schau, wie ein

Schauspieler in einem Stück von Shaw, der gezwungen ist, einen kurzen Augenblick lang dem anderen zuzuhören, sich aber schon Gedanken darüber macht, wie er ihn gleich in die Pfanne hauen wird. »Es ist seine Masche, Schläge in den Magen zu verteilen«, sagte Benn. »Er ist stolz darauf, so geradeheraus zu sein, sogar was seine Tochter angeht. Er sagt, er will mich instruieren. Das sei eine Sache der Ethik. Seine Verantwortung für seine Tochter höre auf, meine fange gerade an, und deshalb sei es nur recht und billig, daß er offen und ehrlich mit mir rede. Matilda weiß, daß er es tut, und sie kann es tolerieren, weil sie die Prinzipien ihres Dads, seinen Ehrenkodex versteht. Immer offen heraus. Es soll später keine unerfreulichen Überraschungen geben, keine Gelegenheit für Vorwürfe.«

Daß Benn mir all dies mitteilte, war vollkommen in Ordnung. Mein Onkel sagte, er könne das Phänomen (die Logik des Doktors und seine Aufrichtigkeit) überhaupt erst verstehen, wenn er sie jemandem beschrieben habe. Aus diesem Grund also unterbreitete er sie meinem Urteil. Benn erweckte den Eindruck, froh über seine neue Familie, stolz auf sie zu sein. So interessante und einflußreiche Menschen nahmen ihn ernst, hießen ihn in ihrem Kreis willkommen, luden ihn ein, an ihrem faszinierenden Leben teilzunehmen!

Er und der Doktor hatten mehrere private Unterhaltungen von Mann zu Mann. Es gab einen Bauunternehmer aus Texas, oder hatte ihn gegeben, der mit seinem Privatjet von Houston geflogen kam, nur um Matilda zum Dinner einzuladen. Aber soll man es für möglich halten! Sie war damals gerade mit irgend so einem kroatischen Kümmerling liiert, der eine Aufenthaltserlaubnis brauchte, und sie zog diesen chaotischen illegalen Immigranten vor. Das soll einer begreifen! Er mußte wohl etwas gehabt haben, das der Bursche mit dem Cowboyhut nicht hatte. Aber Matilda zog die Männer eben von Natur aus an. Man bedenke ihre Vorzüge – nicht nur ihre Figur, sondern auch ihren Geschmack in Kleidungsdingen. Setz *Natur* ein für *Edward Teller* – und du hast eine von der Natur ersonnene Atombombe der Schönheit; und du bist schließlich keine blöde Supermacht, sondern eine gescheite, unabhängige Frau. Zuerst hat sie das nicht kapiert. Sie hätte doch nicht in Paris herumzigeunern zu brauchen, in dieser ganzen Nachkriegsschäbigkeit. Das Mädchen hatte Grips genug, um Präsidentin einer Aktiengesellschaft zu werden. Bei ihren geistigen Fähigkeiten könnte sie die ganze NASA managen. Als Mondale sich um die Präsidentschaft bewarb, schickte sie ihm einen Organisationsplan für den Wahlkampf, und wenn er so schlau gewesen wäre, sie an die Spitze seines Stabs zu setzen, wäre er jetzt vielleicht im Weißen Haus. Ihr Kopf ist wie ein Computer, aber bisher hat sie ihn lediglich dazu benützt, sich in persönliche Schwierigkeiten zu stürzen, ein Nagel zum Sarg ihrer Eltern, und das nun schon seit drei Jahrzehnten. In der Hoffnung, daß es in der höheren Erziehung weniger Gelegenheit geben würde, Ärger zu machen, schickten sie sie auf die besten Schulen. Das Ergebnis war, daß sie mittlerweile mehr Grade hatte als ein Thermometer – die alle nichts taugten, einen Scheiß wert waren. Sowohl von Yale als auch von Harvard hatte sie die Zulassung zum Jurastudium, aber sie zog ihre kroatischen Romanzen vor, zog vor, mit Höchstgeschwindigkeit Französisch zu babbeln und an ihrem Buch zu schreiben, das sie nie beendete – war die ganze Nacht auf, klapperte bis in die frühen Morgenstunden auf ihrer blechernen Schreibmaschine und verpestete die Vorhänge mit Tabak- und Haschischdunst. Ach übrigens, was hielt Benns Neffe Kenneth denn von ihrem Französisch?

Aufschneiderei war der Rahmen, in dem sich dieser gesamte frei modellierte Redefluß bewegte. Zuerst prahlte der Doktor mit sich selbst, mit seinem Reichtum, seinen Beziehungen und dann mit seiner Tochter. Er trug dick auf. Wenn die

Strömung zu reißend wurde, verlor er zeitweise die Kontrolle. Er nahm sich seine Tochter vor und begann über sie zu schimpfen. Von Kindheit – ach was, von Geburt – an war sie fordernd, launisch, eigensinnig, reizbar, klagte immer und heckte unaufhörlich Böses aus. Sie war schon in der High School schlimm gewesen, aber als sie sie nach Vassar schickten, schloß sie sich den Stadtpunkern in Poughkeepsie an und tat all das, worüber man in der »Presse« las. (Mit »Presse« meinte er den *National Enquirer* und ähnliche Regenbogenpublikationen.) »In Italien wäre sie bestimmt den Roten Brigaden beigetreten, ich schwör's. Normale Leute wie Sie und ich können sich gar kein Bild davon machen, in welchen Sex-Aktivitäten die schwelgten. Wir haben doch nie Sex mit LSD kombiniert. Bei diesen Youngsters fangen die Visionen erst an, wenn sie schon mal zwei Stunden dabei sind. So haben auch die Manson-Mörder für ihre Messerstechereien und Menschenopfer im Bett geübt. Und die Regierungen stecken da auch schon drin. Wieso würde sonst so ein türkischer Manson-Typ den Papst niederknallen? Um aber auf Tilda zurückzukommen, Gott sei Dank liegt das hinter ihr, endlich. Und wenn ich ›hinter ihr‹ sage, dann ist das nicht als sexuelle Anspielung gemeint. Ich bin nur offen und ehrlich. Dadurch, daß sie Sie erwählt hat, hat sie doch gezeigt, daß sie endlich solide werden will. Endlich! Gottes Segen euch beiden und viel Glück!«

Dies war nicht die Unterhaltung, die Benn und ich bei einer solchen Gelegenheit hier im Studentenheim hätten führen sollen. Das Geschwätz des Doktors war zwar amüsant, aber es war auch tückisch. Es flößte einem Angst ein. Benn hätte eigentlich sein Entzücken beschreiben müssen, strahlend vor Glück – oder, wenn »Glück« in diesen bedrückenden Zeiten zu romantisch klingt, zumindest durchdrungen von stiller Zufriedenheit. Benn und ich hätten dann vielleicht herzlich darüber gelacht, wie er die Klippe seines skeptischen Neffen umschifft hatte, und dann wären ein paar Drinks und Glückwünsche gefolgt. Nur habe ich so langsam die Nase voll davon, zusehen zu müssen, wie erstklassige Leute im praktischen Leben die größte Scheiße bauen, zur Genugtuung des gemeinen Volkes. Mit tödlicher Sicherheit stecken gerade die erstklassigen Leute beständig knietief im Müll ihres Privatlebens. Was, auch mein Onkel? Vielleicht war ich vorschnell verbittert, zog zu voreilige Schlüsse?

Meine persönlichen Gedanken: Swedenborg trennte ja streng zwischen Gut und Böse, Himmel und Hölle. William Blake war dagegen der Ansicht, daß Gut und Böse sich vermischen. Seine radikalen Ansichten hierüber finden sich in *Hochzeit von Himmel und Hölle*. Ein sexuelles Engelsdasein in der Ehe ist nicht das, was Kreaturen wie wir in der Regel erleben. Jedenfalls würde ich nicht schon aufgrund dieses frühen Beweismaterials meinen Onkel aufgeben. Auch er gab ja keineswegs auf. Schließlich tat er recht daran zu heiraten, aus der Tyrannei des sexuellen Mißbrauchs auszubrechen. Es war noch zu früh, ein Urteil über Matilda zu fällen (trotz des Doktors), und vielleicht würde die Zeit dafür niemals kommen. Wie ein weiser Römer (Cato vielleicht) einmal sagte: »Nur der Ehemann, der Mann, der den Schuh trägt, kann dir sagen, wo er drückt.«

Mittlerweile berichtete mein Onkel ein paar weitere Sitzungen lang ausführlicher über Dr. Layamons ambivalentes Urteil über seine Tochter. Layamon konnte der zwiefachen Versuchung, erst mit ihr zu prahlen und sie dann vom Sockel zu stoßen, nicht widerstehen. Er lobte ihre Mutter, er lobte sich selbst, er hatte Freundlichkeiten über Benn auf Lager. Dann wurde er ein wenig ausschweifend. Sein Redefluß war berauschend, und er begann Schmeicheleien zu äußern, ohne spezifische Bezüge, wie ein Virtuose, der alle möglichen Variationen durchspielt, mit gekreuzten Händen, während er rückwärts mit den Schultern auf einer Stuhllehne liegt, wie der betrunkene Mozart im Film, der die Dirnen mit seinen Tricks unterhält. Prahlerei, Herabsetzung, Klagen entsprachen den inneren Bewegungen im Charakter und der Denkweise des Doktors, und binnen kurzer Zeit sah man eine Realität (eine Art Realität) vor sich entstehen. So wie Sandkörner dem Wind in Wellenbewegungen folgen und Dünen oder geriffelte Wüsten bilden. Dieser sehr adrett gekleidete ältere Gesprächspartner, der Doktor, vertraute sich einem an, bevor man es sich versah, bevor er es sich selber versah, bekundete Liebe und Bewunderung, war superintim, angelte Benn beim Reden dicht zu sich heran. Er hatte einen sehr körperlichen Umgang mit anderen Menschen. Er legte einem die Hand aufs Knie, er kniff einen in die Wange, er rüttelte einen an der Schulter. Er spielte jedes Instrument im Orchester der Gefühle. Allerdings konnte man sich auf die Musik nicht verlassen. Plötzlich durchbrach wildes Trompeten die Melodie. Er machte Benn beispielsweise Komplimente über dessen Rang in der Botanik. Dann sagte er unvermittelt: »Zu schade, daß man Ihre vorstehenden Schneidezähne nie korrigiert hat«; oder: »Entweder tragen Sie ein sehr enges Hemd, oder Ihr *pectoralis major* ist überentwickelt – richtige Titten mit anderen Worten.« Beim Essen, wenn der Doktor hinter Benns Stuhl vorbeistrich und sich dabei reichlich Zeit ließ, blieb meinem Onkel kein Zweifel darüber, daß seine kahle Stelle am Kopf inspiziert wurde. Und wenn sie im Club die altmodischen Urinale benützten, legte der Doktor sein Kinn auf die Trennwand und schaute durch seine schiefsitzende Brille herüber, um zu sehen, wie mein Onkel behangen war. Sein Kommentar: »Feuerwehrausrüstung, na, nicht unangemessen.«

Benn war darüber so aus der Fassung, daß er es Matilda erzählte, die herzlich lachte. Sie sagte: »Ich habe gemerkt, daß er dir ziemlich schnell auf die Toilette nachgegangen ist.« Etwas ernster fügte sie hinzu: »Genitalien sind bei Ärzten eine ganz typische Fixierung. Viele sind ganz besessen von den männlichen Werkzeugen und genauso von den weiblichen Sachen.«

Benn wunderte sich: »Ach wirklich?« Dies war eins der faszinierenden Dinge an Matilda: unerwartete Perspektiven, neue Horizonte. Darüber hinaus gab es Matilda die Genugtuung, denkwürdige Bemerkungen und Witze von sich zu geben, wie so ein hübsches Wesen sie machen sollte.

»Und wie steht es mit den Botanikern in dieser Hinsicht?« sagte sie.

»Es stimmt schon, daß die Fortpflanzungsorgane der Pflanzen gynäkologische Bezeichnungen haben, aber einige von uns fragen sich ernsthaft, ob das nicht eine irreführende Projektion ist.«

»Daddy wüßte zu gern sexuell über mich Bescheid. Hat er dich schon gefragt, wie ich im Bett bin?«

»Noch nicht – nicht direkt.«

»Ich war schon immer ein Ventil für seine schmutzigen Phantasien.«

Rasche Intuitionen waren ihr Stil. Sie brachen unerwartet herein. Ihre Gescheitheit machte Benn Vergnügen, und der sexuelle Aspekt daran faszinierte ihn am meisten. Er mochte ja durchaus der Meinung sein, er habe sie geheiratet, um sich von schädlichen Ablenkungen zu befreien – Gesundheitsrisiken, sexuellen Übergriffen. Ich war da anderer Ansicht. Mein Onkel war in die Bewegung »Neue Erfahrungen machen« geraten, die ich an anderer Stelle schon erwähnt habe. Es gab fleischliche Dinge, die zu erforschen er sich gedrängt fühlte. Hierin lag etwas besonders Mitleiderregendes, denn er war ja ein Mann, der wirklich eine Aufgabe hatte – mehr, als nur andere Menschen zu belästigen, was der ausschließliche Lebenszweck für so viele von uns zu sein scheint. Er war ein nobler Mensch, ein Mensch von Leidenschaft und Integrität. Die Frage war, ob er seine eigenen Gaben zu schätzen wußte und ob er sich selbst um *ihretwillen* verteidigen würde. Selbstverteidigung war nicht einmal der wichtigste Belang für solch ein Individuum. Ich halte die Darwinsche Selbsterhaltungslehre für eine vulgäre Ideologie. Ihre führenden Vertreter sind Sadisten, die dir unaufhörlich erzählen, sie müßten, zum Besten der Spezies und in Übereinstimmung mit den Gesetzen der Natur, die sanfteren Geister, denen sie auf der Straße des Lebens begegnen, um die Ecke bringen.

Der Kommentar des Doktors auf der Herrentoilette kränkte Benn, und Matilda hätte, anstatt über die Komplexe der Mediziner zu reden, ein Wort des Trostes und der Bestätigung zu ihm sagen sollen. Doch Edgar Allan Poes Helena stand in ihrer Nische und hatte nichts zu sagen. Die Verkörperung der Schönheit war stumm, welch gewaltiger Gewinn für einen sensiblen Anbeter klassischer Figuren. Besonders, wenn der Anbeter plant, am großen Sexmarathon unserer Zeit teilzunehmen.

Ich wende mich an meinen Onkel, um meisterhaft geführt zu werden, und was bietet er mir? Er bietet mir Verletzlichkeit auf einem Gebiet, auf dem mein Vater seine größten Triumphe feierte. Mir bleibt nun nichts anderes übrig, als die Layamon-Geschichte als Entgleisung zu behandeln, als eine vorhersehbare, verzeihliche Entgleisung, die Geduld erfordert. (Und Geduld ist nicht meine größte Stärke.) Wenn ich meisterhafte Unterweisung in Erotik suchte, so hätte ich nicht in die USA kommen dürfen. Die hätte ich bei meinem Dad finden können. Auf diesem Gebiet gibt es für den Amerikaner die größten Vorteile in Europa. Ich quälte Benn jedenfalls nicht mit meinen Ansichten. Am Ende würde er mir sowieso alles freiwillig erzählen. Einmal in Fahrt konnte er es nicht ertragen, mir irgend etwas zu verschweigen. Ich sah sogar voraus, daß er mich mitten in der Nacht anrufen würde, um dem Bericht noch irgendeine Kleinigkeit hinzuzufügen. Besser hätte ich gar nicht informiert werden können.

Benn insistierte und wiederholte: »Ich bin glücklich mit dieser Frau.«

»Gut. Das freut mich riesig für dich.«

Was ich Benn von Treckie erzählt hatte, traf jetzt auf ihn zu – die Macht einer wiederholten Erklärung. Du kündigst an, was du tun willst. Dann tust du es. Dann machst du öffentlich, was du getan hast. Zuletzt wird es eine Tatsache. In der Juristensprache heißt das *res judicata*.

Mittlerweile hämmerte der Doktor weiter auf meinem Onkel herum, und es gab keinen, der den armen Kerl hätte schützen können. »Sie sind ein hochkarätiger Wissenschaftler, und ich bin ein erfahrener Mediziner. Wir *können* nicht nur frei mit einander reden, sondern wir müssen es sogar. Die Frauen werden das nie tun. Deshalb ist es wichtig, daß *wir* es tun. Sie lieben Matilda ...«

»O ja!«

»Natürlich. Ich schätze Sie als Schürzenjäger ein, der klug genug war, endlich das Jagen aufzugeben. Vielleicht werden Sie mir eines Tages von einigen der Damen erzählen, die Sie vernascht haben.«

Von der verblichenen Della Bedell mit ihrer Glühbirne.

»Meine Tochter wird Ihnen einen Lebensabend bereiten, wie er idealer gar nicht sein könnte. Sie kann ein richtiges Ekel sein, aber sie wird ihre Ekelhaftigkeit für *Sie* einsetzen. Was kann man noch mehr wollen? Und jetzt ist es an der Zeit für die Flitterwochen. Sie dürften in Brasilien ganz herrliche Ferien haben. Darf ich einmal fragen: Gibt es einen besonderen Grund, warum Sie nicht dorthin wollten? Gibt es eine Frau in Rio, die einen Skandal machen wird?«

»Nein. In Brasilien gibt es niemand mit meinen speziellen Interessen, mit dem ich mich unterhalten könnte.«

Der Doktor sagte: »Es tut uns sicher gut, unsere Ansichten

auszutauschen. Sie können sich mir gegenüber ganz offen äußern. Wir haben gemeinsame Interessen. Zusammenschmeißen, was uns Kopfzerbrechen macht, das ist das Schlauste.«

»Ich weiß das sehr zu schätzen«, antwortete mein Onkel ohne große Begeisterung. Was der Doktor über den »Lebensabend« gesagt hatte, machte ihm zu schaffen. Gerade frisch verheiratet, begann er doch ein neues Leben, und da stellt sich Dr. Layamon bereits seinen Abstieg ins Grab vor. Gab es Anzeichen dafür? War das allgemein oder diagnostisch gesprochen? Meinte er einen Schlaganfall? Die Alzheimersche Krankheit? Potenzverluste?

»Matilda sagt, das Leben im großen Stil veranlasse Sie, davon zu reden, daß Sie von der anderen Seite der Eisenbahnlinie stammen. Von welcher Seite, glauben Sie, komme ich?«

Das Problem war gar nicht der Überfluß und der Reichtum, das Jacuzzi-Bad, das Rosenthal-Geschirr, die Toilettenartikel aus Schildpatt. Sondern: Die Penthouse-Matilda war völlig anders als die Frau, der er den Hof gemacht hatte. Während der Zeit ihrer jungen Liebe hatte er, ein Frühaufsteher, auch sie für eine Frühaufsteherin gehalten, aber jetzt, in ihrem eigenen Zimmer, schlief sie bis in die Puppen. Sie kam niemals vor elf Uhr aus dem Bett. Während er darauf wartete, daß sie aufstand, vertrieb er sich die Zeit. Er fing den Zeitungsjungen an der Tür ab und las in der Küche das *Wall Street Journal,* bis die polnische Köchin kam. Dann wanderte er in die Möbelausstellung hinaus und setzte sich mit seinen Zeitungen in die Nähe des Weihnachtsbaums, solange er noch stand. Danach suchte er die Nähe von Schnittblumen. Mrs. Layamon hatte in ihrem Büro Topfpflanzen stehen. Der Zugang zu diesem kleinen Zimmer war für ihn allerdings verboten. »Ich schaue gelegentlich von draußen zu ihrer Azalee hinein.«

»Was tut sie denn in diesem Büro?«

»Macht sich Notizen, trifft Verabredungen, bestellt die Lebensmittel, und sie spricht Gedichte auf Tonband für Leute in Altersheimen.«

»Wie nützlich«, sagte ich.

»Ja, schön für die alten Leute, einen Walkman umzuhängen und sich Robert Frost anzuhören.«

»Oder William Blake.«

Ich stellte mir die Todgeweihten als Gefangene des Fernsehapparats vor. Da war es doch viel besser für sie, die Worte der Psalmen zu hören. Rezitationen aus den Sprüchen Salomonis, dem Prediger Salomon, Auszüge aus Shakespeare, Blakes *Lieder der Erfahrung*, während sie langsam in die Ewigkeit hineingewoben wurden. Ich fragte: »Was liest sie ihnen denn auf Band vor?«

»Ich werde Matilda fragen. Mrs. Layamon hat wirklich eine wunderschöne Azalee in ihrem Sonnenerker. Die Pflanze tut mir so gut. Weißt du, wenn es hart auf hart kommt, stelle ich mich auf die Türschwelle und schaue sie an. Eine der ulkigen Regeln des Hauses besagt, daß keiner ihr Heiligtum betritt.«

Als er davon sprach, wie er die Azalee anschaute, veränderte die Richtung seines Blickes sein ganzes Gesicht – wiederum eine physiognomische Eigenart einer jener leidenschaftlichen Naturen, die sich danach sehnen, das zu finden und zu sehen, was vielleicht gar nicht auf Erden existiert. So hat es der russische Dichter Blok einmal in einem ähnlichen Fall ausgedrückt. Er hat ebenfalls beobachtet, daß bei solchen Menschen ein Auge (gewöhnlich das linke) kleiner als das andere ist. (Die Schlingen der Zahl Acht sind nicht gleich groß.) Solch ein Hunger darauf zu sehen, dauert das ganze Leben an, bis zum Grab, vielleicht sogar über das Grab hinaus. An solchen Zeichen verstand ich, daß der Bürger der Ewigkeit nicht von seinen inneren Quellen abgeschnitten ist. Doch ich verstand immer noch nicht, warum er sich an diesem Ort, dem Penthouse der Layamons, überhaupt aufhalten mußte, genausowenig wie ich die chinesischen Berge, die indischen Wälder, die Dschungel des Amazonas verstand, die ihn mir früher immer wegnahmen, wenn er mir manchmal monatelang entzogen war.

Doch er war nun einmal dort. Er wartete darauf, daß Matilda aufstand, und er las Zeitung. Ich kann mir beim besten Willen nicht vorstellen, was er mit diesen Gaddafis, Imeldas und Waldheims anfing oder mit den Trillionen des Washingtoner Etats. Die einzige für ihn unanfechtbare Affinität war die zu der 10 Meter entfernt und um die Ecke stehende Azaleenpflanze. Eine weitere Affinität, die zu Matilda, befand sich (so hofften wir) noch immer in formbarem Stadium. Matildes augenblickliches Bedürfnis war zu schlafen, und es war notwendig, ihr das zuzugestehen. Er achtete sehr darauf, sie nicht zu stören, und hängte seine Hose immer an der Innenseite der Badezimmertür auf, damit das Klimpern von Schlüsseln und Münzen nicht zu ihr drang. Den ganzen Vormittag über kochte die Köchin, machte das Mädchen sauber, nahm Mrs. Layamon Marianne Moor oder Wallace Stevens auf Tonband auf, und Matilda lag währenddessen unter ihrem seidenen Daunenbett in ihrem Jungmädchen-Schlafzimmer. Man sah nur ihr Profil, wenn sie schlief, ein Kind des Reichtums, endlich entlastet, sich völliger Ruhe hinzugeben. Nach vielerlei Umtrieben, Widerstand, nach verschwenderischen oder neurotischen Wanderungen war sie jetzt ihrem Zuhause wiedergegeben. An diesem Punkt kam Onkel Benn ins Spiel. Die Heirat mit B. Crader brachte sie zurück. Sie fand Ruhe. Sie nahm sozusagen ihre Lebensweisen und Privilegien von früher wieder auf. Sie schlief. Sie war eine exzessive, ausschweifende Schläferin, völlig dem Schlaf hingegeben. Man könne sie sich etwa so vorstellen wie Psyche, die in blinder Dunkelheit Eros umarmt. So drückte mein Onkel es zu meiner Überraschung aus. »Psyche« stammt auch aus jenem Gedicht von Poe, von dem er damals besessen war, so wie später von der Charles Addams Karikatur. Zuerst dachte ich fälschlicherweise: »Aha, jetzt kommt noch mehr von diesem spinnigen Edgar Allan Poe mit seiner Marmorpsyche. Nur dieser arme Trottel, der zufällig ein Trottel ist, den ich liebe, kann über so etwas den Verstand verlieren. All diese zweitklassige Bildlichkeit, diese ganze Selbstgefälligkeit. Und so weit, weit weg von seiner Botanik, wo er im Grunde genommen seine Kräfte investieren sollte.«

Da lag ich aber völlig falsch. *Er* hatte einen Schimmer von der Wahrheit. Wenn sie eine Psyche war, so war der Eros, den sie im Schlaf umarmte, nicht ihr Ehemann. Das gab er mir indirekt zu verstehen. Er war der Grund für ihre Ruhe, aber das Wesentliche dieser Ruhe war vielleicht noch einmal etwas ganz anderes. Ein anderer Mann? Nein, natürlich nicht. Etwas, nicht jemand. Es gab keinen anderen Mann. Nur war diese Sache, ihr Eros, nicht Benn Crader. Natürlich war Poes Psyche ganz aus Marmor und verkörperte das Ideal der Schönheit. Die Poe-Dame war da, um reflektiert, nicht umarmt zu werden – die Schönheit in der Reflexion. (Was haben die Juden übrigens mit all diesem griechischen Zeugs zu schaffen?)

»Soll sie sich doch einmal richtig ausschlafen. Ich sehe ja, daß sie es braucht. Ich möchte sie eigentlich nicht fragen: ›Warum schläfst du so viel?‹«

»Das gibt dir ja wiederum Gelegenheit, dich im Weltgeschehen auf den neusten Stand zu bringen«, sagte ich.

»Laß sie sich doch richtig ausschlafen«, sagte er. »Keiner bekommt schließlich, im elementaren Sinne, wirklich die Ruhe, die er braucht, es sei denn im Tod. Wenn sie also versäumten Schlaf nachholt, dann erwarte ich, letztendlich auch davon zu profitieren.«

Jedoch war das Erwachen (vielleicht nur im Augenblick) nicht glücklich. Wenn sie ihren Kaffee trank, war sie gereizt, mürrisch. Ihre großen Augen verharrten noch in ihrer

Schlafwelt. Wenig wurde gesprochen. Bevor sie etwas sagte, während noch ihr Mund sich auftat, bemerkte Benn, wie scharf ihre Zähne waren. Aber man kann einem Menschen nicht wegen seiner Zähne Vorwürfe machen. Wenn das Öffnen des Mundes einer schönen Frau ein bemerkenswertes Ereignis ist, so mag das an sich eher gegen den Beobachter sprechen als gegen die Frau. Doch ich habe die Fähigkeit meines Onkels zu originellen Beobachtungen ja immer für eine seiner Stärken gehalten. Alle diese Feststellungen zeugten von großem Scharfblick. Seit ich ihn einmal gebeten hatte, mir bei meinen Studien über die russischen Symbolisten behilflich zu sein, war er voll von Autoren in Anspruch genommen, für die ich keine große Geduld aufbringen konnte. Ich verließ mich ganz auf seine Zusammenfassung ihrer Argumente, und er wurde ein eifriger Leser von Solowjow (über Plato), Fjodorow, Berdjajew, Wjatscheslaw Iwanow (*Dostojewski und das tragische Leben*). Sich auf diese Lektüre beziehend sagte er einiges über die Kräfte aus dem Innern der Erde, die magnetisch auf die Rückenmarksflüssigkeit wirken. Er erwähnte (unter Angabe der russischen Quellen), daß die Erde mit luziferischer Elektrizität geladen sei. Und es stellte sich heraus, daß seine erste Frau ihn wohl doch mit Swedenborgschen Ideen beeinflußt hatte. Die Korrespondenztheorie zum Beispiel: Ein Baum ist nicht nur ein Objekt der Natur, er ist auch ein Zeichen. Es gibt Korrespondenzen. Objekte, schön oder häßlich, sind Kommunikationen. Ein menschliches Gesicht liefert Information, genau wie Farben, Formen, Gerüche. Matilda macht also den Mund auf, ja? Und Onkel Benn stellt fest, daß eine Frau von großer Schönheit vielleicht vier Beulen am Zahnfleisch hat, am Ansatz der Schneidezähne. Dieser Defekt – wenn es ein Defekt war und nicht vielmehr ein Anzeichen der Perversität des Betrachters, ein Impuls, Vollkommenheit in Frage zu stellen, oder eine Schrulle, die auf einen Widerstand gegen die Wirkung der Schönheit schließen läßt – mag ein Zeichen von Schwachheit sein. Sehr große Schönheit kann eine Qual sein. Sie zerrt an unserem Herzen (zumindest bei einigen von uns), und dann bekämpfen wir sie verzweifelt. Wir überlagern das unschuldige Gesicht eines Mädchen mit dem Haupt einer Meduse.

Was soll das Reden!

Von Natur her ein Morgenmensch, war Benn am muntersten, wenn er aufwachte. Er versuchte, Matilda über die Qualen des Aufwachens hinwegzuhelfen. Er las die *Times* und das *Wallstreet Journal* und suchte darin Artikel, Themen für die Unterhaltung am Frühstückstisch mit ihr. »Der Terrorist, den Craxi freigelassen hat, ist nach Jugoslawien gegangen, und dort haben sie ihn in ein Flugzeug in den Nahen Osten gesetzt.« Oder: »Reagan sagt, es ist in Ordnung, daß die Star-War-Forscher persönlich von Entdeckungen profitieren, die sie mit Staatsmitteln gemacht haben. Natürlich, er glaubt ja auch an die freie Marktwirtschaft ... Ach, und übrigens, da ist auch ein witziger Artikel über Milton Friedman. Jemand fragt ihn: Sind Sie sicher, daß der ›Homo oeconomicus‹ völlig rational ist – können wir uns darauf verlassen? Viele qualifizierte Denker haben behauptet, daß das Verhalten des *Homo Sapiens* eindeutig paranoid ist, und manche sagen sogar, daß es einen weitverbreiteten körperlichen Zustand gibt, der als *Schizophysiologie* beschrieben wird und sich wie *Schizopsychologie* auswirkt. Koestler hat so argumentiert. Wie verträgt sich dieser unanfechtbare Wahnsinn mit Ihrer Theorie vom ›Homo oeconomicus‹? Friedman antwortet, egal, wie verrückt die Menschen sind, sie bleiben immer nüchtern, wenn es ums Geld geht. Was glaubst du, ist das Tatsache oder Glaube? Er spricht natürlich nicht von Gut und Böse. Er diskutiert nicht einmal die Psychologie, was sehr für ihn spricht. Er sagt offenbar lediglich, daß zwischen der Menschheit und dem totalen Chaos nur der freie Markt steht. Der Glaube an das Unsichtbare wird von ihm auf den Glauben an die unsichtbare Hand reduziert.«

Hier klang Friedman mir wie Caroline Bunge!

»Ho, ho«, sagte Matilda scharf. Sie nahm Benns Ansichten nicht ernst. Und er versuchte ja auch nur, sie in eine bessere Laune hineinzuschmeicheln. Er machte diese Anstrengungen im Geist reiner Beschwichtigungspolitik. Aber sie haßte das Aufwachen nun einmal – sie *haßte* es einfach.

»Wie eine leuchtende Donnerwolke kommt eine hochgeladene Kumuluswolke der Wut über sie«, sagte Benn, eher bewundernd. Eine Frau voller Leidenschaft – bewundernswert!

Die Frühstückssemmeln waren in der Mitte noch gefroren, und sie empörte sich: »Das ist diese verdammte Mikrowelle! Warum steckt Irina sie denn nicht in den Gasofen, Himmel noch mal!« Ärger, Schönheit, Tadel. Benn kriegte die volle Ladung ab.

»Ich bring die Semmeln in die Küche«, sagte er.

»Den Teufel wirst du tun! . . . Irina!« rief sie.

Es gefiel ihr nicht, daß Benn mit den dienstbaren Geistern auf gutem Fuße stand. Von Bediensteten verstand er nicht die Bohne und mußte erst mal belehrt werden.

Das Frühstück war jedesmal nevenaufreibender, als man hätte erwarten dürfen. War Matilda schon unzufrieden mit ihm? Überlegte sie es sich anders? An seiner Stelle hätte ich mich ihrem Unmut nicht so ausgesetzt. Ich hätte das Frühstück ganz vermieden; wäre ins Labor gegangen; hätte den Vormittag in einem Gewächshaus verbracht. Er hätte einfach nicht bleiben dürfen.

Etwa um diese Zeit sagte Benn zu mir (er hatte es schon oft gesagt): »Ich frage mich, wie das Leben wohl aussehen würde, wenn ich dieselbe Begabung für Menschen wie für Pflanzen hätte.« Nehmen wir beispielsweise einmal Matildas

Schlaf, der ihn in gewisser Hinsicht an die Pflanzenwelt erinnerte. Der Tiefschlaf ist bar allen Bewußtseins, offensichtlich genau wie das Wachstum der Pflanzen. Bei Kristallen und Pflanzen realisiert sich ein hochkomplizierter Bauplan ohne jede Spur bewußter Intelligenz. Komplizierte Metamorphosen lassen jedoch auf eine intelligente Absicht schließen. Man mag in Versuchung geraten, das Bewußtsein auszuschalten, in einem seherischen Bemühen, den Zugang zu diesen merkwürdigen (stummen? aber sie sind doch unfähig, Geräusche zu machen) Pflanzenorganismen zu finden. Bei meinem Onkel ging ich davon aus, daß die gedankliche Durchdringung solch einer Versuchung zuvorgekommen war. Darüber hinaus mag die Macht von Matildas Schlaf die Phantasie meines Onkels auf die pflanzliche Analogie gelenkt haben. Ich könnte mir vorstellen, daß er Matilda als ein Büschel Farne sah, von der Satineinfassung der Daunendecke zusammengebunden, oben auseinanderfallend, mit Strähnen langen Haares über geschlossenen Augen.

Gleichwohl hatte er ja keine Pflanze geheiratet. Matilda konnte einen schon an einen Farn oder eine Lilie auf dem Felde erinnern, und vielleicht war das pflanzliche Element in ihr wirklich stark – die Mühe, die sie hatte, den Übergang vom Schlafen zum Wachen zu bewältigen, ließ auf einen Kampf zwischen zwei Naturen schließen – doch wachte sie ja schließlich auf, wie widerstrebend auch immer, und kam in ihrem herrlichen Morgenmantel, einem Brokat fernöstlicher Machart, hervor. Manchmal schnitt sie Benn das Wort ab. Sie sagte: »Um alles in der Welt, Benno, mach doch nicht so schwere Konversation, bevor ich wach bin. Ich krieg richtige Kopfschmerzen.«

Dabei war er ohnehin schon traurig – fern seiner gewohnten Umgebung, nicht in seiner Tiefe, und jetzt noch unter dem Befehl, nicht zu sprechen. Er saß in der Frühstücksnische und konnte nur noch auf die Stadt schauen, die so viele Quadratmeilen füllt. All diese verlassenen Industrieanlagen, die auf die elektronische Auferstehung warten, die kolossale Masse des Rostgürtels, die Stengel hoher Schornsteine, die heutzutage keine Rauchblüten mehr tragen. Eines der Privilegien der sehr Reichen war es, einen ungeheuer weiten Blick über diesen Niedergang zu genießen. Von der Spitze des Electronic Tower hatte man einen noch atemberaubenderen Blick. Nach Mrs. Layamons Meinung, die sich beim Abendessen darüber verbreitete, war der Tower ein »bedeutendes Zeugnis moderner Bauschönheit«. Benn konnte nichts Schönes daran erkennen, aber er hütete sich zu widersprechen; er hielt bei solchen Tischgesprächen den Mund. Gelegentlich wiederholte er während des Essens den Hinweis, dem sie beim ersten Mal keine Beachtung geschenkt hatte: »Wir haben früher an der Stelle gewohnt. Wir sind von der Jefferson Street dort hingezogen, als ich etwa zwölf war. Die Stadt hatte dem früheren Besitzer das Gebäude an Stelle von Steuern weggenommen, und mein Dad hatte es auf Onkel Harolds Rat hin gekauft. Ich glaube, er hat siebenhundert Dollar bezahlt. Ein schöner Garten war dabei. Zwei große Maulbeerbäume standen darin, und sie zogen im Juni immer viele Stare an.« Von seinen naturkundlichen Betrachtungen wurde kaum Notiz genommen. »Sehr schöne Bäume, die Sorte mit den weißen Früchten. Die purpurroten Maulbeeren haben einen besseren Geschmack.« Vielsagende Blicke gingen zwischen den Layamons hin und her. Mein Onkel nahm sie wahr, interpretierte sie aber als Zeichen der Langeweile. Damit lag er völlig falsch, wie wir sehen werden.

Aus der Frühstücksnische also hatte Benn einen privilegierten Blick über die Stadt, ihre tief eingeschnittenen Straßen und kaputten Wohnblocks. In der Mitte entstanden neue Gebäude – Stadterneuerungsprojekte. »Ich frage mich, wo meine Schwiegermutter das wohl her hat mit dem ›bedeutenden Zeugnis moderner Bauschönheit‹. Ein- oder zweimal war ich versucht zu sagen: ›Das könnte man von Ihrer Tochter sagen.‹ Aber ich wollte keinen Fauxpas begehen, indem ich ihre Tochter als ›Zeugnis‹ bezeichnete.«

Eine solche Bemerkung hätte er wohl auch nicht völlig ernst gemeint. Zudem war da beim Abendessen noch ein gewisser Überhang von dem Befehl, den Mund zu halten, unter dem Benn gestanden hatte, während Matilda ihren Frühstückskaffee trank – Tasse auf Tasse des stärksten *café espresso*. In diesem Augenblick hätte er wohl keine ästhetischen Überlegungen über sie angestellt. Vielmehr fragte er sich statt dessen: Habe ich etwas falsch gemacht? Vielleicht sogar: Habe ich etwas nicht gemacht, was sie gern gehabt hätte?

»Unsere ersten Flitterwochen waren vier Tage in Aruba«, sagte Benn. »Das Hotel, in dem wir wohnten, gehört zu einer Hotelkette. Der Doktor ist daran beteiligt.«

Die Patienten und Freunde des Doktors waren Bodenspekulanten großen Stils, und gelegentlich überließ ihm einer dieser Leute, mit denen er Rommé oder Golf spielte, ein Stückchen vom Kuchen – ein neues Bürohaus in Dallas, ein Einkaufszentrum, einen Komplex mit Luxuseigentumswohnungen, Ferien-Apartments in einem Badeort in Florida, eine Sternwarte in Oklahoma, einen Vertrag mit einer Stadt, abgestellte Autos abzuschleppen. Ein Prozentpunkt hier, ein Prozentpunkt dort, sagte Matilda. Papas Vermögen war aus Stückchen hier und Stückchen dort von solchen Unternehmen zustande gekommen. Tilda hatte sich ein ziemlich klares Bild von seinen Anteilen gemacht, obwohl der Doktor sich weigerte, ihr Informationen zu geben. Er hatte zu Benn gesagt: »Sie ist da verteufelt herausfordernd. Man kann einfach nichts vor ihr geheimhalten. Sie geht rum und redet mit Leuten, trinkt ein paar Gläser mit ihnen, und hastenichtgesehen hat sie schon den ganzen Handel aufgedeckt. Sie beobachtet immer von ihrem Satelliten aus. Sie hat auch nie so tief in ihrem französischen Mist gehockt, daß sie die Wirtschaft aus dem Auge verloren hätte. Umgekehrt ist es auch wieder eine Beruhigung. Wenn Jo und ich einmal das Zeitliche segnen, wird kein Angestellter einer Treuhandabteilung es schaffen, Matilda einzuwickeln. Ich bedaure den Burschen, der es versucht.«

Ich sagte: »Er will dir durch die Blume mitteilen, daß Matilda eine reiche Erbin ist.«

»Immer Matilda. Um mich geht es eigentlich kaum. Aber das ist ja auch nicht nötig.«

Zu dieser Zeit, vor der Reise nach Brasilien, waren Matilda und ihre Mutter jeden Nachmittag mit der Auswahl der Aussteuer der Braut beschäftigt, sie wählten zwischen Lalique und Baccarat und suchten Wäsche und Küchengeschirr aus. Mit mehr Erfahrung in der Haushaltsführung als die beiden zusammen hatte Benn seine eigenen Vorstellungen von Töpfen und Pfannen und Spülmaschinen. Er hatte zu vielen der Wissenschaft sehr fernstehenden Fragen erstaunlich entschiedene Ansichten. Bezeichnete sich als »naseweis«. Er wurde jedoch nicht konsultiert und versuchte auch nicht, sein Scherflein beizutragen. »Wir wollen für diesen Fall einfach annehmen, daß Matilda es besser weiß«, sagte er. »Ich erwarte ja nicht, daß sie zur emsigen Hausfrau wird. Aber sie kauft ein, als bereite sie sich auf die Eröffnung eines kleinen Hotels vor.«

Frisch rasiert erschien Benn jeden Abend in der Rolle des botanisch professoralen Bräutigams und Schwiegersohns – Dr. Chlorophyll – zum Abendessen. Ich war an einem Abend zugegen und machte meine Beobachtungen. Der alte Layamon und Matilda bestritten die ganze Unterhaltung. Danach wurde ein Mafiafilm auf Video gezeigt, *Der Pate, Teil 2.* Und ich hatte Gelegenheit, mit eigenen Augen zu sehen, was Benn mir über den Electronic Tower erzählt hatte. Er kam nachts näher, eine Masse erleuchteter Fenster, größer als die *Titanic,* die feurigen Masten wie ein Zeichen

für die Kinder Israels. An diesem Abend war Matilda sehr lebhaft, keine Spur von der erbosten, schwer zu weckenden Schönheit, die stumm gegen den hellen Tag und das volle Bewußtsein ankämpft. Ich mußte zugeben, daß sie (objektiv gesehen) attraktiv war, witzig, von bissig herablassender Art. Sie bewies damit, daß man Schönheit, die völlig ohne Schmerz für den Betrachter ist, selten findet. Ich jedoch ziehe Frauen vor – ich mache kein Hehl daraus –, die näher am Erdboden gebaut sind. Für meinen Geschmack hatte Matilda zu viel Höhe. Um nicht damit hinter dem Berg zu halten, ich mußte unaufhörlich überlegen: Wie weit gehen diese Beine noch weiter, und wie sind sie am Rumpf befestigt; was tut sich am Punkt dieser Befestigung? Man ist einfach nicht lebensnah, wenn man solche männlichen Mutmaßungen wegläßt, und Sie werden sehen, daß sogar mein Onkel, bei all seinen Grünzeug-Reverien, sich mit ähnlichen Bildern beschäftigt hatte. Jedenfalls fragte ich mich, wie Benn aus dem, was ich mir ausmalen konnte, seine Glückseligkeit bezog. Doch wird sich, beim Versuch, in solchen Dingen zu mutmaßen, auch der wißbegierigste Außenstehende nur zermürben. Der einzige Hinweis, den ich in jenen Tagen von Benn bekam, waren die Worte: »Es sollte mir doch möglich sein, die Wünsche einer Frau zu befriedigen. Wir werden tun, was sie gern möchte. Was das ist, kann ich nur herausfinden, indem ich mich ihrem Willen anpasse. Dann komme ich vielleicht ans Ziel.« Er ging mit ihr einkaufen und hielt den Mund, als sie einen Geschirrspüler von General Electric kaufte. »Der Kitchenaid für nur hundert Dollar mehr ist tausendmal besser«, erklärte er mir. »Ich werde aber niemals sagen: Hab ich doch gleich gesagt.«
Matilda brauchte die Maße der Wohnung im Roanoke, die sie von ihrer Tante geerbt hatte, und sie nahm Benn mit, um ihr beim Ausmessen zu helfen. Dabei sah mein Onkel die Wohnung zum erstenmal. Er berichtete, daß mein Vergleich

mit dem venezianischen Palast genau ins Schwarze getroffen habe. Man könne sich ein solches Haus wie das Roanoke – Großbürger-Barock – genausogut in Wien oder in Rio vorstellen. Sogar der Hausschlüssel wirkte venezianisch. Die Wohnungstür war gut und gerne dreißig Zentimeter dick und mit Helmbüschen und Speeren verziert. Die Türangeln waren superschwer. »Die Luft, die uns entgegenströmte, roch nach Krankenzimmer«, berichtete er. Die alte Tante war vor mehr als einem Jahr gestorben, und die Wohnung hatte in der Zwischenzeit leer gestanden. Entweder bemerkte Matilda den muffigen Geruch nicht, oder die Freude der Besitzerschaft machte für sie einen köstlichen Duft daraus. Sie hatte an dieser Erbschaft gearbeitet, seit ihr Onkel gestorben war, eine Angelegenheit von fünfzehn Jahren, und hatte zwei andere intrigierende Nichten aus dem Feld geschlagen. Deshalb war es ein beachtlicher Sieg.

»Matilda führte mich herum. ›Hier werden wir wohnen. Was hältst du von dem Grundriß?‹ Ich mochte nicht fragen, ob die alte Dame an Harninkontinenz gelitten hatte. Ob sie Katzen oder Hunde gehalten hatte. Das einzige, was ich herausbrachte, war, daß dies alles sehr luxuriös sei.«

»Versuchst du, dir vorzustellen, wie du hier leben könntest, so weit von der Jefferson Street entfernt?« sagte Matilda.

Und sie fing an, die Vorteile des Roanoke aufzuzählen: zu Fuß von der Universität zu erreichen; Benn könne hier an Ort und Stelle, zu Hause, ein Labor haben, wenn er wolle – alle Anschlüsse seien da. Sie würden nur noch ein paar schäbige alte Ausgüsse herausreißen müssen. Er erzählte mir, daß der Platz, den sie ihm anbot, ideal für eine Dunkelkammer gewesen sei. Er gab ihr zur Antwort, daß es ein großartiger Vorschlag sei, aber daß er daran gewöhnt sei, außer Haus zu arbeiten. Er brauche auch den Weg zum Campus, um nachdenken zu können.

Sie fragte ihn, ob es ihn schmerze, seine alte Wohnung aufzugeben, »den Schauplatz deiner ersten, glücklichen Ehe«.

Jetzt habe ja eine zweite glückliche Ehe begonnen, sagte er taktvoll.

»Dann eben den Ort, an dem du so viele hübsche Mädchen zu Gast hattest. Mich eingeschlossen.«

Es gab keinen Grund, jemanden wie Della Bedell zu erwähnen, und wie sie an die Tür gehämmert und geschrien hatte: »Und wo soll ich mit meiner Sexualität hin?« Die Nachbarn mochten dankbar gewesen sein, daß sie nicht hatten antworten müssen. Armes Ding. Jetzt, da sie tot war, war es schlichte Höflichkeit, Nächstenliebe, zu vergessen, wie sie sich benommen hatte.

Hier jedoch sind wir, die Lebenden, und wir besichtigen gerade unsere grandiose geerbte Wohnung. Benn taxierte die Größe der Zimmer, den Umfang der Kronleuchter. Er nahm die Tapeten und Dekorationsstoffe wahr, von denen einige in Fetzen herunterhingen, das bombastische dicke Porzellan der Badewannen, durch die Silberfischchen flitzten; die schweren versilberten Abflußrohre – früher einmal alles erstklassig. Dies war anders als der Reichtum, den Scott Fitzgerald einst bewundert hatte – etablierter Landhausreichtum, Polopferde in den Ställen, muskulöse blonde Spieler, beste Universitätsausbildung, Escadrille Lafayette. Nein, im Roanoke herrschte der versteckte Innenausstattungsreichtum der deutschen Juden, die von den Reichen auf Long Island als *Shonickers* bezeichnet worden wären. Uncle Benn befand sich noch nicht einmal ansatzweise in der Gunst einer dieser beiden Kategorien von Reichen. Die Kommentare gingen ihm aus, während Matilda ihn herumführte. »Dies ist das Wohnzimmer«, erklärte sie ihm. Und er sagte: »Das hat ja die Ausmaße einer Weide. Es ist wunderbar. Ist dieser Teppich weiß oder austernschalenfarben? Er ist wie Vlies, nur wird er ein wenig gelb.«

Sie beruhigte ihn, daß eine Reinigungsfirma kommen und die Verfärbung wegdämpfen würde. Sie sagte: »Dies ist ein sicheres Haus, Wachen und Türsteher rund um die Uhr. Der Vorsitzende des Physikalischen Instituts wohnt über und die Frau, deren Vater den Süßstoff erfunden hat, unter uns. Aber nun laß mich dir etwas zeigen, was dir bestimmt gefallen wird. Wir sind hier weit genug unten, um den Verkehr vom Boulevard zu hören, aber gleichzeitig sieht man von den Fenstern aus direkt in die Baumwipfel.«

Sie hatte recht. Benn betrachtete die Platanen an der Seite des Gebäudes. Hier würde er das halbe Jahr über Blätter zur Gesellschaft haben. Matilda, die ihren Spaß mit ihm hatte, trug jedoch allzu dick auf. Die dichten Platanen, in die er blickte, waren bleich und braun. Ihr Wurzelsystem breitete sich, behaarten Mammuts gleich, unter dem Pflaster aus, um die Kanalisation und andere Rohrsysteme herum, arbeitete sich unterirdisch weiter und wurde vom Kern der Erde angezogen. Hiervon erzählte er mir – seinem aufmerksam lauschenden Neffen mit dem scharf geschnittenen Gesicht, der versuchte, schlau aus ihm zu werden. Gelegentlich gab er mir gegenüber Bekenntnisse – fast Geständnisse – über Pflanzen ab. Ein wahrer Pflanzenfreund ergoß hier sein innerstes Wesen in Blätter und Zellgewebe und erhob sich selbst von dem von Wurzeln umklammerten Boden in die höchsten Höhen. Als rede er mit sich selbst, sprach er von Kräften aus dem Zentrum der Pflanze, die, dem Kummer verwandt, grüne Impulse an die Oberfläche und zur Sonne schickten; ein Akt, dem die Blätter applaudierten. Ich bin nicht sicher, ob er sich genau darüber im klaren war, was er sagte. Er traute mir genug, um draufloszureden, unerklärliche Gedanken, unzulässige Ideen in Worte zu kleiden. Vertraut wie er mit der Anatomie dieser Organismen war, hatte er eine sehr spezielle Vorstellung von ihnen. Und ich habe schon an früherer Stelle einmal gesagt, als ich von Matildas langen Beinen und deren Befestigung am Rumpf sprach (in puncto Ehemann), daß man dem wahren Leben nicht näherkommt, wenn man solche Überlegungen beiseite wischt. Deshalb ist es mir nicht möglich, die letzte Bemerkung, die Benn hinsichtlich der Platanen machte, wegzulassen. Während er die Bäume ansah, glaubte er, hinter sich, aus dem weidegroßen Zimmer in seinem Rücken, ein Stöhnen zu hören. Worüber würde dieses Zimmer wohl stöhnen? (Es war kein menschlicher Laut.) Die einzig mögliche Interpretation war, daß es sich schlicht und einfach um eine Projektion handeln mußte, die von den kahlen Platanen ausging. Dies läßt einige Zweifel an »zuverlässigen Interpretationen« an sich aufkommen.

Er selbst hätte solch einen Laut von sich gegeben, wenn er sich nicht seines besten Benehmens befleißigt hätte. Er gab sich bei dieser Besichtigung seines zukünftigen Wohnsitzes als der ideale Ehemann. Ein riesiges Gebäude, das um 1910 von Königen des Textilhandels errichtet worden war – die Räume, sagte er, ließen ihn an Zisternen der Selbstliebe denken, die ausgetrocknet seien, jetzt, da die ursprünglichen Bewohner auf den Friedhof gezogen seien. Doch war es gefährlich, sich in solche Phantasien zu versteigen, deshalb begann er, die Einrichtung zu untersuchen – jede Menge Sofas und andere sehr große Möbelstücke. Er sagte zu Matilda: »Die Polsterung ist hinüber. Sie ist von Gerüchen durchdrungen.«

»Ich rieche nichts.«

»Oh, eindeutig. Schlechte Gerüche ...«

»Tante Ettie hat ein paar sehr schöne Stücke hinterlassen. Aber sie hatte testamentarisch verfügt, daß ihre Verwandten und Freunde direkt nach dem Begräbnis in die Wohnung kommen sollten. An jedem Gegenstand hing ein Schildchen, und die jeweiligen Erben sollten ihr Eigentum auf der Stelle mitnehmen.«

»Sofort?«

»Du sagst es. Und einige meiner Cousinen haben wunderschöne Antiquitäten bekommen.«

Als er sich hieran erinnerte, sagte er, ihre »Glühfäden« seien noch »heiß vor Wut« gewesen.

»Jemand hat dich ausgetrickst.«

»Ach, die haben der alten Dame Honig um den Bart geschmiert.«

»Kam es zu Handgreiflichkeiten?«

»Nein, nicht direkt nach der Beerdigung, aber es gab viele hitzige Auseinandersetzungen, als alle ihre Beute wegtrugen. Was du hier siehst, ist also all das Zeug, das keine Schildchen trug und mir gehören sollte. Viele wertvolle Stücke sind verlorengegangen. Nach Meinung der alten Dame waren diese Sofas für die Ewigkeit gemacht. Das muß alles ersetzt werden. Der Secondhand-Laden von Daddys Krankenhaus wird diese Sekretäre und Sessel abholen lassen.«

»Wahnsinnige Kosten, das neu einzurichten«, sagte Benn.

»Wir könnten doch alle passablen Stücke in die wichtigsten Zimmer zusammenholen. Vielleicht neue Bezüge machen lassen.«

»Nein, Liebes. Nein«, sagte sie.

Dieses »Liebes«, das »Liebes« des Widerspruchs, wurde wie ein Betonklotz hingesetzt, berichtete Benn. Der blauäugige korpulente Mann erschien äußerlich gar nicht empfindlich, und doch war er ein mit unzähligen Fibrillen ausgestattetes System, das höchst komplexe Botschaften aufzuzeichnen vermochte.

»Wo würde man denn passende Möbel finden? Skandinavisches Design würde hier nicht recht passen.«

»Vielleicht in Rio. Es muß dort phantastische Sachen geben«, sagte sie.

»Und die Kosten für die Verschiffung? Über fünftausend Seemeilen oder so?«

»Luftfracht dürfte billiger sein. Und man kann immer irgendwelche Geschäfte machen. Du könntest doch zum Beispiel ein paar Vorträge für die Information Agency halten. Auf die Weise würden wir auch noch das Land sehen.«

»Ich sehe, daß du dir schon Gedanken gemacht hast. Und wie würden wir es deichseln, einen Diplomatenpaß zu bekommen?«

»Jetzt willst du mich wohl auf den Arm nehmen. Du bist eine internationale Berühmtheit auf deinem Gebiet – eine Art Denkmal. Ein hohes Tier. Für dich würden sie alles tun. Du selbst weißt gar nicht . . .«

Es war ein öder Wintertag, ein grauer Himmel, der die Knochen der Natur weiß hervortreten ließ. Doch die üppige Bauweise des Hauses hüllte alle Knochen ein, und drinnen konnte man die äußere Umgebung vergessen. Die Heizkörper strahlten große Hitze aus, fast zu viel, und mit der Hitze kamen altmodische Geräusche und Gerüche, Ausdünstungen dessen, woraus sich unsere eigene Sterblichkeit zusammensetzt, Erinnerungen an die intimen Gase, die wir alle verströmen. Die Botschaft dieses Hauses lautete: »Nur keine Angst, hier wird für dich gesorgt.« Doch das Roanoke war nicht nur ein Wohngebäude. Man konnte hier nicht einfach nur wohnen. Wollte man das versuchen, es wäre das Verderben. Das Gebäude war in der Tat, wie ich schon sagte, ein Palazzo. Hier mußte man Gesellschaften geben, Abendessen, Privatkonzerte – sonst würde die Umgebung einen alsbald entleiben, und in Bälde wäre man ein Gespenst, das in der Speisekammer umging. Was Tilda sagte, als sie Benn durch die Schlafzimmer und die Dienstbotenräume führte, machte ziemlich deutlich, daß sie oft Gäste haben würden. Und wen? Einflußreiche Leute dieser Stadt, deren Bekanntschaft erstrebenswert war. (Zu welchem Zweck? Benn fragte das nicht, aber er dachte es.) Besucher des Landes, die hier durchkamen, Menschen wie Dobrynin, Kissinger, Marilyn

Horne, Ballettänzer, Günter Grass – die auf der Durchreise waren und nichts besseres für den Abend vorhatten – würden hier einen kultivierten Hafen der Gastlichkeit vorfinden. »Wird das nicht sehr teuer werden?« fragte mein Onkel, als wisse er es nicht. Er war ja nur Professor mit einem Jahresgehalt von um die sechzigtausend Dollar, oder, wie ich schon vorher sagte, etwa gerade so viel, wie der Unterhalt von zwei Gefangenen in Stateville kostet. Hiervon hatte er zehn Riesen pro Jahr gespart, so daß er nun ein Kapital von rund zweihunderttausend besaß, plus seine Rentenpapiere, die er allerdings (zum Glück) nicht vor seiner Pensionierung antasten konnte, sowie Lenas Versicherung, und diese für das Roanoke zu verplempern (um Henry Kissinger oder Pavarotti zu bewirten, die Freunde ihrer Nachfolgerin), wäre nicht richtig erschienen. Matilda lächelte nur über seine ängstlichen Bedenken. Offenbar hatte sie schon einen Schlachtplan.

Mit Hilfe meiner Stichworte rekonstruierte Benn die Unterhaltung, die er mit Matilda in jenen leeren Räumen geführt hatte.

»Du mußt dich dieser Wohnung mit mehr Phantasie nähern«, sagte sie. »Sie sieht jetzt bombastisch und schmuddelig aus. Aber ich habe Erinnerungen an bessere Tage, und ich kann dir sagen, wenn sie an der Fifth Avenue läge, wäre sie ein paar Millionen wert, und du müßtest ein Lehmann oder Warburg sein, um sie dir leisten zu können. Wahrscheinlich ist es das prachtvollste Wohngebäude zwischen Pittsburgh und Denver. Um es zurückhaltend auszudrücken. Sogar hier steht es unter Denkmalschutz und darf nicht abgerissen werden. Die Unterhaltskosten sind gering, und die Steuern sind relativ bescheiden.«

»Ich bin ganz dafür, wenn du es möchtest«, sagte Benn. »Warum nicht? Trotzdem muß ich einfach wissen, worauf wir uns da einlassen, Liebling. Für mich ist nie sehr wichtig gewesen, wo ich wohne.« (Stimmt nicht ganz; immerhin hatte er sich etwa dreißig Jahre lang in seiner kitschigen alten Wohnung sehr wohl gefühlt.) »Kann ich mir das leisten? Das ist die Frage. Dieser Fünfzehnzimmer-Leviathan wird mein ganzes Gehalt schlucken und noch einiges mehr.«

»Jetzt mal langsam, und krieg nur nicht gleich Angst«, sagte sie.

»Oh, ich habe keine Manschetten, ich frage ja nur.«

»Natürlich habe ich das schon von allen Seiten bedacht«, sagte sie lächelnd. »Ich dachte, es würde den Don Quichotte in dir mehr ansprechen.«

Benn sagte: »Quichotte war Junggeselle.«

»Ich meinte, daß dich das Irrationale daran reizen würde.«

»Wir könnten ja zunächst den vorderen Bereich, den Vorzeigeteil, renovieren, und wir beide würden so lange hinten wohnen.«

»Und aus Dosen essen?« Ihr Humor war eher hinterhältig. »Oder vielleicht Sozialhilfe beantragen?«

Er sagte: »Angenommen du würdest die Wohnung verkaufen – wieviel würde sie bringen?«

»Das ist auch unrealistisch. Bevor man sie anbieten könnte, würde man renovieren müssen. Im augenblicklichen Zustand würde man nicht annähernd den vollen Wert bekommen.« Sie war nicht gekränkt, daß er überhaupt fragte; sie senkte den Kopf und warf ihm ihr typisches Lächeln von unten zu und zupfte dabei durch das Kleid am Gummi ihrer Unterwäsche. Sie tat das öfters während einer Unterhaltung, zupfte in der Taille oder am Rücken. Sie ertrug ihn mit Geduld, das war bald offensichtlich, und sie hatte nicht die Absicht, diese prächtige Wohnung aufzugeben.

»Allen Ernstes«, sagte mein Onkel zu mir, »das Wohnzimmer könnte als Hangar für zwei oder drei Privatflugzeuge dienen. Ihr Lebensplan für eheliches Glück schließt diese Museumshallen – so kommen sie mir vor – mit ein. Es ist ein

Dreiecksverhältnis: Matilda, ich und das Roanoke. Mir war das nicht klargewesen. Wie hätte man das auch vorher ahnen können? Trotzdem, ich erinnerte mich daran, wie der Doktor ihren klugen Kopf gelobt und behauptet hatte, daß sie Mondale zum Präsidenten hätte machen können, und begann mich nach zur Verfügung stehenden Geldmitteln zu erkundigen. Etwa: ›Erwartest du denn, daß deine Eltern etwas beisteuern? Hat deine Tante Etti Geld zu diesem Zweck hinterlassen?‹ Aber das brachte mich nicht weiter. Ich konnte mir nicht vorstellen, daß diese scharfsinnigen Leute von Parrish Place nicht schon alles genau durchgerechnet hatten. Aber ich bekam von Matilda einfach keine direkten Antworten. Mir bleibt nichts anderes übrig, als selbst eine Höchstgrenze für Ausgaben festzusetzen. Und ich glaube, es wird eine Weile dauern, bis ich ihren vollständigen Plan erkenne, das Muster im Teppich sozusagen.«

»Bestimmt haben die ihre Berechnungen angestellt«, sagte ich. »Daß du von deinem Gehalt ein solches Etablissement unterhalten solltest, ist einfach nicht realistisch, und diese Schlauköpfe wissen das. Sie können nicht erwarten, daß du dich für die Frau, die du liebst, umbringst. Und da sie dich ja auch liebt, kann sie nicht wollen, daß du dich ruinierst. Ich denke also, die beste Haltung ist, dies für den Augenblick als ein bezauberndes Geheimnis hinzunehmen. Das ist mein Rat.«

»Nun ja. Das Ergebnis unserer Finanzdiskussion war, daß ich das alles mit Dr. Layamon besprechen sollte. Sie will ein Arbeitsessen für uns in der Stadt arrangieren.«

»Um die Finanzen zu besprechen.«

»Ich denke wohl.«

Ich glaubte nicht, daß mein Onkel seine Interessen bei diesem Lunch sehr gut vertreten würde. Ein Jammer, daß er sich in solche Angelegenheiten hatte verstricken lassen. Ich habe an früherer Stelle Churchills Ausspruch über das briti-

sche Empire zitiert, daß es in einer Art Geistesabwesenheit
erworben worden sei, und ich habe eine Parallele mit Onkel
Benns Heirat gezogen, aber ich bin mir über diese Theorie
der Geistesabwesenheit noch nicht ganz im klaren. Das geheime Motiv des Geistesabwesenden ist ja, unschuldig zu
sein, obwohl er schuldig ist. Geistesabwesenheit ist ge-
fälschte Unschuld. Im Falle eines Mannes wie meinem Onkel, dem im Grunde nichts entging, war es keine akzeptable
Kategorie. Was das Muster im Teppich anging, so würde
mein Onkel es niemals erkennen können, solange er selbst
auf diesem Teppich lag. In diesem Augenblick stand er, meinem zugegebenermaßen harten Urteil zufolge, nicht mit
beiden Beinen auf dem Boden der Tatsachen. Ich ging die
Fakten durch, soweit sie mir damals bekannt waren: Eine
wunderschöne Frau heiratet einen weltberühmten Botaniker. Er denkt vielleicht, das diene *seinen* Bedürfnissen. Aber
nein, sie hat sich schon die ganze Zeit überlegt, was sie mit
ihm anfangen kann. Und ich stelle mir vor, ich befände mich
wieder in der Rue Bonaparte und ginge das Problem mit Kojève durch – nur wir beiden sind anwesend. Ich wähle ihn, da
er ein unerbittlicher, unbarmherziger Logiker ist. Benn war
ein Botaniker, der eine Frau suchte, und er fand eine Frau,
die genau solch einen Botaniker wollte, als Gastgeber für
Berühmtheiten – den zur Wohnung passenden Ehemann.
Sein Motiv war eine tiefe Sehnsucht. Solch eine Sehnsucht!
Man darf nicht erwarten, daß Sehnsucht von solcher Tiefe
definitive Ziele hat oder zu finden vermag. Matilda ihrerseits
hatte ganz klare Ziele. Sie wußte, was sie wollte, und sie bekam es. Er wußte nicht, was er wollte, und genau das sollte
er bekommen.
Ich hatte eine schwere Aufgabe: Ich mußte meinem Onkel
helfen, sich zu verteidigen. Ich nahm nicht an, daß die Layamons ihm schaden wollten; nur war nicht sehr wahrscheinlich, daß sie seinen Zauber respektieren oder auf den Gedan-

ken kommen würden, ihn um seiner Begabungen willen zu schonen. Es stand eine ganze Menge auf dem Spiel. Ich kann es nicht fortwährend wieder aufzählen. So zum Beispiel: der Fluch der menschlichen Verarmung, wie er sich Admiral Byrd in der Antarktis offenbarte; das Schlafen der Liebe in den menschlichen Wesen, das Larkin erwähnte; die Suche nach sexueller Verzauberung als dem universellen Heilmittel; das Bilden der eigenen Seele als dem einzigen Projekt, das zu unternehmen sich wirklich lohnte; und meine persönliche Ablehnung des Existentialismus, die mich dazu geführt hatte zu emigrieren und die mich in der Analyse von Motiven so strikt machte. Darauf wurde ja bereits hingewiesen.

Ich sagte zu meinem Onkel: »Tu mir den Gefallen – ich bin eben einfach neugierig – und frag diesmal Dr. Layamon nach dem Richter, der die Trauung vollzogen hat. Du hast gesagt, daß du es tun wolltest!«

»Ja, das habe ich versprochen. Und ich mache mir auf der Stelle eine Notiz.« Er zog seine Brieftasche heraus und suchte darin nach einem Stück Papier. Es fand sich nichts außer einem American Express Belastungsauszug. Mein Onkel schraubte seinen Füllfederhalter auf und schrieb AMADOR C. in Blockbuchstaben quer über die Rückseite. Im kommenden April würde sein Steuerberater fragen, ob er diese Firma zum Essen eingeladen habe und ob es absetzbar sei. Er steckte den Zettel wieder ein, zwischen andere eselsohrige Papiere, und ich glaubte fest, er werde nie wieder daraufschauen. Skeptisch kommentierte ich innerlich (ich lernte gerade, nicht an ihm herumzukritteln): »Das war's dann wohl in dieser Sache.« Unerwarteterweise dachte er jedoch daran, dieses Thema beim Lunch anzuschneiden. Ich war darüber erfreut, war es doch ein Zeichen, daß er ernst nahm, was ich sagte, und auch dafür, daß er die Initiative ergreifen konnte.

Der Doktor führte seinen Schwiegersohn ins Avignon, wo

es *nouvelle cuisine* gab. Ein weiteres Wolkenkratzer-Gipfel-treffen, sagte Benn. Offenbar genoß Layamon es, ganz oben zu sein. Sie betraten das glasumschlossene Restaurant auf dem fünfundsiebzigsten Stockwerk in einem der neuesten Hochhäuser, dessen Fenster pflaumenfarben getönt waren, um das gleißende Licht zu brechen. Der Doktor kam frisch vom Friseur, das dünner werdende Haar gewaschen und in der Mitte gescheitelt, die Fingernägel frisch manikürt. Er marschierte wie der Kommandant einer Panzerdivision hin-ein, mit steif erhobenen Schultern – »verdammt zweidimen-sional, diese Schultern«, sagte Benn wiederholt. Solche At-tribute waren ihm wichtig. (So wie sein Baum nicht nur ein Baum war, sondern auch gleichzeitig ein *Zeichen*.) Und er lieferte mir eine typische detaillierte Beschreibung des Man-nes. Der Doktor hatte einen schlanken und beweglichen Hals, der sein Gesicht auf einen zu »drängte«, wenn er einer Sache besonderen Nachdruck verleihen wollte. Immer noch zum Thema Layamons Gesicht fügte Benn hinzu, daß es im Verhältnis zur Körpergröße klein sei und daß in dessen Mitte etwas sei, das sich mit einem reflektierenden Uhrdia-manten vergleichen ließ, wenn die Sonne darauffiel, eine auf-blitzende Stelle. Doch wenn man die Quelle dieses Aufblit-zens suchte, fand man sie einfach nicht.

Der Auftakt zum Lunch war nicht gut. Der Doktor wollte, daß Benn diese Drei-Sterne-Einladung goutierte und ent-sprechend reagierte. »*Nouvelle cuisine*«, sagte er mehr als einmal (dabei ist *nouvelle cuisine* ja schon wieder fast out!), aber Benn brachte einfach nicht den richtigen Ton von blankgeputztem Fernsehglück in seine Antworten. Im Ge-genteil, er beging gleich als erstes einen Fauxpas oder Schnit-zer. Wenn man das Restaurant betrat, sah man die besonders empfohlenen Gerichte des Tages ausgestellt, jeder Gang ge-nau so angerichtet, wie er serviert wurde – Fisch und Schnit-zel, pürierte Karotten und Kürbisse – französisch bezeichnet und ins Englische übersetzt. Die Ausstellungsstücke waren mit einem glänzenden Plastikmaterial abgedeckt. »Frischhaltefolie, glaube ich«, sagte Benn. Der Doktor fand das hinreißend, aber Benn sagte, ihn erinnere es an das, was man den Hinterbliebenen zeige, wenn sie einen Sarg für den verstorbenen Vater oder die verstorbene Mutter aussuchen müßten. Der Doktor ärgerte sich sehr darüber. (»Wurde steif wie die Stangen, mit denen man Beton bewehrt«, sagte Benn). Wenn es etwas gab, was der Doktor an seinem Schwiegersohn nicht ausstehen konnte, dann seine anarchistischen Assoziationen. Der Doktor wurde unterhalb der Augen paprikafarben; er ging rasch weiter, und Benn folgte hinter dem Oberkellner. Mein Onkel sagte, er habe nicht anders gekonnt. Das Kalbfleisch und die Seezunge *meunière* so kalt dort aufgebahrt. Aber Termine hatten abgesagt werden müssen, und wenn man noch die Arbeitsstunden, die der Doktor opferte, und die Rechnung für das Essen dazuzählte, belief sich das Ganze auf ein hübsches Sümmchen. Überdies konnte es der Doktor nicht leiden, wie Matilda später zu verstehen gab, wenn der Tod ins Gespräch gebracht wurde, besonders während der Mahlzeiten.

»Einen Augenblick lang«, sagte Benn, »hätte er mich umbringen können, Kenneth. Ich sah, wie plötzlich alles in ihm aufwallte. Er machte hier um meinetwillen Umstände, und es lohnte sich nicht, weil ich einfach von Natur aus ein Stümper bin. Aber dann bekam er sich wieder in die Gewalt. Die väterlichen Gefühle siegten. Und auch die Kräfte des ›positiven Denkens‹.«

»Glaubt er daran?«

»Er sagt es jedenfalls oft.«

Sie wurden in einer Nische untergebracht, die ledergepolstert war wie ein Porsche oder Lancia, und der Doktor nahm die Weinliste zur Hand. »Weiß oder rot – französischer oder kalifornischer? Dies ist eine besondere Gelegenheit.« Eine

Flasche funkelnden Vouvrays wurde bestellt, und der Trink-
spruch des Doktors lautete: »Willkommen in unserer Fami-
lie. Jo und ich sind stolz auf Matildas Wahl! Wir glauben
Ihnen, daß Sie das Mädel lieben!«
Benn erklärte: »Ich liebe sie wirklich.«
»Aber natürlich tun Sie das. Und haben vor, anständig und
ehrlich mit ihr umzugehen.«
»Das war ich auch mit meiner ersten Ehefrau.«
»Das weiß ich. Was *zwischen* der ersten und der zweiten
Frau war, geht keinen was an.«
Nach einem Glas Wein wurde der Doktor wieder er selbst;
er überwand seinen Ärger über den Witz mit dem Sarg. Er
hatte eine Vorliebe für physische Nähe, und in dieser Nische
im Avignon saß er Benn praktisch auf dem Schoß. Es war
keine normale Nähe; man konnte nicht mehr unterscheiden,
welcher Atem wem gehörte. »Wenn ich ein Mädchen gewesen wäre, wär er mir an den Ausschnitt gegangen und hätte
mir vorne ins Kleid geschaut«, sagte Benn. Die Brille des
Doktors saß nicht ganz gerade, und auch sein Blick war
schief. Die beiden Hälften seines Gesichts, paßten, vertikal
betrachtet, nicht ganz zueinander. Seine Haut war trocken,
sein Mund breit und geschwätzig, seine Augen waren unkoordiniert. Im Krankenhaus hatte er den Spitznamen
Automatengosche. Er hielt Benn im gebeugten Arm wie ein
schulterklopfender Viehzüchter, befühlte und drückte ihn.
»Vielleicht sammelte er medizinische Informationen«, sagte
Benn. »Er legte sogar einmal die Hand um meinen Oberschenkel, direkt über dem Knie. Wo sie im alten Testament
die Hand hinlegten, wenn sie einen Eid schworen.« Körperlich, erkannte Benn selbst, war er kein passender Mann für
Matilda. Mein Onkel gehörte einem früheren somatischen
Typus an, dem der Immigranten und der ersten Generation
ihrer Kinder. In einem Land, das Züchtungen macht und
Vitaminspritzen verabreicht (bei Vieh und Federvieh) und

die Welt mit den Zähnen seiner Kinder verblüfft, mit ihrer gesunden Haut und ihren aerobisch entwickelten Armen und Beinen, wirkte Benn mit seinem Kuppelkopf und der russischen Rundung des Rückens wie eine Illustration aus einem Buch über die Entwicklung des Menschen – drei oder vier Stufen vor dem Höhepunkt. Matilda *war* der Höhepunkt, das Goldkind des Doktors. (Wir werden noch sehen, daß Benn in einem schwer erreichbaren Atrium seines Denklabyrinths dem im Grunde genommen nicht zustimmte.) Warum also hatte Matilda sich diesen *zhlobb* ausgesucht? Das war es, was der Doktor so gerne wissen wollte. Sie tranken ihr erstes Glas aus und bestellten das Essen; der Ober goß Vouvray nach, und der Doktor zwitscherte wie das Vogelhaus im Zoo, wo so viele verschiedenartige gefiederte Familien vertreten sind, die nichts gemein haben außer den Lauten, die sie von sich geben.

»Um auf unser Thema von neulich zurückzukommen«, sagte der Doktor, der es niemals verlassen hatte, »ich habe den Versuch, mit der sexuellen Revolution Schritt zu halten, so gut wie aufgegeben.«

»Aber warum sollten Sie denn Schritt halten?« sagte mein Onkel.

»Versetzen Sie sich einmal in die Lage eines von Grund auf altmodischen Papas mit einer Tochter, die dazu noch das einzige Kind ist! Und dann als Arzt, der es mit Patienten zu tun hat, die komplizierte Syndrome zur Sprache bringen. Man ist doch verpflichtet, sich zumindest darum zu bemühen, den Zusammenhang zu verstehen. Wie soll denn ein Arzt auf die Tatsachen des Lebens reagieren? In der Praxis und auch zu Hause.« Ich konnte mir Benn vorstellen, sehr distanziert (nicht reserviert), wie er den Doktor aus der Ferne, gleichsam von einer Anhöhe aus beobachtete. »Kinder, die ohne elterliche Aufsicht schlüpfrige Fernsehsendungen anschauen«, fuhr der Doktor fort. »Oder Porno-Rock hören. ›Auf die Knie. Dir nagel ich den Arsch am Boden fest!‹ Platten, die in Millionenauflage verkauft werden, wenn sie die goldene Schallplatte kriegen. Zahlenmäßig vergleichbar mit dem Staatsetat ...«

»Darüber hatte ich noch gar nicht nachgedacht.«

»Ihr Burschen von der reinen Wissenschaft, ihr braucht das auch gar nicht.«

Mein Onkel sagte: »Gehört das nicht zu den Dingen, gegen die der einzelne Bürger nicht viel tun kann – wie die Bombe zum Beispiel. Nach der Atombombe ist die Orgasmusbombe auf uns abgeworfen worden.«

Der Doktor spitzte ihn mal wieder an und versuchte, ihn auszuhorchen, um Informationen über seine Tochter zu angeln – eine Klage vielleicht, eine Beichte, einen Skandal.

»*Sie* haben sich ja auch nicht im Bunker verkrochen«, sagte der Doktor. »Sie haben Ihren Anteil gekriegt.« Als er sah, daß Benn Anstalten machte zu protestieren, beeilte er sich zu sagen: »Ich mache Ihnen gar keine Vorwürfe. Es hat Ihnen gewisse Vorteile gebracht, und es gibt keinen Grund, warum Sie nicht Ihren Anteil an Spaß und Kitzel haben sollten. Ich rate Patienten immer, nie aufzuhören, auch denen, die eigentlich zu alt dafür sind. Sie würden staunen, wie viele zu mir kommen und sagen, daß sie es nicht mehr brächten, und was ich von Hormonspritzen hielte, damit sie die Ehefrau weiter befriedigen könnten. Denen sage ich: ›Schauen Sie, solange Sie ein Knie, einen Ellbogen, Ihre Nase, Ihren großen Zeh noch haben – nehmen wir mal an, Sie haben eine liebevolle Frau –, dann wird die, wenn Sie Ihre Pflicht getan haben, solange Sie ihn noch hochgekriegt haben, das nehmen, was Sie jetzt noch bieten können, und mehr als das sind Sie ihr nicht schuldig.‹ Natürlich haben diese alten Narren Angst, daß ihnen irgendein Karatelehrer die Alte ausspannt, und deshalb erkundigen sie sich nach Prothesen. Oder einer kleinen Pumpe vielleicht, mit der man das Glied aufblasen kann. Wie eine Blutdruckmanschette, wissen Sie.«

Benn (dessen dürfen wir sicher sein) sah so aus, als denke er darüber nach, aber im Grunde konnte er sich dieses ganze Sexgerede nicht erklären. Er hatte den Verdacht, daß der Doktor eine solch intensive Beziehung zu seiner Tochter hatte, daß er einfach nicht von ihrem Geschlechtsleben loskommen konnte. Und Benn befand sich nicht in der Position, zu behaupten, daß er auf diesem Gebiet keine Schwierigkeiten gehabt hätte. Es wäre einem Protest gleichgekommen, einer Verteidigung, wäre keine wertneutrale Aussage gewesen.

»Hören Sie, Herr Dr. Layamon –«

»William.«

»Na schön, William, warum erzählen Sie *mir* denn etwas von Hormonen und aufblasbaren Genitalien? Glauben Sie, daß ich Ihnen eine medizinische Beichte ablege?«

Der Doktor wurde rot – nicht gewöhnlich rot; er wurde orangerot, so wie die Schwanzlurche, die man auf Landstraßen manchmal sieht. »Warum sollte ich denn ...?«

»Was weiß ich, warum, oder ob diese Anspielungen mir als Stichwort dienen sollten. Oder ob Matilda Ihnen gegenüber dieses Thema angeschnitten hat.«

»Nichts da!« sagte der Doktor. »So verlieren Sie doch nicht gleich die Nerven.«

»Heutzutage heiraten Frauen doch nicht mehr ohne vorherige Experimentierphase, da können Sie sicher sein. Matilda ist im letzten Sommer auf einen Monat in der Schweiz bei mir gewesen.«

»Das war kein Geheimnis. Sie hat uns Fotos geschickt.«

»Fotos?«

»Ansichtskarten von Zürich und Genf, auf denen sie schrieb, daß sie sehr glücklich sei. Sie haben mich völlig mißverstanden, Benno. Jo und ich haben in dieser Hinsicht eine ziemlich klare Vorstellung von Ihnen. Seien Sie nicht böse, aber wir haben da eine kleine Überprüfung machen lassen, rein privater Natur und absolut diskret. Sie können uns das nicht übelnehmen. Wir leben in perversen Zeiten, und Matilda ist unser einziges Kind und wird ein hübsches kleines Erbe antreten. Matilda gefiel das nicht, und sie sagte, es sei nicht nötig, sie hätte schon auf ihre Art Einblick genommen in Ihre Vergangenheit. Sie hatte eine ziemlich klare Vorstellung von den Damen, für die Sie sich zuvor interessierten.«

»Dann haben Sie also einen Detektiv engagiert, um herauszufinden, ob es vor verlassenen Frauen und unehelichen Kindern nur so wimmelt?«

»Ach, was zum Teufel, Junge, Sie reisen so viel herum, da hätten wir ja den CIA oder Interpol einschalten müssen. Wenn irgend etwas Schlimmes herausgekommen wäre, säßen wir ja nicht hier zusammen im Avignon. Außerdem, wenn es in dem Bericht des Burschen etwas Ernstes gegeben hätte, dann wäre er zuerst zu Ihnen gelaufen, und hätte versucht, es Ihnen zu verkaufen. Die übliche Erpressung. Das erwartet man doch schon. Man schaltet einen Ermittler ein, und der Halunke holt aus dem Burschen, den er beschattet, raus, was er nur kann.«

»Ich hoffe nur, er hat Ihnen eine saftige Rechnung verpaßt. Hat Matilda den Bericht gelesen?«

»Ich hätte ihn ihr nie gezeigt. Außerdem wollte sie ihn gar nicht sehen. Sie sagte, Sie beide hätten eine Abmachung, nicht in der Vergangenheit des anderen herumzuschnüffeln.«

»Ich nehme an, der Bursche hat nur den Lokalklatsch rund um die Universität zusammengefegt.«

War der Detektiv zu Caroline gegangen? Noch immer war mein Onkel Caroline überraschend zärtlich verbunden. Sie besaß gewisse feminine Eigenheiten, die er schätzte – eine Art subkutanes Kräuseln der unteren Halsgegend und der

Brüste. Er vermißte Caroline nicht; er gab inzwischen zu, daß sie ein Fall für den Psychiater war. Aber genau aus diesem Grund war sie leicht aus der Fassung zu bringen. Mochte sie auch völlig weggetreten sein, er hatte ihr immerhin übel mitgespielt, und er fühlte mit ihr, dem armen Ding – das waren seine Worte, so wie ich sie in den Notizen finde, die ich nach unseren Gesprächen machte. Er sagte, daß wir »mit unseren geistigen Fähigkeiten, jedenfalls die meisten von uns, die meisten Menschen, denen wir begegnen, auf der schiefen Bahn sind. Strauchelnde, einer wie der andere.« Man nehme doch nur Dr. Layamon selbst, diesen Ärztepapst und Star: Den größten Teil der Zeit hatte er doch nicht unter Kontrolle, was er sagte. Von zehn Sätzen, die er von sich gab, schienen höchstens drei aus dem wachen Bewußtsein zu kommen, der Rest kam aus anderen Quellen. »Solchen Quellen wie dem zweiten Ich, das dir gesagt hat, du sollst dem Trödler deinen Zehner geben?« (Ich folge meinem Notizbuch.) »So ähnlich«, sagte mein Onkel. »Das, was du gerne den Dämon nennst. Ich habe das bei Plato nachgeschlagen, wo steht, daß Eros ein vermittelnder Geist zwischen den Göttern und Menschen ist. Ich sehe allerdings nicht ein, warum wir den armen Eros in diese schmutzige Geschichte hineinziehen sollen.«

Der Doktor war also gar nicht verantwortlich für das, was er sagte. Er war eine Art Charlie McCarthy, eine Puppe für Kräfte aus dem Unbewußten. Außer wenn er über Geld sprach. Dies war der Beweis für Milton Friedmanns Theorie, derzufolge Dollars und Cents das einzige sind, was uns bei Vernunft hält. Man denke nur andrerseits an die Berge von Geld, die für sexuelle Zwecke ausgegeben werden. Kann man denn behaupten, daß diese *Ausgaben* vernünftig sind? Ebenso vernünftig wie die *Produktion* von diesem Zeug? Mein Onkel mühte sich immer, sich den Namen von einem meiner Russen wieder ins Gedächtnis zu rufen, von jenem, der sagte, Sex sei ein diabolischer Weg, das Paradies wiederzufinden, ein »vergifteter Ersatz«, eine Parodie auf das Schöne und Erhabene, ein falsches Licht, das von dem Luzifer des Sex zu unserer Zerstörung verbreitet werde – falls tatsächlich so große Geister wie Eros oder Luzifer sich immer noch mit uns irren menschlichen Fällen abgeben.

Worauf es hinausläuft, ist, daß Männer und Frauen wild entschlossen sind, das von einander zu bekommen (oder das einander zu entreißen), was einfach mit keinem Mittel zu haben ist.

Was nun Caroline anging, so hätte mein Onkel wegen ihr kein so schlechtes Gewissen zu haben brauchen. Offensichtlich gehörte seine Flucht am Tag ihrer Hochzeit nicht zu den überraschendsten oder pittoreskesten Ereignissen ihres Lebens.

»Nun werden Sie nur nicht sauer, Benn«, sagte der Doktor. »Betuchte Leute müssen sich einfach gewisse geheimdienstliche Berichte machen lassen. Einen Detektiv anheuern ist bloße Routine.«

»Kommt darauf an, welche Fragen der Bursche gestellt hat«, sagte Benn kalt.

»Glauben Sie, ich bin so blöd, einen Mann loszuschicken, um herauszufinden, was *eine Frau* über Sie denkt? Ich habe doch nicht vierzig Jahre lang Medizin praktiziert, ohne zu entdecken, daß Frauen völlig andere Reaktionen zeigen, die weit jenseits des Horizonts von irgend so einem Schnüffler mit FBI-Hintergrund liegen. Ich bin schließlich kein kompletter Idiot – lediglich ein bißchen ungeordnet in der Art, wie ich rede.«

»Ich bin nicht gerne dritten Parteien ausgeliefert«, sagte Benn. (Was konnte das nur bedeuten? Daß nur zweite Parteien das Recht hatten, ihn zu verhackstücken?)

Der Doktor sagte: »Hören Sie, Junge, Sie kriegen viel mehr Informationen von mir – und zwar zuverlässige – als die, für die ich den Schnüffler bezahlt habe. Ich habe Ihnen ja selbst erzählt, was für ein Biest Matilda sein kann. Oder bisher war. Die Ehe mit dem richtigen Mann wird sie verwandeln – hat sie schon verwandelt. Sie sind eine besondere Persönlichkeit, und glauben Sie ja nicht, daß mir das nicht klar ist. Diese coiffierten Moderatoren, die alles, was sie können, in einem Kommunikationsseminar gelernt haben – es stimmt schon, daß sie schwindelerregende Gehälter heimtragen, aber ich könnte meine Tochter ebensogut mit einem Stück Pizza verheiraten. Innerhalb von einem Monat würde sie beim Anblick von so einem loskotzen. Anders bei einem Mann wie Ihnen. Sie wird immer zu Ihnen aufschauen und von Ihnen lernen können, und Ihretwegen wird ihr Heim für viele Menschen attraktiv sein.«

»Warum attraktiv?«

»Weil Sie die Pflanzen in- und auswendig kennen. Das hat enorme Anziehungskraft ... Endlich! Da kommt unser Essen. Wie die in diesen protzigen Restaurants immer herumfurzen müssen ... Das Kalb ist für mich und die Seezunge für meinen Gast ... Ich garantiere Ihnen, Ihr Leben wird eine einzige Wonne sein, wenn Sie es lernen, Gefallen an Gesellschaft zu finden. Sie sind eine Art Einzelgänger, aber Tilda ist sehr gesellig. Sie ist in dieser Hinsicht wie ihre Mutter, und eine Ehefrau, besonders die Ehefrau eines Arztes, kann einen Mann machen oder vernichten. Völlig egal, ob Sie ein genialer Diagnostiker sind; wenn Ihre Frau eine dieser egoistischen Neurotikerinnen ist, die nicht mit Wärme auf Menschen zugehen und keine Einladungen geben, kriegen Sie nie eine erstklassige Praxis. Es wird damit enden, daß Sie für eine Versicherungsgesellschaft Blutdruck messen oder Bergarbeitern die Prostata massieren. Eine Frau muß fähig sein, die richtigen Leute zusammenzubringen und Konversation zu machen. Falls Sie das noch nicht gemerkt haben, werden Sie es merken, wenn Sie sich häuslich einrichten. Matilda kann ausgezeichnet mit brillanten Menschen umgehen, und sie kann sie Ihretwegen einladen, einem großen Namen auf Ihrem Gebiet. Beim ersten Mal werden die Leute Ihretwegen kommen, und danach Matildas wegen. Nicht daß Sie gerade ungesellig wären, aber ein Mann, der Menschen mag, landet nicht in der Antarktis.«

»Das war nicht der Grund, warum ich dorthin ging ...«

Der Doktor schnitt sein *paillard de veau* in kleine Stücke und sagte: »Was haben Sie denn dort gemacht, wenn das keine indiskrete Frage ist?«

»Nein. Ich habe an einem Sonderprojekt über Flechten gearbeitet. Sie beziehen Nährstoffe aus der Atmosphäre, und ich arbeitete mit Meteorologen zusammen, die die Luftströmungen der Erde erforschten.«

»Sie reden immer ganz anders, wenn Sie von der Antarktis reden.«

»So? Ich hatte schon immer gerne hingewollt. Ans Ende der Erde. Warum ...?«

Und mein Onkel zählte innerlich seine Gründe dafür auf: Weil es ein episches Land ist, das von Helden wie Shackleton, Scott und Amundsen erforscht wurde. Weil dort Männer ihr Leben für einander opferten. Weil der Südpol einen Vorgeschmack auf die Ewigkeit gibt, wo die Seele ihren warmen Körper verlassen muß, und dort unten kann man die Gleichgültigkeit Temperaturen gegenüber üben, die man brauchen wird, wenn dieser Moment kommt. Mein Onkel hätte niemals versucht, diese Erklärungen zu äußern. Es konnte und würde nicht zur Kenntnis genommen werden. Was man dem Doktor auch anbot, er warf es ungeduldig fort, wenn es nicht Erleichtung für das bot, was ihn gerade beschäftigte. Sprich zu ihm von der Seele, die den Körper verläßt, und er starrt dich an, als seist du plemplem. Sprich nicht davon, sondern schweige, und du bist in seinen Augen ungesellig.

Das Lunch war halb vorüber. Sie aßen. Ihr Himmelsrestaurant befand sich in einer unvorstellbaren Lage – so hoch über den Straßen, wie Stahlträger sich nur aufeinanderbauen lassen. Für die Technik ist das ein leichtes; ihre Unterhaltung dagegen war mühsam. Unübertragbare Ideen, seltsame spontane Ausdrücke wie »die Orgasmusbombe«, *nouvelle-cuisine*-Gerichte unter Frischhaltefolie, die mit einer Sargausstellung verglichen wurden, brachten den Doktor aus dem Konzept. Sein Gesicht lag immer noch in Falten. Doch, wenn auch im Grunde seines Herzens unzufrieden, er redete.

Der Doktor erzählte von einem köstlichen Zeitungsbericht über ein Brautpaar, das die Genehmigung einholen wollte, in der Antarktis zu heiraten, damit die Braut eine völlig weiße Hochzeit hätte. »Was ist schon der Nordpol! An den Nordpol kann jeder fahren. Es gibt fahrplanmäßige Hubschrauberexpeditionen dorthin, und man kann zum Lunch hinauffliegen und zum Cocktail wieder zurück in der Zivilisation sein; aber der Südpol ist eine andere Sache. Ihm haftet noch etwas Geheimnisvolles und Romantisches an.« Und wo schon von Romantik die Rede war, so sei es ja nicht nur wunderbar, daß Benn und Matilda sich verliebt hatten, es sei auch ein schicksalhafter Augenblick. Dies war die richtige Zeit, um zu heiraten. Das Schürzenjagen aufzugeben. Zufällige Sexualkontakte seien im Augenblick ja gefährlicher denn je, wo die Medizin vorübergehend vor Viren wie AIDS (eine in der Entstehung begriffene Epidemie, eine richtige Pestilenz) und anderen weniger propagierten Geschlechtskrankheiten die Waffen strecken mußte. Die Monogamie sei wieder im Vormarsch. Er hoffe, daß Matilda plane, in Brasilien schwanger zu werden. »Mein Sohn, dies wird Ihre letzte Gelegenheit sein, eine Familie zu gründen. Selbst sie ist schon verhältnismäßig alt für eine Erstgebärende. Mich hat Matildas Biologie schon immer interessiert. Im Kreißsaal, in dem sie geboren wurde – und ich erinnere mich gut daran –, rätselten wir Ärzte an diesem Neugeborenen herum. War es ein Junge oder ein Mädchen?«

»Sie spaßen wohl«, sagte Benn.

»Ich sage ja nur, daß anfangs keiner recht sicher war. Manche Kinder sind glatt und schön bei der Geburt, andere sehen aus, als hätte eine Lawine gekreißt.«

In ungewohnte Kleidung gehüllt, in ungewohnten Höhen speisend, von dem Haarstylisten, zu dem Matilda ihn geschickt hatte, seiner normalen Erscheinung beraubt, war mein Onkel nicht ganz sicher, wie er sich verhalten sollte. Doch er hatte immerhin Geistesgegenwart genug zu sagen: »Nun, Sie können ganz beruhigt sein, Doc, sie ist durch und durch weiblich.«

Hier, im Avignon, war wieder der Electronic Tower sehr nahe, das benachbarte große Gebäude, das über die anderen herausragte, und wo das Avignon, vom Penthouse aus gesehen, schon endete, ragte sein Genosse oder seine große Schwester immer noch weiter auf. »Da ist wieder Ihre alte Heimat«, sagte der Doktor und deutete mit seinem Weinglas hinüber. »Hätten Sie nicht gedacht damals, als Ihre Mutter dieses Heim für unheilbare Kranke leitete, daß eines Tages dieses herrliche Monument daraus werden würde, wa?«

Benn war verärgert darüber und sagte: »Das ist keine faire Darstellung. Es war eine Art Familienunternehmen, und die meisten Leute waren alte Freunde aus der Jefferson Street.«

»Das brauchen Sie mir doch nicht zu erzählen; ich habe in der Gegend mein Praktikum gemacht. Die altmodischen Immigrantenfrauen zogen sich immer die Röcke über den Kopf, wenn sie untersucht wurden, damit man nicht sah, wie sie einen roten Kopf bekamen. Wie anders das alles heutzutage mit den Beinhaltern ...«

Aber mein Onkel hatte nicht vor, den Doktor wieder mit der Unterhaltung durchgehen zu lassen. Er ergriff die Initiative und heftete seinen kobaltblauen Blick auf seinen Schwiegervater, Messer und Gabel in den aufgestemmten Fäusten. »Ich will wissen, warum Sie Chetnik hergeschafft haben, um die Trauung vorzunehmen.«

»Ach wissen Sie, Chetnik ist ein alter Freund der Familie; wir haben gemeinsam die Schulbank gedrückt. Er war die rechte Hand von Bonaccio, dem Wortführer des Syndikats, in den großen Tagen der Prohibition.«

»Lassen wir doch den historischen Aspekt aus dem Spiel. Er war der Richter in unserem Prozeß gegen Vilitzer.«

»Das ist mir durchaus klar.«

»Dann stellt sich die Frage, warum Sie ausgerechnet ihn für die Trauung geholt haben. Damals war Bestechung im Spiel.«

»Sie sollten lieber vorsichtig sein. Sie könnten mit solchen Behauptungen riesige Schwierigkeiten bekommen.«

»Ich stelle diese Behauptungen vor einem Mitglied der Familie auf, nicht vor einer Pressekonferenz. Ich habe während des Empfangs herausgefunden, wer er war.«

»Und Sie waren schockiert«, sagte der Doktor mit einem Anflug von Spott.

»Ich war sauer. Er muß sich königlich amüsiert haben. Erst seift er mich vor Gericht ein ...«

»Und dann was – kriegt er gleich noch einen zweiten Versuch?«

»Ist Ihnen klar, wie viele Jahre wir gebraucht haben, um die Prozeßkosten in dieser Sache zu bezahlen?«

»Dafür können Sie sich bei Ihrer Schwester bedanken und bei der Schaufensterpuppe von einem Anwalt, die sie beauftragt hat – welche Kanzlei war das gleich noch mal?«

»Das steht hier nicht zur Diskussion.«

»Jedenfalls war der Anwalt ein Trottel, sonst hätte er etwas Besseres gewußt, als den Fall Vilitzer in Chetniks Gerichtssaal auszufechten. Dieser Anwalt sollte eine Kanzlei in Tasmanien aufmachen; hier gehört er nicht her. Aber saubere Rechnungen hat er geschrieben, was? Wissen Sie übrigens, warum Anwälte beim Zahnarzt so eine Katastrophe sind? Die machen nicht den Mund, sondern immer die Hand auf!« Benn ließ sich von diesem erbärmlichen Witz nicht aus dem Konzept bringen.

Dann sagte der Doktor zu ihm: »Ich habe erwartet, daß Sie mich zur Rede stellen, und ich freue mich fast darüber, falls meine Reaktion Sie interessiert. Bin froh zu sehen, wie Sie sich auf die Hinterbeine stellen.«

Herunter aus den erhabenen Regionen, wo man keinen Zugang zu ihm hatte. Jetzt konnte man, weil es um sein eigenes Interesse ging, Onkel Benn zu fassen kriegen. Die Layamons hatten sich vorgenommen, Benn einzubringen, das heißt, ihn auf das einzig Großartige zurechtzustutzen, was Amerika besitzt, *den Amerikaner.* Man kann keinen Schwiegersohn an seinem Herde nähren, der ein anderes Habitat hat – ein außerirdisches oder weiß der Teufel was für eines. Überdies *wollte* Benn ja herabsteigen, er hegte den ausgesprochenen Wunsch, in allgemein vorherrschende Zustände des Geistes einzutreten und vielleicht sogar in die merkwürdige Sexualität, die mit solchen Zuständen einhergeht.

»Wußte Matilda, daß Amador Chetnik *der* Chetnik war?« fragte Benn.

»Mag sein, daß ihr so etwas schwante, obwohl er schon so lange ein Freund der Familie ist, daß es ganz natürlich wäre...«

»William, damit können Sie mir doch nicht kommen.«

»Nun gut, ja. Es hat ein wenig Überredungskunst gekostet, aber wenn man diesem Mädel einen vorteilhaften Vorschlag macht, dann kapiert sie innerhalb von einer Sekunde. Es ist ja überhaupt nichts Schlimmes passiert. Vergangenes ist vergangen. Kein Mensch hat sich diebisch gefreut. Inmitten Ihrer Romanze hätte doch kein Mensch Sie mit so etwas belasten wollen. Chetnik selbst ist gerade dabei, sich neu zu orientieren, er wechselt die Loyalität. Trotzdem besteht er nach wie vor darauf, daß Ihr wilder Onkel einen starken Prozeß geführt hat.«

»Was, als Mamas Testamentsvollstrecker, der uns über eine Scheinfirma, die ihm selbst gehörte, den Grundbesitz abgekauft hat?«

»Es tut mir leid, daß ein namhafter Wissenschaftler wie Sie solche unerwünschten Familienmitglieder haben muß wie Vilitzer. Er saß in der Stadtplanungskommission und hatte schon im voraus Informationen über die Wertsteigerung dieses Baugrundstücks«, sagte der Doktor. »Und es stimmt, daß Ihr Onkel Amador zum Richter gemacht hat und daß er ihn jahrelang auf die Nase hätte fallen lassen können, wenn er ihn von der Richterwahlliste gestrichen hätte.«

»Ich warte immer noch darauf, zu hören, worin denn nun der Vorteil bestand, ihn in die Trauung mit hineinzuziehen«, sagte Benn.

»Sie geben nicht auf«, sagte der Doktor recht zufrieden. »Erbarmungslos. Das gefällt mir. Kein Wunder, daß Sie mit Onkel Vilitzer nicht klargekommen sind; er ist an Arschlecker gewöhnt, und davon hat er immer jede Menge gehabt. Tja, wie Sie sich vermutlich schon gedacht haben – bei Ihrem Gehirn –, das Ziel ist, von Onkel Harold Geld zurückzuholen. Das ist der große Generalplan.«

»Um damit den Palazzo Roanoke zu renovieren?«

»Richtig! Und zwar ein anständiges Sümmchen. Ettie hat ein wenig Geld für die Instandhaltung und dergleichen hinterlassen. Aber ihre finanziellen Vorstellungen stammen aus den Tagen des alten Reichtums, als die Preise niedrig und Dienstleistungen billig waren. Die alte Dame konnte einen mit ihren Hellern und Pfennigen in den Selbstmord treiben. Diese Wohnung zu modernisieren wird gut und gerne dreihundert Riesen kosten. Man kann doch nicht erwarten, daß

Matilda nach Brasilien reist und diese Verantwortung einfach in der Luft hängen läßt. Irgendeine Lösung muß sie haben. So ist sie nun einmal. Ist Ihnen klar, was Harold aus diesem multinationalen – vorwiegend japanischen – Konglomerat von Ecliptic Circle, der Ihr Land damals kaufte, rausgeholt hat?«

»Wie soll mir das denn klar sein! Vielleicht ist es Chetnik klar. Er hat das doch nicht nur getan, um auf der Wahlliste zu bleiben.«

»Sie können von Amador nicht erwarten, daß er irgend jemand erzählt, was ihm, wenn überhaupt, gezahlt worden ist, damit er die Klage abschmiert. Sie können auch nicht erwarten, daß er mich im Golfclub auf dem Fairway beiseite nimmt und sagt: ›Harold Vilitzer hat mich gekauft!‹«

»Ich habe zwar keine Erfahrung mit Leuten auf diesem Gebiet, aber jetzt, wo ich über sie nachdenken *muß*, entdecke ich, daß ich ein gewisses Gespür dafür habe. Also: Alte Hasen in der Kommune wissen, daß Chetnik von Vilitzer geschmiert wird. Natürlich kann Chetnik das nicht offen sagen.«

»Braucht er auch nicht. Außerdem würde ich das in der Vergangenheit ausdrücken: Chetnik *wurde* von Vilitzer geschmiert. Und was Ihr Gespür anbetrifft, so ist Ihnen das angeboren. Es könnte sogar ein Talent sein – erblich. So, und meine Quellen werde ich nicht nennen, aber der Preis, den das alte Slumgelände von Ihren Eltern eingebracht hat, belief sich auf mindestens fünfzehn Millionen.«

Benn wischte das beiseite. Die Höhe der Summe spielte keine Rolle; für ihn war das lediglich eine jener Zahlen, die man ständig genannt bekommt, wie die Anzahl der Kokainsüchtigen im Land beispielsweise oder die Toten im Ersten Weltkrieg oder der tägliche Verlust an Gehirnzellen.

Der Doktor sagte noch einmal: »Fünfzehn Millionen – haben Sie nicht gehört, Junge?« Verständnis wollte er, Begreifen.

»Hab schon gehört. Sie haben gesagt, Chetnik sei *früher* einmal von Vilitzer geschmiert worden. Eine Sache der Vergangenheit. Seit wann ist er nicht mehr sein Mann?«

»Seit der Staatsanwalt für diesen Distrikt ernsthaft hinter Chetnik her ist. Insider könnten Ihnen verraten, daß es in wenigen Monaten zu einer Anklage kommen wird. Amador muß jetzt sein eigenes Fell verteidigen. Das Justizministerium ... und es ist die alte, immer gleiche Geschichte, eine republikanische Verwaltung, die es darauf abgesehen hat, die Demokraten in der Lokalpolitik bei krummen Touren zu erwischen. Für Sie wäre es jetzt also von Vorteil, dieses mit Ihrem Onkel zu diskutieren.«

»Nein, nein, das könnte ich nicht. Er ist doch über achtzig.«

Dr. Layamon, das Gesicht erneut von Falten durchzogen – jetzt jedoch in anderer Anordnung –, schien ihn kaum gehört zu haben. »Wenn ein cleverer Kläger gut in Form ist, wickelt er das Geschworenengericht und gleichzeitig die Presse um den Finger, dann setzt er seine Statements auf die Sekunde genau ein und läßt schon mal was zu den Fernsehleuten durchsickern. Seinen Gegner hat er fest im Schwitzkasten und kann dem armen Schwein das Genick brechen. Auf diese Weise zieht er ins Kapitol ein, während der Übeltäter im Bunker endet. Also: Sie schicken Vilitzer in den Knast, und der Weg in den Senat steht Ihnen offen. Oder Sie werden Gouverneur, und vielleicht fällt Ihr Name sogar im Zusammenhang mit der Präsidentschaft. So hat unser derzeitiger Gouverneur es gemacht.«

Der Doktor hätte einen Meisterkurs im Aussenden vielsagender Blicke geben können. Das Kalbfleisch und der Vouvray wurden beiseite geschoben. Beifallheischend schaute Layamon Benn an. Da also lagen seine wahren Passionen. Mehr als zu seinen Leistungen auf medizinischem Gebiet bekannte er sich zu seinem politischen Verstand.

»So, und was genau soll ich mit meinem Onkel diskutieren?«
fragte Benn.

»Sie deuten einfach an, daß dies nicht der günstigste Zeitpunkt sein dürfte, den Prozeß noch einmal aufzurollen.«

»Ich verstehe. Mit Amador Chetnik jetzt in umgekehrter Laufrichtung, als unserem Lehrmeister auf der Seite des Rechts. Ja, ich blicke durch. Und das war der Grund, warum Sie den Richter gebeten haben, Matilda und mich zu trauen.«

»Oh, sehr gut, Sie kapieren schnell«, sagte der Doktor und tippte applaudierend zweimal in die Hände.

»Aber ich will Vilitzer nichts Böses antun – er ist mein Onkel. Sicher, er ist rücksichtslos gewesen. Aber trotzdem – er ist mein Onkel – er ist Mamas Bruder.«

»Ein komischer Zeitpunkt für Familiensinn.«

»Sie haben ja auch Familiensinn, wenn es um Matilda geht«, sagte mein Onkel.

»Bei meinem eigenen Kind, das ist etwas anderes; aber sogar bei ihr, wenn sie mir eins auswischen würde, so übel wie Harold Vilitzer Ihnen, wäre dann was los, und das weiß sie. Und sie, das können Sie mir glauben, ist zäh. Nicht Ihnen gegenüber natürlich; die Liebe macht die große Ausnahme. Sie sind ihr großes Kind. Ich will Ihnen aber keineswegs verhehlen, daß man in der Kriegs-Akademie einen Kopf wie den ihren gut brauchen könnte. Dann würde es keine Fiaskos mehr geben wie Grenada, wo sämtliche Softies aus den rivalisierenden Militärdiensten aufeinandertrafen. Sie ist ein Genie. Was für ein Mädel Sie geheiratet haben, was?«

»Ist das Matildas Idee, die Sache mit Vilitzer und Chetnik?«

»Natürlich nicht. Wo denken Sie hin! Die Hauptüberlegung ist doch die Gerechtigkeit. Sie sind um Millionen geschröpft worden. Und nun stellt sich heraus, daß Ihre neue Familie Ihre Rechte verteidigt, und Sie haben doch das Recht, sich in einer Behausung wie dem Roanoke niederzulassen. Es steht

Ihnen zu, stilvoll zu leben, schließlich sind Sie ein reicher Wissenschaftler und keine arme Forschungsmaus.«

»Und Matilda will, daß ich Vilitzer den Arm umdrehe? Das muß ich alles gründlich mit ihr besprechen.«

»Harold wäre der erste, der Ihre Motive verstünde, so ein alter Hase wie er.«

»Herr Dr. Layamon, ich hätte kein gutes Gefühl dabei, ihn unter Druck zu setzen. Zumal ich all die versteckten Fußangeln noch gar nicht überschauen kann. Ich muß das noch weiter überdenken.«

»Ich würde bei Vilitzer erst einmal mit fünf Millionen ansetzen, bereit auf drei runterzugehen. Ich schätze sein Nettoeinkommen auf hundert Millionen.«

»Damit habe ich nichts zu schaffen«, sagte mein Onkel. »Was Sie von mir wollen, läuft auf eine Drohung hinaus. Ich bin nicht der Meinung, daß es für ihn so schädlich wäre, wenn der Prozeß noch einmal aufgerollt würde. Es würde ihm vielleicht nicht gerade nützen, aber warum sollte es ihn fünf Millionen Dollar kosten? Was, wenn er mir ins Gesicht lacht? Und glauben Sie, ich könnte es genießen, von erpreßtem Geld ein feines Leben zu führen?«

»Erpreßt? Was! Sagen Sie lieber, daß er die Kinder seiner Schwester betrogen hat. Außerdem sitzt die Staatsanwaltschaft schon in den Startlöchern, um ihm die Scheiße aus dem Arsch zu prügeln, wenn gewisse Parteien etwas sagen. Und was wäre wohl, wenn *Sie* zur Zeugenaussage vorgeladen würden? Ihre beeidigte Zeugenaussage würde ihn in den Knast bringen, und dann bekämen Sie keinen Penny.«

»Ich würde dann natürlich auch aussagen müssen, daß Amador Chetnik eine Sittenwidrigkeit begangen hat.«

»Die hauptsächliche Rechtsverletzung bei ihm wäre, daß er sich von Onkel Harold schmieren ließ. Doch wir gehen viel zu sehr ins Detail. Sie könnten das auf dem Zeugenstand ja gar nicht belegen. Kehren wir doch lieber wieder zum We-

sentlichen zurück. Matilda wünscht sich eine herausragende gesellschaftliche Position, die einer Frau wie ihr ja auch zweifellos zusteht. Sie verdienen wieviel – sechzigtausend?«
»Und das ist durchaus angemessen«, sagte Benn.

»Aber das ist doch Unsinn. Wie sagte doch Margaret Thatcher gerade erst neulich: Wenn die USA die Steuersätze auf siebenundzwanzig Prozent senken würden und England weiterhin jedem die Scheiße unter dem Hintern wegsteuert, dann büchsen die kreativen Wissenschaftler demnächst alle in die USA aus. Die sind imstande, ihr *Vaterland* zu verlassen! Und Sie wollen nicht einmal aus Ihrem Onkel rausholen, was Ihnen doch von Rechts wegen zusteht!«

»In der Pflanzenmorphologie ist sechzigtausend ein gutes Gehalt. Ich liebe Matilda wirklich. Und ich würde alles für sie tun, was Maß und Ziel hat. Aber ich will nicht, daß mein Onkel im Gefängnis abkratzt, während ich in diesem protzigen Roanoke lebe. Ich bin dagegen bereit, mich mit Harold friedlich auseinanderzusetzen.«

»Friedlich! Wenn Sie mit dem Ölzweig daherkommen, reißt Ihnen der Vilitzer den doch aus der Hand und rammt ihn Ihnen in den Arsch«, sagte der Doktor. Sein Gesicht zog sich vor Lachen zusammen. Mehr denn je war es von innen ausgedörrt, von seinem hyperaktiven Temperament oder der Hitze der strafbaren Begünstigung. Er war innerlich überhitzt, brauchte einen Supraleiter zu Temperaturen weit unter Null. »Nein, nein!« sagte er und wurde wieder ernst. »Dem müssen Sie schon mit harten Fakten kommen, wenn Sie Geld wollen, richtiges Geld, großes Geld. Der Ölzweig bringt Ihnen *zilch*. Vielleicht sollte man einen cleveren Anwalt hinschicken.«

»Nein, danke!« Da war Benn ganz strikt, machte er nicht mehr mit. »Was auch passiert, ich sorge für mich selbst. Keinen Einsatz von Dritten; nicht für mich.«

»Nun gut, es ist Ihr Onkel. Ich sehe, daß Sie es ernst meinen.

In diesem Falle werden Sie eine Menge Instruktionen brauchen.«

Alle Instruktionen der Welt würden da nicht helfen. Abgesehen davon konnte nichts den Doktor daran hindern, seine eigenen Emissäre zu Vilitzer zu schicken. Er hatte genügend Agenten für diesen Zweck, der darin bestand, Onkel Harolds Füße ins Feuer zu halten. Sie konnten und würden immer behaupten, sie täten es für Benn und mit seiner Einwilligung.

In aller Kürze will ich mir erlauben, hier meinen eigenen Senf dazuzugeben: Insofern, als ich an diesen Vorgängen Anteil hatte, indem ich mich mit Vilitzers Sohn Fishl traf und dann meinem Onkel davon berichtete und so fort, beobachte ich nicht nur von einem sozusagen theoretischen Satelliten aus. Gesagt werden muß aber einmal, daß mein Onkel, nach der Meinung Dr. Layamons, absolut inkompetent für Verhandlungen dieser Art war. Genausogut hätte man einem melanesischen Eingeborenen eine brandneue Yamaha samt Gebrauchsanweisung hinstellen und ihn dann damit auf die Autobahn schicken können. Er würde niemals starten und noch viel weniger wieder anhalten können. So entsprach mein Onkel, grob gesehen, nach Ansicht des Doktors, dem russischen Volk, so wie Ponomarenko, Stalins Befehlshaber über Weißrußland, es gesehen hatte – Unschuldige, in deren Interesse historisch unvermeidbare, unerläßliche Verbrechen begangen werden müssen. Mein Onkel war ein Waschlappen; ich behaupte gar nicht, daß der Doktor das alles so im einzelnen gedacht hat: Ich denke es für ihn. Ist ja auch ganz offensichtlich; mein Onkel war Professor, nicht anders als andere Professoren, und operierte von daher auf der Basis einer sanften Moral (einer Herdenmoral, in Nietzsches Begriffen, weichlich, erbärmlich, dümmlich – nicht daß der Doktor etwa so weit gegangen wäre, von der Degradierung des Menschen und der Moralität der Ängst

lichkeit zu reden –, und auch ich werde mich nicht auf diese Nebenfährte locken lassen, keine Angst). Der Doktor sah sich selbst als jemanden, der die Dinge unter Kontrolle hatte und sich nicht zum Narren halten ließ. Es gab da auch einen sexuellen Aspekt, und ich glaube sogar, daß ihm das klar war. Er schwankte zwischen Humor und kalter Wut, wenn er es mit dem Ehemann zu tun hatte, den Matilda sich dazu erwählt hatte, auf ihrem Fleisch zu liegen. Benn hatte sich um dieses ungeheure Privileg beworben, und der Doktor würde dafür sorgen, daß er den Preis dafür zahlte. »Wenn du das Bett dieses wunderbaren Mädels von Geblüt teilen und dich darin suhlen willst, dann wirst du schon das Geld aufbringen müssen, das es kostet. Und rein zufällig war dieses eine wertvollste Stückchen Land in dieser Stadt bis vor fünf Jahren dein Eigentum, und du hast dich darum bescheißen lassen, Kumpel. Wir glauben, das kann in Ordnung gebracht werden. Na denn mal los!«
Der Rest folgt hieraus.

Hier könnte ich mir selbst auf die Schulter klopfen (andere Leute tun das ja unaufhörlich) und behaupten, ich hätte mich nicht in die Angelegenheiten meines Onkels einmischen wollen. Aber das stimmt einfach nicht. Die Angelegenheit war so kompliziert, daß ich gar nichts hätte ausrichten können. Außerdem hätte er den richtigen Rat nicht angenommen, selbst wenn ich ihn hätte geben können. Also traf ich, mehr in meinem eigenen Interesse als in seinem, eine Verabredung mit Vilitzers Sohn Fishl.

Fishl teilte sich mit einem anderen unsteten Charakter ein Büro im Stadtzentrum und war im Telefonbuch als »Vilitzer und Co. – Gründungsdarlehen für den Unternehmensstart« aufgeführt. Nach Onkel Benns Meinung, die mir richtig zu sein schien, hätte Fishl besser daran getan, die Stadt zu verlassen, nachdem sein Vater die Beziehungen zu ihm abgebrochen hatte. Zum alten Vilitzer bekam man über seinen Sohn keinen Zugang; er wollte nichts mehr mit ihm zu tun haben und machte daraus kein Hehl. Etwa fünfzehn Jahre lang war Fishl nun schon auf sich selbst gestellt und hatte in Eigenregie eine Anzahl bunter Mißerfolge in Szene gesetzt, einige davon hart am Rande des Verbrechens. Vor nicht allzu langer Zeit hatte er sich ein Spekulationsprojekt ausgedacht, das Yoga und Kommerz miteinander verband. Er gab sich als den lokalen Repräsentanten eines Westküsten-Maharischi aus, produzierte ein Handbuch für Investoren und verschickte es an eine massive Zahl von Subskribenten. Die zugrundeliegende Idee war, den Markt von einer spirituellen Basis aus zu erobern. Durch Meditation, die die Bewußtseinsschwingungen reduziere, werde man zu einem fähigeren Investor. Dies war mit einigem Erfolg gekrönt, bis Fishl auf die Idee kam, seinen Klienten zu raten, sich eine große Zahl von Kreditkarten zu beschaffen, sagen wir mindestens fünfhundert. Wenn man nun auf jede Karte einen (kurzfristigen) Kredit von eintausend Dollar aufnahm, kam man, ohne, oder mit nur geringen Zinsen, an eine halbe Million Dollar. Mit diesem Kapital stieg man in den Optionsmarkt ein und konnte hier, nachdem man das Muffensausen mit Hilfe von Meditation überwunden hatte, einen Haufen Geld machen – mindestens einen Tausender je investierte tausend Dollar. Man gab aus Sicherheitsgründen Limitaufträge und vermied so die Risiken ausgedehnterer finanzieller Verpflichtungen, und innerhalb eines Monats konnte man eine halbe Million Dollar sein eigen nennen. Die Banken, die hiervon betroffen waren, trafen sofort Maßnahmen, um diese Bargeldräubereien zu unterbinden, und ihre Anwälte setzten Fishls Beratungsservice in einem Prozeß, der in der Presse breit ausgewalzt wurde, hart zu. Auch eine staatliche Behörde mischte sich ein – möglicherweise die *Securities and Exchange Commission* –, und noch bevor alles vorbei war, verkündete der alte Vilitzer, der wahrhaftig genügend eigene Sorgen hatte, der Presse: »Er ist nicht mehr mein Sohn!« Durch seinen Mißerfolg vorübergehend entmutigt, studierte Fishl als nächstes chinesische Akupunktur und richtete kurz darauf eine Spezialpraxis für Akupunkturabtreibungen ein. Wieder wurde er verklagt, diesmal von einer Frau, die nach der Behandlung ein Kind bekommen hatte. Prozessieren bringt immer etwas ein. Ein Gericht in Philadelphia hat gerade einer Dame ein immens hohes Schmerzensgeld gezahlt, weil sie, nachdem sie sich einem Computertomogramm unterzogen hatte, ihre hellseherischen Fähigkeiten verlor. Sie war lange Jahre Medium gewesen und nun gezwungen, ihr Geschäft aufzugeben. Man mag über Amerika sagen, was man will, aber bestimmt haben wenige Länder mehr Sinn für Originalität, und ganz sicher war das noch nie zuvor ein Massenphänomen. Mein Ziel war es eigentlich, soviel wie möglich über das Verhältnis des alten Vilitzer zu Amador Chetnik herauszufinden. Ich erreichte Fishl am Telefon, und er sagte, er würde sich freuen, mich zu sehen.

Meine Freundin Dita Schwartz, die einen Arzttermin hatte, fuhr mich in ihrem grünen Dodge ins Zentrum. Sie hatte bei mir Russischkurse belegt. Während langer Jahre als Büroangestellte hatte sie sich im Selbststudium Russisch beigebracht, das sie tatsächlich schon recht gut beherrschte, als sie zur Universität kam. Unabhängige, komplexe, entschlossene, phantasievolle Menschen machen mir immer besonderes Vergnügen. Bald erwarb sie den Master of Arts in Slawistik. Das wiederum brachte ihr eine Stelle an der City-Zweigstelle der Staatsuniversität ein. Trotz eines kleinen Vorsprungs an Kalenderjahren wirkt sie jugendlicher als ich – eine vollentwickelte Frau, blaß, schwarzäugig und mit Haar, das mit indianischer Kraft wächst. Ihre Eltern waren beide Fabrikarbeiter, und sie ist in proletarischem Milieu aufgewachsen – auch das Proletariat ist eine aussterbende Rasse: adieu, ihr Blauen Antons. Dita hatte ein Auge auf mich geworfen, das ließ sich keinen Moment leugnen, obwohl das Leugnen seine Vorteile gehabt hätte, da die Situation für mich mit einem gewissen Maß an Peinlichkeit verbunden war. Gleichzeitig konnte ich nicht umhin, es auch freudig zu begrüßen. Um meines Selbstwertgefühls willen. In dieser Hinsicht hatte Treckie mir doch sehr geschadet. Doch welch eine ermüdende Beschäftigung, dieses Selbstwertgefühl! Man sollte unbedingt etwas unternehmen, um die Anzahl der Menschen zu beschränken, von deren Meinung wir uns beeinflussen lassen. Warum sollte ihre Meinung eigentlich eine Rolle spielen, es sei denn, sie schätzten uns oder hätten uns etwas Gutes getan oder versprächen uns etwas?

Ich gönnte mir eine volle Stunde mit Fishl, wobei ich davon ausging, daß er die Zeit übrig hatte.

Er hatte grenzenlos viel Zeit. Schon der erste Eindruck der Eingangshalle in dem alten Gebäude, in dem sein Büro lag, verriet mir, wie unwahrscheinlich es war, daß er sehr beschäftigt sein würde. Das Gebäude stammte von Anfang des Jahrhunderts. Der Aufzug mit den Schnörkelornamenten war langsam, und ich hatte viel Zeit zum Beobachten – im ersten Stock ein auf Vögel spezialisierter Tierpräparator; im zweiten ein Hemdenmacher aus der Zeit Edwards VII. und eine homöopathische Apotheke mit Flacons voller rosa und grüner Flüssigkeiten und mit Gläsern voller pflanzlicher Heilmittel; als nächstes ein zugunsten eines Sanatoriums verkaufender Secondhand-Laden, mit alten Waffeleisen, elektrischen Kaffeemaschinen, Cocktailshakern und uralten Golfschlägern – Mashies, Niblicks und Cleeks. Fishls Büro lag Tür an Tür mit einer Herrentoilette in einer Ecke des Flurs.

Zwischen all diesen alten Gegenständen war Fishl selbst ein zeitgemäßer Mensch. Er war feist und verbindlich und trug einen Anzug mit Weste und Mokassinslipper. Der Typ mit blondem, flaumig-kahlem Kopf. Das Haar am Hinterkopf war für meinen Geschmack fülliger als nötig. Im Gesicht war er dicklich, er hatte ein Doppelkinn und dazu ein gebieterisches, irgendwie römisch wirkendes Profil. Er machte den Eindruck eines Milchgesichts, aber seine blauen Augen, die mich an Benns erinnerten, warnten, nicht zuviel als selbstverständlich hinzunehmen und ihn auch nicht an seiner Umgebung zu messen. Passend zum Doppelkinn hatten die Augen Tränensäcke, aber ihr Blick war wach. Man war gewappnet, nicht von vorneherein zuviel zu mutmaßen. Der Mann war kein Softie. Und es sollte sich herausstellen, daß er sehr clever war.

Während ich ihn betrachtete, gab er (um einen seiner Ausdrücke zu benützen) meine Daten ein. Folgendes nahm er wahr: Mitglied der Familie; Alter: fünfunddreißig; Bildungsstand: ausländisch; Kommunikationsfähigkeit: mittel bis niedrig; Hörfähigkeit: beeinträchtigt; nicht dumm, aber durch ausgefallene Beschäftigungen behindert. Unser Zusammentreffen war für uns beide im großen und ganzen erfreulich. Ich hatte bei ihm nicht das wohlbekannte, im Magen rumorende Gefühl, mich seiner Gegenwart schnellstmöglich entziehen zu müssen. Und wäre er wirklich der knallharte Geschäftsmann gewesen, als der er sich gern ausgab, so wäre ich innerhalb von fünfzehn Minuten wieder draußen gewesen und in dem veralteten Fahrstuhl nach unten gezuckelt.

Von Anfang an versuchte er, unsere Unterhaltung zu lenken, indem er die Fragen stellte. Kommunikationstalente wissen, wie wichtig das ist, und Fishl war, wie ich rasch merkte, ein fortgeschrittener Kommunikator. Er war einer jener Leute – der Typ wird einem zunehmend vertrauter –, die erklären, was sie tun, während sie es gerade tun, wie Dale Carnegie oder Norman Vincent Peale; ein Teil ihrer Ideologie ist die rhetorische Technik. Für sie ist die Methode ebenso berauschend wie die Botschaft. Ich merkte bald, daß er mich antworten ließ, und versuchte meinerseits, die Initiative zu ergreifen und ihn mit meinen Fragen auf Abstand zu halten. Wie es der Familie gehe. Die Großtante Vilitzer war vor ein paar Jahren verstorben, aber Fishl hatte ein gutes Verhältnis zu seinen Brüdern. Sie hatten von seinem Streit mit ihrem Vater profitiert und machten großartige Geschäfte mit der Stadt. Sie besaßen eine Versicherungsagentur und schröpften ihre kommunalen Versicherungsnehmer nach Herzenslust.

»Keiner von ihnen in die Politik gegangen?« fragte ich.

»Kein Talent auf dem Gebiet. Hat auch nicht viel Zukunftsaussichten für Weiße. In zwanzig Jahren haben schwarze Politiker überall die Hand drauf, dann gibt's keine angenehmen Versicherungsgeschäfte mehr mit der Stadt. Breite Streuung, das ist wichtig für die Familie. Ich versuche ihnen immer klarzumachen, investiert in den Vororten, stoßt euren Grundbesitz innerhalb der Stadt ab.«

Fishls Ansichten waren unerschütterlich. Einwände nicht

möglich. Ich verstand jedoch, daß seine Brüder offenbar keinen Rat von ihm annahmen. Die Kreditkartengaunerei, das Yoga, die Akupunktur hatten seine Glaubwürdigkeit erschüttert.

»Wie geht's meinem Cousin Benn? Habt ihr immer noch so engen Kontakt, jetzt, wo er verheiratet ist?«

»Zu früh, was darüber zu sagen. Naturgemäß steht er jetzt seiner Frau am nächsten. Und wie geht es deinem Dad?«

»Wie du wohl schon gehört hast, bekomme ich ihn nicht so oft zu sehen, wie ich gerne würde. Schade. Sein Herz ist nicht das stärkste, und politisch muß er einiges einstecken. Gerade jetzt könnte ich ihm nützlich sein. Beobachtest du die kommunalpolitische Szene?«

»Nicht so gründlich wie du. Könnte ich gar nicht schaffen.«

»Ganz recht, du bist ja hierhergekommen, um dich gedanklich ernsthafter mit dem zaristischen Rußland zu beschäftigen. St. Petersburg 1913. Das hast du mir jedenfalls einmal erzählt. Das kannst du hier wohl ebensogut erforschen wie anderswo.«

Fishl lächelte mich an, und zum ersten Mal fiel mir auf, welchen Schatz er im Mund hatte – wunderschöne Zähne, Schmelz in perfektem Zustand, kein Fleckchen, nichts schief, nicht eine einzige Plombe.

»Was muß dein Vater denn so alles einstecken?«

»Er hat mächtige Feinde. Zumindest einer ist ein Draufdrescher.«

»Woher hast du denn all deine Informationen?« sagte ich. »Oder liegen sie unten in der City auf der Straße?«

»Ich habe das von politischen Freunden von ihm, die mich seit meiner Kindheit kennen. Ein paar sind interessante Typen. Die haben immer Insider-Informationen. Brutale Typen samt und sonders, klar, aber auch wahnsinnig clever. Außerdem haben sie immer weniger zu verlieren, weil sie dabei sind auszusteigen. Wenn in Washington eine oppositionelle Administration sitzt, dann ermittelt das Justizministerium immer gegen die lokalen Matadore und führt Prozesse gegen sie. Im Rathaus sitzen lauter Verbrecher, die demnächst hinter Schloß und Riegel wandern werden. Alle dort klauen doch schon jahrelang wie die Raben. Die Geschworenengerichte brauchen nur noch zuzuschlagen.«

»Ich will keineswegs das Thema wechseln«, sagte ich, »aber warst du auf Benns Hochzeit?«

Fishl hätte niemals zugegeben, daß er nicht eingeladen worden war; das wäre ein Zeichen sozialer Schwäche gewesen.

»Leider war ich verhindert«, lautete seine Version.

»Ich frage nur, weil ich nicht sicher war, ob du den Richter kennst, der Matilda und Benn getraut hat.«

»Ach, ein Richter?«

»Richter Amador Chetnik.«

Die Fassung in seinem Doppelkinngesicht wurde vollkommen, er war so stumm, daß ich merkte, daß ich ihn überrumpelt hatte.

Ich sagte: »Kein Kommentar?«

»Merkwürdig, daß die Layamons gerade ihn genommen haben«, sagte Fishl. »Chetnik war doch der Richter in Benns Prozeß, nicht wahr?«

»Ja. Hat zugunsten deines Vaters entschieden, stimmt's?«

»War das Benn klar?«

»Er hatte es bald herausgefunden. Was hältst du davon?«

»Ich halte es für ein sehr merkwüdiges Vorgehen. Die Heirat der einzigen Tochter ...«

»Des einzigen Kindes.«

»Sie hätten doch vielleicht einmal fünfzehn Minuten lang das Ränkeschmieden sein lassen können, diese Leute. Der alte Layamon – ich habe von ihm gehört. Es heißt, er hätte mehr Winkel als ein Geometriebuch.«

»Ich hab mir gedacht, ich müßte doch mal jemand danach

fragen, der damit vertrauter ist, wie hier am Ort Dinge gehandhabt werden«, sagte ich.

»Chetniks Geheimnisse sind eigentlich keine Geheimnisse mehr. Es gibt fünfzig Leute in der Stadt, die dir erzählen könnten, wie tief er in der Scheiße sitzt. Die Anklage gegen ihn ist vom Staatsanwalt noch nicht öffentlich ausgesprochen worden, aber wird es bald sein, und dann wird Chetnik im Richterflügel des Sandstone-Gefängnisses sitzen. Massen von unseren Richtern sitzen in den Staatsgefängnissen.«

»Und dein Vater könnte ihn nicht schützen?«

»Das würde er nicht einmal versuchen. Weißt du, in Wirklichkeit sind sie ja hinter Dad her. Er muß ja auch erfahren haben, daß die Brauteltern Chetnik gebeten haben, seinen eigenen Neffen mit dieser Frau zu trauen. Ihr Vater hat den Richter doch bemüht, um damit etwas zum Ausdruck zu bringen. Dann hat Chetnik deinen Onkel Benn also schon zum zweiten Mal am Wickel.«

Meine Information war bei Fishl gewaltig eingeschlagen, und ihm standen weniger Verstellungsmöglichkeiten oder vorgefertigte Reaktionen zu Gebote, als ich vermutet hätte. Man brauchte ihn nur in Erregung zu versetzen, wie ich es gerade getan hatte, und schon gewann man Einblick in einen völlig anderen Fishl. »Du solltest mir noch mehr erzählen, Kenneth. Es könnte von Bedeutung sein«, sagte er.

»Sehr viel mehr, was ich dir erzählen könnte, gibt es nicht. Und ich glaube nicht, daß Onkel Benn dem Richter ausgeliefert war. Es ist schwer, sich vorzustellen, wie über einen Mann wie Benn Macht ausgeübt werden könnte. Er läßt sich manipulieren, ja. Aber kann man ihn an der Nase herumführen? In dem Sinne, wie diese Leute den Begriff verstehen?«

Fishl gefiel diese Betrachtung aus höherer Sicht offenbar, und er schlug mir gegenüber jetzt einen anderen Ton an, redete natürlicher und wärmer, so daß ich anfing, ihn besser zu verstehen. Im Augenblick war er in Ungnade, hatte

Räumlichkeiten in diesem keineswegs verlassenen Gebäude anmieten müssen – im vierten Stock, neben dem jahrhundertealten Abort. Die Besitzer dieses kostbaren Grundstücks verhandelten vermutlich schon mit Bodenspekulanten. Fishls Position erschien schwach. Er wirkte wie ein komisches Dickerchen mit aufgesetzten Unternehmerallüren, das von Risikokapital und Gründungsdarlehen nur *redete* – so wie jetzt, als er seine Aktivitäten beschrieb. »Im Augenblick bin ich gerade damit beschäftigt ...« Aber an seiner Darstellung erkannte ich, daß er den Unternehmergeist bewunderte und liebte und daß er sich unaufhörlich Leute vorstellte, die eine konventionelle Karriere umgingen – energische, zielstrebige, phantasievolle, kühne Persönlichkeiten, die es wagten, die sich anmaßten, sich der biomedizinischen, der Raumfahrt- oder der Kommunikationsindustrie zuzuwenden. Ich war fasziniert von dem Unternehmerjargon, den er drauf hatte. Er war sein Kletterturm, sein Trampolin, sein Trapez, seine Kirche. Und schwach erschien Fishl nur, wenn man ihn an seinen geschäftlichen Mißerfolgen maß. Sie waren zufällig, vorübergehend. »Ich glaube nicht an den Mißerfolg«, sagte er. »Tatkräftige Typen tun das nie, sie kümmern sich einfach nicht darum.« Er sah sich selbst als gescheiten, soliden, elastischen und einsatzfreudigen Charakter, der eines Tages nolens volens in eine Spitzenposition – mit Spitzengehalt – aufsteigen würde.

»Aber wenden wir uns doch einen Augenblick Chetnik zu«, sagte er. »Wie kommt es nur, daß er bei einem Gehalt von siebzigtausend eine Fünfzimmer-Eigentumswohnung besitzt, einen Mercedes fährt und seine Frau einen BMW? Wie schafft er das nur, sich außerdem noch ein Haus in Florida zu kaufen? Wer schenkt ihm die Ferien auf Hawaii und all die anderen hübschen kleinen Vergünstigungen?«

»Nicht dein Vater?«

»Nein. Dad hat Chetnik gekauft, als Amador ein junger An-

walt war und Klinken putzte, um Stimmen für die Richter-
wahl zusammenzubekommen, noch bevor er Wahlkreisleiter war. Er kaufte ihn und verschaffte ihm das Amt. Zudem
mußt du wissen, daß es Leute gibt, die ins Gerichtsgebäude
kommen und dann im Fahrstuhl immer rauf und runter fahren. Diese Verführer kennen die Zeitpläne der County-
Richter und warten auf eine Gelegenheit, ihnen persönlich
ein paar Worte zu sagen. In den Zimmern könnten ja Wanzen angebracht sein; deshalb nageln sie sie in den Fahrstühlen fest. Diese Burschen machen besondere Angebote –
große zinsfreie Kredite beispielsweise, die niemals zurückge-
zahlt werden müssen. Sie haben eine außerordentliche Nase
für Korruptionspotential.«
»Sprichst du jetzt von Bagatellschmierern?«
»Aber nein. Es sind zuverlässige, einflußreiche, solide Individuen. Sie sind oft Seniorpartner in Kanzleien mit gutem
Namen. Ihr Ziel ist nur, wichtige Fälle vor ihre Lieblings-
richter zu bringen, das ist alles. Ein kurzes Treffen unter vier
Augen in den Fahrstühlen, und die Sache ist geritzt.«
»Ach *so* funktioniert das! Außerordentlich freundlich von
dir, mir diese Information zu geben!«
»Ich habe das alles schon begriffen, bevor ich zwölf war«,
sagte Fishl. »Deine Mutter hätte *mich* fragen sollen, bevor
sie Dad wegen dem Electronic Tower den Prozeß machte.
Ich hatte gerade erst zu studieren begonnen, als einige dieser
Geschichten passierten, aber ich hätte schon damals einen
besseren Anwalt empfehlen können. Die Schuld liegt vor allem bei eurem Anwalt. Entweder war er ein Knallkopf, oder
er hat mit hohem Einsatz gespielt und sowieso nicht damit
gerechnet zu gewinnen. Ich mache Benn keinen Vorwurf.
Bei seinem Engagement für kreative Leistung, bei seinem
Sinn für Geradlinigkeit konnte er unmöglich eine Situation
interpretieren, die einen sogar noch, wenn man sein Leben
lang damit zu tun hatte, verwirrt zurückläßt. Benns Fähig-

keiten scheinen sich unaufhörlich weiter zu entfalten. Ich mag meinen Cousin Benn sehr gerne. Früher mochte ich ihn sogar noch lieber. Meinem Dad war er verdächtig, und etwas von diesem Mißtrauen hat auf mich abgefärbt. Benn und ich waren uns zu ähnlich, um ihm zu passen. Und es bestand tatsächlich eine Ähnlichkeit. Wir standen beide vor derselben Frage, Benn und ich, nämlich: ›Was soll ich mit meiner Kreativität anfangen?‹ Hat er dir jemals erzählt, daß wir beide uns während unserer Collegezeit eine Erfindung patentieren lassen wollten?«

»Nie was davon gehört.«

»Doch. Es war ein Fahrradrahmen aus Bambus, sehr leicht und außerdem zerlegbar. Man klappte ihn zusammen, und er paßte in einen Autokofferraum. Verdammt genial. Wir waren nur nicht schlau genug, uns das Patent zu beschaffen. Das war natürlich nur eine vorübergehende Faszination. Die Botanik war sein Schicksal. Er war zu sehr von innen geleitet, um ein wahrhaft zeitgenössischer Mensch zu sein. Ein Bambusfahrrad zu erfinden war für ihn nur unterhaltsam. Mein Motiv war, einen hohen Spekulationsgewinn zu erzielen. Nicht daß ich hundertprozentig von außen gesteuert gewesen wäre. Ich war auch von innen geleitet – insgeheim. Das ist der Kern meines Problems. Ich spürte, daß Benn besser war als ich.«

Ich sagte: »Wie erklärst du dir das?«

»Er hat nicht sein ganzes Leben in den Kampf gegen seine Eltern investiert. Ich begegne manchmal Menschen, die mit achtzig Jahren immer noch stinkwütend darüber sind, wie man sie aufs Töpfchen gezwungen hat, oder sauer, weil ihr Papi sie nicht mit zum Baseball nehmen wollte. Man stelle sich solch ein infantiles Leben nur mal vor! Eine solche Bindung an Papa und Mama. Ein ganzes Leben lang nur Pipifax! Kein Mensch, der sich selbst achtet, würde sich dem aussetzen. Trenn dich in Frieden von deinen Eltern, wenn du kannst, und wenn du nicht kannst, sag ihnen, sie sollen dich am Arsch lecken. Man muß seiner eigenen Wege gehen, spätestens mit zwanzig. Ich bin typisch, ich renne meinem Vater noch im Alter von fünfzig Jahren hinterher, in Haß und Liebe, und bettle ihn an, den verlorenen Sohn zurückkommen zu lassen. Inzwischen habe ich ja schon ein Dutzend Verlorener-Sohn-Karrieren versucht, eine sensationeller als die andere. Benn hatte es besser. Ohne zweimal zu überlegen, stieg er auf einer höheren Ebene aus. Er ist von Natur aus ein kontemplativer Mensch.«

»Ach, das hast du erkannt?«

»Aber natürlich, schon immer. Er mag seine Eltern ja geliebt haben, aber es ist ihm nie im Traum eingefallen, sein ganzes Leben zu einem für Pa und Ma akzeptablen Opfer zu machen. Und sie gleichzeitig zu verteufeln, wie das Millionen von Amerikanern tun. Sie tun das sogar bei bissigen Hunden – die haben eben eine unglückliche Kindheit gehabt. Nein, Benn ist auf einer höheren Ebene ausgestiegen, ohne links und rechts zu schauen, als spaziere er aus einem Fenster im fünfzigsten Stockwerk, und ihm ist nichts dabei passiert. Das Reden über die Ästhetik der Botanik hat ihn gerettet – die Schönheit des Pflanzenlebens.«

»Das tut er immer noch. Er hat vor, über dieses Thema etwas zu schreiben.«

»Als er Matilda Layamon heiratete, verfolgte er dieselbe Ästhetik auf der menschlichen Ebene«, sagte dieser erstaunliche Fishl. »Sie ist eine schöne Frau. Ich habe sie gelegentlich getroffen. Ich bin nie mit ihr ausgegangen, ich war nicht gut genug. Einfach nur eine angenehme Bekanntschaft.«

Ich sagte: »Es stimmt schon, daß er bei Frauen anspruchsvoll ist. Er hat mit allen möglichen Frauen zu tun gehabt und konnte keine von ihnen heiraten, weil sie nicht seinem Standard entsprachen.«

»Der sich worauf gründet?«

»Das kann ich nicht sagen, Fishl. Es kann ja kein botanischer Standard sein, denn es gibt eine Menge häßlicher Pflanzen. Einige sind greulich. Selbst beispielsweise unter Vögeln und Insekten herrscht darüber kein Einverständnis – Kolibris scheinen rote Blumen zu mögen, Schmetterlinge ebenfalls. Wespen sollen angeblich dunkelbraun bevorzugen, während Fliegen die fleischfarbenen oder gelblichbraunen Töne vorziehen. So hat jede Spezies ihre eigene Vorstellung vom Schönen oder Abscheulichen. Um von Duftvorlieben gar nicht zu reden.«

»Nehmen wir also diesen so besonders hochentwickelten Typ eines komplexen Mannes und lassen ihn von einem Richter, der ihn einmal früher um Millionen von Dollar betrogen hat, trauen. Das hat das Zeug zur Tragödie! Du bist zu mir gekommen, weil du dir um ihn Gedanken machst. Und ich mache mir auch Gedanken, um meinen Dad nämlich.«

»Du mußt mir erzählen, warum du dir solche Sorgen machst.«

»Gewiß. Du wirst das gleich verstehen. Hast du schon einmal etwas von Immunitätsangeboten gehört? Ich sehe, daß das nicht der Fall ist. Also, wenn der Staatsanwalt beabsichtigt, jemanden zu schnappen, kann er bestimmten Kronzeugen das Privileg der Immunität anbieten. Das Gesetz sagt, daß ein Zeuge, der sich weigert auszusagen, wegen Mißachtung des Gerichts verurteilt und ins Gefängnis gebracht werden kann. Ursprünglich war das als Antwort der Regierung auf die Cosa Nostra gedacht, aber diese Praxis hat sich sehr viel weiter ausgebreitet. Da haben wir also diesen Burschen Amador Chetnik – im Grunde genommen interessiert sich der Staatsanwalt gar nicht für Chetnik. Er ist hinter größerer Beute her.«

»Harold Vilitzer zum Beispiel.«

»Genau. Chetnik sagt gegen Dad aus, und er kriegt Strafmilderung. Angenommen Chetnik erzählt nun die Wahrheit über den Fall Electronic Tower ... du kannst den Satz für mich beenden.«

»Dann kann der alte Layamon den Fall noch einmal aufrollen und Millionen für Onkel Benn zurückholen.«

»Wir sind eine hirnstarke Familie. Dies ist eine dir fremde Materie, aber wenn man es dir schön erklärt, siehst du das Entscheidende ganz schnell.«

»Millionen für Benn bedeuten Millionen für Matilda. Und deshalb wurde Chetnik eingeladen, um sie fürs Leben miteinander zu verbinden.«

»Hör zu, Freund. Ich bin der unglückliche Edgar, der vom alten Gloucester, seinem Vater, verflucht worden ist. Deshalb sitze ich in diesem Scheißhausbüro, während meine Brüder im siebten Himmel sind. Bindet ihm die welken Arme! Stecht ihm die Augen aus, um sie dann zu zertreten! Mein Dad ist zwar noch nie ein Engel gewesen, aber ich bin schließlich sein Sohn und möchte ihn gern retten. Mich mit ihm versöhnen. Hinter alledem steckt Donovan Stewart.«

»Welcher Stewart ist das?«

»Verfluchte Akademiker, die haben doch nie eine Ahnung, was hier auf lokaler Ebene so läuft. Gouverneur Stewart, unser Landesvater! Er war seinerzeit hier Staatsanwalt, und alle seine Nachfolger stammten aus der jungen Garde seines ursprünglichen Teams. Kannst selber raten, ob Stewart Einfluß auf den gegenwärtigen Amtsinhaber hat oder nicht.«

»Aber Fishl, was kann denn Stewart gegen Onkel Harold haben, um ihn im Alter von achtzig Jahren in den Knast zu stecken?«

»Ach, nichts Persönliches, weshalb er ihn gern kleinmachen würde. Nur einfach eine Chance, seine Macht noch weiter auszubauen. Man rauscht herein als der Reformer und Bezwinger, treibt die korrupten Politiker aus ihrer Festung, und dann sahnt man Milliarden an Staatseinkünften ab – ein

257

paar hundert Franchise-Geschäfte beispielsweise draußen am Flughafen –, man angelt sich Millionen von Wählern ... man baut sich ein regelrechtes Imperium auf. Mein Vater und seine Leute befinden sich auf dem Rückzug, ihre Torschüsse nützen nichts mehr, keine Chance, die Stadt jetzt noch zu halten, deshalb haben sie sie gemolken, und zwar nach Leibeskräften.«

»Um auf Chetnik zurückzukommen, was ist denn für ihn drin?« fragte ich.

»Strafmilderung und außerdem, daß er seine Schmiergelder behalten darf, und vielleicht noch ein rascher Handel über bedingte Haftentlassung. Vielleicht sogar noch ein Scheibchen von dem, was Benn von Dad zurückholt.«

»Und du glaubst, daß Layamon und Chetnik das Ganze schon ausgeheckt haben?«

»Ich habe kein Zweites Gesicht, Ken; ich habe nur den Durchblick, sonst nichts. Und außerdem will ich tun, was man mit Menschenkräften für den armen Narren, meinen betagten Vater, noch tun kann. Ich will beweisen, daß nur ich, der zurückgestoßene Sohn, den ruppigen Menschenfresser verteidigt, daß ich der Treue bin, nicht meine Brüder, diese verhätschelten Waschlappen.«

»Und ich bin meinem Onkel Benn zugetan. Was ich nicht verstehe, ist warum dein Dad Mutter und Benn überhaupt so behandeln mußte.«

»Da muß ich zustimmen. Aber wenn ein Mann einmal das alte Ethos über Bord geworfen hat, dann muß er nach Leibeskräften treten und trampeln, um ihm ein und für allemal den Garaus zu machen. Harold Vilitzer ist ein Gauner. Erwarte nicht, daß der Mann der Sünde seinen Verwandten gegenüber Pfadfinderanwandlungen bekommt. Die Regel heißt: ›Schone keinen.‹ Also, will Benn nun, daß mein Vater ihm Millionen von Dollar gibt, oder nicht?«

»Nicht Onkel Benn. Das wäre untypisch für ihn.«

»Er könnte um seiner Frau willen untypisch werden.«

»Nein, nein, er hat nicht wegen des Geldes geheiratet, sondern wegen der Schönheit.«

Fishl war mir gegenüber jetzt nicht mehr der Unternehmer und Gründungsdarlehens-Fritze. Er war durch die Informationen, die ich ihm gegeben hatte, völlig verwandelt. Er sah dem verbindlichen Mann mit Doppelkinn, der mich in seinem nach Naphtalin riechenden Büro empfangen hatte, nicht einmal mehr ähnlich. Weder die Augen noch die Nase, noch sonst eine Einzelheit in seiner Erscheinung war noch dieselbe. Ich dachte bei mir: Man lernt einen Menschen doch erst dann wirklich kennen, wenn man erlebt hat, wie sich sein Gesicht im Überschwang der Gefühle verwandelt. Fishl entpuppte sich als völlig anderer Mensch, sobald er sah, daß er möglicherweise in der Lage sein könnte, seinen Vater zu verteidigen, ihn vor seinen Feinden zu retten. Und indem ich diese Veränderung wahrnahm, fiel mir folgerichtig ein, daß ja auch die Schärfung meiner eigenen Wahrnehmungsfähigkeit dem Einfluß meines Onkels zuzuschreiben war. Mein Onkel hatte gesagt: »Ein zweites Ich in mir ... sagte mir, daß ich dem Trödler meinen Groschen geben sollte.« Vielleicht gab es auch in Fishl ein solches zweites Ich. Keine Rede mehr von »Daten eingeben« oder dem ganzen *high-tech*-Geschäftsjargon. Jetzt war er offen und ehrlich – sehr erstaunlich bei einem Mann, der sich so viele raffinierte Tricks ausgedacht hatte. Er sagte: »Ich muß darüber nachdenken, was zu tun ist. Ich möchte annehmen, daß Layamon will, daß Benn zu meinem Vater geht.«

»Oder jemand anderen dazu bringt, jemand, der behauptet, Benn sei willens, den Prozeß noch einmal aufzurollen. Dein Vater hat doch die Regel, keinen zu schonen. Nimm an, Benn würde sich nach derselben Maxime verhalten!«

»Dazu sollte Benn sich nicht hergeben; er sollte sich nicht darauf einlassen, sich zu diesem Zeitpunkt seines Lebens noch völlig neue Motive für sein Handeln und Denken zu eigen zu machen.«

»Bedenk einmal seine Situation«, sagte ich.

»Würde ich ja, wenn du mir mehr darüber erzähltest.«

»Ich handle hier völlig alleinverantwortlich«, informierte ich Fishl. »Was er mir erzählt, das erzählt er mir vertraulich. Ich kann nicht mehr sagen, als ich schon gesagt habe.«

»Wir müssen doch herausfinden, was Chetnik von Dr. Layamon geboten bekommen hat. Chetnik ist auf dem Weg ins Gefängnis. Er kann sich Strafmilderung verschaffen, wenn er Dad verpfeift. Oder er kann den Mund halten und sich mit einem ordentlichen Stück Geld zufriedengeben. Er wird es brauchen können, wenn er aus dem Knast kommt. Also könnte der Preis, Dad rauszuhalten, für Amador so viel und für Benn so viel bedeuten. Zwei, drei, vier Millionen. Matilda könnte sich in die Effektenbörse einkaufen.«

»In die Börse? Warum sollte sie das denn wollen?«

»Es ist noch keine Woche her, da habe ich gehört, daß sie angeblich bei einem Brokerhaus einsteigen will. Fingal Brothers and Hockney.«

»Einsteigen?«

»Zunächst wohl verhandeln. Es ist eine Investmentgesellschaft. Sie würde allerdings noch ein Training brauchen. Begabte Frauen werden wie wild gesucht. Diese Firmen sind zwar nicht gerade einem affirmativen Handlungsdruck unterworfen, aber es hilft enorm, irgendwo in einer leitenden Stellung ein weibliches Genie zu haben ... Hörst du zum ersten Mal davon? Hat Benn nichts erzählt?«

»Nein, nichts. Vieles von dem, was ich hier von dir höre, ist wie die Bilder, die man in Fieberphantasien sieht. Von drükkender Hitze geborene Wahnbilder ... Warum sollte Matilda denn soviel Geld für eine Maklerlehre brauchen?«

»Um ihnen Anteile im Wert von einer Million Dollar abzukaufen. Dann würden sie sie schnell befördern müssen.

Wahrscheinlich machst du dir Gedanken darüber, welche Konsequenzen das für Benn haben wird.«

»Wie du weißt, ist Benns entscheidende Gefühlsbeziehung die zu den Pflanzen. Es gibt eigentlich keinen Grund, warum irgend etwas auf unserer Welt überhaupt Konsequenzen für ihn haben sollte. Selbstverständlich ist das nicht der Grund, warum Benn geheiratet hat.«

»Klingt, als hätte die Dame *ihn* an Land gezogen«, sagte Fishl.

»Bewußte Absichten dominieren immer«, sagte ich. »Und wieso hätte er sich auch nicht an Land ziehen lassen sollen? Auch darüber ließe sich spekulieren. Doch weiß ja keiner, was zwischen zwei Menschen vor sich geht. Vielleicht haben sie mehr aneinander gefunden, als man als Außenstehender je erkennen kann. Warst du schon einmal verheiratet?«

»O ja, mehrmals«, sagte Fishl. »Aber ich lege keinen Wert darauf, im Augenblick in die Einzelheiten zu gehen. Würdest du es Dr. Layamon zutrauen, daß er das schon von Anfang an im Sinn gehabt haben könnte? Immerhin ist der Electronic Tower eine große Sache. Lohnt einen Versuch, sich an solches Geld heranzumachen.«

»Jetzt mal langsam, Fishl«, sagte ich. »Matilda ist sehr begehrenswert, sie hätte leicht reich einheiraten können ...«

»Ja, sicher, aber dann hätte sie nicht dieselbe Macht gehabt. Ich will das gar nicht bestreiten, Kenneth, aber ein berühmter Professor ist immer ein guter Fang für eine Frau, die keine vulgäre Gesellschaft mag. Der beste Ehemann für die meisten Frauen ist ein Kompositum. Probier das mal gesprächsweise mit jemandem aus. Ich habe es probiert, und das Ergebnis ist geradezu kurios. Freimütige Frauen werden dir sofort sagen: Am liebsten hätte ich gern ein wenig hiervon und ein wenig davon – ein bißchen Muhammed Ali für knallharten Sex, ein bißchen Kissinger für den großen Durchblick, Gary Grant wegen des Aussehens, Jack Nickolson zum Amüsement plus André Malraux oder irgendeinen Juden für den Grips. Die gängigste Phantasie, die es gibt. Unglücklicherweise muß man sich bei seiner Wahl auf einen beschränken, und ein zerstreuter Professor ist nicht das Schlechteste, wenn er Prestige hat und nicht so zerstreut ist, daß man jeden Morgen seinen Hosenschlitz kontrollieren muß, bevor man ihn aus dem Haus läßt. Jetzt ist sie Mrs. Benno Crader, und sie kann interessante Leute um sich scharen. Es gibt wahrscheinlich mehr als eine Gastgeberin in dieser Stadt, die ihr die kalte Schulter gezeigt hat, als sie noch alleinstehend war, und denen würde sie es doch liebend gern heimzahlen. Was aber verdient Benn, und welchen Spielraum gibt das seiner Frau? Ihr Vater verschenkt keinen roten Heller, dafür ist er bekannt, und denk doch mal, wie aufregend, den Schwiegersohn zum Millionär zu machen, was er ja auch selbst hätte werden können, wenn er nicht so ein Widerling gewesen wäre. Jedes normale Individuum schützt doch die eigenen Interessen – was ist denn auch so toll daran, sich von anderen Leuten übers Ohr hauen zu lassen?«

Was Fishl über das Kompositum Traummann gesagt hatte, gefiel mir richtig: jeder Mann ein Gericht auf einem Tisch voller Köstlichkeiten, ein wahres Schlemmerbüfett. Fishls Einfälle oder Einsichten waren viel besser als der von ihm gewählte Verhaltensstil. Sie machten die Unterhaltung mit ihm überraschend angenehm. Doch als er vorschlug, selbst die Dinge in die Hand zu nehmen, wurde ich reservierter. Er sagte: »Warum legst du all das nicht einfach in meine Hände. Gib mir eine Woche oder zwei, um rauszukriegen, wie mein Vater darüber denkt.«

»Warum wendest du dich da an mich?« sagte ich. »Ich stehe ganz außerhalb.«

»Du könntest es doch deinem Onkel Benn schmackhaft machen. Sag zu ihm: ›Tu nichts allein. Fishl hat angeboten, Ermittlungen anzustellen.‹ Oder: ›Fishl ist auf deiner Seite. Er kennt sich mit diesen Typen aus. Laß ihn einen Schlachtplan ausarbeiten, der deine ungewöhnlichen Bedürfnisse respektiert.«

»Ich habe den Eindruck, daß mein Onkel die Nase ziemlich voll davon hat, daß jeder ihm erzählt, er sei inkompetent, er sei vom Schicksal dazu bestimmt, ja praktisch schon vorprogrammiert, danebenzuschießen. Deshalb hat er sich ja ganz allein für die Heirat entschieden. Keiner wurde gefragt.«

»Mag sein. Aber er ist schließlich nicht die einzige betroffene Partei«, sagte Cousin Fishl. »Mein Vater ist ja auch noch da. Ich gebe zu, daß Dad den Craders gegenüber knauserig war. Er hätte ihnen je eine halbe Million geben sollen. Ihnen lächerliche Häppchen zuzuwerfen, war ganz übel. Deine Mutter fühlte sich beleidigt.«

»Lumpige paar hunderttausend Dollar waren es, und das meiste davon ging für die Prozeßkosten drauf.«

Fishl sagte: »Mach Benn darauf aufmerksam, wie nützlich ich für ihn sein könnte. Ohne mich ist er doch seinem Schwiegervater völlig ausgeliefert.«

»Und Matilda. Nur kann ich das nicht zu ihm sagen.«

»Du mußt beträchtlichen Einfluß auf ihn haben.«

»Ich kann es ihm ja nahelegen. Ich bin auch der Ansicht, daß er clevere Führung braucht. Aber wenn er auf die Idee kommen sollte, daß du etwas Ausgeklügeltes in Szene setzen willst, wird er sofort Reißaus nehmen.«

»Was meinst du mit ›etwas Ausgeklügeltes‹?«

»Ich habe den Eindruck, du neigst zu so was.«

»Falls du auf meine geschäftlichen Unternehmungen anspielen solltest, so muß ich dir sagen, daß du nichts als Verdrehungen, dummen Klatsch und typische Fehlinterpretationen gehört hast. Das ist das Schlimmste am Journalismus. Der Klatsch macht einem ja gar nicht so viel aus, wohl aber die dümmliche Mißwirtschaft mit den Fakten. Im Augenblick sorge ich mich aber um meinen Vater. Die Bösen sind hinter ihm her. Und du willst doch nicht, daß die Layamons deinen Onkel komplett vereinnahmen.«

»Das wird ihm eine Lehre sein«, sagte ich. »Soll er doch sehen, auf was er sich da eingelassen hat, als er so übereilt heiraten mußte, ohne es mit mir zu besprechen.«

»Worte des Ärgers«, erkannte Fishl ganz richtig. »Das meinst du gar nicht. Da spricht nicht der wahre Kenneth.« Aus seinem Munde, mitten aus seinem bleichen, fetten, gebieterischen Gesicht, machte das einen merkwürdigen Eindruck. Der wahre Kenneth? Gab es einen wahren Fishl? Während ich ihn genau betrachtete, schien sich das Eigenartige dieses scheinbar komischen Dickerchens von ihm zu lösen und mit einem Zittern davonzuschwimmen. Ich gebe hier den Eindruck wieder, der in mir entstand. Ein anderer Fishl saß in der ganz durchgeknöpften Weste vor mir, die Füße in den Mokassinslippern leicht gekreuzt. Vielleicht die Andeutung eines zweiten Fishl.

»Ich nehme an, ich habe dir heute eine Chance geboten«, sagte ich. »Du siehst jetzt vielleicht eine Möglichkeit, mit deinem alten Herrn zusammenzukommen und ihm zu beweisen, wie schlau du sein kannst, wenn es um das Wesentliche geht. Gewitzt. Und dich um ihn bemühst. Und auch, daß du ihn liebst wie sonst keiner.«

»Hör jetzt nicht auf. Sprich zu Ende, was du sagen wolltest.«

»Gut, das werde ich tun. Du bist dir ja selbst darüber im klaren, daß er langsam abbaut; der wilde Stier von einst ist alt, infolgedessen ist er bereit, sein Herz den Gefühlen zu öffnen. Aber du hast ja selbst vorhin gesagt, sein Motto ist: Schone keinen. Was für mich soviel bedeutet wie: Er hat eine moderne Einstellung. Moderner vielleicht als sein ältester Sohn. Versöhnung und Harmonie der Herzen sind für ihn möglicherweise nicht das Höchste auf Erden.«

»Wenn ich an ihn herantrete – falls mir das gelingt –,

schmeißt er mich vielleicht hinaus. Trotzdem, ob er will oder nicht, ich habe das Bedürfnis, es zu wagen.«
»Viel Glück dabei«, sagte ich und stand auf. »Meine Mitfahrgelegenheit wartet. Wir hören voneinander.«
»Bestell aber vor allem deinem Onkel, er soll nicht allein zu meinem Dad gehen. Warne ihn dringend davor!«
Während ich in dem riesigen, langsamen Fahrstuhl nach unten fuhr, an dem Tierpräparator mit seinen ausgestellten Eulen und Rotluchsen und dem Kräuterhändler mit seinen Gläsern vorbei, hatte ich ungewöhnlich fruchtbare Gedanken. Dieser merkwürdige Fishl mit seinem Unternehmen für Gründungsdarlehen hatte in meinem Kopf die unterschiedlichsten Überlegungen ausgelöst. Zwar hatte er sich darüber lustig gemacht, daß ich ausgerechnet in den Mittelwesten gezogen war, um das zaristische Rußland in seiner Endphase zu studieren, aber war er nicht selbst in seinem lächerlichen Büro einem Russen jener Epoche verdammt ähnlich? Zumindest seiner emotionalen Entwicklung haftete doch der Duft von Essenzen an, die zu der Periode von Rosanow, Meyerhold, dem späten Tschechow, Mandelstam und Bely gehörten. Ja, diese gesamte amerikanische Metropole inmitten der Prärie war doch selbst reich an Ähnlichkeiten mit St. Petersburg im Jahre 1913. Auch hier herrschte eine Mischung aus Barbarei und ausgelaugter humanistischer Kultur (wobei zugegebenermaßen letztere in unserer Gegend niemals eine große Chance gehabt hatte zu florieren). Es gab sogar eine Einwohnerschaft von bäuerlichen Immigranten aus Osteuropa, deren Entwicklung auf dem Stand von 1913 stehengeblieben war und die polnische oder ukrainische Dialekte sprachen, die in der alten Heimat gar nicht mehr verstanden wurden, obwohl die Leute japanische Hondas fuhren und Unterhosen von J. C. Penney anhatten. Dies waren erheiternde Reflexionen. Auch auf sexuellem Gebiet gab es Parallelen. Zum Beispiel einen zerebralen Animalismus

oder Primitivismus; verrückte Anhänger des Drogenkults, die visionären Ekstasen hinterherjagten, wie sie einst nur von Mystikern erfahren wurden; Sadomasochismus (rasende Quälereien, die zugefügt oder ertragen und mit Liebe oder Vergnügen identifiziert wurden). Eine weitere Ähnlichkeit war das Wuchern einer Vielzahl falscher Welten, deren Regeln die Menschen sich ernsthaft verpflichtet glaubten. Sie konnten einen mitreißen, weil sie zu wissen schienen, was sie taten. Sie befanden sich zwar die ganze Zeit über in einer tiefen Trance, aber trotzdem sprachen sie autoritär für das »Wahre«. Ein Mann wie Belys Ableukow beispielsweise erklärte sich unter dem Einfluß einer Gruppe von Konspiratoren einverstanden, im Schlafzimmer seines Vaters eine Zeitbombe zu legen. Er wollte eigentlich gar kein Vatermörder sein. Eine scheinbar ethische Logik trieb ihn dazu. Doch allmählich wurde offensichtlich, daß die Metaphysik, die so lange Zeit die ethische Ordnung gestützt hatte, abgebröckelt war. Für mich war diese Ähnlichkeit mit St. Petersburg stimulierend. Es gab berauschende Analogien. Vor allem ödipale.

Ich stand auf der Straße und wartete darauf, daß Dita mit ihrem grünen Dodge-Caravan angefahren kam – eine hübsche, gut gewachsene Frau, am Steuer eines LKW-ähnlichen Fahrzeugs. Sie war üppig gebaut, eine Spur beschämt über solche Fülle und versuchte, sie herunterzuspielen, indem sie sich geziert gab. An der Ecke, an der wir uns verabredet hatten, stand ein Puffreisstand, und ein warmer klebriger Duft stieg von den Kupferkesseln auf. Sie waren groß wie Kesselpauken, verströmten angenehme Wärme und warfen einen kupfernen Schein über die Straße. Auch daß ich mich an so einer belebten Stelle befand, war angenehm. Die innere Gemeinschaft mit der großen menschlichen Wirklichkeit war schließlich meine wahre Berufung. Es war ein Gebiet ohne große Konkurrenz, deshalb befaßten sich wenige damit. Ich tat es aus der Überzeugung, daß es das einzig lohnende Unternehmen weit und breit sei. Wie ich an früherer Stelle schon einmal festgestellt habe, gibt es keinen Grund zu existieren, es sei denn, man macht sein Leben zu einem Wendepunkt. Nur *schafft* man den Wendepunkt nicht, sondern man *findet* diesen Punkt, der ein dringendes Bedürfnis der Menschheit verkörpert (unbewußt natürlich, wie die meisten dringenden Bedürfnisse). Ich begann mir gerade einzugestehen, daß ich für menschliche Wesen dasselbe hatte tun wollen (oder zu tun versucht hatte), was Onkel Benn für die Algenpartner der Flechten tat. Meine Begegnung mit Fishl Vilitzer hatte mir das in dem Augenblick zu Bewußtsein gebracht, als ich sah (oder zu sehen glaubte), wie der »offizielle« Fishl sich mit einem Zittern von seinem Gesicht ablöste und fortschwamm und ein völlig anderes Individuum zurückließ, eine ganz andere Kreatur als Fishl, den spleenigen Organisator dubioser Geschäfte. Ich muß zugeben, daß es mir großes Vergnügen bereitete, so eine Erfahrung zu machen (oder, um mich dem Prinzip der Objektivität zu unterwerfen, mir vorzustellen, daß ich so eine Erfahrung machte).

Unmittelbarer gesprochen (als das Ich, das rasch als magerer, langhaariger, eine Spur düsterer, aber in Wirklichkeit naiv motivierter Mann Mitte Dreißig identifizierbar ist): Ich überwachte die Interessen meines Onkels so, wie Fishl für die Interessen seines Vaters – um die Worte der kanadischen Nationalhymne zu borgen – »Wache stand«. Fishl machte sich bereit, Dr. Layamon und Richter Amador Chetnik anzugreifen und zu überlisten, und – weitergehend – sogar Gouverneur Stewart, der ja angeblich sämtliche Geschworenengerichte in diesem Bundes-Distrikt nach seiner Pfeife tanzen ließ. Fishl hatte doch tatsächlich den Nerv, sich diesen Stars, dieser Killerbande, für gewachsen zu halten. Als der selbsternannte Schutzengel meines Onkels mußte auch ich versuchen, ihre Motive zu interpretieren und ihre Pläne vorauszuahnen. Ich würde mir natürlich bei Fishl Rat holen müssen. Ich konnte nicht versuchen, allein mit diesen harten, schlauen, politisch versierten Persönlichkeiten fertig zu werden, oder gar hoffen, solche raffinierten Schlauköpfe zu überlisten. Der Gedanke, das zu wagen, war eitel. Was wollte ich eigentlich? Wie konnte ich gewinnen? Was könnte gewonnen werden? Doch wäre es vielleicht möglich, durch die eigene Engstirnigkeit Zugang zu den engstirnigen Zielen anderer gewinnen – und das nicht nur oberflächlich. Ich stellte mir solche Ziele (nicht mehr ganz so engstirniger Natur, wenn sie so verschwenderisch auftraten und so viel geniale Energie erforderten) wie winzige, in Seegras gefangene Krabben vor. Jedermann – ausnahmslos jedermann – hatte Mengen solchen Grases im Schlepptau.

Nun aber schob Dita Schwarz sich in ihrem Dodge-Caravan auf der rechten Fahrbahn heran. Der Verkehr war sehr dicht, und sie machte mir Handzeichen durchs Fenster. Anstatt so dunkle Überlegungen anzustellen, hätte ich ihr lieber eine Tüte Karamellpuffreis kaufen sollen. Sie sprach stets angetan von Cracker Jacks. Allerdings war sie wie so viele schüchterne Menschen Weightwatcherin, und jetzt war die Gelegenheit ohnehin vorbei. Hier war sie, durch und durch weiblich präsent. Wenn man in den Dodge stieg, empfand man die Wärme ihres Busens, bevor man die Heizung spürte.

»Hallo,« sagte sie. »Jetzt haben Sie in der Kälte warten müssen. Sie hätten zum Parkplatz kommen sollen oder vielleicht sogar ins Wartezimmer zum Arzt.«

Sie konnte auf freundliche, männliche Art »Hallo« sagen, doch ihr Atem hatte eine feminine Note, und der Blick ihrer dunklen Augen war durch und durch weiblich. Das fiel einem auf, weil ihre Haut nicht ausgesprochen feminin war. Keine schöne Haut, sie war wie ein Noppenstoff, eine Schicht vernarbten Gewebes, das von irgendeiner entzündlichen jugendlichen Hautstörung herrührte. Sogar bei Frost blieb ihr Gesicht weiß. Sie zog es vor zu tun, als sei ihr das gleichgültig. Aber manchmal schmollte sie oder war böse auf ihre Haut – diesen Defekt; ihr Herz blutete deswegen. Dabei ist es eigentlich gar nicht schlecht, den schlimmsten körperlichen Mangel offen vor sich herzutragen, statt irgendwo versteckt, dann muß man sich wenigstens damit auseinandersetzen. Die versteckten Mängel bereiten einem doch die schlimmsten Sorgen. (Ich habe hier meine sexuelle Unterlegenheit meinem Vater gegenüber im Sinn, das phallische Kreuz, das ich zu tragen habe.) Dita war blaß, weil ihre Haut zu dick war, um Farbe zu zeigen. Sie hatte einmal darum gebeten, Photos von Treckie zu sehen. Die einzigen, die ich gerade zur Hand hatte, waren die Instamatic-Bilder, auf denen Treckie, mit bloßen Schultern, lacht – glänzende Zähne, blaue Augen, ein rosiges Gesicht. Das rosige Gesicht erregte Ditas konzentrierte Aufmerksamkeit. Sie fragte nur: »Was für ein Name ist Treckie eigentlich?« Ich fragte daraufhin nach ihrem Namen: Nein, es sei keine Abkürzung von Perdita oder auch nur Edita; einfach nur Dita – aus einem Liebesroman, den ihre der Arbeiterklasse angehörende Mutter zufällig auf der Entbindungsstation gelesen hatte. Dita und ich waren zur Zeit dieser Unterhaltung Lehrer und Schülerin – wir hatten ein nettes freundliches Verhältnis. Sie war bereit, sich meine Sorgen anzuhören und meine Diskurse und Aberrationen zu ertragen, meine Absurditäten, die ihr sogar Vergnügen bereiteten. Für Menschen mit normalen Ansichten hätte ich wahrscheinlich leicht daneben geklungen, aber Dita und ich hatten so viel Gogol gelesen und dazu Dostojewskis Phantasien, Sologub und Andreij Bely, daß ausgewachsener Dünkel und bizarre Ideen sie nicht im geringsten kratzten. Sie war an meine Art, Dinge auszuprobieren, gewöhnt. Wie E. M. Forster einmal sagte: »Woher soll ich wissen, was ich denke, bis ich sehe, was ich sage?« Dies ist so-

269

weit richtig. Allerdings sind Engländer häufig von einem
verblüffenden Anfang so angetan, daß sie damit auch schon
wieder am Ende sind. Als nächstes wäre doch erforderlich,
den Gedanken voranzubringen, ihn aus der Kategorie kluger
Sprüche herauszuführen. Dita sah oft schon lange vorher,
worauf ich hinauswollte, und kam mir weiter als bis zur
Hälfte entgegen. Jetzt fragte sie mich, wie es mit Fishl gelaufen sei. Ich hatte sie zwar nicht ins Vertrauen gezogen, war
aber bei der Hinfahrt ins Zentrum ein zittriges Nervenbün-
del gewesen. »Wie ging's denn mit Ihrem Cousin Vilitzer?«
fragte sie.
»So, wie es mit uns Barbaren und Bastarden immer geht«,
sagte ich.
Es war nicht nötig, das näher zu erläutern. Sie kannte meine
Meinung – daß unser Jahrhundert ganz allgemein ein Jahrhundert der Bastarde sei, und falls man selbst keiner war,
falls man geltend machte, daß man einem klassischen, traditionellen Standard entsprechend lebte, wie das manche Menschen für sich in Anspruch nehmen, daß man dann nicht
mehr in dieses Jahrhundert gehöre. (Ich stelle fest, daß ich
nun doch dabei bin, es näher zu erläutern.) Man mochte eine
achtbare Persönlichkeit sein, aber man lebte »woanders« –
vor 1914 etwa oder vielleicht noch vor dem 18. Jahrhundert.
Das mochte ein angenehmes Gefühl sein, gewiß, aber es bedeutete doch, daß man sich dem gegenwärtigen Zeitalter entzog, daß man ausgestiegen war. (Dies hört sich vielleicht
nach einem weiteren Exkurs an, aber gedulden Sie sich nur
noch einen Augenblick). Die Juden hatten das schon seit
Millionen von Jahren, seit der Steinzeit so gemacht, indem
sie mit ihrem uralten Kodex in Isolation gelebt hatten. Aber
dann begannen sie, freiwillig in die gegenwärtige Epoche zu
kommen, und später wurden sie mit Gewalt in die moderne
Geschichte gezerrt, fuhren zu Millionen in Viehwagen hinein und wurden sich auf diese Weise klar darüber (falls sie

überhaupt noch Zeit hatten, sich über etwas klar zu werden), daß es für sie keine vornehme Option gab, zu erklären, sie stünden abseits der zeitgenössischen Zivilisation. Ich kann hiermit nicht fortfahren, ich habe andere dringliche Prioritäten. Doch ist es als Hintergrund legitim und erklärt meinen Satz über die Unterhaltung mit Fishl Vilitzer. Er und ich waren Barbaren oder Bastarde eines ausgesprochen amerikanischen Typs. Wenn man sich in Amerika erlaubt zu denken, fühlt man sich automatisch verpflichtet, eine passende historische Skizze dazu anzufertigen, um die eigenen Gedanken zu beglaubigen oder zu legitimieren. Das Ergebnis ist ein kurzer Moment aufblitzender Einsicht, und dann eine Viertelstunde Pedanterie und ermüdende Ausführungen – akademisches Gebabbel. Von Locke zu Freud mit Zwischenaufenthalten bei Bentham und Kierkegaard. Man muß die Menschen, die sich solchen Erklärungen verpflichtet glauben, bemitleiden. Oder (eine noch bessere Alternative) man kann ein Auge für die komische Seite daran entwickeln. Ich hatte nicht vor, Onkel Benns Sorgen mit Dita zu diskutieren. Wir waren Freunde, es gab keine Liebeskomplikationen, deshalb konnten wir in aller Unbefangenheit über alles mögliche reden. Doch die Heiratsprobleme meines Onkels und seine sexuelle Pein waren vertrauliche Angelegenheiten. Ich hätte sie ums Leben gern mit jemandem diskutiert, und Dita wäre für diesen Zweck ideal gewesen; sie hatte einen hervorragenden Verstand. Aber ich konnte ja nicht einmal versteckt darüber reden, weil sie sehr schnell begriffen hätte, worum es ging.

Ich fragte sie: »Bei was für einem Arzt waren Sie?«

»Bei einem Hautarzt«, sagte sie. Sie sagte es leichthin, damit ich nicht auf die Idee kommen sollte, daß sie an etwas Ernsteres dachte (beispielsweise an den Versuch, ihr Aussehen so zu verändern, daß sie mit Treckie rivalisieren konnte). Ich war so sehr mit Onkel Benn, dem Rätsel um das Roanoke, den Geschworenengerichten und all dem beschäftigt, daß ich zu langsam war, um die Signale, die Dita mir gab, zu begreifen. Als sie einen Hautarzt erwähnte, war meine einzige Überlegung: »An Facelifting kann sie ja wohl nicht denken, dazu ist sie viel zu jung. Muß wohl ein Ausschlag an irgendeiner unsagbaren Stelle sein.« Ich ließ es dabei bewenden.

Als ich in mein kleines Zimmer im Institut für Slawische Studien kam, fand ich unter der Tür eine Nachricht von meinem Onkel. »Heute nachmittag zu Hause.« Ich zog nicht einmal den Mantel aus. Ich wußte, was »zu Hause« bedeutete, und ging direkt zu seiner Wohnung in Campusnähe. Dieser Tage hielt er sich nicht oft dort auf, da er sich ja dem Parrish Place verpflichtet hatte, um des idealistischen Zwecks willen, mit Matildas Familie eine Beziehung aufzubauen. Dr. Layamon kam nach den Sprechstunden in seiner Praxis selten gleich nach Hause. Er spielte in seinem Club um wohldosierte Einsätze Karten. Matilda wünschte besonders, daß Benn das Verhältnis zu ihrer Mutter kultivierte, eine persönliche Bindung zu ihr aufbaute. Das war nicht so einfach, wie man es sich vielleicht vorstellt, da Jo Layamon oft in ihrem Zimmer saß, zu dem der Zugang nicht erlaubt war, und wenn Benn sich im Möbellager davor zeigte, bemerkte sie seine Anwesenheit nicht. Und um an ihre holländische Tür zu klopfen, war er zu schüchtern. Wenn er gelegentlich hineinspähte, dann eigentlich eher, um die rote Azalee in der entfernten Ecke als um seine Schwiegermutter an ihrem Schreibtisch zu betrachten.

Ich fand ihn jedenfalls in seinen eigenen, kleineren und viel dunkleren Räumen, umgeben von seinen Botanikbüchern und gerahmten Drucken von Pflanzen mit lateinischen Namen oder morphologischen Querschnitten, die mir nichts sagten. Mein Onkel war nicht in besonders guter Verfassung. Er gedieh nicht, das war offensichtlich, er sah nicht gut aus. Er goß mir einen Wild Turkey ein. Er führte hier im

Augenblick keinen Haushalt, deshalb war das Glas schmierig. Noch vor einem Jahr hätte er es in den Spülstein gestellt, um es mit Spülmittel einzuweichen, und ein neues geholt. Der Kardiologe habe ihn wegen seiner Herzrhythmusstörungen wieder auf Chinidin gesetzt, sagte er. Auch sein Atem klang irgendwie melancholisch, und als ungewöhnlich begabter »Bemerker« (es gibt einen solchen Typ) war er sich darüber eindeutig im klaren, denn er sagte sogleich: »Meine Respiration ist heute ein wenig verkrampft.«

»Unglücklich bist du aber nicht, Onkel, oder?«

»Nein, eigentlich nicht.«

»Anpassungsschwierigkeiten der Post-Flitterwochen?«

»Red nicht mit mir um den heißen Brei herum«, sagte mein Onkel. »Ob es mir leid tut geheiratet zu haben? Die Antwort ist ein klares Nein. Ich habe eine hervorragende Entscheidung getroffen.«

»Ich habe ja nichts Gegenteiliges behauptet. Ich war ja selbst niemals verheiratet, aber ich habe gehört, daß in einem frühen Stadium, wo man sich seinen Weg erst noch ertastet, oft Veränderungen zu bemerken sind. Ich möchte nicht, daß du denkst, ich würde mich über dich lustig machen oder dich auf den Arm nehmen, Onkel. Es ist nur ganz normale Sorge um dich.«

»Ist schon in Ordnung, Kenneth. Deine Ansichten über die Liebe sind mir einigermaßen vertraut – daß jeder sich in einem separaten System bewegt.«

»Dem *petit système à part*?«

»Und daß in jeder Brust ein Gletscher ist, der geschmolzen werden muß, damit die Liebe zirkulieren kann.«

»Ich streite nicht ab, daß wir dieses Thema in solchen Begriffen diskutiert haben. Dunklen Begriffen, ohne Zweifel. Ich wollte dich nicht deprimiert machen, Onkel Benn.«

»Ich glaube nicht, daß du das getan hast.«

»Und wenn ich mich nach den Anpassungsschwierigkeiten

der Post-Flitterwochen erkundigt habe, dann nur, weil ich mich daran erinnerte, was Benjamin Franklin einmal gesagt hat. Sein Rat war, halte vor der Heirat die Augen weit offen und nach der Heirat halb geschlossen.«

»Willst du damit sagen, sie danach weit offen zu halten ist ein schlimmer Fehler?«

»Franklin ist berühmt für seine vernünftigen, langweiligen, Mittelmaß haltenden Rezepte für ein zufriedenes Leben. Wieso, glaubst du wohl, ist sein Bild auf die Hundertdollarnote geraten? Ich habe nur gemeint, Onkel, daß du ein wenig *down* zu sein scheinst.«

»Ein paar Nächte mit Schlafstörungen, das ist alles.«

»Neue Sorgen? Siehst du dich all den leeren Raum im Roanoke füllen? Oder ist es die Onkel-Vilitzer-Geschichte, die dir Sorgen macht?«

Indem ich ihm so viele Fragen auf einmal stellte, erkannte ich einen Überschwapp-Effekt von meiner Unterhaltung mit Fishl Vilitzer früher am Tage: die unternehmerische Taktik, die Oberhand zu behalten. Es war eigentlich nicht fair, dies an meinem Onkel zu praktizieren. Und ich ließ es *toute de suite* wieder fallen. Mein Onkel behauptete, nicht sehr wahrheitsgemäß, daß er sich nicht allzu viele Sorgen wegen Vilitzer mache. Nichtsdestotrotz war er begierig, von meinem Interview mit Fishl zu hören. »Du hast ihm doch hoffentlich keine Informationen über mich gegeben?«

»Nichts weiter, als daß Amador Chetnik die Zeremonie durchgeführt hat. Das brachte ihn dazu, über Chetnik auszupacken. Chetnik wird beobachtet, weil er zu reich für einen Richter ist.«

»Das mit der Beobachtung wußten wir ja schon«, sagte mein Onkel ungeduldig.

»Um Strafmilderung zu bekommen, da er auf dem besten Wege ins Gefängnis ist, ist er möglicherweise bereit, den

Behörden zu sagen, was er über Onkel Harold weiß. Harold ist ja derjenige, hinter dem sie eigentlich her sind.«

»Ja, aber bisher lebt er ja noch. Wie mein Schwiegervater zu sagen pflegt, zu wissen, *wie* man stiehlt, ist der Unterschied zwischen gestandenen Männern und grünen Jungs in der Politik.«

»Solange ihr Parteiapparat intakt war, konnten die Vilitzers sich alles erlauben. Aber jetzt ist er böse angeschlagen. Die einzige sichere Basis für einen Demokraten ist im Augenblick das Abgeordnetenhaus, das ja immer noch demokratisch ist. Und selbst dort sind die ruhmreichen Tage vorbei, außer für die Vorsitzenden der großen Ausschüsse, die Typen mit Einfluß, die starken Männer, denen nicht einmal das Ethic's Committee etwas anhaben kann. Das habe ich mir jedenfalls von Leuten sagen lassen, die es eigentlich wissen müßten. Hier am Ort ist Onkel Harold durch Wahlschiebung aus der Macht herauskatapultiert worden, und deshalb kann er sich nicht mehr selbst schützen. Er ist einer der alten Typen, die seit den Tagen von F. D. Roosevelt an der Macht sind, und jetzt können sie nicht einmal mehr das Geld festhalten, das sie gestohlen haben.«

»Das klingt mehr nach Fishl als nach dir, wenn du mir diese Bemerkung verzeihst. Was ist dein Eindruck – ist Fishl nicht eine Mißgeburt?«

»Nicht mehr als die meisten von uns. Der Hauptpunkt ist, daß er fest entschlossen ist, seinen Vater zu schützen.«

»Für dich ist das natürlich am allerwichtigsten. Damit kann man dein Herz gewinnen. Ich hatte eigentlich gehofft, ein besseres Verständnis von alledem vermittelt zu bekommen. Ich geniere mich zu sagen, daß ich nicht einmal weiß, was eigentlich Wahlschiebung bedeutet. Gegen diese Leute und gegen diese Geldsummen komme ich mir ganz schwach und lächerlich vor.«

Wie gut ich verstand, wovon er sprach! Leute wie wir waren

nicht Teil des großen Unternehmens. Das große Unternehmen war Amerika selbst und sein Machtzuwachs. Wenn man sich dieser Macht unterwarf, wurde man etwas. Sogar die Opposition zählte (wenn man beispielsweise Kokain nahm, hielt man sich zwar der Arbeitswelt fern, aber man war wegen des Koks am Markt beteiligt, so daß der Widerstand gegen die Gesellschaft sozusagen erkauft und mit Geld bezahlt wurde). Doch wo paßte mein Onkel mit seinem russisch gebeugten Rücken, seinem großen Kopf, seinem wie das Unendlichkeitssymbol geschnittenen Augen (dem blauen Lemniskaten-Blick) ins Bild? Verstand er, was Paul Volcker über Zinssätze sagte? Oder verstand er etwas von Jetantrieben? Oder von Elektrotechnik? Ach, sogar noch die Spione, die den Russen technische Geheimnisse verkauften, waren meinem Onkel weit überlegen, weil sie Blaupausen lesen konnten! Hätte mein Onkel dies oder jenes mit dem Fernsehen zu tun gehabt oder mit Investmentfonds, mit Werbung, kommerzieller Musik, Hydraulik, Eiweißchemie, wie anders wäre die Haltung der Layamons gewesen! Doch bei ihm war keine Blaupause, kein Rechnungsabschluß in Sicht, was also sollten sie mit ihm anfangen? Er spukte an den Rändern der Layamonschen Welt umher, von seinen Sehnsüchten getrieben. Diese Sehnsüchte lassen sich noch weiter auf die Bewunderung der Schönheit einengen: das Begehren, in Liebe und Zuneigung einer Frau verbunden zu sein; und schließlich sexuelle Bedürfnisse, die, sagen wir es doch frei heraus, selten, wenn überhaupt, je frei von Marotten sind, wenn nicht gar ausgesprochene Perversitäten.
Ich schlug meinem Onkel vor: »Warum sagst du nicht nein? Nein zu allem. Warum sagst du nicht, daß du nicht in das Roanoke ziehen willst? Und daß du nicht Onkel Harold aufs Kreuz legen willst. Weigere dich doch einfach.«
»Wie kann ich das denn? Ich habe Matilda gegenüber gewisse Verpflichtungen. Sie ist so bildschön, so temperament-

voll und so weiter. Ich kann ihr doch nicht vorschreiben, daß sie das langweilige Leben einer Professorengattin zu leben hat. Das würde am Ende auch mir schaden.«

Ich konnte nicht ernsthaft mit ihm argumentieren und auch keine unnachgiebige Position einnehmen, da ich ja durch meine eigene Bindung an Treckie kompromittiert und jedem Gegenangriff ausgeliefert war.

»Was sollst du denn nach Matildas Vorstellung mit Vilitzer anfangen?«

»Sie erwartet nicht, daß ich mit ihm verhandle. Das wird jemand anderes tun müssen.«

»Du sollst also nur behaupten, daß dieser andere dich vertritt?«

»Also Kenneth, der alte Mann hat sich Hilda und mir gegenüber nicht fair benommen.«

»Ihr hättet doch keine fünfzehn Millionen Dollar aus diesem Stück Land rausgeholt!«

»Er hat mich mit Verachtung behandelt«, sagte mein Onkel.

»Na und? Was ist denn schon Verachtung? Er ist ein alter Mann. Du willst ihm doch nicht tatsächlich die Pistole auf die Brust setzen ...?«

»Matilda sagt, es wird ihm kein Leid geschehen. Sie würde das nicht zulassen.«

»Onkel – Fishl hätte gern, daß du ihn mit seinem Dad verhandeln läßt.«

»Nein, nein, Kenneth. Ich ziehe vor, es selbst zu tun, wenn es denn überhaupt sein muß.«

»Fishl macht sich, soweit ich sehe, Sorgen um die Gesundheit seines Vaters.«

»Mag sein. Außerdem will er aber bei seinem Vater als Lebensretter auftreten. Und mir fällt nicht eine einzige Unternehmung ein, die Fishl je gelungen wäre. Matilda sagt, er sei in wahnsinnige Schwierigkeiten wegen etwas gekommen, das sie als Lebendvieh-Termingeschäfte bezeichnete. Er hat mit Konzertzeichnung gekauft, was immer das ist, und dann kam ein Schneesturm, und die Tiere konnten nicht mit Heu versorgt werden. Sie sind verendet. Also mußte Vilitzer eine halbe Million Dollar aufbringen, um Fishl vor dem Knast zu retten. Das brachte das Faß zum Überlaufen, jedenfalls was Harold anging.«

»Warum hat Amador Chetnik euch getraut – spricht Matilda überhaupt darüber?«

»Hat weiter nichts zu bedeuten. Freund der Familie. Er ist feist, er hat eine dicke Nase, aber er unterscheidet sich nicht von einem Dutzend anderer. Außerdem unterzieht man sich einer Hochzeit nur um der Eltern willen.«

»Ihr war also nicht klar, daß Chetnik der Richter war, der gegen euch entschieden hat?«

»Eine junge Ehefrau, Kenneth! Weniger als einen Monat verheiratet und schon bluffen? Ich muß ihr glauben.«

Ich war im Begriff zu sagen, daß in einigen Fällen das Bluffen nie aufhört, und wenn die Ehe eine Konvention ist, dann sind auch Worte wie »wahr« und »unwahr« Konventionen, aber dies war nicht die Zeit, mit meinem Onkel Spitzfindigkeiten auszutauschen. Er war gar nicht er selbst, er trug ungewohnte und schwere Lasten. Ich beobachtete, wie es in ihm arbeitete, und das machte mir eine große Sorge.

Mein Onkel sagte: »Matilda und der Doktor meinen, daß ich wieder »intakt gemacht« werden soll. Diesen Ausdruck habe ich noch nie gehört – Business-Sprache, nehme ich an. Von Parrish Place aus sieht alles so anders aus. Ich habe noch nie so dicht am Zentrum des Geschehens gewohnt. Und jedesmal, wenn ich in die Nähe eines Fenster komme, sehe ich den verdammten Wolkenkratzer. Mein Leben liegt darunter begraben – die Küche meiner Mutter, die Bücherregale meines Vaters, die Maulbeerbäume. Es ist wie eines dieser Dörfer im TVA Valley, wo man mit einem Sauerstoffgerät hinuntertauchen müßte, um die Stätten seiner Kindheit aufzusuchen.«

»Ich bin noch nie im Electronic Tower gewesen. Vielleicht sollten wir einfach hingehen und uns dort einmal umsehen, um das Ding zu entmystifizieren. Ich denke, wir sollten am nächsten schönen Tag auf die Aussichtsterrasse hinauffahren.«

»Vielleicht sagst du Fishl lieber, daß er nicht als mein Anwalt auftreten soll. Er ist nur ein alternder Hippie, der immer noch versucht, sich den Zugang zur Geschäftswelt zu erzwingen. Er hätte das schon vor zwanzig Jahren schaffen müssen.«

Ich sagte: »Das ist nicht der wichtigste Teil von Fishl. Das ist sozusagen nur ein Subkontinent. An der Basis ist Fishl in Ordnung.«

Ich schloß ein paar Überlegungen an, die ich für mich behielt:

Die erste war: Benn und ich hatten keinen außer Fishl, an den wir uns hätten wenden können. Er hatte wache Augen, wenn auch die Umgebung, in der sie saßen (fettes Gesicht, imposantes Doppelkinn, flaumige Kahlheit), nicht hundertprozentig vertrauenerweckend war. Ich gebe das zu, ohne weiteres oder, wie man manchmal in meinem Heimatland sagt, *tout de go*. Doch kann man aus Einzelheiten eben keine Schlüsse ziehen. Diese Einzelheiten fließen ja aus einer gemeinsamen Quelle. Wenn man die Quelle nicht findet, hat man nichts als diverse Lippen, Nasen, Ohren, Haaransätze, Schädel et cetera – *disjecta membra*. Nun, in Fishls Fall glaubte ich zu begreifen, welches die Quelle war, und auch, daß man ihn grundsätzlich richtig einschätzen und ihm trauen konnte. Viel eher trauen als den Layamons. Ich mutmaßte, daß der Doktor, kaum, daß er von der Verbindung mit Vilitzer erfahren hatte, sofort in einen Zustand konspirativer Inspiration verfallen war. Er konnte Matilda reich machen, ohne daß es ihn einen Penny kostete, und dieser vorzeitliche Botaniker Crader würde kein unpassender, sondern vielmehr der *grand-prix*-Ehemann sein, auf den die Layamons im Grunde genommen schon nicht mehr gehofft hatten. Der größte Ehecomputer der Welt hätte solch einen idealen Mann nicht gefunden. Er hatte unschätzbare Vorteile, und einer davon war, daß er kein bißchen Dollarverstand besaß. Außerdem würde er sich für seine eigenen Millionen auch noch bei seinen gerissenen Schwiegereltern bedanken müssen. Und den Rest konnte man Matilda überlassen. Sie würde die Möglichkeiten ausarbeiten und alle losen Enden zusammenbringen.

So sahen die Layamons vermutlich Benn, der für mich ein aus Millionen herausragender Mann war, ein wahrhaft besonderer Fall. Sie schienen gar nicht recht zu wissen, wer er war. Aber wußte er es denn selbst? Wohl nur zum Teil. Und mir gefiel der Gedanke gar nicht, daß solch ein Mensch, der den Zauber oder prophetische Gaben besaß, sich dazu hergeben sollte, im realen Leben eine komische Figur abzugeben. Das paßte viel zu gut in die Postulate der »Pragmatiker«, jener unverschämten Typen, die sich selbst als die einzigen wahren Interpreten der Realität sehen und denen die unaufmerksamen »besonderen Fällen« sogar Mord nachsehen. Natürlich haben diese besonderen Fälle gar kein Recht darauf, so unaufmerksam zu sein. Wenn Sie mich fragen: Sie sind selbst pervers, beugen sich viel zu willig der Degradierung. In diesem Zusammenhang erinnere ich mich oft an eine Nebenbemerkung von W. H. Auden: »Schwierigkeiten sind attraktiv, wenn man nicht gebunden ist.« Was meinte er mit »nicht gebunden«?

Wenn man nicht von echten Notwendigkeiten in Atem gehalten wird? Seiner inneren Berufung abtrünnig wird? Sich dem Schund anpaßt, weil es vordergründig so viel davon gibt? Ach, all dieser menschliche Faden, der auf die trivialsten Spulen gedreht wird. Wenn man alle Ablenkungen lange genug verjagt, um hierüber nachdenken zu können, beginnen sich Empfindungen unergründlichen Leids zu regen, und es ist genau so, wie mein Onkel zu dem Journalisten sagte, der ihn zu den Gefahren der Radioaktivität auf Three Mile Island und Tschernobyl befragte, dem Sinne nach etwa: »Kummer im Herzen vermag einen Mann wohl zu töten.« Und es ist sicher keine große Fehlschätzung, daß tatsächlich mehr Todesfälle auf gebrochene Herzen als auf atomare Strahlung zurückzuführen sind, ohne daß auf der Straße dagegen demonstriert würde.

Vor allem aber war ich entsetzlich böse darüber, daß mein Onkel sich gegen Harold Vilitzer einspannen ließ. Vilitzer war ohne Zweifel ein mächtiger Gauner. Sein Hauptziel war es, ein riesiges Privatvermögen anzuhäufen, und zum Teufel mit dem Rest der Welt. Ich hatte persönlich nichts gegen ihn, sollte jedoch die Logik der Akkumulation diktieren, daß auch er vom Sockel heruntergeholt würde, dann nur zu! Es ist absolut einleuchtend, daß der, der das Schwert führt, auch durch das Schwert sterben soll. Dito der, der den Penis führt oder was sonst auch immer. Da, wo man selbst nicht mehr mitmacht, muß man auch darauf gefaßt sein unterzugehen, einem Gesetz zufolge, das alle vernünftigen Menschen als unwiderlegbar und gerecht betrachten. Dieses Gesetz müßte auch für Vilitzer gelten, warum nicht? Was mir wirklich mißfiel, war, daß mein Onkel zum Werkzeug dafür gemacht werden sollte. Ich erkannte das als eine der Konsequenzen seiner Situation, der Komplikationen, in die die Liebe und die Heirat ihn gestürzt hatten – oder, wenn Ihnen das lieber ist, die Sinnlichkeit, die Fleischeslust, das Karma des Erotizismus. Ich war niemals ganz sicher, ob mein Onkel von einem übermächtigen Geschlechtstrieb gezwungen wurde, oder ob er seine Rechte einforderte oder eingeforderte Rechte zahlen mußte. Die gute alte Della Bedell hatte

Ansprüche gestellt (»Und wo soll ich mit meiner Sexualität hin?«). Andererseits mag mein Onkel sich Forderungen unterworfen haben («Du mußt entgegenkommend sein wie alle anderen Männer auch«). Und ich werde mir niemals ganz sicher über die Beziehungen meines Onkels zu Matilda sein, obwohl er mir schließlich doch davon erzählte. Wie ich schon früher einmal erwähnt habe, erzählte mir der alte Knabe alles, was sich nur erzählen ließ.

Ich fand es korrupt von meinem Onkel, daß er damit einverstanden war, Druck auf Vilitzer auszuüben. Im ursprünglichen Prozeß war er nur dem Namen nach Kläger gewesen. Aus beruflichen Gründen hatte er sich in Assam aufgehalten und hatte sich nicht sonderlich um den Ausgang des Prozesses gekümmert. Erst die Layamons hatten ihm weisgemacht, daß es eine Schande sei, sich übers Ohr hauen zu lassen. »Sie können sich von diesem Mann doch nicht zum *putz* machen lassen, auch wenn er ein Blutsverwandter ist«, sagte der Doktor.

Trotzdem hatte ich unterschwellig das Gefühl, recht daran getan zu haben, nach Amerika auszuwandern. Was ich meinen Eltern erzählt hatte: »Dort ist *action*«, stellte sich als wahr heraus. Ich konnte nicht behaupten, daß ich nicht auf meine Kosten kam. Sogar zu einer Zeit wie dieser war mein Onkel, selbst inmitten einer sich rapide entwickelnden Krise und obwohl er in eine völlig falsche Situation geraten war und in einem der neuen Anzüge, die sie für ihn hatten nähen lassen, vor mir saß, von *ihrem* Willen, dem Willen der Layamons, sozusagen in seine Kleidung gefesselt, sogar in dieser Situation also war er immer noch eine Persönlichkeit mit ungewöhnlicher Ausstrahlung, war er immer noch eine überragende Gestalt, möglicherweise einer jener Bürger der Ewigkeit, ein mysteriöses Wesen – ein Geheimnis, das er seinerseits vielleicht in die Pflanzen projizierte. Ja, die Botanik. Die Botanik war die große Sache. Und doch hatte sie eine

Rivalin, nämlich die weibliche Sexualität. Er konnte einfach nicht von den Frauen lassen. Wenn er um die Welt reiste, bestand sein berufliches Deckmäntelchen aus Wurzeln, Blättern, Stengeln und Blüten, doch in Wirklichkeit gab es eine rivalisierende Macht von großer Stärke. Ein Teil seines Eros hatte sich von den Pflanzen gelöst und auf Frauen übertragen. Und was für Frauen! Ein Phoenix, der Brandstiftern hinterherläuft, war mein spontaner und überraschender Gedanke. Niedergebrannt und aus der Asche wiedergeboren. Schließlich ist ja jede Wiederkehr des Begehrens eine Form von Wiedergeburt. Denn wenn das Begehren einmal verschwunden ist, kann kein Mann sicher sein, daß es jemals wieder zurückkehrt. Es ist wie das alte Yeats-Gedicht: »Viele Male starb ich. Viele Male stand ich wieder auf.«

An einem ausgesucht schönen Tag führte ich meinen Onkel ins Stadtzentrum, wo wir an der Stelle, wo einst das Invalidenheim Crader gestanden hatte, mit einer Reihe verschiedener Lifts auf die Aussichtsplattform im einhundertzweiten Stockwerk ganz oben im Electronic Tower fuhren. Im Erdgeschoß befand sich die Burke and Hare National Bank mit ihren dickwandigen stählernen Tresorräumen. Dieses Institut, so konnte Benn – dieser Tage ein emsiger Leser des *Wall Street Journal* – mir berichten, war von der amerikanischen Bundesregierung wieder liquide gemacht worden. Nach zu vielen notleidenden Krediten an Länder der dritten Welt, die von, wie dieselbe Zeitung es nannte, Kleptokraten regiert wurden – d. h. Militärs oder Beamten, die diese geliehenen Millionen auf Privatkonten in der Schweiz transferierten. Wie auch immer, hier stand jedenfalls das großartige, wohlproportionierte Monument, Gott weiß wie viele hundert Meter tief in Schichten des Perm oder der Trias verankert. Zweifellos eine eindrucksvolle Metamorphose des ehemaligen Zuhauses von jemandem. Der Eintritt kostete einen Dollar fünfzig und war damit eine der billigsten Touristenattraktionen in der Stadt. Für mich war der Besuch richtiggehend unterhaltsam. In einer solchen Höhe kann man für einige Zeit jede beliebige Anzahl von Verdrießlichkeiten vergessen – ein Verbrechen, das man vor langer Zeit begangen hat, ein fatales Fehlurteil. Sogar die geheime Geburt von Krebszellen im eigenen Körper, wenn man durch einen solchen Blick vom einhundertzweiten Stock sich selbst entrückt wird ... jegliche menschliche Verschrobenheit, will ich damit sagen, kann für einen Augenblick in den Hintergrund treten, wenn man vor einer ägyptischen Pyramide steht oder unter einer Sixtinischen Decke. Still folgte ich meinem Onkel, während er seine Geburtsstadt mit dem ihm eigenen kobaltblauen Blick inspizierte – leere Fabriken, stillgelegte Güterbahnhöfe, umgestülpte Straßen, Flußabschnitte, in denen das Wasser stand wie in einem Aquarium; und dann dahinter das Land, Prärien, von der Düsternis der Stadt befreit, Farmland unter weißem Zuckerguß und ein Himmel, der an Freiheit denken und Vorstellungen von Flucht und Weglaufen aufkommen ließ. Ich bin nicht sicher, ob mein Onkel nicht sogar so etwas dachte wie: welch ein herrlicher Tag zum Entfliehen, wie er das früher getan hatte; jetzt war jedoch keine Rede von Flucht; und eine Frau ist schließlich keine Reisetasche. Es wurden keinerlei Andeutungen laut. Vielleicht kamen und gingen wissenschaftliche Gedanken, oder auch sentimentale. Vielleicht erinnerte er sich an das Buch von Haym Vital über den Baum des Lebens, das damals verlorenging, als das alte Haus abgerissen wurde. Vielleicht an dieser Stelle vergraben lag. Die einzige Bemerkung, die von Benns Lippen kam, bezog sich auf den Tod seines Vaters irgendwo unter uns, vor zwanzig Jahren.

Unten in der Eingangshalle betrachteten wir, bevor wir das Gebäude verließen, die Wegweisertafel: Versicherungsgesellschaften, Konstruktions- und Steuerberatungsbüros, ausländische Konsulate, nationale Warenhausketten; keine einbalsamierten Pharaonen. Mein Onkel wollte mich in ein historisches Restaurant zum Lunch einladen – Skelly's in der Nähe des Gemüsemarkts –, aber es war keine Spur mehr von einem Markt zu finden, noch war ein Skelly's in den gelben Seiten aufgeführt. Skelly hatte seinen Lohn erhalten – Ruhe auf einem katholischen Friedhof –, und so trennten wir uns ohne Lunch, stumm, jeder mit seinen eigenen Gedanken beschäftigt, und trafen uns danach mehrere Tage lang nicht.

Ich meinerseits war unverhofft und nicht durchweg erfreulich beschäftigt. Mein Onkel und ich führten am Telefon nur Routinegespräche. Im Augenblick hatte er selbst genügend Sorgen, und ich wollte ihn nicht auch noch mit meinen belästigen. Eine Mrs. Tanja Sterling hatte Kontakt mit mir aufgenommen. Sie war Treckies Mutter. Ein paar Tage zuvor hatte ich einen Brief von ihr bekommen. Sie komme zur Haushalts- und Handwerksmesse im Convention Center in die Stadt und würde im Marriott wohnen. Ob wir uns treffen könnten? Natürlich mußte ich mich darüber erst mit Treckie beraten, und ich hatte keine Telefonnummer des Veteranen Hospitals, in dem sie arbeitete. Wegen der zwei Stunden Zeitverschiebung waren Anrufe um die Abendessenszeit nach Seattle unpraktisch, da ich gerade viel mit Dita Schwarz zusammen war, der es im Augenblick nicht sehr gut ging und die meine Hilfe brauchte. Der einzig positive Umstand in dieser sorgenreichen Woche war das herrliche Winterwetter. Ich bin sehr wetterabhängig und habe meine Probleme mit dem Klima, jahreszeitlich bedingte Stimmungen, fröhlicher oder gedrückter Natur. Jetzt hatten wir eine Periode günstiger Tage, knackige sonnige Januarnachmittage, die in meinem Kopf ein musikalisches Klingeln verursachten. Solche Tage waren besonders zur Kontemplation geeignet. Unglücklicherweise war ich zu sehr beschäftigt, um mich Kontemplationen hingeben zu können, und die schöne Gelegenheit wurde mir von Sorgen verdorben. Als ich schließlich nach Seattle durchkam, war ein Mann am Telefon, der fragte, wer ich sei und was ich wolle. Mit von Verdacht und Eifersucht geschärftem Kombinationsvermögen schloß ich, daß der Typ gerade beim Abendessen saß und Treckie vom Herd wegrief: »Treck? Ein Kerl will dich sprechen.« Das war kein Abendbesuch: Der Mann war dort voll etabliert. Die Kleine im Hochstuhl mochte ihn für ihren Daddy halten. Und Treckie rackerte sich am Herd mit seinem Essen ab. Die Buntglaslampe – Yuppie Tiffany – warf ein warmes Licht auf die Tischmitte. Ich konnte es mir richtig vorstellen. *Ich* war von Treckie in Seattle nie zum Essen eingeladen worden. Allerdings erregte auch nichts von dem, was sie normalerweise servierte, mein Bedauern darüber, daß es mir entging; vermutlich standen Tiefkühl-Gourmet-

Menus aus dem Mikrowellenherd auf der Speisekarte – oder gebratene Hacksteaks mit tiefgefrorenen Green-Giant-Erbsen. Wenn sie kochte, war der Raum wahrscheinlich von Rauch erfüllt, und ihren unangenehmen Galan stellte ich mir im Unterhemd vor wie Kowalski in *Endstation Sehnsucht*. Zu dieser Misere hatte ich auch noch ein kleines Mädchen beigesteuert. Geschah mir recht und würde mich vielleicht lehren, nicht soviel »Würde« aufzutragen, so höflich und so prinzipientreu zu sein bei Beteiligten, die das gar nicht registrieren würden. Ich hätte von Rechts wegen Treckie beherzt zur Rede stellen können. »Wer ist der Mann?« In diesem Stile. Aber nun stand ich ja ganz allein gegen die Umstände des Augenblicks, und gegen die habe ich noch nie eine Chance gehabt. Die Haltung, die ich infolgedessen einnahm, war, in juristischen Begriffen gesprochen: *nolo contendere*. Was ich frei übersetze als: »auf ein mildes Urteil hoffend«.

»Du bist gerade beim Essen«, sagte ich zu Treckie. »Tut mir leid, daß ich störe. Ich habe selbst in einer halben Stunde eine Verabredung und werde mich kurz fassen.«

»Ist schon gut, Ken. Was hast du auf dem Herzen?«

»Es ist wegen deiner Mutter. Sie kommt hierher und hat gefragt, ob wir zusammen etwas trinken könnten.«

»Ach ja ...?«

»Deshalb muß ich dich einfach einmal fragen, wieviel sie eigentlich weiß?«

»Ach, sie ist schon hiergewesen und hat Nancy gesehen. Nach fünf Jahren Costa Rica hat sie sich plötzlich wieder für ihre Tochter interessiert. Da ist nichts mehr, was man geheimhalten müßte, wenn es je was gegeben hat.«

»Oh, Costa Rica? Ach ja, das hast du mal vor längerer Zeit erwähnt.«

»Sie war da in eine Romanze mit einem Robert-Vesco-Typ verwickelt, den die Regierung nicht ausliefern konnte. Ich nehme an, er hat es endlich geschafft, ihr den Laufpaß zu geben, so daß er jetzt den Fiskus und Mutter vom Hals hat. Ken, was kann ich dir sonst noch erzählen?«

»Der Kleinen geht's gut?«

»Bestens, ist gut aufgehoben in der Tagesstätte.«

Dem dünnen, schüchternen biologischen Vater draußen im Mittelwesten, der sich nicht auf die Unterhaltung vorbereitet hatte, fiel nichts mehr ein, womit er sie noch länger an der Strippe hätte halten können. Obschon selbst ein geheimnisvolles Wesen (und damit keine Ausnahme; die meisten Menschenkinder bewegen sich weit außerhalb der Seichtheiten psychologischer Systeme), entglitt ihm die noch unergründlichere Mutter seines Kindes. »Hast du etwas dagegen, daß ich mich mit Tanja treffe? Was glaubst du, will sie wohl mit mir besprechen?«

Am Ton ihrer Stimme erkannte ich genau, was Treckie gerade eben mit den Schultern tat. Wie bei unserer ersten Umarmung, als die Schultern nackt waren und sie damit zuckte, um mich dazu herauszufordern, mich nach den blauen Flekken an ihren Beinen zu erkundigen, hätte ich gewettet, daß sie sich jetzt hoben. Ich bin sehr hellhörig für Tonlagen am Telefon, trotz meines Hörfehlers. Ich höre, was Menschen tausend Meilen entfernt tun. Sie sagte: »Tanja ist hierhergekommen, um einen Streit mit mir vom Zaun zu brechen. Das ist immer ihr Hauptmotiv für einen Besuch. Mir ist völlig wurscht, was du zu ihr sagst.«

»Hat sie sich über das Kind gefreut?«

»Frauen stürzen sich immer auf ihre Enkelkinder. Damit wollen sie sagen: ›Meine Enkelin wird all das sein, was mein eigenes Kind hätte sein sollen und leider nie war.‹«

Zu mir war Treckie weder freundlich noch unfreundlich. Unser Verhältnis war um zehn oder zwölf Stufen abgekühlt, jetzt, da sie einen Dauermieter im Haus hatte. Es war ihre Art, sich durch nichts in Verlegenheit bringen zu lassen, was nach den Regeln früherer Zeiten höchst peinlich gewesen wäre. Sie übernahm keine Verantwortung für meine Gefühle. Kontraktionen des Herzens waren meine persönliche Angelegenheit. Wenn sie mich so fürchterlich quälten, konnte ich ja zu einem Arzt gehen und ihn bitten, mir Pillen zu verschreiben. Wenn ich das Gefühl hatte, daß Treckie sich zuviel herausnahm, dann war es meine Sache, eine geeignete Reaktion zu finden. Ich überlegte sogar (welch ein Gedankenblitz in solch einem Augenblick!), daß irgendwann einmal jemand eine Forschungsarbeit über die Sanftmut schreiben sollte, eine der erfolglosesten aller religiösen Strategien. Wenn ich der Meinung war, mein Verhalten sei so lobenswert anständig, wer sollte dann das Loben übernehmen? In Wirklichkeit hätte ich am liebsten das nächste Flugzeug nach Seattle genommen und Treckie den Kopf gewaschen. Den Mann hinausgeworfen, der sich bei ihr eingenistet hatte, ihn verprügelt, ihm den Kopf mit einem Hammer zerschmettert und ihn die Treppen hinuntergeworfen. Einige dieser Gewaltphantasien hatten ihren Ursprung, wie mir jetzt klar ist, in meinem Ärger darüber, daß mein Onkel Beleidigungen so routinemäßig einsteckte wie ein Kontrolleur die Umsteigefahrkarten. Aber Beziehungen zwischen Menschen sind ohnehin nicht möglich; schon gar nicht, wenn man nicht bereit ist, Beleidigungen einzustecken.

Treckie sagte: »Ich halte den Hörer zwischen Schulter und Ohr. Diese Hamburger brennen mir an, wenn ich jetzt nicht beide Hände nehme. Ruf mich doch später an, wenn du magst.«

Ich kann nicht sagen, wer von uns beiden zuerst auflegte. Ich nehme an, daß sie mir zuvorkam, vielleicht weil sie spürte, daß meine Höflichkeit langsam versiegte und daß mir starke Worte auf der Zunge lagen wie: »Und wer ist der Grobian, der vorhin am Telefon war?«

Ich wollte mich gern mit ihrer Mutter treffen. Wenn Treckie

mit Tanja verkracht war, konnte ich der alten Dame ja beim Cocktail die Würmer aus der Nase ziehen und vielleicht Dinge erfahren, die ich bisher nicht in mein Bewußtsein hatte eindringen lassen wollen. Also rief ich im Marriot an und hinterließ eine Nachricht für sie oder versuchte es jedenfalls. Man kann überall auf der Welt Orte erreichen, indem man zwölf oder fünfzehn Zahlen tippt, aber eine Nachricht zu hinterlassen, ist keine einfache Sache. Vor einigen Monaten wurde beispielsweise der Vorsitzende einer County-Verwaltung bei einer Fund-Raising-Veranstaltung von einer aufgeregten Frau angesprochen, die um ihr Leben fürchtete. Anstatt ihr aber an Ort und Stelle zuzuhören, sagte er zu ihr: »Rufen Sie mein Büro an.« Wahrscheinlich hat sie dort auch tatsächlich angerufen. Möglicherweise ist die Nachricht nicht bis zu ihm durchgedrungen. Sie hätte lieber auf der Stelle sagen sollen: »Ich spende tausend Dollar für Ihren Wahlkampf, wenn Sie mir jetzt zehn Minuten zuhören.« Aber sie verstand nichts von Politik und mußte ihr Leben lassen. Vier Monate später wurde sie ermordet am Steuer ihres Autos vierzehn Fuß unter der Wasseroberfläche in einem vom County gewarteten Kanal gefunden. (Das Auto befand sich zwischen siebenundzwanzig Fahrzeugen, die von ihren Besitzern versenkt worden waren, um ihre Versicherungen wegen Autodiebstahls zu belangen.)
Am nächsten Tag rief Tanja Sterling zurück, aber ich war zu diesem Zeitpunkt gerade mit Dita Schwartz beschäftigt.
Aus einer Überzeugung heraus, daß sie mit Treckies glattem Gesicht konkurrieren müsse, hatte Dita einen Dermatologen im Zentrum aufgesucht, und er hatte behauptet, er könne ihr helfen. Infolge einer Jugendakne war ihr Gesicht von ungleichmäßigem Narbengewebe überzogen und sehr weiß. Haare und Augen waren dramatisch schwarz. Inzwischen ist mir klar, daß ich ihre lebenslange Unzufriedenheit mit diesen Mängeln noch verstärkt hatte, indem ich ihr mit erregen-

der Genauigkeit erzählte, was ich für Treckie empfand. Jedenfalls hatte Dita jetzt beschlossen zu handeln. Sie war überzeugt davon, daß ich mich wegen ihrer Haut ablehnend verhielt. Ich war empfindlich und anspruchsvoll und deshalb einem komplexen Fließen von Angezogen- und Abgestoßensein ausgesetzt. Sie war gar nicht so sehr beleidigt, sondern vielmehr traurig darüber, daß sie sich in einer Schönheitskonkurrenz behaupten sollte (ausgerechnet bei mir, der ich Onkel Benn doch erklärt hatte, das Leben sei kein Schönheitswettbewerb!) gegen ein Mädchen wie Treckie, die sie für ein Dummchen hielt, jeglicher Klasse entbehrend. Klasse war hier, in mehr als einem Sinne, ein Problem. Ich glaube, ich habe schon an früherer Stelle erwähnt, daß Dita die Tochter eines jüdischen Gießereiarbeiters war. Sie war in der Tat eine überlegene Frau, und aufgrund ihrer Klugheit, Würde, ihrer weiblichen Wärme, ihrer Geziertheit, ihres Prinzessinnenverhaltens und ihrer Fähigkeit zur Bindung hätte ich völlig unvoreingenommen für Dita gestimmt. Nur daß Unvoreingenommenheit überhaupt nichts hiermit zu tun hat. Wenn ihre schlechte Haut abstoßend gewesen wäre (dies sagte ich einmal zu meinem Onkel, als wir uns leichthin über Frauen unterhielten), hätte man ja tun können, was man als Schuljunge immer sagte, Fahne aufs Gesicht und fürs Vaterland bumsen – ich bezweifle, daß Dita mit ihrer gemischt patrizierhaft-proletarischen Art sich durch einen solchen Witz beleidigt gefühlt hätte (wenn der Witz nicht auf ihre Kosten gegangen wäre). Ihr selbst kam die Gassensprache genauso leicht von den Lippen wie unseren Präsidenten im Oval Office, und einmal schaute sie von einer Modezeitschrift hoch, die sie gerade durchblätterte, und sagte: »Ich schnall einfach nicht, wer auf solche tittenlosen Tussis abfährt.« Dem stand jedoch auf der anderen Seite ihrer Natur eine Neigung zur Poesie und die Sprache der Philosophie entgegen, und sie war eine Frau mit ernsthaften Interessen. Ich selbst hatte sie in russischer Literatur ausgebildet, und sie schrieb eine Dissertation über Skjabin, Kandinski und andere Kunstmystiker. Sie erfüllte alle höheren Anforderungen.

Im vergangenen Herbst hatten wir gemeinsam einen Fernsehfilm über eine Schweizer Klinik angeschaut, die auf Dermatologie spezialisiert war. Reiche Frauen gingen dort hin, um sich chirurgisch alte Hautschichten aus dem Gesicht entfernen zu lassen, und lagen dann, bis das neue Hautgewebe nachgewachsen war, in ihren wunderschönen Betten. Der Prozeß war lang, schmerzhaft und teuer. Es war, jedenfalls für Dita, ein packender Film, und er war künstlerisch anspruchsvoll fotografiert, mit zarten Farben wie im *Tod in Venedig* (einem billigen Stück Pseudoplatonismus). Die Damen wurden in ihren opulenten Sanatoriumszimmern gezeigt. Sie schauten hinaus auf Berggipfel und Alpenwolken, jedenfalls die, die nicht zu sehr bandagiert waren, um noch etwas sehen- zu können. In den Frühstadien nach der Operation ähnelten sie Wespennestern. Später waren sie immer noch verschleiert, wie weibliche Beifahrerinnen in den ersten Automobilen (»Tourenwagen«), die in ihrer Zerbrechlichkeit vor dem Straßenstaub geschützt werden mußten.

Dieser Film sprach Dita an, womit ich sagen will, daß er an eine ihrer tieferen schicksalhaften Stellen rührte, und sie kam ebenso oft darauf zurück wie Onkel Benn später auf die Karikatur von Charles Addams. »Du ziehst das doch nicht für dich selbst in Erwägung?« sagte ich.

»Bei meinem Gehalt? Als Lehrerin für Anfängerrussisch in den unteren College-Klassen? Ich könnte nicht einmal den Flug nach Zürich bezahlen«, sagte sie.

Sie hatte recht. Die Ehefrau irgendeines Dritte-Welt-Kleptokraten, die um die Wiederherstellung ihrer verlorenen Jugend kämpfte, hätte es eher gekonnt. Diese Zimmer mit Gladiolen in chinesischen Vasen und Leuten, die aus Wedge-

woodtassen, Muster Wilde Erdbeeren, Tee nippten. Mit
neuer Haut würde die nunmehr strahlende Dame in die Heimat zurückkehren (wo die Menschen an der Ruhr dahinstar-
ben), vielleicht, um sich dort bereits ersetzt zu finden, wenn
sie sich nicht überhaupt der Behandlung unterzogen hatte,
um ihre Rivalinnen aus dem Feld zu schlagen. (Man muß all
diese Kombinationen mit in Betracht ziehen, denn sonst
wird die tragische Karriere der Menschheit keinen Beobachter finden.)
Dita hingegen hielt hier im Mittelwesten nach einer preis-
werteren Möglichkeit Ausschau und fand, patent wie sie als
Mädchen der Arbeiterklasse nun einmal war, einen Typen
im Zentrum, der ihr ein Angebot machte, die obersten, abge-
storbenen Hautschichten ambulant und unter lokaler Betäubung zu entfernen. Er schmirgelte ihre Wangen, ihre Nase
und ihr Kinn mit einer Sandpapierschleifmaschine, einer sich
drehenden Scheibe, ab. Da ihre Augen abgedeckt worden
waren, konnte sie mir nicht sagen, ob die Vorrichtung einer
Bohrmaschine ähnelte (eine naheliegende Frage von mir). Es
habe gezischt wie ein Sandsteingebläse, sagte sie. Sie wußte,
daß es weh tun würde, wenn die Wirkung des Novocain
nachließ, aber die Entfernung der schlechten Haut war eine
Befreiung, eine Reinigung, und man mußte eben den Preis
dafür zahlen (einen kleinen Bruchteil der Martyrien des Westens, die ich mit meiner Mutter in Somalia zu diskutieren
versucht hatte). Wenn ich meine Freundin und Schülerin
nach der Entfernung der abstoßenden äußeren Schale – wie
eine Kiwi, eine Alligatorbirne oder eine Uglisfrucht – vor
mir sähe, würde ich mich vielleicht in das engelsgleiche Gesicht der wahren Dita verlieben.
Ich hatte sie an diesem Morgen mit ins Zentrum genommen,
ohne eigentlich zu begreifen, was los war, und ich wartete
draußen in dem Dodge-Caravan, einem hell-, aber mattgrü-
nen zehn Jahre alten Modell, dessen Karosserie ziemlich zer-

beult war und dessen Kilometerzähler bei 200 000 stehengeblieben war und einen anstarrte, als hätte er den bösen Blick. Ich konnte nicht parken, während ich wartete. Der Verkehrspolizist ließ mich ständig im Kreis fahren, weil es in der Nähe von Gebäuden mit Arztpraxen immer einen dicht umlagerten Taxistand gibt, und in unserer Stadt sind die Fahrer inzwischen aus den Entwicklungsländern und aufgemacht wie Jihad-Terroristen, und so benehmen sie sich auch, schreien und suchen Streit. Ich verstand, warum Dita nicht gern mit einem Taxi nach Hause fahren wollte. Nachdem ich eine Ewigkeit herumgekreuzt war (ich bin kein begabter Autofahrer), kam ich wieder vorbei und erkannte sie an ihrem Wintermantel. Ich war nicht darauf gefaßt gewesen, daß sie sich mit solch einem Bienenkorb von Verbänden, der sie ein ganzes Stück größer machte, in die Menschenmenge des Zentrums wagen würde. Es waren Gucklöcher darin und eine Öffnung für den Mund, aber die ganze Angelegenheit war verrutscht, und die Betäubung hörte langsam auf zu wirken. Als ich ihr ins Auto half, war sie vor Schmerzen schon fast ohnmächtig. Während ich ihren Sicherheitsgurt festmachte, flippten die drängelnden Taxifahrer hinter uns fast aus und hauten mit den Fäusten auf die Hupe. Ich kümmerte mich jetzt allerdings einen Dreck um sie, da Ditas Verbände schon durchgefeuchtet waren und ich Angst hatte, daß die Binden an ihrem Gesicht festkleben würden, und daran dachte, sie schnurstracks zum nächstgelegenen Krankenhaus zu fahren. Der Arzt hatte ihr ein paar Probepackungen Schmerztabletten mitgegeben. Seine Sprechstundenhilfe hatte sie hinunter in die Vorhalle und durch die Drehtüren geführt. Ich wollte bei einer Apotheke anhalten und noch mehr Verbandszeug holen, aber sie brachte es fertig, mir mitzuteilen, daß sie schon im voraus einen Vorrat gekauft hatte und daß wir bitte direkt nach Hause fahren sollten. Ihr Haus hatte eine Tiefgarage, und die Autojokkeys, die ihr normalerweise (halb im Spaß) unsittliche Anträge machten, hielten sich heute fern. Als sie sie in diesem weißen Kegel, in Begleitung eines neben ihr herstaksenden Dünnen mit hochgezogenen Schultern und langem Haar sahen, machten sie ausnahmsweise keine Annäherungsversuche. Ich brachte Dita nach oben, kramte die Schlüssel aus ihrer Tasche, half ihr zur Couch, zog ihr den Mantel und die Schuhe aus. Sie schien einen Augenblick lang ohnmächtig werden zu wollen – es ist schwer, eine Ohnmacht festzustellen, wenn man das Gesicht nicht sehen kann. Ich war im Begriff, nach einem Krankenwagen zu telefonieren, und erkundigte mich schon bei der Auskunft nach der Notrufnummer, als Dita sagte: »Bitte nicht. Bleiben Sie einfach nur bei mir sitzen.« Also verbrachte ich den Rest des Tages dort. Ich war keine sonderlich gute Krankenschwester, wie ich wohl kaum zu betonen brauche, doch selbst wenn der Erfolg der Behandlung angezweifelt werden mußte, so zieht man doch nicht jemandem Mantel und Schuhe aus, streckt man nicht die Hand aus, nach der jemand greift, ohne eine neue Ebene der Vertrautheit zu erreichen, bei der sehr rasch warme Zuneigung einfließt. Die Kategorie »Lehrer und Schülerin« entpuppt sich alsbald als eine reichlich dünne Angelegenheit, wenn sich die »Mann-und-Frau«-Kräfte offenbaren. Irgendwo in meinen psychischen Räumlichkeiten gab es noch immer Trauer um Treckie. Das kann ich nicht abstreiten. Aber ich mußte mich um Dita kümmern. Sie wurde mein Schützling.

Trotz ihrer Proteste nahm ich ihr die Binden ab, als sie durchgeweicht waren. Kaum glaublich, wie der Typ es übers Herz hatte bringen können, ihr Gesicht mit jenen Hochgeschwindigkeitsscheiben so brutal zu behandeln. Vermutlich war er, dachte ich mir, einer jener altmodischen Tripperärzte oder Brustwarzenspezialisten, denen durch die Antibiotika das Handwerk gelegt worden ist, und hatte sich nun zum Dermatologen gemausert. Als ich ihr den chirurgischen Jaschmak abnahm, in den er sie gewickelt hatte, sah sie aus, als sei sie mit dem Gesicht über die Landstraße geschleift worden. Die Damen in der Schweiz konnten niemals so ausgesehen haben. Billig ist eben billig, wie ein kluger Spruch der unteren Klassen es weiß. Ihr proletarisches Pech. Ich empfand all das noch schärfer, während ich sie mit frischem Mull umwickelte, weil ich die Ursache von alledem war. Sie wollte in einer Klasse mit Treckie sein. Oder Matilda. Sie kannte auch Matilda. Sie pflegte sie »die Liegestuhlkaiserin« zu nennen. Dies waren freilich Damen, die mit ihren erlesenen Gesichtern Glück hatten und für die mein Onkel und ich Opfer einzugehen bereit waren. Also trat Dita ihrerseits mit einem Opfer an. Diese Marter und Leiden, denen Frauen ihren Körper aussetzen, die gewalttätigen Attacken, die sie auf ihre langgehaßten Mängel oder eingebildeten Deformationen starten! Wie sie sich freudig vergewaltigen! Das äußerste Mittel. Die Armen, die sich ihr eigenes Gesicht abwetzen.

Wie immer man es beschreibt, ich war dieses Leiden nicht wert. Auch Treckie war es, als Rivalin, nicht wert. Fast in jeder Hinsicht war Dita uns beiden mühelos überlegen. Sie hatte zehnmal mehr Herz, und dies gab ihr eine Art von Schönheit, die uns fremd war. Ich überlegte, daß ich das gesamte Thema Schönheit einmal gründlich mit Onkel Benn durchsprechen sollte. Etwas an dem klassischen Gesicht, der Großartigkeit Roms, dem Ruhm Griechenlands war falsch, lag völlig daneben. Poe, dieser arme geniale Schwachkopf, mit einem debilen und auf ewig vorpubertären Mädchen verheiratet ... hier haben wir es mit einem Dichter zu tun, der geradewegs in eine Welt stolperte, die durch den rationalen Intellekt flach ausgewellt war wie eine Pizza (und sich – wir wollen doch ja den Kapitalismus nicht vergessen – in einem frühen, unfertigen Stadium kapitalistischer Entwicklung befand), und er schlug zurück, mit Whiskey und Dichtung, Träumen, Rätseln und Perversionen. Dann auch Beaudelaire, mit seinen bösen Madonnen Poes Nachfolger, der das Feld übernahm – Krankheit und Sensibilität gegen Mechanisierung und Vulgärität. Wie Sie sehen, wurden einmal wieder die üblichen Gedankenverdächtigen zusammengetrieben.

Immerhin hatte ich nun mehrere Wochen lang eine lohnende Aufgabe. Ich kaufte im Supermarkt ein. Ich hatte sogar Spaß an diesen häuslichen Dingen und daran, eine Patientin zu betreuen. Für Dita den Haushalt zu führen war keine anstrengende Tätigkeit. Der Haushalt gehörte offenbar nicht zu ihren stärksten Interessen. Die Innenseite der Badezimmertür war mit ungewaschenen persönlichen Kleidungsstücken vollgehängt. Ich wurschtelte ein wenig in der Küche herum, kochte Kaffee oder Knorrs Beutelsuppen. Ich kaufte eine Flasche Wild Turkey, der zur wichtigsten Medizin für die Leidende wurde, bis die schlimmsten Schmerzen vorbei waren. Mehrere Tage lang fütterte ich sie mit Hilfe eines Strohhalms durch den Verband hindurch mit der Brühe, und als es ihr dann so gut ging, daß sie wieder aufstehen konnte, war sie immer noch zu unansehnlich, um sich draußen sehen zu lassen. Streifen vertrockneter Haut hingen von ihrem Gesicht herunter. Einer dieser Fetzen hatte die Größe einer Dachschindel, und ihr Gesicht war über und über mit blauen Flecken, Kratzern und Schorf bedeckt. Anfassen war strikt verboten. Man mußte auf den glücklichen Morgen warten, wenn man den Schorf auf dem Bettlaken fand. Kinder wissen, wie aufregend das ist. Jedenfalls kaufte ich weiter für sie ein und räumte die Küche und das Badezimmer auf und lernte dabei, wie wenig ein Rand in der Badewanne oder Staub oder schmutzige Fenster oder fleckige Spiegel Dita störten und wie wenig die Batterie von Blechdosen für ausgelassenes Fett hinter dem Gasherd sie kümmerte. Mehr um mich zu beschäftigen, als weil ich selbst so ein großer Saubermann gewesen wäre, lieh ich mir den Meister Proper meines Onkels aus seiner Wohnung aus sowie sein Sidolin und das WC OO. Ich stellte bald von Knorrsuppen auf Pizza um, die ich telefonisch bestellen konnte, wie auch chinesisches Essen, und dazwischen briet ich von Zeit zu Zeit ein Omelett. Im Gegensatz zu meinem Onkel taugte ich in der Küche nicht viel, sondern glich eher einem ungelenken Alchimisten, der aus Meßbechern Substanzen zusammengießt. Zu Anfang seiner Studentenzeit war mein Onkel Koch für Schnellgerichte in einer griechischen Spielautomaten-Spelunke gewesen. Wenn die Layamons ihn hätten Pfannkuchen backen lassen, wäre er in ihrem Penthouse glücklicher gewesen. Die polnische Köchin war eine finstere Person. Ihre Arbeitgeber, die Angst vor ihr hatten, behandelten sie wie Rostropowitsch, den großen Interpreten – mit Unterwürfigkeit.

Am Ende hatte Dita dann doch kein neues Gesicht. Die extreme Blässe war zwar weg; doch das Grobgewebte blieb. Das spielte jetzt allerdings keine so große Rolle mehr, denn selbst wenn das Experiment kein großer Erfolg gewesen war, so gab es doch zwischen uns eine engere Beziehung, wir waren uns nähergekommen. Wenn sie selbst sich auch nicht kurierte, so kurierte sie doch immerhin mich. Als Patientin trug Dita nicht viel Kleidung. Sie zeigte sich nicht absichtlich, stellte nichts zur Schau. Doch öffnete sich ihr Bademantel, während ich die Suppenschüssel hielt. Von einer Frau, deren Kopf mit Mull umwickelt ist, kann man schließlich nicht erwarten, daß sie bis zum Hals ordentlich zugeknöpft ist. Sich mir körperlich bekannt zu machen schien ihr eine Genugtuung tieferer Art zu sein – ich sah sie jetzt so, wie sie war, über ihr Gesicht hinaus, und schließlich ist an einer Frau mehr dran als das Gesicht. So aß ich denn auf ihrer Bettkante aufgewärmtes Eier Foo Young und trank

Wild Turkey mit Leitungswasser, und wir diskutierten dabei
Skrjabin und Madame Blawatski. Hier war eine Frau, die ihr
Gesicht um meinetwillen einer brutalen Schmirgelei unterzogen hatte, und während ich noch hinter Treckie her-
schmachtete, hatte mir Dita von sich aus ein Liebesangebot
gemacht, so daß ich doch nicht ganz und gar auf der Straße
saß.

Als ich noch einmal darüber nachdachte, ging mir folgendes
durch den Sinn: Entweder schenkt ein Mann den Frauen
und der Liebe all die Zeit, die er neben seinen größeren Le-
benszwecken erübrigen kann (dem Existenzkampf beispielsweise oder den Anforderungen seines Berufs; aber auch der
Aufgeblasenheit, dem Fanatismus, der Macht – jeder
Mensch hat da seine eigene Liste), oder er begibt sich, von
der Arbeit entbunden, in eine feminine Sphäre hinein, die
ihre ganz besonderen Eigenheiten hat und auf völlig andere
Zwecke ausgerichtet ist. Hier ein Beispiel, das jeder verstehen wird: Wenn man nicht gerade Krieg führt wie Marc Anton, dann befindet man sich im Bann der Liebe wie Marc
Anton; in diesem Falle verläßt man die Schlacht und läuft
hinter Cleopatra her, wenn ihre Galeere bei Actium flieht.
Im Grunde meines Herzen sagt mir dieses römische Zeugs
eigentlich nicht viel, also z. B. das römische Gesetz, das politische System Roms, die römische Staatsbürgerschaft. Man
erinnere sich daran, daß in der Antike als einzige die Juden
aus ihren ureigenen und eigensinnigen Motiven heraus das
Angebot des Kaisers, römische Staatsbürger zu werden, ab-
lehnten ... Und ich denke daran, daß ich nicht hier bin, um
eine Geschichtsvorlesung zu halten, sondern um über die
merkwürdigen Windungen auf dem Lebensweg meines Onkel Benns zu berichten.

Wie auch immer, die Zeit für meinen Drink mit Tanja Sterling war gekommen. Ich nahm an, daß Treckies Mutter mir
viel zu erzählen haben würde, über ihre Tochter, über mei-

nen Nachfolger und über die Aussichten für meine kleine Nancy inmitten all der Veränderungen, die Treckie für notwendig hielt.

Ich stöberte meine Kreditkarten in der Sockenschublade auf und fuhr mit dem Bus ins Stadtzentrum – später Nachmittag, ein großes Winterglühen im Westen, hohe Schneewälle an den Straßen und viele glitzernde Eisformationen am Weg. Die Bar des Marriott, in der ich Treckies Mutter traf, war eine völlig andere Szene – ein als hängender Garten eingerichteter Innenraum mit Fontänen, Farnen, Moosen, Gardenien – Schmeicheleien für die Klasse der Manager (in ihren weicheren Augenblicken, wenn sie Geplätscher und Düfte suchen). Mrs. Sterling war relativ gesehen eine jugendliche Frau. Sie sagte sofort: »Ich war praktisch noch ein Kind, als ich heiratete«, eine Feststellung, in der eine Prolongation impliziert war. Sie war noch immer eine sexuell aktive Frau. Sie fragte nicht wie die arme Della Bedell (Della hatte in dieser Hinsicht ja einen Komplex): Und wo soll ich mit meiner Sexualität hin? Es gibt sehr wenige Menschen, die bereit sind zuzugeben, daß sie nicht mehr im Rennen sind. Wenn du aufhörst zu rennen, gehörst du statistisch schon ins Reich der Toten. Deshalb auch die verrückte Überbewertung des Sexuellen im Denken und Handeln von Männern und Frauen. Wenn sie ausnahmsweise einmal keine sexuellen Intentionen haben, so proben sie dafür, probieren unaufhörlich etwas an, bereiten sich vor, üben ihren Zugriff: wie Katzen, wenn sie im Spaß miteinander balgen.

Tanja Sterling wirkte in mancherlei Hinsicht sensationell. Am auffallendsten war das Make-up, das sie trug – eine violettbläuliche Waschbärenmaske, große blaue Kreise um die Augen, die grau und ein wenig blutunterlaufen waren. Sie schien keine eigenen Augenbrauen zu besitzen, sondern nur zwei mit Magic Marker gezogene Balken. Dabei war sie eine hübsche Frau, attraktiv kann man sagen, mit einer echten persönlichen Ausstrahlung. Ich spreche hier nicht von ihrem schweren Parfum – Arabischer Moschus, Patschuli oder was es nun war (ich bin auf diesem Gebiet nicht verläßlich, kann nicht, wie mein Dad das leicht schaffte, *en connaissance de cause* sprechen). Ich spreche von Strahlen, Wellen, Emissionsfrequenzen, der irrationalen weiblichen Musik – ob nun gezupft, geblasen oder gestrichen. Tanja war keineswegs hochgewachsen, jedoch ausladend gebaut, hübsch gekleidet und hatte schöne Hände; nicht so klein wie Treckie – sie konnte niemals diesen berauschend vollen kleinen Körper gehabt haben, entschied ich. Herzlich lächelnd, informell, zutraulich, *sans façons*. Zu einer Zeit, als die Regeln für den Ruhestand strenger waren, wäre sie für die Reizsignale, die sie ausstrahlte, zu alt gewesen. Aber die Witwenhaube sieht man ja nur noch im Museum. Achtzigjährige mit Osteoporose nennen sich nach wie vor »girls«. Aber jetzt gehe ich zu weit, was Tanja angeht. Sie dürfte Ende Fünfzig gewesen sein, älter nicht. Um meine Darstellung etwas zurückhaltender zu gestalten: Ihr Verhalten war huldvoll. Wie sie sagte, bestand zwischen uns ein Band. Ich war der Vater ihres einen und einzigen Enkelkinds. »Bis vor ein paar Monaten wußte ich nicht, daß ich überhaupt eines habe«, sagte sie. »Fünf Jahre in Costa Rica, da habe ich irgendwie den Anschluß verloren. Aber selbst in New York hätte ich den Anschluß nicht gehabt. Diese ultramodernen jungen Leute sprechen ein solches Kauderwelsch, und es gibt keine Wörterbücher für Eltern. Wir können sie nicht verstehen, und sie verstehen sich selbst nicht.« In diesem Stil fuhr Tanja fort und schwärmte, wie hinreißend Nancy sei und wie sehr sie mir ähnele. Sie scheute sich auch nicht, mir zu sagen, daß ich selbst weder von Erscheinung noch von meiner Art her eine Enttäuschung für sie sei. Besonders meine Wangenknochen und der interessante Schnitt meiner Augen gefielen ihr. Sie würde einem Mann Mitte Dreißig nicht gerade empfehlen, das Haar so lang zu tragen, aber immerhin werfe es über den Schläfen ja eine ungewöhnliche Welle, und die Kombination von oliv und rosig sei ungewöhnlich, viel häufiger sei ja oliv-bleich. Ich hatte hierzu nichts zu sagen. Ein Kommentar wurde auch nicht erwartet.

Dann hielt auch sie ein Weilchen inne, wobei sie ein volles Summen von sich gab, nicht um ihre Musikalität zu bewei-sen, sondern weil ihr Generator noch lief. All das spielte sich in ihrem Hals ab. Sie drehte das Daiquiriglas am Stiel.

Wie General Patton konnte ich nicht umhin, mir zu überle-gen, ob sie wohl gerade entschied, von welcher Seite sie als nächstes angreifen sollte.

Kurz darauf sagte sie: »Wann haben Sie das letzte Mal mit Treckie gesprochen?«

»Letzte Woche«, sagte ich. »Sie hat mir von Ihrem Besuch erzählt.«

»War das alles?«

Da merkte ich, daß Tanja beabsichtigte, von meinem Nach-folger zu sprechen. Nun ja, warum auch nicht.

»Ich habe ihr erzählt, daß wir uns treffen wollten.«

»Hat sie Ronald nicht erwähnt? Hätte sie ruhig tun können, wo er jetzt doch zu ihr gezogen ist.«

Ich sagte: »Das war nicht nötig. Er war am Telefon.«

»Sie müssen schockiert sein«, sagte Treckies Mutter.

Ich sagte, daß ich das natürlich sei. Aber ich würde lieber nicht über meine Gefühle reden, teilte ich ihr mit.

»Gewiß, Sie kennen mich ja auch überhaupt nicht. Aber Sie mußten ja schockiert sein.«

»Ich führe nicht gern eine allgemeine Unterhaltung über pri-vate Empfindungen.«

»Daran erkenne ich, daß Sie sie geliebt haben. Das kann nicht sehr erfreulich gewesen sein bei einer Person wie mei-nem armen Kind. Für sie ist eine ausschließliche Beziehung zu einengend.«

»Wer ist dieser Ronald?«

»Ach, so ein Schlägertyp. Ich fand ihn abstoßend. Er war früher Slalommeister und dann Skilehrer. Ein Leben auf den Skihängen wirkt irgendwie bei Frauen, meine ich, und diese Skilehrer haben immer zehn Frauen an jedem Finger. Jedenfalls ist dieses Wintersport-Idol jetzt im Snowmobil-Geschäft. Er behauptet, es sei eine Industrie mit großen Marktchancen. Ich habe zu ihm gesagt, bei fünfzig Stundenkilometern könnte man sich, wenn man nicht nüchtern ist, leicht an einem Drahtzaun den Kopf absäbeln. Der Typ hat nur gelacht.«

»Dann ist er ein Rohling«, war mein Kommentar.

»Sie sind für ihren Geschmack sicher zu sanft gewesen.«

Vielleicht hätte ich Treckie gewinnen können, wenn ich sie vors Schienbein getreten hätte. Ich hatte nur nicht den Mut dazu. Ich glaube nicht, daß ich es aus Menschlichkeit nicht tat. Vielleicht war es nur nicht meine Art von Grausamkeit. Trotzdem litt ich im folgenden.

Ich weiß nicht, wie warm sie tatsächlich Anteil nahm, doch sandte Tanja mir eine Botschaft weiblichen Mitgefühls zu. Über ihren gewinnenden Zähnen, die ihrem Lächeln eine sympathisch jugendliche Note gaben, vergaß man beinahe das breite Gesicht und die ausladende Figur, und auch ihre Falten machten mir im Grunde nichts aus, denn obwohl sie sie mit Waschbärenkringeln übermalt hatte, versuchte sie ja nicht, sich als jungen Menschen zu verkaufen. Sie ging so lässig mit dem Sektquirl um wie F. D. Roosevelt mit der Zigarettenspitze und ließ sich dadurch auch zeitlich einordnen. Wenn sie bei ihrer Heirat noch ein halbes Kind gewesen war, so mußte das zur Zeit des New Deal gewesen sein.

»Jetzt, wo ich Ihnen persönlich begegne, Kenneth, sehe ich, daß meine Tochter ihr Glück nicht zu schmieden versteht. Sie ist ein Dummchen. Ich nehme aber doch an, daß Sie zu viel Selbstachtung haben, um sich vor Gram zu verzehren.

Sie mögen sanft aussehen, aber Sie sind ein Kämpfer. Und jedenfalls kein Trinker, so wie Sie mit Ihrem Sherry umgehen. Sie schlagen mehr in meine Richtung – sind etwas Besonderes, nicht auf den Showeffekt aus.«

»Danke«, sagte ich, »das tut dem Selbstwertgefühl wohl, wenn jemand die guten Eigenschaften bemerkt.«

»Treckie war an sich ein goldiges Kind, bis sie in die Entwicklung kam, aber dann ging es Wum! Wum! Winzig wie sie war, hat sie immer die Aktivität gesucht. Man kann nie vorhersagen, welches Element bei der reifen Frau dominieren wird.« Tanja öffnete jetzt ihre große Handtasche, die zwischen ihren Füßen gelegen hatte. Sie hob sie auf den Tisch, mit einer gewohnheitsmäßigen Bewegung ihrer vollen Figur, die mehr einem Beben glich als einer praktischen Handlung, so, als ziehe sie einen Eimer aus einem Brunnen der Sinnlichkeit. Wahrscheinlich las ich zuviel hinein. Als sie die Tasche öffnete und hineinsah, war sie enttäuscht. Sie sagte: »Ich hatte Familienfotos mitgebracht, die ich Ihnen zeigen wollte, vor allem Treckie als kleines Mädchen. Ich muß sie wohl im Zimmer gelassen haben. Ich will sie rasch holen gehen.«

»Machen Sie sich doch bitte keine Umstände.«

»Das sind überhaupt keine Umstände. Ich weiß, daß Sie gerne sehen würden, wie niedlich Treckie war, ganz ähnlich wie unsere kleine Nancy. Die Kopfform, das sind ganz Sie, aber um die Augen sieht sie aus wie ihre Mutter.«

»Ich bin sicher, es wird sich noch eine Gelegenheit finden.«

»Treckie hat gesagt, Sie sind in Paris aufgewachsen. Das hätte ich mir denken können. Es gibt eine Art, die so etwas verrät. Gute Kinderstube. Treckies Jetziger ist ein Trampel. Mädchen, die sich von grober Behandlung erregen lassen, sind mir ein Rätsel. Wenn ich mir vorzustellen versuche, was sie davon haben, ist bei mir Fehlanzeige. Sie sind ein Rückfall ins Bäurische.«

Sie sprach eindeutig von den blauen Flecken an den Beinen ihrer Tochter.

Sie fuhr fort: »Ein Mädchen, das mit mir zur Schule ging, hat sich schon zweimal von dem Kerl, mit dem sie zusammenlebt, den Arm brechen lassen. Zweimal mit dem Krankenwagen nach Bellevue, und sie hat immer noch nicht genug. Und da sagen die Leute, es hätte sich nichts groß verändert und es sei schon immer so gewesen.«

»Sie sind also der Ansicht, daß unsere Zeiten sexuell gesehen besondere Zeiten sind?«

»Das will ich meinen.«

Ich nahm ihre Meinung ernst. Sie sprach mit Autorität. Sie erinnerte mich ein wenig an Caroline Bunge, die Freundin meines Onkels. Wenn Caroline alle Tassen im Schrank gehabt hätte, wäre die Ähnlichkeit noch größer gewesen. Wo Caroline geistesabwesend war, war Tanja voller Bewußtsein. Beide hatten beträchtliche Erfahrungen mit Männern hinter sich. Beide zusammen hatten vermutlich mehr nackte Männer gesehen als der amerikanische Generalsstabsarzt. Ich habe nicht die Absicht, abfällig zu werden, sondern will nur bei einem höchst bedeutsamen Problem, das nach Antwort schreit, zur Klarheit kommen. Der alte M. Jermelow in der Rue du Dragon hatte versucht, mich zum Nachdenken darüber zu bringen, als ich noch ein Knabe war und ins Lycée Henri IV ging. Ich hätte auch von Gide, Proust und anderen, die ich als Heranwachsender in Paris natürlich gelesen hatte, etwas lernen können. Doch nicht einmal Proust hatte den gesamten Boden beackert, so wie er sich uns jetzt darstellt: Die sexuellen Vorlieben der Aristokratie, die Ungezogenheiten und die Techtelmechtel der *haute bourgeoisie,* die animalischen Umarmungen der Proletarier und Bauern (siehe Zolas *Germinal* und so weiter) gehören nicht zur selben Kategorie wie unsere heutige Mischung aus demokratisierter und Dritte-Welt-Erotik. Millionen von Menschen waren von Schwerarbeit, Alltagstrott, von Gelübden, Inzestverboten und dem ganzen Rest befreit worden, um nun ihrer Phantasie freien Lauf zu lassen, und die gesamte Genialität der Menschheit oder, wie M. Jermelow zu sagen pflegte, der Intellekt ohne Seele war losgelassen – der Leidenswille der Wahnsinnigen, der sich in erotische Kanäle ergoß. Man konnte ohne weiteres glauben, daß ein göttlicher Generalstabsplan für die Evolution der Liebe fehlgeschlagen war, daß die Engel in ihrer Unschuld die Signale verwechselt und der Menschheit die falschen Impulse eingeflößt hatten. »Eruptive Kräfte aus der subsensorischen Natur«, wie der alte Jermelow zu sagen pflegte. Wenn man in Italien auf vulkanischem Gebiet stehe, erzählte er mir, würde man durch das Anzünden eines Stückchen Papiers sofort Rauch aus der Erde hervorlocken. Ich habe nie einen Vulkan gesehen.

Onkel Benn und ich hatten eine schwere Aufgabe zu bewältigen, das darf ich Ihnen versichern. Konnte es angehen, daß eine besondere Art von Frauen gerade uns ihre besonderen Aufmerksamkeiten zuwandte?

Im Augenblick schlug Treckies Mutter eine völlig unvorhergesehene Richtung ein. »Es ist eigentlich nicht einzusehen, warum dieses Mädchen immer ungestraft einfach das tun darf, wozu sie gerade Lust hat.«

»Es ihr heimzahlen?« sagte ich. »Es wäre natürlich schön, in einem Fall wie diesem einmal Gerechtigkeit walten zu sehen. Oder auch in jedem anderen Fall. Obwohl vielleicht viele Menschen das gar nicht erkennen könnten.«

»Sie würden energisch auftreten müssen«, sagte Tanja.

»Zum Beispiel?«

»Wir könnten ja einmal den Spieß umdrehen. Nancy ist auch Ihr Kind, und Treckie ist eigentlich nicht geeignet, die Pflichten einer Mutter wahrzunehmen. Sie könnten einen Prozeß um das Sorgerecht anstrengen.«

»Ich sehe mich nicht in der Lage, das zu tun, Mrs. Sterling.«

»Tanja ... Gemeinsam wären wir es vielleicht, falls wir – für diesen Zweck und nur für diesen Zweck – verheiratet wären. Ich sehe, daß Sie das überrascht.«

»Allerdings.«

»Es wäre eine reine Formalität, so wie W. H. Auden Erika Mann heiratete, um sie vor den Nazis zu schützen.«

»Durchaus nicht dasselbe«, sagte ich. »Gerichtshöfe sind unberechenbar. Sie sollten einmal meinen Cousin Fishl hören – kein Cousin ersten Grades, sondern aus der weiteren Familie –, wenn er von Richtern erzählt. Ich würde mich nicht auf den Sieg der Vernunft in einem Gerichtssaal verlassen. Es gibt Kräfte in unserer Umgebung, die die Vernunft für null und nichtig erklären. Sie scheint nicht mehr die gleiche Basis in unserer Gesellschaft zu haben wie früher. Außerdem, Tanja, würde Ihnen vielleicht gefallen, was Fishl mir vor nicht allzu langer Zeit erzählt hat: wie Frauen sich ihren idealen Ehemann zurechtzimmern, ein Teil hiervon, ein Teil davon – eine Sugar-Ray-Figur, Mastroianni-Charme, romantische Kühnheit wie Malraux, wissenschaftliche Genialität wie Crick und Watson mit ihrer Doppelhelix, Millionen wie Paul Getty und dazu ein Spinoza-Hirn. Sie fragen, was das soll? Nun ja, ich hatte einen Teil von dem, was Treckie in ihrem ›Kompositum‹ wollte, aber sie brauchte noch anderes.«

»Kenneth, Sie weichen mir aus. Ich weiß zwar selbst nicht, warum ich dieser Überzeugung bin, aber wenn Sie diese Fotos sähen, würden Sie vielleicht doch Schritte unternehmen wollen, um das Sorgerecht für unsere Nancy zu bekommen. Ich könnte mich ohrfeigen dafür, daß ich sie in meinem Zimmer gelassen habe. Würde es Ihnen Ungelegenheiten machen, mit mir nach oben zu kommen?«

Ich zog meine Uhr heraus, um zu sehen, wie spät es war.

»Sie sind im Begriff zu sagen, daß Sie verabredet sind.«

»Ach, ich kümmere mich nur um eine Bekannte, der es so schlecht geht, daß sie nicht allein essen kann.«

»Sie könnten das ja tun und dann mit dem Taxi zurückkommen.«

»Oder die Bilder ein anderes Mal ansehen.«

»Sie glauben, daß das ein Vorwand ist, Sie nach oben zu locken. Das wäre zu primitiv. Beide Beteiligten haben doch einiges Zartgefühl. Jetzt ist die Zeit für eine zivilisierte Offenheit gekommen. Sie könnten mein Schwiegersohn sein, wenn meine Tochter nicht eine kleine Landstreicherin wäre und eine Närrin, nicht in der Lage, einen Mann zu erkennen, der eine wertvolle Fähigkeit besitzt: Frauen freundlich zu behandeln. Nur jemand, der schon etwas vom Leben gesehen hat, kann sagen, wie selten diese Eigenschaft ist. Mindestens zwanzig Prozent der Frauen, denen Sie begegnen, wären, wenn sie diese Eigenschaft spürten, heilfroh, Sie zum Mann zu haben. Aber dann gibt es eben dieses perverse Element, das Sie genau wegen dieser Gabe verachtet und Sie beschimpft. Sie wären niemals fähig, solche Frauen zu befriedigen. Nehmen Sie ein Mädchen wie Treckie. Man muß ihr ihren Willen tun. Sie will nicht, daß Sie lieb zu ihr sind. Selbst wenn Sie Ihr ganzes Leben mit dem Versuch verbrächten, ihr angenehm zu sein, und wenn Sie fünfzig Jahre in diesen Versuch investieren würden, so hätte Trekkie immer noch keine Verwendung für Sie. Für einen anderen Typ von Frau wäre es die höchste Glückseligkeit, wenn Sie nichts anderes täten, als ihr die Hand zu halten. Eine Heirat zu den Bedingungen, die mir vorschweben, wäre ein Schutz für Sie. Gewiß, ich bin vielleicht zehn Jahre älter als Sie. Aber gerade deshalb könnten wir eine entspannte Beziehung haben. So daß Sie, wenn eine aggressive Frau sich an Sie heranmacht, sagen könnten: ›Ich bin schon verheiratet.‹«

»Und was würden Sie von mir erwarten?«

»Nur das, wozu Sie bereit wären. Wenn Sie mich im Bett in Ihren Armen halten würden, wäre ich glücklich.«

Zehn Jahre älter als ich? Zwanzig und mehr kam der Wahrheit wohl näher.

»Denken Sie doch auch an Nancy. Aber nein, Ihnen sollte ich nicht raten zu denken. Sie gehören, wenn ich das so sagen darf, zu dem Menschenschlag, der die Dinge durchdenkt, bis sie sich in nichts auflösen. Kommen wir doch auf uns beide zurück. Die angenehmen Nächte, die wir zusammen verbringen würden, gäben uns Kraft für alles. Möchten Sie eine ausprobieren, um zu sehen, wie es wäre?«

Ich sagte, ich sei sicher, es wäre ein wundervolles Experiment, doch sei ich im Augenblick einfach nicht bereit, mich darauf einzulassen.

»Nur im Bett liegen. Reden oder nicht, ganz wie Sie mögen.«

Sie lächelte mich mit ihren so merkwürdig gewinnenden Zähnen an. Sie war im Grunde eine attraktive Frau, trotz ihrer Waschbären- oder Dachszeichnungen. Es wäre auch gegen meine Wahrhaftigkeitsregel, die Tatsache zu verheimlichen, daß ich groteske Menschen gerne mag.

Welche verblüffenden Angebote man von Verrückten doch bekommt! Das ging mir durch den Kopf, als ich unter den Heizstäben der Markise vor dem Marriot Hotel meinen langen Arm hob, um das nächste Taxi in der Schlange herbeizuwinken. Weit, weit im Westen stand über dem frostigen Nebel der schnurgeraden Straße eine winterblaue Kristallkulisse für die sinkende Sonne mit einem roten Kern in der Mitte.

Während sie mich durch die Halle begleitete und weitere Sprunghaftigkeiten äußerte, hatte Tanja mir unter anderem erzählt: »Nach dem ersten Blick auf diesen Ronald wußte ich gleich, in wie vielen Betten der schon herumgehüpft ist. Wenn man dreihundert Frauen gehabt hat, wo ist dann noch der Unterschied zwischen Nummer zweihundertneunundneunzig und dreihunderteins?«

Um diese Zeit fuhr der Express-Bus nicht mehr, und ich gab zwölf Dollar für ein Taxi aus, um den Bummel-Bus zu vermeiden, der dreißigmal hält und von dessen Dieselabgasen ich Kopfweh bekomme.

Am nächsten Nachmittag tauschten mein Onkel und ich in seiner alten Wohnung Berichte über unsere Erfahrungen vom Vortag aus. Wie sich herausstellte, hatte auch er das eine oder andere erlebt. Ich sagte zu ihm: »Ist doch zu schade, daß die Liebe so entmythisiert, enteignet und diskreditiert worden ist. Lange Zeit hat die Welt jungen Frauen Liebesversprechen gegeben wie: ›Alles wird gut werden.‹ Das war der reine Schwindel – Betrug! Und jetzt sind die Frauen natürlich ärgerlich und lehnen sich dagegen auf. Und was die ernsthaften Männer angeht, so müssen doch auch die sich fragen: ›Was in aller Welt tun wir da eigentlich?‹ Ich verstehe, daß Leute in die Welt der Liebe einsteigen – verstehe, meine ich, daß für knallharte Typen Geschäftemacherei die Rechtfertigung ist: Schuhe, Kleider, Handtaschen, Schmuck, Pelze, individueller Stil, Kosmetika. Und dann gibt es ja auch noch die Psychiatrie: Dort gibt's ja auch viel zu holen. Alles, außer der Liebe selbst, denn die Naturen, die wahrhaft lieben könnten, sind zu instabil geworden, um es zu tun. Menschen mit ›Rollen-Mustern‹ oder festen Vorstellungen von sich sind der Liebe nicht gewachsen, weil sie Kunstprodukte oder -gebilde sind.«

»Ja, ja, ja, ja«, sagte mein Onkel, vor allem um mich zum Schweigen zu bringen. »Jetzt laß mich dir von gestern erzählen.«

Ich hatte wie üblich laut gedacht, und erst als er mich unterbrach, merkte ich, wie erregt er war. Man sah es sowohl an seinen Haarspitzen als auch an dem blauen Blick seiner verstörten Augen, die sehr von ihrem Achterrahmen abwichen. Die Neigung seines Oberkörpers, als er sagte: »Laß mich dir von gestern erzählen«, veranlaßte mich, zu mir selbst zu sagen: »Oho!« Und die Rundheit seines Kopfes bekam eine ganz neue Bedeutung. Es war mir noch niemals vorher aufgefallen, aber ein Kopf, so rund wie der seine, war dazu ausersehen zu rollen.

Dies war der Ausbruch seiner Krise.

Er begann seinen Bericht damit, daß er mit dem Doktor verabredet gewesen sei. Ort der Verabredung war das Krankenhaus, zu dessen Belegschaft der alte Layamon gehörte. Das Ziel war, eine Strategie auszuarbeiten. Sie wollten zusammen einen Happen essen und danach im Bentley des Doktors zurück zum Parrish Place fahren.

»Welches Krankenhaus ist das?«

»Das alte Moses Maimonides. Als ich klein war, war das ein schrecklicher Name. Meine Eltern haben dort beide ihr chirurgisches Halbfinale absolviert, und deshalb gibt es so viele schlimme Assoziationen, wie dein Herz nur begehrt. Seit damals sind viele neue Gebäude entstanden. Früher war dort ein hübscher alter Garten, aber das Gelände wurde für eine Klinik für Suchtkranke gebraucht. Anstelle von achtbaren alten Schneidern und Ladenbesitzern, Handwerkern mit Nadel und Faden, begegnet man dort jetzt Zombie-Typen, die fähig sind, alles zu tun, was ihnen gerade in den Sinn kommt. Warum auch nicht?«

»Üble Szene, was?«

»Eine von den Stellen, an denen alles hochgurgelt. Die modernen Neubauten vermitteln dir das Gefühl: ›Nur keine Angst, die moderne Medizin hat das im Griff. Alles wird wieder gut.‹ Ich bete, hoffe und vertraue darauf, daß das stimmt. Mitten drin steht das alte Maimonides-Gebäude, ziemlich baufällig. Ich sollte zum Informationszentrum. Mehr als die Hälfte der Türen war aus Sicherheitsgründen verschlossen, und es gab so viele unterirdische Umleitungen, daß ich schon erschöpft war, als ich dort ankam. Ich ließ den Doktor, wie abgemacht, ausrufen und setzte mich mit einer Zeitschrift hin. Schließlich kam er hereinmarschiert. Du kennst seinen schaukelnden Gang.«

Dies war gut beobachtet. Der Doktor bewegte merkwürdigerweise die Schultern im Rhythmus zu seinen langen

Schritten, hielt dabei aber den Kopf steif nach hinten. Er hatte seinen Militärdienst im Pazifik abgeleistet und mochte sich dort ein paar Maschen à la Douglas MacArthur angewöhnt haben; auf Guadalcanal war er Major Layamon gewesen. So schaukelte er also in seinem weißen Kittel herein. Er sagte zu Benn, er hätte seine Runde noch nicht ganz beendet, er hätte sich verspätet.

»Er entschuldigte sich«, sagte Benn. »Ich sagte zu ihm: ›Ist schon gut, ich kann warten. Mit Vergnügen. Gibt hier Massen von alten Zeitschriften.‹ ›Nein, nein‹, sagte er. ›Ich würde Sie gern dabeihaben. Es wird Sie interessieren.‹ Ich sollte einen weißen Kittel anziehen und so tun, als sei ich Arzt.«

»Was du nicht abgelehnt hast?«

»Mir blieb keine andere Wahl. Ich wurde wie ein Insider behandelt, und das war ja eine Art Ehre. Ich zögerte ein wenig, na klar, aber er lachte nur über meine Bedenken. Er habe schon öfters jemanden mitgenommen, und es mache den Leuten in der Regel einen Heidenspaß, sich als Onkel Doktor zu verkleiden. Mir kam das vor wie ein Klamauk von Medizinstudenten vor etwa vierzig Jahren.«

»Nun ja, hin und wieder den Schalk im Nacken – tut der Seele gut.«

»Hör um Gottes willen auf, mir mit Theorien zu kommen!« sagte mein Onkel mit einer seltenen Schärfe. »Er half mir in den weißen Kittel und steckte mir ein Stethoskop in die Tasche und sagte: ›Sie sind schließlich ein Pflanzendoktor.‹ Ich sah mich förmlich bei einem Baum den Puls suchen.« Mein Onkel lachte nicht über seinen Witz, dazu war sein Blick zu starr. »Verdammt peinlich«, sagte er. »Doktor spielen? Von wegen. Er schleppte mich aus purer Bosheit da durch, und seine Visite fand in den ältesten Teilen des ursprünglichen Maimonides statt, voll der gräßlichen Assoziationen, insbesondere der schlimmen Erinnerungen an deine Großmutter, denn alle Patienten gestern waren alte Frauen.«

»Nur Frauen?«

»Nichts als alte Damen. Er hatte sie für mich aufgespart. Es waren alles Hüftleiden, genagelte Hüften, und überall war nur ein kurzer Blick nötig, deshalb ging alles sehr schnell, im Eiltempo, rein ins Zimmer und raus aus dem Zimmer, gerade lang genug, um das Laken wegzuziehen und drunterzuschauen. Komischerweise machte es den Damen überhaupt nichts aus, wie sie behandelt wurden. Nicht einen einzigen dieser alten Menschen störte es, bloßgestellt zu werden. Nicht ein einziges Gesicht wechselte den Ausdruck. Ärzte haben Narrenfreiheit. Gelegentlich sagte Layamon: ›Dies ist mein Kollege, Dr. Crader‹; keiner kümmerte sich darum. Draußen im Korridor war er geschwätziger denn je – Automatengosche Layamon –, und ich schätze zwar, daß er normal sieht, aber seine Augen wirken so unkoordiniert. Er rauschte in die Zimmer rein und wieder raus, stieß die Tür zur Seite und alles andere auch und riß die Bettdecken weg. Die Damen hatten gefärbtes und onduliertes Haar, sie trugen Lippenstift und anderes Make-up, sie hatten Spitzenbettjäckchen an, und dann kamen die Operationsnähte und kurze Oberschenkel und warme, glänzende Schienbeine, der Venushügel und das dürftige Haar – all diese kahlen Hügel. Aber die alten Leutchen hätten genausogut stricken oder Knöpfe annähen können, so zufrieden sahen sie aus. Worum war also all das Geschrei gegangen, all die Männer, die sie geliebt, die sich halb umgebracht hatten, um sie zu kriegen, verrückt vor Eifersucht, das Begehren im Herzen wie Nelken im Braten und das Bitteln und Betteln und Weinen, und auch die Frauen in höchsten Nöten zu entscheiden, welcher Mann der richtige war. Nachdem ich sechs oder sieben von ihnen angeschaut hatte, bekam ich allmählich ein schwindliges Gefühl.«

»Wie was?«

»Wie was! Als würde ich im Hubschrauber über verstepptes

Ödland fliegen. Ich fing an, Herzrhythmusstörungen zu bekommen, mein Herz hatte Fehlzündungen, und ich interpretierte das als Motorschaden und daß der Hubschrauber gleich abstürzen würde. Vielleicht ist es an der Zeit, daß ich mir einen Schrittmacher einbauen lasse.«

»Wovon redest du nur? Du hast gerade eine junge Frau geheiratet – du brauchst doch keinen Schrittmacher. Du bist nur nicht abgebrüht genug, um mitanzusehen, was der Doktor jahrein, jahraus routinemäßig mitansehen muß, und wahrscheinlich wollte er dir genau das klarmachen – welchen Preis er für den Luxus und die Dienstleistungen zahlt, die die Frauensleute als selbstverständlich hinnehmen. Trotzdem ist es eine teuflische Gemeinheit, einem frischgebackenen Ehemann so etwas anzutun.«

»Vielleicht denkt er, ich bin kein Ehemann mit ehrlichen Absichten und daß ich altersmäßig eher zu diesen Bleichlingen mit den Oberschenkelhalsbrüchen gehöre als zu meiner Frau. Er warf mir unaufhörlich quer über die Betten Blicke zu ...«

»Mit seinen ungleichen Augen.«

»Draußen im Korridor dachte ich, er redet irre.«

»Was sagte er denn?«

»Er sagte: ›Ich kriege auch gelegentlich mal ein hübsches Mädchen. Als Patientin, verstehen Sie mich recht. Nicht immer nur diese alten Mösen.‹«

»Menschen, die an Selbstdisziplin gewöhnt sind, verschafft es Erleichterung, manchmal plemplem zu spielen. Bei dir erlaubt er sich, diesem Impuls nachzugeben.«

»Es war mir sehr unangenehm wegen der alten Damen und weil ich mir auch vorstellte, wie schrecklich es ihnen gewesen wäre, wenn sie gewußt hätten, daß ich nur zum Spaß da war, wie der Doktor das mit seinem Jux beabsichtigte.«

»Sie würden niemals einen Gedanken an dich verschwenden. Ich denke, sie haben eine Art Einvernehmen mit Ärzten –

etwas Parasexuelles. Was ihn angeht, so glaube ich, daß er gar nicht weiß, was er tut und was ihn da gefangen hält, eine Art Erotomanie. Du solltest ihm vorschlagen, einen Psychiater aufzusuchen.«

»Ich doch nicht!«

»Du bist zu respektvoll, Onkel. Du solltest nicht so schüchtern sein. Das meine ich wirklich. Du willst einfach nicht zugeben, daß du *sui generis* bist, ein Mann unter Millionen, und daß du deinem besonderen Rang verpflichtet bist, das zurückzuweisen, was die Layamons dir aufzwingen wollen.«

»Nein, denn dann würde ich ja so denken müssen wie sie, und ich will mich nicht auf ihre Maßstäbe einlassen.«

»Weil du ihnen eine bildschöne Tochter weggenommen hast?«

Mein Onkel fühlte sich zutiefst unbehaglich.

Ich sagte: »Du brauchst dich ja nicht mit ihnen herumzuschlagen, sondern nur deine besonderen Gaben zu verteidigen. Die Layamons wissen sie nicht zu schätzen – sie haben nicht einmal Kenntnis davon.«

»Meine Gaben können sie überhaupt nichts anhaben. Ich mag Leute nicht, die einen Riesenwirbel um sich machen.«

»Schon gut, Onkel. Lassen wir das für den Augenblick einmal auf sich beruhen. Du bist ihm also bei der Visite gefolgt.«

»Gefolgt ist richtig. Er ging voraus, und ich lief hinter ihm her. Mir war vorher noch nie aufgefallen, wie breit seine Schultern sind. Allein von den Schultern her könnte man ihn als Matildas Dad identifizieren. Nicht massiv, eher zweidimensional und ganz hochgezogen. Hast du jemals als Kind versucht, über einen Zaun zu schauen, der ein paar Zentimeter zu hoch für dich war?«

Ich konnte darauf nicht antworten. Er war in einer so eigentümlichen Verfassung, daß keine Antwort erforderlich war.

»Es ist natürlich hirnverbrannt, wie du manchmal sagst, Rücken und Schultern solche Bedeutung beizumessen. Das ist auch *sui generis* und nicht einmal sehr hochklassiger *Genus*.«

Womit er recht hatte. Damals wußte ich noch gar nicht, wie recht er hatte oder was »recht« bedeuten konnte. Das sollte ich erst ein wenig später entdecken. Auf den Zehenspitzen stehen und über einen Zaun schauen wollen, aber was war dort zu sehen – ein Baseballfeld, eine Kiesgrube, eine Landschaft von Steinberg, eine Sammlung seltener arktischer Flechten?

»Ja, von hinten gesehen haben sie die gleiche Statur.« Mein Onkel schob seinen Jackenärmel hoch, verschob sein Uhrarmband an der Innenseite seines Handgelenks und legte die Fingerspitzen auf den Puls. Noch immer die Rhythmusstörungen? Jeder dritte Schlag war verzögert, und er würde wohl wieder wegen eines EKGs zu Dr. Geltman müssen. Nicht bei voller Gesundheit zu sein machte ihn ungeduldig, und er versteckte sich niemals hinter einer Wolke aus Krankheiten. Medikamente – Beruhigungsmittel, Betablocker – beeinträchtigten ihn bei seiner wissenschaftlichen Arbeit. Er hatte nicht die Geduld zur Hypochondrie. Er konnte es nicht leiden, wenn Menschen von Psychoneurosen sprachen.

»Immerhin«, sagte er, »war ich sehr getroffen, als ich diese Ähnlichkeit zwischen Vater und Tochter sah – Matilda so bildschön und der Doktor genau das Gegenteil. Menschen mit solchen Schultern gehören ein und demselben Typus an.«

»Wie meinst du das?«

»Ich kann nicht erklären, wie ich das meine. Ein Typus. Ich meine offenbar etwas Ewiges.«

»In die Richtung von Somatologie?«

Er sagte scharf: »Nein. Durchaus nicht. Seien wir nicht so gelehrt. Ich rede nicht von Anatomie und Charakter.«

Ich versuchte auszuloten, was er wohl mit »etwas Ewiges«
meinte, und ich sah, wie schmerzhaft es für einen Mann der
Wissenschaft sein mußte, solchen Andeutungen oder ma-
gischen Eingebungen ausgeliefert zu sein. Er war unfähig,
sie zu bekämpfen oder sie aus seinen Gedanken zu verbannen.

»Gut, Onkel, die Visite ist also vorüber, und ihr eßt einen
Happen zusammen. Er spricht mit dir über die Sache Vilitzer.«

»Er meint, ich sollte Onkel Harold zur Rede stellen.«

»Erst bringt er dich völlig durcheinander, weil er diese armen alten Damen entblößt ...«

»Ich bin noch immer ganz durcheinander.«

»Das sehe ich. Aber ich möchte bezweifeln, daß das Absicht
war. So bewußt diabolisch ist er nicht. Er ist ein knallharter,
im Grunde seines Wesens ungehobelter Mann. Er spürt
deine Schwächen, aber psychologisch fertigmachen will er
dich nicht. Also, wie sollst du Vilitzer angehen? Was sollst
du sagen?«

»Ich soll sagen, daß mein Schwiegervater glaubt, ich sei ge-
prellt worden, und daß ich das Gefühl habe, die Frage sollte
noch einmal aufgerollt werden.« Dann schweifte Benn noch
einmal kurz vom Thema ab und sagte: »Körperlich gesehen
ist der Doktor eine merkwürdige Person. Die Teile passen
nicht zusammen. Vielleicht hat er deshalb so eine intime
Art – wie er die Initiative ergreift und einen anfaßt und untersucht und drückt, wenn man mit ihm zusammen in einer
Restaurantnische zu Mittag ißt. Er will wissen, warum man
anders zusammengesetzt ist. Und findest du seine Gesichtsfarbe nicht auch merkwürdig? Manchmal hat sie diesen komischen Orangeton, den man an kleinen Schwanzlurchen
beobachtet – Familie der Salamandridae. Oder finde ich jetzt
nur etwas an ihm auszusetzen und schlage zurück, weil er
meinen Überbiß kritisiert hat?«

»Er glaubt doch keine Sekunde, daß du dich Vilitzer gegen-
über durchsetzen könntest.«
»Er versuchte, mir einen Schnellkurs über die Lokalpolitik
in dieser Stadt zu geben. Der größte Teil von dem, was er
sagte, war eine regelrechte Tirade.«
»Und du konntest nicht folgen.«
»Schon nach zwei Minuten nicht mehr«, sagte mein Onkel.
»Er will jedenfalls, daß ich Onkel Harold persönlich erzähle,
daß die Art und Weise, wie der Grund und Boden verkauft
wurde, für mich nicht akzeptabel ist.«
»Und daß du findest, daß du abgefunden werden solltest.«
»Genau das. Diese verdammten Ärsche, werden sie denn nie
aufhören, sich um das Geld zu streiten! Ich wollte doch nur
auf kultivierte Weise mit einem liebevollen Weib seßhaft
werden. Meine Arbeit tun, Matilda besitzen ...«
»Die du liebst ...«
»Die ich achte *und* liebe. Durch Liebe dringt man zur tieferen Natur eines Wesens vor«, sagte mein Onkel. Ich war an
seine irrelevante Art, sprunghaft abzuschweifen, gewöhnt,
aber der Sprung, den er mit seiner letzten Bemerkung
machte, war eine ziemliche Überraschung für mich. Mein
Onkel schien dummes Zeug zu reden. Er war jedenfalls
nicht er selbst, und er wirkte auf mich wie ein Mikado-Spiel,
bei dem zu Spielbeginn eine Handvoll dünner Stäbchen in
alle Richtungen auseinanderfällt. Dies, dachte ich, würde
jetzt gleich passieren.
»Kannst du die Unterhaltung mit dem Doktor rekonstru-
ieren?«
»Du denkst wohl, du redest mit einem Schwachkopf, Kenneth. Sie verlief so: Ich sagte: ›Vielleicht sollte ich Onkel
Harold einen Brief schreiben.‹ Der Doktor sagte, so gehe das
nicht. Man gebe nie etwas schriftlich; hier in der Gegend
mache man Geschäfte nicht so. Dann sagte ich: ›Aber er wird
mich niemals vorlassen‹. ›Ach, wir werden schon einen Weg

finden.‹ ›Ich würde gern abwarten, bis sein Sohn Fishl ihm auf
den Zahn gefühlt hat.‹ ›Das ist kein so toller Vorschlag, mein
Junge. Sie reisen in weniger als einer Woche nach Brasilien,
und außerdem ist Fishl ein Waschlappen und von seinem
alten Herrn enterbt worden. Ein Schandfleck der Familie.‹
›Ich versuche mir gerade vorzustellen, wie man in einer Familie wie den Vilitzers, die für ihre schmutzigen Geschäfte berühmt sind, von Schandflecken reden kann.‹ ›Auch für diese
Typen gibt es überraschenderweise einen Kodex. Ich garantiere Ihnen, es ist schwer, in dieser Stadt einen schlechten Ruf
zu bekommen – nehmen Sie unseren Sheriff, der erwiesener-
maßen Schlägertypen und andere Killer beschäftigt; und er
kandidiert zur Wiederwahl und steht ganz gut im Rennen –
aber Akupunkturabtreibungen haben einfach keinen Stil. Der
alte Vilitzer hat seinen Stolz.‹ Ich sagte: ›Ich muß Ihnen da
blind glauben, Doktor. Sie verstehen etwas davon, ich nicht.
Trotzdem wäre ich eher bereit, meine Rolle zu spielen, wenn
ich den Generalplan begriffe. Könnten Sie mir nicht vielleicht
eine ausführlichere Darstellung geben, damit ich weiß, worauf ich mich einlasse?‹ ›Das Grundsätzliche muß Ihnen doch
klar sein: daß Ihre Mutter Ihnen Grundbesitz hinterlassen
hat, der gutes Geld wert war, und daß das, was Vilitzer Ihnen
dafür gegeben hat, ein Furz war.‹ ›Wie wollen Sie denn Druck
auf ihn ausüben?‹ ›So, daß er es wohl oder übel zur Kenntnis
nehmen muß. Seine politische Räuberbande hat diese Stadt
fünfzig Jahre lang regiert. Jetzt sind sie im Begriff abzutreten.
Über achtzig – wozu braucht der Mann denn die hundert
Millionen, oder was er da gehortet hat?‹ Darauf sagte ich: ›Die
brauche *ich* auch nicht. Ich kann mir nicht einmal vorstellen,
was man mit solchen Geldmengen anfängt. Ich habe schon
alles, was ich brauche. Ich schaue mir die Zeitschriften an, die
in Ihr Haus kommen‹ – Jo hat sie abonniert –, ›und ich begreife einfach all dieses Geldausgeben nicht. Zum Beispiel:
›Sie leben nur einmal, leben Sie sich aus – in Revillons Natur-

zobel aus Rußland.‹ Oder handgeschliffenes Kristall von Wa-
terford und Sterling Silber nicht nur für den Eßtisch, sondern
unbedingt auch noch für den Toilettentisch. Das hat noch nie
zu meinen persönlichen Lebenszielen gehört.‹ Der Doktor
erklärte: ›Hören Sie, mein Junge, Frauen brauchen einfach
passende Beschäftigungen. Wenn sie nicht *engagées* sind (ein
Wort, das meine Tochter benutzte, bis ich es selbst aufgegrif-
fen habe), können sie auf dumme Gedanken kommen, und ich
meine wirkliche Dummheiten, z. B. ihre Mannsleute zu manipulieren und hinters Licht zu führen. Es ist besser, ihnen diese
persönlichen Befriedigungen zu gewähren.‹ Ich sagte: ›Ja, besonders, wenn sie so erzogen worden sind.‹ ›Matilda ist nie
erzogen worden, sie hat sich selbst erzogen. Wenn die Frau, die
er liebt, besondere Bedürfnisse hat, dann erfüllt der Mann sie
eben, falls er weiß, was für ihn selbst am besten ist. Das ist
elementar. Außerdem, wenn Sie ihr den Start ermöglichen, den
sie braucht, dann macht sie den Rest allein – und macht Sie
glücklicher, als Sie es sich je erträumt haben. Sie werden alle
Freiheit haben, zu arbeiten, mit ihren Flechten herumzuspielen, soviel Sie wollen. Sie wird den ganzen Tag im Geschäfts-
viertel mit finanziellen Transaktionen beschäftigt sein. Sie
kehrt heim – Schönheit und Liebe erfüllen das Haus. Was,
verflixt noch mal, könnten Sie sich sonst noch wünschen? Sie
wird die offizielle Kleidung ablegen und die *Schmatte* für den
Abend zu Haus anlegen, sich parfümieren.‹ Und, Kenneth, als
er an diese Stelle kam, das Traumleben, da klopfte er, Handflä-
chen nach oben, mit den Fingerknöcheln auf den Tisch. Er
hätte alles darum gegeben, der Ehemann einer solchen Frau zu
sein, und seine Blicke flatterten, als er das ausmalte, daß er mir
ganz dämonisch vorkam – wie du das manchmal nennst. *Action!* Das ist der dämonische Anteil daran. Heb endlich deinen
Arsch! Pack's an, nimm die Dinge in die Hand.«
»Und wie willst du es anpacken, Onkel?«
»Es ist nur vernünftig, wenn ich mitmache, schließlich geht

es um eine junge Ehe, und es ist erst einmal notwendig, die Wünsche der jungen Frau zu befriedigen.«

»Bis zu welchem Punkt?«

»Du siehst ja selbst, daß ich nicht groß die Wahl habe, Kenneth. Vor allem muß ich eben guten Willen zeigen.«

»Nur kann ich nicht erkennen, daß die Layamons guten Willen zeigen! Was für einen Plan hat denn der Doktor?«

»Vilitzer wird mich bestimmt nicht sehen wollen. Aber demnächst findet eine öffentliche Anhörung vor der Staatlichen Kommission für Strafaussetzung zur Bewährung statt, und Onkel Harold ist dort Mitglied, deshalb wird er vermutlich dabeisein. Ich fragte den Doktor: ›Warum sitzt denn Vilitzer in einer Kommission für Haftentlassung? Ich hätte ehemalige Gefängnisdirektoren, Kriminologen, pensionierte Bullen oder Sheriffs, Sozialarbeiter und dergleichen erwartet.‹ Offenbar hat Vilitzer sich vor Jahren um diesen Job bemüht, um politischen Busenfreunden zu einer früheren Entlassung zu verhelfen, und manchmal waren ja auch große Drahtzieher im Knast, wie bei dem Rennskandal vor einiger Zeit oder Leute aus dem Baugeschäft, deshalb war die Verbindung zu dieser Kommission wichtig, ja sogar lukrativ ... Was weiß ich schon über solche Mauscheleien? Das langsame Wachstum der arktischen Flechten bei täglich einer oder zwei Stunden Sonne über Jahrhunderte, mehr als zwanzig Jahre, um zwei Zentimeter mehr Durchmesser zu bekommen – fünfzig Jahre Gaunerei bei Vilitzer, während die Organismen, die ich studiere, eine Lebensdauer von über fünftausend Jahren haben können. Jedenfalls hat der Gouverneur nichts unternommen, um Vilitzer aus der Kommission zu drücken, und das öffentliche Hearing ist am nächsten Freitag im County-Verwaltungsgebäude, und ich hätte gern, daß du mitkommst.«

»Du willst *mich* dabeihaben?«

»Warum bist du so erstaunt? Deine Mutter würde das auch wollen, und sie ist schließlich an der Sache beteiligt.«

»Du hast einfach Schiß, ihm allein gegenüberzutreten. Warum sind denn zwei dazu nötig?«

»Drück es aus, wie du willst. Es stimmt schon, daß ich nicht ganz auf der Höhe bin.«

»Du solltest Matilda mitnehmen. Da sie dich schließlich da hineingezogen hat, wäre es nur fair, wenn sie auch den Kopf hinhielte.«

»Ich möchte nicht, daß sie das Heft an sich reißt. Sie würde mit Onkel Harold Streit anfangen.«

»Ihm drohen. Ja, wahrscheinlich«, sagte ich. »Dann komme ich mit. Versprich mir aber, dich nicht mit ihm in Familiengefühlen zu ergehen. Laß die Blutsbande aus dem Spiel.«

»Erstens beabsichtige ich, durch und durch geschäftsmäßig zu sein, und zweitens werde ich ihn nach *seiner* Meinung fragen.«

»Fishl meint, es sei überhaupt falsch von dir, an ihn heranzutreten. Er macht sich fürchterliche Sorgen. Der alte Mann hat gefährliche Herzgeschichten.«

»Kenneth, wir beide sollten Onkel Vilitzer Schaden zufügen können? Genausogut könnten zwei Murmeltiere eine Raketenabschußbasis aus Beton anknabbern.«

»Wir wären ja nur die Vorhut, Onkel. Fishl hat das Gefühl, daß es ernst ist. Ich nehme an, er möchte, daß Vilitzer lange genug am Leben bleibt, um sein Testament zu ändern – Änderungen im Testament könnten eine Alternative sein. Aber ich sehe ein, daß du versuchen mußt, ihn bei der Anhörung in die Enge zu treiben, und ich lasse dich nicht allein gehen.«

Ich fühlte mich herausgefordert. Ich war um Benn so besorgt wie Fishl um seinen Vater. Und mein Onkel konnte dem Druck, den die Layamons auf ihn ausübten, keinen Widerstand entgegensetzen. Seine Vitalität schien erschöpft, und ich hatte Angst, daß er daran zerbrechen könnte. Es gab bedrohliche Anzeichen. Zum Beispiel dankte er mir wortreich für mein Versprechen, an der Anhörung teilzunehmen, und nickte dazu in einer Art Porzellanpuppen-Förmlichkeit. (Unnatürlich!)

»Ohne dich wäre es nicht leicht.«

»Nur aus Neugier, Onkel, damit ich mir ein besseres Bild machen kann, was läuft, erzähl mir doch, wie gestern der Rest des Tages verlief. Ihr habt also in der Krankenhaus-Cafeteria einen Happen gegessen ...«

»Der Doktor geht selten vom Maimonides direkt nach Hause. Normalerweise macht er in seinem Club noch ein Spielchen.«

»Vielleicht mag nicht einmal er dieses wunderschöne Heim allzusehr. Zieht schon vor Morgengrauen los zum Operieren und taucht erst zum Abendessen wieder auf. Wo ist er mit dir hingegangen?«

»In der Stadt gibt es einen Schmuck- und Antiquitätengroßhandel. Sie hatten Sachen vom Nizam von Heiderabad oder dem Akhoond von Swat aufgekauft. Der Doktor brauchte eine Geburtstagskette für Jo. Wir gingen direkt in das Allerheiligste von Klipstein, einem seiner alten Freunde und Krawallbrüder aus der Armee. Es war wie in einem Hochsicherheitrakt mit Fernsehmonitoren, Spiegeln und Knöpfen, Gott weiß wie vielen Alarmsystemen für die Rubine, Diamanten und Kunstwerke. Vielleicht zwanzig Buddhas in einer Reihe und ganze Herden von bemalten Elefanten und anderem exotischen Spielzeug. Der Doktor verbrachte gut und gerne zwei Stunden mit Witzemachen, Reden, Wortgefechten und Handeln, und dann kaufte er für fünftausend Dollar ein Paar Opalohrringe, mit Rückgaberecht. Auf dem Heimweg sagte Doc, Jo würde gleich morgen bei Cartier eine unabhängige Schätzung davon machen lassen; Klipstein erwarte das. Der Verkehr war so dicht, daß es eine weitere Stunde dauerte, bis wir Parrish Place erreicht hatten. Wir erschienen wenige Minuten vor dem Abendessen, und die Damen waren schon umgezogen, aber Jo verlangte vom

Doktor, daß er sein Hemd wechselte, ehe sie sein Geschenk auch nur eines Blickes würdigte. Schließlich saßen wir alle vier in den tiefen Polstern der wannenartigen Drehsessel und nippten an Gin-Tonic, Sherry oder Bloody Mary.« (Die glückliche Stunde der Layamons, aber nicht unbedingt meines Onkels.)

»Wie hat Mrs. Layamon auf die Opalohrringe reagiert?«

»Gemäßigt. Sie ist ein kühler Typ.«

»Dann das Abendessen?«

»Palmherzensalat, der Lieblingssalat des Doktors, mit Nelkenpfeffer. Kalbsteak mit Zitrone; Wein, Sauvignon sec; Dessert, Polnisches Claffouti mit Quittenfüllung. Unterhaltung, die vom Doktor beherrscht wurde – wie der Kongreß Milliardenbeträge bewilligt und sogar die Macht an sich gerissen hat, den Präsidenten dazu zu zwingen, sie auszugeben. Jedes Jahr müssen sie diesen Riesenberg von Steuergeldern ausgeben, und dann schieben sie das Geld ihren Lieblingsindustrien zu, um damit Geld für den Wahlkampf einzuheimsen. Jedes zweite Jahr kostet es schon doppelt soviel, für einen Sitz im Parlament zu kandidieren. Jo Layamon ißt, trinkt und spricht mit Stil, elegant. Matilda zwinkert mir zu, um mich bei Laune zu halten.«

»Ach, weiß sie denn, daß du niedergeschlagen bist?«

»Es wurde bisher nicht diskutiert.«

»Und dann?«

»Dann sehen wir fern oder ein Video an. Gestern abend hatten wir zuerst Dr. Teller und Dr. Bethe, die die entgegengesetzten Positionen Star Wars betreffend vertraten und wie böse Zauberer übereinander herfielen, zwei Uraltgesichter, die über die Endfrage menschlichen Überlebens und des Schicksals der Erde diskutierten, mit einer tiefschürfenden Diskussion darüber, ob bei Atomexplosionen Laserteilchenstrahlen oder Röntgenstrahlen freigesetzt werden. Dann schauten wir uns *La Cage aux Folles* an – Homosexuellenkrampf und kreischende Transvestiten. Ich sah immer noch Bethes maskenhaftes Gesicht vor mir, wie eine Fratze, die sich jemand auf die Fußsohle gemalt hat, und Teller, der Atom-Moses, der mit den zehn Geboten auf Wasserstofftafeln vom Sinai herunterkommt. Dann schaltete Matilda, um mir eine Freude zu machen, zu Clint Eastwood und irgendeinem perversen Killer um, der die Köpfe von Frauen, die er ermordet hatte, vertauschte. Ich verdrückte mich auf die Toilette und wanderte anschließend ein wenig herum, betrachtete die beleuchteten Kristallschränkchen und das gesamte Wedgewood- und Quimper-Porzellan und die Glaskunst aus Schweden. Ich warf einen Blick auf die rote Azalee in Jos Büro. Ich habe dort ja keinen Zutritt, wie du weißt.«

»Komische Regel, daß ihr dieses kleine Zimmer so heilig ist.«

»Jedenfalls ist es eine schöne Pflanze, und sie tut mir gut. Der Name bedeutet ursprünglich ›trocken‹, vielleicht weil der Strauch so spröde ist oder auch weil er am besten in trockenem Boden gedeiht.«

»Und du kommunizierst mit ihr, während ... Eigentlich verdammt grotesk, nach einer blühenden Azalee zu schmachten, wo du doch eine prachtvolle und ganz neue Ehefrau hast.«

Seine Augen, und nur mit ihnen reagierte er, waren voll stummen Kommentars – übervoll. In der Kunst, Dinge zu verbergen, war er nie über das elementare Stadium hinausgekommen, und im Gespräch mit mir hätte er niemals Fertigkeiten vorgetäuscht, die er nicht besaß. Und dann, wie bei unserer gegenseitigen Zuneigung zu erwarten war, bei unserer Gewohnheit, ganz offen zueinander zu sein (ganz abgesehen von meiner gespannten Wachsamkeit und der stummen Ermutigung, die ich ihm gab), begann er endlich auszupacken. Ein wahres Feuerwerk von Problemen umgab ihn. Bei ihm glänzten sogar die Symptome der Anspannung.

»Ich glaube, ich muß doch mit dir über diese Sache sprechen. Ich hatte eigentlich gehofft, alleine damit zurechtzukommen.«

»Aber warum solltest du das?«

»Weil das die Menschen eben tun; es tun müssen. Und außerdem ist es schändlich, darum, es ist demütigend, darüber zu reden. Andrerseits möchte ich es nicht bis nach Rio mit mir herumschleppen. Dort, so ganz allein, wäre es sehr schlimm. Zuviel für mich.«

»Allein?« sagte ich.

Er hob die Stimme. »Jetzt mach nicht schon wieder wegen Matilda an mir herum. Dies ist nicht der Zeitpunkt, Punkte zu sammeln, weil ich dich nicht von der Heirat unterrichtet habe.«

»Das sollte kein Seitenhieb sein, Onkel. Womit kommst du denn nicht allein zurecht? Wir haben doch hier, an dieser Stelle, schon Hunderte von Gesprächen geführt, und keiner von uns hat je das in ihn gesetzte Vertrauen gebrochen.« Damit bezog ich mich auf die nüchternen Bücher, das von Vorhängen abgedunkelte Licht und die aus Tante Lenas Zeiten stammenden Lederstühle – den wahren Lebensraum meines Onkels also, den ich zahllosen attraktiveren Orten in Paris vorgezogen hatte, weil ich schon im voraus gewußt hatte, daß an dieser Stelle das menschliche Leben wesentliche Fortschritte machen würde. Hier konnte ich wirklich Klarheit erwarten.

Benn begann damit, mir zu versichern, er sei überzeugt, daß Matilda genau die richtige Frau für ihn sei. Er sprach anfangs langsam, ertastete sich seinen Weg, als sei es seine Aufgabe, einem Bekannten aus Prag das Gleichgewicht der Kräfte im Verfassungsstaat zu erklären. Im Oktober, als ich mich schon auf meine Reise nach Paris und Ostafrika begeben hatte, um meine Eltern zu besuchen, hatten er und Matilda beschlossen, sich in der Weihnachtswoche trauen zu lassen.

Um sich selbst mehr Spielraum zu geben, hatte Benn arrangiert, daß er nur ein kleines Lehrdeputat hatte. Er gab nur einen einzigen Kurs in Morphologie. Sein Assistent würde für ihn einspringen, wann immer er fortmußte. Matilda, die sagte, sie liebe das Land, schlug vor, gemeinsam eine Woche in den Berkshires zu verbringen und dort die Herbstfärbung zu genießen. Sie hatte irgendwo zwischen Barrington und Canaan Freunde, die sich gerade auf Hawaii aufhielten und gesagt hatten, sie würden ihnen sehr gern »für einen Vorflitterwochenurlaub« ihr Sommerhaus überlassen. Es gab Mengen entzückender Dörfchen in dieser geldschweren Ecke von Massachusetts. Benn kannte sich mit Blättern ja nun aus dem Effeff aus. So ging das junge Paar verschwiegene Wege. Herrliche, kühle, strahlende, erfrischende, blaue, nach Holzfeuer duftende Tagesanbrüche; Frühstück mit Pfannkuchen und Ahornsirup; Mengen reifer, kühler Äpfel auf verlassenen Bäumen. Die eine oder andere späte Blume, die Benn fachmännisch bestimmte, darauf bedacht, nicht zu pedantisch zu sein – dies war schließlich ihre erste Gelegenheit, miteinander allein zu sein. In regelmäßigen Abständen in der Ferne Gewehrschüsse von Rotwildjägern. Um sicherzugehen, trugen sie rote Mützen. Keine Probleme von dieser Seite. Die Lehmstraßen waren hart und trocken. »Dieses klassische Profil unter dem Schirm einer Baseballmütze.« Doch nach ein paar Tagen in Gesellschaft von Ahornbäumen und Birken, des Zuhörens, »wie ich von und mit ihnen sprach«, wurden andere Formen des Vergnügens notwendig. Es gab in dem Anwesen ein altes Auto für Einkaufs- und Ausflugsfahrten. Kein Fernsehen, nicht viel, was man nach dem Abendessen tun konnte, und Matilda war nicht daran gewöhnt, um neun ins Bett zu gehen. Die Lokalzeitung, die ihnen in den Briefkasten gesteckt wurde, verzeichnete die Filme, die in der Stadt liefen. Eine Serie von Golden Oldies stach Matilda ins Auge. »Wollen wir reinfahren und uns *Psycho* ansehen?« sagte sie. »Das Original von Hitchcock. Ich habe immer nur diese Fortsetzungen gesehen.«

»Den habe ich in den sechziger Jahren gesehen«, sagte Benn. »Er machte damals einen negativen Eindruck auf mich. Offenbar ist er inzwischen ein großer Hit geworden – ein Kultfilm. Dazu gehört allerdings nicht viel.«

Matilda antwortete schmeichelnd: »Wenn du neben mir sitzt, gefällt er dir vielleicht besser als damals vor zwanzig Jahren.«

Also fuhren sie zur Sechs-Uhr-Vorstellung in die Stadt. Es sei schon dunkel gewesen, sagte Benn. Jeder Tag wie eine Gemäldeausstellung aus Feldern, Zäunen, Straßen, Wäldern, eine Ausstellung, die aber täglich früher schloß. Als ich Onkel zuhörte, muß ich wohl französischer denn je gewirkt haben – langgesichtig, Verse aus dem *lycée* einstreuend: *»Nous marchions comme des fiancés ... La lune amicale aux insensés.«* Zumindest einer der *fiancés* war sehr reizbar, das steht fest; darauf komme ich noch zu sprechen. Und nein, *Psycho* gefiel Benn nicht besser. Beim zweiten Mal fand er ihn sogar noch viel schlechter als beim ersten. »Es war alles Schwindel. Ich fand es fürchterlich. Ich kann diese ganze Spannung ohne einen Fixpunkt nicht leiden. Nichts als bedingte Reflexe, die sie einem antrainiert haben. Das zeichnet auch die Video-Filme aus, die ich bei den Layamons angeschaut habe. Die logischen Verknüpfungen fehlen, und die Lücken werden mit Geräuschen gefüllt – Geräuscheffekten. Man muß sein Bedürfnis nach Zusammenhang vergessen. Man wird in Unruhe gehalten und bekommt einen Mord nach dem anderen vorgesetzt. Und bald fragt man auch gar nicht mehr: Warum wird dieser Typ eigentlich umgebracht?«

Seine Erinnerungen an den Film waren trotzdem sehr präzise. Er erinnerte sich an die alte Pension, die einem Bestattungsinstitut ähnelte, an die verwahrlosten Antiquitäten, das fürchterliche Grundstück. »All die schlimmen Einfälle, die uns kommen, die verkrüppelten Gedanken, die wir alle haben und die eine spinnenartige Vegetation hervorbringen. Sie schießt aus dem Boden, teils Pflanze, teils Spinnentier. Genau das bedeckte in diesem gräßlichen Sonnenschein um dieses gräßliche Haus herum den Boden.«

Dann kam das hübsche Mädchen, das Urbild eines reizenden Fräuleins, das aber auch etwas auf dem Kerbholz hatte und selbst auf der Flucht vor den Bullen war. Sie mietet ein Zimmer, in dem sie sich auszieht und in die Dusche steigt. Dort wird sie durch den Duschvorhang hindurch erstochen – erstochen, erstochen, erstochen, und die Kamera ist starr auf das Lebensblut gerichtet, das in den Abfluß fließt. Fröstelnd (was sollte die sommerliche Klimatisierung, jetzt, schon tief im Herbst?) schob er die Hände unter seine Oberschenkel, um sie zu wärmen. Matilda reichte ihm die Popcornschachtel. Nein danke, er mochte das Zeug nicht, es setzte sich zwischen den Zähnen fest. Er sagte, wenn er wachsamer gewesen wäre, hätte er auf den unheilverheißenden Dunstschleier geachtet, der sich in seinem Kopf zu bilden begann, und vorgewarnt sein müssen. Aber man kennt sich selbst nie gut genug. Er fand den Film abscheulich; Matilda war hingerissen. Es war gerade so hell im Kino, daß ihr elegantes Profil erkennbar war. Ohne hinzuschauen, nahm sie das Taschentuch aus seiner Brusttasche und wischte sich Salz und Butter von den Fingern.

Dem Mord an dem hübschen Mädchen folgte die Ermordung des Detektivs, der ihr auf der Spur war. Während der dem Tod geweihte Mann die Treppe hinaufstieg, verweilte die Kamera auf dem Rücken einer unbeweglichen Figur, die auf dem Treppenabsatz wartete. Diese Person, die genauso unwahrscheinlich war wie das Haus selbst, trug einen langen viktorianischen Rock, und eine Hemdbluse aus dunkel bedrucktem Kattun spannte sich über ihre Schultern. Diese

Schultern waren steif und hoch und für eine Frau ungewöhnlich breit.

»Matilda!« Die Identifizierung war augenblicklich da. Diese
Person, die man von hinten sah, war Matilda. Das war
ebenso schlüssig wie schnell gedacht. Für Benn sollte es immer bleiben, was es auf den ersten Blick gewesen war.

Über sich selbst schockiert, versteinert über die Scheußlich-
keit, die seine Gedanken hier begingen (vielleicht das »andere Ich« in ihm), sah er dem ihm ja bereits bekannten Kommenden entgegen. Gleich würde die Person mit einem
Sprung zur Tat schreiten. Dann würde man das barbarische
Gesicht eines Mannes sehen, mit falschem, auf dem Kopf
aufgetürmtem Haar, einen Rasenden. Hingemordet, schon
tot, noch bevor er dazu kam, erstaunt zu sein, würde der
Polizist nach hinten fallen. Dieses geistig schon vorwegneh-
mend, sagte Benn, habe er versucht, ausweichende Maßnahmen zu ergreifen, nicht so sehr gegen das »Verbrechen«
(welches schließlich nur Fiktion war) als vielmehr gegen die
Assoziation mit Matilda. Wie gemein! Sie in diesem Transvestiten zu sehen! Was versuchte er hier eigentlich zu drehen? Wer war hier der Verrückteste von allen? Benn sagte,
wenn dies einer der üblichen Gedankenmorde gewesen sei,
die in uns aufblitzen – nun ja, so etwas kann schon durch
den Anblick eines Küchenmessers auf der Spüle in Gang gesetzt werden. Ebenso wie große Höhen an Selbstmord denken lassen. Wir können mit diesen aufblitzenden Ideen bestens umgehen. Es steckt im Grunde genommen keine böse
Absicht dahinter. Aber Matilda mit Tony Perkins, der einen
Psychopathen spielt, zu verschmelzen – das war ein vernich-
tender Schlag. Er kam aus größerer Tiefe und schien Benn zu
lähmen. »Ich konnte mich nicht davon distanzieren«, sagte
er. Das war kein flüchtiger Gedankenblitz, kein Flirt oder
Spiel mit dem Entsetzen; es war bitterer Ernst. Die Frau war
seine Verlobte. Die Hochzeit war geplant, die Einladungen

wurden bereits gedruckt. Und diese Vision im Kino sagte ihm, er solle sie nicht heiraten.

Das schlimmste daran war, daß diese Assoziation so fest in ihm saß, zu konkret war, um sich beiseite schieben zu lassen. »Wie ich mich gefühlt habe?« sagte er. »Außer todunglücklich? Ich erinnerte mich an ein Experiment während des Zoologiepraktikums vor langer, langer Zeit. Es wurde an der Hydra vorgenommen, dem einfachen Frischwasserpolypen. Man tränkte ein winziges Fetzchen Papier mit einer schwachen Säure und legte es auf das Tier. Die Tentakel in Mundnähe taten dann alles nur Erdenkliche, um diesen Fremdkörper zu entfernen. Eine Demonstration des Nervensystems auf elementarer Ebene.«

Zum Teil machte ihn auch so fertig, daß ihn ein schlechter Film derart beeinflussen konnte – eine zynische Hitchcock-Aufmotze, verbrämt mit einer Geschlechtsverwandlung –, daß die Botschaft aus seinem Herzen von diesem miesen Kassenschlager ausgelöst wurde. Was erfuhr man dadurch über sein Herz – daß es durch Schund aktiviert wurde? Manchmal ärgerte er sich morgens über die dummen Träume, die er geträumt hatte. Sie wirkten entlarvend, wenn sie besonders verrückt waren. Träumen jedoch war unwillkürlich, während das, was soeben geschehen war, bei vollem Bewußtsein passiert war, in einem Kino nicht weit von Tanglewood, einem Ort, an den Musikliebhaber aus Boston und New York anreisten, um wunderschöne Konzerte zu hören, und er hatte sich von diesem Leichengift aus Hollywood verpesten lassen. Vielleicht sollte er gar nicht dem Film die Schuld dafür geben, daß er demoralisiert worden war; vielleicht hatte er sich selbst demoralisiert. Er konnte sich nicht von dem Gefühl freimachen, ein Verbrechen begangen zu haben.

»Ich mußte dir das einfach endlich erzählen«, sagte er.

»Ich versteh schon, warum.«

Ich hatte schon gelegentlich in der Vorstellung geschwelgt, daß seine der Form und Farbe nach so bemerkenswerten Augen die Prototypen der originären Wahrnehmungsfähigkeit seien, der Sehkraft an sich, geschaffen vom Licht höchstselbst, als fordere dieses, daß alle Wesen Licht sehen sollten. Im Augenblick waren seine Augen zu dunkel, um als blau eingestuft zu werden, und aus ihnen sprach der Jammer. Zweifellos war es Jammer, und er versuchte gar nicht, ihn zur rühmlichsten Sorte Jammer zu machen. Er hatte nicht beabsichtigt, Matilda solches Unrecht anzutun. Man kann nicht eingrenzen, was die Augen eines Menschen einem sagen. Jedenfalls nicht allzu eng. Benn war überzeugt davon, eines Verbrechens schuldig zu sein, irgendwie mit Ajax vergleichbar, als er wieder zu sich kam und feststellte, daß er von Sinnen gewesen war und so viele Schafe getötet hatte. Posthypnotische Erkenntnisse und Qualen! Wenn ein Hellseher in pflanzlichen Dingen, für den ich meinen Onkel immer gehalten hatte, seine Aufmerksamkeit menschlichen Wesen zuwendet ... nun, was ist da zu sagen? Vor einiger Zeit bin ich mit der vulgären Maxime Feuerbachs »Du bist, was du ißt« hart ins Gericht gegangen und habe vorgeschlagen, daß Blake mit seinem »Ich sehe, also bin ich« der Wahrheit näher käme. Die Welt, so wie sie sich uns darstellt, klassifiziert unser Denken. Vorausgesetzt, die Phantasie hat eine unabhängige, in ihren Ausmaßen fast gottähnliche Kraft. Doch hier haben wir ein Beispiel dafür, was geschieht, wenn einem von einer korrumpierten Vision eine Welt aufgedrängt wird. Und ob Benn sich schützen konnte, indem er auf Hitchcocks korrumpierte Weltsicht verwies, das war die Frage. Doch er versuchte es gar nicht. Hitchcock war nicht verantwortlich für Matildas Schultern, und Benn sagte: »Es waren vor allem die Schultern. Diese Schultern haben es ausgelöst.«
Der Rest des Films spielte keine Rolle mehr, außer daß es

reichlich lang dauerte, bis er zu Ende war. Das Unerträgliche daran war gerade, daß es so lange dauerte und daß man sämtliche Kunststückchen und Gangarten, durch die einen der listige Hitchcock hindurchzwang, abwarten mußte, den Bumbumbum-Teil, wie Benn sich ausdrückte. Schließlich sah man die Mutter des wahnsinnigen Killers in einem Schaukelstuhl, wie die berühmte Mrs. Whistler, nur war sie mumifiziert, mit leeren Augenhöhlen, und ihr Schädel war mit Kokosfaserhaar bedeckt. In dieser Form konnte der Tod einen nicht weiter beunruhigen. Der Tod war nicht tot, wie John Donne es verheißen hatte. Er konnte nicht sterben, da er gar nicht real war. Dann gingen also die Lichter an.

Als Onkel Benn Tilda in den Mantel half, hatte er wieder ihre Schultern vor sich – die an sich ja unschuldig waren. (Oder vielleicht doch nicht?) Sie beugte sich dabei ein wenig nach vorn und steckte die Arme nicht in die Ärmel, sondern trug den Mantel wie einen Umhang über den Schultern und hielt ihn unter dem Kinn zusammen und ahnte nichts von dem Übel, das ihr auferlegt worden war. Als er mir das alles erzählte, fügte er hinzu, daß er es vermieden habe, ihr großäugiges, nachdenkliches, hübsches Gesicht mit der niedrigen Stirn anzuschauen. Sie war mit dem Film beschäftigt, beziehungsweise vermutlich eher damit, wie sie am besten die Diskussion darüber eröffnen könnte. Nie im Leben hätte sie vermuten können, wie deprimiert er war. (Einer jener gnädigen Umstände, die es dem Fluß des Lebens erlauben weiterzufließen. Wenn er jemals versickern würde, wo wären wir dann?)

»War der Streifen nun nicht besser, als du ihn in Erinnerung hattest?« sagte sie.

»Nein.«

Er blieb einen kurzen Augenblick hinter ihr zurück. Die Menschenmenge im Mittelgang war seine Entschuldigung. »Ich war zu schwach, um die Beine zu bewegen. Sie schienen im Sitzen eingeschlafen zu sein. Sie waren gelähmt, paralysiert. Ich zwickte hinein und versuchte, mir mit den Füßen wieder Leben in die Waden zu treten.«

Auf der Straße gestand er Matilda: »Aus irgendwelchen Gründen deprimiert dieser Hitchcock mich höllisch.«

Einer dieser bläulichen Herbstabende in Neuengland mit Schneeregen, und dazu noch ein Sonntag. Sonntage waren immer schwer zu ertragen. Er ließ den Motor an und fuhr die Main Street hinunter, die hell erleuchtet war. Erst als er von der Straße abbog, stellten sie fest, daß die Autoscheinwerfer nicht funktionierten.

Er sagte: »Kein Licht. Wir fahren wohl besser zurück.«

»Warum denn das? Jetzt ist doch ohnehin keine Werkstatt mehr offen. Schau, du kannst doch die Warnblinker benutzen. Wenn wir erst auf der Landstraße sind, ist es ohnehin nur noch eine halbe Meile.«

Er war zu niedergeschlagen, um sich mit ihr zu streiten, also fuhren sie mit der Warnblinkanlage weiter, mit fünfzehn Stundenkilometern. Aber noch bevor sie ihre Kreuzung erreicht hatten, kam eine mächtige Limousine von hinten an ihnen vorbeigeschossen und schnitt ihnen den Weg ab. Sie waren gezwungen, an den Straßenrand zu fahren. Kein Polizist, sondern ein Mann in Zivil stieg aus und fluchte: »Verdammtes Arschloch? Du Schwein! Du alte Tunte!«

»Und wer sind Sie, verdammt noch mal?« sagte Benn.

»Als Bürger Amerikas nehme ich Sie fest, damit Sie nicht noch einen umbringen.«

»Der Kerl ist blau«, sagte Matilda. Sie beugte sich zum Fenster hinüber und sagte: »Wenn hier einer andere gefährdet, dann sind Sie das, sternhagelvoll, wie Sie sind. Wenn Sie blasen müßten!«

»Geben Sie der Nutte eins aufs Maul«, sagte der Mann zu Benn. »Sie ham die Wahl. Drehn Sie um, und fahren Sie hinter mir her, oder ich donner Ihnen eine in die Reifen.«

Matilda forderte ihn wieder heraus: »Und wo ist Ihre Pistole, bitte schön?«

»Sein Sie bloß froh, wenn Sie sie nicht zu sehen kriegen.«

Als sie zurück zur Main Street fuhren, zitterte Tildas hohe Stimme vor Ärger, und sie sagte: »Wieso läßt du dich von einem Mistkerl wie dem so anfahren!«

»Was sollte ich denn machen?«

»Du brauchst dir so was nicht bieten zu lassen.«

»Er hat eine Knarre.«

»Du hättest aussteigen und ihn in die Eier treten sollen.«

»Matilda, du stehst noch unter dem Einfluß von Hitchcock. Du hast doch selbst gesagt, daß er besoffen ist, und er sieht wie ein Vietnam-Veteran aus. Außerdem sind wir wirklich eine Gefahr auf der Straße, in dieser alten Kiste.«

»Einen Rückzieher machen, weil man bedroht wird, ist Holocaust-Mentalität.«

»Ich werd mich doch nicht mit diesem Football-Helden rumprügeln. Ich würde einschreiten, wenn er versuchte, dir was anzutun. Auf einer Straße, die wir nicht genau kennen, hätten wir ohne Licht wirklich im Straßengraben landen können. Er hat einen Sheriff-Stern am Kühler.«

»Da, wo wir herkommen, sind die Hilfssheriffs die übelsten Schlägertypen.«

Die Polizisten in der Stadt ließen Benn gegen Hinterlegung seines Automobilclub-Ausweises frei, und für den nächsten Morgen wurde eine Anhörung vor dem Friedensrichter anberaumt. Matilda versuchte, ein Taxi zurück zum Haus zu bekommen. Aber sonntags eines zu finden, war völlig unmöglich. Benn sagte, es sei praktischer, im Gasthaus zu übernachten, zumal das Restaurant noch geöffnet war. Sie würden sich zwei Fahrten mit dem Taxi und außerdem das lästige Kochen ersparen. Obwohl Matilda nicht mit ihm zufrieden war, ließ sie ihm seinen Willen. (Sie kochte sehr ungern, das sollte ich hier vielleicht erwähnen.) Also blieben sie in dem Gasthaus, das ein sehr angenehmes Haus war, über Nacht. Im Speisesaal brannte ein Holzfeuer. »Das Essen war soweit in Ordnung«, sagte Benn, »aber denk dir, zum Nachtisch gab es heißen Indian Pudding, mit Eis serviert – diese Mischung aus Maismehl, Melasse und Gewürzen, die ich so liebe. Ich erinnerte mich an den Indian Pudding im Fisch- und Steak-Haus im Durgin-Park in Boston. Ich schwärmte vom Indian Pudding, ich klammerte mich an den Indian Pudding. Und allmählich vergab mir Matilda, daß ich so feige gewesen war, als der Betrunkene uns verhaftet hatte. Ich kann dir nur sagen, daß ich Gott dankte, daß wir in dieser Nacht nicht zurück in den tiefen Wald mußten.«

»Was war denn so schlimm an dem tiefen Wald?«

»Ich war aufgerüttelt, Kenneth. Ich hatte Angst, um die Wahrheit zu sagen.«

»Wovor denn? Ich dachte, du magst Wald gerne.«

»Ich konnte den Gedanken daran, was in der Nacht passieren könnte, nicht ertragen. Manchmal werden Menschen im Schlaf gewalttätig und tun schreckliche Dinge. Was, wenn ich ohne es zu wissen etwas Gräßliches getan hätte?«

»Ihr etwas angetan hättest?«

»Zwing mich nicht, es auszusprechen.«

»Beispielsweise – was Duncans Knechte in *Macbeth* angeblich dem König antaten?«

»Die waren betrunken. Ich kann dir nur sagen, daß ich Angst hatte.«

»Du dachtest doch nicht etwa, daß du sie erwürgen würdest, ... wegen dieser Schultern?«

»Ich hatte beschlossen, wenn wir in dieses gruselige Haus zurückgemußt hätten, daß ich dann eine doppelte Dosis Chloraldurat genommen hätte. Ich habe immer etwas dabei, für schlimme Nächte. Ich wollte ganz sicher sein, daß ich tief schlafen würde. Wenn diese Suggestionen dich einmal packen, dann mußt du *ihr* Spiel mitspielen. Du wirst herumgetreten wie ein Fußball.«

»Das sind nur die Nerven«, sagte ich.

»Mag sein. Aber deshalb war das Gasthaus so angenehm. Es hatte etwas Aufmunterndes. Ich wußte, daß diese Schicht von Freundlichkeit wahrscheinlich nicht dicker war als die altmodische Tapete, aber sie gab mir Schutz. Es gab ein poliertes Doppelbett in Form eines Schlittens. Antik. Walnuß. Dann sah ich mir die Patchworkdecke an und dachte: Patchwork! Dies ist keine Umgebung für ein Verbrechen.«

»Du hättest das Weite suchen können. Der flüchtende Bräutigam ist die Antwort, die der Schwank für so etwas bereithält. Ich habe dir doch von dem Trottel bei Gogol erzählt, der kurz vor der Hochzeit aus dem Fenster steigt. Und mein Vater erzählt gern die Geschichte von dem postexpressionistischen Maler und einem reizenden Mädchen, die bei ihm wohnten. Eines Tages sagte sie: ›Es wird Zeit, daß wir unsere Beziehung einmal ernsthaft diskutieren.‹ ›Gewiß, aber ich muß erst noch pinkeln.‹ Dann kletterte er durchs Badezimmerfenster und rannte den ganzen Weg bis zum Bahnhof. Und dann gibt es noch Molières George Dandin, der besser weggelaufen wäre.«

Onkel Benn war noch nicht ganz zwei Monate verheiratet, als wir diese Unterhaltung führten.

Ich sagte: »Wenn es keine Umgebung für ein Verbrechen war, wer hätte denn dann eines begehen sollen? Bist du so sicher, daß *du* es gewesen wärst? Vielleicht wäre *sie* inspiriert gewesen, *dich* zu ermorden.«

»Tu mir einen Gefallen, Kenneth, und sei nicht so verflucht rational. Es gibt nichts Unangenehmeres als Rationalität am falschen Platz. In mir herrschte Aufruhr. Ich rede von Gefühlsphänomenen, und du kommst mir kreuzvernünftig. Völlig zwecklos.«

Er hat das ganz falsch verstanden, dachte ich. Aber er war zu aufgewühlt, um jetzt andere Meinungen ertragen zu können. Ich wollte ja nur feststellen, daß gar nicht eindeutig war, wer eigentlich wen bedrohte und wer von den beiden der Aggressivere war.

Zwei Psychopathen unter einer Steppdecke.

Jedenfalls erlösten das Schlittenbett und die ländliche Tapete, die alte Gaslampe, die auf elektrisch umgerüstet war, und der geblümte Wasserkrug mit Waschschüssel ihn von seinen Ängsten. Kein Chloraldurat war notwendig. Wenn er Matilda etwas angetan hätte, hätte ihn das das Leben gekostet, und er war aus Prinzip gegen Selbstmord. Er brauchte ja nur ihre Schultern zu meiden, deshalb lag er die ganze Nacht auf der linken Seite und schlief tief und fest. Am Morgen – wie schön! – schien die Sonne, und Benn und Matilda befanden sich in prächtigem Einvernehmen. Sie hatte keine Zahnbürste, er hatte keinen Rasierapparat; aber der Kaffee war ausgezeichnet.

Um halb zehn erschienen sie vor dem Friedensrichter, einem Neuengländer, wie er im Buche steht – blauäugig, trocken; Wangenknochen wie aus rotem Ziegelstein geschnitzt; dünnes, säuberlich gescheiteltes Haar. Er war der Besitzer des Eisenwarenladens, und die Anhörung fand in seinem kleinen Büro statt. Er akzeptierte Benns Erklärung hinsichtlich der Scheinwerfer. Kulant gegen Bewohner anderer Bundesstaaten.

»Lassen Sie die Scheinwerfer in Ordnung bringen.«

»Aber gewiß, sofort.«

»Der Mann, der uns verhaftet hat, wirkte sehr bedrohlich«, sagte Matilda. »Er behauptete, er hätte eine Schußwaffe.«

Der Friedensrichter sagte, daß Mr. Darns Stadtrat sei und außerdem Hilfssheriff. »Anklage erledigt. Keine Geldbuße. Scheinwerfer reparieren lassen.«

»Der Mann war betrunken«, sagte Matilda.

Benn bedankte sich bei dem Friedensrichter. »Er fragte

mich, was ich von Beruf sei. Ich sagte, ich sei Botanikprofessor. Er gab mir meinen Führerschein zurück.«

Matilda sagte: »Er hat uns übel beschimpft. Ist er überhaupt berechtigt, eine Schußwaffe zu tragen? Gibt es in diesem Staat kein Waffenverbot?«

»Ich fragte mich, ob es nicht besser sei, wenn er mich hinter Schloß und Riegel setzte«, erzählte mir Benn. »Er gab Matilda keine Antwort, sah sie kaum an. Wenn er mich eingesperrt hätte, wäre ich gar nicht so böse gewesen. Vielleicht hätte er damit ein Verbrechen verhindert. Außerdem beneidete ich den Mann und wünschte, ich wäre an seiner Stelle. Was für ein hübsches Büro! Holzwände, sonnenbeschienen. Weißer Kirchturm. Ahornbäume in Herbstfärbung. Natürlich war mir klar: Ein jüdischer Friedensrichter in diesem alten Dorf in den Berkshires, das wäre nicht gegangen. Ebensowenig wie ich ein irischer Kesselflicker oder ein ungarischer Zigeuner hätte sein können. Eher noch ein jüdischer Kardinal in Paris.«

»Aber was hatte Matilda nur, Onkel?«

»Kann ich nicht sagen. Vielleicht war es das Groteske an der Situation. Ein extravagantes Paar wie wir, das einem Bauerntrampel von Eisenwarenhändler dafür dankbar sein muß, daß er sie laufen läßt! Dann lieber in verächtlichem Schweigen eine Geldbuße zahlen! Oder vielleicht war sie an meiner Statt mutig, weil ich zu *schmucki* war, selbst zu kämpfen.« Dann fügte er noch einige Worte über ihr Aussehen hinzu – besonders große fliederfarbene Augen, eine über der niedrigen Stirn immer dichter werdende Haarfülle, die Stirn schmaler denn je und verdüstert und scharf gerunzelt. Ich fragte mich, warum die physischen Charakteristika so wichtig seien, und kam darauf, daß die körperliche Schönheit ja die Grundlage war, die alles stützte. Vor dem Friedensrichter wurde Matilda zur Furie. Ich fragte nicht, ob ihre Zähne scharf aussahen; von den Zähnen hatte er mir ja schon erzählt. Ich fragte gar nichts, weil mein Onkel so durcheinander war wie nie zuvor. Beichten brachte ihm keine Erleichterung. Es machte die Ungeheuerlichkeit nur noch deutlicher, und ich empfand großes Mitleid mit ihm. Ein anderer, ein härterer Mann hätte vielleicht darüber gelacht. Mein Onkel fühlte sich, nachdem er mich in sein Geheimnis eingeweiht hatte, nur noch schlechter. Vielleicht ist es besser, ein Vollidiot zu sein, als teilweise klarzusehen.

Ich verstehe wohl, warum mein Onkel die Heirat trotzdem durchzog. Er konnte doch nicht einfach einem Anfall von Wahnsinn nachgeben. Er mußte schließlich ein Gedankengebäude aufrechterhalten, hatte ein persönliches Interesse an Stabilität. Das Absurde mußte bekämpft werden. Außerdem hatte er durch seine mit ihm durchgehenden Gedanken der Frau Unrecht getan, und das war ein empfindlicher Punkt bei ihm. Als Doktor verkleidet vor den Patientinnen zu erscheinen, als Matildas Vater ihnen die Bettdecke wegzog, hatte ihm ein schlechtes Gewissen verursacht. Es war unethisch, ihre armen kahlen Schamteile anzustarren. Wenn man erst einmal in das erotische Leben modernen Stils hineingerät, wird man mehr und mehr beschleunigt, bis man in winzige Partikelchen auseinanderfliegt.

Mir wurde jetzt klar, daß seine unaufhörlichen Erklärungen: »Sie ist eine Schönheit. Das klassische Gesicht. Eine wirkliche Schönheit«, bis es mir wieder zu den Augen herauskam (wie man in Frankreich sagt – *ça commence à me sortir par les yeux* – was ausdrucksvoller ist als »es kommt mir zu den Ohren heraus«), daß diese Erklärungen eine Rechtfertigung für eine Heirat waren, die mir mehr und mehr wie ein von Vater Layamon und Richter Amador Chetnik überwachter Opfergang aussah. Denn schauen Sie, er war ja gewarnt worden. Praktisch von oben (auch wenn Alfred Hitchcock und Tony Perkins die Handlanger waren) war ihm gesagt worden: »Heirate sie nicht. Sie ist nicht die Frau deines Herzens.« Jetzt waren diese seine großen Augen, die doch sozusagen der Wissenschaft geweiht waren, von Schuld und Sühne verschleiert (eine Spur jedenfalls). Mir wurde klar, daß ich nichts tun durfte, was ihn ärgern konnte. Mein Theoretisieren war ein Ärgernis, also theoretisierte ich besser nicht mehr. Theoretisieren war gleichbedeutend mit: »Hab ich doch gleich gesagt« und »Selber schuld«. (In der härtesten Form wie bei Hamlet, der Horatio erzählt, warum es ihm nichts ausmachte, daß Rosencrantz' und Güldensterns Köpfe rollen: »Ei Freund, sie buhlten ja um dies Geschäft.«) Nein, das konnte ich dem armen Benn nicht antun. Man konnte sich ohnehin darauf verlassen, daß er seine Folterung selbst in die Hand nahm.

»Glaubst du, daß Matilda irgendwie ahnt ...«

»Ob sie sich der Ähnlichkeit mit ihrem Vater bewußt ist? Sie hörte sich genau an wie er, als sie sagte, ich hätte diesem Besoffenen in die Eier treten sollen.«

»Nein, nein, ich rede vom Anblick ihrer Schultern von hinten.«

Mein Onkel sagte: »Ich bin immer davon ausgegangen, daß Frauen sich in einem schmerzlichen Ausmaß selbst taxieren. Die guten Punkte verschaffen ihnen Befriedigung und die schlechten Qualen, die in der Regel schlimmer sind, als es die Befriedigung durch einen Riesenpluspunkt je sein könnte. Sie muß sich also darüber im klaren sein. Man darf doch davon ausgehen, daß eine Frau ihre Körpermaße kennt.«

»Männer kennen ihre Maße auch.«

»Stimmt zum Teil«, sagte er. »Kragenweite zweiundvierzig und achtundsechzig Ärmellänge.«

Das war nicht genau das, was ich gemeint hatte, aber ich hielt den Mund.

Und wenn sie nun nicht die Frau seines Herzens war? Vermutlich war er auch nicht der Mann *ihres* Herzens. Es gibt

Leute, die einem von vornherein dazu raten, das Herz dabei ganz aus dem Spiel zu lassen. Es solle gar nicht in Erscheinung treten, da es unzuverlässig sei. In manchen Fällen zieht sich das Herz frühzeitig in den Ruhestand zurück. Ein Philosoph an der Universität drüben überraschte mich einmal mit der Aussage: »Auch das Herz kann Sophist sein.« Das verwirrte mich eine Zeitlang, aber inzwischen glaube ich, daß ich seine Idee vollkommen begreife. Das Herz ist kein zuverlässiges Kriterium. Jeder leistet dem Herzen Lippendienste, natürlich, aber jeder ist auch mit dem Fehlen von Liebe vertrauter als mit ihrem Vorhandensein und gewöhnt sich so an das Gefühl der Leere, daß es »normal« wird. Man vermißt das Fundament des Gefühls erst, wenn man anfängt, nach dem eigenen Selbst zu suchen, und in den Affekten keine Unterstützung für ein Selbst findet.

»Es wird schon alles in Ordnung gehen, Onkel«, sagte ich.

»Man kann von einem Mann wie dir nicht erwarten, sämtliche Gebiete gleichzeitig abzudecken. Du bist von der Botanik absorbiert. Außerdem warst du furchtbaren Attacken aus der sexuellen Ecke ausgesetzt – du sehntest dich nach der Liebe einer Frau, warst aber nicht so vorbereitet, wie es nötig gewesen wäre. Es gibt keine Ausbildung dafür. Du hast den Nagel auf den Kopf getroffen, als du diesem Journalisten sagtest, daß, wie schlimm die Radioaktivität auch immer sein mag, mehr Menschen an gebrochnem Herzen sterben, aber sich keiner dagegen organisiert. Und du kannst eben nicht einfach Red Adaire kommen lassen. Aber mich kannst du anrufen, zu jeder Tages- oder Nachtzeit. Ich kann mir zwar nicht denken, wie ich dir helfen soll, aber ich stehe jederzeit zur Verfügung.«

»Und Gott sei Dank dafür!«

»Es war mutig von dir, mir zu erzählen, was los ist. Kann nicht einfach gewesen sein.«

Als ich in meine Behausung im Studentenheim zurück-kehrte, war ich in einer Stimmung, die sich kaum beschreiben läßt: durch meinen Onkel verwirrt, um seinetwillen traurig, aber gleichzeitig auch – und das war merkwürdig – gehobener Stimmung, *ärgerlich* gehobener Stimmung, zu Angriffen auf alle Welt, mich selbst eingeschlossen, aufgelegt. Als ich in meine komfortlose Klause zurückkehrte, hätte ich am lieb-sten alle Bücher und Papiere hinausgeworfen – eben die Bü-cher, die ich doch zu meiner inneren Klarheit brauchte, um über das zwanzigste Jahrhundert auf dem laufenden zu blei-ben. Nach so viel geistigem Wirbel war ohnehin nichts mehr klar. Ich hatte damit gerechnet, daß Onkel Benn mir bei be-stimmten wesentlichen Dingen auf die Sprünge helfen würde, aber statt dessen brauchte er nun Hilfe von mir. Er trug die Last, ging tief gebeugt unter dem Gewicht von Matilda Laya-mons Schultern, die schwerer waren als massive Bronze.

Hier waren also meine beiden Zimmer, die pseudogotischen Fenster, durch die ein trübes Nordlicht fiel, die grauen, nach einem Teppich schreienden Plastikquadrate des Fußbodens, auf denen wurmartige Schwärme von Schmutz festgetreten waren. Ich hatte die materiellen Annehmlichkeiten des Le-bens aufgegeben, ohne viel Gewinn aus diesem Opfer zu zie-hen. Ich hatte eine Kochecke und eine winzige Toilette (WC) und teilte mit den Studenten eine Dusche. Das College war der Meinung, es sei für die Jugendlichen gut, mit ihren gelehr-ten Vorbildern Umgang zu pflegen; genauso wie ich erhofft hatte, vom Umgang mit meinem Onkel zu profitieren, einem Mann mit Qualitäten, von dem es so viel zu lernen gab.

Ich machte einen Gang zur Toilette und aß dann, zum raschen Energieaufbau, einen Riegel Hershey-Schokolade, bevor ich mich hinsetzte, um meine Unterhaltung mit meinem Onkel aufzuschreiben. Anstatt Papier wegzuwerfen, produzierte ich nur noch mehr.

Schwarz auf weiß sahen die Fakten entsetzlich aus. Keiner

interessierte sich für meinen Onkel, solange er ein harmloser Morphologie-Freak war, nicht provozierender als ein Sammler von Vogelstimmen, aber als er Anstalten machte, auf einer höheren Ebene in die Gesellschaft einzusteigen, erregte er plötzlich das Interesse von Menschen, deren Aufmerksamkeit man besser vermied. Konnte er Weltfremdheit vorschützen? Nein, denn er verstand ja alles, wenn er sich nur dahinterklemmte. Er zog es einfach vor, sich nicht auf Weltliches einzulassen. Statt dessen entschied er sich dafür, der harmlose, unschuldige Botaniker zu sein, der eine anspruchsvolle Schönheit geheiratet hatte, und weigerte sich, Matilda als das unheilvolle Symbol von irgend etwas zu identifizieren, bis endlich seine Phantasie die Sache subversiv in die Hand nahm. Ich verstehe nicht, warum diese hochqualifizierten Geister die Verachtung, mit der sie im allgemeinen von der Öffentlichkeit bedacht werden, auch noch rechtfertigen müssen. Warum mußte sich der Vater der Kybernetik von seiner Frau den Hosenschlitz kontrollieren lassen, bevor er aus dem Haus ging? Warum erzwingt Qualität nicht umgekehrt den Respekt der erbärmlichen Typen ringsum?

In diesem Augenblick, da sich der Abend über Parrish Place gesenkt hatte, schloß mein Onkel wohl gerade die Tür zur Wohnung der Layamons auf, ging zu seiner jungen Frau und traf sie vermutlich dabei an, wie sie sich für das Abendessen ankleidete. Vielleicht sagte sie »Hallo, du« oder auch nicht; gelegentlich war sie zu sehr mit ihren Fingernägeln oder mit dem Rasieren ihrer Beine beschäftigt, oder damit, unter dem goldenen Glanz der Boudoirlampen ihr hyazinthnes Haar zu kämmen. Selbst bei der Schönheitspflege war sie eine Spur gereizt. Was hielt sie wohl *wirklich* von ihrem Ehemann? Entsprach er ihren Erwartungen? Mein Onkel konnte nie sicher sein, wie er ankam. Sie hielt es offenbar für das Beste, ihn im unklaren zu lassen, und vielleicht war es

diese Ambivalenz, die jene dunklen unbewußten Kräfte freisetzte und Matilda mit Tony Perkins verschmolz. Beim Ankleiden bewegte sie sich von Spiegel zu Spiegel und plauderte über die Vorbereitungen, die noch für seine Vortragsreise durch das Innere Brasiliens getroffen werden mußten. Matilda war dann (er war der erste, der dies aussprach) schöner denn je. Ihre niedrige Stirn – nicht unintelligent; viele nachdenkliche Linien durchziehen sie – ist berauschend. Aber er steht hinter ihr, und da sind wieder die Schultern, immer noch breit, immer noch hochgezogen, ein Fluch und ein Verhängnis. Kann ich mich darüber hinwegsetzen? fragt er sich. Er testet sich innerlich an dieser Schranke, probiert innerlich seine Kräfte aus; die Stelle, an der er das ausprobiert, wird langsam wund. Er lokalisiert sie in Zwerchfellnähe, denn er ist unheimlich genau in seiner Selbstbeobachtung. Der Muskel zwischen den beiden Rippenbögen tut jetzt bei Berührung weh. Von Spiegeln umgeben hebt er den Blick nicht, aus Angst, sein düsteres, wahnsinniges Gesicht zu sehen. »Total übergeschnappt«, wie er mir später erzählen wird, und nimmt so die ganze Schuld auf sich. Er geht hinaus an die Bar, die wie Matildas Ankleidezimmer von angestrahlten Spiegeln umgeben ist, und gießt sich ein Glas Gin ein, um das Essen zu überstehen. Und dann, beim Essen fühlt er sich, sagt er, wie das Bilderrätsel auf der Kinderseite in der Sonntagszeitung – was gehört nicht auf dieses Bild?
Wieder wird der Palmenherzensalat aufgefahren. Lieblingsspeise des Doktors. Daß er bekommt, was er möchte, ist nur fair, wenn man bedenkt, wie hart er arbeitet. Matilda und ihre Mutter erzählen, daß die Aussteuerabteilung bei den Dessert-Tellern Mist gebaut hat. Die Kisten sollen ins Roanoke geliefert und in der Speisekammer gelagert werden, wo Jo sie auf Bruch inspizieren wird. Zwischen den Gängen wiegt Benn den Kopf in der Hand. Da er selten nach seiner Meinung gefragt wird (seine wunderlichen Antworten lassen

Matildas Eltern verstummen; sie haben keine Ahnung, von welchem Stern er wohl gefallen ist), ist mein Onkel frei, vor sich hinzusinnen. Man kann die Unterhaltung getrost dem Doktor überlassen, der komisch sein kann, wenn er sich über die *Yutzes* im Rathaus lustig macht, seine salamanderartigen Streifen im Gesicht bekommt und die Brauen hebt wie ein Witzbold bei George Bernard Shaw. Wie üblich treibt der Electronic Tower näher, bis er regelrecht über ihnen hockt, größer als zehn aufeinander vertäute *Titanics*, alle Fenster erleuchtet, auf Kollisionskurs in Richtung Penthouse. Angeekelt von seiner widerlichen Dankbarkeit den Layamons gegenüber, weil er einer der ihren sein darf, an Lügen halb erstickt, sich vor Gott anklagend mit lauten Schreien: »Was habe ich getan? Warum bin ich hier?«, nimmt Benn sich in die Mangel. Der größte Teil seines Ärgers ist gegen sich selbst gerichtet (»intrapunitiv« ist der klinische Terminus dafür), und er starrt sein eigenes Unheil an, aber da er aufgrund der anatomischen Idiomorphie seiner Augen stets zu starren scheint, nimmt keiner davon Notiz. Mein Onkel hätte kein Bedauern darüber empfunden, hier am Abendessenstisch vom Electronic Tower gerammt zu werden. Soll es doch passieren! Bei diesem eingebildeten Zusammenstoß à la Cecil B. De Mille wäre Matilda kein Leid geschehen. Nur er selbst wäre verdientermaßen bestraft worden.

Ich selbst ging ebenfalls zum Abendessen aus. Es gab in diesem kalten Studentenheimzimmer nichts zu essen außer der Schokolade, die ich unter meinen Hemden versteckt hatte. Dita hatte mich zu sich eingeladen. Sie war noch nicht wieder gesund genug, um sich in einem Restaurant sehen lassen zu können, und an diesen Winterabenden war ich ihre einzige Gesellschaft. Am kommenden Montag ging ihr Genesungsurlaub zu Ende, und sie würde wieder arbeiten. Mein Dad hatte mir eine Flasche Gevrey-Chambertin aus seinem

Keller geschenkt. Als ich klein war, kam immer ein Wein-
händler in die Rue Bonaparte, um Dads Bestellungen entge-
genzunehmen. Ich vermute, daß es selbst in Paris keine solchen Händler mehr gibt – solche *bien élevés*, respektvolle,
höfliche Menschen, mit geschniegelten Überziehern und
polierten Schuhen, mit Homburg, die kalbsledernen Hand-
schuhe in einer Hand, die vorgaben, daß mein Vater ein vor-
züglicher Weinkenner sei. Der Geruch, der vom Kopf des
Herrn ausging, wenn er den Hut abnahm, war so angenehm!
Dad überreichte mir die wunderbare Flasche (Côte d'Or,
Domaine Roy) mit den Worten: »Dies ist ein guter alter
Tropfen für eine besondere Gelegenheit. Nimm ihn mit in
diese verdammte Stadt. Er ist auch gut für Schnittwunden
und Quetschungen, aber du solltest ihn innerlich anwenden.« Als ich in den Mittelwesten zog, abonnierte mein Vater die Zeitung seiner Heimatstadt und war besser informiert
als ich. Gelegentlich bezog er sich in seinen Briefen auf Menschen, die auf der Straße erstochen, im Bett von Einbrechern
erschlagen, in städtischen Bussen erschossen worden waren.
Er machte sich Sorgen um mich, obwohl ich in einer behüte-
ten Enklave lebte, für deren zusätzlichen Polizeischutz die
Universität drei Millionen Dollar pro Jahr ausgab. Ich
machte meine Späßchen darüber. »Wenigstens ist es nicht
Saigon oder Beirut«, sagte ich. »Hier führen viele Leute ein
höchst gemütliches Leben.« Wahrscheinlich spielte ich auf
die Kategorie Layamon an. Wohnhäuser wie das ihre oder
das Roanoke waren schwer bewacht. Dank meiner Studien
verbrachte ich geistig mehr Zeit im Petersburg des Jahres
1913 als in dieser Metropole des Rostgürtels. Männer meines
Typs neigen dazu, sich auf Bücher und Theorien zurückzuziehen. Wenn man Astrophysiker ist, wird man überhaupt
nicht auf die Idee kommen, einen Vormittag in einem Gerichtssaal zu verbringen, in dem Gewalttaten verhandelt
werden. Wenn man Ökonom ist, verläßt man sich darauf,

daß die Gesetze des Marktes stärker sind als lokale Unruhen. Die Unruhen werden sich legen, wenn die Geldzufuhr vernünftig gesteuert ist. Was Typen wie mich angeht, die dunkel von der Überzeugung motiviert sind, daß unsere Existenz wertlos ist, wenn wir sie nicht zu einem Wendepunkt machen, so waren wir den Geisteswissenschaften zuzuordnen, der Dichtung, der Philosophie, der Malerei – den Kindergartenspielen der Menschheit, die man hinter sich hatte lassen müssen, als das Zeitalter der Wissenschaft begann. Auf die Geisteswissenschaften würde man zurückgreifen, um eine Tapete für die Krypta auszusuchen, wenn das Ende nahe war. Und wenn es keinen »Wendepunkt« gibt, so wird bald die Zeit für den Ruf nach der Ästhetik kommen. Gedanken wie diese sind nahezu so zersetzend wie die Probleme, die sie ansprechen.

Die Tamtams, die in unseren Köpfen trommeln und uns zum Wahnsinn treiben, sind die großen Ideen!

Ich bereitete mich auf die Unterhaltung beim Essen mit Dita vor. Sie genoß so etwas und rechnete damit, daß ich dafür sorgte. Ich selbst hatte eine große Schwäche für Tischgespräche. Etwas zu begreifen bedeutet nichts, wenn man nicht jemanden hat, dem man es mitteilen kann, und da im Augenblick mit meinem Onkel keine Kommunikation über solche Themen möglich war, stieg Ditas Wert für mein geistiges Leben (mein geheimes Leben, wenn Sie lieber wollen) beträchtlich.

Ich wickelte die Flasche in eine braune Papiertüte und hoffte, ich würde sie nicht auf dem Kopf eines Straßenräubers zertrümmern müssen. Man kann auf diesen Straßen nie wissen, und ich mußte ein leeres Baugrundstück überqueren. Ich öffnete die Tür zum steinernen Treppenhaus des Studentenheims, das nach Mittelalter roch, und dabei fiel mir ein, daß ich das Band meines Anrufbeantworters nicht abgehört hatte.

Der erste Anruf war von Fishl, meinem Verwandten, der sehr nervös klang. Schon an seiner Stimme merkte ich, daß er unrasiert war. Er war zutiefst beunruhigt. Seine trockenen, flinken Lippen teilten mir mit: »Mein Dad kommt wegen irgendwelchen Geschäften von Miami hoch. Er sollte diese Reise nicht im Winter machen. Ist schlecht für sein Herz.« Geschäfte? Fishl wußte offenbar nicht, daß sein Vater an der Anhörung der Kommission für Strafaussetzung zur Bewährung am nächsten Tag teilnehmen würde. »Weiß Benn, daß er heraufkommt? Falls ja, vergewissere dich, daß er nicht mit Dad redet, ehe ich die richtige Annäherungstaktik entwickelt habe.« Zu spät. Dr. Layamon hatte Benn schon Presseausweise für die Anhörung besorgt. Ich war mit ihm im Zentrum verabredet.

Der zweite aufgezeichnete Anruf war von Tanja Sterling: »Die Haushaltsmesse geht zu Ende, und da ich bisher noch nicht die höfliche Antwort von Ihnen bekommen habe, die ich eigentlich erwartete, mache ich Ihnen in ehrlicher Absicht einen Antrag. Habe Privatermittler in Seattle verpflichtet. Bitte nehmen Sie Kontakt mit mir auf.«

Das mit dem Antrag in ehrlicher Absicht war kein Scherz. Sie machte Anstrengungen, die Macht über mich zu übernehmen, so wie Matilda die Macht über meinen Onkel übernommen hatte. Genau das, was auch Caroline Bunge versucht hatte. Kam nicht in Frage – keine Machtübernahme. Nicht für mich, danke schön, Ma'am. Ich drückte unter meinem Überzieher die Flasche an die Brust, in richtiger Vorfreude auf Ditas Abendessen. Mein Zimmer war so miserabel, daß es eine Einzelhaftzelle hätte sein können. Ich lief den Abkürzungsweg über das Baugrundstück. Trotz des Schnees setzten sich einige herbstliche Kletten an mir fest. Meine Überlegung war, den Gevrey-Chambertin zu schützen, falls ich auf dem Eis ausrutschen würde. Mein Vater hätte meinen Sprint nicht gutgeheißen – der Bodensatz wurde dadurch aufgeschüttelt –, aber ich war froh, als ich wohlbehalten an Ditas Tür ankam. Chambertin war der Lieblingswein des gefeierten Kojève gewesen. Mein Vater hatte immer Chambertin ausgeschenkt, wenn er zum Diner kam.

Ditas Wohnung unterschied sich sehr von der Rue Bonaparte, aber ich war dankbar für die Wärme und die Farben, die Essensdüfte. Ich war nicht immer so empfänglich für traute Gemütlichkeit zu Hause, aber heute abend war das Wetter ungemütlich, der Februar fegte mit beißenden Windstößen von Montana über uns hinweg. Ihre Wohnung genügte, was Sauberkeit anging, nicht den Maßstäben meines Onkels. Nun ja, er befand sich jetzt ja in einem Penthouse mit zwei Bediensteten. Mir machten die an der Innenseite der Badezimmertür hängenden persönlichen Dinge nichts aus, als ich mir am Waschbecken die Hände wusch und die Haare kämmte. Ich kam heraus und entkorkte den Wein, um ihn atmen zu lassen, und war glücklich darüber hierzusein. Der Korken war alt, ließ sich aber in einem Stück herausziehen, und der Wein war so gut, wie mein Vater verheißen hatte. »Warum macht man in Europa um den Korken so ein Theater?« fragte Dita. »Ich weiß es eigentlich nicht. Nur ein Ritual«, sagte ich.

Dita legte aufs Kochen genausowenig Wert wie auf die Haushaltsführung. Sie gehörte zu jenen intellektuellen Frauen, die selten gut essen. Alleinlebende Frauen verlieren alles Gefühl für die Küche. Doch ihr Pilaf war schmackhaft. »Sie sind spät dran«, sagte sie. »Ich habe das Pilaf aus dem Backofen genommen, weil es anfing anzubrennen. Ich wollte eigentlich Lamm dafür haben, aber sie hatten nur Hammel. Probieren Sie mal, und sagen Sie mir, was noch fehlt.«

351

Es fehlte nichts. Das Gericht war genau so, wie ich es mag, ein zufälliger Erfolg, fast angebrannt und deshalb mit Kruste überzogen.

»Und dieser Chambertin ist ein Geschenk von meinem Dad. Es war ein Lieblingswein des großen Kojève.«

Dita war sehr erfreut. »Wie schön, Sie heute abend ganz für mich allein zu haben.«

Durch mich genoß sie in dieser eindrucksvollen, aber barbarischen Metropole eine Verbindung zu Europa, zu den Parisern und der Kultur Rußlands. Sie sah heute abend attraktiv aus, trug einen Turban. (Ich hatte den Verdacht, daß sie sich nicht gern die Haare wusch. Sie benützte ihre Rekonvaleszenz als Entschuldigung. Das Shampoo brenne auf ihrem noch empfindlichen Gesicht.) Sie war eine Frau mit einer üppig entwickelten Figur, hatte Lippen maurischen Typs und eine Nase, die vielleicht voller war, als sich mit meinen persönlichen Kriterien für Nasen vertrug, und ein derbes Gesicht, das aber in seiner Derbheit nichts Maskulines hatte. Mit Ausnahme einiger geringfügiger Defekte sah sie wahnsinnig gut aus. Ihre Haut war fast verheilt – eine Eislauffläche voller Schlittschuhscharten war meine Metapher dafür. Die Scharten würden bald verschwinden. Als sie das Essen serviert und sich gesetzt hatte, schaute sie mich über den Tisch hinweg mit einem fraulichen Strahlen in den Augen an, das mir unmißverständlich mitteilte, mit welcher Zufriedenheit es sie erfüllte, ihren Lehrer zu bewirten.

Der Lehrer seinerseits dachte daran, wie sein Onkel jetzt wohl den Electronic Tower beschwor, das Penthouse zu rammen und seinem Leben ein Ende zu setzen.

Dita sagte gerade: »Dieser herrliche Wein wäre an mich verschwendet. In meiner Familie wurde ›Kesselflicker‹ getrunken – Whiskey mit einem Schuß Bier. Ich werde beim Wild Turkey bleiben. Sie sind derjenige mit dem feinen Gaumen, trinken Sie den Wein.« Ich machte keine Einwände; statt dessen ging mir durch den Kopf, daß ich möglicherweise, wenn ich diesen Kojève-Wein trank, der Versuchung erliegen könnte, wie Kojève zu reden und über den posthistorischen Menschen zu schwatzen.

»Sagen Sie«, sagte Dita, »wie geht es eigentlich Ihrem Onkel? Für mich ist er ein glücklicher Mann. Nein, nicht, weil er der Ehemann dieser Liegestuhl-Kaiserin geworden ist, sondern weil Sie ihn lieben. Sie sind den ganzen weiten Weg von Europa hierhergekommen, um in seiner Nähe zu leben.«

»Er war es wert. Ich bin immer noch der Meinung, daß ich das Richtige getan habe.«

»Sie sind dieser Treckie nicht nach Seattle gefolgt. Sie haben Sie nicht angefleht, nicht wegzuziehen. Sie sind bei Ihrem Onkel geblieben.«

»Glauben Sie denn, das Flehen hätte etwas geholfen? Ich habe gerast, ich habe gebettelt. Ich hätte mich vor den Zubringerbus zum Flughafen geworfen, aber sprachlich gesehen gehört sie dem New Age an, und in diesem Jargon gibt es für bestimmte Dinge keine Worte.«

»Ich kann mir überhaupt nicht vorstellen, daß Sie sich vor einen Bus werfen könnten. Sie können sich vielleicht vorstellen, unter den Rädern zu liegen; das wäre aber auch das Äußerste. Egal wie sehr Sie sich auch bemühen, Sie konnten einfach nicht genug tun, um ihr zu gefallen. Sie braucht Gegrapsche und Getatsche und Brutalität. Sie wird niemals die Motive eines Menschen wie Sie verstehen, noch sich überhaupt darum bemühen.«

Dies war ein schmerzliches Thema, doch rief es bei mir nicht nur melancholische Gefühle hervor. Ich jagte mit der Gabel hinter den letzten Reiskörnern her. Zwei Drittel des sensationellen Weins waren getrunken. Mir war das ja nicht neu, ich kannte Treckie ja, und obwohl Dita voreingenommen war, war ihre Meinung nicht unfair und auch nicht unerwünscht. Treckie, dieses blasse Eingeborenenmädchen, war eine Primitivistin, sie brauchte auch primitive sexuelle Begegnungen. In zehn oder zwanzig Jahren würde sich ihr Geschmack möglicherweise ändern. Ich könnte, falls ich Lust hätte, zwanzig oder dreißig Jahre auf der Lauer liegen und auf diesen Umschwung warten.

Dita trug ein kakaobraunes Rippensamtkostüm, bis zum Hals hochgeknöpft, die Ärmel an den Handgelenken gekräuselt, nicht sehr geeignet für die Küche. Die Art, wie sie mit Geschirr und Besteck umging, war damenhaft, und sie hielt die Gabel mit der Zierlichkeit der Arbeiterklasse, öffnete jedoch den Mund weit für jeden Bissen. Sie war eine großartige, kräftige, gutaussehende Frau, die Angst hatte, nicht genügend Kinderstube oder Feinsinnigkeit zu besitzen. Man hörte diese Besorgnis auch am Tonfall ihrer Sätze und dem künstlichen anglo-irisch ansteigenden Schlenker am Ende. All das war aber vergessen, wenn sie lachte. Wenn sie lachte, sah man ihre Zunge und die Plomben in den hintersten Backenzähnen. Ihre Gesichtsfarbe war nicht allzu schlecht, das wenigstens hatte der Sado-Dermatologe geschafft. Ihr schwarzes Haar, das bis auf den Haaransatz vollständig von dem Turban verdeckt war, stand hoch wie Springfedern. Bei alledem verströmte sie verheißungsvoll weibliche Wärme – eine intelligente, aufmerksame Wärme, Mitgefühl für den Mann und wahren Takt im Umgang mit ihm. Ich würde das als *grundlegend* bezeichnen, als wesentlichen Zug.

»Und Ihr Onkel und seine Braut fahren jetzt nach Brasilien?«

»In einigen Tagen, ja. Er wird im Mai oder Juni zurück sein. Wieder so eine lange Abwesenheit. Ich hatte gehofft, er würde nach seiner Heirat nicht mehr so viel reisen.«

»Sehen Sie ihn denn jetzt vor seiner Abreise noch häufig?«

»Soviel wie möglich. Morgen früh haben wir eine Verabredung in der Stadt. Ich habe einen Großonkel in der Politik –«

»Vilitzer. Aber das weiß ich doch.«

»Onkel Benn muß vor seiner Abreise noch mit ihm reden.

Vilitzer sitzt in der Kommission für Strafaussetzung zur Bewährung, und die Kommission tagt morgen.«

»Oh, bestimmt wegen dem Fall Cusper. Darüber brauchen Sie mir nichts zu erzählen«, sagte Dita. »Da ich ans Haus gefesselt bin, lese ich jedes Stückchen bedrucktes Papier. Im Fernsehen kam auch was. Da gehen Sie hin?«

»Man hat uns Presseausweise besorgt.«

»Gottallmächtiger, die werden teuer gehandelt. Das ist die größte Show in der Stadt. Der Gouverneur leitet die Sitzung persönlich.«

»Matildas Vater hat massenhaft Einfluß. Er hat die Ausweise organisiert.«

»Ich kann mir keine zwei Menschen vorstellen, die weniger zu so einem Ereignis passen. Das paßt doch nicht zur Linie Ihres Onkels.«

»Zu meiner auch nicht?«

»Zumindest sind Sie kein Hockey- oder Football-Fan, und Sie gucken auch nicht die Rennen in Indianapolis oder die Sexstunde von Dr. Ruth Wie-heißt-sie-doch-gleich im Fernsehen. Sie erzählt Frauen, die Probleme mit der Liebe haben, sie sollen zum Kaufmann gehen und sich eine schöne feste Gurke kaufen. Sie sehen sich doch nicht mal Johnny Carson an, um rauszufinden, was Ihre Mitmenschen denken.«

»Ich glaube aber nicht, daß ich so jenseits von alledem bin wie mein Onkel.«

»Sie gehören aber nicht zum Stammpublikum. Sie und Ihr Onkel sind völlig voneinander absorbiert. Wenn ich gerade über Skrjabin und Kandinski arbeite, dann rauscht so was alles auch an mir vorüber. Wissen Sie denn überhaupt, worum es im Fall Cusper geht? Natürlich nicht. Ich werd's Ihnen sagen. Ein junger Mann namens Sickle sitzt im Staatsgefängnis eine Strafe wegen Vergewaltigung ab. Der Name des Opfers ist Danae Cusper. Ihre Aussage hat ihn hinter Schloß und Riegel gebracht. Aber sie wurde wiedergeboren und erfuhr eine religiöse Erweckung. Jetzt behauptet sie, er habe sie keineswegs vergewaltigt, sie habe das erfunden. Ihr geistlicher Berater dränge sie, sie müsse die Wahrheit sagen. Das verlange ihr Gewissen.«

»Und wie lange sitzt er schon?«

»Sechs oder sieben Jahre. Es ist solch ein Theater um die Unschuld des jungen Mannes gemacht worden, daß man ihn gegen Kaution freigelassen hat. Gouverneur Stewart hat persönlich die Beratungen der Kommission in die Hand genommen. Das Strafregister des jungen Sickle ist veröffentlicht worden. Für dieses Stück Papier muß irgend jemand bei der Polizei ein hübsches Sümmchen bekommen haben, und es ist ein beachtliches Dokument. Einzelheiten wie: ›Strafbare Gebrauchsanmaßung eines Kraftfahrzeugs‹, ›Warendiebstahl‹, ›Einstellung des Strafverfahrens gegen Bußgeld‹. Dann die große Sache: ›Schwere Entführung und Vergewaltigung. Opfer gewaltsam von drei männlichen Personen entführt und auf Autorücksitz vergewaltigt.‹« Dita hatte die Zeitung vom Fußboden aufgehoben und las mir vor: »Unterhosen des Verdächtigen konfisziert und auf lose Schamhaare untersucht. Lose Haare aus dem Genitalbereich des Opfers für vergleichende Analysen durch Experten entnommen.«

»Dann wird das also eine Sex-Show«, sagte ich.

»Warum glauben Sie denn, kommt die Sache im Fernsehen so groß heraus? Im ersten Prozeß hat Danae Cusper glaubwürdige Zeugenaussagen gemacht. Jetzt sagt sie, sie hätte gelogen, weil sie mit einem anderen Typen sexuelle Beziehungen gehabt und geglaubt hätte, schwanger zu sein, und sich vor ihren strengen Eltern gefürchtet hätte. Jetzt kann sie keinen Frieden finden, bis sie vor Gott Buße getan hat. Sie bittet das arme Opfer um Vergebung. Sie begegnen sich vor den Kameras und schütteln sich die Hände. Sie ist ein ganz anderer Mensch, mit einem Typen namens Bold verheiratet, eine

Matrone und Mutter von Kindern. Ihre aufrichtigen Gebete um Gerechtigkeit haben viele Fernsehzuschauer gerührt. Sie macht den Eindruck einer Frau mit einwandfreiem Lebenswandel. Die Filmrechte an ihrer wahren Geschichte sind von ihrem Anwalt für eine nicht genannte Summe verkauft worden.«

»Und da gehen wir also hin.«

»Ja, und ich frage mich, was Ihr Onkel damit wohl anfangen wird.«

»Der? Ach, seinerzeit hat er so manche reichlich unanständige Show gesehen. Eigentlich war es ja seine Absicht, von dieser beunruhigenden gestörten Sexualität loszukommen.«

»Und deshalb hat er Miss Layamon geheiratet. Sie ist eine Freundin von Marguerite Duras, habe ich gehört.«

»Meine Mutter hat sie miteinander bekannt gemacht.«

»Ich habe den Roman dieser Frau über die französische Lolita in Saigon gelesen, die es so wild mit einem Chinesen trieb. Hat sie nicht auch über Hiroshima und Sex geschrieben? Und die Französische Resistance und Sex? Irgendwann war da eine Affäre mit einem französischen Kollaborateur. Es war mehr oder weniger eine Pflichterfüllung dem Vaterland gegenüber. Ist das nun nicht reizend? Ich frage mich, was Ihren Onkel auf die Idee brachte, mit der amerikanischen Busenfreundin dieser Lady einen ruhigen Hafen anlaufen zu können!«

»Ich denke, sie hat inzwischen mit solchen literarischen existentialistisch-politischen Geilheiten abgeschlossen«, sagte ich.

»Wenn die Jungvermählten von Brasilien zurückkehren, werden sie ins Roanoke ziehen. Ich war schon in diesem Gebäude. Ich habe auch Franz Josefs königliche Residenz besichtigt, als ich in Wien war, und ich nehme an, der Kreml sieht so ähnlich aus.«

»Ach, der Kreml! Nachdem diese Fanny auf ihn geschossen

hatte, winselte Lenin um seinen Tod, weil er seine Schließmuskeln nicht mehr kontrollieren konnte und sich gedemütigt fühlte.«

Dita machte mit offenem Mund eine anmutige Pause, bevor sie fragte: »Was hat das miteinander zu tun?«

Auf mancherlei Weise stimuliert, durch den Gevrey-Chambertin, die Labsal des Abendessen, durch die Wärme und Farbigkeit des Zimmers, war ich Assoziationen gegenüber ungewöhnlich – nämlich emotional – aufgeschlossen. Es war ästhetisch berauschend, sich auf alle einzulassen. Überdies war es typisch für mich – das war ich: Es erregte mich, so zu sein, die phantastischen, die bizarren Fakten der zeitgenössischen Realität voll zu erleben, ohne mich besonders darum zu bemühen, ihnen meine kognitiven Erkenntnisse aufzuzwingen. Ich war gar nicht besonders darauf erpicht, Sinnvolles von mir zu geben; ich hatte lediglich Lust, dem berauschenden Fluß dieser Fakten zu folgen.

»Und wie wird es Ihrem Onkel im Roanoke gefallen?« sagte sie.

»Ungefähr so gut wie einem Ei im Kühlschrank. Es hält sich, schmeckt aber nicht mehr.«

»Und was hat er beruflich vor?«

»Morphologisches Ich-weiß-nicht-was von arktischen Flechten. Ich habe nie Botanik studiert. Ich weiß nur, daß Flechten sowohl Algen als auch Pilze sind. Bei minus zwanzig Grad gefrieren sie. Sobald die Sonne scheint, werden sie wieder munter, Jahrtausend um Jahrtausend. Sie erinnern mich an die kleinen Gletscher im Busen der zivilisierten Menschen. Jermelow, mein erster Russischlehrer und mein Guru, mag ein armer alter Kauz gewesen sein. Diese Vorstellung vom Eis hat er mir vermacht. Viele russische Exilanten haben im Westen den Verstand verloren. Es gab in Saint-Germain-des-Près Läden, die mit Madame Blawatski, Uspenski, Hermes Trismegistus und der Kabbala ein Riesengeschäft machten. Die Russen sind darin ganz groß. Mein Großvater Crader redete auch vom jüdischen Mystizismus – dem Baum der Erkenntnis und dem Baum des Lebens. (Dieser Baum des Lebens ist tausend Fuß unter dem Electronic Tower begraben.) Mein Onkel bestreitet den Einfluß des Baumes, aber er war vermutlich davon beeinflußt. Ich finde, er arbeitet wie ein kontemplativer Mensch, konzentriert sich ohne Anstrengung und so natürlich, wie er atmet, keine Schwankungen des Begehrens oder der Erinnerung: wie stille Wasser, würde Jermelow sagen, und tief – sie sind so tief. So geht er mit Pflanzen um. Aber der Mensch muß schließlich auch den anderen Teil des Lebens berücksichtigen, und man sollte ihn klug berücksichtigen, sonst wird man es bereuen.«

»Er ist in der Lage, die Bedürfnisse der Wissenschaft zu erfüllen, aber nicht die von Frauen?« fragte Dita.

»Es so auszudrücken wäre nicht fair. Auch die Frauen fühlen sich zu ihm hingezogen. Er ist elektrisch geladen, und das spüren sie. Übrigens sollen Flechten aus der Luft Nährstoffe aufnehmen können, wenn es sein muß – so wie die mythischen luftessenden Wesen. Juden sind gelegentlich versucht, sich für solche Wesen zu halten – wenn sie sich entsprechend schwierige Aufgaben vornehmen. In der alten Welt haben sie es nicht ganz geschafft. Mir ist bewußt, daß nur noch siebzig oder achtzig Juden in Venedig übrig sind und fast keine in Saloniki und den anderen griechischen Kommunen, wo unter den Ottomanen mystische Studien getrieben wurden. All das ist vorbei.«

»Das klingt, als glaubten Sie, Ihrem Onkel wäre es besser bekommen, wenn die Erotik draußen geblieben wäre.«

»Ich hoffe, er wird mir nach und nach noch erzählen, wie es damit stand. Das Komische an ihm ist, daß er tatsächlich erzählen kann, was eigentlich los ist, wenn er sich einmal dazu entschlossen hat, sich die Mühe zu machen. In seinem Kopf ist alles präsent. Ich kann das nicht.«

»Sie versuchen wohl gerade, mir zu erklären, was das Anziehende an ihm ist.«

»Das kann ich sehr wohl. Mein Onkel ist ein unverfälschter Mensch. Weicht nie von seinem ureigenen Wesen ab, seiner vorgegebenen Natur. Vielleicht versucht er einmal, drum herumzukommen, vielleicht druckst er eine Weile, aber am Ende gesteht er doch alles. Er steht vor dem Richterstuhl und erzählt alles. Das bewundere ich. Ich bin aber auch davon schockiert, und manchmal erscheint es mir sogar richtig töricht. Wenn man aus einem Stück ist und für ein Hindernis gehalten wird, dann wird man eben an der Wurzel umgehauen.«

»Sie mögen diese schöne Matilda nicht, stimmt's?«

»Warum sollte ein Mann sich keine schöne Frau wünschen? Wenn er schon alle anderen aufgeben muß, kann er ebensogut eine Schönheit nehmen. Nur ist eben die Gegenwart zufällig ein beispielloser weltweiter Höhepunkt, ein genialer Gipfel der äußeren Perfektion und des Hochglanzes. Schauen Sie sich doch die von den Pomologen geschaffenen Äpfel Marke Delicius aus dem Staat Washington oder einen Bugatti Sportwagen von italienischen Ingenieuren an. Noch nie ist herzlose Schönheit so wunderbar gewesen. Doch bei Männern und Frauen wird noch menschliche Wärme in die Erfindung hineingegossen. Wenn in den Augen und auf den Wangen einer Frau Lichter und Hitze spielen, kann man nie mit Bestimmtheit sagen, ob sie echt sind. Sehnt sich diese Schönheit nach Liebe, nach einem Ehemann, oder sucht sie nur einen Strohmann, einen, der ihre Schönheitsoperationen deckt?«

»In Wirklichkeit glauben Sie gar nicht, daß es nur eine Falle ist.«

»Natürlich glaube ich das nicht, aber es gibt zu viele Variablen im menschlichen Verhalten, die man mit berücksichtigen muß. Beispielsweise hat mein Onkel vielleicht sehr gut gewußt, daß er getäuscht werden würde, und er will die Täuschung genauso wie sie, weil sie ihn erregt. Sonst verdirbt er sich am Ende die Schönheit, weil er lächerlich kleine Defekte übertreibt. Er wird wahnwitzig pingelig und krittelt an der Geliebten herum. Er ist auf ihre Knöchel oder die Form ihrer Ohren fixiert. Oder vielleicht hat sie irgendwo ein winziges Muttermal, wie die ansonsten makellose Schönheit in der Geschichte von Hawthorne. Aylmer, der wahnsinnige Wissenschaftler, tötet sie, als er das Muttermal entfernt. Sie wissen ja, was in den alten Büchern steht – Dionysos und Hades sind ein und derselbe, der Gott des Lebens und der Gott des Todes sind ein und derselbe Gott, und das bedeutet, daß das Leben für die Spezies den Tod des Individuums erforderlich macht.«

»Ja, gewiß, das kam alles in dem Kurs über Solowjow vor, den ich bei Ihnen gemacht habe.«

Ich war nicht nur ihr Lehrer, sondern sie hatte auch an meinem Russisch-Seminar 451 über »Die Bedeutung der Liebe« teilgenommen. Kein Wunder, daß sie ihr Gesicht der Strafe durch diesen teuflischen Dermatologen und seine Hochfrequenz-Schmirgelscheiben unterzogen hatte. Nach meinem Seminar nicht mehr die gleiche. Ein weiterer dunkler Punkt auf meinem Gewissen.

»Dita, ich kann Ihnen gar nicht sagen, wie viel ich durch diese Layamon-Geschichte gelernt habe. Als Dr. Layamon zum Beispiel mit meinem Onkel über Impotenz sprach (und warum er das wohl tat!), sagte er, ein Mann brauche sich keine Gedanken darüber zu machen, wie er eine Frau befriedigen könne, solange er einen großen Zeh, einen Daumen, ein Knie, einen Armstumpf, eine Nase habe. Die Damen seien heutzutage sehr entgegenkommend, sie hätten gelernt, daß nun einmal der Geist zähle, und wenn ihnen etwas an einem Mann liege, dann mache das alles nicht viel aus. Andererseits hat Vilitzers Sohn Fishl mir erzählt, daß sich viele

Frauen in ihrer Phantasie den idealen Mann zusammensetzen. Kein Mensch besitzt alles, wovon sie träumen, also setzen sie Teile und Elemente von hier und dort zusammen – einen langen Schwanz, eine sprühende Persönlichkeit, Millionen von Dollars, einen kühnen genialen Geist wie den Malraux', die maskuline Anziehungskraft von Clark Gable in *Vom Winde verweht,* die Manieren eines französischen Aristokraten, den Grips eines Superhirns der Quantenphysik.«

Dita lachte hemmungslos und sagte dann: »Tun Sie mir das nicht an. Mein Gesicht tut noch so weh, daß ich den Mund nicht weit aufmachen kann.«

»Stellen Sie sich selbst Ihren synthetischen Mann zusammen.«

»Der sich von dem unverfälschten Menschen unterscheidet, der, wie Sie sagen, Ihr Onkel ist.«

»Die meisten sind künstlich hergestellt, gewöhnlich von sich selbst.«

»Man setzt also je nach Geschmack zusammen.«

»Man kann auch auseinandernehmen, in Stücke teilen, wie Fetischisten das tun. Sie wollen keine volle Mahlzeit Mensch, sondern nur eine Haarlocke oder den Schuh einer Frau oder ihre Schürze. Den Rest brauchen sie nicht. Lassen sie in die Küche zurückgehen.«

»Und wer macht so etwas?« fragte Dita. »Wie kommen Sie jetzt darauf?«

Ich warf ihr einen langen stummen Blick zu – ich würde Onkels Geheimnis (jene Schultern!) nicht verraten, nur um ihre Neugier zu befriedigen oder um mich auf seine Kosten interessant zu machen. Sie blickte mich ebenso unverwandt an und sagte schließlich: »Ich glaube, Ihre Augen sitzen höher im Kopf und liegen weiter auseinander, als die meisten Leute normal finden würden.«

»Um auf das zurückzukommen, was ich vorhin sagte, es gibt

immer eine Verschiebung in den Beziehungen zwischen Männern und Frauen, irgendeine verklärende Trunkenheit, wie M. Kojève sagen würde – ein *enivrement*. Die Spiegel der Circe, ihr glitzernder Zauber. Adieu Wirklichkeit, heißt es, wenn die Liebe beginnt. Kojève pflegte solche Dinge zu sagen, wenn er fast am Grund der Flasche angekommen war... Mir wär's nicht angenehm, wenn er hörte, wie ich ihn wiedergebe; ich selbst bin ja kein Philosoph, und ich weiß nicht, ob ich ihn richtig verstanden habe. Aber meine Schwäche für den großen Überblick führe ich noch immer auf seinen Einfluß zurück.«

»Nur zu!« ermutigte mich Dita.

»Wenn ich auf dem Weg zur Rue du Dragon und meinem russischen Konversationsunterricht war, fühlte ich mich, obwohl nur ein Kind, wie eine kosmische Krume, die durch die Straßen der einstigen Hauptstadt der Welt trieb. Die Deutschen waren schon verjagt, bevor ich geboren wurde. Von den Straßenkämpfen sind einige Gebäude bis auf den heutigen Tag gezeichnet, mit Pockennarben versehen, von Menschen, die keine Ahnung hatten, was Zielen heißt. In den fünfziger Jahren herrschte in Paris noch immer eine Art chinesische Unordnung, aber wir hatten es in der Rue Bonaparte recht gemütlich, und meine Mutter kochte vorzüglich. Ich durfte zum Dessert dazukommen und zuhören, wie Kojève über das Ende der Geschichte sprach und darüber, wie der Mensch jetzt dazu befreit sei, *glücklich* zu sein – möglicherweise. Der Mensch konnte, wenn er wollte, mit der Kunst und mit der Liebe spielen. Er brauchte das Gegebene nicht mehr zu negieren. Er war von dem historischen Kampf, das privilegierteste aller Tiere zu werden, befreit. Kojève redete vom Überfluß und der Sicherheit der posthistorischen Epoche, und er sagte, die modernen Ziele – Aufklärung, Wissenschaft, Demokratie – wären hauptsächlich in den USA zum Ausdruck gekommen und hätten dort auch ihren größten Erfolg gehabt. Amerika habe das alles ohne die Diktatur des Proletariats geschafft. China und Rußland seien dagegen zurückgeblieben. Man kann ja nicht erwarten, daß ein kleiner Junge das alles versteht, aber ich war davon beeindruckt, und mir war absolut klar, daß ich in die USA würde gehen müssen, dorthin, wo alles Wichtige lief. Rußland war eine unterentwickelte USA, es war die Feldmaus des Materialismus. Die Amerikaner sind Angehörige einer faktisch klassenlosen Gesellschaft, sie eignen sich an, was immer attraktiv für sie ist, ohne sich zu überarbeiten. Geld, Güter, Sport, Spielsachen und sexuelle Bonbons sind ihr Lohn.«

»Womit wir wieder beim Sex wären«, sagte Dita.

»Nicht ganz«, sagte ich. Es war das Martyrium des Begehrens, das ich, ohne Kojève zu erwähnen, meiner Mutter zu beschreiben versucht hatte. Nur hätte Kojève es nicht als unser Martyrium gesehen, sondern als Dekadenz.

In diesem Augenblick erschien es mir notwendig, mich vom Tisch zu erheben und nach meinem Mantel zu greifen. Ich hätte am folgenden Tag viel vor und eine frühe Verabredung mit meinem Onkel zum Frühstück, erklärte ich, und ich hätte eine Menge getrunken. Dita versuchte nicht, mich zum Bleiben zu überreden; sie mochte mich zu gern, um Schwierigkeiten zu machen. Sie erlaubte sich nur eine Bemerkung, und die war: »Mit einer Frau, die es nicht genießen würde, Sie reden zu hören – einer Frau, die nicht begreifen könnte, was Sie da reden und worum es Ihnen eigentlich geht, würden Sie Ihre Zeit verschwenden. Ich sehe, daß ich meine Meinung über Ihre Bindung an Ihren Onkel noch mal überdenken muß. Ich hatte das nicht ganz begriffen.«

»Adieu«, sagte ich.

In der Nacht kam ein außerordentlicher Anruf von Onkel Benn. Das Leuchtzifferblatt zeigte zehn Minuten nach zwei.

»Was ist denn los, um Gottes willen?«

Er hatte doch wohl keine Verbrechen begangen? Mein erster Gedanke.

»Ich mußte mit dir sprechen, Kenneth, damit ich mich wieder in den Griff bekomme.«

»Bist du im Penthouse?«

»Ich habe mich angezogen und bin nach unten in die Waschküche gegangen. Da ist ein Münztelefon.«

»Gib mir die Nummer, und ich ruf dich zurück, sonst werden wir irgendwann unterbrochen.«

»Neun sechs zwei acht vier null fünf.«

Als wir wieder verbunden waren, sagte er, er habe jetzt das Licht in der Waschküche ausgemacht, damit der Nachtwächter ihn nicht sähe.

»Und du konntest nicht von der Wohnung aus anrufen?«

»Ich wollte nicht riskieren, daß man mich hört.«

»Was ist denn los?«

»Wir hatten gestern abend eine Besprechung wegen Vilitzer. Ich kann das jetzt nicht alles erzählen —«

»Das Entscheidende ist, was Matilda sagt.«

»Sie sagt, Vilitzer *muß* zahlen. Wir nehmen *ihm* doch nichts weg, er wird ja nicht einmal lang genug leben, um viel von diesen korrupten Millionen ausgeben zu können, es geht also nur um die Erbmasse — meine Cousins. *Ich* verstehe ohnehin nicht, wofür man dieses Geld überhaupt ausgeben kann — was gibt es denn schon so Großartiges zu kaufen? Wenn ich in einem Hotel übernachte, frage ich mich, wer wohl was in diesem Bettzeug und in diesen gräßlichen Decken getrieben hat. Die Decken riechen immer. Ich kann verstehen, warum Madame Chiang, Evita Perón oder Imelda Marcos ihr persönliches Bettzeug haben mußten — seidene Bezüge. Aber rechtfertigt das eine Diktatur?«

»Deine Frau sollte dich nicht so drängen. Vilitzer hat euch zwar übers Ohr gehauen, aber das Geld, das er rausrückt – wenn er überhaupt etwas rausrückt –, wird jedenfalls nicht *dir* zur Verfügung stehen.«

»Mir ist klar, daß der Doktor schon seine Absprachen mit diesem Ochsengesicht Amador Chetnik getroffen hat. Der Richter steht mit einem Bein im Knast, und er lechzt nach irgendeinem Handel, der seine Strafe verkürzt und ihn mit Bargeld für einen neuen Lebensstart versorgt, wenn er wieder rauskommt.«

»Ja, das habe ich bereits kapiert. Brauchst du nicht zu wiederholen. Hast du dich mit ihnen gestritten?«

»Ich möchte nicht, daß Onkel Harold durch *mich* zu Schaden kommt.«

»Das hat Fishl auch gesagt. Onkel Harolds Gesundheitszustand. Es steht schlecht um sein Herz.«

»Harold hat mich bei dem Handel um den Electronic Tower respektlos behandelt.«

»Das bedeutet noch nicht, daß du dich bei ihm mit einer Herzattacke revanchieren mußt. In einem unserer Gespräche, Onkel, hat einer von uns gesagt, daß dir dieses große Geld eine optimale Gelegenheit für Selbstvorwürfe bietet. Und doch spüre ich irgendwie, daß du das Geld willst. *Du* möchtest es gern, aus irgendeinem Grund!«

Er rief: »Das stimmt einfach nicht.«

»Vielleicht nicht allein um des Geldes willen. Ich weiß nicht. Schopenhauer hat gesagt, daß Geld abstraktes Glück sei. Könnte auch Hegel gewesen sein.«

»Um Gottes heiliger Liebe willen, Kenneth! Jetzt nicht! Ich bin stets mit meinem Gehalt zufrieden gewesen. Ich habe nicht einen Penny von Lenas Versicherung angerührt. Ein Teil davon ist in Homestake Mining angelegt, den einzigen Aktien, die ich besitze. Ihr persönliches Sparguthaben liegt noch auf der Bank.«

»Jetzt nimm einmal an, du hättest Geld. Die Layamons würden dich noch besser in den Griff kriegen. Es würde Matilda mehr Macht geben. Man kann nicht viel Einfluß auf einen Mann ausüben, der nichts hat. Womit soll man ihm drohen, wenn es nichts gibt, was man ihm wegnehmen kann? Ich habe den Eindruck, Onkel, wenn du das Geld wirklich willst, dann in erster Linie deshalb, weil du Unabhängigkeit suchst. Aber durch Geld bekommt man nicht die Stärke, die man braucht, um mit diesen Layamons umzugehen. Also bist du ohne Geld viel besser dran.«

»Ich konnte nicht schlafen. Ich bin heute nacht zu aufgewühlt. Ich bin aufgestanden ...«

»Macht es dich manchmal kribbelig, neben ihr zu liegen?«

»Ach, ich kann es ja ruhig zugeben ... Diese Zimmer sind auch noch überheizt, und ich schwitze unter dem Daunenbett. Brauchen Frauen nachts mehr Zudecken als Männer? Ich hatte Mühe, Luft zu bekommen.«

»In den Berkshires hattest du nach dem Film Angst, mit ihr zurück in den Wald zu gehen. Das meine ich mit kribbelig.«

»Ach, *das*. Das kommt und geht. Ich lerne langsam, damit umzugehen. Ich bin sicher, ich werde es noch hinkriegen. Ich werde über diese impulsiven Phantasien wegkommen. Ich werde mich doch nicht von so einem Wahnsinn beherrschen lassen.«

»Dann hast du Angstzustände, weil du Onkel Vilitzer zur Rede stellen sollst.«

»Glaub mir, ich habe keine Angst vor Onkel Vilitzer. Und ich habe vor, es ihm ganz schonend beizubringen.«

»Daß du gegen ihn prozessieren willst? Daß Amador Chetnik gestehen wird, daß der Prozeß ein abgekartetes Spiel war? Erpressung auf die nette Tour?«

»Ich habe nicht vor, die Sache außer Kontrolle geraten zu lassen. Hör mal Kenneth, heute abend lief ein Film, der mich vor dem Schlafengehen ganz aus dem Gleichgewicht gebracht hat. Ich *muß* dir davon erzählen. Diese Filme sind so verlogen, aber trotzdem bekomme ich Herzklopfen dabei. Es war ein deutscher Thriller. Der Held war ein netter rundlicher Deutscher mit einem dicken Schnurrbart. Er läßt sich untersuchen, weil man eine tödliche Krankheit vermutet. Der Mann hat die Krankheit nicht. Ein französischer Ganove kommt jedoch mit gefälschten Untersuchungsergebnissen der Klinik zu ihm und sagt: ›Du muß ja sowieso sterben, und du hast nichts, was du deiner Frau und deinem kleinen Jungen hinterlassen kannst. Ich möchte, daß du einen Mann umbringst. Da steckt 'ne Masse Kohle für dich drin. Ich sorg für den Transport, das Hotel, die Waffe und den Plan. Du brauchst ihm nur noch in der Metro aufzulauern.‹ Der nette Deutsche fährt also nach Paris und bringt dort einen Fremden um. Dann wird er losgeschickt, um im D-Zug nach München einen anderen umzubringen. An der Stelle konnte ich überhaupt nicht folgen. Er soll sein Opfer auf der Toilette erwürgen, es mit einem Seil erdrosseln. Ein amerikanischer Freund taucht auf, um ihm zu helfen. Völlig ohne Grund und Motiv. Wer ist der Amerikaner? Ein Höhepunkt ist, als der nette Deutsche mit der Leiche in der Toilette in der Falle sitzt und der Schaffner wegen der Fahrkarte klopft. Der Deutsche findet seine Fahrkarte nicht. Die Leiche dagegen hat eine, also schiebt er die unter der Tür durch. Es gibt keinerlei Motiv für das alles, nicht einmal so eins, wie man es manchmal im Traum hat. Nichts ergibt einen Sinn, außer daß dein Herz rast und du eine Art prickelnde Hitze unter den Armen kriegst und vielleicht sogar zwischen den Zehen. Was soll das denn? Es ist keine Katharsis, das steht schon mal fest. Es ist lediglich ein inneres Adrenalinbad. Wenn die Personen etwas zu erklären versuchen würden, könnte man ihre Erklärungen ohnehin wegen der Sound-Effekte nicht hören – Lokomotiven, Autobahngeräusche, Flugzeuglärm, schweres Atmen, Sirenen und Schüsse, und sogar der kleine Junge hat Spielzeug, das knattert, wenn die Erwachsenen etwas aushecken. Alles Verhalten ist ohne Logik, es gibt keinen Zusammenhang. Die Leute, die umgebracht, weggeblasen werden, scheinen den Tod zu verdienen. Sie gehören zur Unterwelt, also was soll's. Ein Typ, in Verbände eingewickelt wie Claude Rains im Film *Der unsichtbare Mann*, kommt in einem Krankenwagen um, auf den ein Bombenanschlag verübt wird. Es gibt eine Explosion, und es brennt. Auch der muß einer von den Bösen gewesen sein, also warum es sich zu Herzen nehmen?«

»Hast du bis zum Ende zugeschaut?«

»Ja, und dann stellte sich heraus, daß der nette Deutsche doch diese tödliche Krankheit hatte. Der Zuschauer wird physiologisch in Mitleidenschaft gezogen, er pumpt noch mehr Adrenalin, aber außer der Physiologie wird nichts angesprochen. Es gibt kein Urteil – nur Respiration, Herzklopfen, Blutdruck; kribbelnde Hitze, wenn man empfindsamer ist. Und das ist alles.«

»Das hat dich aufgerüttelt.«

»Ich wünschte, ich müßte dir nicht erzählen ...«

»Daß du deine Azalee in Jo Layamons Büro ansehen gingst.«

»Natürlich, ich suchte die Verbindung. Wie bei der Balsamfichte, als wir getraut wurden.«

»Vielleicht begann die Trunkenheit über Matildas Schönheit schon an deinem Hochzeitstag abzunehmen. Wenn du zusätzlich Unterstützung aus der Pflanzenwelt brauchtest ... In den Berkshires hattest du schon allmählich den Verdacht, daß ihre Schönheit eine Sinnestäuschung sein könnte. Deinem Urteil nach war sie ein prachtvolles Mädchen, aber dein Instinkt trat dazwischen und sagte dir, tu's nicht. Laß dich nicht darauf ein! Du wurdest gewarnt. Und jetzt bist du von einem bloßen Film schon völlig durcheinander – ein übler Film folgt dem anderen. Du bist dir natürlich darüber im klaren, daß schlechte Kunst einen Menschen kaputtmachen kann.«

»Moment mal, Kenneth – der Nachtwächter leuchtet gerade mit seiner Lampe hier herein ... Okay, er ist fort, ich bin wieder im Dunkeln. Die Birne in dieser Zelle geht an, wenn man die Tür ins Schloß zieht. Es stimmt schon, ich war arg mitgenommen, als ich ins Bett ging. Beim Ausziehen sprach Matilda von Vilitzer, während mir klar wurde, daß die luxuriöse Umgebung beim Schlafen meinem persönlichen Lebensstil fremd ist. Ich hatte Angst, mir den Puls zu fühlen.«

»Was sagte sie denn über Vilitzer?« fragte ich.

»Daß ich mir keine Gedanken über ihn machen soll, weil er immer so gelebt hat. Er wird ja nicht umsonst Heißsporn genannt. Er hat vielen Leuten Dampf unterm Arsch gemacht. Einmal hatte er einem Typ den Kopf in einen Schraubstock gezwängt. Er muß damit rechnen, durch das Schwert zu sterben, da er das Schwert aufgehoben hat. Er sei ein Realist, und ich solle meine Maßstäbe nicht bei Leuten anlegen, die die Millionen anhäufen, weil ihnen Maßstäbe wie die meinen gerade die Lücken und Schlupflöcher böten, die sie brauchten. Die Politik sei eben etwas anderes. Er sei seit fünfzig Jahren in der Politik, und ich solle es den Politikern überlassen, sich mit ihm auseinanderzusetzen. Ich solle auch bedenken, daß ich eine angeheiratete Familie hätte, die schließlich meine Interessen schützen würde.«

Ich sagte: »Ich kann nicht viel für dich tun, wenn du nicht offen mit mir redest, Onkel. Wenn du ins Bett steigst oder ihr zuschaust, wie sie sich fürs Bett fertigmacht, fallen dir dann immer noch die Schultern auf? Ich meine, springen sie dir bedrohlich ins Auge?«

»Nicht immer. Ich lerne es, mit ihnen zu leben. Manchmal reagiere ich allerdings schlecht.«

»Der Körperbau dieser Frau stimmt irgendwie nicht. Jetzt,

nachdem du mich darauf aufmerksam gemacht hast, kann ich deine Vision gar nicht mehr abschütteln.«

»Ach Kenneth, wenn sie in dieser Hinsicht nur ihrer Mutter ähnlich wäre und nicht dem Doktor!«

»Onkel, in gewisser Weise bis du doch ein Künstler, und Künstler sehen nichts so, wie es ist, das entspricht nicht ihrer Natur. Die Art und Weise, wie du Dinge siehst, stellt die unabhängigen Kräfte der Phänomene heraus. Keiner kann von dir erwarten, daß du dagegen angehst oder bewußt einen Unterschied machst. Je größer die Reichweite der Vision, um so schwächer wird deine Kontrolle. Die Art und Weise, wie du Caroline sahst, machte es dir beispielsweise unmöglich, dich gegen sie zu verteidigen.«

Mein Onkel rief: »Warum stehen Matildas Brüste nur so weit auseinander?«

»Stehen sie so weit auseinander?« Er verblüffte mich mit diesem Ausruf.

»Sie ist nicht nur in den Schultern breit, sondern auch vorne herum. Zwischen den Brüsten ist so viel Platz.«

»Was sollte denn der Zwischenraum ausmachen, Onkel? Für manche Männer ist mehr Zwischenraum vielleicht ideal. Meinst du nicht?«

»›Ist vielleicht‹ hat nichts damit zu tun. Es ist wirklich ein entscheidender Unterschied. Ich frage nicht nach einer vernünftigen Interpretation, ich sage dir, wie es ist. Der Abstand zwischen ihnen ist nicht ohne Wirkung auf mich.«

»Du brauchst sie also näher zusammen. Entschuldige Onkel, aber das wußtest du doch schon lange vorher. Falls dein Herz hinter eine Wolke glitt, als dir das klar wurde, warst du damals doch noch nicht verheiratet. Falls es unästhetisch war, falls es abstoßend war – nun, abstoßend ist schon ein sehr starkes Urteil.«

»Schon gut, aber sie war auch sehr schön.«

»Da ist ein Fehler passiert. Du hättest doch noch ein Weilchen warten können. Hattest du es eilig, dich zu ruinieren, oder was?«

»Zu ruinieren? Was willst du damit sagen? Ich habe eine bildschöne Frau geheiratet. Hochgebildet, viel Kultur, alle möglichen Liebreize, großartige Gesellschafterin, eine Frau, die mir Ehre machen wird. Noch ist es möglich, mit all diesen irrationalen Reaktionen fertigzuwerden. Ich werde mich nicht geschlagen geben. Hör mir zu, Kenneth. Ich bin kein kompletter Naivling. Im College habe ich all diese klinischen Bücher über Sex gelesen – Havelock Ellis, Freud, Krafft-Ebbing. Es ist mir nicht neu, daß Männer, die schöne Frauen heiraten, oft in den Verdacht der Homosexualität geraten. Sie rechnen damit, daß solche Frauen männliche Bewunderer anziehen. Aber ich sehe nun mal nicht gern Dr. Layamons Schultern an ihr. Ich will nicht die Aufmerksamkeit von Männern auf mich ziehen. Es war widerlich, sie mit Tony Perkins zu identifizieren. Es war abscheulich für mich! Gewiß, es war mein Kopf, mein eigener Kopf, der das tat. Es war einer jener unerklärlichen Übergriffe zwischen Begehren und Abscheu. Nun gut, Schönheit! Was war das, was da vor mir aufstieg und was ich als ›Schönheit‹ bezeichne? Es lockte mich, mit der Vollkommenheit zu schlafen. Es war nichts Homoerotisches dabei.«

»Du hattest vor, etwas Erhabenes mit ihr zu tun. Aber da gibt es noch eine andere Seite zu betrachten: Was hatte sie mit dir vor?«

»Ich war dieser Vollkommenheit nicht gewachsen. Ich schien ihr sexuell nicht ebenbürtig.«

»Vielleicht war sie nur zum Bewundern gedacht, nicht zur Paarung. Aber jetzt pflückst du sie auseinander, entstellst sie. Ich war heute abend bei Dita Schwarz zum Abendessen eingeladen, und wir sprachen über Fetischismus. Diese unglücklichen Sexkrüppel können sich in den Fuß einer Frau verlieben. Du bist ein negativer Fetischist und ent-liebst dich

von Matildas Schultern. Aber es ist nach wie vor eine Zer-
stückelung oder Zerstörung.«

»Was du sagst, leuchtet mir im Augenblick mehr ein als
sonst. Ich brauche Ideen von dir, Kenneth. Erzähl mir mehr.
Ich hatte schon immer die Fähigkeit, mich zu verlieben. Ich
wußte, daß sie in mir steckte.«

»Du hast Matilda geliebt?«

»Ich sage dir doch, sie hatte das Zeug dazu, eine Herzaller-
liebste zu sein.«

»Willst du mir etwa nach all dem hier erzählen, daß du sie
wirklich geliebt hast?«

»Nicht in jeder Hinsicht, nein. Aber auf gewisse Weise, ja.
Schlag mir mit einem Hammer auf den Kopf, und ich sehe
zehn Matildas. Eine von denen liebe ich leidenschaftlich.«

Ich schob doch tatsächlich das Telefon von mir und fragte
mich, wie so etwas aus dem Hörer kommen konnte. Ich
sagte: »Dies ist eins der aberwitzigsten Gespräche, die ich je
geführt habe.«

»Unterscheidet sich das denn so davon, wie du Treckie
liebst? Liebst du denn die Treckie, die sich einen Blaueflek-
kenmacher nach dem anderen ins Haus holt?«

Mir blieb die Luft weg, und ich hätte am liebsten nicht mehr
weitertelefoniert. Ich war schließlich nicht mit Treckie verheiratet. Oder besser gesagt, sie war nicht mit mir verheiratet, vielleicht weil sie ähnliche Beobachtungen an mir
gemacht hatte wie Benn an Matilda. Manch radikale Blockie-
rung und manches unbekannte Hindernis kann uns den
Appetit verderben.

Wenn wir mitten in der Nacht aufgeweckt werden, dann haben die niedrigeren Regungen in uns die Oberhand. Das bessere Selbst kehrt nur langsam wieder. Oder vielleicht ist es
auch nur Eitelkeit – du wurdest im Schlaf gestört und wirst
morgen schrecklich aussehen, Ringe unter den Augen, ein
faltiges Gesicht, ein stumpfer Blick. Die niederen Ich-Berei-

che sind zügellos narzißtisch. Wenn du je etwas Gemeines sagen wirst, dann sagst du es unter solchen Umständen. Im gegenwärtigen Augenblick sagte ich es stumm vor mich hin, weil ich mich daran erinnerte, daß ich Benn schließlich herzlich gern hatte, daß er sich in einer Krise befand und es unverzeihlich gewesen wäre, jetzt auf ihm herumzuhacken. Falls mir herbe Kommentare kämen, würde ich sie unterdrücken. Ich stellte mir Benn im Roanoke wie ein Ei im Kühlschrank vor und sagte im Geiste zu ihm, daß er sich mit Matilda auf ein Leben bei null Grad einstellen könne. Was hatte er zu erwarten? Zehn Jahre im Kühlschrank! Und warum sollte jemand sich selbst ein Eisschrank-Urteil auferlegen lassen und ein volles Jahrzehnt seines Lebens verschenken? In Rußland wird man von der Regierung nach Sibirien geschickt. Hier schickt man sich selbst in die Verbannung. Da haben wir einen wahren *acte gratuit*. Benn war André Gide um Meilen voraus. Einen Fremden aus dem Schnellzug zu stoßen ist nichts dagegen. Was meinen die prominenten russischen Exilanten eigentlich, wenn sie behaupten, *ihr* Land sei auf der Folterbank? Gibt es da etwa unter den Supermächten eine Rivalität um das Leiden? Oder vielleicht sind wir es, auf dieser Seite, die alles für sich beanspruchen, den höchsten Lebensstandard und auch den höchsten Leidensstandard. Gewisse Russen behaupten: »Wir, auf der Folterbank, *wir* haben Kultur. Ihr nervlosen, schwammigen verwöhnten Dekadenten seid ausgeschlossen.« Genau das versuchte ich meiner Mutter in Somalia zu erklären (ein unvergeßlicher Mißerfolg), die merkwürdigen Martyrien auf *dieser* Seite. Es ist schon richtig, wir wissen uns nicht gut darzustellen, das Äußerste, was wir zustande bringen, ist ein Schmerzenskatalog, aber das kommt daher, daß wir unser einzigartiges Martyrium nicht auf uns nehmen wollen. Doch wäre dies das letzte gewesen, was mein Onkel jetzt von mir hören wollte.

Er sagte noch einmal aus der dunklen Waschküche: »Ich bitte dich um deine Ideen, Kenneth. Naturwissenschaftler sind in den Geisteswissenschaften so schwach. Lena hat mich dazu gebracht, ein paar Bücher zu lesen, aber sie hatte nicht wie du die Chance einer umfassenden Bildung. Gib mir psychologischen Beistand. Empfiehl mir etwas.«

»Ich würde dir nicht raten, dich auf die Psychologie einzulassen, Onkel. Das brauchst du nicht. Die Liebe ist das einzig entscheidende, Onkel. Diese Defekte springen dir so ins Auge, weil die Liebe dich dafür bestraft, daß du sie gegen ihren Willen herbeikommandierst; sie gehört zu jenen Mächten der Seele, die sich nicht zwangsverpflichten lassen. Sie schafft die Schönheit, sie schafft die Stärke; manchmal, für besondere Zwecke, wenn sie wirklich inspiriert ist, bringt sie sogar neue Organe hervor. Ohne sie reduziert das kritische Bewußtsein jedoch einfach alle Ankömmlinge auf ihre Einzelteile, pflückt sie auseinander. Manch anderer Mann würde sich, wenn er im Bett seiner Frau nicht glücklich wäre, wenn ihre Brüste oder Schultern ihm Schmerz bereiteten, trotzdem unverfroren dort behaupten, er würde so tun als ob, er würde heuchlerisch versuchen, sich anzupassen.«

»Ich weiß nicht, Kenneth«, sagte mein Onkel sehr entmutigt, »warum sollte ich gegen meinen Onkel kämpfen, um Millionen von Dollar für eine Frau zu ergattern, deren Brüste so weit auseinander stehen? Es wird mir langsam unerklärlich. Vielleicht kann ich mir in Rio einen guten Psychoanalytiker empfehlen lassen.«

»Eine Analyse auf portugiesisch noch obendrein? Tu das nicht, Benn, laß die Finger von einer Behandlung. Freud hat gelehrt, daß Liebe *Überbewertung* ist. Das heißt, wenn man das Liebesobjekt so sieht, wie es wirklich ist, dann *kann* man es gar nicht lieben. Das ist die klinische Sicht der Dinge, direkt aus der gynäkologischen Krankenstation. Genau das wollte Dr. Layamon dir veranschaulichen, als er dir all die kahlen alten Schamteile vorführte. Daheim hebt er die Liebe in den Himmel, weil er eine hübsche Tochter hat, aber dort, wo er seinen Beruf praktiziert und sein Geld verdient, in der Klinik, wo sich das wahre Geschehen abspielt, da führt er dir die Wahrheit vor. Mag schon sein, daß der Mensch sich etwas in die Tasche lügt, wenn er verliebt ist, aber, wie Kojève gelegentlich sagte – ich glaube, er hat es von Nietzsche –, in der Liebe ruht der Mensch gut und sie verwandelt ihn, sie macht ihn reich, mächtiger, erfüllter, sie macht einen Künstler aus ihm. Ohne die Liebe ist nur ein Bruchteil seiner selbst lebendig, und dieser Bruchteil reicht nicht aus, um das Leben in Gang zu halten – deshalb sind auch *Teams* so wichtig geworden.«

»Also *nicht* in Rio Hilfe suchen? Ach, wahrscheinlich kann ich auch warten, bis wir zurückkommen.«

»Onkel, hör zu. Ich werde dir jetzt einiges erzählen, was ich sonst überwiegend für mich behalte. Du bist ein phantasievoller Mann, das ist deine Stärke. Verfall jetzt nicht ins Gegenteil. Die meisten Menschen beginnen am falschen Ende, indem sie versuchen, ihre Charakterschwäche, vor allem aber ihre sexuellen Schwächen zu kurieren. Sie gehen zurück zu Geburtstraumata und Schließmuskelkontrolle. Jeder Mensch wird schwach und krank und von ödipalen Kräften gebeutelt geboren, aber alle glauben, wenn sie sich mit den Erlebnissen des Kleinkindalters beschäftigen und sich auf ihre Windeln und die Kreuzigung des hilflosen Kleinseins konzentrieren, dann werden sie Riesen an Einsicht, die Menschen mit den großen Seelen, von denen Aristoteles sprach. Warum, Onkel, solltest du dieses Spiel spielen, das bisher noch keiner gewonnen hat? Du bist doch schon viel weiter.«

»Ich habe jetzt Licht in der Zelle, und ich habe mir auf einem Briefumschlag der Gasgesellschaft Notizen gemacht.«

»Vergeude nicht dein ganzes Leben damit, deine Schwächen auszuloten.«

»Du erzählst mir doch schon seit Jahren, daß die Demokraten sich selbst zu niedrig einschätzen und in dem Glauben erzogen werden, sie seien unbedeutend. Drehst du den Spieß aber mal um, dann kommt doch eine Gigantomanie heraus, und auch davon haben wir schon viele Beispiele erlebt. Eines hast du vielleicht sogar mit Matilda gemeinsam, und zwar seht ihr beide am Grunde aller Dinge immer die Politik. Oh, jetzt kommt der Nachtwächter in die Waschküche.«

»Na und? Du wohnst doch in dem Haus, oder, du gehörst ins Penthouse. Sag ihm, daß du mitten in einer Besprechung mit deinem Börsenmakler in Kalifornien bist.«

»Danke, Kenneth, daß du mir zugehört hast.«

»Geh und schlaf ein wenig. Wir treffen uns um halb neun.«

Ich knipste die Nachttischlampe aus und dachte: Jetzt haben wir also zu dem Rückenproblem auch noch ein Vorderfrontproblem. Ich war um meines Onkels willen niedergeschlagen und ein wenig auch um meiner selbst willen. Er war ein von Natur aus gemäßigter und einsichtiger Mensch, und je mehr er sich in Richtungen zwang, die er für vernünftig hielt, um so mehr gaga schien er mir zu werden. Und dann ich: Er ruft mich an, um mir zu sagen, daß er in Sorgen ertrinkt, und ich halte ihm einen Vortrag – das ist meine Art zu helfen. Ich habe diesen ganzen kunstvollen Faden in der Hand und spiele Fadenspiele mit ihm. »Hier, nimm ab, dann nehme ich wieder von dir ab, und dann weiß nur noch Gott, wie kompliziert wir alles machen und wie weit wir es noch treiben können.« Wenn wir schon von demokratischen Völkern reden, können wir auch gleich noch sagen, daß sie pedantisch und sentenziös sind. Zehn Minuten *action*, und der Rest der Stunde ist ein Seminar. Nein, diese kognitiven Bemühungen werden uns nirgends hinführen. Ich hatte meinem Onkel eigentlich sagen wollen, er solle mehr so sein wie – nun ja, mehr wie William Blake, dessen Leben von metaphysischen und ästhetischen Belangen beherrscht war.

Setz deine Stärken einfach an vorderste Stelle, und laß die Schwächen dann hinterherzuckeln. Blake war genau der Mann für meinen Onkel. Benn könnte vielleicht bei dem Gedicht mit dem Titel »Das Kristallkabinett« beginnen:

> Das Mädchen fing mich ein im Wald,
> Wo fröhlich tanzend ich mich wand;
> Sie tat mich hinein in ihren Schrein,
> Mit goldendem Schlüssel schloß sie mich ein.

> Ihr Schrein, der ist gemacht aus Gold
> Und Perlkristall von hellem Glanz ...

Doch am nächsten Morgen blühte uns anstelle von William Blake Charles Addams. Benn hatte die Seite aus Jo Layamons *Monster Rallye* herausgerissen und reichte sie mir mit einem Lächeln – oder dem, was bei ihm in jenen Tagen einem Lächeln am nächsten kam.

»Was hältst du davon?«

Es war der Karikaturen-Friedhof mit Grabsteinen und Lebensbäumen, und die beiden schrulligen Gestalten auf der Bank hielten Händchen:

> »Bist du unglücklich, Liebling?«
> »O ja, *ja*! Völlig.«

»Sag was dazu«, drängte mein Onkel.

»Das spricht für sich selbst«, sagte ich.

»Alfred Hitchcock weit voraus. Wahrhaft zeitgemäß.«

»Ich hoffe, du hast das Matilda nicht gezeigt. Mir kommt es eigentlich nicht so zeitgemäß vor. Du findest das auch bei Shakespeare. Hamlet sagt zu Ophelia, sie soll einen Narren heiraten, wenn sie schon heiraten muß, denn ›gescheite Männer wissen allzu gut, was ihr für Ungeheuer aus ihnen macht‹«.

»Natürlich habe ich ihr das nicht gezeigt.«

»Begreift sie denn, wie sehr du versuchst, es ihr recht zu machen – wie du dich halb umbringst und sogar deine Wissenschaft opferst? Und daß du nicht mehr von ihr willst, als daß sie deine Gefühle ein wenig erwidert?«

»Stimmt. Ich sehne mich nach den Gefühlen. Aber sie ist immerzu gerade auf dem Sprung. Ich komme herein, sie geht aus. Diese Jagd scheint nie zu enden. Was hat Hamlet mit ›Ungeheuer‹ gemeint?«

»Ich glaube, er meinte den Hahnrei, das gehörnte Ungeheuer.«

»Ich denke nicht, daß das zutreffen würde.«

»Du betrachtest dich als das Ungeheuer, das Matilda in deinen Gedanken deformiert – stimmt's?«

Wir führten eine unserer typischen Unterhaltungen, an einem typischen Restauranttisch mit miesem Kaffee und nicht genügend Platz für vier Ellbogen, ganz zu schweigen von zwei Tassen, einem Aschenbecher, einer Ketchup-Flasche, einem Plastikbehälter für Zuckertütchen und rosaroten kalorienarmen Süßstoff.

»Ohne dich, Kenneth, wäre ich vielleicht gar nicht fähig, Onkel Harold gegenüberzutreten. In letzter Minute hat Matilda noch angeboten mitzukommen. Sie sagte: ›Wenn du deinem Neffen sagst, er soll zu Hause bleiben, dann gehe ich mit dir in die Stadt.‹ Ich habe nein gesagt.«

Er wollte, daß ich sah, wie resolut er ihr gegenüber gewesen war. Ich sah aber nur, wie zerrüttet er war. Seine direkte Anspielung auf Matildas Sexualgewohnheiten war beispiellos. Ferner war die Ähnlichkeit mit Swjatoslaw Richter stärker denn je, aber es war ein Richter, dem sich in der Nacht der Magen umgedreht hatte und der grün und bleich aussah. Hinter Benns kraftvollen Augen schien der Schalter außer Betrieb zu sein, so, als halte er Ausschau nach etwas, was das Hinschauen wirklich lohnte. Ein schwerfälliger Mann, der

stumm Besorgnis und Verdruß ausstrahlte. Er unterzog sein Gesicht einer Trockenwäsche mit allen zehn Fingerspitzen und drückte auf die Kiefergelenke, um die Spannung zu lösen. Ich kannte ihn so gut, daß ich die kleinste seiner Gesten interpretieren konnte. Er war dafür, das Leben mit fester Hand anzupacken. Es war so kurz und blind, und er meinte, man müsse es mit Geist behandeln. Er beurteilte die Menschen danach, was sie damit anfingen. Die augenblicklichen Umstände hätten jedoch ungünstiger gar nicht sein können, nicht noch weiter entfernt vom hohen Stand seiner Philosophie. Wir waren auf dem Wege zur Sitzung der Kommission für Strafaussetzung zur Bewährung, welche die Zeugenaussagen zu einer Vergewaltigung anhören würde, und dann würde er Onkel Vilitzer so lange in eine Ecke drängen müssen, wie er brauchte, um seine Forderungen auszusprechen. Versteckte Drohungen, so gar nicht der Fall meines Onkels. Außerdem riskierte er zu verraten, wie sein Sexualleben im argen lag. Die stillschweigende Enthüllung nachteiliger Fakten war eine Möglichkeit, die sich am Horizont abzeichnete. Wenn er zauderte oder stammelte, würde der schlaue alte Vilitzer daraus schließen, daß Benn ein sexuell gescheiterter Ehemann war, mit einer Frau, die die Hosen anhatte und ihn zu Besorgungen losschickte. Bei Sexproblemen schoben Männer die Schuld *immer* dem Ehemann zu.
All das hing in der Luft.
Und dann das Gebäude, in dem die Anhörung stattfinden sollte, ein Neubau wie eine gigantische Glasschwangerschaft, ein Komplex, der sich über mehr als einen Häuserblock erstreckte, die Arbeit eines provokanten, umstrittenen Architekten, der versucht hatte, die Exzesse eines ähnlichen Gebäudes in Chicago noch zu übertreffen und damit »eine Aussage machte«, wie Caroline Bunge gerne sagte. Man konnte an die Ewigkeit glauben, wenn man einen Wolkenkratzer wie diesen sah, wenn auch nur um des möglichen

Trostes willen, der in dem Gedanken lag, daß solch ein Gebäude nicht ewig stehen konnte. Es mußte doch schließlich irgendwann einstürzen. Doch die gesamte krummlinige, sich blähende Pracht war aus japanischem Stahl erbaut, also würde es mindestens ein halbes Jahrhundert halten, falls es nicht vorher von wütenden Volksmassen eingerissen oder vom Transpolarflug einer russischen Rakete (fünfzehn Minuten vom Start bis zum Ziel) zertrümmert wurde. Das Innere beeindruckte noch mehr. Man sah gleich, warum der Kostenvoranschlag so skandalös überzogen worden war. Einige der hemmungslosen Gene des jüngeren Brueghel oder Hieronymus Boschs mußten in dem Architekten wieder aufgelebt sein. Ich tat mein Äußerstes, um sein Konzept zu begreifen. Millionen hirngeborener Wespen, die in dem blauen Glas arbeiteten, hatten dieses runde Mammutgebäude gebaut; es war in blendenden elliptischen, dem Himmelsgewölbe nachempfundenen Kurven konstruiert und es bewies, was eine kühne Phantasie in die Wirklichkeit umsetzen kann, wenn sie sich auf die Kunstfertigkeit der Ingenieure und die Wunder der Technik verläßt. »Wahnwitzig!« sagte mein Onkel.

Das Gebäude bedrohte nicht wie der Turm von Babel den Himmel, sondern sank vielmehr aus den Höhen herunter und schmolz nach unten. Eine von Computern beherrschte Bürokratie braucht keine geraden Korridore mehr. Eine bizarre Umgebung vermindert keineswegs ihre Effizienz und ihre Macht, Menschen einzuschüchtern. Wir folgten den Schildern zum großen Saal, wo die Anhörung schon begonnen hatte. Die Fernsehkameras standen an Ort und Stelle und drehten sich, die Scheinwerfer brannten auf die Bühne hinunter. Unser Presseausweis berechtigte uns zu Plätzen ganz vorne, aber mein Onkel zog es vor, sich hinter Onkel Vilitzers Rücken zu setzen. Vilitzer saß mit den anderen Mitgliedern der Kommission an dem langen Tisch, dessen

Präsidium der Gouverneur innehatte, der (das war noch nie dagewesen) die Untersuchung leitete. Die aufgerufenen Zeugen traten vor einen kleineren Tisch, der dem langen gegenüberstand. Die Mitglieder der Kommission wurden selten, wenn überhaupt, zum Sprechen aufgefordert.

»Dort ist er«, sagte Benn und deutete mit dem Kinn auf Vilitzer. »Ziemlich verändert. Der Zahn der Zeit nagt beträchtlich zwischen sechzig und achtzig, und er ist jetzt schon über achtzig.«

Vilitzer war von Statur kleiner als vor fünf Jahren, aber er hatte immer noch das gebieterische Gehabe des hitzköpfigen Politikers unserer Gegend. Er kämmte sich sogar das Haar in die Stirn, im Stil der Fernsehverfilmung von *Ich, Claudius*. (Verzeihen Sie, wenn ich das erwähne, aber das folgende könnte möglicherweise von Interesse sein: Julia, die Tochter des Augustus, die in dem Film als lasterhaft und zügellos ausschweifend dargestellt wird, scheint mit ihren Orgien eine politische Absicht verfolgt zu haben, denn sie und ihre Partner vollzogen die Akte der Dunkelheit unter einer Statue von Marsias, dem Satyr, und Marsias stand für die republikanische Gesinnung. Warum ausgerechnet ein Sexualdämon, halb Mensch, halb Tier, ein Wächter der römischen Freiheit war, entzieht sich meiner Kenntnis; ich kann nur sagen, daß Julias Ausschweifungen eine politische Herausforderung für ihren Vater, den Gründer des Imperiums, waren.) Wie dem auch sei, Onkel Vilitzer hatte jedenfalls die Haartracht des BBC-Schauspielers, der den Claudius spielte, übernommen. Sie scheint bei den älteren Mafiosi beliebt zu sein, die man häufig mit kurzen, leicht gelockten Stirnfransen sieht. Abgesehen davon haben diese Herren zerfurchte Gesichter und sind in der Regel tief gebräunt. Und auch das war Onkel Vilitzer. Seine Zigarren rauchte er nicht, sondern er kaute sie. Er zermanschte an die zwanzig pro Tag.

In einer solchen Menschenmenge war es unwahrscheinlich,

daß Vilitzer meinen Onkel und mich entdecken würde. Es mußte sich um ein großes Ereignis handeln, wenn es sogar Gouverneur Stewart persönlich hergelockt hatte. Gouverneure können es sich nicht mehr leisten fernzubleiben. In früheren Zeiten, sagte Benn, habe man sie selten zu Gesicht bekommen. Erst das Fernsehen hat sie aus ihren Herrenhäusern hervorgelockt. Diese Anhörung, für die viel Reklame gemacht worden war, wurde an diesem Morgen von Millionen von Menschen angeschaut. Während des großen Salmonellenskandals der vergangenen Wochen war der Gouverneur in Ferien gewesen und deshalb von allen Seiten kritisiert worden, und so war diese Anhörung der Kommission für Strafaussetzung zur Bewährung, bei der er deutlich sichtbar in aller Öffentlichkeit seines Amtes waltete, speziell für ihn inszeniert worden. (Damit er Punkte in Diensterfüllung machen konnte.) Ich hatte ihn noch nie in natura gesehen. Er war ein schlaffer, massiger Mann. In dieser Schlaffheit gab es jedoch minutiös geplante Spannungen, und ich würde sagen, daß er ein gefährlicher Mensch war, ein gemeiner Kämpfer. Sein Gesicht war sehr groß, und er hatte so viele Falten und Biesen unter dem Kinn, daß ich dachte, wenn er ein Geiger gewesen wäre, hätte es für ihn schwierig sein müssen zu entscheiden, wo er die Geige anlegen sollte.

Wir saßen direkt hinter den Hauptzeugen, und ich erkannte die meisten aus der Zeitung, die Dita mir gezeigt hatte. Danae Cusper war eine hübsche, kräftige Blondine, Mutter von drei Kindern. Sickle, der angebliche Vergewaltiger, saß nicht weit davon neben seinem Anwalt. Trotz der Jahre im Gefängnis sah er nicht wie ein gefährlicher Krimineller aus. Die Gefängnisse produzieren keine Desperados oder *louche*-Typen mit Bill-Sykes-Gesichtern mehr. In der Öffentlichkeit gelingt es jungen Männern wie Sickle immer irgendwie, dem Idealbild zu ähneln, das sich jede Mutter von einem von Grund auf anständigen Sohn macht. Im Vordergrund standen die Teams der größeren Fernsehanstalten. An diesem Morgen waren die Comicsendungen für die Kleinen ausgefallen. Für Millionen von Kindern gab es nur die Anhörung der Kommission oder gar kein Fernsehen. Und am Ende würden die Kleinen das noch besser überstehen als mein Onkel. Es war nicht einmal besonders rühmlich, in seinem Alter noch so naiv zu sein. Er hatte keinen Immunitätsanspruch. Man erinnere sich jedoch daran, wie damals, als das Kristallkabinett schließlich aufsprang, der junge Mann, der darin eingeschlossen gewesen war, »ein weinender Säugling in der Wildnis« geworden war.

Doch lassen wir diese abstrusen Betrachtungen.

Vilitzer wandte nicht den Kopf, um seinen Feind, den Gouverneur, zu beobachten. Er blickte stur geradeaus. Was den Gouverneur anging, so leitete der die Befragungen mit Genuß und stellte seine brillantesten, im Gerichtssal perfektionierten Fähigkeiten zur Schau. Vor Geschworenengerichten mußte er ein furchterregender Prüfer gewesen sein – er war so massig, so geschmeidig, so feist am Hals, so sauber gepflegt, glatt wie Seide vor den Kameras, aber rauh wie die Hölle im Innern.

Sein erster Zeuge war ein junger Soldat, ein ehemaliger Freund Danaes. Sie hatte gestern ausgesagt, sie fürchte, er habe sie geschwängert, und ihre Anklage wegen Vergewaltigung sei infolgedessen unmittelbar auf die Liebesaffäre mit ihm zurückzuführen. Der Gouverneur fragte, ob er Geschlechtsverkehr mit Danae, der jetzigen Mrs. Bold und damaligen Miss Cusper, gehabt habe. Ja. Unter welchen Umständen? Wenn ihre Eltern schliefen, ließ sie ihn ins Haus. Was hatte sie angehabt? Ein Nachthemd. Und der Geschlechtsakt? Von 2 Uhr nachts bis zum Tagesanbruch. Mit Ejakulation? fragte der Gouverneur. Nein. Sie habe darauf bestanden, daß er »aufpasse«.

Mein Onkel flüsterte: »Warum will er das alles so genau wissen?«

»Muß wohl aus rechtlichen Gründen nötig sein.«
Ich glaubte meine Antwort selbst nicht.
»Aha«, sagte der Gouverneur. »Ihre Aussage lautet also, daß
Sie häufig Geschlechtsverkehr mit Miss Cusper hatten, daß
er aber vor dem Höhepunkt unterbrochen wurde?«
»Ja, Sir.«
Miss Cusper (jetzige Mrs. Frank Bold) hörte, ihren Ehe-
mann neben sich, mit der Fassung eines religiös erweckten
Menschen zu. Sie war jetzt jenseits aller Fleischlichkeit.
»Dann haben Sie niemals in ihre Scheide ejakuliert?« sagte
der Gouverneur.
»Meiner Erinnerung nach nicht, Sir.«
Der nächste Zeuge war ein medizinischer Experte. Mit seiner Hilfe versuchte der Gouverneur herauszufinden, wie
lange Spermatozoen in der Vagina am Leben bleiben können. Danach folgten drei Gerichtsmediziner mit Beweismaterial am Schlüpfer des Mädchens, jenem Schlüpfer, den sie
in der Nacht der Vergewaltigung getragen hatte. Der Gouverneur konzentrierte sich auf dieses Stück und kam immer
wieder beharrlich darauf zu sprechen.
»Findest du nicht, daß das ein seltsames Verhalten ist?« sagte
mein Onkel zu mir. »Immer auf diesen Schlüpfer zurückzukommen?« Er war empört. Ich aus irgendeinem Grunde
nicht. Die Sache hatte etwas von einem Theater oder einem
Film, nur daß die Beweise wissenschaftlich untermauert
werden mußten, was Zeit dauerte und die Handlung ver-
langsamte. Jeder der Experten hatte Danaes Unterwäsche
einer unabhängigen Prüfung unterzogen, hatte Blut- und
Serumproben untersucht. Einer von ihnen sagte, es sei auch
nach sechs Jahren noch möglich, Spermatozoen zu finden.
Die Polizei hatte diese Kleidungsstücke unter Verschluß gehalten. (Ich stellte mir eine Lagerhalle mit hunderttausend
Vorratscontainern vor). Die Schwänze der Spermen waren
zerfallen, aber die Köpfe waren noch immer mikroskopisch

identifizierbar. »Das Samenmaterial könnte von jedem Spender der Blutgruppe Null stammen«, sagte der Experte.
»Und welche Blutgruppe hat der Gefangene?«
»Null, Sir.«
»Müssen wir denn Schritt für Schritt durch all das durch?« sagte mein Onkel ein wenig beunruhigt. Er gab mir das Gefühl, ein Mephistopheles zu sein, der ihn aus seiner Studierstube gezwungen hatte und von ihm forderte, sich dem Leben zu stellen. Aber das war ich nicht, fand ich. Mephistopheles litt niemals solche Schmerzen und solche Pein. Ich war hier um meines Onkels willen. Mein Onkel war hergekommen, um sich mit Harold Vilitzer auseinanderzusetzen, der auf dem Podium saß und seine – vielleicht von einem einflußreichen Bekannten in Las Vegas spendierten – kubanischen Zigarren kaute.
»Dieses gerichtsmedizinische Zeug ist Wissenschaft«, sagte ich.
»*Angewandte* Wissenschaft«, korrigierte mich mein Onkel. Er hütete die Reinheit der theoretischen Forschung.
Doch waren dies in der Tat entfernte Kollegen von Onkel Benn. Natürlich zogen die Experten eine Show ab, deshalb waren ja auch die Fernsehteams hier, aber die andeutungsreichen Tiefenströmungen ihrer Aussagen führten jene Art von verdorbener Materie mit sich, die zu tolerieren das System meines Onkels am wenigsten fähig war. Ich dachte: Ihm braucht man nicht mit Bildern zu kommen. Er sieht doch, was Sache ist. So unschuldig ist er dann auch wieder nicht. Dann dachte ich: Dein Mann von Genie, der unter Geistesabwesenheit leidet, ist ein Vorwand. Er weiß genau, was jeder weiß. Er will nur nicht, daß atmosphärische Störungen fleischlicher Natur ihn bei seiner Wissenschaft stören.
Dies war zum Teil eine unfreundliche Überlegung. Ich glaube, ich sah auch unfreundlich aus – dunkel, schmalgesichtig, langhaarig, mit den an mir verunglückten Gesichts-

zügen meines gutaussehenden Vaters. In der Sprache meiner Heimatstadt mag ich *sourcilleux* erschienen sein, eine Spur hochmütig oder ungeduldig. Ich mußte mich jedoch um meines Onkels willen hart machen. Ich war stolz auf meine enorme Zuverlässigkeit. Es war meine Verantwortung, Benn sicher durch diese Krise seines Lebens hindurchzugeleiten. Wir erlebten jetzt einen anderen Zeugen, aus einem anderen Landesteil. Die Unvoreingenommenheit der Zeugenaussagen wurde mit viel Sorgfalt garantiert. Der gedrungene Experte in Anzug und Weste, der jetzt vereidigt wurde, sah aus wie irgendein kleiner Angestellter einer riesigen Versicherungsgesellschaft. Er setzte sich hin, stützte die Ellbogen auf den Tisch auf, so daß seine Manschetten sichtbar wurden und las sein vorbereitetes Statement vor – lauter technisches Zeug. Man stelle sich solch ein Leben, das aus lauter Laboranalysen besteht, einmal vor – Haut, Speichel, verspritzte Gehirnmasse, postmortem-Mageninhalte. Ich sagte zu meinem Onkel: »Da gefällt mir deine Art von Anatomie doch besser«, aber mein Onkel hörte nicht zu. Sein Gesicht schien angeschwollen zu sein, und es war von einer Art Histaminrötung überzogen, als habe ihm ein fliegendes Insekt aus den tropischen Ländern, in die er auf seinen unaufhörlichen Flügen ständig entfloh, einen allergischen Stich versetzt.
Als der Zeuge seine Einleitung verlesen hatte, wurden die Lichter verdunkelt, und auf einer Leinwand hinter ihm erschien die Fotografie eines vielfach vergrößerten Gegenstandes. Es war ein dunkles, bräunliches Etwas mit rostbraunen Flecken und Tupfen wie auf den Flügeln eines Nachtfalters. Was war das nur? Es sah mir aus wie das Leichentuch von Turin. Aber durchaus nicht. Es war ein völlig anderer Gegenstand. Es war das Bild der Unterhose, die die junge Frau in der Nacht, als sie überfallen wurde, getragen hatte. Daneben hatte der Gerichtsmediziner mit einem zwei Meter langen Zeigestab Aufstellung genommen, identifizierte das

Kleidungsstück und blieb dann stehen und wartete darauf, die Fragen der Kommission zu beantworten. Mit Ausnahme des Gouverneurs sprach allerdings niemand. Es war ganz und gar sein Auftritt. Wenn man ihn bei der Arbeit beobachtete, wurde einem klar, warum er mit den Anklagen, die so viele Politiker ins Gefängnis gebracht hatten, so erfolgreich gewesen war. Er setzte seine Größe ein – mächtig, wie er war mit seinem massigen Gesicht stürzte er sich scharf auf die Beweise, und seine Fragen waren präzise. Im Verhör war man sich seines unendlichen allumfassenden Wissens über Verbrechen und Verbrecher bewußt. Und doch hatte er auch etwas Weiches im Gesicht, und es lag etwas Paradoxes darin, eine Andeutung vielleicht davon, daß es nicht nur auf der Seite der Angeklagten Korruption gab. Und natürlich ließ man sich nicht von Millionen von Zuschauern betrachten, so wie er jetzt, ohne daß das Ereignis ein Element von Effekthascherei gehabt hätte.

Ein Gegenstand intimer Bekleidung – sagen Sie uns freundlicherweise, worum es sich handelt.

Dies war der Schlüpfer, Sir, der dem angeblichen Vergewaltigungsopfer abgenommen wurde.

Sie hat ihn in jener Nacht getragen?

Sie hat ihn getragen.

Und nun die wissenschaftlichen Ergebnisse. Bitte identifizieren Sie die Flecken.

Mein Onkel setzte seine Brille auf. Was würde sie ihm wohl nützen? Sie diente doch nur zum Lesen. Er muß wohl jede mögliche Hilfe gewünscht haben, um diese düstere Vergrößerung anzustarren, und so war sie schlimmer als gar nichts. All diese Spritzflecken und schartigen Kreise, die wie Weltraumfotos von den Monden des Uranus aussahen.

Der Zeigestab wanderte von Blutflecken zu Samenablagerung. Die Fragen des Gouverneurs hörten nicht auf. Wessen Blut? Wessen Samen? Mehr als eine Art von Samen? Es waren schließlich drei Männer in dem Auto.

Ich sagte: »Der Gouverneur läßt sich davon ja richtig antörnen.«

»Das muß doch eine Pein für das Mädchen sein«, sagte mein Onkel.

»Wir dürfen wohl annehmen, daß sie wußte, worauf sie sich einließ, als sie den Prozeß wiederaufrollte.«

»Diese Ausstellungsstücke erregen ihn regelrecht«, sagte Benn. »Und dabei ist er Gouverneur von einem der wichtigeren Bundesstaaten.«

Lüsterne Kommunikation mit der Öffentlichkeit war mein Gedanke.

»Schwer vorstellbar, wie Mr. Sickle unter diesen Umständen angeblich der *einzige* Vergewaltiger gewesen sein sollte. Außer ihm waren noch zwei andere junge Männer dabei«, sagte der Gouverneur.

Danae Cusper Bold schaute ungerührt drein. Sie gehörte jetzt einer religiösen Gemeinschaft an. Sie war der Vergebung sicher, es gab keinen Grund zur Sorge. Diese Verbrechen und Leiden gehörten der Vergangenheit an. Sie war eine vollbusige Matrone. Bei ihr hätte mein Onkel niemals Grund zu der Klage gehabt, daß ihre Brüste zu weit auseinanderständen. Man sah sehr deutlich, daß sie dicht beisammen waren.

Mein armer verrückter Onkel. Diese Anhörung war für ihn in einer solchen Zeit der Krise die Hölle. Er konnte nicht auf Onkel Vilitzer zugehen, ohne erst diese sexuellen Qualen durchgemacht zu haben.

»Jemand sollte Stewart endlich von diesem Schlüpfer wegholen, sonst bringt er noch eine Stunde damit zu.«

Ich gab eine für mich typische und völlig unnütze Antwort: »Die Sexualmoral hat sich ja sehr gewandelt. Jeder macht heutzutage ›römische Ferien‹.«

Mein Onkel murmelte: »Mir war nicht klar, daß es so furchtbar werden würde, all diese Obszönität.«

»Na ja, unsere Prominenten, die Burschen ganz oben auf der Leiter, möchten eben auch ihr Scherflein zur erotischen Unterhaltung des Landes beisteuern.«

»Dafür hätte ich ja noch weitgehend Verständnis«, sagte mein Onkel. »Aber das hier ist ein harter Porno.«

Ein anderes Dia erschien auf der Leinwand. Diesmal war es Danae Cuspers Bauch, die nackte Mitte des Mädchens, mit ungelenken Buchstaben darauf, LIBE, wie ein Graffito an einer Brücke, nur waren diese Buchstaben mit einer Glasscherbe eingeritzt worden. Eine Polizistin hatte die Aufnahme im Krankenhaus gemacht. In ihrem Widerruf hatte Danae ausgesagt, daß sie es selbst getan hätte, mit einer kaputten Bierflasche, und Gouverneur Stewart sagte mit volltönendem Hohn, daß es einen jungen Menschen, einen Teenager, einige Seelenstärke, Gewalt und kühle Abgefeimtheit gekostet haben müsse, sich vor einen großen Spiegel zu stellen und sich mit einer Budweiser-Flasche einen falschen Beweis in die Haut zu ritzen und dann ins Krankenhaus zu gehen, um einen Mann wegen Vergewaltigung anzuklagen. Ob sie die Buchstaben überhaupt umgekehrt hätte schreiben können? Zwei der Experten hielten das für möglich. Die Buchstaben seien leicht zu schreiben. Dies wurde hin und her diskutiert, während auf dem Dia die roten Einritzungen dort, wo der Bauch zu den Hüften hin breiter wurde, krumm und schief herumpurzelten wie die Schrift auf einer von hirngeschädigten Kindern gebastelten Valentinskarte. Dies lag auf einer Linie mit der *Schizopsychologie*, die, angesehenen modernen Denkern zufolge, von uns allen Besitz ergriffen hat.

»Der Gouverneur stiehlt den beiden jungen Leuten ja die ganze Show.«

»Und allen anderen auch«, sagte ich.

Den Mitgliedern der Kommission an jeder Seite von ihm, den vielen stumm dasitzenden Anwesenden war jegliche Initiative genommen worden. Er allein genoß die ganze Macht. Der schwergewichtige Mann spielte mit diesen jugendlichen Straftätern – die zwar keine Jugendlichen mehr waren, aber sogar jetzt noch, als erwachsene Frau und erwachsener Mann, wie Kinder aussahen. Besonders Danae, obwohl sie wie eine achtbare verheiratete Frau gekleidet und aufgemacht war. Vilitzer, sogar unter diesen Umständen keine Schaufensterpuppe, hatte sich von der öffentlichen (theatralischen) Zurschaustellung des Gouverneurs abgewandt. Die dicke, nicht angezündete Zigarre, die er kaute, verzerrte die Muskeln an der Seite seines Mundes. Ich behielt ihn im Auge. Ich wollte sichergehen, daß er nicht hinausschlüpfte – und uns entkam.

Gouverneur Stewart mußte wohl noch einmal um das Dia mit den Flecken gebeten haben, denn der bekritzelte Bauch schob sich zur Seite. Die anderen Gerichtsmediziner sollten vermutlich das Beweismaterial des ersten bestätigen. Ich glaube, der Bauch mit der LIBE darauf war das Bild, das meinen Onkel noch stärker beeindruckte als die fleckigen Reste der Vergewaltigung. Er sagte: »Wenn der Knabe ihr das hinterher mit einer Glasscherbe zugefügt hat, dann mußten seine Freunde sie doch festgehalten haben. Haben sie wahrscheinlich geknebelt.«

»Wahrscheinlich ja.«

Die Augen meines Onkels waren entzündet. Kommt man an kalten Tagen, wenn viel Verkehr ist und die Autoabgase dicht sind (im Sommer verteilen sie sich schneller) ins Stadtzentrum, brennen einem die Augen. Aber ich nahm natürlich an, daß die Augen meines Onkels aus anderen Gründen gerötet waren. Als Mann, der seine Kleider auszufüllen wußte, trug er seinen maßgeschneiderten Layamon-Tweed. Da er nicht zugenommen hatte, mußte es andere Erklärungen für die sich wölbenden Schenkel und die Ausbuchtung seines Rückens unter der Jacke geben. Das, was ich liebevoll

die Insektenflügel nannte, ähnelte jetzt eher dem Buckel
eines Wildschweins. Die allergische Schwellung seines Gesichts war ein Teil desselben entstellenden Phänomens. Sie
verunstaltete nicht nur seine Wangen, sondern zog sich bis
in die Augen. Da ich ihn kannte, hätte ich schwören können,
daß er sich innerlich tiefster Verderbtheit schuldig fand. Die
schlimmste Wirkung hatte der Zynismus dieses LIBE-Ge-
kritzels auf ihn. Ich glaube wirklich, daß ich mir seine Gefühle vorstellen konnte, es waren ungefähr folgende: daß in
dieser Anhörung Verbrechen, Strafe, Gerechtigkeit und
Autorität satirisch entstellt wurden. Und die Reue. Und die
Wahrheit. Wenn Danae nicht während des Prozesses gelogen hatte, so log sie jetzt beim Widerruf. So oder so erlitt die
Wahrheit eine Schlappe. Natürlich kommt das jeden Tag
vor, und man muß schon ein botanischer Hellseher sein, um
die Hälfte des Lebens zu brauchen, um das herauszufinden.
Aber es gab da auch noch die religiöse Seite – nämlich:
»Wenn eure Sünde gleich blutrot ist, soll sie doch schnee-
weiß werden.« Das einzustecken war für einen Mann wie
meinen Onkel sehr hart. Die junge Frau erneuerte ihre
christliche Keuschheit und stellte öffentlich ihre Jungfräu-
lichkeit wieder her. Und was nun an ihm zehrte, war seine
Komplizenschaft dabei. Er war in all das durch die Empfindungen verstrickt, die er gehabt hatte, während er *Psycho*
ansah, durch die Abscheulichkeiten, die er in Gedanken begangen hatte, die Entdeckung, daß er vermutlich nicht der
Mann nach Matildas Herz war, noch sie die Frau seines Herzens. Die Ewigkeit selbst mit Alfred Hitchcock als Medium
hatte ihn davor gewarnt, diese Frau zu heiraten. Was ihm im
Augenblick gar nicht schmecken wollte, schloß ich, war die
Tatsache, daß Danae vermutlich an ihrem eigenen Schlüpfer
gewürgt hatte, während ihr von diesen noch nicht volljähri-
gen Spinnern das groteske Wort LIBE auf den Bauch geritzt
worden war. Hier war also die *Schizopsychologie*, bitte

schön – es schien die einzig mögliche Betrachtungsweise –, und Onkel Benn, bisher als lieber, ja sogar als guter Mann qualifiziert, half mit, die Liebe in den Schmutz zu ziehen. Die Liebe, die innerster Kern des göttlichen Geistes und Quelle der himmlischen Wärme für die Menschheit war.

Ich wußte, welche Wege seine Gedanken gingen, und kannte sogar das Vokabular, das er von Lena, seiner verstorbenen Frau, gelernt hatte. Obwohl sie Balzac studiert hatte, war sie in ihren tieferen Interessen der zeitgenössischen Welt ebenso fern wie ihr Mann. Wenn man sich auf das zeitgenössische Leben einläßt, kann man ganz böse eins aufs Dach bekommen. Wenn man aber umgekehrt ablehnt, sich darauf einzulassen, wird man niemals begreifen. Ich will nicht behaupten, daß mein Onkel sich absichtlich bemüht hatte, darüberzustehen und außen vor zu bleiben. Nein, er war ja unter eigener Regie in die gegenwärtige Krise eingestiegen, hatte den Entschluß zu heiraten vor mir geheimgehalten und sich damit für das Layamonsche Penthouse entschieden, für die Seiden und Satins, die Daunendecke von Matildas Bett, die Teppiche, die dichter als Waldmoos waren, den ungeheuren Druck der Wasserhähne im Badezimmer, die Whirlpool-Badewanne, die großartige Aussicht auf die Slums (wie Sodom und Gomorrha am Tag danach). Mein Onkel hatte »um dies Geschäft gebuhlt«. Nichtsdestotrotz wollte ich seinen Kopf nicht auf dem Schafott des Henkers sehen.

Das war eine verdammt lehrreiche Anhörung!

»Hast du bei der letzten Wahl gewählt?« sagte ich zu Benn.

»Ich fürchte, ja.«

»Nun ja, warum sollte nicht auch ein Botaniker seine Bürgerpflicht erfüllen?«

»Und ich kann mir die nächste Frage schon vorstellen. Die Antwort ist ja. Ich habe für den Gouverneur gestimmt.«

Sicher, wenn man in der Wahlzelle vor der Wahlmaschine steht, dann ist man sich gar nicht darüber im klaren, welche

Phantasmagorie man da in Bewegung setzt, indem man (die Mechanik mit Ordnung gleichsetzend) den Hebel runterdrückt.

Doch dies war nicht die Zeit für theoretische Diskussionen, eine meiner schlimmsten Schwächen, für mich selbst noch peinigender, als Sie vielleicht denken mögen (eine quälende, vielleicht sogar destruktive Angewohnheit). Ich mußte mich mit allem Nachdruck daran erinnern, *warum* ich Paris verlassen hatte, um nun in den USA zu leben. Hier war *action*, und mein Onkel war der Mann, von dem zu lernen, was in dieser posthistorischen Welt noch möglich und zu tun war, ich gekommen war. Und dieses Vorbild war nun verzweifelt, das war der Grund, warum ich mich so nachdrücklich daran erinnern mußte. Doch er hatte ja noch immer diese besondere Gabe des *Sehens*. Die hatte er noch nicht verloren. Er war eine wahrhaft überragende Persönlichkeit, natürlich menschlichen Schwächen zugänglich und auch unfähig, seine sexuellen Bedürfnisse in den Griff zu bekommen, oder, um genauer zu sein, seine *Liebes*sehnsüchte, aber ich konnte sogar jetzt von meiner privaten Erinnerungsbank jene wunderschönen Stunden abrufen, als unter seinem Einfluß nicht nur meine Lungen atmeten, sondern auch mein Geist. Etwas von seiner Kraft zu sehen war auf mich übergegangen. So daß auch ich sah. Und eine ganze Reihe von Motiven meines Onkels waren für mich sichtbar. Er hatte Admiral Byrds Buch gelesen und entschieden, daß er den Bericht des Entdeckers über die düsteren antarktischen Röntgenbilder der menschlichen Zustände, des Gerippes der menschlichen Seele, nicht akzeptieren konnte. Es wäre eine Schande, wenn man sich nicht bemühte, das Eis im Busen zu schmelzen, sondern vielmehr das Herz den dort offenkundig herrschenden frostigen Bedingungen aussetzte. (Noch einmal erinnere ich Sie an die Aussage Matthew Arnolds, daß er zu zwei Dritteln vereist sei.) Nun gut, um dies nicht zu sehr

394

auszudehnen: Mein Onkel hatte gegen die Demütigung, *nicht* zu lieben, gekämpft. Er war ein Mann der Hoffnung – der Hoffnung beispielsweise darauf, die Frau seines Herzens zu heiraten. Besser gleich *zwei* Herzen auftauen, wenn man schon mal dabei war. Was nützte schon *ein* aufgetautes Herz?

Offenbar gering schätzte unterdessen der Gouverneur die Aussagen der zweimal geborenen jungen Frau ein. Sie hätte noch fünfmal mehr geboren werden müssen, um sich gegen diese Technologen behaupten zu können, diese forensischen Charaktere, die seit den Tagen von Sherlock Holmes und seinen einfachen Schlußfolgerungen ein Jahrhundert wissenschaftlichen Fortschritts hinter sich gebracht hatten. Der Gouverneur mußte die religiösen Gefühle der Öffentlichkeit sorgfältig bedenken und dabei berücksichtigen, daß Danaes Reue darüber, ein falsches Zeugnis abgelegt zu haben, nicht leichtfertig übergangen werden durfte. Die Öffentlichkeit liebt die Reue. Man konnte sie nicht ohne weiteres ignorieren. Falls der junge Sickle wirklich ein Vergewaltiger war, mußte er sich über diese Wendung der Dinge herzlich gefreut haben – Freispruch und dazu noch als Dreingabe heimliche Unterhaltung. Was für eine erstklassige Drahtzieherin dieses Frauchen geworden war. Und der Gouverneur würde Sickle nicht zurück in den Knast schicken. Nicht nach alledem.

Sickle würde frei sein. Die Freiheit der Stadt genießen wie jeder andere auch – Sie und ich. Wie auch mein Onkel übrigens, wenn er dem nur Aufmerksamkeit schenken wollte. Er fand selten die Zeit dafür.

Mein Onkel hatte schon, als er noch sehr jung war, seine eigene Antwort auf das urbane Amerika gefunden, eine säuberliche Art, sich der schweren Bürde der gesellschaftlichen Entwicklung, die dort, in der Jefferson Street der Seele auferlegt wurde, zu entziehen. Er hatte die höheren Interessen seines Lebens in das Innere der Pflanzen verlegt. In den langweiligsten Unkräutern verbargen sich die mächtigen Geheimnisse von Luft, Boden, Licht und Fortpflanzung. Also löste er eine Umsteigekarte von Bordsteinen zu Quecken, Maulbeerbäumen und Kletten, die auf leeren Baugrundstükken und Güterbahnhöfen wuchsen. Nach einigen Jahren versuchte er dann, von den Wurzeln, Stengeln, Blättern wieder auf die menschlichen Gefühle zurückzukommen. Er war nicht unbedarft. Auch war er kein Eskapist. Angenommen, wir räumen ein, die Behauptung Dostojewskis stimme, daß nichts phantastischer ist als die Realität selbst. Dann folgt daraus, daß mein Onkel den Prüfungen der Realitätsphantasie recht ehrenvoll standhielt.

Der Gouverneur erhob sich nun, um vor den Fernsehkameras zu erklären, daß die Kommission sich zurückziehen werde, um ihre Beratungen zu beginnen, deshalb reichte ich meinem Onkel seinen Mantel und sagte: »Laß uns gehen, bevor uns Vilitzer entwischt.«

Vilitzer hatte keineswegs vorgehabt zu entwischen. Er schien uns sogar zu erwarten. Er stand hinter dem Tisch, das Gewicht auf die Fingerknöchel gestemmt, und zerfleischte seine kalte Zigarre. Er schaute finster, als wir auf ihn zutraten. Matilda hatte Benn noch eingeschärft – er hatte mir das beim Frühstück erzählt –, daß *er* ja derjenige war, dem Unrecht geschehen war, das solle er nicht vergessen und nicht Harold die Initiative überlassen. Ich hatte erwartet, daß Benn versuchen würde, sich selbst dadurch zu stärken, daß er die Haltung einnahm, die sie empfohlen hatte. Das tat er aber gar nicht. Vermutlich fühlte er sich nicht aggressiv. Er verspürte nicht den Wunsch zu kämpfen. Überraschenderweise trug sein Gesicht einen milden Ausdruck – nicht direkt versöhnlich, aber mild entschlossen, als habe er sich für einen Kurs moralischen Insgewissenredens entschieden. Ich hatte eher erwartet, daß er schüchtern sein würde.

»Soso, ihr zwei wollt mit mir sprechen, was?« Vilitzer zerrte an seiner zwiebelförmigen Armbanduhr, einem jener monströsen Goldartikel aus Las Vegas mit einem Armband aus dehnbaren Gliedern. »Ich gebe euch fünfzehn Minuten. Mehr brauche ich nicht, um euch die Leviten zu lesen.«

Er ging ohne weitere Erklärungen zu einem Aufzug voraus. Sie wissen ja, wie reibungslos und blitzschnell diese hochmodernen Einrichtungen funktionieren. Man merkt die Geschwinigkeit gar nicht. »Hat Fishl sich mit dir in Verbindung gesetzt?« fragte ich, während wir uns aufwärtsbewegten.

»Ich habe kapiert.« Vilitzer blickte bei seiner Antwort stur vor sich hin. Ich wurde nicht einmal der Höflichkeit eines persönlichen Blickes gewürdigt. Ich glaube, ich war noch mehr durcheinander als Onkel Benn, bei weitem sogar. Etwa im fünfzigsten Stockwerk hielten wir mit einem elektronischen *ping* an und befanden uns in einer völlig durchsichtigen Umgebung. Die Hälfte der Decke in dem kleinen Konferenzzimmer, in das er uns geführt hatte, war aus blau getöntem Glas und ähnelte weniger einem Gewächshaus als einer menschlichen Stirn. Direkt vor uns stand der Electronic Tower mit seinen Zwillingsmasten, wie Hörner eines Wikingerhelms – er war fast so hoch wie das Sears-Building in Chicago.

»Wie geht es dir gesundheitlich?« fragte Onkel Benn Vilitzer. »Du hast eine Operation am offenen Herzen gehabt, habe ich gehört.«

»Ich bin sehr stark«, sagte Onkel Harold.

Das nahm ich ihm ab. Wut macht stark, wenn sie unvermischt ist – frei, meine ich damit, von jenen flatternden Ängsten, die normalerweise im Zorn der schwächeren Naturen enthalten sind.

Harold sagte: »So ein netter Besuch von meinem Neffen und Hildas Sohn – das bist du doch, nicht wahr?«

»Ich bin Kenneth Trachtenberg.«

»Aber gewiß doch«, sagte er, »der Sohn des großen Schürzenjägers. Ein großer, gutaussehender Bursche. Du könntest dich glatt als Sargträger verdingen, so wie du aussiehst.«

Ich nahm das nicht als Beleidigung. Die Überlegenheit meines Vaters auf seinem Spezialgebiet einzugestehen war mir in Fleisch und Blut übergegangen. Abgesehen davon war ich von Onkel Vilitzer fasziniert. Ich schätze, daß das Alter ihn auf zwei Drittel seiner ursprünglichen Größe hatte schrumpfen lassen. Doch kämpfte er noch immer darum, seinen Status als Heißsporn zu halten. Er war auf alle Fälle ein Kämpfer. Er hatte sogar das Gesicht eines ehemaligen Boxers, mit seinen plattgedrückten Backen, einer Nase, in der nichts mehr zu brechen war, und den tiefliegenden Augen. Auch hier stand er hinter dem Tisch und stützte sich auf die Fingerknöchel, im Stil eines Barkeepers. Er würde sich nicht hinsetzen. Nicht nur die Fransen seiner weißen *Ich, Claudius*-Frisur waren nach innen gekräuselt, sondern auch seine Unterlippe war auf ähnliche Weise nach innen gerollt, anders sah man sie niemals, und er zeigte die Zähne, wenn er sprach. Seine goldene Florida-Farbe war irreführend, denn in Wirklichkeit war er nicht bei bester Gesundheit.

»Die haben dich also geschickt, um mich in den Schwitzkasten zu nehmen«, sagte Vilitzer.

»Die?«

»Dein neuer Schwiegervater und Richter Chetnik, sein Busenfreund.«

»Der Richter ist auch dein Busenfreund«, sagte mein Onkel.

Ich rechnete es meinem Onkel hoch an, daß er so gelassen reagierte. Ich wäre dazu nicht fähig gewesen.

»Amador ist ein Nichts.«

»Ich verstehe. Du hast ihn aber immerhin zum Richter gemacht, Onkel. Und er hat von der Richterbank aus für dich gearbeitet.«

»Das will ich hoffen. Und du und deine Schwester, ihr hattet keinerlei Grund, gegen mich zu prozessieren. Weißt du denn überhaupt, was für euch bei dem Handel rausgesprungen ist? Eure Eltern haben das Land für dreihundert Dollar bar gekauft. Das war ein Geschäft, zu dem *ich* ihnen den Tip gegeben hatte, über den Steuerschätzer. Wie hätte dein Vater denn sonst davon erfahren sollen? Er steckte immer mit der Nase in seinen Büchern. Ich habe euch von der Jefferson Street losgeeist, wo ihr von *schvartzers* umzingelt wart. Am Ende habt ihr dreihunderttausend Dollar rausgekriegt, du und deine Schwester. Ihr habt einen Depressionskauf getätigt, zu dem ich euch ebenfalls den Tip gegeben hatte. Man sagt ja nicht zu Unrecht, daß keine gut Tat ungestraft bleibt.«

»So würde ich das nicht ausdrücken«, sagte Benn. »Erstens hat mein Vater gesagt, er habe siebenhundert gezahlt. Außerdem wäre es vielleicht korrekter zu sagen, daß du von vornherein Absichten auf diese Ecke hattest. Durch deine Position im Stadtplanungs- und Flächennutzungswesen hattest du den Vorteil des großen Überblicks, du konntest entscheiden, auf welcher Seite des Innenstadtbereichs du expandieren wolltest. Du hast den Craders nur erlaubt, den Grund und Boden einstweilig für dich zu halten. Was auch nett war. Ich streite gar nicht ab, daß du freundlich warst.«

Ich bin sicher, mein Onkel hatte Matilda und ihrem Vater versichert, daß er sich gegen Vilitzer behaupten würde, und damit meinte er, wie ich jetzt sah, daß er es auf seine Weise tun würde. Offengestanden überraschte er mich. In Anbetracht des Zustands, in dem Benn sich befand, wegen der somatischen Eigenarten des Layamonschen Körperbaus, der dreifachen Ähnlichkeit zwischen Matilda, Dr. Layamon und Tony Perkins als Killer-Oma, und außerdem der zusätzlichen Beschwerde darüber, daß die Brüste seiner jungen Frau so weit auseinanderstanden und wegen weiß Gott welcher anderer Verrücktheiten, die in seinem Kopf herumspukten, hätte ich keine solche ruhige Stabilität angesichts Vilitzers Zorn vorausgesagt. Er äußerte keinerlei Feindseligkeit gegen seinen Onkel. Und außerdem möchte ich festhalten, bevor es mir wieder entfällt, daß die so merkwürdig geformten und merkwürdig gefärbten Augen meines Onkels groß geworden waren wie eine Fliegerbrille aus den Tagen der offenen Cockpits und daß sie endloses Tageslicht widerspiegelten.

Vilitzer sagte jetzt: »Du bist dir nur selbst zu gut für Gaunereien. Du läßt blöde Verwandte die Drecksarbeit machen, und dann kommst du daher und willst dir deinen Anteil abholen. Wenn du dich so sehr für die Millionen interessierst, hättest du eben selbst hinter ihnen hersein müssen.«

»Du hättest die Kinder deiner leiblichen Schwester wahrhaftig ein wenig besser behandeln können«, sagte mein Onkel.

»Siehst du!« sagte Vilitzer an mich gewandt. »Er versteht nicht einmal das allererste Grundprinzip. Wenn es um Geld geht, ist das Schlüsselwort *gnadenlos*. Ich frage dich«, fuhr Vilitzer, weiter an mich gewandt fort, »was hat, verdammt noch mal, meine Schwester damit zu tun?«

Ich muß gestehen, daß es mir eine gewisse Genugtuung bereitete, annehmen zu dürfen, ich sei würdig, eine solche Botschaft zu hören: Der Tod ist gnadenlos, und deshalb müssen die Grundregeln des Verhaltens eine entsprechende Härte in umgekehrter Richtung einbeziehen. Hieraus folgt, daß verwandtschaftliche Gefühle Scheiße sind. Sie sehen vielleicht, wie sich das auf meine Zuneigung zu meinem Onkel und die Zuneigung meines Onkels zu mir auswirken mußte. Gegen uns stand Vilitzers Verstoßung seines Sohnes Fishl, als Fishls chinesische Akupunkturabtreibungen und seine mentalen Feuerstürme in Lebendvieh-Termingeschäften und im Optionshandel die Anwendung der strikten Regel notwendig machten. Fishls Gefühle seinem Vater gegenüber waren ein weiterer Beweis für seine mangelnden Fähigkeiten, seine Ignoranz, was die Grundbedingungen des Seins anging.

»Die haben dich also geschickt, um mir zu drohen«, sagte Onkel Harold. »Wichtig ist nicht, was *du* tun wirst, weil du nämlich gar nicht wüßtest, wie du es anfangen solltest. Wichtig ist, was die Layamons tun werden, wenn sie dich vorschieben.«

Das diffuse Licht des Vormittagsspektrums über dem glasigen Konferenzraum tauchte diese Unterhaltung in das weltliche Äquivalent einer Kirchenfensterbeleuchtung. Von den auf Erdbodenniveau üblicherweise vorherrschenden natürlichen Hindernissen ungestört, übermittelte uns die Sonne eine direkte Botschaft über unsere menschlichen Ursprünge. Signale von unserem Erdenstern umringten uns in strahlenden Fäden. Wir hatten die Wahl, davon Notiz zu nehmen oder nicht. Selbstverständlich wird keiner gezwungen.

Harold Vilitzer deutete über seinen Kopf auf den Electronic Tower und sagte: »Ich habe eine großartige Tat vollbracht, indem ich diesen Wolkenkratzer in die Stadt holte. Ich habe etwas für Amerika geleistet. Dies ist einer der höchsten Wolkenkratzer, die je gebaut wurden. Ohne ihn würde diese Stadt weiter zerfallen wie der Rest des Rostgürtels. Schaut euch die Tausende von Arbeitsplätzen an, die ich geschaffen habe. Und außerdem habe ich dieser multinationalen Gesellschaft die Stabilität dieser Stadt aufgeschwatzt. Von Rechts wegen müßte ich dafür einen Orden bekommen. Ach was, scheiß auf Orden! Ich wäre ja schon froh, wenn man mich in Ruhe lassen würde. Aber das wird der Gouverneur nicht tun.«

»Warum nicht?« sagte ich.

»Weil er über die große Tour durch die Geschworenengerichte Gouverneur wurde und uns Politiker in den Knast brachte. Die Leute aus seinem persönlichen Team, die jetzt alle Partner in den dicksten Kanzleien hier in der Gegend sind, waren einer nach dem anderen Staatsanwalt in diesem Bezirk. Ihr habt ja gar keine Ahnung, von wie vielen Seiten die Scheißkerle mir an die Kehle wollen.«

»Ja, das hat Fishl mir erzählt«, sagte ich.

»Ausnahmsweise hat der kleine Schwanzlutscher da mal ins Schwarze getroffen«, rief sein Dad. »Also, Benno, wieviel willst du? ... Ich weiß schon, es soll eine siebenstellige Zahl sein. Du willst, daß ich dich zum Millionär mache.«

»Das habe *ich* nie behauptet.«

»Man ist an mich herangetreten«, sagte Onkel Harold. »Als wenn es für einen alten Mann nicht schon hart genug wäre mit all den Geschworenengerichten, wollen sie mich jetzt auch noch mit Amador Chetnik vor den Staatsanwalt zerren. Die Kerle werden mich in Stücke reißen wie einen Hering.«

Ich sah das alles ganz deutlich vor mir. Die neuen Gauner waren im Vormarsch, die alten auf dem Rückzug. Innerhalb von vier Jahrzehnten hatte Vilitzer Millionen beiseite geschafft. Er hatte aus dem Niedergang der Stadt Profit geschlagen, sie nach Strich und Faden betrogen. Er hatte für sein Alter vorgesorgt. Bay Harbor Island hätte sein Capri sein sollen (ich springe jetzt von Claudius zu Tiberius). Doch nun holten die Schatten des Gefängnisses den Achtzigjährigen ein. Und wen mußt er in der Reihe seiner Feinde erblicken – seinen eigenen Neffen Benno, den einfältigen Botaniker.

»Für was brauchst du eigentlich zwei Millionen Dollar?« fragte Vilitzer.

Ich beantwortete diese Frage auf meine Weise, indem ich mit jener vollkommenen Klarheit zu mir selbst sprach, die mich manchmal richtig stolz auf mich macht: Benn braucht sie, um für den Fehler zu bezahlen, den er machte, als er sich mit den Layamons einließ. Das Roanoke erfordert einen hervorragenden Wissenschaftler zum Türaufmachen, ein Genie zum Tellerspülen. Sollte ein Kind dieser Verbindung entspringen, so würde eine Berühmtheit aus der Pflanzenmorphologie ihm die Windeln wechseln. Mein Onkel war noch vital genug, um Kinder zu bekommen. Caroline Bunge war zwar geistesabwesend gewesen, aber doch nicht so plemplem, Pläne für eine Hochzeit mit einer Niete zu schmieden. Auch wenn sie am Flughafen, ohne ihn zu erkennen, an Benn vorbeigegangen war, wo er, ganz Herz und Gemüt, stand, um sie abzuholen, hatte sie trotzdem »Du Engel, du!« ausgerufen, als sie sich liebten. Der Geschlechtsakt war vermutlich Carolines letzter Berührungspunkt mit der Realität. Sollte auch er noch verlorengehen, so wäre es aus mit ihr.

»Du wirst mir sicher keine Antwort geben, Onkel Harold«, sagte Benn, »aber wieviel hast du beim Verkauf des Grundstücks rausgeholt?«

»Du glaubst wohl, daß ich mit einem Mann wie dir in solche Details gehe?« sagte Vilitzer.

»Warum nicht mit mir?«

»Weil du keine Ahnung hast!« Erzürnt wie er war, sprach er doch auch als Mann, der stolz darauf war, sich dem hohen Dienst des Geldes verschrieben zu haben, so daß eine Diskussion mit Benn über Vermögensdinge und komplizierte Kalkulationen unter seiner Würde gewesen wäre. Konnte Benn eine Bilanz lesen? Verstand er, was es erforderte, die anderen Mitglieder der Flächennutzungskommission bei Laune zu halten? Man darf nicht vergessen, daß Onkel Harold sich im ersten Weltkrieg aus Vaterlandsliebe freiwillig gemeldet hatte. Ja, und daß er mit Hilfe seiner Verbindungen zu PX-Läden und durch seinen Handel mit Militärbeständen einen wahnsinnigen Spekulationsgewinn erzielt hatte, war kein Widerspruch, da Ökonomie und Amerika ja annähernd identisch waren. Die Frage meines Onkels war mehr als dämlich, sie war ausgesprochen schwachsinnig. Als ob Vilitzer jemals eine Summe nennen würde! Und selbst wenn er es tat, dann würde sie bis zu zehn Millionen Dollar von der Wahrheit abweichen. Solche Unfähigkeit auf Benns Seite mußte, wenn man sie ganz isoliert von anderen Tatsachen betrachtete, wie die letzte Stufe der Entfremdung von seinen Mitmenschen erscheinen. Und die anderen Tatsachen, z. B. Benns Stärke im Reich der Natur, waren für einen Mann wie Vilitzer nicht erkennbar. Was mich selbst betrifft, so hätte ich das alles nicht so schnell, so natürlich begreifen können, wenn ich nicht selbst eine Begabung für Geschäftliches hätte. Welch spannende Erfahrung, diese Geschwindigkeit beim Begreifen. Von einer anderen Seite her war dieses schnelle Begreifen aber auch beunruhigend. Daß es mir so leicht fiel, war eine Art Verrat am höheren Leben. Doch andererseits war es ohne solche Begabungen undenkbar, Amerika zu begreifen – und warum sich überhaupt mit einem Amerika-Verständnis herumschlagen, wenn die Fähigkeit dazu fehlte? Und ich habe eben diesen Drang, mit der Zeit gehen zu wollen. Sonst könnte ich mir ja auch über die große Mauer in China den Kopf zerbrechen.

»Jedenfalls bin ich zu keinem Handel bereit«, sagte Vilitzer. »Nicht mit dir – ganz bestimmt nicht – und nicht mit Dr. Layamon, der so mit seinen Gaunereien beschäftigt ist, daß mir nicht klar ist, wo er noch die Zeit hernimmt, Patienten zu behandeln.«

»Ich dachte, wir könnten das in aller Stille unter uns regeln, ohne Melodrama«, sagte Onkel Benn.

»Mit *dir* würde ich niemals verhandeln«, sagte Vilitzer. »Das wäre ja nichts Endgültiges. Du bist nicht Herr über dich selbst. Sie benützen dich, um mir die Hucke vollzuhauen. Was mich anbelangt, gibt es nichts zu regeln.«

»Nun, wenn du Hilda und mir den angemessenen Preis für das Stück Land geben würdest ...«

Jetzt bewegen wir uns immerfort im Kreis, dachte ich. Der alte Mann würde lieber sterben, als einen einzigen Dollar von den achtzig Millionen, die er sich unter den Nagel gerissen hatte, abzugeben. Anstatt eines ethischen Gedankengebäudes hatte er ein paar Vorstellungen von Ehre, die teils aus der Maschinerie stammten – der Politik in der Kommune –, teils von der Mafia, teils aus Wildwestfilmen. »Ich kann immer noch ganz gut kämpfen«, sagte er. »Hinter mir sind schon größere Männer als Layamon und Chetnik hergewesen. Wenn ich mich so leicht ins Bockshorn jagen ließe, wäre es schon vor Jahren mit mir aus gewesen. Die anderen Burschen – und ihr wißt schon, wen ich meine, ich meine den Gouverneur persönlich und seine Jungs bis rauf ins Justizministerium – haben schon seit Urzeiten ihre Wanzen in meinem Haus sitzen. Eine Ermittlung nach der anderen und Steuerprüfungen bis zurück ins Jahr eins. Immer neue Drohungen, immer neue Arten, einem den Arm umzudrehen, sogar neue Krankheiten. Immer neue Entführungen, Geiselnahmen, neues Lösegeld und neuer Terror. Man braucht nicht erst nach Beirut zu gehen; man findet das hier an Ort und Stelle, wo scheißclevere Organisatoren es mit Firmen und Fernsehanstalten machen, Boykotts und allen möglichen sonstigen Scheiß organisieren, und das geht doch rauf bis zum Weißen Haus, wo man mit den Arabern verhandelt, die sich links und rechts amerikanische Staatsbürger schnappen. Und das will ich dir sagen, Benno, genau das ist es, was du jetzt vorhast: Erpressung.«
Ich war beeindruckt von dem alten Herrn. Das war keine simple Wüterei, das war Analyse und Interpretation.
»Und eins will ich euch sagen –« schrie Vilitzer uns jetzt an, »mich haben sie schon oft aufs Kreuz gelegt, und mein Arsch ist voller Splitter, aber ans Kreuz genagelt haben sie mich noch nicht.«
Jetzt versuchte er, Onkel Benn tätlich anzugreifen. Er setzte

zum Kinnhaken an. Ich warf mich dazwischen und hielt den alten Mann zurück. Als ich ihn umschlang, fühlte er sich so leicht an wie ein leerer Eierkarton aus Plastik. Nicht ein einziges Ei mehr in ihm. Er konnte keine hohe Lebenserwartung mehr haben, obwohl sein postoperatives Herz fröhlich weiterpochte. Er trug einen Schrittmacher in der Brust. Das spürte ich mit den Armen, während ich ihn festhielt – nur einen kurzen Moment, aber lange genug, um von Fishl gesehen zu werden, als der zur Tür hereintrat. Der Augenblick war wie für Fishl geschaffen. Aber noch bevor er sagen konnte: »Was ist denn das?«, schrie Vilitzer ihn an: »Wer zum Teufel hat dich holen lassen?«

»Aber Dad, ich wollte nur anbieten –«

»Leck mich doch!« sagte sein Vater. »Ich muß zu einer Sitzung mit dem Gouverneur.« Dann fegte – wankte – er hinaus, und wir standen stumm da. Mein Onkel war zu niedergeschlagen, um etwas zu sagen; sein Oberkörper war erstarrt, als halte er die Luft an. Fishl war stumm, weil er um seine rührseligen Hoffnungen gebracht worden war. Er war hereingeeilt, um seinen alten Vater zu retten und sich mit ihm zu versöhnen. Und da ich keiner der Hauptakteure war, wäre es für mich jetzt nicht in Frage gekommen, etwas zu sagen. Ich weiß nicht, welcher Schuß des alten Vilitzer meinen Onkel am meisten getroffen und verletzt hatte. Vielleicht: »Wozu brauchst du denn zwei Millionen Dollar?« Das mußte der schmerzhafteste gewesen sein. Man fällt über den alternden Bruder seiner verstorbenen Mutter mit der Forderung nach zwei Millionen Dollar her. Wofür? Dabei ist es nicht einmal die eigene Forderung. Man stellt sie für jemand anderen. Braucht man als exakter Hellseher von Pflanzen so eine Masse Pinke? Und besonders, wenn man solche niedrigen Organismen erforscht wie Flechten, die sich ihre Nahrung aus nackten Felsen, Luftströmen und Intervallen der Sonne holen. Dabei war dies erst der Anfang der emotionalen Rechenschaft – des *rendu émotif* –, des Martyriums des Begehrens, der merkwürdigen Schicksalsprüfung, die unser aller wartet.

Fishl, noch immer fest im Griff des unternehmerischen Ideals, mußte seine unternehmerische Selbstbeherrschung wiederfinden und bemühte sich noch heftiger darum, seine Gefühle zu meistern, als mein Onkel. Er faßte sich rasch und begann wieder, er selbst zu sein. Ich glaube, ich sagte schon, daß er sanft und ruhig aussah. Sein bevorzugtes Image, welches er gewohnheitsmäßig zur Schau trug, war das ungetrübter Fassung. Er hatte eine glatte Stirn. Wenn er sie in Falten zog, dann nicht, weil *er* erstaunt gewesen wäre, sondern weil sein Gegenüber es war. Als Herbert Spencer gefragt wurde, wie es käme, daß seine Stirn nach so vielen Jahren des Nachdenkens ganz faltenlos sei, antwortete er, daß er niemals lange von einem Problem verblüfft gewesen sei. Ähnlich schnell fand Fishl seine Antworten. »Würdest du mir wohl mitteilen«, sagte er zu mir, »warum du mit meinem alten Dad handgemein geworden bist?«

»Ich bin nicht handgemein mit ihm geworden, ich habe ihn nur zurückgehalten.« Und da ich ja gelernt hatte, daß man als gewitzter Unternehmer immer die Führung übernimmt, indem man selbst die Fragen stellt, fügte ich hinzu: »Warum sollte ich mich mit ihm schlagen? Mit einem Achtzigjährigen, der am offenen Herzen operiert worden ist? Ich mußte ihn davon abhalten, auf Benn loszugehen.«

»Willst du damit sagen, daß er versucht hat, Benn tätlich anzugreifen?«

»Er wollte ihm einen Kinnhaken versetzen.«

»Habe ich euch nicht extra darum gebeten, das nicht zu tun – mir Zeit zu geben, ihn vorzubereiten?«

»Die Sache konnte nicht warten.«

»Ihr wärt trotzdem besser beraten gewesen zu warten«, sagte Fishl im Ton eines parlamentarischen Debattenredners. »An den Ergebnissen gemessen. Oder habt ihr vielleicht gedacht, daß die Verbindung mit mir eurer Sache schaden würde? Ich habe euch gebeten, nicht mit ihm herumzuspielen. Mit einem armen alten Kauz, der auf dem letzten Loch pfeift.«

»Das ist er natürlich«, sagte ich, »aber trotzdem kann er es nicht ertragen, auf Widerstand zu stoßen, und er war schon von Anfang an gereizt.«

»Weil ihr mit seinen schlimmsten Feinden unter einer Decke steckt.«

»Jedenfalls hat er ausgeholt, um Onkel Benn einen Kinnhaken zu versetzen.«

Meine Arme hatten sich noch die sinnliche Erinnerung an Vilitzers Leichtigkeit bewahrt. Er war kaum mehr ein Gehäuse aus Ton; er war nur mehr Flechtwerk, poröses Plastik. Nur der Schrittmacher unter seinem Hemd hatte noch Gewicht. Und trotzdem wollte er sich ebensowenig von einem einzigen Dollar trennen, wie Michelangelo, obschon krank und schwach, von seinem Sixtinischen Gerüst heruntergekommen wäre.

»Na schön, ich gehe jetzt und warte draußen, während der Gouverneur der Kommission sagt, wie sie entscheiden soll – das ist einer, der haargenau weiß, wie man vorgeht. Laßt jetzt aber die Hände von meinem Vater, ja? Ich mache euch dafür verantwortlich, daß er in diesen Zustand geraten ist. Diesen gefährlichen Zustand. Und so viele Menschen trampeln schon auf ihm herum ... Und dir muß ich sagen, Cousin Benno, ich hätte eine bessere Meinung von dir, wenn du aus eigener Initiative hinter ihm her wärst und nicht auf Anweisungen von unbeteiligten Dritten.«

Benn schluckte es schweigend. Matilda, die spektakuläre Schönheit von Parrish Place, war keine unbeteiligte Dritte, und wenn man nicht in den ersten Wochen nach der Hochzeit alles nur Mögliche tat, um eine Frau zufriedenzustellen, dann konnte man ebensogut Junggeselle bleiben.

»Wenn dein alter Herr sich nicht immer noch sehr eigenwilliger Methoden bedienen würde«, sagte ich, »hättest du mehr Grund dazu. Aber der intrigiert und macht Geschäfte auf Teufel komm raus, und Benn hat etwas ganz Vernünftiges getan, nämlich versucht, mit ihm zu reden.«

»Wenn du dein Gewissen beruhigen kannst, dann gratuliere ich dir.«

Wir hatten Fishl seine große Gelegenheit verpatzt, und deshalb war er verbittert und niedergeschlagen. Er konnte den Gedanken nicht ertragen, daß der alte Herr vielleicht starb, bevor sie sich versöhnt hatten. An diesem Punkt konnte ich mit ihm fühlen, dies war der Wunschtraum eines Sohnes, den ich voll teilen konnte, und ich hoffte, er würde sich erfüllen.

»Einzig und allein ich, der verlorene Sohn, versteht den alten Mistkerl.«

Fishl sagte nichts mehr. Er mußte gehen. Der Gouverneur würde nicht viel Zeit an die Kommission verschwenden. Wie würde Fishl sich nun seinem Vater gegenüber verhalten?

Als er fort war, schloß mein Onkel die Augen und stieß einen langen Seufzer aus. Ich sagte: »Du hast jedenfalls dein Bestes versucht.«

»Ich frage mich, ob es überhaupt einen *richtigen* Weg gegeben hätte.«

»Du meinst, Sieg wäre gar nicht drin gewesen?«

»Man befindet sich nicht gern in der Position des Trottels.«

»Welchen Standpunkt, denkst du, wirst du in Parrish Place vertreten?«

Er zuckte die Achseln. »Ich möchte überhaupt keinen Standpunkt vertreten. Ich sähe es nicht gerne, wenn Harold angeklagt würde. Du?«

»Es hat gar nichts mit uns zu tun – sie werden ihn so oder so anklagen.«

»Ich hätte sagen sollen, wärst du gerne daran beteiligt? Wie ich mich in Parrish Place verhalten werde, fragst du? Mit dem Doktor wird es keine Diskussionen mehr geben. Matilda und ich werden es unter uns ausmachen. Zwischen Ehemann und Ehefrau.«

»Möchtest du voraussagen, was sie sagen wird?«

Nein, das mochte er nicht. Sein Blick war ungewöhnlich neutral. »Wir fahren ja schon übermorgen nach Brasilien.«

Glaubte er, daß die Reise seine Probleme lösen würde? Was würde Dr. Layamon in seinem Namen tun, wenn er fort war? Wozu würde Richter Amador Chetnik sich entschließen? Wenn er Vilitzer ins Spiel brachte, konnte Chetnik seine Strafe möglicherweise bis zu zehn Jahren verkürzen.

»Glaubst du, daß Matilda eine Alternative akzeptieren könnte – ihre Pläne für das Roanoke aufgeben?«

»Du scheinst schon von vornherein entschieden zu haben, daß Matilda eine unnachgiebige Person ist«, sagte mein Onkel.

Eigenartigerweise gab er Matilda keine Schuld. Was er an ihr auszusetzen hatte wurde, ungeachtet der Geheimnisse, die er mir gebeichtet hatte – zuerst ihre Schultern, dann ihre Brüste (als nächstes würde vielleicht die Innenlinie ihrer Oberschenkel kommen oder, noch peinlicher, eine unmittelbar sexuelle Beanstandung) –, nicht in Schwächen ihres Charakters umgedeutet. Sie war noch immer seine *Schönheit*. Daran zweifelte er niemals. Noch kritisierte er ihr Verhalten. Er sagte nicht: »Sie hätte mich nicht auf Onkel Harold hetzen sollen.« Ich schloß daraus, daß die Ungeheuerlichkeit seiner Phantasien (die Angst davor, in jener Nacht in den Berkshires mit ihr ins Bett zu gehen, weil er sie vielleicht im Schlaf erdrosseln könnte) ihn zu Willfährigkeit zwang. Er war den Vergehen anderer gegenüber blind, konnte sich nicht vorstellen, welches Unrecht sie ihm antaten, und der Grund dafür war, daß er voll davon in Anspruch genommen war, sich selbst zu überprüfen, zu überwachen, in die Mangel zu nehmen, zu verwarnen und sich die Fingerabdrücke abzunehmen. Nie hatte er ein unfreundliches Wort für die Della Bedells, die Rajashwaris aus Indien, die Caroline Bunges. *Er* war derjenige mit den kriminellen Motiven. Er leistete seine Zahlung an Matilda, weil er ihr geistig Unrecht getan hatte. Sollte sie doch das Roanoke mit seinen zwanzig riesigen Zimmern haben. Er brauchte vermutlich zusätzlichen Raum für sein schlechtes Gewissen. Falls ihn dann der Gedanke, sie zu ermorden oder sonst eine verrückte Phantasie überkam, würde er sich das von der Seele laufen können, ohne dabei das Haus verlassen zu müssen. »Sperrt mich ein. Ich tauge nicht dazu, auf freiem Fuß zu sein. Bin nicht zur Freiheit geboren.«

Inzwischen denke ich, daß ich wohl zu hart mit ihm ins Gericht ging. Aber ich erzähle es so, wie es war.

Auf der Heimfahrt in der Treibhausluft des City-Busses stellte ich mir die beiden voneinander unabhängigen Bemühungen vor – Fishls Bemühungen um seinen Vater und Benns um Matilda. Die Chance, daß Fishl eine Versöhnung mit Vilitzer erreichen würde, war nicht sehr groß, und ich habe nie herausgefunden, ob Harold seinem Sohn eine Chance gegeben hat, seine Gefühle zu erklären. Ich weiß nur, daß Harold sofort, nachdem der Gouverneur mit der Kommission fertig war, nach Bay Harbour Island (Miami Beach) zurückflog und Fishl ihm folgte. Ich bin besser über die Unterhaltung informiert, die Benn mit Matilda führte. Er rief später am Tag an und erzählte mir davon. Glücklicherweise war der Doktor in seinen Club gegangen. Wenn das Wetter zu kalt zum Golfspielen war, spielte er Samstag nachmittags Rommé. Er brauchte männliche Gesellschaft, spielte um hohe Einsätze und brachte aus dem dämmrigen

Spielsalon wichtige politische Informationen mit nach Hause.

»Wir beide aßen allein zu Mittag«, sagte Benn. »Jo hatte etwas in ihrem Büro zu erledigen – in dem Azaleen-Zimmer. So aßen wir unser Sandwich in der Frühstücksnische.«

Mein Onkel war kein Freund von großen Mittagsmahlzeiten, und heute war sein Magen gereizt. Die Anhörung in der Stadt hatte dieselbe Wirkung wie die Striptease-Vorführung in Kioto. Knallharter Sex, so könnte man es nennen, abstrakte Erregung, zum Wahnsinn treibende Nüchternheit, als die Mädchen das Publikum einluden, ihre innersten Geheimnisse anzustarren. Damals hatte mein Onkel seine Zuflucht in Monogamie und Häuslichkeit gesucht, und nun servierte ihm seine Frau ein Putenbrust-Sandwich aus weißem Toast. Das russische Dressing, um das er bat, machte das Fleisch nicht weniger trocken. Manchmal litt er unter einer retrograden Speiseröhre – globus hystericus, Schwierigkeiten beim Schlucken. Wie das – in solch einer Edelküche, in der die Kupfertöpfe an ihren Haken glänzten und die Theke geschrubbt war, so daß sie einer Inspektion in der Militärakademie von Annapolis standgehalten hätte? Nun ja, es gab auch noch den Electronic Tower, der sich durch den winterlichen, sonnendurchdrungenen Dunst näher schob, seine riesigen Masten einer Stimmgabel gleich. Mein Onkel konnte so immer den Ort sehen, an dem er einige der besten Jahre seines Lebens verbracht hatte, wo er zum Botaniker herangereift war, wo er wegen der Schneiderstochter an Liebeskummer gelitten hatte – auch wenn er diese Zeiten nicht sentimental aufbauschte. Ich glaube, daß *ich* das tue, angeregt durch die trockene Kehle, von der er mir erzählte, und seinen Schwierigkeiten beim Essen und Schlucken. In den Tagen, als Stare in Scharen kamen, um in dem schmutzigen Hinterhof die weißen Maulbeeren zu picken, wurden solche Forderungen an ihn nicht gestellt. Damals war er Student und besitzlos gewesen. Jetzt »hatte« er etwas, und es gab Erwartungen, Anforderungen. Er hatte eine Frau. Seine Frau hatte eine Familie. Sie wollten »für ihn sorgen«. Matilda, um völlig fair zu sein, mußte da für ihn handeln, wo er nicht fähig war, für sich selbst zu handeln. So, wie sie es möglicherweise sah, mußten bestimmte Dinge für ihn getan werden, und sie tat sie. Er hatte eine elegante Frau geheiratet und konnte nicht erwarten, daß sie ein freudloses Leben akzeptierte. Er hatte niemals ausdrücklich gesagt, daß er *nicht* wollte, daß Vilitzer ihm zwei oder drei Millionen Dollar gab und ihn »sanierte«, wie man das in der Stadt nannte. Ich glaube, sie ging davon aus, daß sie und Benn eine liebevolle Partnerschaft hatten und daß er sie nicht nur um ihrer Schönheit, sondern auch um ihrer Talente willen geheiratet hatte, und eines dieser Talente war die Fähigkeit zu organisieren. Sie tat, was sie tun mußte, ihre Pflicht, so wie sie sie sah. Sie erzählte mir später, daß sie vollkommen verstand, wie sehr es ihn beunruhigt hatte, Vilitzer im Stadtzentrum entgegentreten zu müssen. Zu Hause hieß sie Benn in einem roten Kleid willkommen, das er besonders gern mochte, einem sehr flotten Ding mit Kragen im russischen Stil. Eigentlich nicht richtig rot, sondern von der Farbe einer reifen Kaki, rötliches Orange, mit schräggesetzten Taschen und einem passenden Korallenarmband und geschnitzten Ohrringen. Sie bat ihre Mutter, Geschäfte vorzuschützen und nicht zum Lunch zu kommen. »Ich steckte mir auch das Haar auf, so wie er es gerne mochte. Er war der Meinung, daß eine Frau ihren Nacken zeigen sollte, und hatte gar nichts für langes Haar nach Schulmädchen Art übrig oder den – wie er es nannte – Alice-im-Wunderland-Effekt. Dein Onkel konnte ganz besondere Forderungen stellen. Alles mußte genau stimmen. Auch in sexueller Hinsicht.«

»Könntest du mir da ein Beispiel geben?«

»Das sollte ich nicht tun. Eines vielleicht – er mochte keinen Zigaretten- oder Whiskey-Atem.«

»Er war anspruchsvoll ...?«

»Du kannst dir gar nicht vorstellen, wie viele Bedingungen erfüllt sein mußten. Falls du irgendwelche Zweifel haben solltest, ich nahm es mit Humor.«

»Die Menschen reden heute sehr frei über alles. Gottseidank ist die alte Reserviertheit vorbei. Denk nur an deine Freundin Marguerite Duras. Was den Marquis de Sade angeht ...«, sagte ich.

»Oh, nichts Ausgefallenes. Dein Onkel doch nicht. Versteh mich nicht falsch. Nichts Perverses. Nur eine gewisse Pingeligkeit. Er mochte Rüschenblusen gern.«

Ich hätte so gerne herausgefunden, wie ernst sie meinen Onkel nahm, wieviel Gewicht er für sie hatte, wie sehr sie an ihn glaubte. Dies preiszugeben lehnte sie höflich ab. Mir war erlaubt, daraus zu schließen, daß sie gedrängt wurde, eine Rüschenbluse anzuziehen, wenn sie sich liebten. Und auch, daß er eine entschiedene Vorliebe für das Fußende des Bettes und die eine Ecke der Matratze hatte. Ich interessierte mich sehr wenig für Details dieser Art. Wie inzwischen vielleicht offensichtlich ist, habe ich eine Schwäche für die großen Themen. Die Bedeutung der menschlichen Liebe. Der Verzicht auf Egoismus, um die Individualität zu retten. Wie Solowjow und meine anderen geliebten Russen. Der Egoist, der sich selbst so hoch einschätzt und sich selbst absolute Bedeutung zuschreibt, hat in gewisser Weise recht, weil jedes menschliche Wesen, als Mittelpunkt von Lebenskräften und als Möglichkeit unendlicher Perfektion, tatsächlich imstande ist, absolute Bedeutung und absoluten Wert zu besitzen, und man sich gar nicht hoch genug einschätzen kann. Aber es ist ungerecht und böse, anderen diese Bedeutung zu verweigern. Was spielt es also für eine Rolle für mich, daß mein Onkel die Dame ans Fußende des Bettes zerrte, um sie dort zu genießen, da doch die sexuellen Beziehungen die Liebe *par excellence* repräsentieren, wenn sie nur glaubwürdig begründet sind. Aber lassen wir das.

Zu diesem Zeitpunkt, lange nach den Ereignissen, die ich hier zu beschreiben habe, versuchte Matilda, Informationen aus mir herauszuholen, und sprach mit einiger Offenheit, um mich dazu zu bewegen, auch mit ihr offen zu sein. Als Liebhaberin raffinierter, gehobener französischer Literatur besaß sie zumindest Buchwissen über ausgefallene Fickereien. Es versteht sich von selbst, daß ich meinen Onkel niemals in voller Aktion in einem Schlafzimmer gesehen habe (das wäre ein Anblick gewesen!), aber es war nicht schwer zu erraten, daß unbekannte Sexualpraktiken ihn verwirrt hätten. Ich glaube auch nicht, daß Matilda solches Verhalten im Eheleben erwartete, selbst wenn der Doktor sich Benn gegenüber provozierend über die erotischen Findigkeiten der jüngeren Generation geäußert und dabei den Manson-Kult erwähnt hatte – Drogen, Beischlaf und Mord, der Alptraum eines Vaters und auch eines Ehemanns. Der Doktor folterte Benn damit, daß er sagte, ein Vater müsse die Wände hinaufgehen, wenn er sich vorstelle, was seine wohlerzogene Tochter alles angestellt habe. Doch dies war reiner Mittelklassen-Diabolismus, und emotional gesehen handelte es sich um eine Form sozialen Aufsteigertums, da Layamon kein Augustus Caesar war, seine Tochter keine Julia und auch weit und breit kein Imperium in Sichtweite, lediglich ein Portefeuille von Investments, und auch für Matilda ein Leben mit Benn im Roanoke keineswegs einer Verbannung gleichkam. Jedenfalls hatte die psychologische Hexerei des Alten keine Wirkung auf Benn gehabt. Sie kam einfach nicht an. Benn sah sich als der matte, reisemüde Wanderer aus dem Gedicht von Poe. Das war sein Komplex. Matilda wollte eine scharfe Biene in der Welt der Makler werden, aber gleichzeitig mit einem geachteten Professor gemütlich verheiratet sein und mit viel Stil im Roanoke leben, wo sie (als eine Dame mit fließendem und zeitgemäßem Französisch) sogar in einer ordinären Stadt wie dieser etwas führen konnte, was einem Salon durchaus nahekam. Und schließlich hatte sie ja den Tiefschlaf zum Kult erhoben, und hierfür war das Roanoke die vollkommene Umgebung.

Dies wird unsere Bahn festlegen, unsere Grenzen wieder einmal bestimmen. Ich habe immer Sorge, daß sie mir aus der Hand gleiten. Benn rief mich mehrere Male an, um mir von ihrer Unterhaltung in der Frühstücksnische und dem Puten-Sandwich zu erzählen. Egal, wieviel Bier er trank, sagte er, sein Mund blieb trocken. Am Telefon klang er sehr konfus – wirres Gerede, wirbelnde Wörter, zusammenhanglose Erwähnungen von Charles Addams. Er wählte nach jedem Gespräch noch einmal, weil er etwas weggelassen hatte. An diesem Wochenende – wie das Schicksal es wollte – kamen auch meine eigenen Sorgen mit Treckie wieder an die Oberfläche. Mrs. Sterlings Privatdetektiv in Seattle hatte ihr neue, sehr besorgniserregende Informationen geliefert. Treckie war tatsächlich im Begriff, den Snowmobil-Verkäufer zu heiraten. Und das war noch nicht alles. Da es sich bei Snowmobilen um eine an Jahreszeiten gebundene Ware handelt, planten Treckie und ihr Zukünftiger, ins Flohmarktgeschäft einzusteigen. Sie würden von einem festen Ausgangspunkt am Puget Sound aus operieren und mit einem Caravan oder Wohnwagen oder Camper die Flohmärkte abklappern. Klein Nancy würde natürlich mit ihnen zusammen herumreisen, obwohl ich die Option bekommen sollte, sie im Sommer zu mir zu nehmen, wenn Treckie am meisten beschäftigt war. Mrs. Sterling, die vom Flughafen aus anrief, sprach in schneidendem Ton. »Sie wollten Ausflüchte machen!« Das war der Ton einer verletzten Frau! »In dieser Zeit könnten Sie wahrhaftig Hilfe gebrauchen.« Die Hilfe einer Frau, meinte sie. Gewiß, doch um welchen Preis? Wohin man sich wendet, überall Kosten, Kosten und nochmals Kosten. Inzwischen müssen sogar die Engel Buchhalter sein, um verstehen zu können, was sie ins Buch des Lebens schreiben.

Heirate die Großmutter deiner kleinen Tochter, und du bist deine Sorgen los. »Was werden Sie dagegen unternehmen – wenn überhaupt etwas?« sagte Tanja Sterling mit einem gewissen satirischen Nachdruck.

Unternehmen? Ich würde nach Seattle fliegen müssen. Ein Flug, fünftausend Meilen Luftreise, bedeutete doch schon, etwas zu unternehmen, und das Fliegen war vielleicht der wichtigste Teil der Bemühung. Wie effektiv ich auf dem Boden sein würde, mochte sich jeder selbst ausrechnen. Immerhin konnte ich frühmorgens hinfliegen und um Mitternacht zurücksein. Mein Onkel und Matilda würden für Brasilien packen. Vor einer längeren Reise ging mein Onkel immer zu seinem Anwalt, um sein Testament durchzusehen. Es gab jedesmal in letzter Minute noch Nachträge. Benn würde also mit Bestimmtheit beschäftigt sein. Abgesehen davon brauchte ich aber nicht anzunehmen, daß Tanja Sterlings Dringlichkeit realistisch war. Herrische Menschen setzen einen oft unter Termindruck, und je spinniger sie sind, desto entschiedener sind ihre Befehle. Dies war nicht gerade der beste Tag, um die Stadt zu verlassen. Ich wurde auch hier dringend gebraucht. Mir ging sogar durch den Sinn, daß in Brasilien entsetzliche Dinge passieren könnten. Eine anhaltende und sich verschärfende Krise und keiner, mit dem Benn sprechen konnte – wie würde er ohne mich zurechtkommen? Ich bat Tanja Sterling, mir den Namen ihres Privatdetektivs in Seattle zu nennen. Sie zögerte. Er würde das für unethisch halten, sagte sie. »Es ist nicht unethisch, wenn ich ihn dafür bezahle. Ein direkter Kontakt wäre besser. Ich bekomme meine Informationen ja aus zweiter Hand«, erklärte ich. Sie sagte, das sei ihr nicht recht, aber schließlich gab sie mir doch die Telefonnummer des Mannes. Dann würde ich ja selbst sehen, wie ehrlich sie mir gegenüber gewesen sei. Sie sagte, sie habe mich für einen vertrauensvolleren Menschen gehalten. Ich entschuldige mich für diese Nebenbemerkungen. Ich muß die Geschichte so erzählen, wie sie sich ereignet hat. Schließlich war ich ja selbst ein Teil davon. Vielleicht lasse ich mich so gern ablenken, weil ich mir einen richtigen Ruck geben muß, zu Benn und Matilda in die Frühstücksnische zurückzukehren. Dort sitzen sie also, den Electronic Tower im Blickfeld. Glauben Sie aber bitte nicht, daß er immer ein bedrückendes Objekt gewesen wäre. Wolkenkratzer drükken bekanntermaßen auch ein Streben nach Freiheit aus, etwas Erhebendes. Sie mögen voller abscheulicher Firmen und Unternehmen stecken, aber sie vermitteln eine Idee von Transzendenz. Vielleicht führen sie uns irre oder enttäuschen unsere Hoffnungen durch eine unlautere Analogie.

Das Paar jedenfalls unterhält sich, diskutiert Onkel Vilitzer. Matilda bemüht sich um Freundlichkeit, während mein Onkel, darüber erschüttert, daß Onkel Vilitzer so gealtert ist (und über den Zerfall menschlicher Körperfunktionen, wie ihn die Cusper-Anhörung illustrierte), versucht, ihr mitzuteilen, wie ihn das berührt hat. Matilda mußte in der Tat geduldig sein. Es ist schwer, sich in solche Dinge hineinzudenken, und vielleicht noch schwerer, dazu aufgefordert zu werden, sich hineinzudenken. Wir hören, daß Hunderte gestorben sind, und dann, daß Tausende tot sind. Aber nach welchem Maßstab reagiert man auf solche anwachsenden Zahlen? Wieviel schwerer nehmen wir die größeren Zahlen? Ist tausend zehnmal schlimmer als hundert, oder ziehen wir, nachdem die Menschen in den Abgrund gestürzt sind, unsere Gefühle ganz und gar zurück? Man kann nichts mehr für sie tun – tot ist tot. Wir müssen uns auf die Lebenden konzentrieren. Obwohl wir auch mit denen nicht viel besser zurechtkommen. Als sie vom armen Vilitzer hörte, zog Matilda also die Register ihres Mitgefühls und präsentierte sie Benn im passenden Moment. Um es hinter sich zu bringen. »Mann, das ist ja wirklich schrecklich, nicht wahr, aber was sollen wir denn tun?«

»Müssen wir denn das Geld aus ihm herauspressen?«

»*Müssen?* Aber euer Grund und Boden war fünfzehn Millionen wert, und er hat euch ein paar lumpige hunderttausend gegeben. Das war unfair. Es ist verdammt noch mal ungerecht.«

»Ja, aber er hat nun mal sein Leben für das Geld gelebt. Er hat sich dem voll und ganz hingegeben. Ich nicht.«

»Jene, die das Schwert führen, wie du selbst sagst«, erinnerte ihn Matilda.

»Aber warum soll *ich* denn durch sein Schwert umkommen? Könnten wir nicht wunderbar auch ohne seine Pinke leben?«

»Theoretisch mag das eine Möglichkeit sein«, sagte Matilda scheinbar nachdenklich.

»Es braucht doch nicht das Roanoke zu sein. Es ist eine entzückende Wohnung, gewiß. Aber sie ist eine halbe Million Dollar wert, vielleicht siebenhunderttausend. Von soviel Geld könnten wir auch woanders stilvoll leben.«

»Da du von der Wissenschaft herkommst, siehst du die Dinge eben nicht so, wie sie jemand wie ich sieht. *Ich* bin diejenige, die nach unserer Adresse eingeschätzt wird, nach dem Geschmack der Ausstattung und dem Stil der Einladungen. Du wirst viel glücklicher sein, wenn ich das Gefühl habe, daß mein Standard stimmt.«

»Wir könnten doch beim Doktor einen Kredit aufnehmen und das Roanoke als Sicherheit anbieten.«

»Das ist eine weitere Front, an der ich eigentlich keine Verluste machen möchte. Ich muß unabhängig von Dad und Jo sein.«

Sie sprach freundlich mit Benn und saß dabei ganz gerade, hielt sich hervorragend, rauchte ihre Zigaretten, war aber aufmerksam genug, den Aschenbecher auf der Leeseite zu behalten, offenbar im Bewußtsein der Tatsache, daß der Geruch eine leicht deprimierende Wirkung auf Benn ausübte.

»Irgendwas ist an diesen Gelddiskussionen«, sagte Benn.
»Es macht die Leute hellwach, wenn sie Geld kriegen; niemals sind sie wacher. Dann, wenn sie es haben, geben sie es wie im Traum aus.«

»Ha!« sagte Matilda. »Wenn man das auf den Bundeshaushalt anwenden würde! Wenn diese Milliarden ausgegeben werden, dann muß doch das Licht des Geistes völlig ausgeschaltet sein. Das hat tatsächlich den Anstrich des Phantastischen, nicht wahr?« Sie schaute zur Decke, voller Freude ob dieses Gedankens, und blies Rauch in die Luft.

»Was kann ich denn sonst noch wegen Onkel Vilitzer tun?«

»Du hast alles getan, was ich mir erhofft hatte. Ich hatte nicht erwartet, daß er nachgeben würde.«

»Und während wir in Brasilien sind?«

»Das Justizministerium wird nichtsdestotrotz mit dem Prozeß weitermachen. Das war ohnehin nie von dir oder mir abhängig. Vilitzer hätte seine Position vielleicht dadurch stärken können, daß er Amador Chetnik aus dem Spiel ließ. Er hätte sich nicht mit ihm verkrachen sollen; er hätte ihn loskaufen sollen.«

»Ich verstehe immer noch nicht, warum dieses ungelenke bescheuerte Ochsengesicht die Trauung vollziehen mußte.«

»Ach, das hat Dad arrangiert. Er wollte den Richter, weil das schick war.«

»Da gehen Dinge hinter meinem Rücken vor«, sagte Benn. »Mir wird langsam unheimlich ... Außerdem bin ich noch nie so lange von meiner Arbeit weggewesen.«

»In Brasilien kannst du dich wieder deinem Beruf widmen.«

»Was, während ich im Land herumreise und Vorträge halte? Und wenn wir zurückkommen, muß das Roanoke hergerichtet werden. Ziehen wir ein ...«

»Je nun«, sagte Matilda kühl, »du könntest in deinem Leben auch ein wenig mehr Unmittelbarkeit gebrauchen. Die meisten Leute leben so, im Hier und Jetzt, in den täglichen Ereignissen. Ich sage ja nicht, daß du Tritt fassen sollst. Ein Teil deines Charmes besteht ja darin, daß du es gerade nicht tust. Aber die Frau, die du geheiratet hast, hat eben eine Neigung für die Wegwerf-Existenz, und wenn du sie verstehen willst ... Und falls du sie liebst, wirst du sie verstehen wollen ...«

Aber ja! dachte mein Onkel (er vergaß nicht, mir das zu berichten). Wenn man eine Schönheit heiratet, muß man eben mit Schwierigkeiten rechnen. Nur die Mutigen verdienen die Schönen. Ob du die Schwierigkeiten nun »Verständnis haben« nennst oder »das tun, was sie von dir erwartet«. Analysiere es doch mal, oder zieh Bilanz. Du hast Sehnsüchte, die bringt der männliche Eros mit sich; schlag den sexuellen Pfad ein, und er führt dich in die Lüsternheit, die Lüsternheit mündet in den Wahnsinn, eine Welt der Tollheit schlägt über dir zusammen. Ein schlechter Film stürzt dich mitten hinein, und dann mußt du entdecken, daß du ebenso grotesk bist wie die anderen Irren. Plötzlich ragen ihre Schultern über dir auf wie die Anden, und du kannst nicht beide Brüste in eine Hand nehmen, weil sie zu weit auseinanderstehen. Ob sie entsprechende Unzulänglichkeiten bei dir findet, wirst du niemals erfahren. Ob deine Genitalien ihr zusagen oder ob sie beschließt, sich klug zu bescheiden und solche Kleinigkeiten um ihrer Ehe willen zu übersehen. Und schließlich schikanierst du deinen kranken achtzigjährigen Onkel.

Mein Onkel sagte zu mir: »Diese Entwürfe eines Lebensplans, wenn deine Frau sie kaltblütig macht, schaffen dich total. Kannst du dir das vorstellen?«

»Sicher kann ich das. Hast du ihr gesagt, daß du nicht weiter gegen Vilitzer Druck machen willst?«

»Aber sicher. Nur hat sie dann gesagt: ›Für mich war der Grund, warum du zu ihm gehen solltest, daß Kolisko – das ist der Staatsanwalt – seine Anklage sowieso schon so gut wie fertig hat.‹«

»Dann hat Amador Chetnik vielleicht schon vor dem Geschworenengericht ausgesagt. Angenommen, Onkel Vilitzer war sich darüber im klaren, daß er das getan hat?«

»Gott segne dich, Kenneth. Das wäre mir niemals in den Sinn gekommen.«

Warum er mich für eine ganz normale Überlegung segnen mußte, war mir nicht begreiflich. Vielleicht bedeutete es einfach nur, daß ich ihm beistand und er mir durchs Telefon dafür die Hand drückte. So verstand ich ihn jedenfalls. Ich bekam an diesem Tag noch mehrere Folge-Anrufe. Ich hörte auch von Cousin Fishl Vilitzer, daß er die Absicht hatte, seinem Papa nach Miami Beach zu folgen. »Der alte Mann ist krank«, erklärte er mir.

»Hast du ihn gesehen?«

»Sie wollen mich nicht mit ihm reden lassen, aber irgend etwas tut sich da. Was habt ihr zwei denn mit ihm angestellt?«

»Hör mal, Fishl, nun behandle uns nicht wie die Übeltäter. Wie krank ist er denn?«

»Ziemlich schlimm krank. Ich kann einfach den Gedanken an seinen Tod nicht ertragen! Er zermalmt mich.«

Das Netteste an Fishl war schließlich doch, wie er seinen Vater verehrte. Sogar seine Fehltritte waren durch den Wunsch verursacht, sich von seinen Brüdern mit ihren eisigen Tiefkühlherzen abzuheben; es war ein Versuch, die Karriere seines Vaters fortzusetzen, ein ernstgemeintes Opfer. Doch sein Vater hatte keinen Nachfolger gewollt, machte sich nichts aus Bemühungen oder Opfern. Er muß bei seinen Kindern wohl Rechtschaffenheit vorgezogen haben. Sein krummes Geld sollte von ihnen gerade gemacht werden.

Fishl sagte, er wolle mich von Miami aus auf dem laufenden halten, nur würde ich mich zu einem R-Gespräch bereit erklären müssen – so wenig Geld hatte er. Ich sagte: »Ja, halte mich auf dem laufenden.« Mir ging durch den Sinn, daß Fishl keinen Menschen auf der Welt hatte, an den er sich wenden konnte. In emotionalen Dingen war ich sein letzter Kontakt.

In dieser Nacht schlief ich schlecht. Um drei Uhr nachts gab ich der Schlaflosigkeit nach und stand auf. Die gesammelten Sorgen waren mehr, als ich einfach wegschieben konnte. Ich machte mir gerade mit dem Tauchsieder einen Milch-Toddy mit Rumgeschmack heiß, als das Telefon klingelte.

»Habe ich dich geweckt?« sagte mein Onkel.

»Nein, ich habe nicht geschlafen. Was ist?«

»Seelische Erregung außer Kontrolle.«

»Wo bist du denn?«

»Unten, wieder in der Waschküche. Ungefähr um Mitternacht hat Fishl mich angerufen, um mir zu sagen, daß er nicht wisse, wie lange es Onkel Harold noch mache. Fishl ist am Flughafen auf Standby – kann sich den vollen Flugpreis nach Florida nicht leisten. Rasend! Als sei alles meine Schuld.«

»Daß er das sagen mußte, ist bedrückend«, bemerkte ich.

»Es braucht ja gar nicht wahr zu sein und verletzt doch.«

»Ringsum nichts als Verwirrung«, sagte mein Onkel. Seine Stimme klang emotionaler, als ich den Neuigkeiten über Fishl zuschreiben konnte. »Ich bin in ein Leben geraten, das ich nicht bewältigen kann. Ich hatte das Gefühl, daß es falsch sei, das auch nur zu denken. Ich müßte doch fähig sein, in jedem Wasser zu schwimmen. Du hast zu mir gesagt, diese Heirat würde mich ruinieren, und ich war empört. Ich sagte: ›Was bildest du dir ein! Sie ist eine Schönheit. Sie ist so begabt.‹«

»Aber dann hast du es modifiziert. Du hast gesagt, wenn jemand dir mit einem Hammer auf den Kopf hauen würde, sähest du zehn Matildas, und *eine* davon liebst du. Die naheliegende Frage war doch: ›Welche?‹«

»Das war nur eine Metapher«, sagte mein Onkel. Er hatte recht, mir klarzumachen, daß man jemanden nicht für eine rhetorische Figur zur Rechenschaft ziehen darf. »Ich wurde durch den Film davor gewarnt zu heiraten. Es war eine Sünde, diese Warnung unbeachtet zu lassen. Aber ein Mann wie ich, der wissenschaftlich ausgebildet ist, kann sich doch nicht nach Offenbarungen richten. Man kann nicht rational denken und gleichzeitig an die Sünde glauben.«

»Ach Onkel, das war ja der Blödsinn. Du hattest nicht den Mut fortzulaufen. Du bist doch überhaupt kein rationaler Typ.«

»Ja, das sagst du ja oft. Also, es ist jetzt mitten in der Nacht, und keiner weiß etwas hiervon außer dir und mir. Dann sag mir doch ...«

»Daran, wie du die Dinge siehst, ist doch nichts Rationales. Andere sehen gar nicht, was du siehst. Du brauchtest dich doch nicht gegen das zu verteidigen, was du in den Pflanzen gesehen hast.«

»Eine Art Kindlichkeit«, sagte Benn. »Wenn man noch klein ist, hat man eine Innenwelt aus Satin ...«

»Ich nehme an, es war bedrohlich, erwachsen zu werden. Dein Satin wird fadenscheinig. Er kriegt Flecke.«

»Man muß falsch sein, um voranzukommen. Eine Frage des Überlebens«, sagte mein Onkel. Stellte es mehr in Frage, als es zu behaupten. »Du hast doch die Gabe, mir das zu sagen, was ich am dringendsten hören muß, Kenneth.«

Ich konnte mir nicht recht vorstellen, was er dort in der Waschküche eigentlich suchte, gegen drei Uhr morgens, zu einer Stunde, die oft mit der dunklen Nacht der Seele in Verbindung gebracht wird. So, wie er sich anhörte, war er irgendwo jenseits der Erschütterung, die mir so vertraut an ihm war. Er überwand sich gerade dazu, mir etwas von ungewöhnlicher Wichtigkeit zu erzählen. Er wollte, daß ich ihn daran erinnern sollte, daß er ein Pflanzenvisionär war, Trancen unterworfen, die von Pflanzen inspiriert waren. Er hatte ja gelegentlich schon, auf etwas geheimnisvolle Weise,

die Frage gestellt, was wäre, wenn er diese Gabe auch bei
Menschen hätte. Vielleicht hatte er sie sogar besessen, aber
insgeheim beschlossen, sie zu unterdrücken, denn man kann
das, was man sieht, nicht kontrollieren, wenn man nur das
Phänomen sieht und nicht auch die dahinterstehende Kraft.
Vor Flechten braucht man sich schließlich nicht zu verteidigen.

»Sag, Onkel Benn, was ist los?«

»Ich will es dir sagen. Das ist der Zweck meines Anrufs. Ich
stehe unter Schock. Sonst hätte ich dich nicht geweckt. Das
Gespräch mit Fishl hat mich aufgewühlt. Ich war froh, daß er
die Familie nicht aufgeweckt hat, aber ich konnte nicht wieder
ins Bett, und ich wanderte in der Wohnung herum. Wenn es so
schlimm war, habe ich mir schon oft von der Azalee in Jo
Layamons Büro Kraft geholt.«

»Zu dem der Zutritt verboten ist.«

»Ich ging zu der holländischen Tür und streckte die Hand zum
Lichtschalter innen aus. Diesmal brauchte ich wirklich einen
pflanzlichen Kontakt. Ich werde nicht über die Natur dieses
Begehrens sprechen. Es hat für mich etwas damit zu tun, am
Leben zu sein. Laß das gelten. Diesmal schob ich den unteren
Riegel zurück und ging hinein, um näher an den Strauch heran-
zukommen. Ein paarmal zuvor war mir schon flüchtig durch
den Sinn gegangen, daß man niemals sah, daß er Blüten abwarf.
Ich führte das auf die Ordentlichkeit meiner Schwiegermutter
zurück, weil sie eine perfekte Hausfrau ist. Und dann fiel es mir
wie Schuppen von den Augen. Diese Azalee ist nicht echt.«

»Moment mal! Eine künstliche Pflanze?«

»Aus Seide. Wahrscheinlich in Taiwan oder Hongkong hergestellt. Verdammt perfekte Imitation. Und trotzdem unecht.
Eine Lockspitzel-Azalee – ein Ersatz, eine Doppelgängerin,
eine Hochstaplerin, eine Attrappe, ein Lockvogel! Ich habe
wochenlang bei diesem künstlich hergestellten Produkt Rück-
halt gefunden. Jedes Mal, wenn ich einen Fix brauchte, einen

Kontakt, einen Zustrom, bin ich zu ihr gegangen. Ich, Kenneth! Mich nach all diesen Jahren des ungebrochenen Verhältnisses so hereinlegen zu lassen!« Er schrie dies – ich sah ihn vor mir – zwischen all den Waschmaschinen und Wäschetrocknern laut heraus. »Das einzige, worauf ich immer zählen konnte. Mein Beruf, mein Instinkt, meine Verbindung ... abgebrochen.«

»Kein gutes Zeichen«, sagte ich. Was hätte ich auch sonst sagen können?

»Zeichen? Du begreifst die Bedeutung dieser Sache gar nicht. Ich habe ihn verloren. Einen wochenlangen imaginären Kontakt!«

Dieser merkwürdige Schatz verloren! Es war keineswegs so, daß ich nicht begriffen hätte, was er mir erzählte. Ich begriff es nur zu gut.

»Ich bin gestraft, Kenneth. Für alles Falsche, was ich getan habe, hat mich jetzt ein gefälschter Gegenstand bestraft.«

»Jetzt mal ganz ruhig, Onkel.«

»Ich habe die Orientierung verloren.«

»Du hast doch immer noch den Satin in deinem Innern. Dessen bin ich ganz sicher, Benn.«

»Ich bin einem anderen Satin nachgejagt.«

Dies mochte sich auf die Show beziehen, die wir in Kioto gesehen und genau mit diesen Worten diskutiert hatten.

»Keineswegs. Du warst verliebt.«

»Dazu hätte die Liebe aber nicht führen dürfen«, gab er mir zur Antwort.

»Es nützt doch nichts, sich immerfort im Kreis zu drehen«, sagte ich. »Du kannst nicht die ganze Nacht in der Waschküche sitzen.«

»Ich bin lieber hier als oben. Auf diesem verdammten Penthouse liegt ein Fluch.«

»Nimm ein Chloraldurat und laß dich ins Vergessen sinken«, riet ich ihm.

»Um morgen den ganzen Tag benebelt zu sein? Das werde ich nicht tun. Ich muß von jetzt an einen klaren Kopf haben. Was immer sonst ... Wird Zeit, daß ich die Sache in den Griff kriege.«

Als ich mich wieder hinlegte und mich in meinem zölibatären Bett zudeckte, konnte ich mir nicht vorstellen, was er wohl tun würde, um die Sache in den Griff zu kriegen. Bevor wir auflegten, hatte ich noch versucht, ihn zu trösten, und wie gewöhnlich gesagt: »Ruf mich ruhig jederzeit an, Tag oder Nacht.« Mir fiel jedoch nichts ein, womit ich ihm hätte helfen können. Was ihm geschehen war, berührte auch mich. Ich spürte, wie die Bestürzung sich immer mehr ausweitete, während ich dort lag und mir klar wurde, daß ich von seinen Lebensenergien abhängig geworden war. Ohne diese Unterstützung ging mein ganzer Schwung verloren, selbst die Stadt wurde eine Belastung. Auch die USA, dieses phantastische posthistorische Unternehmen, das unser Schicksal trug, verlor an Schwung, sackte in sich zusammen, erschlaffte. In mir regte sich der gräßliche Verdacht, daß der Preis für diese Dynamik größer war, als ich angenommen hatte. Ich war gewarnt worden fernzubleiben. Meine Eltern hatten mir beide gesagt, daß ich einen Fehler beging. Insbesondere mein Vater hatte gesagt, ich sei zu ehrgeizig und wolle nur meine schlechtversteckte Überheblichkeit der letzten Prüfung unterziehen, indem ich es mit Amerika selbst aufnahm. Ich könne mir die Einzelheiten selbst ergänzen, und ich tat das auch. Die Seele hatte es schwer in diesem ungewöhnlichen Land. Man bekam spirituelles Kopfweh. Als schmerzlinderndes Mittel nahm man Sex ein. Das war keine Transaktion über den Ladentisch. Der Preis war unendlich viel höher, als die lockeren Vermutungen der offenen Gesellschaft es erwarten ließen. Benn war ein Pflanzenkünstler, nicht als Liebeskünstler qualifiziert. Der Eros legte sein Veto gegen Matilda ein. Benn ignorierte das Veto und heiratete sie. Es scheint eine ungeheure Kraft zu geben, die vorantreibt, vorwärtsschiebt, und diese treibende Kraft gewinnt noch an Macht dadurch, daß sie den Wert des Privatlebens mindert und uns für ihre eigenen kolossalen Zwecke zurechtbiegt. Sie fordert die Abschaffung beispielsweise der Liebe und der Kunst ... und solcher Gaben wie denen meines Onkels, welche sie allerdings periodisch tolerieren kann, solange sie ihr nicht in die Quere kommen.

Wir alle haben natürlich heutzutage solche Gedanken anstelle von Gebeten. Und wir glauben, daß es ernste Gedanken sind, und wir sind stolz auf unsere Fähigkeit zu denken, Ideen zu entwickeln, und deshalb drehen wir uns mit unseren Gedanken immerfort im Kreis. Doch führen sie uns nirgends hin; unsere Spekulationen sind wie ein feststehendes Trimm-Fahrrad. Und auch das ging mir auf. Diese wuchernden Gedanken haben mehr mit Schlaflosigkeit zu tun als mit geistigem Fortschritt. Oszillationen der geistigen Substanz, das sind sie, ein unaufhörlich anwachsender Bammel.

Ich fragte mich, was mein Onkel wohl gemeint hatte, als er sagte: »Wird Zeit, daß ich die Sache in den Griff kriege.« Wenn man der Gnade nicht mehr teilhaftig ist, was bekommt man dann noch in den Griff? Ich zerbrach mir den Kopf hierüber bis zum Tagesanbruch, als ich einen weiteren Anruf von Benn bekam. Er sagte: »Ich habe beschlossen, nach Florida runter zu fliegen.«

»Und was ist mit Brasilien? Du und Matilda, fliegt ihr denn nicht übermorgen nach Rio?«

Und was meinte ich eigentlich mit morgen und mit übermorgen? Ich hatte die ganze Nacht nicht geschlafen und war mit dem Kalender völlig durcheinander.

»Wir fliegen über Miami, und ich kann auf dem Flughafen in Miami planmäßig wieder zu Matilda stoßen. Harold ist in schlechter Verfassung.«

»Woher weißt du das?«

»Ich habe angerufen, um Fishls Geschichte zu überprüfen, und habe mit seinem Bruder Dennis in Miami Beach gesprochen. Dennis sagte, daß Onkel Harold einen Zusammenbruch hatte.«

»Klingt es wirklich ernst?« »Und ob. Das kann das Ende sein. Ich denke, daß ich hinsollte.«

Ich konnte nicht verstehen, was er in Miami zu erreichen hoffte. Ich wäre jedoch schlecht beraten gewesen, seine Entschlüsse in Frage zu stellen. Mehr denn je mußte er ermutigt werden, unabhängig zu handeln. Um auf seine Art sein Gleichgewicht wiederzubekommen.

Deshalb sagte ich: »Was meint Matilda dazu?«

»Sie findet, daß es ganz in Ordnung ist. Ich sollte noch einmal mit Onkel Harold sprechen.«

Ihn dazu bringen, mit sterbender Hand eine Anhangsklausel oder einen Nachtrag zu unterschreiben? Versöhnung am Totenbett? Wer konnte ahnen, was sie sich vorstellte.

»Dann heißt es also für uns Abschiednehmen?« sagte ich.

»Vielleicht könntest du ein Taxi nehmen und herkommen.«

»Und mit dir zum Flughafen fahren?«

»Ja, das dachte ich. Auf dem Expreßway dürfte nicht allzuviel Verkehr sein. Die Pendler kommen herein, und wir fahren hinaus.«

Ich sagte, abgemacht, und er solle mir eine halbe Stunde Zeit geben. Dann steckte ich auf einen Impuls hin Zahnbürste, Rasierapparat und ein sauberes Hemd in meine Mappe und schob die Kreditkarten in meine Brieftasche. Er wartete vor Parrish Place. Der Türsteher war ihm mit dem Gepäck behilflich gewesen – der, wie ich annahm, leichten Kleidung, die er in Brasilien brauchen würde. »Ich mußte höllisch schnell packen«, sagte er.

»Matilda bringt dich nicht zum Flugzeug?«

»Wozu? Ich habe sie heute nacht geweckt, um das mit ihr zu besprechen. Sie hat einen harten Tag vor sich. Außerdem treffen wir uns ja schon morgen auf dem Flughafen in Miami.«

So schlief sie also noch, von Hüllen aus Daunen und Seide umgeben und in all dem Glanz der vollendeten Schönheit: die blauen Lider, die langen Wimpern, die erlesene Nase – das klassische Gesicht, das im Profil auf ihrem Kopfkissen atmete. Es muß noch einen anderen Stoffwechsel geben, einen Stoffwechsel der Absichten, Vorhaben, geheimen Intentionen, der parallel zu dem eigentlichen, dem physiologischen Stoffwechsel verläuft, nur weiß die Wissenschaft noch nicht, wie sie diese Nebenprodukte aus dem Atem des Schläfers herausanalysieren kann. Vieles ahnen wir noch gar nicht!

Mein Onkel und ich stiegen ins Taxi, die Türen wurden zugeschlagen, und wir fuhren in Richtung Expreßway. Ich betrachtete ihn. Man konnte von einem Mann in seiner Situation nicht erwarten, daß er gut aussah. Er hatte etwas *verloren*. Natürlich mußte es schon geraume Zeit gefehlt haben. Und warum hatte ich eigentlich den Unterschied nicht bemerkt, wenn mir so viel an ihm lag?

»Ist Vilitzer bei Bewußtsein?« fragte ich.

»Ich hoffe. Möglicherweise schenken die Familienangehörigen uns keinen reinen Wein ein. Es ist ja offenbar ein Vorteil, so schlecht wie möglich auszusehen. Man sieht oft, wie hohe Tiere, wenn sie angeklagt sind, im Rollstuhl in den Gerichtssaal gefahren werden, einen behandelnden Arzt an ihrer Seite.«

»Und werden sie dich zu ihm lassen?«

»Ich bin sein einziger Neffe. Vielleicht tun sie's auch nicht. Wir werden sehen.«

»Und was willst du ihm sagen?«

»Würde ich einen Sterbenden um Geld anhauen? Den Kopf in sein Sauerstoffzelt stecken, um mit ihm zu streiten?«

»Das ist schon vorgekommen. Für weniger als den millionsten Teil vom Wert des Electronic Towers.«

»Nein, nein, das wäre grotesk. Er soll mich sehen. Einen Familienangehörigen sehen. Ich will mich ihm nur zeigen.«

»Glaubst du an den Sinneswandel auf dem Totenbett? Ich dachte immer, das sei ein christlicher Mythos – nie zu spät zur Umkehr. Gewiß, wenn die Sterbenden von zärtlicher Liebe umgeben sind, öffnen sie vielleicht ihr Herz. Bei Harold ist es ebenso wahrscheinlich, daß er sagt, du könntest ihn am Arsch lecken.«

»Schon möglich«, sagte mein Onkel. »Aber es hat doch einmal eine Zeit der Zuneigung zwischen uns gegeben, als wir in den Garten hinterm Haus gingen und er mir zeigte, daß man Maulbeeren essen kann. Und als es noch ein Varieté gab und wir zusammen Jimmy Savo sahen.«

»Du würdest ihm einen Archäologen ins Hirn setzen müssen, um solch eine Erinnerung wieder auszugraben.«

»Kann schon sein. Aber ich hätte ein besseres Gefühl, wenn ich ihm sagen könnte, daß ich ihm nichts nachtrage. Fragen des Besitzes schwinden dahin. Ich habe Harold heiß und innig geliebt, als ich klein war.«

»So hast *du* die Dinge gesehen, Onkel. Das war ein Teil deines inneren Satins. Oder die Empfänglichkeit eines Geists, der Trancen unterworfen ist. Die Gegenstände, die du gesehen hast, hatten mehr Farben und Dimensionen, als andere Menschen auch nur ahnen konnten.«

In dieser Hinsicht stimmten die Gefühle meines Onkels. Seine innere Welt aus Satin war in jenen frühen Zeiten noch intakt gewesen. Er begann gerade erst zu begreifen, daß menschliche Wesen (aufregenderweise!) in sich einen Spiegel haben, in dem die Natur sich selbst sehen kann, etwas wie eine Theaterbühne für die äußere Welt. Im Laufe der Zeit bekam er es dann allerdings mit den Vilitzers zu tun, und zwar auf deren eigenem Grund und Boden. Und dort blieb er schließlich stecken, festgefahren in fremden Überlegungen.

»Ich wollte über mehrere Dinge mit dir reden«, sagte mein Onkel.

»Die Sache mit der Azalee war vernichtend, ich weiß«, sagte ich.

»Laß nur die Azalee, sie steht jetzt im Augenblick nicht zur Debatte. Ich wollte dich eigentlich bitten, meine alte Wohnung zu übernehmen. Die Bank hat einen Dauerauftrag für die Miete. Ich habe Lenas Konto auf ihren Namen weiterlaufen lassen. Auch die Nebenkosten werden bezahlt. Es wird dich nichts kosten, und mir ist es wichtig.«

»Ich habe noch nie verstanden, warum dir diese Wohnung so viel bedeutet.«

»Und ich verstehe nicht, warum du dein ganzes Gehalt Treckie zukommen läßt. Sie hat kein Recht darauf, es einfach zu kassieren, und du bist immer und ewig blank. Ich bitte dich ja auch nicht darum, es zu verstehen, sondern nur, mir einen Gefallen zu tun.«

»Schön, wenn das eine Bitte ist ... Wenn du es so nennst.«

»Die Ledermöbel müssen mit Propert's Pflegemittel behandelt werden.«

»Hat Lena das verwendet?«

»Zweimal jährlich.«

»So lange bist du doch gar nicht fort.«

»Wenn ich dir Anweisungen geben kann, komme ich mir weniger chaotisch vor.«

»Und die Pflanzen?«

»Ach ja, die«, sagte er. »Sag dem Assistenten drüben im Botanikgebäude Bescheid.«

»Mach dir keine Sorgen. Ich werde sie gießen lassen.«

Zwischen uns entstand ein kurzes Schweigen. Vielleicht war er dabei, seine Sorgen zusammenzupressen, um Raum für jene Maßnahmen zu schaffen, die er beschlossen hatte. Während er überlegte, wirkte er wie ein Leseanfänger, der beim Brüten über einer Seite die Lippen bewegt. In Wahrheit sah er eigentlich nicht richtig schlecht aus. Nur eines war besorgniserregend: die Achterform seiner Augen, bisher so imposant, erschien mir jetzt wie das Mal eines Verschleppten. Ich hoffte, daß dies nur vorübergehend war. Abgesehen davon war sein sorgfältig rasiertes Gesicht fest wie ein gutgewachsener Apfel – einer jener *pommes Canada,* wie sie auf Pariser Dessertkarten von den feinsten Restaurants angeboten werden. Das einzige erkennbare Zeichen seines Kummers waren seine entzündeten Augen – buchstäblich mit roten Streifen der Verzweiflung. Er hatte die Fassung eines Mannes, bei dem das Schlimmste eingetreten ist und der nun keine andere Wahl mehr hat, als hart zu werden.

In diesem Zusammenhang konnte ich nicht umhin, an Tante Lena zu denken, da ihr Konto und ihr Lederpflegemittel erwähnt worden waren. Lena hatte mich ja mit der nützlichen Idee bekannt gemacht, daß die Art, etwas zu sehen, eine Schicksalsfrage ist, daß das, was der Seher ausstrahlt, das beeinflußt, was er sieht. Als Beispiel zitierte sie gern Whistler, den Maler, der von einer Frau mit den Worten zur Rechenschaft gezogen wurde: »Solche Bäume sehe ich nie.« Er sagte zu ihr: »Nein, gnä' Frau, aber wünschen Sie nicht, Sie könnten sie sehen?« Dies könnte eine Variation von »die ihr Augen habt zu sehen und sehet doch nicht« sein, die Version eines Ästheten. Es gibt keine Möglichkeit, das zu überprüfen, aber vielleicht ist es nicht an den Haaren herbeigezogen, wenn man annimmt (da die Menschheit inzwischen solch eine ungeheure Spanne von Möglichkeiten abdeckt), daß Menschen von rauher Machart nur scheußliche Kleckse sehen, wenn sie ihre Umgebung betrachten, und daß sie ebenfalls ihre inneren Deformierungen auf die Natur projizieren, während ein Herz wie das meines Onkels ihn zum Pflanzenhellseher machte. Er hätte niemals gewagt, seinen Kollegen gegenüber solch ein Talent zu erwähnen, es wäre über ihren Verstand gegangen, sie hätten es nicht ertragen. Aber ich habe gehört, daß der Naturforscher Werner Vishniak sich im Sommer auf seine eigene Insel in der Donau zurückzog und daß er dort nackt, mit Lehm bedeckt, wilde Vögel auf Kopf und Schultern gesehen wurde, also gibt es Naturwissenschaftler, die sich im privaten Bereich über alles Orthodoxe hinwegsetzen. Ich glaube, daß mein Onkel intuitiv wußte, daß Pflanzen der Erde als Sinnesorgane dienen und kosmische Daten für sie sammeln. Das würde ihn zum Mitglied einer allumfassenden grünen Kirche machen. Um dies weiter zu verfolgen, brauchte ich allerdings spezifischere Informationen, als er mir je gegeben hat.

Aber andererseits hatte er Mrs. Layamons Azalee für echt gehalten.

Dazu ist mir mittlerweile eingefallen, daß er hier ja mit einer anderen Art von Genialität konfrontiert war, nämlich der ostasiatischen Genialität für Nachbildungen. Im Fernen Osten ist das Plagiat keineswegs ein Vergehen. So hatte also irgendeine kleine Frau in Formosa mit ihrer Seide und ihrer Schere meinen Onkel aufs Glatteis geführt. Dies hätte nie passieren können, wenn er nicht so erschüttert gewesen wäre.

Um auf unsere Taxifahrt zum Flughafen zurückzukommen. Während der Schweigepause meines Onkels hatte ich Zeit, über den von Swedenborg oder Blake übernommenen Leitsatz der armen Tante Lena nachzudenken. Nehmen wir an, das, was der Schriftsteller sah, sei der Maßstab gewesen, an dem man den Menschen mißt. Was war mein Onkel dann jetzt? Ein Mensch wie Benn läßt sich nicht in zwei Teile teilen: ein Visionär bei Pflanzen, eine Niete bei Frauen. Wenn man ausgefallene Talente hat, muß man auch bereit sein, sie zu verteidigen. Wie viele Menschen in dieser (menschlich unterentwickelten) Welt haben solche hervorragenden Fähigkeiten (die dem *Homo sapiens* Ehre machen)? Aber so kann es dem Talent gehen, wenn ein Zehntel der

Persönlichkeit galaktische Berechnungen anstellt, während der menschliche Rest immer noch mit den Fingern zählt.

Nach seinen vielfältigen Mißerfolgen auf sexuellem Gebiet schloß Benn, er brauche nun ein geregeltes Leben mit einer schönen Frau. So weit, so gut. Schönheit ist ja nichts Schlimmes. Sie ist nicht nur an sich höchst schätzenswert, sondern Benn konnte sie auch mit der Botanik in Einklang bringen. Und kann man einem Mann einen Vorwurf dafür machen, daß er die Schönheit vorzieht – eine ewige Freude, wie Keats sagte? Der Mann kann im Geist von seiner schönen Ehefrau schwärmen, wenn sie abwesend ist oder wenn sie ihn enttäuscht. Sollte sie ihm das Leben schwermachen, so kann er sich seine Gedanken darüber machen, wie sich das Schöne so vom Guten entfernen konnte. Das hält zumindest sein Unglück auf einem hohen geistigen Niveau. Nicht vorgesehen war im Falle meines Onkels, daß er sie im Geiste angreifen würde in der Absicht, ihre Schönheit zu entstellen. Als er das tat, jagte er sich selbst einen Schrecken ein. Aber ob nun in Selbstverteidigung oder als Vergeltungsmaßnahme, er hatte Matilda von hinten manchmal als Dr. Layamon, manchmal als Hitchcock-Mörder gesehen – eine sehr merkwürdige Verzerrung, ein kindlicher Impuls wie der von Schuljungen, die in ihren Schulbüchern die Madonnen mit Bärten oder Penissen entstellen. Das ist nicht die feinste Wahl, die das Talent treffen könnte, wenn es aufgerufen ist, sich zu verteidigen. Ich erzähle Ihnen hier nichts, was Sie sich nicht auch selbst sagen könnten.

Jetzt kam der Flughafen näher. Glas ist ein wundervolles Baumaterial. Es läßt einen glauben, man könne alles sehen. Außerdem ist es stark genug, jeder Windstärke zu trotzen, auch den stärksten Jet-Druckwellen.

Mein Onkel hatte begonnen, über seine Wohnung zu sprechen – jene Räume mit den schweren Möbeln, dichten Gardinen, Bücherstapeln und den ultravioletten Leuchtstoffröhren für seine blühenden Lieblinge. »Ich dachte immer, meine Wohnung gefällt dir nicht.«

»Mag sein, aber ich beginne, sie jetzt aus einem anderen Blickwinkel zu sehen«, sagte ich. Und das war merkwürdig wahr. Sie entsprach nicht meiner Vorstellung von einem Heim. Natürlich war sie ein Teil seines Verteidigungssystems – das, was er aufgetürmt hatte gegen Bürgersteige, Güterbahnhöfe, Imbißstuben, Tankstellen, Krankenhäuser, Kirchen, grüne Minnas, Hubschrauber und auch die unsichtbaren menschlichen Absichten, die im Ozean der Stadtluft beben und die wir einatmen müssen, ob wir wollen oder nicht. Doch alle Ledersessel, Bücher, Kupfertöpfe, Alarmsysteme der Welt konnten ihn nicht vor den Della Bedells schützen, die seine Tür stürmen wollten. Ich fragte mich natürlich, warum seine Lebensumstände ihm gerade heute so am Herzen lagen. Im nachhinein ist das völlig klar, aber zum damaligen Zeitpunkt war mir das Herz um seinetwillen schwer, und ich war auch mit mir selbst beschäftigt. Ich stieg bei Delta Airlines mit ihm aus. Aus seinem offenen Mantel und sogar aus seinem Gesicht strahlte er Hitze aus. In thermischer Hinsicht war er sehr ungewöhnlich, er zog leichte Kleidung vor, da er soviel Hitze abgab. Die Blicke, die er mir zuwarf, waren merkwürdig ambivalent. Er war sowohl selbstbeherrscht als auch über sich bestürzt. Die Achterform seiner Augen, so eindrucksvoll, wenn er im Vollbesitz seiner Kräfte war, gab ihm das desorientierte Aussehen, das mir schon früher aufgefallen war. Ich hätte die Arme um ihn gelegt, wenn ich geglaubt hätte, er würde sich das gefallen lassen.

»Wo kann ich dich heute abend erreichen?«

»Du willst mich anrufen?« Er gab mir den Namen eines Kurhotels in Miami Beach. »Direkt am Meer«, sagte er. »Der Doktor hat einen Anteil. Das bei ihm übliche eine Prozent von einem großen Geschäft.«

Ich sagte zu ihm: »Wir müssen unter allen Umständen in Kontakt bleiben. Du wirst Monate fort sein. Es gibt viele Fragen zu regeln.«

Ich begleitete ihn bis zur Sicherheitskontrolle. Er sah russischer denn je aus, als er auf der anderen Seite herauskam und sich den Riemen seines blauen Bordcase über die Schulter zog. Der rutschte über die Wölbung seines Rückens (der mehr denn je einem Flügelpaar glich), und dann drehte er sich zu mir um und grüßte, als sei er auf dem Weg nach Sibirien. Er war mit Gepäckstücken schwer beladen. Als erfahrener Reisender checkte er sein Gepäck nie ein, sondern nahm immer alles mit an Bord. Von hinten sah er im Fortgehen aus wie ein Wesen, das entschlossen ist zu gehen, obwohl es fliegen könnte. Er sah wieder wie der langarmige Swjatoslaw Richter aus und trug einen irischen Filzhut auf dem Kopf, das letzte, was man in Miami oder Rio brauchen würde. Es tat mir ziemlich weh zuzuschauen, wie er fortging und seine Kräfte vergeudete, die immer noch beträchtlich waren – aber wie lange würden sie wohl noch reichen?

Als er nicht mehr zu sehen war, ging ich zu Northwest Airlines und kaufte ein Rückflugticket nach Seattle. Da es Sonntagmorgen war, flogen wir zu zwei Dritteln leer. Flugzeuge nach Florida waren um diese Jahreszeit voll besetzt. Ich schickte noch einmal meine Gedanken zu meinem in einer Höhe von 35 000 Fuß fliegenden Onkel: einem Mann, der fähig war, völlig abgeschieden vom Leben seiner Zeit zu existieren. War das nicht ein herrlicher Vorteil? Doch er hatte diesen Vorteil eingebüßt, weil er seinen Zeitgenossen nachgejagt war, so lange unzufrieden, bis er endlich in das Labyrinth der vorherrschenden Interessen eingedrungen war. Nicht so sehr der öffentlichen oder materiellen Interessen als vielmehr der sexuellen – und er fügte sich dem Vorrang des Sexuellen, rückte es ins Zentrum seiner Existenz, beugte sich dem Konsens. Und das, ohne dafür ein Talent zu haben.

Und auch mir fehlte dieses Talent. Oder wäre ich sonst auf dem Weg nach Seattle? So befanden wir uns beide hier, sieben Meilen über der Oberfläche der Erde, auf entgegengesetztem Kurs durch diese durchlässige Mischung aus reinen Farben. Wegen unserer Sünden, wir alle beide.

Sonntag war der beste Tag für meine Zwecke. Treckie würde mit Nancy zu Hause sein, und wahrscheinlich würde sich auch der Freund dort herumtreiben. Er, dieser Ronald, war, so stellte ich mir vor, ein stämmiger Typ, wie Schilehrer das gewöhnlich sind, attraktiv für ihre Schülerinnen. Trotzdem fühlte ich mich in dieser Umgebung, mitten in der azurblauen Welt und fünfmal höher als die Berge, geladen genug, es mit ihm aufzunehmen. Es würde keine Rolle spielen, was er mir tat; er würde mich schon umbringen müssen, nicht nur verprügeln. Wenn er die Tür öffnete, würde ich mich sofort auf ihn stürzen und ihn mit dem Gesicht gegen die Wand schmettern, ihn am Haar packen und ihn schütteln, bis ihm Hören und Sehen verging. Wenn er hinfiel, würde ich ihm auf den Arm springen, um ihn erwerbsunfähig zu machen, und ihn dann gegen den Kopf treten. ... Ich glaube, daß Flugzeuge irgendwie zu derartigen emotionalen Anfällen beitragen. Die Jets scheinen unbeweglich, dein Whiskeyglas zittert nicht einmal, aber du bist dir darüber im klaren, daß du eine Bodengeschwindigkeit von 650 Meilen pro Stunde hast. Obwohl ich so scharf darauf war, so wild entschlossen, auf ihn loszugehen, glaube ich nicht, daß mein Puls schneller schlug als gewöhnlich. Der Herzschlag schien völlig normal.

Das Wetter in Seattle war ideal für meinen energiegeladenen Drang zu kämpfen, auf diesem Mann herumzutrampeln, denn auf dem Boden war ebenso schönes kaltes Wetter wie im Mittelwesten. Durch den Zeitunterschied war es in Seattle erst elf Uhr – ein sonniger, eiskalter, klarer Morgen. Langhaarig, schmal und mit der gebeugten Haltung eines hochgewachsenen Mannes stieg ich aus dem Taxi und zählte das Fahrgeld im französischen Stil auf den Penny genau hin, wobei ich Gesten gebrauchte, die von meinem Vater stammten (obwohl mein Vater sich nie im Leben auf einen solchen Flug begeben, geschweige denn sich wegen eines Rivalen oder einer Frau, die ihn nicht wollte, so gewalttätig gefühlt hätte).

Ich klingelte. Durch die Gegensprechanlage fragte Treckie: »Wer ist das?«

»Post«, sagte ich.

Ich wurde mit einem Summton hereingelassen, und dann hörte ich sie auf dem Treppenabsatz sagen: »Aber sonntags wird doch gar nicht zugestellt.«

Ich stürmte an ihr vorbei und hielt nach dem Mann Ausschau, den zu verprügeln ich gekommen war. Ich sah nur meine kleine Tochter Nancy, die am Küchentisch saß und ein Stück Speck in der Hand hielt. Sie erkannte mich bestimmt nicht als ihren Vater. Ich dagegen identifizierte sie als zu mir gehörig – den länglichen Schädel und die Jesusmiene. Daß sie mich, im Alter von drei Jahren, nicht erkannte, machte mich wütender denn je.

»Hör mal, was soll das denn, Kenneth, uns so zu überfallen.«

Ich öffnete rasch mehrere Türen, die aus der Küche führten, in der Hoffnung, diesen Ronald im Schlaf zu erwischen. Ich drang ins Schlafzimmer ein, aber es lag niemand im Bett.

Ich griff das Bettzeug und zog es herunter, packte die Bettlaken und Kissen und schleuderte sie in eine Ecke. Dann bahnte ich mir den Weg ins Badezimmer und begann, dort meine Zerstörungswut auszulassen, indem ich die Gegenstände von den Regalen fegte. Treckie war eine eifrige Käuferin von Naturprodukten, Shampoos, Hautlotions, Fläschchen mit pflanzlichen Heilmitteln. Sie pflegte nach Baldriantropfen riechend ins Bett zu kommen. Ich leerte ganze Tablettenfläschchen in die Toilettenschüssel und spülte sie fort. Ich zog am Duschvorhang und riß die Stange herunter. Ich spritzte ihr Weleda-Fußtonikum auf den Spiegel, wischte mir die Hände am Badeteppich ab, warf Gegenstände aus dem Arzneischränkchen, fand das Baldrianfläschchen und zerschmetterte es im Waschbecken.

»Und was nun?« fragte Treckie von der Tür.

Ich antwortete nicht.

»Hast du vor, die ganze Wohnung kurz und klein zu schlagen?«

Hatte ich das vor? Nein, aber ich fühlte mich ungewöhnlich gut. Mir ging durch den Kopf, daß es meinem Onkel vielleicht gutgetan hätte, wenn er in Parrish Place das hätte tun können, was ich gerade in diesem kleinen Bad in Seattle getan hatte.

»Damit dürfte deine Wut ein wenig verraucht sein.«

»Kümmer du dich nur um deine eigene Wut«, sagte ich.

Ich schaute noch immer drohend um mich, aber mehr denn je übte das bleiche Eingeborenenmädchen Treckie durch alle möglichen natürlichen Reize seine Anziehungskräfte auf mich aus. Sogar jetzt hatten sie ihre Wirkung auf mich. Irgendwie unterminierten sie meinen Ärger. Bei Treckie mußte man immer an Indianer, Ureinwohner, die Ursprünge vor Kolumbus denken. Gegen meinen Willen spürte ich diese Einflüsse. Sie hatte ein Gesicht (das fiel mir jetzt auf) wie aus einer kolonialistischen Ahnengalerie – tiefbraune Augen, Fältchen in beiden Winkeln des weichen Mundes; sie beherrschte das Spiel der Unschuld vollkommen, und man hätte sie in rüschenbesetzten langen Unterhöschen malen können wie ein kleines Mädchen aus dem neunzehnten Jahrhundert, das gerade vom Marmelspielen oder Seilchenspringen kommt.

Dabei war sie eine Person mit ausgeprägter Selbstbeherrschung. Um sie in Aufregung zu versetzen, war mehr nötig als ein zerstörtes Badezimmer. So war auch das erste, was sie dazu sagte – in Form einer Ankündigung: »Ich werde mich nicht aufregen. Ich weigere mich einfach. Ich habe mich dagegen programmiert.«

Bei mir flaute der Spaß daran, wütend zu sein – Rausch könnte ich es nennen –, allmählich ab, und dann wurde mir der Mangel an Luftzufuhr auf dem Klo bewußt. Es hatte kein Fenster, nur ein kleines Gitter in der Wand. Die Luft hier drin war schlecht. Sie war schlimmer als schlecht. Die Gerüche einer etablierten Intimität zwischen Mann und Frau (mit Kind als Dreingabe) stiegen vom Fußboden auf, strömten mir aus den Handtüchern entgegen, den Leitungen, dem Grund der Toilettenschüssel, Gerüche von menschlichem Ammoniak, von Sulfiden, organischen Säuren. Diese Mischung von Sekreten nicht einzuatmen hätte bedeutet, überhaupt nicht zu atmen. Ich hatte noch immer den Hut auf und den Mantel an und saß auf dem Rand der Badewanne, in der die zerschlagenen Fläschchen lagen, und überlegte, was wohl was war. Dieser Gestank, der einen Eindringling (mich) fast erstickte, war eine stärkere Bindung als ein Trauschein.

Treckie sagte, ohne jedes Anzeichen von Boshaftigkeit: »Ich nehme an, du hast deine Aussage gemacht.«

Wieder sagte ich nichts.

»Gibt es sonst noch was, was du kaputtmachen willst?«

Ich stand auf und ging ihr in die Küche nach, wo das kleine Mädchen immer noch seinen Speck aß. Ich spürte, wie sogar meine Augenbälle pulsierten, ein Klopfen in der Hornhaut, als ich das Kinn des Kindes hob und ihr einen Kuß gab. Ihr armer biologischer Vater würde für sie tun müssen, was er innerhalb der von der menschlichen Situation – oder wie immer man das bezeichnen wollte – gesteckten Grenzen für sie tun konnte.

Ursprünglich hatte ich nie das Ziel gehabt, Vater zu werden.

Mein Ziel war gewesen, das Mädchen zu genießen, das zur Mama wurde, mich von einer Frau oder einer Kindfrau antörnen zu lassen, mit der – aufgrund unserer unterschiedlichen Körpergröße – das Liebesspiel im Stehen faszinierend schwierig gewesen war. Es war mit einem Beugen der Knie verbunden, und die Frage, warum diese Übung so erregend gewesen war, warum solch ein überreifer Kindchen-Typ mich so angetörnt hatte, hätte merkwürdiges Material für eine Fallgeschichte liefern können. Ich glaubte, ich würde es niemals richtig begreifen können – diesen Zauber einer Kindheits-Liebsten, die Anziehungskraft einer Frau halber Größe. Treckie selbst hatte schließlich dieses Spielchen getrieben, wenn sie sich beim Abendessen auf dem Stuhl Telefonbücher untergelegt und sich auch hin und wieder selbst als Zwergin bezeichnet hatte. Ich hatte keinerlei Veranlassung gehabt, auf Edgar Allan Poe wegen ähnlicher Vorlieben herumzuhacken. Ich hatte es nur getan, um meinen Onkel zu necken und ihn wieder zu Verstand zu bringen, als er mir »Deine Schönheit, Helena, sie gleicht für mich ...« zitierte. Ich nehme an, Poe hatte gehofft, sich von diesem armen Clemm-Mädchen zu klassischen Göttinnen zu steigern. Aber was nützt es andererseits, solche Ticks zu analysieren? Man darf nicht zulassen, daß solche Dinge ein »Thema« werden. Und es wäre ganz besonders deplaziert, das an einem Hippie-Frühstückstisch zu tun, mit Gläsern voller ballaststoffreicher Nahrung aus dem Naturkostladen; getrockneten Schafgarbenblüten, geriebenem Johannisbrot, Kräutertees und dergleichen Dingen mehr.

Treckie war fortgegangen, um den Morgenrock auszuziehen und in Rock und Bluse zu schlüpfen.

Ich nehme an, langfristig war meine Absicht gewesen, sie allmählich umzustimmen. Da sie ein Kind von mir bekommen hatte, nahm ich offenbar an, der nächste Schritt sei, einen normalen Menschen aus ihr zu machen. Ich mußte wohl vorausgesetzt haben, daß sie normal werden würde, wenn sie lernte, meine Qualitäten zu schätzen und an der Intimität mit mir Vergnügen zu finden. Aber (und das war wahrhaft erschütternd!) sie wollte nichts von mir. Ich törnte *sie* nicht an.

Dies sind Punkte, die es verdienen, auf den Schmerzenskatalog gesetzt zu werden.

Oder aber, wenn Ihnen das lieber ist, der kultivierte Mensch (französische Erziehung, voll amerikanisiert und im Studium der russischen Geschichte und Kultur fortgeschritten) wurde selbst als knietief im Müll seines Privatlebens stekkend befunden. Das Martyrium des Westens! – welches ich so (sinnlos) angestrengt meiner Mutter in Somalia hatte begreiflich machen wollen.

Doch jetzt war das kleine Frauchen, die Mutter meines Kindes, zurück. Sie war eine so achtbare Erscheinung, wie es eine Frau, die sich gar nicht erst mit der Unterwäsche abgibt, sein kann.

»Fühlst du dich jetzt wieder mehr wie du selbst?« fragte sie.

»Was für Temperamentsausbrüche du haben kannst!«

»Ja, ich werde manchmal böse.«

»Und wolltest Ronald verprügeln?«

Ich gab es zu. Ich hätte ihn auch jetzt noch verprügelt, wenn er durch die Tür gekommen wäre. Aber ich sagte: »Ich bin gekommen, um nach dem Kind zu sehen und herauszufinden, was deine Absichten sind.«

»Ronald kommt nach der Messe nicht hierher. Nancy und ich treffen uns sonntags immer zum Brunch mit ihm.«

»Ich muß selbst auch wieder nach Hause. Hab morgen Unterricht. Wir beide sollten uns über das Kind einigen.«

»Ach, Tanja hat dir Bericht erstattet. Sie hat diese Spürnase angeheuert.«

»Bin ich für dich nur ein Zufallsvater? Hätte auch jeder andere Mann derjenige sein können?«

»Dir ginge es viel besser, wenn du dir nicht alles immer so zu Herzen nähmest. Gehörst du denn nicht gern zu dieser Spezies? Du denkst immer, du wirst gleich sterben, wenn du dir keine Pflichten aufbürdest. Deshalb steckt dein Kopf auch voller Verallgemeinerungen. Und wieviel dir das nützt!«
Ich war nicht in guter Verfassung, der Kopf tat mir weh, und ich sagte nichts dazu.
Treckie sagte: »Warte, ich setze Nancy mit ihrem Speck und ihrer Kuscheldecke vor den Fernseher. Bei Zeichentrickfilmen ist sie still.«
Also wartete ich – mit offenem Mantel, ungerührtem Gesicht. In dieser Umgebung war es in Ordnung, den Hut aufzubehalten. Unter dem Mantel schwitzte ich noch immer, ich spürte die Schweißtropfen an den Rippen, war jetzt eher verdrossen über die wütende Szene, die ich in der Toilette gemacht hatte. (Der von der ganzen Spezies so vielfach benutzten.) Nicht gerade der richtige Ort, um sich von großem Unrecht, das einem angetan worden war, bis ins Mark peinigen zu lassen. Ich spürte, wie die Hitze des Ärgers in mir aufstieg und die Hitze der Scham vom Kopf nach unten sank. Aber als die beiden sich trafen, überkam mich eine Veränderung. Ein Moment der Klarheit setzte ein – ein vom Ärger genährtes, energiegeladenes ungeduldig klares Urteil. Während die winzige Treckie den Kessel für den Kräutertee aufsetzte, beobachtete ich, daß die Kaffeemaschine daneben für sie auf Brusthöhe stand. Sie war schön, aber auch behindert, und man konnte ihr keinen Vorwurf machen, daß sie das Leben entsprechend interpretierte. Die kindliche Nutzlosigkeit ihrer Hände fand ich in Verbindung mit ihrer reifen Fülle noch immer rührend. Das Komische daran war, wie reich sie körperlich gesegnet war. Das zählte mehr als die Disharmonie von Sexualität und Statur. Eine Wanze aus Mekka hätte gut und gerne auf Pilgerreise gehen und Asien und den ganzen Pazifik durchqueren können, nur um sie

anzubeißen. Ich war von ihrer Figur noch immer zutiefst beeindruckt. Schuljungen, die ja knallhart sind, hätten sie vielleicht Kurzarsch genannt, aber ich konnte mir den Gedanken nicht aus dem Sinn schlagen, daß die Wölbung ihres Hinterns Ähnlichkeiten mit einem Gravitationsfeld erkennen ließ. Es gab eigentlich keinen Grund, warum unser Planet seinen Magnetismus nicht auch im Verhältnis zu Menschen, die darauf ansprachen, zeigen sollte. (An solchen Wahrnehmungen oder Assoziationen waren Spuren vom Einfluß meines Onkels erkennbar.) Auf diese Weise verstand ich Treckies Anziehungskraft besser. Ich war mit ihr auf Besuchsbasis intim gewesen. Ich war nicht das, wonach sie suchte, ich wollte sie nur davon überzeugen, daß ich es sei – wollte sie mit den Mitteln, die ich aufzubieten hatte, Überredungskunst und persönliche Reize, herumkriegen. Nichts davon hatte etwas bewirkt. War sie mit Ronald verheiratet? Die Formalität war unwichtig. Die Botschaft der Badezimmerrohre, die organischen Ausdünstungen (ich darf nicht zulassen, daß diese intimen Gerüche zur Fixierung werden) waren so gut wie eine Heiratsanzeige. Ich hatte meinen Protest artikuliert (ich glaube, das gefiel ihr), und sie glaubte, daß wir jetzt ruhig und freundlich miteinander umgehen könnten. Dies ist sehr elementar. Ich gebe es Ihnen in konzentrierter Form weiter.

Was mir dabei einfiel, waren die kleinen eingezäunten Parks in europäischen Städten, die man nur mit einem Privatschlüssel betreten kann. Nur Abonnenten haben Schlüssel, und mein Abonnement war abgelaufen.

Während ich meinen Kräuterteebeutel eintauchte, bekam Treckie einen Anruf. Ich ging ins Wohnzimmer und gab meiner kleinen Tochter einen Kuß auf den Kopf; der Geruch ihres Haars hatte sich mit dem des Specks vermischt. Während wir zusammen zusahen, rollte eine Dampfwalze eine Englische Bulldogge platt. Doch einen Augenblick später hatte der Hund seine alte Gestalt wieder und lief seinem riesigen Zeichentrickherrchen nach. Keinem war ein Leid geschehen. Ich drückte auf den Knopf der Fernsteuerung und bekam ein Footballspiel von der Ostküste rein. Treckie, die ins Zimmer kam, schaltete wieder zu dem Zeichentrickfilm um. Wir hatten ja noch unerledigte Geschäfte zu regeln und kehrten dazu in die Küche – an den Verhandlungstisch – zurück. Sie hatte Lippenstift aufgelegt und ihr Haar aufgesteckt.

»Dann hat meine liebe Mutter dich also auf dem laufenden gehalten«, sagte sie. »Ich habe beschlossen, mit dem Detektiv, den sie angeheuert hat, offen zu reden. Was gibt's denn zu verbergen? Wir stehen gut miteinander. Viele von diesen Burschen waren beim militärischen Geheimdienst oder behaupten es. Jedenfalls ist er ein recht netter Typ – so nach unserer Art.«

Treckie bestätigte, was Tanja mir erzählt hatte. Sie wollte den Job im Veteranenhospital aufgeben. Sie und Ronald wollten sich auf das Doppelgeschäft Snowmobile und Flohmärkte spezialisieren, von einem Stützpunkt am Puget Sound aus. Das Snowmobil-Gebiet war im Inland. An der Pazifikküste mit ihrem wenigen Schneefall war nicht viel los.

Und sie würden wie Zigeuner, Kesselflicker, Tippelbrüder im Wohnwagen auf dem Campingplatz leben. Auf den Flohmärkten kauften die Leute sich gegenseitig ihren alten Kram ab. Da war nicht viel Geld zu holen, aber schließlich brauchte sie nicht viel, sie bekam ja so viele Dividendenschecks mit der Post. »Du hast nicht viel übrig für diesen kalifornischen Lebensstil, das weiß ich«, sagte sie. »Du rümpfst die Nase über Dinge wie angewandtes Zen oder Gruppentherapie, Scientology. Du hast dir einen ernsthafteren Lebensstil ausgesucht. Du richtest dich nach den Vorlieben deines Onkels. Er ist dein ein und alles, stimmt's? Ich mochte ihn, aber er war überhaupt nicht mein Fall. Wie kommt er übrigens mit seiner Ehe klar?«

»Ich wünschte, ich könnte dir das sagen.«

»Wozu wollte der eigentlich heiraten? Du schlägst so einen besonderen Ton an, wenn du von ihm sprichst«, sagte Trekkie. »Immer geht es darum, wie dieser phantastische Mann wohl die phantastische Ehefrau bekommt, die er braucht.«

»Hört sich das bei mir so an? Ja, wahrscheinlich gehe ich wirklich davon aus, daß er etwas Besonderes ist. Sehr schwer für einen Mann wie meinen Onkel, eine passende Lebensgefährtin zu finden. Und viele Frauen fühlten sich von ihm angezogen, aber es waren nicht so viele verschiedene Frauentypen.«

»Wie siehst du die Beziehungen, auf die er sich einläßt?«

»So wie die Beziehung zwischen Schienen und Lokomotive.«

Lächelnd, fast mitleidig wegen meiner eigenartigen Redeweise, die für sie ebenso rätselhaft war wie für mich ihr Aussehen – ich spreche hier von der Mischung aus Wärme und Über-den-anderen-Hinwegschauen in ihrem Blick, der Eigenwilligkeit ihrer Haarsträhnen, der Kombination aus Scharfsinn und unergründlichen Zielen –, sagte sie: »Er ist eine Berühmtheit auf seinem Gebiet, aber trotzdem macht er einen wahnsinnig spinnigen Eindruck, wenn er mal loslegt. Er wurde in der Zeitung zum Unglück von Tschernobyl zitiert. Er war einer der Wissenschaftler, die zu den Gefahren der Radioaktivität interviewt wurden.«

»Ja, das habe ich auch gelesen. Er hat gesagt, verstärkte Radioaktivität sei sehr schlimm.«

»Aber er hat sie als unwesentlich abgetan.«

»Er hat sie nicht als unwesentlich abgetan, Treckie. Sein Kommentar war, daß mehr Menschen an gebrochenem Herzen sterben als an radioaktiver Verseuchung.«

»Und ist das keine verrückte Bemerkung?«

»Vielleicht nicht. Wenn die Leute eine klarere Meinung dazu hätten, sich ihrer Gefühle bewußter wären, dann würde man vielleicht einen Marsch auf Washington erleben. Die Hauptstadt könnte all dieses Leid niemals fassen.«

Sie lachte mich aus. »Sprichst du von einer Demonstration? Einer richtigen, so wie für Atomwaffenstopp oder Greenpeace? Das paßt zu euch, zu euch beiden. Ihr steckt die Köpfe zusammen, und was kommt raus?«

»Wahrscheinlich ist Politik nicht gerade die Sache meines Onkels.«

Und meine auch nicht, war im selben Augenblick mein Gedanke. Dabei dachte ich an mein Projekt Wendepunkt – daß eine bewußte Existenz eigentlich nur dann gerechtfertigt ist, wenn sie der Suche nach einer Offenbarung, einer massiven Umkehr, einem inspirierten universellen Wandel, einer neuen Richtung, einem verzweifelt notwendigen menschlichen Wendepunkt gewidmet ist.

»Wenn er in der Botanik so toll ist, dann sollte er bei dem bleiben, wovon er was versteht.«

»In der Botanik scheint er das zu sein, was man früher einen Adepten nannte.«

»Hat das etwas mit Religion zu tun?«

»Das denke ich manchmal, wenn ich ihn so in seine Pflanzen vertieft sehe. Ich kann dir aber nicht sagen, was ihm die Stengel oder Blattnerven oder Blätter bedeuten.«

»Hat er nicht über arktische Flechten geforscht?«

»Das tut er immer noch. Ich kann dir leider nicht viel darüber erzählen, außer daß dieser Forschung eine wichtige, fundamentale Lebensfrage zugrunde liegt. Diese arktischen Flechten sind durch und durch gefroren. Sie bestehen zu fünfundneunzig Prozent aus festem Eis. Aber bei der geringsten Erwärmung kommen sie wieder zum Leben und wachsen sogar ein wenig. Das kann Tausende von Jahren so gehen.«

»Das hast du mir schon einmal erzählt. Du sagtest, wir hätten noch nicht einmal angefangen uns vorzustellen, wieviel man von den niedrigen Formen des Lebens lernen kann. Mir wurde sehr unbehaglich dabei. Ich war nie ganz sicher, ob ich für dich nicht eine jener niedrigen Formen war.«

»Dafür gibt es meines Erachtens keinen Grund. Wir haben doch immerhin gemeinsam ein Kind produziert, und ich habe dir Dutzende von Malen Heiratsanträge gemacht.«

»Um eine ehrliche Frau aus mir zu machen, trotz meiner schlechten Angewohnheiten oder unannehmbaren persönlichen Bedürfnissen, über die du die Nase gerümpft hast. Trotzdem haben sie dich angetörnt. Brauchst du gar nicht abzustreiten, mein sexuelles Verhalten hat dich mächtig erregt. Die Brutalität von anderen. Das kannst du ruhig glauben.«

»Deine Meinung überrascht mich«, sagte ich. »Ich verspreche dir, darüber nachzudenken. Aber jetzt im Augenblick frage ich mich, ob wir nicht vielleicht ein paar näherliegende Dinge diskutieren sollten.« Ich deutete mit dem Kopf zum Wohnzimmer und den Sound-Effekten des Cartoons hinüber – Knallen, Pfeifen, Summen, Wummern und Hupen.

»Du kannst das Kind soviel sehen, wie du willst, zu meinen Bedingungen.«

»Ich hatte mir gedacht, daß du es so festlegen würdest.«

»Der Lebensstil hier findet nicht deine Zustimmung. Aber je facettenreicher die Erziehung eines Kindes ist, um so besser. Wir leben schließlich in einer pluralistischen Gesellschaft. Aneignung vielfältiger Kulturen, darum geht's doch. Auf ihrer Entwicklungsstufe kannst du noch kein Besuchsrecht zu gleichen Teilen erwarten. Aber du solltest auch eine Chance für deinen Input kriegen, da stimme ich zu.«

»Wie würdest du diesen Input von mir beschreiben?«

»Du hast einen gewissen Stil. Sogar darin, wie du Arme und Beine bewegst.«

Mein Gott, dachte ich, das bin ich doch nicht in diesen Gesten, das ist Dad – wie ein Stokowski, der ein Orchester von hundert Frauen dirigiert.

»Du bist im großen und ganzen ein sanfter Mensch – gute Absichten, aber streng introvertiert. Lieb, aber beherrscht – verklemmt. Ich glaube deine Aura wäre blaßblau. Das ist weit von meinen eigenen Bedürfnissen entfernt. Ich habe einen Charakter, der nach einem Partner mit Orange, Rot und Lila verlangt, einem, der extrovertierter ist, mehr *action* braucht. Trotzdem war ich auf dich neugierig. Mir wurde immer gesagt, daß jüdische Männer Mädchen ganz besonders rücksichtsvoll behandeln.«

»Da wäre ich nicht so sicher. Das hört sich für mich an, als ob ein einziger Mann niemals alle Bedingungen erfüllen könnte.«

»Nein ... es sei denn, es wäre ein Fall von Persönlichkeitsspaltung«, sagte Treckie.

»Das kommt, weil die erotischen Praktiken so vielfältig geworden sind. Früher war Sex wie eine Monokultur, Baumwolle oder Weizen; jetzt bauen die Menschen alle möglichen Dinge an. Und was die Juden angeht, so verbinden die schon jahrhundertelang Antiquiertheit mit Modernität. Man kann den archaischen Mann in einem Juden unserer Zeit fast sehen. Aber Amerika hat das alles zerbrochen.«

»Jetzt hast du gerade vollendet demonstriert, was es so schwer macht, mit dir zusammenzusein – man läßt eine Bemerkung fallen, und du walzt sie völlig platt. Als Frau hat man dabei das Gefühl, begriffsstutzig zu sein.«

Ja. Nickende Zustimmung. Keiner schätzt die Gedanken eines anderen. Man selbst ist vielleicht geneigt, ihnen großen Wert beizumessen. Man sollte jedoch unbedingt davon ausgehen, daß im Grunde keiner sie hören will. Die Schwingungen des Bewußtseins sind ohnehin kein Denken, sondern zumeist nur persönliche Nervosität. Bei meinem Onkel war das etwas anderes. Er hatte ein Thema. Er hatte wirklich eine Ahnung vom Pflanzenreich. Er praktizierte die genaue Untersuchung des Geheimnisvollen – war völlig absorbiert von den verborgenen Mustern. Zweifellos gab es Frauen, die ihn nur allein deshalb geliebt hätten. Aber wo waren sie? Ich brach keine Lanze für mich selbst. Ich denke, ich verdiene, was ich bekommen habe. Aber Benn hatte seine Verdienste. Er hätte niemals für jemand anderen die Eintrittskarte zu einer wünschenswerten Existenz sein dürfen.

»Und jetzt, in deinem neuen Leben, wie wird Nancy da hineinpassen?« fragte ich.

»Kinder mögen Bewegung, und auf Flohmärkten gibt es viel zu lernen. Diese Märkte ziehen Unmengen verschiedener Charaktere an. Feilschen ist ein gutes Training. Abgesehen davon tauchen dort so viele gestohlene Sachen auf, daß man besonders wachsam sein muß. Eins noch zu dir – du brauchtest deine hohe Intelligenz niemals für niedere Zwecke einzusetzen. Falls Nancy etwas von deinem Denkvermögen geerbt hat, kann sie es vielleicht für bessere Zwecke nutzen.«

»Du würdest aber doch keine gestohlene Ware bekommen, oder?«

»Der FBI ist nicht hinter Gummistiefeln, Schneeschuhen, Zahnspangen, Zaumzeug, Steakmessern oder alten Lateinwörterbüchern her, um nur ein paar der Gegenstände zu nennen, die dort auftauchen.«

»Was mich eigentlich noch mehr beschäftigt«, sagte ich, »ist, daß sie die meiste Zeit mit dir und ihrem Stiefvater in einem Wohnwagen leben würde. Wenn wir davon ausgehen, daß dein Mann eine tieflila Aura hat, dürfte das vielleicht nicht so gut für sie sein. Ich würde das Kind jeweils einen Teil des Jahres übernehmen.«

»Damit sie bei dir im Studentenheim wohnt und sich chaotische Unterhaltungen anhört?«

»Ich ziehe aus dem Studentenheim aus«, sagte ich. »Ich habe eine Wohnung in Aussicht.«

»So? Das wäre aber wirklich eine Kehrtwende.«

»Mein finanzieller Beitrag würde sich dann allerdings sehr verringern müssen.«

Treckie erwog dies ernsthaft. Sie verstand sehr wohl, daß intime Szenen in einem Wohnwagen, in dem Nancy vom oberen Bett herunter zuschaute, gewisse Probleme bringen konnten. Taktvollerweise erwähnte ich weder Marihuana noch die härteren Drogen.

»Wenn du sie hättest, würdest du die Hilfe einer Frau brauchen«, sagte Treckie.

»Natürlich. Ich habe da jemanden im Sinn. Und ein Vorteil für dich wäre bei dieser Regelung, daß du Gelegenheit hättest, deine neue Beziehung freier zu erforschen.«

Und so beschlossen Treckie und ich die Angelegenheit. »Das Haus am Puget Sound wird in etwa zwei Wochen frei. Wir werden es renovieren – das wird etwa einen Monat dauern. Du könntest Nancy während dieser Zeit versuchsweise nehmen.«

»Ich freue mich, daß du es so siehst.«

»Du hast viel Wärme, die du nur an den falschen Stellen einzusetzen scheinst. Du könntest Schlimmeres damit anfangen, als sie deiner eigenen Tochter zuzuwenden. Es gibt keinen Grund, warum sie emotional benachteiligt werden sollte.«

»Stimme voll mit dir überein.«

»Tut mir leid, daß du Ronald im Augenblick nicht kennenlernen konntest.«

Ich spürte den Kampf, der sich nicht abgespielt hatte, in den Teilen meines Gesichts, in die ich die Schläge gekriegt hätte – eine Art Jucken. Offenbar hatte ich mich wirklich mit ihm prügeln wollen und wünschte fast, daß er zu Hause gewesen wäre. Das einzige Mal, wo ich keine Spur von Angst empfunden hatte.

»Im Badezimmer hast du Totalschaden gemacht«, sagte Treckie. »Das geht in Ordnung. Ich glaube, du hattest einen Wutanfall gut.«

Auf ihren Wangen lagen Glanzlichter. Sie hob beim Sprechen das Gesicht. Ließ Nachsicht walten.

»Nimmst du es mir nicht übel?«

»Eine kleinere Ungelegenheit«, sagte sie.

Es hätte schlimmer kommen können. Es sollte wohl auf eine gegenseitige Verzichtleistung hinauslaufen. Was mein Onkel gelegentlich die mexikanische Sackgasse nannte.

Und das, weil ich ihr im Grunde genommen scheißegal war. Für sie existierte ich gar nicht.

Darüber brauchte man sich nicht aufzuregen, da es eine der gewöhnlicheren menschlichen Erfahrungen war – daß man sich selbst einen Scheiß um andere schert und daß auch andere sich einen Scheiß um dich scheren. In der Praxis wird es als Selbstverständlichkeit hingenommen, obwohl im Grunde keiner damit klarkommt. Es gab noch einen schwachen emotionalen Überhang, in unserem Fall auf die Tatsache gegründet, daß wir die Eltern eines Kindes waren. Die Bedeutung des Kindes lag irgendwo zwischen Zoologie, Biochemie und der ewigen großen göttlichen Humanität. Doch im Augenblick waren dies nur Gedanken, die von mir abprallten; ich machte keinen Versuch, ihnen nachzugehen. Ich blieb in der Stube stehen und küßte Nancy ein drittes Mal. Sie schaute unter meinem Kinn weiter den Zeichentrickfilm an und nahm keine Notiz von mir. Die arme Kleine, in was würde sie nur hineinwachsen? Vielleicht konnte Dita etwas für sie tun. Dita besaß genügend romantische Weiblichkeit, um sogar Treckies Tochter gegenüber einige Freundlichkeit an den Tag zu legen.

Nachdem ich geholfen hatte, das Kind in seinen Schneeanzug zu stecken, machte ich mich zum Meany Hotel auf, wo ich auf meinem Rückflug von Japan übernachtet hatte.

Also weder Fäuste noch Küsse für mich.

Ich hatte meinen Onkel in seinem Badehotel in Miami Beach ausfindig gemacht und ihm mehrere Botschaften hinterlassen. Etwa um 21 Uhr Pazifik-Zeit klingelte das Telefon. Die ersten Worte meines Onkels waren stockend, deshalb wußte ich sofort, daß er schlechte Nachrichten hatte. Nun gut, dann mußte einer von uns eben hart sein – oder zumindest stark. In einem Augenblick wie diesem konnten wir uns solches Stocken nicht an beiden Enden der Telefonleitung leisten. Ich war der Abgehärtetere von uns beiden, seit ich an diesem Morgen zu spüren bekommen hatte, daß ich für Treckie nicht einmal existierte. Deshalb sagte ich: »Also, Onkel, laß hören.«

»Das Schlimmste ist eingetreten«, sagte er, wobei sich seine Stimme kläglich hob.

»Der Alte ist gestorben?«

»Ja«, sagte er. Er weinte ein Weilchen, und ich wartete. Mir blieb nichts anderes übrig.

»Armer alter Kerl«, sagte ich. Welchen alten Kerl ich dabei meinte, war nicht ganz klar, nicht einmal mir selbst. »Gut, Benn. Dies ist emotional gesehen ein schwerer Augenblick. Aber er mochte dich ja eigentlich gar nicht, und ich verstehe nicht, warum du wegen dieses alten Gangsters so außer dir bist.«

Er hob die Stimme, vermutlich, um sich durch seine Tränen hindurch verständlich zu machen. »Als wir ihn das letzte Mal sahen, war er schon in schlechter Verfassung, aber er war doch noch ein Mann, ein Mensch. Jetzt ist er nur noch ein Häufchen Asche in einem schwarzen Kästchen.«

»Wann ist er gestorben?«

»Vierundzwanzig Stunden, bevor ich hier ankam. Die Aorta hat versagt. Fishl hat es mir erzählt.«

»War Fishl schon da?« fragte ich. »Dann muß er auf dem Flughafen mit seinem Standby Glück gehabt haben. Der

Bursche war wild entschlossen, sich mit seinem Vater zu versöhnen. Wollte das Unmögliche, wie so viele von uns. Und die anderen Vilitzersöhne?«

»Die waren alle ziemlich brummig. Als ich aus dem Taxi stieg, hatte ich ja keine Ahnung. Ich frage mich, ob die pflanzliche Umgebung hier wohl etwas damit zu tun hatte.« Er sprach jetzt ruhiger. »Das passiert manchmal, wenn man aus einem Winterklima in die üppigen Subtropen kommt. Ich hatte Harolds Haus noch nie gesehen. Es ist ein großes prächtiges weißes Gebäude im spanischen Stil, liegt an einer Bucht, die Motoryacht gleich davor. Palmen, Orangenbäume. Auch eine wunderschöne *Quercus virginiana* – eine der schönsten Eichenarten, die es noch gibt. Die Tür war offen, wie üblich in Trauerhäusern, glaube ich, und Leute gingen hinein. Ob er eine Party gab? Auf Kondolenzbesuche kam ich in dem Augenblick noch nicht. Aber es war noch zu früh für eine Party. Ich hatte immer noch keine Ahnung. Jedenfalls ging ich auch hinein. Einige der Leute sahen bekannt aus. Es waren pensionierte Beamte von zu Hause – Richter, Leute aus dem Rathaus. Ich hatte sie irgendwann einmal in der Zeitung gesehen; entweder weil sie einen Wahlkampf führten oder wegen irgend etwas angeklagt waren. Keiner, den ich richtig kannte, sondern nur Leute, die ich zu kennen glaubte, so wie man den Präsidenten kennt, obwohl man ihn in Wirklichkeit nie gesehen hat. Die meisten von diesen Burschen und ihre Ehefrauen waren ältere Herrschaften. Ich mußte an Vögel denken, die sich auf ihren langen Flug vorbereiten, wenn sie sich im Spätsommer sammeln. Du hast vermutlich schon einmal gesehen, wie sie sich in Scharen sammeln.«

»Aber dies sind, wenn ich dich recht verstanden habe, müde alte Vögel, und sie sind bereit, die Reise aus ihrem Körper anzutreten.«

»Ganz recht«, sagte mein Onkel. »Die leeren Himmel über

dem Wasser warten. Aber du wirst niemals sehen, wie es geschieht.«

»Flügelschlagen«, sagte ich zu mir selbst.

»Ich ging ums Haus nach hinten und durch die Küche hinein, wo Flaschen, Eis und Gläser standen. Ich wollte um diese Tageszeit nichts Starkes trinken, aber ich brauchte ein wenig Wasser, um meine Tabletten einzunehmen, und da war eine Schwarze, die wie die Haushälterin meines Onkels aussah – eine dicke Person, weiß gekleidet, die ihre Gedanken für sich behielt. Die Tabletten gegen das Herzjagen – Chinidin-Gluconat – bleiben mir im Hals stecken, wenn ich sie nicht in vier Teile breche, und ich habe im Augenblick ohnehin Probleme mit dem Schlucken. Die Reflexe sind auch nicht mehr das, was sie sein sollten ... Es geht gleich weiter, ich muß immer erklären, wie etwas passiert, Kenneth. Ich hatte schon den Verdacht, daß Onkel Harold tot war. Ich fragte die Haushälterin und erzählte ihr, daß ich der einzige Neffe bin, der aus dem Norden.«

Aber die schwarze Frau warf Benn nur einen stummen prüfenden Blick zu. Nicht jeder hat Verwandtschaftsbeziehungen gegenüber dieselbe Einstellung wie mein Onkel. Die Leute haben keine Lust, sich *seine* Verwandtschaftsbeziehungen anzuhören. Die Reaktion der Haushälterin war nicht sehr freundlich. Wo es um die Ansprüche an die Familie ging, war sie nicht sehr viel anders als Vilitzer selbst. Sie hatte nicht vor, Benn in die Arme zu schließen und an ihren Busen zu drücken. Als mein Onkel sie schließlich dazu brachte, ihren fest verschlossenen Mund aufzumachen, erzählte sie ihm, daß Vilitzer innerhalb weniger Minuten nach seiner Rückkehr gestorben war. »Hat's gerade noch die Verandastufen hinauf und in die Küche geschafft.«

So stand mein Onkel also in dem Raum, in dem Vilitzer gestorben war, und vielleicht sogar auf derselben Stelle. Und wo war Onkel Harold jetzt? Hatten sie ihn in ein Bestat-

tungsinstitut überführt? Ja, und wieder hierher. Er sei im
Wohnzimmer. Dann sei es also eine Hausbestattung? Sie
antwortete, daß um zwei Uhr eine Andacht gehalten würde.
Sie sagte ihm nicht, wie man zum Wohnzimmer kam, und
das Haus war so groß, daß man eine Wegbeschreibung
brauchte. Sie drehte sich um und machte sich wieder an ihre
Arbeit. Je weniger sie mit Außenstehenden zu tun hatte, um
so besser.

Dieses Haus am Wasser war hübsch und teuer eingerichtet,
ganz offensichtlich das Haus eines Multimillionärs. Mein
Onkel (mein trauernder Onkel, der redete wie ein Wasser-
fall, offenbar sein wundes Herz erleichternd) gab mir zu verstehen, daß in diesem Klima die kostbaren Teppiche und
Antiquitäten aus Europa ohne den Entfeuchter verschim-
meln würden – man hörte das eingeschaltete Gerät in der
Ferne. Matilda hätte alles darum gegeben, einige dieser Objekte für das Roanoke zu haben (Benn verwendete den Ausdruck »hätte ihre Eckzähne dafür hergegeben«, und ich bitte
mir zu erlauben, Sie daran zu erinnern, daß seine Gefühle
über ihre Zähne ihn nicht einmal jetzt und hier in Ruhe ließen). Diese schönen Buffets und feinen Stühle hätten Matildas venezianischem Palazzo alle Ehre gemacht. Sie hätte –
wie Benn bemerkte – argumentiert, daß *wir* diese Objekte ja
mit Electronic-Tower-Dollars bezahlt hätten. Ein erstklassiger Innenarchitekt mußte wohl eingeflogen worden sein,
vielleicht von Palm Beach. Wo aber war Onkel Harold aufgebahrt? Benn hatte sich (mit Trauer im Herzen) schon
durch das ganze Erdgeschoß hindurchgekämpft und noch
keinen Sarg gesehen. Deshalb fragte er in der Diele, in der es
ein wunderbares Oberlicht in den Farben des Spektrums
gab, so ähnlich wie die im Glas des Verwaltungsgebäudes, in
dem wir uns mit Vilitzer getroffen hatten, einen Getränke-
kellner in weißer Jacke (er und die Frau in der Küche waren
das Hausverwalterehepaar), wo Mr. Vilitzer aufgebahrt sei.

Der Mann sagte: »Gleich hier, in diesem Zimmer.« Benn hatte nach einem Sarg auf Schragen gesucht, aber der Mann bedachte ihn mit einem höchst komischen Blick, als habe er es mit einer schlecht funktionierenden Intelligenz zu tun, und deutete stumm auf die Stelle, an der Benn hätte suchen müssen. Gleich hinter der breiten Tür im Plantagenstil stand ein schöner alter Schirm- und Hutständer. Er mußte österreichischer Herkunft sein, ein Gebilde mit bronzenen Geweihen. Hüte und Schirme waren entfernt worden, und auf einer roten Marmor- oder Porphyrkonsole stand ein Kästchen.

»Ein schwarzes Kästchen, Kenneth, nicht größer als mein Feldstecheretui.«

»Die Asche?«

»Da war er drin«, sagte mein Onkel. »Ich hatte mich darauf eingestellt, auf dieser Erde noch einen letzten Blick auf ihn zu werfen.«

Diese Überraschung brach sozusagen aus der Erde hervor und erwischte Onkel Benn in der Kniegegend, so daß er sich setzen mußte. Es zog ihm die Beine weg. Der schwarze Mann brachte ihm einen Stuhl und bot ihm, als er hörte, daß Benn der Wissenschaftler-Neffe – nächste Verwandtschaft – war, einen Schluck Whiskey an. Die Menschen in diesem Haus waren eiskalt. Taxierten Harold täglich, schätzten seine Lebenschancen ab. Wahrscheinlich war sein Tod schon lange erwartet worden.

Als ich mit Benn über seine Reaktion sprach, sagte ich: »Du kannst einen Menschen lieben, ohne das zu lieben, was er dir angetan hat.«

Mein Onkel dankte mir für diese Interpretation. Aber es war nicht der richtige Zeitpunkt, meiner Gewohnheit, Kommentare abzugeben, zu frönen.

»Warum denn diese Eile, ihn einzuäschern?« sagte ich.

»Harold hatte das alles selbst bestimmt. Sofortige Einäscherung angeordnet, erzählte mir Fishl. Sobald der Totenschein ausgestellt sei. Vor Sonnenuntergang war es erledigt, und er wurde zurückgebracht und auf die Konsole gesetzt. Anscheinend konnte er die Vorstellung einer Beerdigung nicht ertragen. Konnte es nicht ertragen, unter der Erde zu sein. In ihm hatte sich alles gegen diesen Gedanken gesträubt.«

»Es gibt Leute, die können sich selbst gar nicht schnell genug loswerden. Wohingegen andere es nicht ertragen können, jemanden gehen zu lassen.«

»Da hast du den Nagel auf den Kopf getroffen«, sagte mein Onkel. »Stimmt, ich konnte den Gedanken nicht ertragen, Onkel Harold loszulassen. So ist das auch mit meinen Erinnerungen. Wenn meine Erinnerung sich erst einmal eines Phänomens bemächtigt hat, dann hält sie es auch fest. Das hat etwas Hartnäckiges, was in der Morphologie von Vorteil ist, aber gefühlsmäßig ist dann die Hölle los. Besonders hartnäckig ist es im Falle eines Todes. Ich saß also auf diesem Stuhl mit der ovalen Lehne vor dem schwarzen Behälter, als Fishl mich fand. Fishl und ich waren die einzigen emotional Trauernden. Du kannst dir nicht vorstellen, wie rot seine Augen waren. Er starrte mich an und benahm sich so, als hätte ich das Leben seines Vaters verkürzt. So langsam glaube ich, daß Fishl in keiner Hinsicht jemals eine sehr stabile Persönlichkeit war. Nicht nur wegen seiner zweifelhaften Unternehmungen. Gewiß, randständige Unternehmen grenzen manchmal an Psychopathologie. Man fragt sich unwillkürlich, ob der wahre Zweck einiger Unternehmen tatsächlich ist, Geld zu verdienen, oder nicht vielmehr, sich vom Geld Glaubwürdigkeit als Deckung für wahnwitzige Ideen zu leihen.«

»Lassen wir das vielleicht, Onkel Benn. Was hat er gesagt?«

»Erstens, daß wir uns nicht mit Harold hätten streiten sollen. *Er*, Fishl, habe ihn am besten verstanden, und wir hätten ihm Zeit geben sollen. Es hätte vielleicht ein wenig länger gedauert, aber vielleicht wäre uns Harold noch eine Weile erhalten geblieben. Wozu denn diese verdammte Hetze? *Ich* hätte mich von den Layamons drängen lassen. Fishl erging sich dann übrigens in einem langen Sermon über den Doktor. Er ist der Meinung, daß Ärzte und Krankenhäuser eine ganz besonders diabolische Seite hätten und daß es nichts Dreckigeres oder Zynischeres gäbe als ein Großstadtkrankenhaus oder die Drahtzieher wie den Doktor, die sich dort ansiedelten. Er stellte eine überraschende Behauptung auf, die mir in Erinnerung geblieben ist, so schockiert ich auch war. Er sagte, daß Orte, an denen durch Leiden die menschlichen Gefühle an die Oberfläche kommen, nihilistisches Personal anzögen, das hier eine Gelegenheit sehe, seinen nihilistischen Motiven freien Lauf zu lassen. Er sagte, ihn würde es nicht wundern, wenn man Patienten, bei denen etwas verpfuscht worden sei, ›sterben lasse‹, nur um Kunstfehlerprozesse zu vermeiden.«

»Wie kommt dir das vor?« fragte ich.

»Ich bin nicht in einem Zustand, in dem ich Themen wie dieses diskutieren könnte. Fishl hat mich als sexbesessen bezeichnet.«

»Was!«

»Ja. Was soll das bloß, dieses Gerede? Ich frage mich was *er* für sexuelle Komplexe hat. Immerhin war ich über die Menge von Informationen schockiert, die er über die Frauen in meinem Leben hatte. Wenn du eine Meinung von außen über dein Verhalten hörst, nimmt sich das gräßlich aus. Bist du gräßlich, oder sind es die Betrachter? Deine Qualen werden einfach ausgelassen. Vor den sterblichen Überresten seines Vaters hat er's mir gegeben: daß ich zu alt sei, um so mösengeil zu sein, und daß ich mich doppelt so sehr anstrengen müßte wie ein halb so alter Mann. Daß eine erfahrene Schönheit wie Matilda alle meine Meßwerte kenne, auf den Mikromillimeter genau. Er sagte, in meiner Wissenschaft möge ich ja führend sein, aber im Bett sei ich ein geiler alter Sack. Und was sie wohl zu bieten habe, was mich so entzücke. Sein Tip sei, daß sie eine Künstlerin im Hochstapeln sei, neunundneunzig Prozent Getue und Schaumschlägerei. Aber ich sei der Schwächere, und ich hätte Onkel Harold zwei oder drei goldene Jahre geraubt. Und außerdem hätte ich doch tatsächlich die Hand gegen den alten Mann erhoben.«

»Also wirklich, der Bursche ist ernstlich gestört. Das ist ja klinisch. Spinnert. Man darf vielleicht einen guten Teil davon dem Schock über Harolds Tod zuschreiben. Ich hätte nicht gedacht, daß Fishls Charakter so schwankend ist. Der Alte wollte doch auf *dich* losgehen. Nimm doch um Gottes willen Fishl nicht ernst.«

»Habe ich auch nicht getan, im großen und ganzen. Aber vor dem Kästchen mit der Asche waren das ziemliche Seitenhiebe. Er zitierte sogar Hamlet: ›Nennt es nicht Liebe! Denn in Eurem Alter/ Ist der Tumult im Blute zahm . . .‹«

»Verdammt unfair von ihm – sogar gemein, Onkel Benn. Er hat deinen Kummer einfach nicht erkennen wollen. Er hat allen Kummer ganz an sich reißen wollen. Mir kommt das jetzt auch wie ein sehr merkwürdiger Augenblick vor. Nur ihr beiden in diesem Haus voller Leute wart von Onkel Harolds Tod ergriffen, und ausgerechnet ihr beiden mußtet euch streiten.«

»Mir war nicht nach Streiten zumute.«

»Das nehme ich dir ab. Aber deine Schwäche ist, allen und sämtlichen Angriffen auf dich Aufmerksamkeit zu schenken. Das ist die kindliche Seite an dir. Bei Fishl, einem Fall fürs Irrenhaus, solltest du die vernichtenden Dinge, die er gesagt hat, einfach vergessen – den sexuellen Frontalangriff.«

»Das ist ein guter Rat, aber ist er denn auch anwendbar? Du sprichst von meiner kindlichen Seite, als sollte ich immer noch an meiner Entwicklung arbeiten. Aber für sechzigjährige Liebhaber ist noch kein *Romeo und Julia* geschrieben worden. Ich muß zugeben, daß in meinem Verhalten ein gewisses Element von Ankurbelei dabei ist. Besonderes Bemühen. Mangelnde Bereitschaftschaft, die verschiedenen Lebensstadien anzunehmen, wie es die Menschen in der Antike oder im Mittelalter taten. (Obwohl ich den Historikern auch nicht ganz traue – ihr Spielchen besteht manchmal darin, die Zeitgenossen einzuschüchtern.) Aber unter meiner besonderen Hartnäckigkeit in Sachen Liebe liegt etwas anderes begraben. Nicht jeder hat die Begabung dafür. In dem Fall sollte man es aufgeben.«

»Das kommt von deinem Energieniveau, Onkel. Du kannst auf niedrigerem Energieniveau nicht produktiv sein. Übrigens sagen die meisten religiösen Autoren, daß die Seele nicht altert.«

»Da fallen mir Episoden aus vergangenen Zeiten ein, Kenneth. Ich erinnere mich an Della Bedell an der Tür, wie sie rief: ›Wo soll ich denn mit meiner Sexualität hin?‹ Die Zeit ihrer Liebe lag schon dreißig Jahre zurück. In diesem Fall war unser einziger Geschlechtsakt eher wie ein Gedächtnisgottesdienst.«

Ich sagte: »Eins darfst du nicht vergessen, Onkel – die Wahnsinnigen haben ein besonderes Talent, dich zu beeinflussen. Aber im Grunde wissen sie nichts über *dich*. Du bist nicht der, für den sie dich halten. Du bist kein typisches Beispiel für irgend etwas. Es ist skandalös, wie sie dich mißbrauchen. Die Layamons zum Beispiel, die überhaupt keine Vorstellung davon haben, was es mit dir auf sich hat ...«

»Dr. Layamon spinnt genauso wie der Apparat in Cape Canaveral, der Objekte im Weltraum aufspüren soll. Außerdem, was immer ich vielleicht einmal gewesen bin, ich bin es anscheinend nicht mehr.«

»Glaub das nur nicht, Benn. Dir ist ein Ausrutscher passiert – ein *glitch,* wie die Astronomen sagen.«

»Du meinst es gut, und ich danke dir dafür. Jeder hat das Recht, einmal einen Fehler zu machen. Die vollkommene Begabung gibt es nicht. Aber wenn man gegen seine tieferen Instinkte handelt, setzt man einen in alle Richtungen gehenden Ablauf von Ursache und Wirkung in Gang. Ich hatte mich wochenlang auf diese verdammte Azalee verlassen und die Illusion, ein Feedback von ihr zu bekommen. Jetzt ist alles ins Gegenteil verkehrt, so daß ich mir nicht einmal mehr selbst glauben kann, wenn ich sage, ich habe nichts getan, um Vilitzers Leben zu verkürzen.«

Ich verstand, wovon er redete. Im Zentrum seines Netzes aus Ursache und Wirkung waren Matildas Schultern. Seine eigene prophetische Seele hatte ihm eine ganz besondere Botschaft geschickt. Meide diese breiten Schultern. Als nächstes schienen ihre Brüste zu weit auseinander zu stehen, und auch die Eckzähne verhießen nichts Gutes. Beleidigt führte ihn seine prophetische Seele dazu, Matildas Schönheit zu verzerren, so daß ihn gerade ihre Lieblichkeit abstieß. Nun wurde das Beweismaterial zusammengestellt, daß direkt unter der Haut der Frau eine schöpferische Kraft verborgen liege – daß, während sie unter ihrem Daunen- und Seidenbett schlief und dort lag wie ein Bündel Farne (erinnern Sie sich auch an das herrliche Profil), Ausdünstungen von Falschheit aus dieser grazilen geraden Nase kamen.

Ich sagte zu Benn: »Du darfst dich nicht von Fishl irremachen lassen. Du hast Vilitzer nichts weggenommen. Er war schon auf dem Weg nach draußen, und zwar auf der Überholspur. Vergiß die Sache mit dem goldenen Alter; ich bin sicher, daß Vilitzer schon allein den Gedanken daran widerlich fand. Als ich ihm in den Arm fiel, fühlten sich seine Knochen porös an, wie leere Styroporkugeln, wie Verpackungsmaterial. So fühlt sich Gold nicht an.«

»Fishl sagte, ich hätte dazu beigetragen, meinen Onkel kaputtzumachen. Ich hätte mich seinen Feinden angeschlossen.«

»Feinde? Er hat seine Feinde doch ausgehungert. Er hat sie an der Nase herumgeführt, und zwar kräftig. Er hat alle Stiche mit dem Trumpf des Todes einkassiert. Kein Gouverneur Stewart, kein Amador Chetnik, keine Geschworenengerichte mehr.«

»So etwas habe ich auch gesagt. Aber nach Fishl ist das keine Entschuldigung für mich. Der große Gewinn ist, wenn man den Tod überlistet. Ihn auf Armeslänge hält. Und wenn ich auch Onkel Harold nichts Böses gewollt hätte, so wäre ich doch ein Unglücksbringer. Oder nicht einmal ein Unglücksbringer, sondern eine Person von einem anderen Planeten, die kein Recht darauf hätte, sich in normale menschliche Transaktionen einzumischen.«

Das letzte erkannte ich augenblicklich als wirksamen Angriff, denn damals, als mein Onkel in handgeschneiderten Tweed gekleidet zum Mitglied der Familie Layamon gemacht worden war, das Pflanzenobservatorium, sein Kopf, von einem Haar-Stylisten modelliert, umgeben von beleuchteten Schränkchen voller Royal Doulton und Rosenthal-Porzellan – damals hatte sich mein Onkel wie ein Plünderer gefühlt, wie jemand, der willentlich ein falsches Bild von sich vermittelte, wie der sonderbare Kerl, der Heuchler, der sich als Schwiegersohn oder Ehemann ausgab. Irgendwie war er überzeugt, daß er den Layamons dafür eine Wiedergutmachung schuldig war, als habe er *sie* in eine falsche Lage gebracht.

»Onkel«, sagte ich, »jetzt hör mal zu, was ich dir sage. Was meinst du denn mit normalen Transaktionen? Wenn dieser Planet im Arsch ist, dann haben *die* es doch bewirkt. Leute dieser Sorte sind doch nichts als Handlanger. Sie sind von dem Stoff, der maßgeblich dazu dient, dem schlimmen Ende Form zu geben. Sie haben keine echten Initiativen; sie sind nur Werkzeug. Wohingegen ein Mann wie *du* ...«

Aber er wollte nicht, daß ich ihn mit hohen Worten beschrieb. Nein danke. Er sagte: »Jedenfalls, die Andacht begann, und Fishl und ich hackten immer noch aufeinander herum – rechteten miteinander. Dann wurde er geholt, weil er bei der engsten Familie in der ersten Reihe sitzen sollte. Ich saß hinten und hörte dem Reform-Rabbi zu. Er übersetzte alle Gebete in House-of-Lords-Englisch. Ich war seit fünfundzwanzig Jahren in keiner Synagoge mehr gewesen. Aber dein Großvater war schließlich Hebräischlehrer, Kenneth – er konnte sich nie an deinen Namen gewöhnen, er glaubte, er sei eine Verballhornung von Kinnereth –, deshalb brauchte ich keine Übersetzung. Ich habe nichts davon vergessen. Aber als der Rabbi am Schluß begann, die *El Malai Rachamim* zu singen, verlor ich die Beherrschung und begann bei dem Gedanken zu schluchzen, ob der Gott der Gnade wohl jemals solche Seelen wie die von Harold annehmen würde. Oder meinetwegen auch meine. Der schwarze Hausverwalter kam und faßte mich am Ellbogen. Er führte mich aus Onkel Harolds Villa hinaus und ließ mich in Bay Harbor Island frei, von wo ich mir den Weg ins Hotel selbst suchen mußte.«

»Herrgottnochmal, Onkel! Ein Todesfall wie dieser hat dir gerade noch gefehlt! Du wolltest ja eigentlich nicht nach Brasilien, aber wenn ich jetzt an deiner Stelle wäre, dann würde ich mich sogar darauf freuen, endlich eine Gelegenheit, dich von all diesen Schocks zu erholen.«

»Das ist mir auch schon durch den Kopf gegangen.«

»Dort unten ist alles ganz anders.«

»Natürlich«, sagte er, als beschäftige ihn etwas anderes.

»Auf einem anderen Kontinent muß es ja anders sein.«

»Und du triffst dich morgen früh mit Matilda am Flughafen?«

»Später. Ihr Flugzeug landet um fünfzehn Uhr, und der Flug nach Brasilien ist zwei Stunden später. Genügend Zeit, zum

Internationalen Flughafen zu fahren und den Anschlußflug
zu erreichen.«

»Hoffentlich kannst du in Rio mal richtig ausspannen.«

So etwas zu sagen war schrecklich und falsch. Ich sprach mit
einem Mann, der das Privileg der visionären Kraft verloren
hatte und der weit verbreiteten, entgegengesetzten und brutalen Weltsicht verfallen war, und nun wünschte ich ihm, er
solle in einer Stadt lateinischer Vergnügungen mal richtig
ausspannen. Doch er ließ Nachsicht walten, anstatt einge-
schnappt zu sein. Er schien zu begreifen, daß ich weit fort
war, entwaffnet, unfähig, Unterstützung anzubieten – und
nutzlose Schlagworte wiederholte: »ausspannen«, und noch
schlimmer: »hoffentlich«. Er war zweifellos jenseits aller
Hoffnung.

»Was hast du mir für eine merkwürdige Vorwahlnummer
genannt?« fragte er.

»Ich bin in Seattle.«

»Ach, da bist du also hingeflogen. Du wolltest mich nicht
damit belasten. Bist mit deinen eigenen Sorgen beschäftigt –
bekommst dein Fett von Treckie ab?«

»Ich fliege um fünf Uhr früh zurück. Versprich mir, daß du
mich von Brasilien aus anrufst. Ich weiß nicht einmal, wo
man dich da unten erreichen kann, und du wirst Monate fort
sein.«

»Natürlich. Ich werde sogar noch ein übriges tun – ich
werde dich noch vor dem Abflug anrufen. Was für Pläne
hast du morgen?«

»Ich halte mein Rosanow-Seminar – die Veranstaltung über
die russischen Sexualmystiker. Es geht bis zwei. Ich kann im
Studentenheim auf deinen Anruf warten.«

»Noch besser, du wartest in meiner Wohnung. Für den Fall,
daß ich irgend etwas vergessen habe, was ich vielleicht brauche. Außerdem wird es günstiger sein wegen der R-Gebüh-
ren, da ich von einem öffentlichen Telefon aus anrufen

werde. Und falls Matilda morgen mit dir Kontakt aufnehmen sollte, erzähl ihr nichts. Kein Wort.«

»Ich kann mir nicht vorstellen, woher sie die Zeit nehmen sollte, mich anzurufen, oder warum sie vor ihrer Abreise nach Brasilien gerade mit mir sprechen wollen würde. Außerdem würde ich ohnehin niemals mit ihr über dich reden.«

»Über Vilitzer«, sagte mein Onkel. »Ich würde es vorziehen, ihr die Nachricht selbst schonend beizubringen.«

»Wird denn nichts über ihn in der Zeitung stehen?«

»Noch nicht. Die Familie hat aus irgendeinem komplizierten taktischen geschäftlichen Grund den Tod noch nicht gemeldet. Dennis Vilitzer hat mir das erzählt.«

»Aber Reporter gehen doch routinemäßig die Berichte durch, die die Ärzte melden müssen. Totenscheine, meine ich.«

»Ach so, ja, Dennis sagte, auch da sei Vorsorge getroffen worden. Sie haben eine Verlautbarung über einen Herzanfall rausgegeben.«

»Was mögen sie nun bloß vorhaben? Kapital rumschieben, sich mit Depositengeldern zu schaffen machen, nehme ich an.«

»Die Zeitungen werden jedenfalls nur berichten, daß er eine Koronarthrombose gehabt hat.«

»Genug der Worte, Onkel Benn.«

Der frühe Weckruf war kaum nötig, da ich sehr wenig schlief. Wiederholte heiße Duschen lösten keineswegs die verknoteten Muskeln in meinem Nacken, sie reizten nur die Haut am Rücken und trugen noch zu meiner Schlaflosigkeit bei. Ich trank jedoch schlückchenweise Schnaps aus einem silbernen Flakon, das mein Vater mir zum Abschied geschenkt hatte, und war wach, wenn auch nicht ruhig und ausgeschlafen. Der Schönheitsschlaf ist in dieser, von einer intelligenten Frau in einer Zeitschrift als »posthuman« bezeichneten Gegend nicht immer zu haben. Deshalb sollte man Krisennächte mit der größtmöglichen Fassung ertragen. Man soll sich keine Gedanken über verhärmtes Aussehen und Ringe unter den Augen machen. Wenn sich dir so viel Stabilität und so viele Stützen entziehen, solltest du lieber über die möglichen Vorteile nachdenken, die darin liegen, wenn du dich *ihnen* entziehst – ein menschliches Wesen, das sich selbst menschlich erhält, kann vielleicht einen Kanal finden, der es in die Freiheit trägt. Das reduzierte Gewicht dieses Menschen mag der magnetischen Anziehungskraft der Anarchie trotzen und ihm erlauben, unabhängig dahinzutreiben. Vielleicht könnte ich meine kleine Tochter in dieser Unabhängigkeit erziehen. Möglicherweise könnte ich die vollendete Einsicht – *wenn* ich sie selbst vollendet habe – auch Onkel Benn vermitteln. Schließlich hatte ich, als ich von Paris herüberkam, um bei meinem Onkel zu sein, die Anzahl meiner entscheidenden Beziehungen schon auf zwei reduziert. Für zwei ist es immer das Ideal, eins zu werden. Darum geht es ja auch angeblich in der Liebe. Beim Versuch, seine Zauberkräfte von der Botanik auf die Liebe zu übertragen, hatte mein Onkel mit dieser Verschmelzung von zweien zu einem experimentiert (unwissend, ohne Erleuchtung). Ich mußte daran denken, meinem Onkel das zu erzählen. »Das war ein Experiment, Onkel. Du hast es nur nicht richtig angefangen.« Ich knipste die Nachttischlampe an und machte mir auf dem Blöckchen mit dem darangeketteten Kugelschreiber Notizen. »Mit künstlich fabrizierten menschlichen Wesen ist das nicht möglich«, schrieb ich auf das Papier des Meany Hotels. »Wenn du dich auf Kunstfiguren eingelassen hast, kannst du deine Zauberkräfte niemals erhalten, solltest du denn welche besitzen.« Zauberkräfte! Ja! Die hatte mein Onkel zweifellos. Wenn er sie nicht gehabt hätte, woran litt er dann gerade am heutigen Tag? »Er hat gespielt. Er hat verloren. Was kann er jetzt noch retten oder zurückholen?«

Ich löschte das Licht und nahm wieder kleine Schlucke aus dem Flakon. Mein Vater hätte das zweitklassige Gesöff, das ich aus seinem erstklassigen Geschenk trank, nicht gebilligt. Aber mir half es jedenfalls, die Dinge auf die Reihe zu bekommen. Ich ging alles noch einmal durch. Benn besaß das Privileg visionärer Kräfte. Machte ein gewagtes – nein, ein tollkühnes – Experiment. Verfiel der entgegengesetzten, korrumpierten Weltsicht. Früher hatte er fortfliegen können und (in gewisser Weise ein Vorwand) in indischen Wäldern, chinesischen Bergen, an den Quellen des Nils botanisieren können. Doch jetzt waren die fernen, die noch nicht besuchten Gebiete des Planeten nur noch Dritte Welt, schmutzig, von kleptokratischen Militärs schlecht regiert, Szenen von Hunger, Schmutz, AIDS, Massenmord. Und siehe da – sogar Vilitzer hatte sich im Tod durch Einäscherung auf die vielzitierten Chemikalien im Wert von neunzig Cent reduziert. Hier, bitte schön, die brutale Sichtweise: Zwar hinterlasse ich bei meinem Tod Millionen, aber meine Überreste sind nicht mal einen Dollar wert.

Noch immer schreit das Geheimnis unseres Seins danach, gelüftet zu werden. Erst jetzt verstehen wir, daß es nichts hilft, sich darüber Sorgen zu machen und zu spotten. Der erste Schritt ist, diese Schwingungen des Bewußtseins, die mich wach halten, zu stoppen. Nur muß man sich eben selbst, bevor man den Schwingungen befiehlt aufzuhören, bevor man abkratzt, in eine Position manövrieren, in der metaphysische Hilfe sich nähern kann.

Mit den maßgeblichen Winden im Rücken brachten wir den Heimflug in Rekordzeit hinter uns. Ich hatte nach meiner Ankunft vor dem Seminar noch eine Stunde Zeit und aß etwas Wisconsin Brie und gesalzene Erdnüsse und verbrachte dann zwei Stunden am Seminartisch damit, das zu erklären, was ich an den Sexualtheorien jenes (niederträchtigen und

doch irgendwie attraktiven) Rosanow selbst nicht verstand –
dieses christlichen Mystikers, der die Juden um ihren (wie er es
sah) Fruchtbarkeitskult beneidet und geglaubt hatte, ihr rituel-
les Bad sei eine Quelle sexueller Potenz. Die Kids schrieben
alles mit. Was sie daraus machen, wenn überhaupt etwas, bleibt
abzuwarten.

Danach kaufte ich mir ein fertiges Feinkostmenü und ging mit
meinem Gepäck in die Wohnung meines Onkels, um auf seinen Anruf zu warten. Ich vertrieb mir die Zeit mit den Zeitschriften und Abdrucken auf seinem Couchtisch – botanisches
Zeug, das einem Russischgelehrten nicht viel sagte. Mir
reichte, daß es *seine* Aufmerksamkeit erregt hatte. Das meiste
Material handelte von Flechten, und die Fachausdrücke nach-
zuschlagen wäre mühselig gewesen. So schmökerte ich statt
dessen ein wenig in Tante Lenas Büchern, die immer noch in
einem separaten Bücherregal standen, all die Bände von Balzac
und Swedenborg und E.T.A. Hoffmann. In einem der Hoff-
mann-Bände lag ein Lesezeichen, unangetastet, seit sie es dort
hineingelegt hatte, und ich schlug das Buch an dieser Stelle auf
und las: »Ludwig sprang auf und drückte tiefseufzend des
Freundes Hand an seine Brust: ›Ach Ferdinand, teurer, innig-
geliebter Freund!‹ rief er aus, ›was soll aus der Kunst werden in
dieser rauhen stürmischen Zeit? Wird sie nicht, wie eine zarte
Pflanze, die vergebens ihr welkes Haupt nach den finsteren
Wolken wendet, hinter denen die Sonne verschwindet, dahin-
sterben ... In träger Untätigkeit schwelgten die Kinder der
Natur, und die schönsten Gaben, die sie ihnen bot, achteten
sie nicht, sondern traten sie in einfältigem Mutwillen mit Füßen ...« Nun, ich verstand dies als eine Botschaft meiner toten
Tante. Bei einem Polizeiverhör hätte ich das vielleicht nicht
zugegeben und auch keinen Eid darauf geschworen, aber ich
bekenne es freimütig jedem, der sich die Mühe gemacht hat,
meinen Bericht zu lesen. Und ich bestätige, daß ich die Worte
von Lenas Stimme gesprochen hörte.

470

Ich plauderte ein wenig mit Dita am Telefon und erzählte ihr, daß Treckie beschlossen hatte, mir Nancy einen Teil des Jahres zu überlassen. »Jetzt, zu Beginn ihrer Ehe, will sie das Kind nicht ständig am Hals haben«, sagte ich.

»Klingt nach einer vernünftigen Auffassung. Wird lustig sein, ein Kind um sich zu haben.« Dita bot ihre Hilfe an. Und ich würde sie nicht ablehnen. So eine herzensgute Frau! »Sind Sie heute abend frei? Wollen wir zusammen irgendwo essen gehen?« sagte ich. »Ich habe mir gerade Corned Beef und Essiggürkchen gekauft. Ich kann noch keine Zeit angeben, weil ich auf einen wichtigen Anruf von meinem Onkel warte. Jede Minute. Und ich glaube, ich sollte jetzt auflegen. Er ist gerade im Begriff, nach Brasilien loszufliegen, wissen Sie.«

Doch das Telefon blieb weit über die ausgemachte Stunde hinaus still. Um sechs Uhr wurde ich langsam ärgerlich, und ich stellte die Klingel so laut, daß ich sie hören konnte, wenn ich im Badezimmer war und das Wasser laufen ließ. In Miami war es jetzt sieben. Wahrscheinlich hatte der Flug Verspätung. Ich versuchte, mir vorzustellen, was Benn und Matilda im Warteraum der brasilianischen Fluggesellschaft wohl zu einander sagten. Warum wollte er die Nachricht von Vilitzers Tod zurückhalten? Was versuchte er ihr weiszumachen? Wenn sie und Dr. Layamon erführen, daß Harold abgetreten war, gab es dann einen Plan B, den sie verfolgen würden? Das Erbe einklagen? Mit welchen Beweisen? Warum sollte Amador Chetnik jetzt als Zeuge aussagen, daß er zum Meineid angestiftet worden war – oder falls das nicht der richtige Ausdruck war, eine Sittenwidrigkeit begangen hatte? (Welch ein ausgefallener Begriff für so ein gewöhnliches Vorkommnis.) Ich fragte mich, welchen Trost mein Onkel wohl von Matilda bekommen mochte. Nichts würde ihm helfen können, es sei denn die Wiedererlangung der Kräfte, die er verloren hatte. Ich dachte, Brasilien wird voller Azaleen sein. Wie wird er sie je ertragen können?

Genau in diesem Augenblick klingelte das Telefon.

Ich sagte: »Onkel! Was ist passiert? Hat der Flug Verspätung?«

»O nein«, sagte er und klang dabei (nicht räumlich, sondern geistig) sehr fern.

»Würdest du mir bitte erzählen, was sich da unten bei dir abspielt? Und warum du nicht wolltest, daß Matilda von Vilitzers Tod erfährt?«

»Nur, um sie davon zu überzeugen, daß ich noch nicht aus Miami fortkonnte. Ganz einfach«, sagte Onkel Benn. »Daß Harold noch am Leben sei – schwach, aber bei Bewußtsein. Das habe ich zu ihr gesagt. Und daß er einen Sinneswandel durchmache, habe ich ihr erzählt. Immerhin noch eine geringe Chance für uns. Jedenfalls könne ich nicht fort, während der Bruder meiner Mutter im Sterben liege.«

»Erzähl mir nur nicht, daß sie das geschluckt hat. Das hätte ich niemals gedacht!«

»Doch, und ich habe auch dafür gesorgt, daß ihr Gepäck nach Rio eingecheckt wurde. Ich habe ihr erzählt, meins sei auch schon auf dem Weg.«

»Ist es das denn nicht?«

»Du hast doch gesehen, daß ich es bei mir hatte.«

»Dann hast du sie also gedrängt weiterzureisen? Und sie ist jetzt in der Luft, nach Brasilien unterwegs?«

»Ich nehme an, sie landet morgen früh in Rio.«

»Hat sie sich nicht von dir die Gepäckcoupons geben lassen, um dein Gepäck mit abzuholen?«

»Ich hatte einen Briefumschlag mit zwei leeren Pappkärtchen vorbereitet, und den haben wir zu ihren eigenen Gepäckcoupons und ihrem Ticket gelegt.«

»Ich kann mir das gar nicht vorstellen«, sagte ich.

»Es ist einfach so – und das ist der eigentliche Grund –, daß ich mich nicht auf Brasilien einstellen konnte. Im ganzen Land in irgendwelchen Provinz-Colleges Vorträge halten.

Für die Matilda immer noch einen Diplomatenvorteil herauszuschinden versuchte, damit sie ihre Möbeleinkäufe für das Roanoke zollfrei nach Hause verschiffen kann.«

»Das Herumkutschieren in diesem riesigen Land hätte deine allerletzten Kräfte aufgezehrt.«

»Ich hätte es einfach nicht gekonnt, Kenneth. Ich wäre daran gestorben. Du wirst das sicher ohne weiteres verstehen. Du bist für mich das, was einem Sohn am nächsten kommt ... nicht so sehr mein Neffe als vielmehr mein eigenes Kind.«

»Dann kommst du also hierher zurück?«

»Im Augenblick befinde ich mich in einem anderen Teil des Flughafens und habe mir gerade ein Ticket für ein anderes Reiseziel gekauft.«

»Noch mal ein Winkelzug? Du willst nicht nach Hause kommen?«

»Matilda zögerte, ohne mich zu fliegen. Wollte mit dableiben. Sagte, es sei verrückt, mich bei Vilitzer aufzuhalten, es springe nichts dabei heraus – niemals. Das sei nur mein Fetischismus bei Familiengefühlen. Aber ich sagte, wenn ich jetzt abreiste, würde ich diesen Schandfleck mein Lebtag spüren. Einen Schandflecken, der niemals abzuwaschen wäre. Gott möge mir verzeihen, ich habe ihr sogar erzählt, Fishl glaube, daß Onkel Harold willens sein könnte, in letzter Minute noch einen Testamentsnachtrag zu unterschreiben.«

»Ich hätte nie gedacht, daß so viel Falsches in dir stecken könnte«, sagte ich.

»Nun ja, die haben alle so fest daran gearbeitet, mich umzukrempeln, daß ich tatsächlich umgekrempelt bin. Endlich bin auch ich eingestiegen. Du kannst mir glauben, daß ich mit mir zurate gegangen bin und alles genau durchdacht habe. Ziemlich erbärmliche Leistung. Sie gehen reichlich anfängerhaft vor. Dieses eine Mal habe ich es getan, und niemals wieder. Aber laß mich dir erzählen, was ich arrangiert

473

habe. Wenn sie in Brasilien landet, bin ich gerade auf dem Weg zum Nordpol. Es wurde nämlich ein internationales Team von Wissenschaftlern für spezielle Forschungen gebildet. Und ich habe mich vor drei Tagen dafür gemeldet, Flechten von beiden Polen zu untersuchen, eine Vergleichsstudie, und bestimmte morphologische Fragen zu bearbeiten. Keine akuten Fragen. Eher Dinge von ganz spezifischem Interesse. Wir werden in Nordskandinavien stationiert sein, am Rand von Finnland, genau gesagt. Und darüber hinaus.«

»Bei zwei oder drei Stunden Tageslicht? Ich kann mir das alles noch nicht richtig vorstellen.«

»Das mußt du schon mir überlassen«, sagte mein Onkel. »Im Augenblick können mir nur noch Nacht und Eis helfen. Nacht, damit ich mich nicht selbst sehe. Eis als Korrektiv. Eis wegen der Strenge. Und auch, weil es keine Pflanzen zu sehen gibt außer Flechten. Denn wenn es keine Beziehung gibt, wenn die Beziehung tot ist, bin ich in einer pflanzenfreien Umgebung besser dran. Ich habe dies sorgfältig erfühlt. Mehr als durchdacht. Es ist eine Überlebensmaßnahme. Ich wende umfassende Mengen von Eis und hyperboreische Dunkelheit an. Gottseidank macht der Düsenantrieb dieses Heilmittel zugänglich, sonst müßte ich an Ort und Stelle ins Wasser gehen, hier vor Miami Beach.«

»In diesem Falle, Onkel, gebe ich deiner Expedition, auch wenn ich ziemlich im dunkeln tappe, meinen Segen.«

»Gut, ich bin dann in einer Stunde fort. Ich habe einen Briefumschlag mit ausführlicheren Informationen für dich hinterlegt. Du findest ihn in der oberen linken Schublade meines Schreibtisches. Ich bin nicht ganz sicher, welche Postanschrift ich in Finnland habe. Du wirst sie natürlich nicht ...«

»An Matilda weitergeben. Wie lange wirst du fort sein?«

»Das kann ich noch nicht absehen. So, wie ich mich jetzt

fühle, wird es länger sein. Vielleicht wird Matilda eine Annulierung anstreben, die nicht schwer zu kriegen sein dürfte,
aber das ist eine juristische Sache, und ich bin in solchen
Dingen nicht bewandert. Ich will auch nichts mehr damit zu
tun haben.«

»Möchtest du, daß ich einen Anwalt besorge, der dich vertreten könnte ... falls nötig?«

»Es wird nicht nötig sein.«

»Du willst dich nicht verteidigen?«

»Kenneth! Was gibt es denn da zu verteidigen! Hat das
meine Schwester oder hast du es gesagt, ich sei ein Phönix,
der mit Brandstiftern gemeinsame Sache macht? Laß uns
doch abwarten, was sich machen läßt, ob ich aus der Asche
auferstehen kann. Im Augenblick ist das etwa ebenso wahrscheinlich, wie Onkel Vilitzer aus diesen Schlacken, die sie
aus dem Bestattungsinstitut zu ihm nach Hause geschickt
haben, wiederherzustellen. Ich muß jetzt auflegen. Wenn ich
es schaffe, mich zusammenzureißen, werde ich dir einen
Brief schicken; ich nehme an, daß ich die ersten paar Monate
sehr beschäftigt sein werde. Die Sowjetische Akademie der
Wissenschaften will uns wissen lassen, ob sie sich ebenfalls
an dem Unternehmen beteiligt. Man kriegt von diesen Leuten nie eine direkte Antwort.«

»Steht in dem Brief, den du für mich hinterlassen hast,
noch mehr?« fragte ich – ein Versuch, ihn am Telefon zu
halten.

»Nur die wesentliche Mindestinformation. Mir war nicht
danach, ausführlich zu werden. Adieu also, Jungchen. Dich
allein werde ich vermissen.«

Der Umschlag enthielt in säuberlichen Blockbuchstaben in
seiner Wissenschaftlerschrift den mir unbekannten Namen
einer Forschungsgesellschaft und die Adressen eines finnischen Professors in Helsinki (Büro und privat) und außerdem die Postfachnummer eines unaussprechlichen Ortes im

Land der Rentiere, weit draußen in der Tundra. Vermutlich in der Nähe von Nowaja Semlja. Und auch das war ihm nicht weit genug.

ANTONIO CALLADO
QUARUP

Roman
Titel der Originalausgabe: *Quarup*
Aus dem brasilianischen Portugiesisch
von Karin von Schweder-Schreiner
Gebunden

Quarup, das Fest der Verbrennung und Auferstehung der
Ahnen bei den brasilianischen Indianern, ist einer der Hö-
hepunkte dieses großen Romans. Ein Roman über das
heutige Brasilien, über ein Land, das sein Herz sucht, und
die mitreißende Geschichte des Franziskanerpaters Nan-
do, der aufgerüttelt von politischen Ereignissen und einer
bewegenden Liebeserfahrung zu sich selbst findet.

KIEPENHEUER&WITSCH

JEAN GIONO
DER HUSAR AUF DEM DACH
Roman
Titel der Originalausgabe: *Le hussard sur le toit*
Aus dem Französischen von Thomas Dobberkau
Gebunden

Der piemontesische Husarenoberst Angelo Pardi erlebt
im Sommer 1838 die in der Provence grassierende Chole-
raepidemie. In einem großen Roman, der an Stendhal
erinnert, schildert Jean Giono die Abenteuer des uner-
schrockenen Angelo Pardi, seine Beziehung zu der jungen
Marquise de Théus und das unter mörderischer Hitze
stöhnende Land.

KIEPENHEUER & WITSCH

ROSAMOND SMITH
DER ANDERE
Roman

Titel der Originalausgabe: *Lives of the Twins*
Aus dem Amerikanischen von Maria Poelchau
Gebunden

Ein Kabinettstück der Thrillerliteratur ist diese Geschichte
einer jungen Frau, die erfahren muß, daß ihr Geliebter
einen ihr unbekannten Zwillingsbruder hat. Fasziniert
und schockiert versucht sie, das Geheimnis der beiden
Brüder zu ergründen und wird zum Opfer eines grausa-
men Verwechslungsspiels.

»Eine fesselnde Geschichte, die den Leser wünschen läßt,
daß Hitchcock noch lebte, um sie zu verfilmen.«
Star Ledger

KIEPENHEUER&WITSCH